HEYNE <

MIRIAM COVI

Sommer unter Sternen

Roman

WILHELM HEYNE VERLAG
MÜNCHEN

MIX
Papier aus verantwor-
tungsvollen Quellen
FSC® C083411

Verlagsgruppe Random House FSC® N001967.

3. Auflage
Originalausgabe 06/2019
Copyright © 2019 by Miriam Covi
Copyright © 2019 dieser Ausgabe by Wilhelm Heyne Verlag, München,
in der Verlagsgruppe Random House GmbH,
Neumarkter Str. 28, 81673 München
Printed in Germany
Redaktion: Dr. Diana Mantel
Umschlaggestaltung: Eisele Grafik Design, München unter Verwendung von
Gettyimages / Stephen Oliver; Bigstock (jakkapan, inxti)
Satz: Vornehm Mediengestaltung GmbH, München
Druck und Bindung: CPI books GmbH, Leck
ISBN 978-3-453-42271-1
www.heyne.de

Für Marco
Unsere Reise über die Kontinente ist nicht immer eine
leichte, aber ich möchte sie mit niemand anderem erleben
als mit dir.

Kapitel 1

Wie so oft liege ich gleichzeitig auf zwei kleinen rosa Betten, mit meinem halben Oberkörper im einen, mit den angewinkelten Beinen im anderen und wünsche mir sehnlichst ein Glas Wein. Die Kanten der zusammengeschobenen Betten in meinem Rücken bringen mich beinahe um, unbequemer geht es kaum noch. Als ich versuche, mich möglichst leise und ohne allzu heftige Bewegungen in eine erträglichere Position zu manövrieren, greift sofort eine kleine Hand in mein Haar und hält meinen Kopf fest.

»Mama, hierbleiben«, murmelt Paula. Verdammt noch mal, warum schläft sie nicht endlich? Der Tag war so anstrengend, dass ich selbst liebend gern einschlummern würde. Und obwohl es erst halb acht ist, bin ich versucht, genau das zu tun, unbequeme Haltung hin oder her. Aber Thomas ist noch nicht zu Hause, und einmal am Tag unterhalte ich mich gern mit meinem Göttergatten. Immerhin habe ich tagsüber ziemlich wenig mit anderen Erwachsenen zu tun, weshalb ich abends regelrecht nach einer Unterhaltung lechze, die sich nicht um Walt Disneycharaktere dreht. Und heute freue ich mich besonders auf meinen Mann, denn ich habe es tatsächlich geschafft, mir die Zeit freizuschaufeln (indem ich die Kinder, zu ihrer grenzenlosen Begeisterung, eine halbe Stunde vor den Disney Channel gesetzt habe), um Thomas' Lieblingsessen zu zaubern: Die Quiche Lorraine steht im Backofen und wartet nur darauf, aufgewärmt zu werden, sobald mein Schatz nach Hause kommt. Mist, da fällt mir ein, dass ich vergessen habe, ihm eine Nachricht zu schicken, mit der Bitte, ausnahmsweise nicht allzu spät hier zu sein. Wenn er erst nach zehn aus dem Büro kommt, wie vor ein paar Tagen, bin ich mit Sicherheit schon auf dem Sofa eingepennt. Erst recht, wenn ich während des Wartens ein Glas Rotwein trinke. Eine Flasche des guten Barolo habe ich vorhin schon geöffnet, damit der Wein atmen kann. Und ich habe bei Netflix einen politischen Thriller ausgesucht, der Thomas gefallen wird – sollte er also zu einer humanen Uhrzeit hier sein, könnten wir uns endlich mal wieder einen gemütlichen Abend vor dem Fernseher machen. Ich kann mich gar nicht mehr daran erinnern, welchen Film wir zuletzt gemeinsam gesehen haben – das ist eine halbe Ewigkeit her. Meist gucke ich mir abends allein eine meiner liebsten Back-Serien an, oder, wenn ich besonders nostalgisch drauf bin, eine alte »Alfredissimo«-Folge auf YouTube – für diese Sendung habe ich früher quasi gelebt, als ich noch Köchin werden wollte.

»Aber klar, mein Schatz, ich bleibe hier«, wispere ich Paula zu, während meine Füße taub werden. Ich muss dringend meine Beine ausstrecken, doch ich weiß nicht wie. Thomas sagt immer, dass ich selbst schuld daran sei, Abend für Abend in unbequemer Haltung in den Betten unserer Töchter darauf zu warten, dass unsere Engel endlich einschlafen. Er hat leicht reden, schließlich ist er fast nie zu Hause, wenn die Mädchen ins Bett müssen. Darum bekommt er auch die Dramen nicht mit, die sich abspielen, wenn ich versuche, nach dem Gute-Nacht-Kuss einfach das Zimmer zu verlassen. »Mama, kuscheln!«, schreien Paula und Clara dann einstimmig und stehen einfach immer wieder auf, watscheln in ihren Schlafsäcken hinter mir her, bis ich klein beigebe und mich in ihre Betten falte, um mir einmal mehr den Rücken zu verrenken.

Ja, der Alltag mit unseren Zwillingen ist alles andere als leicht.

Aber wenn ich Gefahr laufe, einen Nervenzusammenbruch zu erleiden, weil sich Clara mal wieder weigert, auf die Toilette zu gehen und Minuten später auf das Sofa pinkelt oder Paula mit einem Kugelschreiber die Vorhänge »verschönert«, dann muss ich mich nur an die Hormonspritzen erinnern, und mir wird erneut klar, was wir für ein riesiges Glück hatten. Glück im Doppelpack, wie wir es oft nennen – zumindest an den weniger anstrengenden Tagen.

Zu Beginn unserer Ehe, als wir uns einig waren, dass wir möglichst bald Eltern werden wollten, da erschien uns noch alles so einfach. Ich war neunundzwanzig Jahre alt, Thomas einunddreißig. Diese Aufregung, als ich die Pille absetzte, wir das erste Mal ohne Verhütung Sex hatten! Diese Ernüchterung, als dann nichts passierte, über ein Jahr lang. Ich ließ mich untersuchen, bei mir war alles in Ordnung. Nach einiger Überzeugungsarbeit ging auch Thomas zum Arzt, was zu der Erkenntnis führte, dass seine Samenzellen zu langsam schwammen, um meine Eizellen ohne medizinische Hilfe zu befruchten. Also trat Plan B in Kraft, von dem ich nie geglaubt hatte, dass wir ihn brauchen würden: Der Besuch einer Kinderwunschpraxis. Es folgten zwei aufreibende Jahre voller Hormonspritzen, Hoffen, Heulen. Fünfmal wurden mir Eizellen entnommen, zehnmal befruchtete Eizellen eingesetzt. Und beim zehnten Versuch war der Schwangerschaftstest endlich positiv – ein Foto dieses Urinsticks liegt noch heute in der Schublade meines Nachttischchens. Niemals werde ich das Glück dieses Augenblicks vergessen, als mir zwei rote Striche auf dem Stick entgegenschimmerten. Wenig später waren es dann zwei Herzschläge, die Thomas und ich auf dem Ultraschallbildschirm in der Praxis meiner Gynäkologin zu sehen bekamen. Natürlich hatten wir durchaus mit der Möglichkeit einer Mehrlingsschwangerschaft gerechnet, schließlich waren mir seit dem ersten, erfolglosen Befruchtungsversuch bei jedem weiteren

Versuch immer zwei befruchtete Eizellen auf einmal eingesetzt worden, um meine Chance, schwanger zu werden, zu erhöhen. Aber dann plötzlich zwei pochende Herzen auf dem Ultraschallbildschirm zu sehen, das war trotz allem im ersten Moment ein kleiner Schock.

»Ach du Schande«, waren Thomas' erste Worte.

»Au weia!«, sagte ich. Dann strahlten wir uns an. Wir hatten so lange auf ein Baby gehofft – nun waren es also zwei. Wir würden die Kleinen schon schaukeln.

Aber, zugegeben, die erste Zeit mit unseren Töchtern war eher Hölle statt siebter Himmel. Natürlich waren wir überglücklich, dass ich die Schwangerschaft gut überstanden hatte und die Babys nur vier Wochen zu früh per Kaiserschnitt auf die Welt geholt worden waren, was für Zwillinge einen echten Erfolg bedeutete. Und dass die Mädchen beide gesund und munter waren, war ebenfalls ein gigantisches Geschenk – was die ersten Monate mit Clara und Paula trotzdem nicht leichter machte. Ich hatte bis dahin wirklich nicht geahnt, was es bedeutet, dauerhaft viel zu wenig Schlaf zu bekommen. Irgendwann hatte ich das Gefühl, wie ein Zombie durch die Gegend zu schleichen. Thomas und ich stritten uns, wie wir uns noch nie in unserer siebenjährigen Beziehung gestritten hatten, nicht einmal in den schlimmsten hormongebeutelten In-vitro-Zeiten. Schlafmangel führt leider nicht dazu, die besten Charaktereigenschaften von Menschen hervorzukehren. Ich begriff plötzlich, warum sich laut eines Artikels in einer Elternzeitschrift, den ich im Wartezimmer meiner Gynäkologin überflogen hatte, überdurchschnittlich viele Paare im ersten Lebensjahr ihres Babys trennen.

Doch Thomas und ich haben nicht nur das erste Lebensjahr unserer Zwillinge als Paar überstanden, sondern auch das zweite und dritte. Nun sind unsere Mädchen bereits dreieinhalb Jahre alt, mitten in der schlimmsten Trotzphase, und trotzdem lieben wir sie natürlich heiß und innig. Und uns lieben wir auch noch, selbst wenn oft wenig Zeit bleibt für Zweisamkeit. Aber die Kleinen werden ja so schnell größer, und ehe wir uns versehen, werden sie nicht mehr so viel Aufmerksamkeit fordern, werden selbstständiger sein, können abends mal bei einem Babysitter bleiben, sodass Thomas und ich endlich wieder ausgehen werden, ins Kino zum Beispiel. Bisher wollte ich das nicht. Ich kann mir einfach noch nicht vorstellen, meine Kinder einem Fremden anzuvertrauen. Doch, im Kindergarten sind sie natürlich, aber das ist ja etwas anderes. Wer weiß schon, was so ein Babysitter wirklich treibt, wenn man nicht zu Hause ist?

Endlich klingen Paulas Atemzüge tief und gleichmäßig. Vorsichtig versuche ich, mich aufzurichten, ohne zu viele verräterische Geräusche zu machen. Elegant wie ein Plumpsack schwinge ich meine eingeschlafenen Beine aus dem Bett, quäle mich mit einem unterdrückten Stöhnen in die Höhe und reibe mir den schmerzenden Rücken, während in meine Beine langsam kribbelndes Leben zurückkehrt. Sorgsam darauf bedacht, die Stelle zu umrunden, an der das Parkett quietscht, schleiche ich auf die Tür des Kinderzimmers zu. Als ich die Tür öffne, halte ich den Atem an, denn das Flurlicht scheint nun hell ins Zimmer, und einen Augenblick lang befürchte ich, dass eines der Mädchen wieder aufwacht. Doch sie schlafen nun tatsächlich tief genug, und ich bleibe ein paar Sekunden lang im Türrahmen stehen und betrachte sie: Claras blonde Locken kringeln sich um ihren Kopf wie ein Heiligenschein, während Paulas dunkles Haar störrisch in alle Richtungen steht. Du meine Güte, wenn die Mädchen so friedlich schlummern, sehen sie wirklich aus, als könnten sie kein Wässerchen trüben. Man mag gar nicht glauben, dass Clara ihrem Zwilling noch vor einer Stunde ein Playmobilauto auf den Kopf gehauen hat, woraufhin sich Paula mit einem Biss in die schwesterliche Schulter revanchiert hat. Ja, meine Mädchen können sich sehr leidenschaftlich streiten und verwandeln sich beide rasch in tobende Trolle, wenn ihnen etwas nicht passt – aber ansonsten unterscheiden sie sich in ihrem Verhalten eigentlich sehr: Clara ist der eher schüchterne Zwilling mit einem Hang zu Wehleidigkeit und Theatralik, was dazu führt, dass sie schon beim Haarekämmen empört losheult, weil ich ihr angeblich so wehtue. Paula wiederum ist eine kleine Draufgängerin, die unfassbar stur sein kann und selten getröstet werden will, wenn sie sich verletzt. Aber, so unterschiedlich sie auch sein mögen – manchmal sind sie dann doch wieder ein Herz und eine Seele, vergessen ihre Kämpfe und spielen wunderbar miteinander. Bis zum nächsten Streit.

Liebe erfüllt mich, während ich Claras im Schlaf zuckende Augenlider betrachte und Paulas leichtem Schnarchen lausche. Dann schließe ich mit einem erschöpften Gähnen die Tür und will mich auf den Weg in die Küche machen, um mir ein wohlverdientes Glas Wein einzuschenken, als mein Blick ins Wohnzimmer fällt und ich merke, dass Thomas nach Hause gekommen ist.

»Hey«, flüstere ich erfreut und schließe die Tür zum Flur hinter mir, bevor ich lauter sage: »Du bist ja schon da! Heute so früh?«

Thomas sitzt auf dem Sofa und schaut von seinem Smartphone auf. Er hat seine Anzugsjacke über den Esszimmerstuhl gehängt, seine Krawatte abgenommen, den obersten Hemdknopf geöffnet. Zum ersten Mal seit langer Zeit fällt mir auf, wie gut er immer noch aussieht. Keine Ahnung, warum ich das heute plötzlich wahrnehme. Vielleicht liegt es an der Art, wie sein Haar leicht verstrubbelt von seinem Kopf absteht, ganz wie bei Paula. Ich mag sein Haar, wenn es nicht ordentlich glatt gekämmt ist.

»Ja. Hi«, erwidert Thomas und räuspert sich. Er wirkt angespannt. Der Tag im Büro scheint anstrengend gewesen zu sein.

Thomas arbeitet als Rechtsanwalt für eine Internationale Sozietät und ist für Steuerrecht zuständig. Seine Klienten nehmen viel Zeit in Anspruch, in den letzten Monaten ist er immer später nach Hause gekommen und hat sogar am Wochenende oft gearbeitet. Ich habe mich daran gewöhnt, auch wenn ich mich häufig allein gelassen fühle mit den Zwillingen. Aber einer muss ja Geld verdienen, schließlich werde ich nicht so bald in meinen alten Beruf zurückkehren. Bis zur Schwangerschaft habe ich als Konditorin in der Konditorei »Behrens« in unserem Hamburger Stadtteil Ottensen gearbeitet und war regelrecht berühmt für meine Hochzeitstorten. Doch während meiner Elternzeit musste die Konditorei leider Insolvenz anmelden, wodurch ich natürlich meinen Job verlor. Zwar war ich mir gar nicht sicher gewesen, ob ich nach Ende der zweijährigen Elternzeit zurück in die Backstube gegangen wäre, doch die Tatsache, dass es meine alte Wirkungsstätte plötzlich nicht mehr gab, traf mich sehr. Umso glücklicher war ich, dass ich zu Hause gebraucht wurde und mich nicht so schnell nach etwas Neuem umsehen musste.

Ich bin gern daheim, bin gern »nur Mama«, wie es oft herablassend heißt. Mich erfüllt diese Aufgabe – selbst wenn es Tage gibt, an denen ich ständig schreien könnte, weil mich die Kinder in den Wahnsinn treiben. Aber ich bin trotz allem viel zu glücklich darüber, die Zwillinge in meinem Leben zu haben, als dass ich etwas anderes machen wollte, als mit ihnen zusammen zu sein, sie groß werden zu sehen. Zumindest vorerst. Sollte es mich doch wieder in den Fingern jucken und ich mich danach sehnen, raffinierte Petit Fours, fantasievolle Teilchen und prachtvolle Torten zu kreieren, werde ich mich nach einer geeigneten Teilzeitstelle umsehen. Bis dahin tobe ich mich hin und wieder in unserer Küche aus, backe glutenfreie Cupcakes für den Kindergarten, zuckerfreie Kekse für den Spielnachmittag mit der Zwillingselterngruppe, vollwertiges Bananenbrot fürs Wochenende.

»Was ist mit deinem Haar passiert?« Ich mache einen Schritt auf Thomas zu, will mit meiner Hand über seinen dunklen Schopf streichen, der hier und da von silbergrauen Strähnen durchzogen wird. Thomas zuckt leicht zurück, streicht sich selbst das Haar glatt und erwidert: »Ach, hmm, da habe ich mir eben wohl etwas zu stark die Haare gerauft, das ist alles.« Er lächelt mich schief an. Mir fällt auf, wie müde er aussieht. Vielleicht ist das mit dem Film doch keine so gute Idee.

»Probleme mit einem Klienten?«

»Mhhm«, murmelt er und sieht wieder auf sein Smartphone.

»Wie geht es den Kindern?«

»Ach, sie hätten sich vor einer Stunde fast gegenseitig umgebracht, weil sie sich mal wieder nicht einigen konnten, wer von ihnen Elsa und wer Anna sein durfte, aber ansonsten geht es ihnen gut.«

»Anna und Elsa?« Thomas sieht mich ratlos an. Ich atme tief durch. Ganz ehrlich, wie kann er das nicht wissen? Die Mädchen reden doch von kaum etwas anderem!

»Na, die beiden Charaktere aus diesem Disneyfilm, ›Die Eiskönigin‹. Ich hasse die Eltern von Mia dafür, dass die Kinder dort neulich den Film gucken durften. Seitdem dreht sich hier alles nur noch um Schneemänner und Rentiere.«

Thomas lächelt flüchtig, nickt und murmelt »Mhhm«, ohne den Blick von seinem Telefon zu lösen. Ich unterdrücke einen Seufzer. Wir haben schon so viele Abende mit Streit darüber verbracht, dass er nicht abschalten kann, mit seinen Gedanken ständig beim Job ist. Heute bin ich zu müde für eine Auseinandersetzung. Stattdessen ringe ich mich zu einem gut gelaunten Lächeln durch und sage: »Es passt übrigens wunderbar, dass du heute so früh zu Hause bist, denn ich habe dein Lieblingsessen im Backofen!«

Erwartungsvoll sehe ich Thomas an. Er lässt sein Telefon sinken und erwidert meinen Blick mit einer gewissen Ratlosigkeit. »Lieblingsessen?«, wiederholt er zerstreut. »Pilzrisotto?«

»Ähm ... nein, eine Quiche Lorraine. Die liebst du doch. Oder etwa nicht mehr?«

Als Thomas mich immer noch ratlos anstarrt, verschränke ich irritiert die Arme vor der Brust. Ich hatte auf mehr Begeisterung gehofft. »Ehrlich gesagt habe ich schon gegessen.«

Es ist beinahe lächerlich, wie enttäuscht ich bei seinen Worten bin. Warum habe ich ihm auch nicht angekündigt, dass ich mit Essen auf ihn warte? Das war schließlich ewig nicht mehr der Fall. Weil Thomas in letzter Zeit immer später heimgekommen ist, habe ich mir angewöhnt, gegen halb sieben mit den Mädels zu essen. Mit den Kindern zu essen bedeutet, dass ich zwischen dem Aufwischen von Apfelsaftpfützen und der x-ten Diskussion darüber, dass es abends keine Cornflakes gibt, nebenher ein paar Bissen herunterschlinge. Oft esse ich hinterher noch die Überbleibsel der Raubtierfütterung: die Kante von Paulas Leberwurstbrot, angenagte Gurkenscheiben, den Rest von Claras Brötchen, das nicht zu Ende gegessen wurde, weil der Käse nicht genug Löcher hatte. Wenn ich bei solchen kulinarischen Highlights daran denke, dass ich vor einer gefühlten Ewigkeit Köchin werden wollte – und zwar in meinen kühnsten Träumen eine mit Michelin-Stern – dann könnte ich gleichzeitig lachen und heulen.

»Ach, egal«, seufze ich und versuche, mir meine Enttäuschung nicht anmerken zu lassen. »Die Quiche kann man morgen noch aufwärmen. Ich wollte mir gerade ein Glas Wein einschenken. Möchtest du auch eins haben?«

»Ein Wein wäre großartig, danke.« Ich gehe in die Küche, schenke uns zwei Gläser Barolo ein und versuche, weiterhin optimistisch zu sein. Vielleicht können wir trotzdem noch den Film gucken. So früh wie heute war Thomas schließlich ewig nicht zu Hause, vielleicht hat er auch Lust darauf. »Hier«, sage ich, als ich zurück im Wohnzimmer bin, und reiche Thomas ein Glas, setze mich neben ihn aufs Sofa.

»Danke dir.« Endlich legt er sein Telefon zur Seite, greift nach dem Wein, lächelt mich an. Es ist ein flüchtiges Lächeln, irgendwie gezwungen. Von dieser Sorte habe ich in letzter Zeit einige bekommen. Ich nippe an meinem Wein, frage dann: »Ist alles in Ordnung? Stress im Büro?«

Thomas nimmt einen großen Schluck Wein und starrt ein paar Sekunden lang in sein Glas, als habe er Korkkrümel entdeckt.

»Was ist los?«, hake ich sanft nach, streiche über seine glatt rasierte Wange. Thomas zuckt leicht zusammen, sieht mich ernst an. Erstaunt lasse ich meine Hand sinken, ziehe fragend die Augenbrauen in die Höhe.

»Hör zu, Ella, ich muss dir etwas sagen«, beginnt er und rückt ein winziges Stück von mir ab. Und da weiß ich, was kommt, noch ehe er die Worte ausspricht, die meine Welt aus ihren Angeln heben.

»Hi, Ella!«

Maggies Stimme dringt bereits aus den Lautsprechern meines Laptops, bevor ihr Bild richtig zu sehen ist. Wie immer scheint ihre übersprudelnde Art das gesamte Zimmer zu fluten, sogar von New York aus, den weiten Weg über den Atlantik, bis zu mir nach Hamburg.

»Hi«, erwidere ich automatisch und starre meine Freundin an, deren vertraute dunkle Locken mal wieder so aussehen, als seien sie in der letzten Stunde mehrfach gerauft worden. Was vermutlich auch der Fall ist, denn Maggie wird von ihren Jungs mindestens so sehr auf Trab gehalten wie ich von meinen Mädchen. Und noch dazu arbeitet sie, flitzt täglich auf ihrer Vespa zwischen der Columbia Universität und ihrem Homeoffice hin und her. Wie sie das alles schafft, ist mir ein Rätsel.

»Ella? Was ist passiert?«

Natürlich weiß Maggie sofort, dass etwas nicht stimmt. Sie kennt mich so gut wie niemand auf dieser Welt, außer meinen Eltern und Thomas.

Thomas. Verdammte Scheiße. Die Eiseskälte in meinem Inneren beginnt zu schmerzen. Fast wünschte ich, ich könnte heulen, aber es wollen keine Tränen kommen. Ich bin einfach nur leer, taub, kalt. Als wäre alles Leben aus mir gewichen. Wie tot.

»Ella? Was ist denn los?« Nun klingt Maggie ehrlich alarmiert, doch ich kann nicht antworten. Mein Mund öffnet und schließt sich, ohne dass ein Ton herausfindet.

»Moommmyyy!«, schreit im Hintergrund Josh – oder ist es Zack? Maggie wendet sich kurz vom Bildschirm ab, ich höre, wie sie ihrem Mann Daniel leise auf Englisch zuraunt, er solle sie bitte allein lassen und dafür sorgen, dass die Jungs nicht hereinkommen. Am Rande des Bildschirms nehme ich eine Bewegung wahr, und ich erkenne Dan, der das Wohnzimmer des traumhaften Apartments mit Blick über den Central Park durchquert. Ja, meine beste Freundin und ihr Mann können sich so ein schickes Apartment an der Upper West Side von Manhattan leisten, nur einen Block vom Central Park entfernt. Seit Dan und ein Kumpel aus Studienzeiten vor Jahren ein Software Start-up gegründet und ein Programm an Microsoft verkauft haben, läuft es bei Familie Jackson finanziell mehr als rund. Zusätzlich verdient auch Maggie als »Assistant Professor« für Englisch und Deutsch an der Eliteuniversität Columbia in Manhattan, wo schon ihr Vater gelehrt hat, recht ordentlich. Ich bin selten neidisch auf das perfekte Leben meiner Freundin, denn ich habe Maggie viel zu gern, um ihr etwas zu missgönnen. Aber jetzt, als ich die Spätnachmittagssonne durch die hohen Fenster ihres New Yorker Apartments fallen und im Hintergrund Dan verschwinden sehe, diesen liebevollen, schüchternen Computer-Nerd, der Maggie vergöttert und sie auf Händen trägt, da überrollt mich ohne Vorwarnung eine Welle des Neides. Ich schlucke schwer.

»Ella, rede mit mir. Bitte.« Maggie sieht mich eindringlich an, ich starre stumm zurück. »Ist etwas mit den Mädchen?«

Ich schüttele den Kopf, merke, wie sie leicht aufatmet. »Mit Thomas?«, fragt sie weiter. Ich kann nur nicken. »Was ist mit ihm? Ist er krank?«

»Nein«, stoße ich heiser hervor. Ich schlucke mühsam, versuche Worte zu finden. Endlich gelingt es mir. »Er verlässt mich.«

Kapitel 2

W ie bitte?«, stößt Maggie ungläubig hervor. Ich nicke. Vom Bildschirm aus starrt mich meine Freundin fassungslos an, ihre dunkelbraunen Augen wirken riesig in ihrem schmalen Gesicht. »Ist nicht dein Ernst!«

»Doch«, flüstere ich, atme tief ein und aus. Dann füge ich hinzu: »Er hat ... er hat mir eben gesagt, dass er sich in eine andere Frau verliebt hat. Und zwar ...« Ich muss mich kurz unterbrechen, weil mir übel wird und ich ein paar Sekunden lang befürchte, dass ich mich übergeben muss. Maggie wartet geduldig, bis ich wieder sprechen kann. Ich sehe sie an und stoße hervor: »In unsere Nachbarin.«

»Was?«, fragt Maggie und reißt ihre Augen weit auf. »Heiliges Kanonenrohr!«

Normalerweise muss ich immer lachen, wenn Maggie in ihrem nach wie vor astreinen Deutsch, das sie während ihrer vier Jahre in Hamburg gelernt und nie mehr vergessen hat, originelle und vor allem kinderfreundliche Flüche von sich gibt. Maggie hat schon immer gern und kräftig geflucht – wohl das Erbe ihrer italienischen Vorfahren, die Anfang des 20. Jahrhunderts von Neapel nach New York gekommen sind. Aber seit Maggie Jackson-Goodman nicht nur Assistant Professor, sondern auch zweifache Mutter ist, sind ihre Flüche harmloser und gesellschaftsfähiger geworden – sowohl auf Deutsch als auch auf Englisch. Doch kein noch so leidenschaftlicher Fluch meiner Kindheitsfreundin kann mir heute nur den Ansatz eines Lächelns entlocken.

»Ich fasse es nicht! Wer ist eure Nachbarin?«, hakt sie nach und kaut vor lauter Aufregung an ihren Fingernägeln. Das hat sie schon damals gemacht, mit zwölf Jahren, als sie die Neue aus Amerika war und noch niemanden in Hamburg kannte.

»Jasmin Bayer«, würge ich voller Verachtung hervor. Ich kenne unsere Nachbarin nur flüchtig. Hin und wieder habe ich mich im Treppenhaus vor unseren Wohnungstüren mit ihr unterhalten, über das Wetter, die lauten Nachbarn im ersten Stock, die Kanalbauarbeiten in unserer Straße. Meist lediglich sehr kurz, weil die Mädchen quengelten. Einmal hat sie unsere Blumen gegossen, als wir im Urlaub waren. Ich fand Jasmin Bayer ganz nett. Da wusste ich ja auch noch nicht, dass sie mit meinem Mann ins Bett geht.

»Sie ist Lehrerin. So Anfang dreißig. Schwarze Haare. Sehr schlank.«

Natürlich. Sie hat ja auch nicht jahrelang Hormone in sich hineingespritzt. Sie war nicht sechsunddreißig Wochen lang mit Zwillingen schwanger und hat sicherlich keine wabbelige Bauchdecke, die von Dehnungsstreifen überzogen wird.

»Verflixt und zugenäht«, flucht Maggie in New York. »Hast du sie etwa miteinander erwischt?"

Ich schüttele den Kopf, während ich versuche, mir nicht vorzustellen, wie Jasmin Bayer wohl nackt aussieht. »Nein. Thomas hat mir eben alles gestanden. Einfach so. Aus heiterem Himmel.«

»Was genau hat er gesagt? Wie hat das angefangen, mit dieser Lehrerin?«

»Er … er hat gesagt, dass sie sich oft morgens vor den Garagen unterhalten haben, bevor sie zur Arbeit gefahren sind. Irgendwann hat sie … sie hat ihn um Hilfe gebeten. Sie wollte ein Regal aufhängen. Er ist nach Feierabend zu ihr gegangen, ohne mir das zu erzählen. Da hat es angefangen.«

»Wann war das?«

»Vor vier Monaten«, antworte ich tonlos.

Ich kann das immer noch nicht glauben. Wie kann er mich vier Monate lang betrogen haben – in unserer Nachbarwohnung? Fassungslos starrt mich Maggie an. So muss ich vorhin ausgesehen haben, als Thomas mir alles gestanden hat, den Blick auf seine Finger gerichtet, die nervös an seinem Ehering drehten. Merkte er überhaupt, womit er da spielte, oder machte er das unbewusst? Ich habe unsere schlichten, klassischen Eheringe immer geliebt. Nichts Modisches, keine funkelnden Diamanten, kein Schnickschnack. Einfach zeitlose Bänder aus Gold, wie man sie bei alten Leuten sieht, die seit fünfzig Jahren verheiratet sind. So hatte ich Thomas und mich auch immer vor mir gesehen. Bis zu dem Zeitpunkt, als er mir das Ende unserer Ehe eröffnet hat. So etwas kam doch nur in schlechten Filmen vor. Nicht im wahren Leben. Und schon gar nicht in meinem!

»Er ist abends immer zuerst in ihre Wohnung gegangen und dann zu uns«, sage ich zu Maggie, während ich an meinem eigenen Ehering herumdrehe. »Er hat die Kinder nicht ins Bett bringen können, weil er nebenan eine andere Frau gevögelt hat.«

Mit einem Mal überkommt mich die Wut auf Thomas mit einer solchen Wucht, dass ich mir die Haare raufe, um nicht schon wieder loszuschreien. Geschrien habe ich eben genug. So lange, bis mir bewusst wurde, dass SIE mich vielleicht hören konnte. Jasmin Bayer. Saß sie nebenan, in ihrem Wohnzimmer, das an unser Wohnzimmer grenzt, während Thomas seine Ehe beendete? Mich fragte, ob mir nicht aufgefallen sei, wie sehr wir uns auseinandergelebt hatten. Mir sagte, dass er die Scheidung wolle. Dass es ihm sehr leidtue. Dass er nicht aufhören würde, für die Kinder da zu sein.

An dieser Stelle verlor ich die Beherrschung. »Wann warst du denn in letzter Zeit für die Kinder da?«, habe ich gezischt, außer mir vor Wut. Aber nicht mehr allzu laut, damit Jasmin nebenan nicht alles mitbekam. Dann habe ich nach meinem Weinglas gegriffen und den guten Barolo über Thomas ausgeleert. Über seinem Hemd, das ich ihm gewaschen und gebügelt hatte, während er über Scheidung nachdachte. Daraufhin ist Thomas aufgestanden und gegangen. Nach nebenan, zu ihr.

Als mir bewusst wurde, dass dort, in unserer Nachbarwohnung, tatsächlich eine andere Frau auf meinen Ehemann wartete, konnte ich mich nicht mehr rühren, starrte regungslos auf die geschlossene Wohnungstür, während eine Erkenntnis nach der anderen erbarmungslos durch meinen Kopf raste. Obwohl mein Körper zu keiner Bewegung mehr fähig schien, lief mein Gehirn auf Hochtouren. Alles war plötzlich so klar.

Thomas hatte gar nicht mehr Überstunden gemacht als vorher. Er war nur nach Feierabend immer nebenan gewesen. Das eine Mal, als er sein Telefon nicht fand und vorgab, noch einmal zum Auto zu gehen, um es zu suchen – er hatte es bei unserer Nachbarin liegen gelassen. Der blonde Mann, der eine Zeit lang bei Jasmin Bayer ein- und ausging, der sicher ihr Freund war – ich habe ihn seit mehreren Monaten nicht mehr gesehen. Das alberne Kichern, das ich vor ein paar Wochen aus Jasmins Wohnung gehört habe, abends, als ich mit meinem Glas Wein einsam vor der Tagesschau saß. Kurz darauf ein lustvolles weibliches Stöhnen. Zwanzig Minuten später kam Thomas nach Hause. »Ich glaube, die Lehrerin nebenan hat einen neuen Freund. Sie hatte gerade Sex in ihrem Wohnzimmer«, habe ich zu Thomas gesagt, der sich daraufhin an seinem Wein verschluckt hat.

War sein Haar nach Feierabend öfter verwuschelt, und ich habe es bloß nicht gemerkt? War ich so blind? So sehr auf Kinder und Haushalt fixiert, dass ich übersah, wie mein Mann wenige Meter von mir entfernt fremdging?

Scheidung, hallte es in meinem Kopf wider. Alleinerziehend. Scheiße. Scheiße. Scheiße.

Über drei Stunden lang saß ich im Schockzustand auf dem Sofa, den Geruch von Rotwein in der Nase, der um meine Füße herum in den grauen Teppich sickerte und trocknete. Dann wurde mir klar, dass ich Maggie sprechen musste. Maggie weiß immer, was zu tun ist.

Aber meine Ehe kann auch sie nicht retten, wird mir klar, während ich nun vor meinem Laptop sitze und meine Freundin anstarre, die einen Ozean weit entfernt ist und in deren Augen so viel Entsetzen und Mitgefühl und Wut liegen, dass ich einen Moment lang wirklich glaube, endlich losheulen zu können. Doch statt erlösender Tränen habe ich plötzlich das ungute Gefühl, keine Luft mehr zu bekommen.

»Maggie«, stoße ich hervor und ringe nach Atem. »Wie konnte er das bloß machen? Einfach alles beenden? Wie kann ich ihm plötzlich so egal sein? Ich will die Kinder nicht allein großziehen müssen, ich will keine kaputte Familie haben!« Die Panik lässt mich immer schneller sprechen, immer heftiger nach Luft ringen. »Er hat gesagt, dass er sie liebt. Dass er Jasmin Bayer liebt. Dass er zu ihr in die Wohnung hinüberziehen will.« Ich halte inne, fürchte kurz zu kollabieren.

Alarmiert ruft Maggie mir zu: »Ella, Ella, ganz ruhig! Ruhig bleiben, bitte! Tief ein- und ausatmen. Hast du es deinen Eltern schon erzählt?«

Ich lege eine Hand auf meinen Brustkorb, tue das, was mir Maggie gesagt hat: Tief hole ich Luft, konzentriere mich auf meine Atemzüge. Ich darf hier nicht zusammenbrechen, ich bin allein mit meinen Kindern. Thomas ist nebenan. Bei ihr.

Als ich endlich wieder sprechen kann, antworte ich: »Nein. Sie sind doch seit gestern auf dem Kreuzfahrtschiff. Drei Wochen Hurtigruten.«

Mit einem Mal frage ich mich, ob mir Thomas deshalb gerade jetzt seine Affäre gestanden hat. Natürlich wären meine Eltern sofort vorbeigekommen, von Eimsbüttel, dem Hamburger Stadtteil, wo ich aufgewachsen bin, hierher zu uns nach Ottensen. Sie wären ohne Zögern zur Stelle gewesen, sobald ich ihnen eröffnet hätte, dass ihr perfekter Schwiegersohn mich sitzenlässt. Ich bin Einzelkind, der Augapfel meiner Eltern, die einfach alles für mich tun würden. Aber nun sind sie zum ersten Mal in ihrem Leben auf einer längeren Reise und können ihrem Schwiegersohn nicht den Marsch blasen. Und das weiß Thomas.

Oh, dieser Feigling!

»Verdammt«, höre ich Maggie in New York murmeln.

»Weißt du, was er gesagt hat?«, frage ich tonlos und sehe meine Freundin an. Sacht schüttelt sie den Kopf, und das Mitleid, das so offen in ihrem Gesicht zu lesen ist, bringt mich beinahe um. »Er hat gesagt, dass die Begleitumstände doch ›ganz günstig‹ wären. Weil er ja nebenan bei Jasmin einzieht. So kann er die Kinder nach wie vor oft sehen. Praktisch, oder? Er vögelt seine Geliebte und kommt danach durchs Treppenhaus zur Noch-Ehefrau und den Kindern, um den Helden-Papa zu spielen, der sich tatsächlich die Zeit für eine Geschichte oder einen gebastelten Papierflieger nimmt.«

Ich lache auf und klinge dabei so hysterisch, dass ich mir selbst Angst einjage. Himmel, das hier ist doch ein schlechter Traum, oder? Noch nie habe ich mir so sehnlich gewünscht, aufzuwachen und festzustellen, dass mein Leben nach wie vor in geordneten Bahnen verläuft. In langweiligen Bahnen vielleicht, aber dafür ohne Drama. Nein, Thomas und ich waren in den letzten Jahren sicherlich nicht mehr das überglückliche Paar wie zu Beginn unserer Beziehung. Ja, wir hatten nur noch sehr selten Sex, seit die Kinder auf der Welt waren. Im letzten halben Jahr gar keinen mehr.

Ich korrigiere: Ich hatte keinen Sex. Thomas sehr wohl.

Aber trotz allem habe ich mein Leben gemocht, wie es war.

Die Kinder haben mich so sehr auf Trab gehalten, dass ich einfach nur froh war, abends nicht auch noch Lust vorspielen zu müssen. Und die Beinrasur konnte ich mir somit auch sparen, ein echtes Plus, wenn man morgens gefühlte zweieinhalb Minuten Zeit im Bad hat, bevor es von streitenden Kleinkindern gestürmt wird.

»Ella?«, höre ich Maggies Stimme. Ich sehe sie an. Keine Ahnung, wie oft sie in den letzten Sekunden meinen Namen gesagt hat. Ich blinzele, um zurück zu unserem Gespräch zu finden. »Du musst dringend da raus, Ella.«

Maggie klingt ernsthaft besorgt. Die Kälte in meinem Inneren wird intensiver. Scheiße, wohin soll ich denn? Das hier ist mein Zuhause! Die Altbauwohnung, die wir uns wegen der teuren In-vitro-Fertilisation eigentlich nicht hätten leisten sollen, die wir aber trotzdem gekauft haben, als die Kinder gerade geboren waren. Nie werde ich unsere erste Nacht in dieser Wohnung vergessen, als Clara und Paula sechs Monate alt waren. Zwar war ich während des Umzugs mehrfach nur sehr knapp an einem Nervenzusammenbruch vorbeigeschrammt, denn Umzüge mit Schlafmangel und schreienden Babys sind nicht empfehlenswert. Aber als wir an jenem ersten Abend hier saßen, auf dem Wohnzimmerparkett, an noch volle Umzugskartons gelehnt, mit Sekt aus Plastikbechern anstießen und auf den Pizzaboten warteten, während die Mädchen zum ersten Mal in ihrem eigenen Kinderzimmer schliefen, da war ich rundum glücklich.

Wo ist das hin, dieses Glück? Es kann doch nicht einfach alles vorbei sein! Das passiert nur anderen Paaren, habe ich immer gedacht. Doch nicht uns. Nicht nach all dem, was wir gemeinsam durchgemacht haben. Wir sind doch ein Team, Thomas und ich. Oder?

»Du musst mit den Mädchen da raus«, höre ich Maggie drängend wiederholen. Ich reiße meinen Blick von der Stelle am Fußboden los, wo Thomas und ich damals saßen, und sehe meine Freundin resigniert an.

»Aber wohin sollen wir denn?«, frage ich tonlos.

»Nach Fire Island«, kommt Maggies resolute Antwort, und ich merke an der Art, wie sie ihre Schultern strafft und tief durchatmet, dass ihr dieser Gedanke just in diesem Moment gekommen ist und dass sie ihn großartig findet.

»Fire Island?«, hake ich nach. Ohne Vorwarnung schwirren Bilder durch meinen Kopf, der Kälte in meinem Inneren zum Trotz. Bilder von perfekten Sommertagen: die idyllische Insel, das grau geschindelte Holzhaus der Goodmans, nur einen Steinwurf vom Meer entfernt. Die Wege zwischen den Häusern, ohne Autos, dafür überall Bollerwagen. Und Hirsche. Die Holzplankenwege Richtung Strand, durch hohes Dünengras, eine dünne Schicht Sand auf den Brettern, wie Puderzucker. Der Strand. Dieser traumhafte, kilometerlange Strand. Maggie und ich, sorglose Teenager, braun gebrannt auf Handtüchern in der Sonne liegend, Rettungsschwimmer anhimmelnd. Zweimal durfte ich meine Sommerferien mit Maggie und ihrer Familie auf der Insel vor New York verbringen: Einmal mit sechzehn Jahren, dann noch einmal mit achtzehn Jahren. Und ich erinnere mich gern an diese langen Sommertage. Und Sommernächte. An den warmen Sand. An den Sternenhimmel.

An Nathan.

Ich blinzele und schüttele leicht den Kopf, um mich ins Hier und Jetzt zurückzuholen.

»Fire Island?«, wiederhole ich und merke, dass Maggie auf der Tastatur ihres Laptops herumhämmert.

»Ja«, bestätigt sie knapp. »Warte, ich schaue gerade nach Flügen.«

»Aber … fährst du denn auch dorthin?« Hoffnung keimt vage in mir auf, versucht der Kälte zu trotzen.

Doch Maggie schüttelt ihren Kopf, streicht sich eine ihrer unbändigen dunklen Locken aus der Stirn und sieht mich bedauernd an. »Noch nicht«, erklärt sie sanft, weil mir die Enttäuschung deutlich ins Gesicht geschrieben sein muss. »Wir sind gerade dabei, die Koffer zu packen, morgen früh geht es nach San Francisco. Du weißt schon, die Hochzeit von Dans Cousin.«

Richtig, über die Kalifornienreise hatten wir gesprochen – vor ein paar Wochen, als die Welt noch in Ordnung war.

»Stimmt ja«, murmele ich und versuche, einen klaren Gedanken zu fassen. »Aber ... wann würdest du denn nach Fire Island kommen?«

Normalerweise verbringen Maggie, Dan und die Jungs jeden Sommer mindestens vier Wochen auf der schmalen Insel vor New York, Maggies Eltern ebenfalls. Nur Maggies älterer Bruder Nathaniel, genannt Nathan, kommt nie dazu. Er ist schließlich ein gefeierter Koch in New York, ein absolutes Arbeitstier, er brennt für seinen Beruf. Nathan macht keinen Urlaub, hat Maggie irgendwann in den letzten Jahren geantwortet, als ich beiläufig gefragt habe, ob er jemals nach Fire Island kommt.

»In zweieinhalb Wochen«, erklärt Maggie ruhig. »Sobald wir aus San Francisco zurück sind, komme ich mit den Jungs auf die Insel, versprochen. Und bis dahin hast du deine Ruhe.«

»Mit den Kindern«, bemerke ich und stelle zu meinem eigenen Erstaunen fest, dass ich trotz der Taubheit in meinem Inneren sarkastisch sein kann. Maggie scheint dies ebenfalls zu registrieren, denn sie lacht beinahe erleichtert auf, ganz so, als glaubte sie, ihre alte Freundin zurückzuhaben.

Dabei wird von heute an nichts mehr so sein wie vorher.

»Na ja, wenn sich die Mädchen am Strand austoben können, schlafen sie nachts wenigstens tief und fest«, lacht Maggie. »Glaub mir, ich weiß, wovon ich spreche.«

Ihr älterer Sohn Joshua ist sieben, der kleine Zackary fünf.

»Und deine Eltern?«

»Sind noch auf Moms Buch-Promotion-Tour«, erwidert Maggie. »Gerade irgendwo in Michigan.«

Richtig. Maggies Mutter, Beatrice Goodman, ist mit ihrem zehnten Roman erneut auf der New York Times-Bestsellerliste gelandet. Ich habe schon ein paar Mal versucht, Beatrices Bücher zu lesen, aber ihre historischen Romane sind alles andere als leichte Kost, sodass ich bei fast allen auf halbem Wege aufgegeben habe, obwohl ich normalerweise wirklich gerne lese. Eigentlich ist Beatrice Englischlehrerin, aber sie hat schon kurz nach Maggies Geburt begonnen, Romane zu schreiben und war schließlich so erfolgreich damit, dass sie ihren Lehrerberuf mit Mitte fünfzig an den Nagel gehängt hat, um sich nur noch dem Schreiben widmen zu können.

»Dad meinte, wenn sie es dieses Jahr überhaupt für einen längeren Zeitraum auf die Insel schaffen, dann erst im August. Vorher höchstens mal ein Wochenende lang. Aber meine Eltern lieben dich, Ella. Es würde ihnen nichts ausmachen, sich das Haus mit dir zu teilen.« Ich höre, wie sie ein paar Mausklicks macht, während ich an Harry und Beatrice Goodman denken muss. Er groß und früher blond, heute grauhaarig, mit immer stärker zurückweichendem Haaransatz und freundlichen blauen Augen. Sie klein und hektisch, mit flatternden Händen und agilem Mundwerk, ihre Locken schwarz, ihre Augen dunkelbraun – beides wie bei Maggie. Und Nathan.

»Hör zu, ich habe einen Flug für dich gefunden«, verkündet Maggie und sieht mich triumphierend an. Ich würde gern lächeln, doch es klappt nicht. »Lufthansa, direkt von Hamburg nach New York, noch vier freie Plätze. Übermorgen früh um 11.30 Uhr geht es los.«

»Was, schon übermorgen?« Ich starre Maggie an und vergesse zwei Herzschläge lang, zu atmen.

»Hey«, sagt sie sanft, und ich erwidere zweifelnd ihren Blick. »Ich will dich nicht überrumpeln, Ella. Aber ... Also, ich könnte das nicht. In eurer Wohnung bleiben, als wäre nichts geschehen, während Thomas nebenan was-weiß-ich mit dieser Jasmin treibt.«

Als ich an Jasmins Stöhnen vor ein paar Wochen denke, schließe ich flüchtig die Augen. Maggie hat recht, ich muss hier weg. Dringend. Aber – nach Fire Island? Was soll ich denn allein mit den Zwillingen auf einer Insel, auf der es keine Autos gibt, keinen großen Supermarkt, kein Krankenhaus? Was, wenn etwas passiert? Dann fällt mir die Insel-Arztpraxis ein, zu der mich Beatrice Goodman mit sechzehn gebracht hat, als ich in eine Glasscherbe getreten war. Für eine erste Notfallbehandlung in jedem Fall ausreichend. Und wenn man es eilig hatte, musste man nicht auf die Fähre warten, erinnere ich mich plötzlich, denn es gab doch diese Wassertaxis. Und einen netten Lebensmittelladen, wo zwar alles etwas teurer war als auf dem Festland, doch man konnte sich dort gut versorgen.

Aber ich bin noch nie allein mit den Kindern geflogen. Und dann gleich ein Transatlantikflug? Niemals. Das überlebe ich nicht.

»Du hast doch einen gültigen Pass, oder? Und die Kinder auch?«, hakt Maggie nach.

»Ähm ...« Ich versuche, einen klaren Gedanken zu fassen. Ja, ich habe einen gültigen Pass, und die Kinder haben auch welche, weil wir schon ein paarmal mit den beiden ins Ausland gereist sind. Zwar nur innerhalb Europas, aber sogar dafür brauchen Kinder ja Reisepässe als Ausweise. Erst im Frühling waren wir auf Teneriffa. Aber Fire Island, ich allein mit den Mädchen? Nein, schon bei der Vorstellung bekomme ich Panik. Zwar war Thomas oft nicht zu Hause, aber ganz auf mich allein gestellt war ich mit den Zwillingen trotzdem noch nie.

»Maggie, ich … ich kann das nicht so schnell entscheiden«, weiche ich daher aus. Meine Freundin sieht mich prüfend an, und ich merke, dass sie mein Zögern nicht verstehen kann, dass sie gern sofort einen Flug für mich buchen würde. Sie öffnet den Mund, hat sicherlich schon ein weiteres Argument auf den Lippen, doch mein Gesichtsausdruck scheint ihr zu sagen, dass ich im Moment wirklich zu keiner so großen Entscheidung fähig bin. Also atmet Maggie lediglich tief durch und lehnt sich in ihrem Schreibtischstuhl zurück. »Okay, Süße. Ich will dich nicht drängen. Aber du weißt, ein Anruf genügt und ich buche dir die Flüge. Na ja, zumindest bis morgen früh unserer Zeit, denn um acht Uhr müssen wir los, zum Flughafen. Aber auch, wenn wir in San Francisco sind, bin ich immer erreichbar, okay?«

Ich nicke und versuche erneut zu lächeln, was mir nach wie vor nicht gelingt. Momentan habe ich ernsthafte Zweifel daran, jemals wieder richtig lächeln zu können.

Es ist bereits drei Uhr morgens, als ich mich endlich dazu durchringen kann, das Sofa zu verlassen und mich ins Schlafzimmer zu schleppen. Ohne mir die Zähne zu putzen oder mich abzuschminken bleibe ich vor unserem Ehebett stehen und will mich schon erschöpft darauf fallen lassen, als mein Blick auf Thomas' unberührte Seite fällt. Ich betrachte sein Kopfkissen, das ich gestern Morgen aufgeschüttelt habe, nicht ahnend, dass mein Mann heute Nacht nicht mehr dort liegen würde. Als ich daran denke, wie oft ich nachts meine kalten Füße unter Thomas' Beine geschoben habe, wie oft mich sein lautes Schnarchen geweckt hat, wird mir übel vor Kummer. Was würde ich plötzlich darum geben, ihn wieder schnarchen zu hören. Unfähig, mich in unser verwaistes Ehebett zu legen, will ich gerade auf den Fußboden sinken und endlich in erlösende Tränen ausbrechen, als mich ein Geräusch aufhorchen lässt. Ein vertrautes Geräusch, leise, aus der Ferne. Es dauert ein paar Sekunden, bis ich begreife, was das ist.

Ich höre Thomas schnarchen. Und zwar nebenan, in Jasmins Schlafzimmer. Erst jetzt begreife ich voller Entsetzen, dass er direkt hinter der Wand schlafen muss, an der sich das Kopfende unseres Ehebetts befindet. Auf der anderen Seite steht anscheinend Jasmins Bett. Ich war nie in ihrer Wohnung, habe nur einmal einen flüchtigen Blick durch ihre Eingangstür ins Wohnzimmer erhascht, das im Sechzigerjahre-Retro-Stil möbliert war. Aber es macht durchaus Sinn, dass nicht nur unsere Wohnzimmer aneinandergrenzen, sondern auch unsere Schlafzimmer. Diese Erkenntnis lässt mein Inneres noch kälter werden, was ich überhaupt nicht für möglich gehalten habe. Richtig, jetzt fällt es mir wieder ein: Vor ungefähr einem Jahr, als noch der blonde Mann bei Jasmin ein- und ausging, habe ich nachts mal wieder wegen Thomas' Schnarchen wach gelegen und hinter unserer Schlafzimmerwand ein Bett rhythmisch quietschen gehört. Oh mein Gott, das hatte ich völlig verdrängt! Werde ich mir von jetzt an etwa anhören müssen, wie mein Mann auf der falschen Seite unserer Schlafzimmerwand schnarcht? Und, noch schlimmer: Wie Jasmins Bett quietscht, wenn ER mit ihr dort Sex hat?

Ich versuche, ruhig zu atmen, aber es gelingt mir nicht, während ich entsetzt vom Bett zurückweiche. Rücklings stoße ich gegen die Kommode neben der Zimmertür, reibe mir leise fluchend meinen Arm und will aus dem Raum flüchten, als ich innehalte, die oberste Kommodenschublade anstarre. Was darin ist, weiß ich genau: unsere wichtigsten Unterlagen. Unter anderem die Reisepässe, nach denen Maggie eben gefragt hat. Sofort muss ich wieder an unseren letzten Familienurlaub denken, der, wie es aussieht, auch wirklich unser letzter Urlaub als komplette Familie war. Mein Inneres scheint vor schmerzender Kälte zu bersten, als ich wieder die Mädchen und mich auf Teneriffa im Babypool planschen sehe, ich auf naive Weise glücklich und zufrieden, während Thomas im Schatten eines Sonnenschirms auf einer Liege saß, sein Smartphone in der Hand.

Mein Herz droht auszusetzen. Das war im April. Jetzt haben wir Ende Juni. Seit vier Monaten schläft er mit Jasmin. Es war also nicht die Arbeit, die ihn im Schatten am Smartphone kleben ließ. Ich frage mich, was er ihr getextet hat.

»Vermisse dich. Wünschte, ich wäre mit dir hier.«

Von Entsetzen getrieben reiße ich die Schublade auf, ziehe unsere Pässe heraus. Mit einem letzten Blick auf die Schlafzimmerwand, hinter der mein Ehemann mit einer anderen Frau liegt, haste ich zurück ins Wohnzimmer. In New York ist es halb zehn am Abend, und zum Glück ist Maggie noch wach und nimmt meinen Skype-Anruf sofort an. »Okay«, sage ich atemlos, sobald ihr besorgtes Gesicht auf dem Bildschirm auftaucht. »Bitte buch die Flüge, Maggie.«

Kapitel 3

Ich schließe die Tür der Behindertentoilette im Ankunftsbereich des John F. Kennedy Flughafens ab, sinke auf den gefliesten Fußboden und breche in Tränen aus. Nein, natürlich sitze ich nicht im Rollstuhl, aber in die überfüllte Damentoilette passe ich mit Kofferkuli und Kindern kaum hinein. Außerdem soll niemand mitbekommen, wie fertig ich bin. Meine Schultern werden von Schluchzern geschüttelt, während ich meine Wut, meine Verzweiflung, meine Erschöpfung aus mir heraus heule. Ich schaffe das alles nicht allein! Wieso habe ich bloß auf Maggie gehört und bin einfach so mit den Kindern hierhergekommen, nach New York? Gerade fühle ich mich, als wäre ich einhundert Jahre alt. Mindestens. Ich bin hundemüde, mir tut alles weh, besonders der Rücken, nachdem ich eben unsere Koffer vom Gepäckband gewuchtet habe, zum ersten Mal seit Jahren. Weil sonst immer Thomas zur Stelle war und das gemacht hat.

Ja, all unsere Reisen mit den Zwillingen waren anstrengend, aber wir waren immer zwei Erwachsene. Zwar war meistens ich diejenige, die im Flugzeug mit Bilderbüchern, Wasserflaschen und Feuchttüchern hantierte und versuchte, die Prinzessinnen bei Laune zu halten, während Thomas für gewöhnlich kurz nach dem Start einschlief, als wäre er auf einer einsamen Insel. Aber: Er war trotz allem da, konnte bei Bedarf geweckt werden. Ich war nicht allein mit meinem Ärger über das Herumzicken und ständige Streiten der Mädchen. Die Scham über ihre

Wutanfälle in der Öffentlichkeit wurde auf zwei Paar Schultern verteilt.

Jetzt nicht mehr. Jetzt bin da nur noch ich, die sich anhören darf, was für eine blöde Mama ich sei, weil ich den Mädchen verboten habe, auf dem Kofferband im Kreis zu fahren. »Blöde, blöde Mama! Ich will Papa!«

Ja, ich auch. Ich bin kurz davor, zu schreien: »Aber leider will Papa uns nicht mehr!«, doch ich schlucke die giftigen Worte hinunter. Die Kinder können schließlich am wenigsten für unsere Situation.

»Bist du dir sicher, dass du das ganz allein schaffst?«, hat mich Thomas zweifelnd gefragt, als er gestern nach Feierabend erstaunlich früh zu uns kam, um den Mädchen in ihren rosa Betten »Gute Nacht« zu sagen. Dass das nun so plötzlich möglich war, tat verdammt weh, und ich hasste Thomas dafür. Klar, er hatte ja nun reichlich Zeit, um Dinge mit Jasmin zu tun, die ich mir nicht vorstellen wollte, die sich aber immer wieder vor mein inneres Auge schoben. Er hatte nun, da er mir nichts mehr vorspielen musste, die ganze Nacht mit ihr. Also war für die Töchter tatsächlich eine halbe Stunde vorlesen drin.

Und das Furchtbare daran war: Die Mädchen waren außer sich vor Glück. Endlich der Papa, der ihnen die Bilderbücher immer so besonders unterhaltsam vorlas, der Stimmen imitierte, der sie noch einmal gründlich durchkitzelte, sodass sie wieder richtig aufgeputscht waren und noch später einschliefen als sonst. Ich bemühte mich nach Leibeskräften darum, mir meine Gefühle nicht anmerken zu lassen, doch innerlich heulte und schrie ich, als er Clara und Paula ihre Gute-Nacht-Küsse gab, sich von ihrer grenzenlosen Liebe und Bewunderung überschütten ließ und schließlich zu mir ins Wohnzimmer kam.

Würde es von nun an immer so sein? Würde Thomas abends kurz hereinschneien, sich von seinen Töchtern als Held feiern lassen, der viel lieber war als die »blöde Mama«, um dann durchs Treppenhaus zu seiner neuen Freundin zu eilen und mir die schnöden Alltagsscherereien zu überlassen? Die Diskussionen rund ums Brokkoli essen, Pipi machen, Zähne putzen?

»Mama! Kuscheln!«, ertönten die Schreie der Zwillinge.

»Ja, sofort«, rief ich zurück und drückte Thomas die Einverständniserklärung in die Hand, von der Maggie meinte, dass ich sie brauchen würde. Sonst würde man am Flughafen eventuell glauben, dass ich die Kinder entführte. Ich hasste die Tatsache, dass ich Thomas quasi um Erlaubnis bitten musste, mit den Kindern zu verreisen. Er war es doch, der fremdgegangen war, er war es, der gleich in die Nachbarwohnung verschwinden würde, als sei es das Normalste der Welt, als wohnte er schon ewig auf der rechten Seite des Treppenhauses anstatt auf der linken!

Als mich Thomas über das Schreiben hinweg zweifelnd ansah und fragte, ob ich mir den langen Flug nach New York wirklich allein mit den Kindern zutraute, verdrängte mein Stolz den letzten Rest der Angst vor der Reise, und ich erwiderte kühl: »Natürlich traue ich mir das zu. Ich bin ja sonst auch immer allein mit den Mädchen.«

»Aber du kannst doch nicht einfach so Hals über Kopf abhauen«, bat Thomas leise und sah mich eindringlich an. Ich schluckte und unterdrückte den Impuls, ihm eine Ohrfeige zu geben.

»Maaaamaaa!«, schrien Clara und Paula.

»Sofort!«, gab ich zurück und antwortete Thomas mühsam beherrscht: »Doch. Das kann ich. So wie du einfach von heute auf morgen unser Familienleben zerstören konntest. Ich brauche einen Tapetenwechsel. Und den werde ich dir gegenüber nicht lange rechtfertigen, schließlich hast du deinen Tapetenwechsel ja schon vollzogen. Wortwörtlich. Allerdings ohne mein Einverständnis. Also, bitte unterschreib jetzt, ich muss Koffer packen.«

»Aber wann kommt ihr denn zurück?«

»Der Rückflug ist für Anfang August gebucht.«

Thomas riss seine Augen weit auf. »Anfang August? Das sind ja ... sechs Wochen?«

Ich nickte. »Ja. Sorry, Thomas, aber jetzt tu bitte nicht so, als würdest du eingehen, wenn du die Mädchen sechs Wochen lang nicht siehst. Du hast es schließlich auch in Kauf genommen, sie Abend für Abend nicht ins Bett zu bringen, weil du nebenan Wichtigeres zu tun hattest.«

Thomas starrte mich an, ich starrte zurück. »Hör mal, es tut mir wirklich leid«, begann er schließlich und raufte sich mit einer Hand das Haar, doch ich unterbrach ihn barsch.

»Jetzt nicht. Wirklich nicht. Spar dir deine Entschuldigungen. Egal was du sagst, du machst es nicht besser.«

Thomas zögerte, nickte schließlich stumm. Dann presste er das Schreiben an den Türrahmen, kritzelte eine Unterschrift darauf. Als er mir die Einverständniserklärung zurückreichte, bat er eindringlich: »Aber wir skypen, ja? Bitte.«

»Von mir aus«, erwiderte ich mit einem Schulterzucken und faltete das Schreiben sorgfältig zusammen. »Wenn du tatsächlich die Zeit finden solltest, um mit deinen Kindern zu skypen, werde ich die Letzte sein, die dir im Wege steht. Ich persönlich habe dir nicht mehr viel zu sagen.«

»Ich bringe euch morgen zum Flughafen«, sagte Thomas entschlossen. »Wann geht euer Flug?«

»Um 11.30 Uhr. Und wir nehmen ein Taxi. Du musst doch ins Büro.«

»Ella, bitte.«

»Mach es nicht noch schwerer für alle Beteiligten, okay?«, herrschte ich ihn aufgebracht an. »Kein tränenreicher Abschied am Flughafen! Du kannst den Mädchen Tschüs sagen, bevor du morgen früh zur Arbeit gehst. Und jetzt lass mich bitte in Ruhe.«

Als unsere Wohnungstür hinter ihm zufiel, hockte ich mich auf den Fußboden und brach lautlos in Tränen aus. Es waren die ersten Tränen, die ich weinen konnte, seit meine kleine, schöne Welt am Abend zuvor zusammengebrochen war.

»Maaaamaaaaaa!«

»Ja, ich komme schon«, rief ich heiser und wischte mir schnell das Gesicht trocken. Die Mädchen sollten nicht mitbekommen, wie fertig ich war. Sie wussten noch nicht, dass ihr Papa von nun an nebenan wohnen würde.

Jetzt sitze ich erneut auf einem Fußboden und weine, aber diesmal nicht lautlos. Und die Mädchen bekommen es sehr wohl mit. Eine klebrige Hand fasst nach meinem Arm.

»Mama?«, höre ich Claras bebende Stimme. Ich wische mir unter den Augen entlang, bevor ich den Blick hebe.

»Warum weinst du, Mama?«, lispelt Paula.

Beide Mädchen stehen dicht vor mir und betrachten mich mit einer Mischung aus Faszination und Furcht. Claras blonder Pferdeschwanz ist verrutscht, die neuen Katzen-Haarklammern hängen mit scheinbar letzter Kraft am Ende ihrer Locken. Paulas Haarreif mit dem pinkfarbenen Glitzerkrönchen sitzt schief auf ihrem Kopf, die Hälfte ihres dunklen Haars hat sich aus den zwei Zöpfchen gelöst, die ich heute Morgen im Taxi auf dem Weg zum Hamburger Flughafen geflochten habe. Augenblicklich schäme ich mich in Grund und Boden, weil ich vor meinen Kindern so sehr die Fassung verloren habe. Du meine Güte, wenn ich mich nicht zusammenreiße, werden sie in zwanzig Jahren beim Psychiater auf der Couch sitzen und versuchen, ihre Kindheitstraumata von der heulenden Mama auf dem Flughafen-Klo aufzuarbeiten.

»Ist schon alles okay«, sage ich und ringe mir ein Lächeln ab, während ich mich in die Höhe rappele. »Mama ist müde vom langen Flug, das ist alles.«

Mit einem Mal wird mir klar, dass die beiden auch müde sein

müssen, todmüde. Schließlich haben sie im Flugzeug nur wenig geschlafen, weil das Unterhaltungsprogramm für Kinder im Bordfernsehen zu spannend war.

»Hey«, sage ich und bücke mich zu den Mädchen hinab, die mich immer noch groß ansehen, Paula aus ihren hellblauen Augen, die meinen ähneln, während mich Claras braune Augen schmerzlich an die von Thomas erinnern. »Ihr zwei, ihr habt das super gemacht. So eine lange Reise. Ihr wart wirklich toll.«

Na gut, nicht so toll war Claras Aufstand vor der Sicherheitskontrolle in Hamburg, als sie sich weigerte, den Rucksack mit ihrer Kuschelente Lulu durch den Scanner fahren zu lassen. Und die Tatsache, dass sich Paula ausgerechnet dann unter einer der Sitzreihen an unserem Gate verstecken musste, als die Familien mit Kindern dazu aufgerufen wurden, an Bord des Flugzeugs zu gehen, hat mich mindestens zwei neue graue Haare gekostet, ganz sicher. Ein weiteres ist hinzugekommen, als Clara im Flugzeug in wütendes Geheul ausgebrochen ist, weil ich wegen meiner panischen Suche nach Paula am Ende die Malbücher und Stifte auf unseren Sitzen am Gate vergessen hatte. Clara malt gern. Ihr Kummer war groß – bis sie herausfand, dass Disneys »Prinzessin Sofia« im Bordprogramm lief.

»Pinzessin Bofia!«, strahlte sie und vergaß augenblicklich Stifte und Malbücher. Wie haben Eltern bloß früher, als es noch kein Kinderfernsehen an Bord gab, lange Flugreisen überlebt? Ganz ehrlich, ohne »Pinzessin Bofia« wäre ich zwischendurch ausgestiegen, irgendwo über dem Atlantik.

»Wir nicht mehr ungezogen, Mama«, sagt Paula nun ernst. Den Kleinen kann ich nichts vormachen. Sie haben kapiert, dass ich auch wegen ihnen heule. Weil sie eben, beim endlosen Warten an der Passkontrolle, etwas zu wild Fangen gespielt haben und fast illegal in die Vereinigten Staaten eingereist wären. Eine übellaunige Grenzbeamtin brachte mir die Kinder zurück zu meinem

Warteplatz in der langen Schlange, mit den Worten, dass ich gefälligst besser auf die beiden aufpassen solle.

»Mama, wir jetzt lieb«, beteuert auch Clara.

Gerührt lächele ich, verkneife mir weitere Tränen, küsse meine Mädchen auf die rosigen Wangen, die noch leicht klebrig sind von den viel zu vielen Gummibärchen, mit denen ich sie während des Flugs bei Laune gehalten habe. Energisch verdränge ich das aufsteigende schlechte Gewissen beim Gedanken an Karies. Das war eine Ausnahmesituation, sage ich mir.

Ich trete ans Waschbecken, wasche mir Gesicht und Hände. Mein Gott, was sehe ich entsetzlich aus! Mein blondes Haar, das ich nach der Geburt der Zwillinge zu einem praktischen kinnlangen Bob mit frechen Ponyfransen hatte schneiden lassen, klebt platt an meinem Kopf wie ein schlecht sitzender Helm. Unter meinen Augen lachen mir die dunklen Ringe wie alte Bekannte entgegen. Sei es drum. Es interessiert ja niemanden, wie ich aussehe. Bald werde ich in einem Holzhaus auf einer Insel sitzen, auf der ich niemanden kenne. Seit ich das letzte Mal dort war, ist so viel Zeit vergangen, keiner der Nachbarn wird sich an mich erinnern. Damals war ich ein süßer Teenager. Heute bin ich eine bittere Sechsunddreißigjährige.

Niemand wird wissen wollen, wo Thomas ist, weil keiner weiß, dass es Thomas in meinem Leben gibt. Gab.

Niemand wird fragen, warum wir nicht gemeinsam Urlaub machen. Eine verlockende Vorstellung.

Und schrecklich zugleich. Mit einem Mal sehne ich mich so sehr zurück zu unseren Reisen als komplette Familie – Mama, Papa, zwei Kinder, wie im Bilderbuch – dass ich kurz die Augen schließe und nach Luft ringe.

»Los, wir gehen«, sage ich dann entschlossen zu den Mädchen und beginne, unseren überladenen Kofferkuli unter vielen natürlich nur innerlich ausgestoßenen Flüchen aus der Behindertentoilette zu bugsieren.

Kapitel 4

A ls ich in der Ankunftshalle des Flughafens den Fahrer entdecke, der ein Schild hochhält, auf dem »Mrs. Elena Altenburger & Clara & Paula« zu lesen ist, kommen mir beinahe erneut die Tränen. Du meine Güte, wird das jetzt immer so weitergehen? So viel geweint habe ich nicht mehr seit meiner Brustentzündung, vier Wochen nach der Geburt der Zwillinge. Plötzlich bin ich Maggie doch aus ganzem Herzen dankbar, dass sie mich zu dieser Reise überredet hat. Ich kann es kaum noch erwarten, den Sand unter meinen Füßen zu spüren, das Rauschen der Wellen zu hören.

Der Fahrer begrüßt uns gut gelaunt, stellt sich als Eli vor, scherzt ein wenig mit den Mädchen, die ihn nicht verstehen, weil sie natürlich kein Englisch sprechen, und schiebt dann unseren Kofferkuli Richtung Ausgang. Die Kinder und ich folgen ihm bis zu einer schwarzen Limousine, die vor dem Ankunftsterminal geparkt steht. Die wie immer perfekt organisierte Maggie hat natürlich daran gedacht, Kindersitze für uns zu buchen, sodass ich die Zwillinge mit Elis Hilfe festschnallen kann, was diese sich angesichts des fremden, freundlichen Mannes mit der lustigen Sprache ausnahmsweise ohne Aufstand gefallen lassen. Wir fahren los, lassen das Flughafengelände hinter uns, folgen kurz darauf dem Southern State Parkway nach Osten, auf die Halbinsel Long Island hinaus. Ich bin ehrlich überrascht, als wir bereits eine Dreiviertelstunde später in dem kleinen Ort Bay Shore ankommen. Die Strecke kam mir damals, als Teenager, viel länger vor. Aber in jenen zwei Sommern sind wir ja auch beide Male aus Midtown Manhattan losgefahren, vom Apartment der Goodmans. Die Straßen aus der Stadt hinaus waren völlig verstopft, weil alle New Yorker in die Hamptons wollten. Würde man von Bay Shore aus weiter nach Osten fahren, käme man geradewegs dorthin, in die noblen Hamptons, wo die New Yorker Schickeria die heißen Sommerwochen verbringt. Aber dorthin will ich nicht. Ich will rüber, nach Fire Island, auf diese schmale, lang gestreckte Barriereinsel vor der Küste von Long Island, mit ihren unter Naturschutz stehenden Dünen und Hirschen, mit ihren Bollerwagen und Fahrrädern, ihrer Ruhe und Beschaulichkeit. Das genaue Gegenteil der schicken Hamptons also.

Am Fährhafen von Bay Shore öffne ich die Beifahrertür und atme tief die salzige Meeresluft ein. Eine winzige Sekunde lang erfüllt mich fast so etwas wie ein vages Glücksgefühl. Aber wirklich nur eine winzige Sekunde lang, denn die Kinder sind während der Fahrt tief eingeschlafen und brechen deshalb in wütendes Protestgeheul aus, als ich es wage, sie zu wecken und aus der Limousine zu wuchten. Clara rollt sich heulend auf dem Asphalt, während Paula versucht, zornig schluchzend wieder in den Kindersitz zu klettern. Da ich selbst ebenfalls extrem erschöpft bin – schließlich ist es in Hamburg schon halb elf am Abend und wir sind seit über vierzehn Stunden unterwegs – merke ich, wie meine letzte Spur Geduld und Verständnis zu verpuffen droht.

»*Hey, hey, you two!*«, meldet sich da unser gut gelaunter Fahrer zu Wort und zieht zwei kleine Bögen mit Aufklebern aus dem Handschuhfach.

»*Do you like ›Frozen‹?*« Eli wedelt mit den Aufklebern und hat sofort die Aufmerksamkeit meiner Kinder sicher. Ja, natürlich mögen die beiden ›Frozen‹, denke ich gerührt, als Clara wie der Blitz vom Asphalt hochschießt und strahlend einen Stickerbogen in Empfang nimmt, während Paula in erneutes Protestgeheul ausbricht, weil sie sich im Gurt verheddert hat und nicht so schnell aus dem Auto steigen kann, wie sie möchte. Mit einem sorglosen Lachen hilft Eli ihr und drückt der Kleinen dann ihre Aufkleber in die Hand. Ich schließe die Augen und atme ein paar Mal tief ein und aus. Während die Kinder begeistert beginnen, sich gegenseitig Sticker von Anna, Elsa, Rentier Sven und Schneemann Olaf auf die T-Shirts zu pappen, hilft mir Eli, unsere Koffer bis zum Fährterminal zu bringen, wo ich Tickets für die Überfahrt kaufe. Wir haben noch Zeit, die nächste Fähre geht erst in einer halben Stunde, um 17 Uhr. Eli drückt mir einen Umschlag in die Hand und sagt mit einem breiten Lächeln: *»Enjoy Fire Island, Ma'am.«*

»Thank you so much for everything«, murmele ich und wühle ein Trinkgeld aus meinem Portemonnaie. Zum Glück habe ich schon am Flughafen Dollar am Geldautomaten gezogen.

»No problem at all. Your children are really cute, Ma'am.«

Ja, denke ich. Gerade jetzt, wenn sie so zufrieden spielen, sind sie wirklich süß. Nachdem sich Eli auch von den Mädels verabschiedet hat und pfeifend zurück zur schwarzen Limousine schlendert, lasse ich die Kinder mit ihren Aufklebern auf einer Bank neben unseren Koffern zurück und gehe ein paar Schritte auf den Pier hinaus. Es ist erfreulich wenig los, nur ein Ehepaar mit zwei gelangweilten Teenagertöchtern sitzt auf einer weiteren Bank mit Blick auf die Great South Bay hinaus, ebenfalls zwei Koffer neben sich auf den Holzplanken des Piers stehend. Der Ehemann hat einen Arm um die Schulter seiner Frau gelegt, die beiden unterhalten sich leise und lachen dann über etwas. Ein Stich zuckt durch meinen Magen, als mir klar wird, dass ich nie wieder mit Thomas auf einer Bank sitzen und vertraut über etwas lachen werde.

Ob ich nach wie vor allein mit Clara und Paula verreisen werde, wenn die beiden im Alter dieser Mädchen sind? Ich schlucke, während mein Blick an den zwei Halbwüchsigen hängen bleibt. Ja, sicher werde ich das, denke ich und spüre Bitterkeit in mir aufsteigen. Wem mache ich etwas vor? Männer Mitte dreißig finden leicht eine neue Partnerin. Frauen Mitte dreißig, mit zwei Kleinkindern und schlaffem Bindegewebe? Eher selten.

Als ich verstohlen die Teenager mustere, die kaugummikauend auf ihre Smartphones starren, sehe ich mit einem Mal wieder Maggie vor mir, wie sie damals, in unserem ersten gemeinsamen Inselsommer, an diesem Pier stand, zarte sechzehn, langbeinig und bildhübsch. Aber auch ich war damals noch schlank und eigentlich ganz zufrieden mit meinem Aussehen. Ich trug mein blondes Haar lang, zu der Zeit gern in komplizierten Flechtfrisuren, und mir standen noch Hotpants und sogar bauchfreie T-Shirts. Heutzutage undenkbar. Dunkel kann ich mich daran erinnern, dass sich Maggie hier, am Pier, während wir auf die Fähre warteten, über irgendetwas mit Nathan gestritten hat, wie so oft.

Nathan. Er sah damals, mit achtzehn, so verdammt gut aus, trotz der Piercings in den Augenbrauen und dem ewig düsteren Blick. Ich sehe noch deutlich seinen Pferdeschwanz vor mir, der sich dicht und schwarz in seinem Nacken lockte. Das spöttische Funkeln in seinen dunklen Augen, wenn er sich über Maggie oder mich lustig gemacht hat. Und seinen ernsten Blick, zur Abwechslung ganz ohne Spott, damals, am abendlichen Strand. Wie immer bei dieser Erinnerung wird mir abwechselnd heiß und kalt, also versuche ich, sie schnellstmöglich zu verdrängen.

Nathan war nur in meinem ersten Sommer auf Fire Island mit von der Partie. Zwei Jahre später, als Maggie und ich achtzehn waren, hatten wir das Ferienhaus zwei Wochen lang für uns und fühlten uns herrlich erwachsen, bis Harry und Beatrice dazu kamen und wir die restlichen zwei Wochen gemeinsam verbrachten.

Nachdenklich lasse ich meinen Blick über das dunkelblaue

Wasser der Great South Bay gleiten. Als meine Kinder noch neugeboren waren und ich den ganzen Tag zu Hause saß, im sich ewig wiederholenden Fütter-Wickel-Rhythmus an die Wohnung gefesselt, da habe ich Nathan zum ersten Mal seit Jahren wieder gegoogelt. Natürlich wusste ich im Großen und Ganzen über seinen Werdegang Bescheid, weil Maggie die wesentlichen Meilensteine im Leben ihres Bruders bei unseren Telefonaten oder Treffen stets erwähnt hatte: Sein Küchenpraktikum in einem bekannten Steakhaus in Manhattan, das ihm sein Vater dank seiner Kontakte vermitteln konnte, als Nathan nach der Schule partout nicht aufs College gehen, sondern Koch werden wollte. Seine Aufnahme am »Culinary Institute of America« ein halbes Jahr später, der Abschluss seiner Kochausbildung mit Anfang zwanzig, sein schneller Aufstieg zum Küchenchef in einem schicken Lokal an der Upper West Side Manhattans mit gerade mal 25 Jahren, sein erstes eigenes Restaurant – »After Dark« – in der Lower East Side mit 29 Jahren. Dann der Absturz, zu viel Alkohol, zu viel Stress, zu viel Druck. Der Skandal, als sein Restaurant bis auf die Grundmauern abbrannte und hinterher herauskam, dass Nathan selbst den Brand ausgelöst hatte, betrunken am Herd. Doch Nathan fing sich wieder, fand eine neue Stelle als Chefkoch, denn er war einfach viel zu talentiert, um von den guten Restaurants ignoriert zu werden.

Die Suchanfrage »Nathan Goodman, New York« ergab unfassbar viele Treffer, als ich damals, zwischen Spucktüchern und Schnullern, nach ihm suchte. Ich las mich durch einige Artikel, staunte mal wieder darüber, wie erfolgreich Nathan war. Er hatte für das Restaurant »Cuisine« an der Upper West Side, dessen Küchenchef er inzwischen war, sogar einen Michelin-Stern geholt. Nathan Goodman sei der Rockstar unter New Yorks besten Küchenchefs, schwärmte ein Stadtmagazin über ihn. Hipp, kreativ, wagemutig.

Der »New Yorker« schrieb über Nathan: »Er erfindet die klassische französische Küche des ›Cuisine‹ immer wieder neu, paart sie mal mit der Exotik der Karibik, dann wieder mit der Passion Italiens, wo Goodmans Wurzeln liegen. Durch aufregend neue Gewürzkombinationen entfacht dieser wilde junge Koch ein Feuer – dieses Mal zum Glück nicht im eigentlichen Sinne, sondern im übertragenen –, das durch New Yorks High Society lodert und die gaumenverwöhnten *Manhattanites* für das ›Cuisine‹ brennen lässt. Seinen Michelin-Stern hat sich dieser Küchen-Rockstar wirklich verdient!«

Und wie ein Rockstar sah er auch auf den Fotos aus, durch die ich mich klickte, während ich Paula oder Clara fütterte: Die dunklen Locken waren inzwischen kürzer, aber immer noch so lang, dass sie ihm ein wildes, unkonventionelles Aussehen gaben. Ein wenig Zigeuner, ein wenig Pirat, unterstrichen durch das schwarze Tuch mit dem weißen Totenkopfmuster, das er beim Kochen stets im Bandana-Stil um den Kopf gebunden trug. Die Augenbrauenpiercings waren verschwunden, aber unter dem halblangen Ärmel der schwarzen Kochuniform (natürlich trug Nathan Goodman schwarz, nicht etwa unschuldiges Weiß) lugte das vertraute Tattoo hervor, von dem ich wusste, dass es sich von seinem Ellbogen bis hinauf zur Schulter zog: Ein wildes Muster aus grünen Blättern, farbigen Blüten, einzelnen exotischen Früchten – und mittendrin ein Totenschädel. Ich konnte mich noch lebhaft an Beatrice Goodmans entsetzte Worte erinnern, als Nathan damals, in Hamburg, mit diesem Körperkunstwerk ankam: »*That's just disgusting!*«

Abstoßend fand sie es. Ich nicht. Ich, die eigentlich so brave Elena, fand das Tattoo faszinierend. Genau wie Nathan.

Er war vierzehn, ich zwölf, als die Familie Goodman in eine Altbauwohnung zwei Etagen über der Wohnung meiner Eltern im Hamburger Stadtteil Eimsbüttel zog. Harry Goodman war

Geschichtsprofessor mit Schwerpunkt Nationalsozialismus und Deutsches Reich. An der Universität Hamburg sollte er als Gastprofessor am Aufbau der »Werkstatt der Erinnerung« mitwirken, einem Archiv, das unter anderem Aussagen von Zeitzeugen des Holocaust sammelte. Mit dieser Art Erinnerungs-Archivierung hatte sich Professor Harry Goodman bereits in den USA einen Namen gemacht. Harry sprach sehr gut Deutsch, das er im Studium gelernt und während eines Austauschjahres in den 70ern ebenfalls hier, in Hamburg, perfektioniert hatte. Maggie und Nathan konnten hingegen nur ein paar Brocken Deutsch, und besonders Nathan war zu Beginn alles andere als angetan davon, vier Jahre in Hamburg verbringen zu müssen. Maggie und er gingen auf die International School Hamburg, wo sie im Unterricht zwar mit Englisch zurechtkamen, aber im Alltag ohne Deutschkenntnisse ihre Schwierigkeiten hatten. Deshalb mussten die beiden gezwungenermaßen rasch diese komplizierte Sprache lernen. Ich half Maggie, die ich seit unserer ersten Begegnung im Treppenhaus unseres Hauses sofort ins Herz geschlossen hatte, so gut ich konnte. Gemeinsam sahen wir uns deutsche Fernsehsendungen an und lasen kichernd die BRAVO, sodass Maggie bald die wichtigsten Vokabeln kannte, um als Jugendliche in Hamburg bestehen zu können.

Beatrice Goodman konnte in Hamburg ebenfalls arbeiten: Sie schrieb nicht nur einen weiteren Roman, der passenderweise im mittelalterlichen Hamburg spielte, sondern unterrichtete auch an derselben internationalen Schule, auf die ihre Kinder gingen. Sie war Englischlehrerin mit Leib und Seele, liebte vor allem amerikanische Literatur des 19. Jahrhunderts und hatte ihre Kinder nach bedeutenden Autoren benannt: Maggie, eigentlich Margaret, nach Margaret Fuller, deren Rolle als frühe Feministin im 19. Jahrhundert Beatrice sehr wichtig war. Außerdem verdankt Maggie ihren Namen noch einer zweiten Margaret, und zwar der Kanadierin Margaret Atwood, die Beatrices liebste zeitgenössische Schriftstellerin ist. Nathan bekam seinen Namen dank Beatrices Verehrung des großen Nathaniel Hawthorne, dessen berühmtesten Roman – »The Scarlett Letter« – sogar ich in der Schule verschlungen habe, obwohl so anspruchsvolle Literatur eigentlich überhaupt nicht mein Ding war.

Mit geschlossenen Augen wende ich mein Gesicht der warmen Junisonne zu, während meine Gedanken noch ein paar Herzschläge lang um die herrlichen Jahre kreisen, in denen Maggie und ich nur zwei Stockwerke – oder zweiunddreißig Stufen – voneinander getrennt lebten, in denen wir uns so ziemlich jeden Tag sahen, sämtliche Höhen und Tiefen unserer Teenagerjahre miteinander erlebten, alle Sorgen und Geheimnisse teilten (nun ja, fast alle Geheimnisse, muss ich mir beim Gedanken an Nathan eingestehen, denn absolut ALLES wusste Maggie damals tatsächlich nicht über mich, und sie tut es bis heute nicht). Es waren unvergessliche vier Jahre, und als Maggie und Nathan mit ihren Eltern nach New York zurückzogen, weil ihr Vater an die Columbia Universität zurückkehrte, brach mein empfindsames sechzehnjähriges Herz.

Andächtig lausche ich dem Kreischen der Möwen, das sich mit dem Kreischen meiner Mädchen mischt. Die salzige Seeluft füllt meine Lungen, die leichte Brise spielt sanft mit meinen Haarsträhnen. Zum ersten Mal seit vorgestern Abend fühle ich mich nicht wie die Hauptdarstellerin in einem Psychodrama. Zumindest ein paar Sekunden lang.

»Hallo? Sind das Ihre Kinder?«, holt mich eine besorgte Stimme auf Englisch zurück ins Hier und Jetzt. Alarmiert öffne ich die Augen, sehe mich um, merke, dass Clara und Paula nicht mehr auf der Bank sitzen und mit den Stickern beschäftigt sind, sondern nun bäuchlings am Rand des Piers liegen und sich anscheinend über ihre Spiegelbilder im dunklen Hafenwasser amüsieren.

»Ich fürchte ja«, stöhne ich und lächele gequält die ältere Dame an, die wenige Meter von mir entfernt steht, bevor ich zu den Zwillingen hechte und ihnen eine Standpauke halte. Als sie sich mit genügend Sicherheitsabstand zum Wasser auf die Holzbohlen des Piers setzen und, zum Entzücken der älteren Dame, beginnen, aus vollem Halse und mehr laut als schön »Alle meine Entchen« zu singen, öffne ich endlich den Umschlag, den mir Eli gegeben hat. Darin liegt ein Schlüsselbund, und in seiner Gesellschaft eine Notiz. Die schwungvolle Handschrift kenne ich sehr gut:

Welcome, liebste Ella!

Ich wünschte, ich hätte euch persönlich am Flughafen abholen können, aber ich hoffe, dass Eli seinen Job gut gemacht hat. Hier noch ein paar wichtige Punkte zu eurem Aufenthalt:

Wenn du die Haustür aufschließt, musst du ein bisschen am Türknauf rütteln, damit du den Schlüssel drehen kannst. Nach eurer Ankunft solltest du als Erstes den Heißwasserboiler einschalten – du findest ihn in der Abstellkammer hinter der Küche. Da ist übrigens auch der Sicherungskasten, sollte mal das Licht ausgehen. Der Router fürs Internet steht auf dem kleinen Sekretär im Wohnzimmer, dort klebt ein Post-it mit dem Passwort fürs WLAN.

Bei Fragen wende dich jederzeit an Matthew O'Neill im blauen Haus nebenan. Er hat auch einen Zweitschlüssel, falls ihr euch mal aussperrt. Wenn du ein Feuer im Kamin anmachen möchtest, findest du draußen im Schuppen Holzscheite. Dort stehen außerdem unser Bollerwagen und die Fahrräder. Der Schlüssel für den Schuppen liegt in der obersten Schub-

lade der Kommode in der Diele. Ach, und Mom lässt ausrichten, dass ihr bitte die Hirsche nicht füttern sollt. Sie möchte vermeiden, dass sie angelockt werden und sich noch öfter im Garten an den Pflanzen vergehen als ohnehin ...

Ansonsten fällt mir nichts mehr ein. Bei Fragen kannst du mich immer über Skype erreichen. Und wenn du einfach nur mal reden willst, natürlich auch.

Wir sehen uns ganz bald! Halte die Ohren steif. Du bist stärker, als du denkst.

Love you.
  Maggie

Kapitel 5

S chneller, Mama, schneller, schneller!«, werde ich angefeuert, als ich schnaufend den asphaltierten Weg entlangzockele, einen roten Bollerwagen ziehend, in dem sich unsere Koffer befinden. Auf den Koffern thronen Clara und Paula und kreischen vor Vergnügen, während ich selbst vor Erschöpfung gleich zusammenbreche. Mit einem Ächzen bleibe ich stehen und ringe nach Luft. Verdammt, irgendwie hatte ich den Fußweg zum Haus der Goodmans kürzer in Erinnerung. Was sicher daran liegt, dass ich als Teenager beide Male nur einen kleinen Koffer dabeihatte, den ich unbekümmert die schattigen Wege entlangzog, kichernd bei Maggie untergehakt, voller Vorfreude auf sorglose Sommertage. Was würde ich darum geben, noch einmal so jung und sorglos sein zu dürfen.

Immerhin hat sich vorhin, auf dem Deck der Fähre, als mir der Fahrtwind Gischt und meine durcheinanderwirbelnden Haarsträhnen ins Gesicht gepeitscht hat, kurz so etwas wie ein Glücksgefühl eingestellt, sobald die lang gezogene Silhouette von Fire Island am Horizont auftauchte. Bald erkannte ich den endlosen Sandstrand und dahinter die ersten Gebäude des kleinen Ortes »Ocean Beach«, die Holzhäuser in ihren verschiedenen Braun- und Grautönen, die sanft mit den Dünen zu verschmelzen schienen. Kurz darauf näherten wir uns bereits dem Pier des Anlegers, wo an einem Fahnenmast eine amerikanische Flagge in der Sommerbrise flatterte, und dahinter das Restaurant, in dem wir damals so oft gegessen haben: »The Island Mermaid«. Hmm, die köstlichen Muscheln in Weißweinsauce verfolgen mich immer noch in meinen Träumen.

Ja, da war ganz sicher ein flüchtiges Glücksgefühl, als ich die Insel größer werden sah. Aber da war auch Claras spitzer Schrei, der mich aus meinen Gedanken riss: »Mama! Paula spuckt!«

Ich hoffe, ich habe nicht zu sehr nach Erbrochenem gemüffelt, als ich am Fähranleger von Fire Island unseren roten Bollerwagen gemietet habe. Paula hatte ich noch an Deck der Fähre umziehen können, da ich für unsere regelmäßigen Pipi-Unfälle immer Wechselklamotten für die Kinder griffbereit habe. Nur leider nicht für mich selbst. Wer hätte auch ahnen können, dass Paula so seekrank werden würde? Und dass sie so zielsicher meine Jeans treffen würde? Leider blieb keine Zeit mehr, um einen unserer Koffer aufzuschließen und auf der Suche nach einer neuen Hose zu durchwühlen. Und ich selbst konnte ja auch nicht einfach an Deck meine Jeans runterlassen und in frische schlüpfen wie die Mädchen. Also wischte ich mir zähneknirschend das Gröbste mit einem Taschentuch ab, während ich versuchte, Paula zu trösten, die sich über ein Brennen im Rachen beschwerte und gleichzeitig Clara zu beruhigen, die außer sich war, weil ihre geliebten pinkfarbenen Turnschuhe ein paar Spritzer abbekommen hatten.

Zum Glück vergaßen die Kinder sowohl Übelkeit als auch Schuh-Kummer rasend schnell, als wir in Ocean Beach die Gangway hinabgingen und schon von Weitem den Parkplatz erblickten, auf dem Dutzende Bollerwagen in Reih und Glied standen. Da auf Fire Island nur Feuerwehr- und Polizeiautos fahren dürfen, bewegt sich der Rest der Inselbevölkerung per Rad oder zu Fuß vorwärts. Und wenn man etwas transportieren muss, nimmt man eben einen Bollerwagen.

»Rollerwagen, Rollerwagen«, schrien Clara und Paula aufgeregt durcheinander, während ich bei einem gelangweilten Teenager die Wagenmiete bis zum kommenden Tag zahlte und unser Gepäck auflud. Kurz entbrannte ein heftiger Streit darüber, wer wo sitzen durfte, doch nachdem wir uns geeinigt hatten, dass erst Paula und nach fünf Minuten Clara vorn Platz nehmen würde, zockelten wir erstaunlich friedlich los. Wir kamen an diversen Geschäften vorbei, die ich nicht mehr kannte – oder die es damals, in meiner Teenagerzeit, einfach noch nicht gegeben hatte. Woran ich mich allerdings deutlich erinnern konnte, war der kleine Lebensmittelladen »Mermaid Market«, wo man das Nötigste einkaufen konnte, wenn man auf der Insel ankam – so hatten es auch Harry und Beatrice Goodman in meinem ersten Sommer hier gehandhabt, erinnere ich mich. Eigentlich war ich hundemüde und wollte nur so schnell wie möglich zum Goodman-Haus kommen, um bald ins Bett sinken zu dürfen. Aber mir war klar, dass das Haus mit leerem Kühlschrank auf uns warten würde, weshalb ich die Zähne zusammenbiss und mich der Herausforderung stellte, mit zwei übernächtigten Kleinkindern einkaufen zu gehen.

Einen Liter Milch, ein Vollkorntoastbrot, Butter, Käse, Eier, Äpfel und mindestens zwei weitere graue Haare später waren wir zurück am Bollerwagen, wo unsere Koffer zum Glück auf uns warteten. In Hamburg hätte ich mein Gepäck niemals unbeaufsichtigt gelassen. In New York City erst recht nicht. Aber hier, nur einen Steinwurf von der Millionenstadt entfernt, war das anders. Hier waren wir schließlich auf Fire Island. Ich konnte mich an Maggies Beschreibung erinnern, dass die Inselpolizei höchstens mal Touristen ermahnen musste, die verbotenerweise die unter Naturschutz stehenden Dünen betraten.

Unser Gepäck ist also noch vollständig und ziemlich schwer, als ich nun mit einem Schnaufen den Bollerwagen weiterziehe, den Weg entlang, der von hohen Bambuspflanzen und knorrigen Kiefern beschattet wird. Der Duft nach Salzwasser und Sonnenmilch hängt in der Luft – der Duft nach Sommer, völlig frei von Abgasen, das wunderbare Resultat einer autofreien Insel. Im Hintergrund läuft der Fire Island-Soundtrack, wie Maggie es damals versonnen genannt hat: Man hört permanent ein rhythmisches Meeresrauschen, denn in Ocean Beach ist man nie weiter als ein paar Gehminuten vom Atlantik entfernt. Oh, ich erinnere mich, wie wunderbar mich dieses Meeresrauschen damals in den Schlaf gewiegt hat! Was man hingegen nicht hört, ist das Geräusch von Motoren, das ständige Hupen, das mich in Hamburg so oft in den Wahnsinn treibt.

Zum Glück ist der Fußweg vom Mermaid Markt bis zum Ferienhaus der Goodmans wirklich leicht zu finden, und das nicht nur, weil die Straßen auf Fire Island im orientierungsfreundlichen Schachbrettmuster angelegt sind: Nein, wie ich nun feststelle, liegt der kleine Lebensmittelmarkt sogar an derselben »Straße« – wenn man denn von Straßen sprechen kann, es sind ja eher Fußwege – wie das Goodman-Haus. Die Kinder und ich müssen also einfach immer geradeaus den »Ocean Breeze Walk« entlanggehen, an einer der zwei Kirchen von Ocean Beach vorbei, über den »Midway Walk«, dann weiter geradeaus, bis die Dünen zum Greifen nah sind – und endlich sind wir da! Als ich vor dem weiß gestrichenen Gartentor stehen bleibe, könnte ich vor Erleichterung heulen. Ich blinzle ein paar Tränen weg und ignoriere den Streit, der gerade auf dem Bollerwagen ausbricht, weil Paula eigentlich noch einmal vorn sitzen wollte und nun empört ist, weil wir schon angekommen sind.

Ohne auf das Gezeter zu achten trete ich an das Gartentor heran, lege meine Hände auf das sonnenwarme Holz, lasse meinen Blick über die kleine Rasenfläche dahinter gleiten, die von blau blühenden Hortensien, orange blühenden Taglilien und vielen dichten Büschen gesäumt wird. Von den Nachbargrundstücken ist dank eines natürlichen Zauns aus meterhohem Bambus nichts zu erkennen, und die Blätter der Schilfhalme, die davor wachsen, rascheln im warmen Abendwind. Die knorrige Kiefer nahe des Sonnendecks sieht größer aus als in meiner Erinnerung – weil sie vermutlich in den letzten zwei Jahrzehnten erheblich gewachsen sein dürfte, denke ich und muss wehmütig schmunzeln. Wenigstens das hölzerne, an das Haus angebaute Sonnendeck sieht noch genauso aus wie in meiner Erinnerung: Es nimmt einen großen Teil des Gartens ein und bietet ausreichend Platz für zwei Sonnenliegen, eine Hängematte, einen ausladenden amerikanischen Grill und einen langen Tisch, der von zwei Bänken flankiert wird. Während die Essecke durch den Dachvorsprung des Hauses geschützt wird und somit ein schattiges Fleckchen an heißen Tagen bietet, sind die Liegen ideal für ein Sonnenbad. Oh, wie gut ich mich an Maggies und meine faulen Nachmittage auf diesen Sonnenliegen erinnere! Damals hatte ich keine Scheu, einen Bikini zu tragen – und machte mir noch keine Sorgen wegen Hautkrebs.

Verträumt lasse ich meinen Blick weiterwandern, über das Haus, das so wunderbar gemütlich und urig wirkt, weil es sich um eines der Original-Cottages aus den 50er Jahren handelt und nicht etwa um eine dieser protzigen Villen in erster Reihe zum Strand, an die ich mich noch gut erinnern kann. Oh, wie ich diese grau geschindelten Hauswände liebe, die weißen Sprossenfenster mit der hier und da abblätternden Farbe, den Schornstein aus grobem Naturstein. Dann bleibt mein Blick an einem der Erdgeschossfenster hängen, und ich erstarre: Das Fenster steht offen.

Ich komme mir vor wie in einem Thriller, als ich mich vorsichtig über einen sandigen Fußweg dem Haus nähere, meinen Blick abwechselnd auf das geöffnete Fenster und auf die Eingangstür gerichtet. Die Kinder haben ihren Streit vergessen, seit sie hinter mir den Garten betreten haben und nun vor Freude quietschend immer wieder um den dicken Stamm der Kiefer herumrennen.

Vielleicht sollte ich lieber bei den Nachbarn klopfen und um Unterstützung bitten? Zögernd bleibe ich am Fuße der Stufen aus unebenen Natursteinen stehen, die zum Eingang hinaufführen. Aber ... wir sind hier schließlich auf Fire Island. Hier gibt es doch keine Einbrecher. Eigentlich. Es sei denn ... Was, wenn inzwischen doch Banden vom Festland aus herüberkommen, um schnelle Einbrüche zu verüben und danach, womöglich mit ihren eigenen Motorbooten, wieder über das Meer zu verschwinden? Warum nicht? Bei den vielen reichen New Yorkern, die hier ihre Wochenend- und Ferienhäuser haben, dürfte sich das lohnen. Allerdings würde sich für einen Einbruch wohl eher eine der üppigen Villen eignen, aber doch nicht das heimelige Goodman-Cottage.

Außerdem – welcher Einbrecher dringt am helllichten Tag in ein Haus ein?

Und hört dabei laut Rapmusik?

Denn, ja, aus dem offenen Fenster dringt deutlich Musik, und als ich die Haustür vorsichtig öffne, werden die aggressiven Klänge lauter, begleitet von erschreckend vielen Schimpfwörtern. Und zwar nicht von der kinderfreundlichen Sorte, die Maggie bevorzugt.

Ein leichtsinniger Einbrecher mit schlechtem Musikgeschmack? Oder womöglich der Nachbar aus dem blauen Haus, der einen Zweitschlüssel hat? Wie hieß er noch? Matthew O'Irgendwas? Maggie hat mal erwähnt, dass dieser Nachbar das ganze Jahr über auf der Insel wohnt. Harry und Beatrice bezahlen ihn dafür, dass er sich um den Garten kümmert und hin und wieder im Haus nach dem Rechten sieht. Vielleicht darf er diese grässliche Musik nicht in seinem eigenen Haus hören und verzieht sich deshalb immer zu seinen Nachbarn? Hat er womöglich vergessen, dass die Kinder und ich heute ankommen?

Hastig werfe ich einen Blick über meine Schulter, sehe, dass die Mädchen damit beschäftigt sind, Grashalme zu pflücken und sich damit zu bewerfen. Dann pirsche ich mich langsam in den Flur hinein, merke, dass die alten Holzdielen noch genauso unter meinen Füßen knarzen wie damals. Aber bei der lauten Musik dürfte mich derjenige, der in diesem Haus ist, sowieso nicht hören.

Vorsichtig spähe ich ins Wohnzimmer, stelle fest, dass hier niemand ist – und dass vieles noch so aussieht wie früher. Allerdings nicht alles. An die Einbauregale aus weißem Holz entlang der Wände, gefüllt mit vielen, vielen Büchern, kann ich mich gut erinnern. Ebenso an den Kamin aus Natursteinen, an den gemütlichen dunkelblauen Ohrensessel und den Schaukelstuhl aus weißem Holz, an die gerahmten Fotos von Strandaufnahmen, die alle hier auf Fire Island entstanden sind. Die weißen Sofas allerdings sind neu (oh Gott, die muss ich dringend mit Decken vor den ewig verschmierten Händen meiner Kinder schützen!), ebenso die Kissen mit den dunkelblauen und leuchtend gelben Mustern aus Ankern und Seemannsknoten sowie der edel glänzende, massive Holzesstisch vor der Fensterfront. Und natürlich gab es die Fotosammlung auf dem Kaminsims in dieser Form noch nicht, stelle ich fest, als ich das Zimmer betrete und meinen Blick über die diversen Rahmen gleiten lasse, aus denen mich Maggie und Dan in verschiedenen Konstellationen anlachen – mal als Brautpaar, dann mit Baby Josh auf dem Arm, schließlich mit zwei kleinen Jungs, beide dunkel gelockt wie die Mutter. Und dann ist da ein Foto von Nathan, das mich in seinen Bann zieht, sodass ich noch ein paar Schritte weiter in das Zimmer hinein mache. Es sieht aus wie ein Profibild, das ihn am Herd zeigt – vermutlich ist es beim Shooting für eines der Magazine entstanden, in denen regelmäßig Artikel über Nathan Goodman erscheinen. Mit angehaltenem Atem betrachte ich seine schwarzen Locken, die dunklen Augen und das Lächeln, dieses leichte, spöttische Lächeln, das mich damals, mit sechszehn, fast um den Verstand gebracht hätte.

»Hey! Was wollen Sie hier?«, ertönt mit einem Mal eine grollende Männerstimme hinter mir, und ich stoße vor Schreck einen Schrei aus, fahre herum – und starre in genau dasselbe Paar dunkler Augen, das mich gerade noch aus dem Bilderrahmen angesehen hat. Allerdings ist weit und breit kein Lächeln zu sehen, nicht einmal ein spöttisches, als mich Nathan ungläubig mustert. Er steht zwei Meter von mir entfernt, im Flur, der zur Küche führt, wie ich noch weiß. Und in einer Hand hält er ein Messer. Ein großes und allem Anschein nach ziemlich scharfes Küchenmesser.

Kapitel 6

Ich …«, stottere ich, während mein Gehirn versucht, mit den Ereignissen Schritt zu halten. Was macht Nathan hier? Maggie hat nichts davon erwähnt, dass er auf Fire Island sein würde! Und wieso sieht er so … fertig aus? Eingeschüchtert huscht mein Blick über Nathans Gesicht, die unrasierten Wangen, die Ringe unter den Augen, die Locken, die, obwohl kürzer als ich sie je bei ihm gesehen habe, dennoch unbändig in alle Richtungen zu stehen scheinen.

Aber was mich wirklich aus dem Konzept bringt – mal abgesehen vom Küchenmesser – ist die Tatsache, dass Nathan nur Jeans trägt. Sein Oberkörper ist nackt, und zwar kann ich mich ohnehin noch sehr gut an diesen gut gebauten Oberkörper erinnern, aber ihn so plötzlich und ohne Vorwarnung wieder vor mir zu haben, das lässt mich vorübergehend nur stumm starren, während mein Herz umso lauter hämmert.

Augenblicklich glaube ich wieder, den Geschmack von Salz und Sonnenmilch auf den Lippen zu haben – was nicht wirklich hilfreich in dieser Situation ist.

»Ella?« Nathan hat mich ebenfalls ein paar Sekunden lang fassungslos angesehen, bevor er ungläubig blinzelt und sich mit der freien Hand über das Gesicht reibt, als müsse er sich vergewissern, wach zu sein. »*What the fuck* …?«

»Mamaaaa!«, ertönt da ein Schrei vom Eingang her und reißt mich aus meiner Schockstarre. »Wo bist du?«

Mein Blick hängt immer noch an Nathan, allerdings nicht mehr an seinem Oberkörper, sondern wieder an seinem Gesicht. Seine Augen weiten sich überrascht, als er Paulas Stimme hört, gefolgt von Fußgetrappel.

»Ähm – bitte stich uns nicht ab, ja?«, stoße ich mit einer raschen Kopfbewegung Richtung Küchenmesser hervor. »Wir sind keine Einbrecher.« Ich grinse flüchtig, um diese peinliche Situation ein wenig aufzulockern, doch Nathan grinst nicht zurück. Seine dunklen Augen fixieren mich regungslos, während er langsam das Messer in ein Regalfach hinter sich legt und die Arme vor der Brust verschränkt.

Oh Gott, diese Arme.

»Maaaamaaaa?!«

»Ähm«, räuspere ich mich hastig, »ich bin hier, ihr Süßen!« Ich mache ein paar Schritte durchs Wohnzimmer, ohne meinen Blick von Nathan lösen zu können, was dazu führt, dass ich in einen Beistelltisch neben dem Sofa hineinlaufe, den es damals ganz sicher nicht gab. Im letzten Moment fange ich den Silberrahmen mit dem Hochzeitsbild in Schwarz-Weiß von Harry und Beatrice auf, stelle ihn hastig zurück an seinen Platz und rufe erneut: »Wartet, ihr Mäuse, ich komme!«

In dem Moment kommen meine Mädchen bereits um die Ecke getrabt, die Haare voller Grashalme, die Knie ihrer Jeans grün, die Hände dreckverschmiert.

»Da seid ihr ja!« Ich ringe mir ein heiteres Lachen ab und eile auf sie zu, um ihnen Grashalme aus den Haaren zu zupfen, bevor sie überall auf die glänzenden Holzdielen rieseln.

»Wer ist das?«, fragt Paula, die Nathan zuerst entdeckt hat. Er steht noch immer wie angewurzelt im Durchgang zur Küche und starrt uns an, als kämen wir von einem anderen Stern.

»Das ... ähm, das ist ... Nathan. Der Bruder von Tante Maggie.«

»Ohh, Tante Maggie hier?«, kräht Clara aufgeregt. Sie kennt Maggie eigentlich nur von Skype, weil der letzte Besuch meiner besten Freundin in Hamburg mehr als ein Jahr zurückliegt, und daran können sich die Zwillinge nicht mehr erinnern. Aber bei Skype hat Maggie ordentlich Eindruck hinterlassen, weil sie so lustige Grimassen schneiden kann.

»Nein, Maggie ist nicht hier«, sagt Nathan langsam. Auf Deutsch, mit starkem Akzent. Ich bin erstaunt, dass er noch Deutsch spricht. Maggie hat ja Deutsch studiert und sogar ein Auslandssemester in Hamburg verbracht – außerdem verhindern unsere regelmäßigen Telefonate, dass sie sprachlich aus der Übung kommt. Aber Nathan – soweit ich weiß, hat er keinen großen Kontakt mehr nach Deutschland. Umso erstaunlicher, dass er seine Sprachkenntnisse nicht völlig verloren zu haben scheint.

»Warum bist du nackt?«, erkundigt sich Paula und mustert Nathan mit einer Mischung aus Neugierde, Faszination und Angst. Ich glaube, wenn ich dreieinhalb Jahre alt wäre, hätte ich auch Angst vor Nathan Goodman. Weil er ziemlich groß ist, seine Augen so dunkel sind, und weil auf seinem rechten Unterarm ein Tattoo in Form eines großen Messers prangt, dessen Wirkung nur ein klein wenig durch den Kochlöffel gemildert wird, der gekreuzt über das Messer tätowiert wurde.

»Na ja«, lache ich verlegen auf. »Halb nackt, Paula.«

»Warum bist du halb nackt?«, lispelt Paula und legt den Kopf schief.

»Weil, ich habe nicht mit …« Nathan scheint kurz nach dem richtigen Wort zu suchen, knurrt schließlich: »Ich habe nicht gerechnet mit … *visitors.*«

Er hat nicht mit Besuchern gerechnet. Klar. Und ich habe absolut nicht damit gerechnet, ihn hier anzutreffen. Ausgerechnet ihn.

»Ähm, also«, beginne ich und hüstele nervös. Als im Hintergrund mehrfach laut das Wort »Motherfucker« gebrüllt wird, frage ich: »Nathan, kannst du bitte kurz die Musik leiser drehen, und ich erkläre dir alles?«

Nathan starrt mich an, die Arme weiterhin vor der Brust verschränkt, sodass ich wunderbar das mir bekannte Tattoo mit den exotischen Pflanzen und Früchten und dem Totenschädel bewundern kann. Und seinen Bizeps. Ich schlucke und bemühe mich darum, seinen Blick gelassen zu erwidern. Auf keinen Fall werde ich mich vom Bruder meiner besten Freundin einschüchtern lassen. Auf gar keinen Fall.

Schließlich wendet sich Nathan abrupt ab, nimmt sein Messer mit und geht mit langen Schritten in die Küche. Zwei Sekunden später verstummt die Musik, und ich atme erleichtert auf. Nun hört man nur noch das Ticken einer Wanduhr und das Rauschen der Wellen in der Ferne. Doch leider hat dieses Geräusch gerade nicht den üblichen beruhigenden Effekt auf mich. Kurz vergewissere ich mich, dass die Kinder damit beschäftigt sind, ein paar alte Ausgaben des »Home & Garden«-Magazins durchzublättern, die sie in einem Korb neben dem Ohrensessel gefunden haben, und folge Nathan mit nervös hämmerndem Herzen in die Küche. Er lehnt an einem der weißen Unterschränke, die mit ihren Porzellanknäufen nach all den Jahren immer noch sehr hübsch aussehen. Seine Arme sind erneut verschränkt, und als ich die Küche betrete, hebt er den Blick und starrt mich unfreundlich an.

»Was willst du hier?«, fragt er barsch auf Englisch und wirkt so genervt von meiner Anwesenheit, dass ich schlucken muss. Zwar habe ich keinen Freudensprung von Nathan Goodman erwartet, aber etwas anders habe ich mir unser Wiedersehen nach all diesen Jahren dennoch vorgestellt. Denn, ja, so ungern ich es zugebe: Ich habe mir oft vorgestellt, wie es wäre, ihn wiederzusehen. Sehr oft sogar.

Mühsam schlucke ich meine Enttäuschung hinunter und bemühe mich darum, ihm entschlossen in die Augen zu sehen, als ich antworte: »Maggie hat mich eingeladen. Mich und die Kinder.«

Nathans Augenbrauen ziehen sich zusammen. »Maggie ist gar nicht hier. Sie ist in Kalifornien«, grollt er.

»Ich weiß«, gebe ich zurück und recke mein Kinn ein wenig in die Höhe. »Sie kommt erst in zweieinhalb Wochen. Aber bis dahin dürfen die Kinder und ich auch ohne sie hier Urlaub machen. Hat sie gesagt.«

»So«, sagt Nathan leise, und ein bedrohlicher Unterton schwingt in seiner Stimme mit. »Hat sie das.«

Jetzt erst bemerke ich die leere Flasche Wein auf dem Küchentisch. Hat Nathan die etwa allein geleert? Die Erinnerung an das, was mir Maggie hin und wieder zögerlich erzählt hat, kommt mit voller Wucht zurück: Nathans Hang dazu, in Stresssituationen zu viel zu trinken. Seine Wutanfälle in der Küche, die ihn so manchen guten Mitarbeiter gekostet haben.

Verstohlen sehe ich mich nach dem Küchenmesser um, während mein Herz immer heftiger gegen meinen Brustkorb hämmert. Jetzt allerdings nicht mehr wegen Nathans nacktem Oberkörper. Vielmehr, weil er einen Schritt auf mich zu macht und leise sagt: »Und die liebe Maggie glaubt natürlich, allein entscheiden zu können, wer hier in unserem Ferienhaus ein- und ausgeht, ja? Sie muss ja niemanden fragen, ob es okay ist, ihre Freundin plus Kinder hier einzuquartieren. Nein, doch nicht Maggie, die unantastbare, unfehlbare Maggie! Wieso sollte sie auch auf die Idee kommen, ihren Bruder zu fragen, ob er vielleicht vorhat, das gemeinsame Haus auf Fire Island zu nutzen? Wer muss schon das schwarze Schaf der Familie um Erlaubnis bitten?«

Seine Stimme klingt ein wenig schleppend, wie die Stimme von jemandem, der eindeutig zu viel getrunken hat. Nathan steht nun so dicht vor mir, dass ich glaube, die Wärme seines Oberkörpers zu spüren. Und ich rieche jetzt deutlich seine Weinfahne. Aus dieser Nähe wird mir bewusst, dass die Jahre nicht spurlos an ihm vorbeigezogen sind – genauso wenig wie an mir. In seinen schwarzen Locken schimmern hier und da vereinzelte graue Strähnen, um Augen und Mund haben sich feine Fältchen in seine Haut gegraben, die ihm allerdings weitaus besser stehen als meine Falten mir.

»Ähm … Maggie hat sicher nicht gewusst, dass du herkommen möchtest«, stammele ich. »Sie …«

»Nein, wie sollte sie auch. Dafür müsste sie sich ja für mich und mein Leben interessieren«, stößt Nathan hervor, und ich spüre förmlich seine mühsam unterdrückte Wut, die sich immer weiter in ihm aufzubauen scheint. Unbehaglich weiche ich einen Schritt zurück, bis ich die Unterschränke mit ihren Porzellanknöpfen in meinem Rücken spüre.

»Sie hat gesagt, dass du in den letzten Jahren nie hier auf Fire Island warst«, verteidige ich meine Freundin, doch meiner Stimme fehlt jeglicher Elan, denn Nathan hat ebenfalls einen weiteren Schritt auf die Unterschränke zugemacht, steht nun wieder so dicht vor mir wie eben. Aber ich kann nicht mehr zurückweichen. Die Tatsache, dass mich Nathan mit seinen gut 1,90 Meter ein ganzes Stück überragt, macht diese Situation nicht wirklich besser.

»Stimmt«, knurrt Nathan und stützt seine Hände links und rechts von mir auf der Arbeitsfläche ab, was mich dazu veranlasst, mich so eng wie möglich gegen die Unterschränke zu pressen. Mein Atem geht schneller, meine Handflächen sind feucht, ich weiß nicht, wohin ich schauen soll. Er beugt sich weiter zu mir herunter, sodass ich mich dazu genötigt sehe, ihm in die Augen zu sehen. Mein Gott, diese Augen.

Und diese Augenringe. Nathan sieht aus, als habe er drei Wochen lang nicht geschlafen.

»Ja, ich war lange nicht hier«, fährt Nathan leise und bedrohlich fort. »Aber jetzt bin ich es, und ich habe vor, länger zu bleiben. Und zwar allein.«

Mühsam schlucke ich und versuche, die Ruhe zu bewahren. Ich weiß gerade selbst nicht, welches der in mir tobenden Gefühle am stärksten ist: Nervosität, Verlegenheit, Irritation ... oder ... oder erneut diese verdammte Faszination, genau wie damals, wenn Nathan in meiner Nähe war.

Plötzlich schnuppert Nathan und fragt mich mit Ekel in der Stimme: »Sag mal, warum riechst du so komisch? Ist das ...?«

»Erbrochenes, ja«, erwidere ich so würdevoll wie möglich, während Nathan angewidert zurückweicht. Gut so! Verstohlen atme ich auf. »Paula ist auf der Fähre schlecht geworden. Und das mit dem Alleinsein hier im Haus ... das dürfte schwierig werden«, fahre ich fort und halte seinem Blick entschlossen stand. Nathans Augenbrauen ziehen sich noch weiter zusammen. Bevor er etwas Weiteres knurren und mich aus dem Konzept bringen kann, schiebe ich mich rasch an ihm vorbei, stelle mich in den Durchgang zum Wohnzimmer und füge mit fester Stimme hinzu: »Weil die Kinder und ich auch hierbleiben werden. Bis Anfang August. Ob es dir nun gefällt oder nicht. Wir können nämlich nicht einfach woanders hin.«

»Oh doch, das könnt ihr sehr wohl«, erwidert Nathan langsam. »Es gibt Hotels. Und Ferienwohnungen. Und was weiß ich was.«

Ich lache auf. »Klar. Ende Juni bekommen wir auch einfach so ein Hotelzimmer oder eine Ferienwohnung oder was weiß ich was. Weil ja niemand außer uns zur Hochsaison auf diese Insel will.«

»Dann sucht ihr euch halt etwas auf dem Festland!« Als Nathans Stimme lauter und aggressiver wird, zucke ich leicht zusammen, worüber ich mich im nächsten Moment ärgere. Nathan Goodman und seine Launen werden mich nicht in die

Flucht schlagen! Schließlich kenne ich sowohl ihn als auch sein aufbrausendes Temperament seit einer halben Ewigkeit – selbst wenn ich ihn jahrelang nicht gesehen habe.

»Von mir aus quartiert euch bei Maggie in Manhattan ein«, fährt Nathan barsch fort. »Mir egal. Aber hier ... hier will ich meine Ruhe haben.«

Mit diesen Worten wendet er sich dem Küchentisch mit der leeren Weinflasche zu, zögert kurz, öffnet dann einen der Oberschränke und zieht eine weitere Flasche heraus. Schweigend beobachte ich ihn, während er ungeduldig verschiedene Schubladen aufreißt, offensichtlich auf der Suche nach dem Korkenzieher, den er doch eigentlich erst vor Kurzem benutzt haben dürfte.

»Ich glaube nicht, dass du noch mehr trinken solltest, Nathan. Du hattest für heute genug, meinst du nicht?«

Langsam dreht sich Nathan zu mir um, in einer Hand den Korkenzieher, den er endlich gefunden hat. Er sieht mich mit einem wütenden Funkeln in den Augen an. »Ob ich noch mehr trinken sollte oder nicht, das geht dich einen Scheiß an, Ella«, zischt er. »Unter anderem deshalb solltest du schleunigst zusehen, dass du deinen Hintern aus diesem Haus bewegst! Ich will hier nämlich tun und lassen können, was ich will!«

»Du führst dich wirklich absolut bescheuert auf, Nathan! Wie alt bist du? Immer noch achtzehn?«, werfe ich ihm an den Kopf, woraufhin er heiser auflacht und mit einem Ruck den Rotwein entkorkt. Er sieht mich provozierend an, bevor er die Flasche ansetzt und einen großen Schluck nimmt. Dann noch einen und noch einen. Ohne mit der Wimper zu zucken bedenke ich ihn mit meinem tadelnden Mutterblick und stelle mir vor, ein weiteres trotziges Kleinkind vor mir zu haben.

»Dann tu halt, was du willst«, sage ich kühl. »Mir egal, Nathan. Aber wir bleiben hier, denn wir brauchen diesen Urlaub. Und zwar am Strand, und nicht irgendwo in der Großstadt, in

Maggies Wohnung. Hochsommer in Manhattan, nein, danke! An die Temperaturen kann ich mich gut erinnern. Und ein Hotel kann ich mir nicht leisten.«

»Das ist nicht mein Problem, und es ist mir egal, wo ihr unterkommt, solange es nicht hier ist«, schnaubt Nathan und stellt die Flasche mit einem Knall, der mich zusammenzucken lässt, auf den Küchentisch.

»Arschloch!«, zische ich, in der Hoffnung, dass die Kinder mich im Wohnzimmer nicht hören können. Aber die englische Version dieses Schimpfwortes verstehen sie ohnehin nicht. Was für ein Glück.

Ein Grinsen beginnt um Nathans Lippen zu spielen, während seine Augenbrauen geradezu diabolisch in die Höhe wandern. »Du hast ja keine Ahnung«, gibt er seelenruhig zurück. »Ich habe nicht einmal damit angefangen, ein Arschloch zu sein. Wenn du wirklich bleiben willst, bitteschön. Aber glaub nicht, dass ich in irgendeiner *fucking* Weise auf irgendjemanden Rücksicht nehmen werde. Nicht hier, in dem Haus, das meiner Familie gehört – und zwar nicht nur der perfekten Maggie. Wenn ich laut Rapmusik hören will, dann tue ich das.« Er streckt seinen Arm aus und greift nach einem I-Pod neben ihm auf der Anrichte. Und schon ertönt aus einem Lautsprecher nahe der Nespressomaschine erneut sehr laut »Motherfucker!«

»Wenn ich mich betrinken will, tue ich das«, fährt Nathan seelenruhig über den Lärm hinweg fort und nimmt einen weiteren großen Schluck Rotwein aus der Flasche. Ich könnte jetzt auch ein paar Schluck Alkohol gebrauchen, so viel ist klar. Nathan stellt die Flasche erneut auf den Tisch und sieht mich herausfordernd an. »Und wenn ich nackt durchs Haus laufen will, tue ich auch das.«

Ohne seinen Blick von mir abzuwenden öffnet er seine Gürtelschnalle und lässt seine Jeans auf seine nackten Füße hinabbrutschen. Ich sehe ein spöttisches Lächeln um seine Lippen zucken, als er merkt, wie ich rot anlaufe und um meine Fassung ringe. »Scheißkerl«, stoße ich hervor. »Das ist einfach nur kindisch. Wenn du wirklich glaubst, dass du mich so loswirst …«

Ich glaube, dass Nathan wirklich auch noch seine Boxershorts heruntergezogen hätte, nur, um mich zu schockieren und womöglich doch in die Flucht zu schlagen, aber in diesem Moment ertönt aus dem Wohnzimmer Paulas Stimme: »Mamaaa?«

An Nathans Gesichtsausdruck ist deutlich abzulesen, dass er in seinem vernebelten Zustand tatsächlich kurz die Anwesenheit der Kinder verdrängt hatte. Wäre ich nicht so gestresst wegen seiner unfreundlichen Begrüßung, könnte ich vermutlich fast auflachen, als sich seine Augen kurz erschrocken weiten. Zu meiner Erleichterung bückt er sich und zieht seine Jeans rasch wieder hoch. Ohne mich eines weiteren Blickes zu würdigen, wendet er sich dann von mir ab und nimmt erneut einen großen Schluck Wein, als uns ein Klirren aus dem Wohnzimmer zusammenzucken lässt, gefolgt von einem zweistimmigen »Maaaamaaa!«. Oh nein. Was ist jetzt passiert?

Mit hochrotem Kopf eile ich ins Wohnzimmer, wo Paula und Clara ratlos auf die Scherben einer Vase, die überall auf den Holzdielen verteilt sind, starren.

»Verda … Verflixt noch mal, ihr zwei, musste das sein?«, frage ich und raufe mir die Haare. Kann dieser Tag noch schlimmer werden?

Kann er, stelle ich fest, als ich das Sofa erblicke. Ich hätte sofort, in demselben Moment, als ich den Gedanken hatte, eine schützende Decke über den weißen Stoff werfen sollen. Dann wäre dieser jetzt nicht von den Schuhabdrücken meiner Kinder übersät.

»Na dann viel Spaß beim Saubermachen«, höre ich Nathans sarkastische Stimme hinter mir und fahre herum. Ich atme tief durch und recke mein Kinn. Dieser Typ wird mich nicht klein-kriegen. Er konnte mich damals nicht einschüchtern, und er kann es heute nicht. Das zumindest rede ich mir ein, während ich Nathan den Rücken zuwende und kühl erwidere: »Lass das mal meine Sorge sein.«

»Oh, absolut,« gibt Nathan ungerührt zurück.

»Mama! Pipi!«, ertönt da Claras gefürchteter Schrei, wie immer, wenn es bereits zu spät ist.

»Nein!«, stöhne ich auf und fahre zu ihr herum. Da steht sie, auf dem geknüpften Teppich in Blautönen, mit dunkel verfärbter Jeans und verlegenem Gesichtsausdruck. »Clara, warum sagst du das denn nicht früher?«

»Ach du Scheiße«, murmelt Nathan hinter mir.

»Nein, nur Pipi«, gebe ich trocken zurück und werfe ihm einen vernichtenden Blick zu.

»Fünf Minuten hier und schon ist das Sofa eingesaut, eine Vase kaputt und der Teppich nass gepisst. Kompliment. So schnell habe ich das Haus noch nie ruiniert. Nicht einmal damals, mit achtzehn.«

Er grinst mich an, doch da ist keine Spur von Freundlichkeit in seinem Blick, nur Sarkasmus und ... ja, was? Eine unbestimmte Leere, würde ich sagen. Vielleicht Verlorenheit. Aber das ist natürlich völliger Unsinn, denn Nathan ist ein gefeierter New Yorker Sternekoch, der ganz sicher nicht verloren ist. Nur betrunken. Und ziemlich wütend. Warum auch immer. Denn dass seine Gereiztheit nur mir gilt, das glaube ich nicht.

»Na dann, einen schönen Abend noch«, bemerkt Nathan, dreht sich ungerührt um und verlässt den Raum. Ich höre, wie er die Treppe in den ersten Stock hinaufstürmt und die Tür zu einem der Schlafzimmer hinter sich zuschlägt. Ganz so, als wäre er tatsächlich immer noch achtzehn. Manche Dinge scheinen sich nur schwer zu ändern, Sternekoch hin oder her.

Kapitel 7

Es ist noch dunkel, als mich Paula weckt. »Mama! Is' Morgen?«, lispelt sie in mein Ohr.

Mit einem Stöhnen ziehe ich mir die Decke über den Kopf.

»Maamaa!« Ruppig wird die Decke weggerissen, und Paula setzt sich rittlings auf meinen Oberkörper.

»Och Mensch«, mache ich und versuche, die Decke wieder hochzuziehen, über Paula und mich. »Sei leise!«, wispere ich. »Es ist noch ganz früh!«

»Du musst ›bitte‹ sagen!«, mault Clara irgendwo dicht an meinem Ohr. Wunderbar, sie ist also auch wach. In der Dunkelheit taste ich nach ihrem Kopf, streiche eine ihrer Locken aus ihrem Gesicht und versuche, ihre Wange zu küssen. Doch ich verfehle sie im Dunkeln und küsse stattdessen ihr Kinn, woraufhin Clara in leises Kichern ausbricht.

Paula sitzt immer noch auf mir und verkündet jetzt, laut und vernehmlich: »Guten Morgen! Aufstehen!«

Paula ist der Morgenmensch in unserer Familie – genau wie Thomas. Kaum wach, sind die beiden gewöhnlich schon voller Energie und Tatendrang, während Clara und ich immer länger brauchen, um dem neuen Tag ins Auge zu blicken.

Erst recht, wenn es draußen noch dunkel ist.

»Nein, nein, nein«, erwidere ich und taste blind nach der Nachttischlampe. »Es ist noch gar nicht Morgen. Es ist …«

Als ich es schaffe, die Lampe endlich einzuschalten und heller

Lichtschein das Zimmer flutet, kneife ich die Augen mit einem Stöhnen zusammen.

»Zu hell!«, kreischt Clara und verkriecht sich unter der Bettdecke.

»Hell, hell, hell!«, jubelt Paula und zieht ihrer Schwester die Decke wieder weg, was Clara zu wütendem Protestgebrüll veranlasst.

»Pssssst!«, wispere ich und bin völlig entsetzt, als ich einen Blick auf meine Armbanduhr werfe: »Es ist … oh Gott, es ist erst halb vier!«

Der Jetlag. Dieser verdammte Jetlag! In Hamburg ist es halb zehn am Vormittag. Natürlich sind die Mädels hellwach, auch wenn ich es gestern Abend erst nach neun Uhr geschafft habe, die aufgedrehten Zwillinge endlich ins Bett zu packen, wo sie dann allerdings innerhalb von zehn Sekunden eingeschlafen sind.

Inzwischen haben Clara und Paula begonnen, sich gegenseitig ihre Kissen, Stoffente Lulu und Kuschelhase Hasi an die Köpfe zu werfen und dabei spitz zu kreischen. Es ist eine Mischung aus Spiel und Streit, eine Gratwanderung, die jeden Moment in Tränen gipfeln könnte, das weiß ich nur zu gut.

»Hey, ihr zwei!«, zische ich verzweifelt und versuche, Ente oder Hasen zu greifen zu bekommen. »Seid still! Bitte, seid still, es ist zu früh für so einen Lärm!«

Ja, denn wären wir allein in diesem Haus, dann könnten die Zwillinge nach Herzenslust in Hamburg-Zeit durch die Räume rennen und so laut sein, wie sie wollten. Dann gäbe es hier nur mich, die schlaftrunken in die Küche schlurfen und sich um halb vier morgens einen Kaffee machen würde. Aber wir sind leider nicht allein.

Gestern Abend habe ich, nachdem Nathan in seinem Zimmer verschwunden war, einen kurzen Rundgang durch den ersten Stock des Hauses gemacht, um zu entscheiden, wo die Kinder

und ich uns einquartieren würden. Nathans unerträgliche Rapmusik drang aus dem gleichen Schlafzimmer, in dem er schon
vor zwanzig Jahren gewohnt hatte. Dunkel konnte ich mich an
ein schmiedeeisernes Doppelbett erinnern, schließlich hatte ich
in jenem Sommer oft davon fantasiert, mit Nathan in diesem
Bett zu landen. Am Ende des Flurs lag das Elternschlafzimmer
mit seinem breiten Ehebett aus weiß gestrichenem Holz und
einem fantastischen Blick über die Gärten der Nachbarn hinweg auf den Atlantik hinaus. Kurz spielte ich gestern sogar mit
dem Gedanken, in dieses Zimmer einzuziehen, das als Einziges
ein direkt angrenzendes kleines Badezimmer hatte, wenn auch
nur mit Toilette und Waschbecken. Aber dies war immerhin das
Zimmer von Maggies und Nathans Eltern, was deutlich wurde,
als ich verstohlen den Einbauschrank unterhalb der Dachschrä-
gen öffnete und Beatrice Goodmans farbenfrohe Sommerkleider musterte. Selbst wenn Beatrice und Harry so bald nicht
hierherkommen würden, so hätte es sich doch sehr unpassend
angefühlt, sich einfach in ihrem Schlafzimmer mit den vielen
persönlichen Gegenständen einzuquartieren. Außerdem, so vermutete ich, würden Maggie und Dan hier einziehen, wenn sie in
zweieinhalb Wochen kämen – immerhin grenzte das kleine Kin-
derschlafzimmer mit dem Stockbett aus weißem Holz und einem
Sammelsurium an farbenfrohen Kissen direkt an dieses Elternschlafzimmer. Ja, so würde es am praktischsten sein, überlegte
ich, während ich das Schlafzimmer von Maggies Eltern wieder
verließ: Wenn Maggie und Dan hier schliefen und ihre Jungs ein
Zimmer weiter. Meine Mädchen waren ohnehin noch zu klein
für das Stockbett, aus dessen oberer Etage ich sie sonst schon
herunterfallen sah.

Blieb noch das vierte Schlafzimmer, gegenüber dem von
Nathan. Das Zimmer, das Maggie und ich uns damals geteilt
hatten, mit sechzehn, als die Goodmans Hamburg nach vier

Jahren verlassen hatten. Zwei Wochen nach unserem Abschied in Eimsbüttel hatte mich Maggie am JFK Airport in Empfang genommen, um mit mir gemeinsam die Sommerferien auf Fire Island zu verbringen, bevor für sie die Schule in Manhattan losgehen und ich ohne meine beste Freundin in meinen Hamburger Alltag zurückkehren würde. Im folgenden Sommer besuchte sie mich in Hamburg, weil Maggie solches Heimweh hatte, dass sie gern wieder Zeit in Deutschland verbringen wollte. Einen weiteren Sommer später, mit achtzehn, kam ich erneut nach Fire Island, und Maggie und ich teilten uns ein zweites Mal dieses Schlafzimmer.

Als ich gestern Abend den Raum betrat, kam es mir vor wie neulich, dass Maggie und ich vor dem bodentiefen Spiegel neben der Kommode gestanden und kritisch unsere Bikinis beäugt hatten. Als wenn es bei unseren knackigen Teenagerkörpern irgendetwas kritisch zu beäugen gegeben hätte! Mein Blick wanderte voller Nostalgie über das breite Doppelbett aus weiß gestrichenem Holz, das ganz so aussah wie in meiner Erinnerung. Nur die Patchworkdecke in Blautönen sowie das Meer aus Zierkissen in verschiedenen Türkisschattierungen kannte ich noch nicht. Begeistert stürmten die Kinder ans Fenster, vor dem eine tiefe Sitzbank mit blau-weiß gestreiftem Bezug noch immer dazu einlud, sich nach draußen zu träumen – zwar nicht auf den Atlantik, aber in das idyllische Grün des Gartens hinab.

»Mama, das ist so schön hier!«, lispelte Paula und ließ sich zwischen die Kissen auf das Bett plumpsen. Und so war es entschieden, dass die Kinder und ich uns dieses Bett teilen würden, in dem Maggie und ich als Teenager gemeinsam gelegen und uns beim Einschlafen unsere Zukunftsträume anvertraut hatten.

Maggie wusste schon damals, dass sie in die Fußstapfen ihres Vaters treten und Professorin werden wollte, während ich noch von einer Karriere als Sterneköchin träumte. Ich kann mich genau daran erinnern, wie mich Maggie eines Nachts in diesem Bett ein wenig ratlos gefragt hat, ob ich nicht doch lieber studieren wollte und wie ich geantwortet habe, dass ich nie von der Uni geträumt hätte, sondern nur von Profiküchen. Gut, gelandet bin ich dann in Profi-Backstuben, aber zumindest habe ich nie einen Fuß in einen Hörsaal gesetzt, was ich mein Leben lang keine Sekunde bereut habe. Ich wusste einfach immer, dass ein Studium nichts für mich war, dass ich lieber etwas mit meinen Händen kreieren wollte, anstatt für Klausuren zu büffeln. Und Maggie, intellektueller Bücherwurm hin oder her, verstand das, ganz im Gegensatz zu Delia und Anne, meinen besten Freundinnen seit der ersten Klasse. Für beide war klar, dass sie studieren würden, und warum ich, trotz meiner guten Noten, nicht ebenfalls mit an die Uni kommen wollte, konnten sie kein bisschen nachvollziehen. In den Jahren nach unserem gemeinsamen Abitur drehte sich für sie alles um Unipartys und Profs, während ich zunächst ein Praktikum in einer Hotelküche machte und dann, desillusioniert was meinen Traumjob anging, beschloss, mich trotzdem für keinen Studiengang einzuschreiben, sondern Konditorin zu werden. Und während ich mit jedem verstrichenen Jahr weniger und weniger Kontakt zu Anne und Delia hatte, telefonierte ich mindestens einmal pro Woche mit Maggie, die mich stets dafür bewunderte, wie kreativ und leidenschaftlich ich in meinem Beruf war. Deshalb bestand sie bei ihrer Hochzeit darauf, dass ich nicht nur eine ihrer Brautjungfern sein, sondern auch vor Ort, in der Küche ihrer Eltern in Manhattan, eine Torte für die einhundert Gäste zaubern sollte, was ich nur zu gern tat. Ja, Maggie war schon immer mein größter Fan, und nicht nur deshalb liebe ich sie wie die Schwester, die ich nie hatte.

»Hey, leise sein, bitte!«, flehe ich jetzt in eben diesem Bett, in dem wir damals von unserer Zukunft fantasiert haben, und kassiere endlich eines der Stofftiere. Just in diesem Moment verliert

Clara am Rand des Betts das Gleichgewicht, plumpst mit ihrem Schlafsack rücklings auf den Boden und landet auf dem weichen Bettvorleger, der mit seinem Muster aus geknüpften Muscheln, Seesternen und Bojen so hübsch aussieht. Was jetzt gerade ziemlich egal ist, denn Clara rollt sich ungeachtet des Musters auf dem runden Teppich hin und her und brüllt, was das Zeug hält. »Auuuaaaa!«

Wäre Paula aus dem Bett gefallen, hätte ich nun kein Problem, denn Paula ist mein stolzes Kind, das selten getröstet werden will. Clara hingegen ist mein wehleidiges Kind, weshalb ich nun in Windeseile aus dem Bett schieße, mich neben die Kleine auf den Boden hocke, sie in meine Arme ziehe und versuche, sie zu beruhigen. »Sch-sch-sch, Clara, bitte, sei nicht so laut. Es ist noch so früh! Du wirst Nathan wecken. Bitte, bitte, sei leise. Wo hast du dir denn wehgetan?«

»Hier!«, brüllt Clara und deutet auf den Teppich.

»Ja, ich weiß, du bist auf den Boden gefallen – aber wo am Körper tut es denn weh?«, hake ich geduldig nach und wiege mein Mädchen hin und her.

»Paapaaa!«, schreit Clara theatralisch, anstatt mir zu sagen, wo es ihr wehtut. »Ich will Paaapaaa!«

Die Worte treffen mich mitten ins Herz. Ich schlucke und versuche, die aufsteigenden Tränen herunterzuschlucken. Ja, ich doch auch, verdammt, denke ich und beiße mir so fest auf die Unterlippe, dass ich glaube, Blut zu schmecken.

»Mama? Ich muss Pipi!«, meldet sich da Paula zu Wort und beginnt, mit ihrem Schlafsack vom Bett zu rutschen. »Mama, Seißversluss!«

»Ja, warte einen Moment«, murmele ich und beginne, am Reißverschluss des rosa Schlafsacks mit Schäfchenmuster herumzunesteln. »Schnell, Mama! Pipi!«, ruft Paula drängend, während ich hektisch am Reißverschluss zerre und das Kind schließlich aus dem Schlafsack befreie. »Okay, komm, schnell. Clara, bitte hör auf zu weinen, ja? Wir rufen Papa nachher an.«

»Papaaaa!«, ruf Clara ungeachtet meiner Worte und schluchzt laut und vernehmlich. Dann, als sie merkt, dass Paula und ich auf die Zimmertür zugehen, springt sie auf und brüllt: »Wartet!«

»Hey, ganz ruhig!«, zische ich und merke, wie mich bereits vor vier Uhr morgens an diesem verflixten Tag die Geduld verlässt.

»Wir gehen doch nur Pipi machen! Willst du mitkommen?«

»Ja!«, jammert Clara und wackelt im Pinguinschritt durchs Zimmer, worüber ich sonst wohl gelacht hätte, aber jetzt ist mir wirklich nicht nach Lachen zumute.

»Warte, Paula«, murmele ich und beginne, ein zweites Kind aus seinem Schlafsack zu schälen, während Paula die Zimmertür aufreißt und mit zusammengepressten Knien hin- und herwippt. »Pipi, Pipi, Pipi!«, singt sie dabei und trommelt mehr oder weniger im Takt gegen den Türrahmen. Ich hoffe inständig, dass Nathan durch seine bescheidene Rapmusik schwerhörig geworden ist.

Ist er nicht. Als ich Clara endlich aus ihrem Schlafsack befreit habe und Paula am Arm zu fassen bekomme, um ihr gereizt zuzuraunen, bitte endlich leiser zu sein, öffnet sich die Tür zum Zimmer gegenüber, und ich erstarre. Im schwachen Schein einer weiteren Nachttischlampe steht Nathan im Türrahmen. Nur mit einer Boxershorts bekleidet. Seine Locken stehen wirr zu Berge, und seine Augen wirken kleiner als sonst, als er uns – offensichtlich zu gleichen Teilen schlaftrunken und ungläubig – anstarrt.

»Sagt mal, geht es noch?« Seine Stimme klingt heiser, und er räuspert sich, bevor er lauter hinzufügt: »Wisst ihr, wie spät es ist?«

»Allerdings«, seufze ich und zupfe verlegen an meinen Haarsträhnen herum, von denen ich weiß, dass sie nach dem Aufwachen ebenfalls gern in alle Richtungen stehen – dass ich dabei aber nicht einmal ansatzweise so attraktiv aussehe wie Nathan Goodman. Dann wird mir bewusst, dass ich nur ein Big Shirt trage – ein dunkelblaues mit dem Aufdruck zweier Cupcakes auf Höhe meiner Brüste. Im Geschäft fand ich das ziemlich witzig, und auch Thomas hat herzlich gelacht, als ich das Shirt zum ersten Mal getragen habe. Aber jetzt, als Nathans Blick im schwachen Licht des Flurs flüchtig an den Cupcakes hängen bleibt, fühle ich mich ziemlich lächerlich, und ich verschränke hastig die Arme vor meinem Oberkörper.

»Tut mir wirklich leid«, füge ich schnell hinzu. »Glaub mir, ich würde auch lieber schlafen. Aber der Jetlag … In Hamburg ist es schon fast zehn Uhr vormittags.« Ich versuche, Nathan möglichst liebenswürdig anzulächeln. Er erwidert meinen Blick grimmig, bevor er meine Kinder fixiert, die sich hinter meinen Beinen herumdrücken und Nathan schüchtern anstarren.

»Deine Tochter hat schon wieder auf den Boden gepisst«, knurrt er ungehalten. »Diesmal die andere.«

Erschrocken starre ich Paula an, die meinen Blick unglücklich erwidert. Auch wenn sie Nathan auf Englisch nicht verstanden haben dürfte, ist ihr offensichtlich klar, worum es geht. Ihre Unterlippe zittert, ihre Augen werden feucht, während sie von einem nackten Fuß auf den anderen tritt, in einer Pipi-Pfütze stehend. »Ich hab gesagt, ich muss Pipi!«, brüllt sie mich an und bricht in Tränen aus.

»Ja, ich weiß, ist nicht deine Schuld«, murmele ich und werfe Nathan einen vorwurfsvollen Blick zu. »Auch wenn du müde und schlecht gelaunt bist: Könntest du in Gegenwart meiner Kinder vielleicht etwas weniger … feindselig sein?«

Nathan verschränkt die Arme vor der Brust. »Nein, das kann ich nicht«, erwidert er in aufgesetzt höflichem Tonfall. »Aber vielleicht könntest du euren Aufenthaltsort noch einmal überdenken, liebste Ella?« Er lächelt mich kalt an, bevor er lauter hinzufügt: »Ihr seid nämlich keine zwölf Stunden hier und geht mir jetzt schon auf den Sack!«

Nathans barscher Tonfall bewirkt, dass Clara erneut laut losheult und »Paaaapaaa!« brüllt.

»Ist nicht euer Ernst«, stöhnt Nathan genervt und rauft sich die Locken, sodass sie noch mehr zu Berge stehen.

»Doch«, gebe ich wütend zurück. »Doch, das ist unser Ernst. Es tut mir leid, wenn wir dich stören, aber meine Antwort ist dieselbe wie gestern Abend: Wir bleiben hier!« Mit vorgerecktem Kinn halte ich Nathans bitterbösem Blick stand, auch wenn ich innerlich einen Zentimeter kleiner werde.

»Fantastisch. Echt toll, euch hier zu haben«, knurrt Nathan schließlich, dreht sich um und lässt seine Zimmertür mit einem Krachen hinter sich zuschlagen, was die Zwillinge noch lauter heulen lässt. Ich möchte auch heulen. Wirklich.

»Mama, warum ist es so dunkel?«, fragt Paula hinter mir.

»Weil es noch verda … verflixt früh ist«, seufze ich und atme tief die salzige Luft ein, während unter meinen Sneakers der Sand auf dem Fußweg knirscht.

»Mama, ich habe Angst!«, jammert Clara und zerrt an meiner Jacke. »Da vorne – der Grüffelo!«

»Ach was, süße Maus«, lache ich und lasse den Lichtkegel der Taschenlampe, die ich glücklicherweise in einem der Einbauschränke im Flur aufgestöbert habe, durch die frühmorgendliche Dunkelheit gleiten, über Büsche und Bäume und den Gartenzaun des Nachbargrundstücks. »Den Grüffelo gibt es doch gar nicht«, sage ich beruhigend und schiebe den Riemen der Picknicktasche zurück auf meine Schulter.

Ein Picknick am Strand um halb fünf in der Früh. Noch gestern hätte ich mir selbst bei dieser Idee einen Vogel gezeigt. Aber Not macht erfinderisch. Wie sonst soll ich verhindern, dass wir

Nathan um diese unmenschliche Zeit noch einmal wecken? Sobald meine Kinder wach sind, haben sie leider die Angewohnheit, nicht wirklich leise zu sein. Und nachdem sie schon einen Großteil des gestrigen Flugs vor dem Fernseher verbracht haben, möchte ich sie heute Morgen nicht schon wieder mit irgendwelchen Kindersendungen ruhig stellen.

Nun gut, ganz ohne ging es nicht: Eben, nachdem ich die Mädels und mich so schnell und leise wie möglich umgezogen hatte, bin ich mit ihnen in die Küche gegangen und habe für sie mein Tablet eingeschaltet – und für mich den Nespressokaffeeautomaten. Während lebensrettender Kaffee in eine bauchige Tasse mit dem Aufdruck »Hot Stuff« zischte, rief ich für die Zwillinge eine der Peppa-Pig-Folgen auf, die ich für Notfälle wie diesen noch in Hamburg auf das Tablet geladen hatte. Die folgende friedliche Viertelstunde nutzte ich, um in Windeseile ein Frühstückspicknick vorzubereiten: Ich schlug ein paar Eier in die Pfanne, toastete Brotscheiben und zauberte meine Spiegelei-Käse-Sandwiches, die Clara und Paula besonders lieben. Und Thomas auch. Aber an Thomas durfte ich jetzt nicht denken. Auf keinen Fall.

In einem der Küchenoberschränke fand ich zu meiner Begeisterung nicht nur eine angebrochene Packung Kakaopulver, sondern ein Regalfach weiter oben sogar eine Thermoskanne. Hastig erwärmte ich Milch, rührte eine heiße Schokolade an und goss das Getränk in die Kanne. Da mir für meinen Kaffee keine Zeit mehr blieb, füllte ich ihn kurzerhand in eine verschließbare Coffee to go-Tasse von Starbucks, die hinter der Thermoskanne geradezu auf mich gewartet zu haben schien. Bis Peppa Pig zu Ende war, hatte ich in einem der Unterschränke eine Kühltasche gefunden, in der ich die eingewickelten Sandwiches verstaute und schaffte es gerade noch, außerdem ein paar Apfelschnitze einzupacken. Kaum war Peppa Pig vorbei, scheuchte ich meine Kinder aus der Küche und wiegelte ihren Protest mit der Aussicht auf den Strand ab.

»Strand?«, fragte Paula mit großen Augen, während sie ihre Turnschuhe anzog und ihre Schwester mit ihrem Anorak kämpfte. Vor Sonnenaufgang würde es am Strand womöglich noch frisch sein, wusste ich. Sogar hier, auf Fire Island, wo das Thermometer im Juli tagsüber oft auf über 30 Grad kletterte.

»Ja,« sagte ich zufrieden und schloss die Tür zur Abstellkammer, in der ich gerade eine alte Decke gefunden hatte. »Nein, Schätzchen, du hast die Schuhe falsch herum an. Der da muss an den anderen Fuß.«

»Aber – draußen dunkel!«, protestierte Clara und begann, zunehmend frustriert an ihrem Anorak herumzuzerren, bis ich ihr in die Ärmel half.

»Ich weiß«, gab ich leise zurück und warf einen schnellen Blick die Treppe hinauf, um sicherzugehen, dass dort nicht schon wieder ein übellauniger Nathan stand. Was zum Glück nicht der Fall war. »Aber weil wir hier im Haus nicht allein sind, gehen wir jetzt raus, damit Nathan schlafen kann.«

»Nathan?«, lispelte Paula mit großen Augen. »Der böse Mann?«

»Der Mann ist gar nicht böse«, wisperte ich und griff nach der Kühltasche. »Nur müde.«

Zumindest hoffte ich das.

Kapitel 8

Als uns der Holzweg über eine leichte Anhöhe hinwegführt und ich das Dünengras im Wind rascheln höre, beschleunigt sich mein Herzschlag voller Vorfreude. Das gleichmäßige Rauschen der Brandung scheint mich zu begrüßen wie ein alter Freund. Die Fenster der Häuser, die direkt hinter den Dünen stehen und auf das Meer blicken, sind dunkel. Außer uns schlafen alle. Noch ein paar Schritte, und der Lichtkegel der Taschenlampe tanzt schon über den breiten dunklen Strand. Mir geht das Herz auf. Endlich bin ich wieder hier!

»Mama, es ist sooo dunkel!«, beschwert sich Clara dicht hinter mir und klammert sich ängstlich an mein Hosenbein.

»Nicht mehr lange«, versichere ich. »Schau mal, da hinten, über dem Meer – siehst du den Lichtstreifen am Horizont?«

»Nein!«, meckert mein Kind.

»Ich sehe ihn!«, jubelt Paula und macht einen begeisterten Hüpfer vom Ende des Holzwegs in den Sand. »Mama, Schuhe ausziehen?«

»Nein, noch nicht«, sage ich und freue mich über das vertraute Gefühl weichen Sands unter meinen Sneakers. »Es ist noch zu kühl. Später, wenn die Sonne aufgegangen ist, können wir barfuß laufen, okay?«

»Ich nicht barfuß laufen!«, protestiert Clara übellaunig.

»Du musst auch nicht, wenn du nicht willst«, erwidere ich mit einem Lächeln. So leicht lasse ich mir nicht die Laune verderben.

Nicht jetzt, da ich plötzlich hellwach und voller Tatendrang bin, der frischen Meeresluft sei Dank. Nicht hier, am Strand, mit dem Blick auf den Horizont, wo ein heller Streifen beginnt, den Himmel vom Atlantik zu trennen.

»Hunger, Mama!«, meldet sich nun Paula zu Wort, die frustriert mit ihren Sneakers im Sand herumscharrt, beleidigt, weil sie ihre Schuhe noch nicht ausziehen darf.

»Das trifft sich gut«, bemerke ich, mache ein paar Schritte vom Holzweg fort und lasse schließlich die Kühltasche in den Sand gleiten. »Denn wir haben ein Picknick dabei. Wer möchte heißen Kakao und Spiegelei-Sandwiches?«

Eine Zeit lang sind meine Zwillinge tatsächlich friedlich. Sie hocken im Schneidersitz auf der Decke und starren mit großen Augen auf den Horizont, der nun immer heller wird, während sie so viele Eierbrote verputzen, dass für mich nur noch eines übrig bleibt. Was jetzt nicht so wichtig ist. Wichtig ist der heiße Kaffee, der mich wunderbar von innen wärmt und die letzte Müdigkeit verscheucht. Voller Vorfreude sehe ich der Morgendämmerung zu, die den Himmel erst in ein blasses Rosa und schließlich in ein feuriges Orangerot verfärbt. Nun wird es nicht mehr lange dauern, bis sich die Sonne als glühender Feuerball über den Horizont schiebt, denke ich und werfe einen flüchtigen Blick auf meine Armbanduhr. Kurz vor halb sechs. Ja, jetzt müsste es bald so weit sein.

Als ich in unserer Nähe eine Bewegung am Strand wahrnehme, zucke ich erschrocken zusammen. Auch Clara hat die Gestalt im ersten Licht des jungen Morgens gesehen, denn sie schreit sofort laut und vernehmlich: »Der Grüffelooooo!«

»Aber nein, mein Mäuschen«, sage ich, nachdem ich mich selbst vom Schreck erholt habe und peinlich berührt die Hand zum Gruß hebe. »Das ist kein Grüffelo. Das ist ein anderer Strandbesucher.«

Der Mann in Jogginghose und T-Shirt bleibt in der Nähe unserer Picknickdecke stehen und nickt uns freundlich zu. »Guten Morgen!«, sagt er auf Englisch. »Ihr macht aber ein ganz schön frühes Picknick! Jetlag?«

»Ja«, lache ich auf.

»Kenne ich«, bemerkt der Mann amüsiert. »Als meine Kinder letzten Sommer aus England zu Besuch hier waren, haben sie mich am ersten Morgen um drei Uhr geweckt und wollten mit mir im Meer schwimmen gehen.«

»Wir sind gestern aus Deutschland angekommen und haben es heute Morgen immerhin bis halb vier geschafft«, erwidere ich mit einem breiten Lächeln. Fast hatte ich vergessen, wie freundlich die Nachbarschaft der Goodmans auf dieser Insel ist. Ganz anders als unser Mitbewohner im Ferienhaus. Der Fremde kommt ein paar weitere Schritte auf unsere Picknickdecke zu, sodass ich grau meliertes Haar, markante Gesichtszüge und ein charmantes Lächeln erkennen kann. Im Dämmerlicht sieht er ein kleines bisschen aus wie George Clooney, und er hat eine angenehme Stimme, was mir auffällt, als er neben der Decke stehen bleibt und fragt: »Seid ihr zum ersten Mal hier auf der Insel?«

»Nein, ich war schon zwei Mal hier«, erwidere ich und zupfe verlegen an meinem Haar herum, das ich nur sehr flüchtig gebürstet habe, bevor ich mit den Kindern aus dem Haus geflohen bin. »Als Teenager war ich bei den Goodmans zu Besuch. Wir wohnen auch jetzt wieder in ihrem Haus. Da hinten, am Ocean Breeze Walk.«

»Ah ja, ich kenne Harry und Beatrice«, nickt der Mann und reicht mir die Hand. Sein Händedruck ist fest, seine Finger sind angenehm warm. »Ich bin Will Anderson und wohne am Surf View Walk, gleich da vorn. Wir sind also quasi Nachbarn.« Er lächelt erst mich freundlich an, dann die Kinder.

»Ich bin Ella, und das sind Paula und Clara«, erwidere ich und deute auf die Mädchen, die sich zu meiner Freude inzwischen über die Apfelschnitze hermachen.

»Zwillinge?«, erkundigt sich Will, und ich nicke.

»Ja. Beide dreieinhalb und sehr anstrengend.«

Der Mann lacht auf. »Ja, das glaube ich. Als meine Kinder in dem Alter waren, habe ich die hier bekommen.« Er fährt sich mit einer Hand durch seine grauen Strähnen, und ich grinse. »Und das, obwohl ich die beiden wegen meines Jobs immer viel zu selten gesehen habe.«

»Pilot? Oder Kapitän?«, rate ich keck, aber Will schüttelt den Kopf und wispert mit ernstem Gesichtsausdruck: »Viel schlimmer. Investmentbanker an der Wall Street.«

»Autsch«, sage ich und ziehe eine Grimasse. »Dass du das auch noch zugibst.«

Will bricht in Gelächter aus und nickt. »Ja, ich weiß. Aber immerhin war ich nie bei Lehman Brothers!«

»Sehr gut, sonst wäre unsere Unterhaltung jetzt beendet gewesen«, bemerke ich spitz, was Will erneut gut gelaunt auflachen lässt.

»Mama! Mein Affel!«, unterbricht uns Clara weinerlich, weil ihr Stück Obst im Sand gelandet ist und nun einem panierten Schnitzel gleicht.

»Nicht so schlimm. Hier, nimm dir ein neues Stück«, sage ich, hebe das panierte Stück Apfel auf und werfe es in unsere mitgebrachte Mülltüte.

Während Clara mit der Apfelspalte in der Hand aufsteht und beginnt, übermütig juchzend den Strand entlangzurennen, dicht gefolgt von ihrer Schwester, beugt sich Will weiter zu mir runter und sagt in verschwörerischem Tonfall: »Ella, dein letztes Mal auf dieser Insel liegt schon ein paar Jahre zurück, und du hast heute im Halbdunkeln sicherlich nicht das Schild da hinten am Zugang zum Strand gesehen, aber ich warne dich lieber, bevor ein paar rigorose Insulaner oder die Rettungsschwimmer oder die Polizei dich erwischen: Picknick am Strand ist hier streng verboten!«

»Ups!«, hauche ich und schlage mir eine Hand vor den Mund. »Ach du Schande! Stimmt, jetzt, wo du es sagst … Damals, als Teenager, haben meine Freundin Maggie und ich absichtlich Essen mit an den Strand genommen, weil wir von den sexy Rettungsschwimmern angesprochen werden wollten. Leider hat uns stattdessen eine alte Dame zusammengefaltet.« Bei der Erinnerung muss ich kichern, und auch Will grinst breit.

»Tja, die Rettungsschwimmer treten ihren Dienst leider erst um neun Uhr an, das wird also auch diesmal nichts.« Er zwinkert mir zu.

»So ein Mist«, schmunzele ich und packe rasch die restlichen Apfelschnitze zurück in die Kühltasche, bevor mich noch mehr Leute beim verbotenen Picknick sehen. »Aber Getränke sind erlaubt, oder?«

»Eigentlich nur Wasserflaschen, aber ich kenne viele Einheimische, die morgens ihren ersten Kaffee am Strand trinken. Da sagt niemand etwas«, bemerkt Will ruhig und wirft einen Blick zum Horizont. »So, höchste Zeit für mich, meine Joggingrunde zu drehen.«

»Joggst du immer so früh?«

»Normalerweise erst nach sechs, aber heute bin ich früher dran, weil ich gleich eine wichtige Telefonkonferenz mit Hongkong habe. Du weißt schon, die Zeitverschiebung. Bei denen ist schon Abend.« Er grinst mich an, bevor er fragt: »Wie lang bleibt ihr denn hier, Ella?«

»Sechs Wochen«, sage ich und lächele glücklich. Ich kann immer noch nicht glauben, dass wir so viel Zeit auf dieser Insel verbringen dürfen.

»Wow, nicht schlecht! Bekommt man in Deutschland so viel Urlaub?«

»Ich ... ich bin wegen der Kinder zu Hause und arbeite nicht«, antworte ich zögernd und weiß schon, was für eine Frage als Nächstes kommt. Und behalte recht.

Will sieht mich nachdenklich an. »Bist du allein mit den Kindern hier?«

Ich weiche seinem Blick aus, als ich nicke. »Ja. Ihr Vater ist in Hamburg geblieben.«

»Mhhm«, macht Will. »Seid ihr drei etwa ganz allein im Goodman-Haus?«

Beinahe muss ich bei dieser Frage auflachen. Wenn dem mal so wäre, denke ich und unterdrücke einen Seufzer, bevor ich erwidere: »Ähm – nein. Nathan Goodman ist zufällig auch da.«

Überrascht reißt Will die Augen auf. »Nathan ist hier auf der Insel? Oha. Sind die Probleme in seinem Restaurant etwa so ernst geworden?«

Nun bin ich diejenige, die die Augen aufreißt. »Welche Probleme?«, frage ich verblüfft.

»Na ja ...« Will reibt sich das Kinn und starrt auf den Atlantik hinaus. »Ich war schon ein paar Mal im ›Cuisine‹ essen, vor allem, seit es den Michelin-Stern bekommen hat. Aber beim letzten Mal hat man gemerkt, dass einiges schieflief. Das Essen war längst nicht mehr so gut wie sonst. Und erst vor wenigen Tagen ist ein Artikel in der New York Times über die Spitzenköche Manhattans erschienen, und darin stand, dass in Gastronomiekreisen gemunkelt würde, Nathan Goodman halte dem Erfolgsdruck langsam nicht mehr Stand, die Qualität im ›Cuisine‹ lasse spürbar nach, und man gehe davon aus, dass er im Herbst, beim Erscheinen des neuen New Yorker Michelin-Guide, seinen Stern wieder verlieren werde.«

»Oh«, mache ich betroffen. »Das wusste ich nicht.«

Nachdenklich mustert mich Will. »Wie auch immer – ich hoffe, du kommst gut mit Nathan aus. Wie schon gesagt, ich

85

kenne Harry und Beatrice, aber ihren Sohn habe ich selten gesehen. Scheint mir aber ein etwas exzentrischer Typ zu sein.«

»Ich kenne Nathan schon lange«, erkläre ich und merke zu meiner eigenen Überraschung, dass ich das Bedürfnis habe, ihn zu verteidigen. »Es stimmt, er ist etwas ... exzentrisch. Aber trotzdem ein guter Kerl.«

Zumindest hoffe ich das.

»Mhhm«, macht Will noch einmal. »Soll ich dir trotzdem lieber meine Nummer geben? Falls du mal Nachbarschaftshilfe brauchst? Zum Beispiel, wenn dich alte Damen anmeckern, weil du doch wieder am Strand gepicknickt hast?«

Er grinst mich an, und ich grinse zurück. »Okay, gern«, sage ich und ziehe mein Smartphone aus der Tasche meines Anoraks. Will diktiert mir seine Nummer, und ich wähle sie sofort, sodass er auch meine hat.

»Tja, dann hoffe ich, dich bald einmal wiederzusehen, Ella«, bemerkt Will und zwinkert mir erneut zu, bevor er sein Telefon in die Tasche seiner Jogginghose schiebt, sich abwendet und davonläuft. Nachdenklich sehe ich ihm nach, als er langsam den Strand entlangjoggt, der Morgenröte entgegen. Wow, denke ich. Da lerne ich am frühen Morgen am Strand einfach so einen attraktiven Investmentbanker kennen, der mich an George Clooney erinnert und der sich Sorgen um mein Wohlergehen macht. Und ich selbst sehe vermutlich mehr als bescheiden aus. Ich seufze tief auf, bevor meine Gedanken fort von Will und zurück zu Nathan wandern. Dass er seinen Michelin-Stern wieder verlieren könnte, überrascht mich wirklich. Ist er deshalb hergekommen? Ist er vor der negativen Kritik aus Manhattan geflüchtet? Wenn der Artikel erst vor wenigen Tagen erschienen ist, ergibt das durchaus einen Sinn. Zwar hat Maggie bei Skype nichts von dem Artikel erwähnt, aber wir hatten auch wirklich anderes zu besprechen.

Ich atme tief durch, starre auf das Meer hinaus, das sich feuerrot verfärbt hat. Mir graut es davor, ins Haus zurückzukehren und erneut Nathan über den Weg zu laufen. Soll ich ihn auf die Probleme seines Restaurants ansprechen? Nein, womöglich wird er dann erst recht wütend. Mit einem Schaudern muss ich an seine barschen Worte von gestern Abend denken, an seine schleppende Stimme, die Alkoholfahne. Aber leider sehe ich auch noch sehr wohl seinen gut gebauten Oberkörper vor mir, seine schwarzen Locken, das Schokoladenbraun seiner Augen. Mit einem Stöhnen schüttele ich den Kopf. Dieser Mann benimmt sich wie ein flegelhafter Teenager. Kein Grund also, bei seinem Anblick in irgendeiner Weise Hitzewallungen zu bekommen. Auch dann nicht, wenn er nur mit Boxershorts bekleidet herumläuft! Schließlich weiß ich nur zu gut, was für ein Idiot Nathan Goodman sein kann. Und das nicht erst seit gestern Abend. Bei der Erinnerung an einen anderen Abend, der schon zwanzig Jahre zurückliegt, schließe ich kurz die Augen. Himmel, seitdem ist so viel Zeit vergangen. Es kann doch nicht wahr sein, dass mich Nathans Verhalten von damals immer noch so sehr berührt, oder? Und dass ich glaube, Salz und Sonnenmilch auf meinen Lippen zu schmecken, als wäre all das gestern passiert?

Mit einem Mal muss ich an Thomas denken, und ich umklammere meine Starbucks-Tasse fester. Er hat sich nie so unmöglich aufgeführt wie Nathan. Thomas ist ein ruhiger, ausgeglichener Mensch, der in der Gegenwart der Kinder nie ausfallend geworden ist, selten mal geflucht hat. Nie im Leben hätte er solche Dinge zu mir gesagt, wie Nathan es gestern und vorhin getan hat. In unserer Ehe war ich diejenige, die hin und wieder ausgeflippt ist, geschrien und ab und zu sogar mit Gegenständen geworfen hat (allerdings nur mit harmlosen Dingen wie Zeitschriften, Brötchen oder Sockenknäueln). Ja, Thomas und seine betont gelassene Art haben mich oft zur Weißglut gebracht.

Aber was gäbe ich jetzt um seine gelassene Art! Was gäbe ich darum, wenn er in diesem Moment neben mir auf dieser Pick-nickdecke säße, meine Hand hielte, mir versicherte, dass alles gutwird. Wie gern würde ich meinen Kopf an seine Schulter lehnen und ein paar Tränen vergießen, mich trösten lassen.

Nur: Säße Thomas jetzt neben mir, hätte ich gar keinen Grund zu weinen. Nein, denn dann wäre mein Leben noch so heil, wie es vor ein paar Tagen war. Oder zumindest so heil, wie ich es geglaubt habe.

Verstohlen wische ich mir eine Träne aus dem Augenwinkel. Oh Mann, ich wünschte, ich wäre noch einmal von dieser unschuldigen Ahnungslosigkeit erfüllt. Ich wünschte, ich würde nach wie vor nicht wissen, wie falsch alles lief. Verzweifelt raufe ich mir mit einer Hand die Haare, die der Wind ohnehin völlig durcheinandergewirbelt hat. Als ich meine Hand sinken lasse, fällt mein Blick auf meinen nackten Ringfinger, an dem nur eine leichte Delle in der Haut an den goldenen Ehering erinnert, der dort sieben Jahre lang saß. Ich habe ihn kurz vor unserer Abfahrt zum Flughafen abgenommen, wobei ich meinen Finger mit Seife einschmieren musste, weil ich den Ring fast nicht abbekommen hätte. Nun fühlt sich diese Stelle nackt und unvollständig an, erinnert mich schmerzlich an das, was mal war. Verdammt noch mal, warum bloß? Warum hat sich Thomas in diese Jasmin Bayer verliebt? Warum hat er einfach so aufgehört, mich zu lieben? Nach all dem, was wir zusammen durchgemacht haben? Nach all dem, was uns hätte zusammenschweißen sollen? Warum hat er mich so lange heimlich betrogen? Wie konnte er mir das nur antun? Und nicht nur mir. Wie konnte er das seinen Töchtern antun? Wie soll ich ihnen jemals erklären, warum ihr Papa nicht mehr bei uns wohnt? Wie sollen die Mäuse damit klarkommen, dass ihr Vater sich gegen uns und für eine andere Frau entschieden hat? Werden die Zwillinge dadurch einen Knacks fürs Leben bekommen? Werden sie anfangen, Männern zu misstrauen oder – noch schlimmer – werden sie sich frühreif jedem erstbesten Kerl an den Hals schmeißen, um die Liebe und Bestätigung zu bekommen, die sie von ihrem Vater nicht bekommen haben?

Halt, halt, nicht so schnell, versuche ich, mich selbst zu beruhigen und wische mir energisch über die Augen. Thomas verlässt mich. Aber er verlässt nicht die Kinder.

Nein, lache ich innerlich höhnisch auf und beiße mir fest auf die Unterlippe, um nicht laut loszuschreien. Thomas lebt sogar nach wie vor im selben Haus wie wir. In unserer Nachbarwohnung. Natürlich werden die Kinder ihn weiterhin sehen. Und ich auch. Und ich werde Jasmin Bayer sehen. Und sie wird die Kinder sehen. Mein Gott, was, wenn Thomas Ernst macht und sie heiratet? Wird sie die Stiefmutter meiner Mädchen werden? Und ... was, wenn die beiden Kinder bekommen? Halbgeschwister für Clara und Paula?

Trotz der morgendlichen Kühle beginne ich zu schwitzen. Mein Puls geht schnell, während ich aufs Meer hinausstarre und versuche, all die Horrorvisionen, die auf mich einstürzen, in Schach zu halten. Gerade eben war ich doch angesichts dieses herrlichen Strandes und wegen der netten Begegnung mit Will, dem Investmentbanker noch so glücklich! Verdammt, ich hasse Thomas dafür, dass er mir all das antut. Dass er mich in so eine verbitterte verlassene Ehefrau verwandelt. Ich hasse ihn dafür, dass er Jasmin Bayer liebt. Dass er ...

»*Good morning!*«, reißt mich eine Stimme aus meinen düsteren Gedanken, und ich wische mir eilig eine weitere Träne von der Wange, bevor ich den Blick hebe und zu dem Ehepaar hinübersehe, das in ein paar Metern Entfernung von mir stehen geblieben ist. Zumindest glaube ich, dass es ein Ehepaar ist. Beide dürften um die 50 sein. Aber, wer weiß? Vielleicht ist es der Ehemann mit der Nachbarin. Sowas soll vorkommen.

»*Good morning!*«, grüße ich betont fröhlich zurück.

»Toller Sonnenaufgang, oder?«, fragt der Mann auf Englisch und entfaltet mit zwei geschickten Handgriffen einen Klappstuhl.

»Ja, das stimmt«, bestätige ich und beobachte, wie sich die Frau in den Stuhl sinken lässt, während der Mann einen zweiten aufstellt. Jetzt erst wird mir bewusst, dass sie Schlafanzughosen tragen – er blau-weiß gestreifte Baumwolle, sie cremefarbenen Satin – und darüber Kapuzensweatshirts. So wie ich haben auch die beiden Thermosbecher dabei, was mich erleichtert aufatmen lässt. Als das Paar nun nebeneinander in seinen Klappstühlen sitzt und mir beide mit ihren Bechern freundlich zuprosten, nehme ich einen weiteren großen Schluck Kaffee und versuche, nicht weiter über die Tatsache nachzudenken, dass ich allein hier auf meiner Decke sitze.

Nein, nicht ganz allein. »Mama, schau mal, Musseln!«, kräht Paula aufgeregt, als sie auf mich zugestürmt kommt.

»Muscheln? Wie schön!«, gebe ich mich begeistert und betrachte die Schätze, die mir meine Tochter in ihrer hohlen Hand entgegenhält.

»Und das hier! Das ist pink!«, ruft Clara und zeigt mir den pinkfarbenen, sandverkrusteten Drehverschluss einer Flasche.

»Oh, wow, wie schön«, hauche ich und versuche energisch, gegen Trauer, Wut und Verzweiflung anzulächeln. Entschlossen straffe ich meine Schultern und stehe auf.

»Wer hat Lust, eine Runde Fangen zu spielen?«, frage ich die Zwillinge und bekomme ein begeistertes zweistimmiges »Ich! Ich! Ich!« zurück. Und dann laufen wir los, über den weichen Sand, während Wellen an den Strand rollen, der Wind mit meinem Haar spielt und sich am Horizont die Sonne als roter Feuerball emporschiebt, um einen neuen Sommertag auf Fire Island anbrechen zu lassen.

Kapitel 9

Als wir auf dem Rückweg zum Ferienhaus sind, laufen wir auf dem Ocean Breeze Walk einem braun gebrannten älteren Herrn mit weiß gelocktem Pferdeschwanz und Schiebermütze über den Weg, der mit einer zusammengerollten Zeitung unter dem Arm barfuß aus Richtung des Ortskerns spaziert kommt. Er lacht uns freundlich entgegen und ruft:»Na, ihr müsst der Besuch aus Deutschland sein, oder? Ich bin Matthew O'Neill von nebenan!«

Erfreut schüttele ich unserem Nachbarn die Hand.»Nett, Sie kennenzulernen, Mr. O'Neill. Ich bin Ella, und das sind meine Töchter Paula und Clara.«

»Bitte, nenn mich Matthew. Bei ›Mr. O'Neill‹ komme ich mir immer uralt vor.« Seine himmelblauen Augen zwinkern mir fröhlich zu, bevor er sich zu meinen Kindern hinabbeugt und sie freundlich mit ein paar Brocken Deutsch begrüßt:»Na, wie geht es?« Bevor ich dazu komme, ihn zu fragen, woher er Deutsch kann, richtet sich Matthew auf und schaut mich mit schief gelegtem Kopf an.»Wie es aussieht, müsst ihr drei Hübschen euch das Haus mit Nathan teilen, hmm? Ich war ziemlich überrascht, als er vor ein paar Tagen bei mir auf der Matte stand und nach dem Schlüssel gefragt hat, den ich aufbewahre.«

Aha, also ist Nathan ein paar Tage vor uns angekommen.

»Beatrice und Harry wissen bestimmt gar nicht, dass Nathan auch hier ist. Ich hoffe, ihr kommt miteinander aus?«

»Ähm … ja, klar«, versichere ich betont fröhlich, froh darüber, dass meine Kinder der englischen Unterhaltung nicht folgen und daher keinen Kommentar zum »bösen Mann« machen können. Auch wenn ich Nathans Verhalten unmöglich finde, möchte ich aus irgendeinem Grund dennoch nicht, dass der Nachbar mitbekommt, wie er zur Zeit drauf ist. »Es geht schon, danke, Mr. O' … Matthew.«

»Wenn ihr Fragen habt oder Hilfe braucht, meldet euch jederzeit, okay?«

Ich nicke, erleichtert über unseren freundlichen Nachbarn. Matthew grinst mich gut gelaunt an, bevor er sich an seine Schiebermütze tippt und mit einem Pfeifen den Weg hinab verschwindet, in die Richtung des blauen Hauses, das ich nahe der Dünenkette zwischen hohen Bambuspflanzen hindurchschimmern sehe. Zögernd bleibe ich stehen, werfe einen nachdenklichen Blick auf das Goodman-Haus, das still vor uns in der Morgensonne liegt. Mir wird klar, dass es immer noch zu früh ist, um dort Chaos zu verbreiten, denn Nathan wird garantiert nach wie vor schlafen. Also beschließe ich, dass wir unseren gemieteten roten Bollerwagen aus dem Garten holen und in den Ort spazieren werden.

»Wisst ihr, dass Tante Maggie und ich als Teenager schon mit demselben Holzbollerwagen in Ocean Beach unterwegs waren?«, frage ich wenig später, als mich bei unserem Spaziergang in den Ort hinein eine Welle von Nostalgie ergreift. Den alten Bollerwagen habe ich eben zu meiner Erleichterung im Schuppen entdeckt, als mir bewusst geworden ist, dass wir den roten gemieteten Wagen heute abgeben müssen. Allerdings hören mir Clara und Paula kaum zu, denn die beiden sind schwer damit beschäftigt, jeweils einen der Bollerwagen zu ziehen, Clara den alten braunen, Paula den neuen roten.

Was als Nächstes kommt, ist glasklar: Als wir den Bollerwagenverleih am Fähranleger erreichen und Paula begreift, dass wir den gemieteten Wagen jetzt zurückgegeben müssen, bricht für sie eine Welt zusammen. Während Clara triumphierend feixt, klammert sich Paula wütend schreiend an den roten Wagen und weigert sich unter Tränen, ihn loszulassen. Passanten werfen mir mitleidige Blicke zu, und ich versinke mal wieder beinahe im Erdboden, wie so oft, wenn eines meiner Kinder (oder noch schlimmer: beide) einen Wutanfall in der Öffentlichkeit bekommen. Zum Glück ist heute nicht der gelangweilte Teenager von gestern Abend am Bollerwagenverleih, sondern ein netter älterer Herr namens Dave. Während ich vergeblich versuche, Paula von dem roten Wagen zu lösen, zaubert er zwei altmodische, rot-weiß geringelte Zuckerstangen aus seiner Schreibtischschublade hervor und hält sie meinen Kindern hin. Normalerweise hasse ich dieses klebrige Zeug, und ich hasse es noch mehr, meine Mädchen nur mit Hilfe von Bestechung dazu zu bewegen, das zu tun, was ich möchte. Aber, hey, für Prinzipien bin ich heute eindeutig zu übernächtigt und generell zu überfordert von der Gesamtsituation (Mann weg, allein mit überdrehten Kindern im Ausland, schlecht gelaunter Starkoch im Ferienhaus). Und da Paula augenblicklich aufhört zu heulen und den Bollerwagen loslässt, beschließe ich, ein Auge zuzudrücken und einfach nur dankbar zu sein. Energisch erinnere ich meine Töchter daran, sich bei dem freundlichen Dave für die Süßigkeiten zu bedanken, verwarne Clara, die sich weigert, für ihre Schwester Platz im alten Bollerwagen der Goodmans zu machen und ziehe schließlich mit dem Wagen im Schlepptau los, über die knirschende Puderzucker-Sandschicht auf den Gehwegen, während meine Töchter ein paar herrlich friedliche Minuten lang mit ihren Zuckerstangen beschäftigt sind.

Und dann schlafen sie auch noch ein. Einfach so, im Bollerwagen, die Reste der Zuckerstangen in den Händen, die Münder

völlig verklebt. Zum Glück trage ich immer eine Packung Feucht-
tücher in der Handtasche mit mir herum. Außerdem reichlich
Papiertaschentücher, einen Gefrierbeutel mit Vollkornkräckern
(die ich gestern panisch im Flugzeug entsorgt habe, als mir klar
wurde, dass ich nicht mit Lebensmitteln in die USA einreisen
durfte), eine Trinkflasche, eselsohrige Pixiebücher, den ein oder
anderen Buntstift, mindestens zwei Kinderunterhosen für den
nicht unwahrscheinlichen Fall eines Pipimalheurs sowie diverse
Playmobilfiguren, kleine Autos und glitzernde Haarspangen.

»Du hast keine Handtasche, du hast eine Reisetasche«, hat
Thomas gern liebevoll gelästert, wenn ich mal wieder einen ver-
gessenen Gefrierbeutel mit braun angelaufenen Apfelschnitzen
aus den Tiefen meiner Tasche gefischt habe.

Nein, jetzt nicht an Thomas denken.

Während ich noch im Schatten einer Ladenfront stehe und den
Zwillingen klebrige Zuckerreste von der Haut wische, beschließe
ich, dass ich mir jetzt auch eine Belohnung verdient habe. Oh, ja!

Ein paar Minuten später parke ich den Bollerwagen mit meinen schlafenden Kindern vor der »Sea Whisper Bakery«, nehme
an einem kleinen Holztisch auf der überdachten Veranda Platz
und bestelle mir nicht nur einen lebensrettenden Cappuccino,
sondern gleich dazu auch noch ein verlockendes goldbraunes
Croissant. Während ich genüsslich Milchschaum von meinem
Kaffeelöffel lecke, lasse ich meinen Blick durch die geöffnete Tür
der Bäckerei in den Verkaufsraum wandern, wo heute Morgen
schon einige Kunden anstehen, um frisch gebackene Brötchen
oder Baguettes zum Frühstück zu kaufen. Ein junges Mädchen
ist in Erwartung eines heißen Sommertages in knappen Hot
Pants und bauchfreiem Top unterwegs, was mich erneut an
Maggie und mich als Teenager erinnert. Eine Frau in meinem
Alter hat ihr Baby im Tragetuch vor der Brust, während sie sich
einen Grünen Tee »To Go« zubereiten lässt und mit einer ande-

ren Frau, die eine zusammengerollte Yogamatte unter dem Arm hält und barfuß unterwegs ist, über eine neue Boutique in Ocean Beach plaudert. Als zwei Männer angeschlendert kommen und an meinem Tisch vorbei in den Verkaufsraum gehen, schnappe ich Gesprächsfetzen zum Thema »kinderfreundliche Restaurants in Manhattan« auf. Aha, zwei Familienväter, die gemeinsam für ihre daheim wartenden Lieben Brötchen zum Frühstück kaufen, denke ich. Meine Kehle droht sich zuzuschnüren, während ich verstohlen die Männer beobachte, von denen einer noch karierte Schlafanzughosen trägt und der andere kurze Sporthosen und ein durchschwitztes T-Shirt, also offensichtlich ebenfalls joggen war, so wie Will Anderson. Ich schlucke gegen den Kloß in meinem Hals an und versuche, nicht weiter darüber nachzudenken, dass ich keinen Urlaub mit Thomas mehr machen werde. Dass ich nie mehr morgens in einem Ferienhaus darauf warten werde, dass er mit Brötchen vom Bäcker zurückkommt. Herrgott, sogar die Tatsache, dass ich seine durchschwitzten Sportklamotten nicht mehr waschen werde, treibt mir heiße Tränen in die Augen, die ich wütend wegblinzele. Nein, so kann das jetzt nicht ständig sein. Ich will nicht bei jeder Gelegenheit sentimental werden und zur Heulsuse mutieren! Entschlossen nehme ich einen weiteren Schluck von meinem Cappuccino und nicke einer älteren Dame in hellblauen Bermudashorts zu, die beim Verlassen der Bäckerei einen Blick in meinen Bollerwagen wirft und entzückt ruft: »*Oh, how cute!*«.

»Ja, vor allem wenn sie schlafen sind sie süß«, erwidere ich mit einem tapferen Lächeln auf Englisch.

»Sie machen doch bestimmt auch mit bei unserer ›Babyparade‹ am 4. Juli, oder?« Die ältere Frau sieht mich neugierig an.

Ratlos erwidere ich: »Babyparade?«

»Aber ja! Jedes Jahr am Unabhängigkeitstag zieht eine Parade aus verkleideten Kindern in geschmückten Bollerwagen von der

Feuerwache aus durch den Ort. Darauf freuen sich die Kleinen das ganze Jahr über! Und hinterher gibt es Hotdogs und ein tolles Kuchenbuffet, und es wird ein Preis für den besten Bollerwagen verliehen.« Die hellblauen Augen der Frau blitzen vor Begeisterung. Stimmt, jetzt kann ich mich dunkel an den 4. Juli und diese Parade erinnern, wobei Maggie und ich uns damals weniger auf die Kinder in ihren Bollerwagen, sondern eher auf die Feuerwehrleute in den Löschfahrzeugen konzentriert haben, die auch mit von der Partie waren.

»Oh ja, das ist ein tolles Event!«, schaltet sich der Familienvater in Schlafanzugshose ein, der gerade mit zwei Baguettes die Bäckerei verlassen wollte. Er nickt mir freundlich zu und sagt dann, an die ältere Dame gewandt: »Wir verkleiden Oscar und Elliott dieses Jahr als Hummer. Meghan ist seit Tagen dabei, die Kostüme zu basteln.«

»Oh, wow«, sage ich und trommele mit meinen Fingern auf die Tischplatte. Ich wüsste beim besten Willen nicht, wie ich im Ferienhaus der Goodmans Hummerkostüme kreieren sollte.

»Hummer, wie süß!«, ruft die ältere Dame entzückt. »Ich kann es kaum erwarten, die beiden zu sehen! Bitte grüße Meghan von mir, mein Lieber. Also, ich muss los, bye-bye!«

Mit einem Winken verschwindet sie die Stufen der Veranda hinab.

»Da drüben finden Sie alle Infos«, sagt der Hummer-Vater zu mir und zeigt auf ein schwarzes Brett neben dem Eingang der Bäckerei. Das habe ich mir eben schon flüchtig angesehen und über die Suchanzeige gelächelt (»Wir vermissen Brownie den Teddybären. Merkmal: Fehlendes linkes Auge. Zuletzt gesehen am 25. Juni, irgendwo zwischen Sam's Hamburger-Wagen und dem Strand.«), die neben Verkaufsanzeigen (»Wir brauchen unsere Schwimmflügel nicht mehr und verkaufen sie!«) sowie Werbung für Yogakurse am Strand und das Open-Air-Kino auf dem Baseballfeld hing. Aha, ja, jetzt fällt mir dort, am Schwarzen Brett, auch der Flyer auf, der für die Aktivitäten am 4. Juli wirbt. »Danke«, sage ich zu dem Mann, der sich mit einem freundlichen Nicken abwendet und pfeifend die Stufen hinab verschwindet.

Nachdem ich mir den Rest meines Croissants in den Mund geschoben und eine Weile über Hummerkostüme nachgedacht habe, wende ich meine Aufmerksamkeit den blank geputzten Vitrinen in der Bäckerei zu, die ich von meinem Sitzplatz aus gut im Blick habe. Auf verschiedenen Etageren sind dort wunderschöne Cupcakes mit pastellfarbenen Cremehäubchen angeordnet und warten ebenso auf Kundschaft wie die verführerischen Schokoladentörtchen, herrlich goldbraune Blaubeermuffins, ein klassischer amerikanischer Apple Pie und ein Carrot Cake mit einer verspielten Dekoration aus orangefarbenen Zuckergusskarotten. Mir läuft das Wasser im Munde zusammen, und in meinen Fingern beginnt es leicht zu kribbeln. Während ich den restlichen Milchschaum aus meiner Tasse kratze, frage ich mich, wann ich eigentlich das letzte Mal gebacken habe. Das dürfte wohl das Bananenbrot für den Spielnachmittag bei uns zu Hause gewesen sein, als zwei weitere Zwillingsmütter, die ich vom Mehrlingsgeburtsvorbereitungskurs kenne, mit ihren vier Sprösslingen bei uns waren. Wann war das – vorletztes Wochenende? Nein, Quatsch, das muss tatsächlich schon Ende Mai gewesen sein. Wahnsinn, wie die Zeit vergeht! Und Wahnsinn, wie selten ich in den letzten Wochen zu Messbecher und Teigschaber gegriffen habe. Dabei ist Backen für mich das Schönste auf der Welt – noch schöner als Sex. Das habe ich natürlich Thomas so nie gesagt. Aber – vielleicht hat er unseren Sex auch immer eher als mittelmäßig empfunden? Als nicht unbedingt die-Welt-aus-den-Angeln-hebend? Hat er deshalb eine Affäre begonnen?

Ich schlucke und lege meinen Kaffeelöffel zurück auf die

Untertasse. Schon oft habe ich versucht, mich daran zu erinnern, ob unser Sex am Anfang unserer Beziehung anders war. Besser. Aufregender. Da ich mich nicht wirklich daran erinnern kann, fürchte ich beinahe, dass dem nicht so war. Aber was ich noch weiß, ist, dass ich mal sehr in Thomas verliebt war. Und er in mich, ganz sicher.

Immerhin war er es, der mich unbedingt kennenlernen wollte, damals, vor zehn Jahren, in der Konditorei »Behrens«, in der ich in Hamburg Ottensen meine Ausbildung gemacht hatte und wo ich seitdem zur Hochzeitstortenexpertin geworden war. Thomas war an jenem Frühlingstag, als ich sechsundzwanzig war und er achtundzwanzig, mit seiner damaligen Freundin in unsere Konditorei gekommen, um im dazugehörigen Café ein Stück Kuchen zu essen und dabei zu besprechen, wie es mit ihrer kriselnden Beziehung weitergehen sollte. Natürlich wusste ich an jenem Nachmittag nicht, worüber die beiden redeten, aber dass es nichts Erfreuliches war, konnte man kaum übersehen. Trotz des offensichtlich ernsten Themas sah Thomas mehr als einmal zu mir herüber, wenn ich die Backstube verließ, um vorn an der Theke mit Kolleginnen oder Kundschaft zu plaudern. Das habe ich genau gemerkt, weil mir Thomas schon beim Betreten der Konditorei aufgefallen war – groß, dunkles Haar, braune Augen – genau mein Typ. Aber da er nun einmal mit seiner Freundin da war, ignorierte ich seine Blicke und tat so, als hätte ich ihn nicht bemerkt.

Doch schon am übernächsten Tag tauchte Thomas erneut auf, diesmal allein. Er setzte sich an einen Ecktisch, packte seinen Laptop aus und ließ sich viel Zeit für seinen Milchkaffee und ein Stück meiner hervorragenden Sachertorte. All das beobachtete ich interessiert aus der Sicherheit meiner Backstube hervor, ohne diese jedoch zu verlassen. Der Typ faszinierte mich zwar, aber er war vergeben und somit für mich tabu. Schluss, aus. Als ich jedoch eine halbe Stunde später dabei war, Fondantrosen für eine Hochzeitstorte zu formen, kam meine Kollegin Sabine aufgeregt zu mir.

»Du, der Typ an Tisch 6 hat gefragt, wer die köstliche Torte gebacken hat, und würde dich gern kurz sprechen.« Sie sah mich bedeutungsschwer an und fügte hinzu: »Der ist echt süß!«

»Mhhm«, murmelte ich und begutachtete eine fertige Rose in sanftem Violett. »Und er ist kein Single«, bemerkte ich und strich mir flüchtig über die Haare, bevor ich Sabines verdutzte Nachfrage, woher ich das wüsste, ignorierte und zu Tisch 6 ging.

»Hallo«, sagte ich und stemmte meine Hände in die Hüften. »Ich habe gehört, Sie mögen meine Torte.«

Thomas sah zu mir hoch und schenkte mir ein charmantes Lächeln. Innerlich schmolz ich bereits dahin. Äußerlich blieb ich cool.

»Allerdings. Die ist wirklich köstlich«, erwiderte er mit einer warmen Stimme, die meinen Magen vibrieren ließ.

»Freut mich. Sie waren ja erst vorgestern hier. Mit Ihrer Freundin.« Abwartend sah ich ihn an. Seine Augenbrauen schnellten überrascht in die Höhe, bevor er schuldbewusst sagte: »Ähm – mit meiner Ex-Freundin, ja. Wir haben uns vorgestern getrennt.«

»Aha.« Ich verschränkte die Arme vor meiner Brust. »Also dürften Sie ja nicht die besten Erinnerungen an dieses Café haben, Torte hin oder her.«

»Oh doch, die habe ich.« Thomas sah mich ernst an, und meine Knie wurden weich. »Ich habe Sie gesehen und konnte Sie nicht vergessen. Ich hatte gehofft, dass Sie diese Torte gebacken haben, denn wenn jetzt eine andere Konditorin aus der Backstube gekommen wäre, hätte ich ein Problem gehabt.«

Obwohl ich so offensive Anmachen eigentlich nicht mochte, musste ich dennoch lächeln, weil Thomas dabei weder aufdringlich noch schleimig wirkte, sondern einfach erfrischend ehrlich.

»Tatsächlich?«, fragte ich gedehnt.

»Ja. Dann hätte ich einen anderen Weg finden müssen, um herauszubekommen, wie Sie heißen und ob Sie mit mir essen gehen.«

Tja, und so begann alles, obwohl meine Alarmglocken anfangs ziemlich laut schrillten. Dieser Thomas hatte sich erst zwei Tage vorher von seiner Freundin getrennt und wollte jetzt schon mit mir ausgehen? Ich selbst war bereits seit über einem Jahr Single. Meine letzte Beziehung war nach fünf Jahren daran gescheitert, dass sich Arne nicht dazu hatte entschließen können, mich zu heiraten, woraufhin ich ihm den Laufpass gegeben hatte – nur um zehn Monate später von seiner Verlobung mit einer anderen zu erfahren.

Trotz der Alarmglocken sagte ich zwar zu, mit Thomas essen zu gehen, war allerdings beim ersten Date noch auf der Hut. Als er mich jedoch in eines der besten Fischlokale unserer Hansestadt ausführte, eroberte er mein Feinschmeckerherz im Sturm und ließ mich jegliche Vorbehalte vergessen. Thomas war witzig, charmant, klug und wusste, welcher Weißwein perfekt zu meinen überbackenen Muscheln passte. Kurzum, der Mann meiner Träume. Es folgte ein langer Sonntagsspaziergang mit Picknick am Elbstrand und einem ersten, sehr romantischen Kuss. Ein paar Tage später Drinks in einem Szenelokal in Ottensen und schließlich ein Ausflug mit ein paar Kollegen aus Thomas' Rechtsanwaltskanzlei, von denen einer ein Segelboot besaß und uns gekonnt über die Elbe schipperte. Nach diesem Segeltörn ging ich mit Thomas nach Hause, und wir schliefen zum ersten Mal miteinander. Von jenem Tag an war klar, dass wir zusammengehörten, auch wenn ich mich, wie gesagt, nicht an Welt-aus-den-Angeln-hebenden-Sex erinnern kann. Aber, was mir wichtiger war als Sex: Ich fühlte mich bei Thomas von Anfang an geborgen, er gab mir Sicherheit, war für mich da. Außerdem machte er mir ständig Komplimente, schenkte mir ohne besonderen Anlass Blumen, war süchtig nach meinen Torten, brachte mich zum Lachen und verstand sich auf Anhieb gut mit meinen Eltern. Lauter Traummannqualitäten also. Drei Jahre später heirateten wir, weitere vier Jahre später kamen die Zwillinge zur Welt und vervollständigten unser Glück, wie man so schön sagt.

Trotzdem hat das mit dem »Und sie waren glücklich bis an ihr Lebensende« irgendwie nicht geklappt. Vermutlich hätten meine Alarmglocken damals nicht so schnell aufhören sollen zu schrillen, denke ich, während ich meinen Stuhl zurückschiebe und aufstehe. Schließlich hat mir Thomas nach unseren ersten Wochen als Paar gestanden, dass er an dem Tag, als er mich in der Konditorei dazu überredete, mit ihm auszugehen, eigentlich doch noch mit seiner Ex liiert war. Zwar steckten sie mitten in einer Krise, hatten im Café zwei Tage zuvor ein schweres und ehrliches Gespräch geführt, aber offiziell beendet war die Beziehung nicht. Sie hatten sich lediglich darauf geeinigt, eine »Pause« einzulegen, Abstand zu gewinnen, nachzudenken. Dass Thomas mich am zweiten Tag dieser »Pause« zum Date überredete und sich erst ein paar Wochen später offiziell von seiner Noch-Freundin trennte, machte mich damals zwar unglücklich – aber ich war frisch verknallt. Wenn ich Thomas sah, konnte ich nicht mehr klar denken, und deshalb habe ich ihm damals, nach einem großen Streit und ein paar von mir geworfenen Muffins, vergeben. Heute allerdings denke ich, dass mir Thomas' Verhalten mehr Sorgen hätte bereiten sollen.

Als ich mich dem Bollerwagen mit den schlafenden Kindern zuwenden will, bleibt mein Blick flüchtig an meinem Spiegelbild im Schaufenster hängen. Für einen Moment betrachte ich stumm die Frau, die mir entgegensieht und die nur noch entfernt an die lebensfrohe Sechsundzwanzigjährige erinnert, die Thomas so gern kennenlernen wollte, dass er extra zurück in die Konditorei gekommen ist. Damals hat Thomas mir gesagt, dass er sich auf den ersten Blick in mein fröhliches Grübchen-Lächeln, in das Hellblau meiner Augen, das Hellblond meiner Haare und in meine weiblichen Rundungen verliebt hat.

Tja, denke ich bitter und wende mich vom Schaufenster ab.

Und jetzt ist er mit der schwarzhaarigen, dunkeläugigen und gertenschlanken Jasmin Bayer zusammen.

Kapitel 10

Nach unserer Rückkehr ins Sommerhaus schaffe ich es tatsächlich eine Weile, die Kinder, die nach ihrem Nickerchen im Bollerwagen natürlich wieder topfit sind, einigermaßen leise zu beschäftigen. Nachdem ich realisiert habe, dass Nathans Zimmerfenster nicht zum Garten, sondern zum Nachbargrundstück hinauszeigt, lege ich mich mit Clara und Paula in die Hängematte, die quer über eine Ecke der Veranda gespannt ist. Vormittags liegt dieses gemütliche Plätzchen zum Glück noch im Schatten, sodass ich die mitgebrachte Kindersonnenmilch mit Lichtschutzfaktor 50+ noch nicht auspacken muss. Oh, wie gut ich mich noch an meine Sonnenbrände hier auf Fire Island erinnern kann! Diese Fehler meiner Jugend werde ich bei meinen Kindern keinesfalls wiederholen. Nachdem ich die Mädchen eine ganze Weile erfolgreich mit den Bilderbüchern von Maggies Söhnen, die ich im Wohnzimmerregal entdeckt habe, unterhalten konnte, ist es zum Glück endlich an der Zeit, Mittagessen zu machen. Vorhin, auf dem Rückweg von der Bäckerei, habe ich spontan Maiskolben besorgt, und zwar in der »Pantry«, einem fantastisch ausgestatteten Lebensmittelgeschäft, das es in meinem letzten Sommer hier definitiv noch nicht gab. Diese Maiskolben essen wir mit Butter und Salz und zur Begeisterung meiner Kinder mit den Händen. Vermutlich wegen der frischen Meeresluft haben wir alle drei einen Bärenhunger. Inzwischen sind die Temperaturen ziemlich in die Höhe geklettert, und ich bin froh, dass der Esstisch im Schatten der überdachten Veranda steht. Von hier aus kann man herrlich in das dichte Grün des Gartens blicken, man hört das Rascheln der Schilfhalme und das entfernte Meeresrauschen, der Duft der Maiskolben mischt sich mit dem Salzgeruch des Atlantiks.

»Mamaaaa? Papa anrufen?«, beginnt Clara zu quengeln, als ich mich daranmachte, die leeren Teller aufeinanderzustapeln. Ein flüchtiger Blick auf meine Armbanduhr zeigt mir, dass es halb eins ist.

Kann das sein? Wirklich erst halb eins? Ich habe das Gefühl, schon eine halbe Ewigkeit die Kinder zu bespaßen – und dies ist nur der Erste einer ganzen Reihe »Urlaubstage«, die vor mir liegen. Ohne einen anderen Erwachsenen zur Unterstützung. Ohne Kindergarten. Ohne Spielkameraden für die Mäuse. Bei dem Gedanken an' endlose Tage in diesem Ferienhaus, als Alleinunterhalterin meiner Dreijährigen und mit einem schlecht gelaunten Koch unter demselben Dach, bin ich den Tränen wirklich sehr nah. Mit einem unterdrückten Seufzer addiere ich sechs Stunden zu unserer Zeit. In Deutschland ist es halb sieben am Abend.

»Mal sehen, Mäuschen«, versuche ich, das unvermeidbare Telefonat noch ein wenig hinauszuzögern und überlege, wie ich die Kinder vom Thema »Papa« ablenken könnte. Beim Gedanken daran, Thomas per Skype anzurufen und womöglich im Hintergrund Jasmin zu hören oder – noch schlimmer – zu sehen, wird mir übel. Doch meine Kinder lassen sich nicht so schnell von ihrem Wunsch abbringen.

»Bitte, Mama!«, sagt nun auch Paula energisch und sieht mich aus schmalen Augen an, wie immer, wenn sie versucht, ernst zu gucken. »Wir wollen Papa!«

»Mhhm«, murmele ich und kann mir wieder einmal nur mit Mühe ein unangebrachtes »Aber er uns nicht« verkneifen. Denn das stimmt ja gar nicht. Thomas will mich nicht mehr – aber die Kinder sehr wohl. Zumindest sollte ich als liebende Mutter hoffen, dass dem so ist. Nur: In diesem Moment erfüllt mich der Gedanke, dass Thomas unbefangen mit unseren Mädchen plaudern und scherzen könnte, als wäre nichts geschehen, mit unbändigem Hass. Um mir den Kindern gegenüber nicht anmerken zu lassen, wie hilflos und verletzt ich mich bei diesem Thema fühle, öffne ich rasch die Verandatür und speise die Mädchen mit einem »Wir machen das gleich, ja?« ab.

Sobald ich mich außerhalb der Sichtweite der Kinder befinde und die Verandatür ins Schloss gefallen ist, lasse ich mich gegen die Wohnzimmerwand sinken und atme mit geschlossenen Augen tief durch. Okay, ich werde das schaffen. Ich werde Thomas anrufen und dann das Telefon den Kindern in die Hand drücken, um ihn selbst nicht sehen zu müssen – und Jasmin Bayer erst recht nicht. Ich hoffe nur, dass Thomas genügend Anstand besitzt, den Kindern zu verheimlichen, wo genau er sich aufhält. Und mit wem. Nicht auszudenken, wenn die beiden mitbekommen, dass der Papa jetzt bei der Nachbarin wohnt. Aber ... ewig verheimlichen werden wir ihnen das nicht können. Spätestens in sechs Wochen, wenn wir zurück nach Hamburg müssen, haben wir ein Problem. Ein riesiges Problem.

Auf keinen Fall kann ich zurück in unsere alte Wohnung und Wand an Wand mit Thomas und Jasmin leben, fährt es mir durch den Kopf. Nur: Werde ich einfach so eine Mietwohnung für die Zwillinge und mich finden? Ich will nicht fort aus Ottensen, denn ich liebe unseren Stadtteil, dort ist der Kindergarten der Mädchen, dort kenne ich jeden Laden und fast jeden Verkäufer. Aber ich weiß auch, wie hoch die Durchschnittsmiete in Ottensen ist. »Scheiße«, murmele ich mit geschlossenen Augen, die sich schon wieder mit heißen Tränen füllen. »Scheiße, scheiße, scheiße.«

»Also wirklich.«

Die dunkle Männerstimme erschreckt mich so sehr, dass ich heftig zusammenzucke und beinahe den Stapel Teller fallen lasse. Fassungslos reiße ich die Augen auf und starre Nathan an, der auf dem Sofa liegt, die Arme hinter dem Kopf verschränkt und meinen Blick gelassen erwidert. Ich habe gar nicht gemerkt, dass er ins Erdgeschoss gekommen ist, während wir draußen auf der Veranda gegessen haben. Von seinem Platz auf dem Sofa aus dürfte er mich beim Mittagessen gut im Blick gehabt haben, wie ich wenig ladylike Maiskolben abgenagt und mir die vor Butter triefenden Finger abgeleckt habe. Ganz toll. Immerhin trägt Nathan zu seinen Boxershorts diesmal ein zerknittertes graues T-Shirt, sieht aber ansonsten noch genauso fertig aus wie gestern Abend und heute am frühen Morgen.

»Wenn das die lieben Kleinen hören könnten«, spottet er und zieht in gespieltem Tadel die Augenbrauen hoch.

»Können sie aber nicht«, gebe ich schnippisch zurück, nachdem ich mich von meinem Schrecken erholt habe, und rücke den Tellerstapel zwischen meinen Händen zurecht.

»Was ist los?«, fragt Nathan, ohne den Blick von mir abzuwenden.

»Was soll los sein?«, erwidere ich und versuche, mir nicht anmerken zu lassen, dass mein Herz ziemlich heftig gegen meinen Brustkorb wummert. Nathans dunkle Augen scheinen mich zu durchbohren, und ich wende meine Aufmerksamkeit hastig dem verrutschten Messer auf dem obersten Teller zu, das herunterzufallen droht. Die Antwort aus Richtung Sofa ist ein heiseres Lachen, das mich merkwürdig nervös macht. Fragend sehe ich Nathan wieder an und werde von seinem herablassenden Schmunzeln getroffen. Verdammt! Für einen kurzen Augenblick sieht er beinahe so aus wie damals, mit achtzehn.

»Warum bist du ohne den Vater deiner Kinder hier auf Fire Island, Ella?«, fragt Nathan langsam und ruhig, ohne seinen

Blick nur eine Sekunde lang von mir abzuwenden. Unbehaglich räuspere ich mich.

»Wir machen hier Urlaub. Ich habe Fire Island immer vermisst«, erwidere ich ausweichend. Aber natürlich lässt sich Nathan nicht für dumm verkaufen.

»Mhhm. Und ... wie hieß er noch? Warum ist er nicht dabei?« Ich hole tief Luft, sehe Nathan so selbstsicher wie möglich in die Augen. »Thomas kann sich nicht freinehmen.«

Erneut wandern Nathans Augenbrauen leicht in die Höhe. »Er bekommt keinen Urlaub, und trotzdem bist du mal eben allein mit den Kindern nach New York geflogen? Hätte es die Nordsee nicht auch getan?«

Es ist völlig offensichtlich, dass er mir kein Wort glaubt, aber ich entgegne bloß kühl: »Wie gesagt, ich habe diese Insel vermisst. Aber, wo wir schon beim Thema sind: Warum bist du eigentlich hier und nicht in deinem Restaurant, mein Lieber?«

Nathans Schmunzeln erlischt. »Weil auch ich mal ein paar freie Tage brauche«, sagt er, und seine dunkle Stimme lässt meinen Magen vibrieren. Ich überlege noch, wie ich mehr aus ihm herauskitzeln könnte, als die Verandatür aufgerissen wird und Clara, dicht gefolgt von Paula, über die Schwelle ins Wohnzimmer poltert.

»Mamaaa? Papa anrufen?«, fragt sie, bevor sie Nathan auf dem Sofa bemerkt und sich erschrocken hinter meinen Beinen versteckt.

»Ja, gleich«, antworte ich mit einem tapferen Lächeln und wende mich ab, um endlich die Teller in die Küche zu tragen.

»Jetzt, Mama, jetzt!«, brüllt Paula, während ihre Schwester und sie um meine Beine herumtänzeln und mich beinahe stolpern lassen.

»Ja, sofort«, gebe ich mühsam beherrscht zurück. »Ich muss erst abwaschen. Ihr könnt mir abtrocknen helfen, ja?«

Einen zerbrochenen Teller später kann ich die Kinder wirklich nicht länger vertrösten, und so hänge ich das Geschirrtuch über eine Stuhllehne, trockne mir die Hände ab und hole schweren Herzens mein Telefon. Da fällt mir ein, dass ich mich noch gar nicht im WLAN-Netzwerk angemeldet habe. Was hatte Maggie in ihrem Brief geschrieben, wo das Passwort sein soll? Ach ja, auf dem Sekretär.

Der Sekretär steht natürlich direkt hinter dem Sofa, sodass ich an Nathan vorbeigehen muss. Ich spüre seinen Blick überdeutlich auf mir, während ich auf den Post-it-Zettel zusteuere, der mir gelb vom Sekretär aus entgegenleuchtet. Paula und Clara sind in sicherem Abstand zum Sofa stehen geblieben und beobachten Nathan eingeschüchtert. Mit dem Post-it in der Hand will ich zurück auf die Veranda gehen, aber mitten im Wohnzimmer bleibe ich stehen und starre mein Telefon an, während ich mir den Kopf darüber zerbreche, wie ich mich im WLAN anmelden muss. Verdammt, das ist eine der tausend Sachen, die sonst Thomas für mich gemacht hat, weil ich mich mit meinem Smartphone immer noch nicht richtig anfreunden konnte, seit ich es zu Weihnachten von ihm geschenkt bekommen habe. Ich bin nicht eine dieser technikverrückten Tanten, die ständig mit ihrem neuen Telefon herumspielen, alle Kniffe kennen und sich den halben Tag in sozialen Netzwerken tummeln. Zwar habe auch ich ein Facebook-Account, schaue aber nur ganz selten dort rein. Thomas hingegen ist umso verrückter nach jedem neuen Smartphone- oder Laptopmodell und verbringt jedes Mal Tage damit, ein neues Gerät auszuprobieren, damit herumzuspielen und tausendundeine Einstellung vorzunehmen. Kein Wunder also, dass ich keinen Schimmer von meinem eigenen Telefon habe.

»Maamaaa!«, jammert Clara und schmeißt sich theatralisch auf den Boden. »Das dauert!«

»Mama, ich bin langweilig!«, trompetet auch Paula.

»Mir ist langweilig«, korrigiere ich automatisch.

»Mama, Papa anrufen!«

»Mamaaaa!«

»Herrgott noch mal, ich bin doch dabei!«, fahre ich die beiden an und reibe mir entnervt über das Gesicht. Müdigkeit und Frust drohen mich wie eine gewaltige Woge zu überrollen, während ich den Post-it-Zettel in meiner Hand vor Wut zusammenknülle.

»Komm, gib mal her«, höre ich da Nathans Stimme und fahre erschrocken herum. Ich habe nicht gemerkt, dass er aufgestanden und dicht hinter mich getreten ist. Ohne meine Reaktion abzuwarten nimmt er mir das Telefon aus der Hand und macht wortlos ein paar Klicks. Obwohl die Begriffe alle auf Deutsch sind, findet er rasch die Einstellungen und wählt das WLAN-Netzwerk aus, wo das Feld für das Passwort erscheint. Ich versuche, ihn nicht anzustarren, während er sich auf mein Telefon konzentriert, aber ich kann nicht anders. Als er den Blick hebt und mich ansieht, weiche ich automatisch ein Stückchen zurück.

»Danke«, murmele ich und greife nach dem Telefon, das er mir entgegenhält.

»Kein Problem.«

Ohne ein weiteres Wort lässt er sich erneut rücklings auf das Sofa fallen und fährt damit fort, mich mit hinter dem Kopf verschränkten Armen zu beobachten. Also, hier im Wohnzimmer können wir auf keinen Fall mit Thomas skypen, so viel steht fest.

»Okay, kommt mit, wir rufen jetzt Papa an«, sage ich zu den Kindern, die begonnen haben, die Fransen des Teppichs zu dicken Würsten zu drehen. Gerade will ich die Verandatür öffnen, als mich Nathans Stimme einholt: »Draußen ist die Verbindung zu schwach zum Skypen.«

Ich atme tief durch und schließe die Verandatür wieder. Mein Blick wandert durch das Wohnzimmer, bleibt an der Treppe hängen, aber noch bevor ich Anstalten machen kann, in unser Schlafzimmer hinaufzugehen, sagt Nathan: »Dasselbe gilt für den ersten Stock. Ganz schwache Verbindung.«

»Aha«, murmele ich und weiche seinem spöttischen Blick aus.

Er scheint sich prächtig zu amüsieren, während ich versuche, trotz meiner immer lauter nörgelnden Kinder eine Lösung zu finden.

»Küche«, sage ich dann entschlossen und will mich mit den Zwillingen im Schlepptau auf den Weg machen, als Nathan bemerkt: »Klar, wenn du nur eine E-Mail abschicken willst. Aber glaub nicht, dass die Verbindung für Skypen mit Bild reicht. Eine wirklich gute Verbindung hat man leider nur hier.«

Er zeigt neben sich, auf das Sofa, und wirft dann einen bedeutungsschweren Blick auf den Router, der schräg hinter ihm auf dem Sekretär steht. Für eine Sekunde schließe ich die Augen und atme tief durch. Dann sehe ich Nathan an und frage: »Könnten wir bitte … kurz ungestört mit Thomas sprechen?«

Nathan erwidert meinen Blick ungerührt. »Ich habe doch gesagt: Such dir lieber ein Hotel. Da ist auch das WLAN besser.«

Nur zu gern würde ich ihm einmal mehr ein »Arschloch« an den Kopf werfen, beschränke mich wegen der Kinder allerdings auf einen bitterbösen Blick, den Nathan mit einem breiten Grinsen beantwortet. Da er keine Anstalten macht, seine nackten Beine zur Seite zu bewegen, um den Kindern und mir Platz zu machen, lasse ich mich mit einem resignierten Seufzer auf den Teppich zwischen Sofa und Couchtisch sinken und öffne Skype. Paula und Clara beginnen sofort, um den besten Platz auf meinem Schoß zu kämpfen, sodass ich ein Knie in die Magengrube und einen Ellbogen in die Rippen gerammt bekomme, bevor ich Thomas' Skype-Namen aufrufen kann. Der Anblick seines vertrauten Lächelns auf seinem Profilfoto ist wie ein weiteres Knie mitten in die Magengrube. Ich presse meine Lippen aufeinander, während ich mit zittrigem Finger auf das grüne Kamerasymbol klicke.

Kapitel 11

Mein Herz rast, als der Klingelton zu hören ist. Es klingelt und klingelt und klingelt. Ein Blick auf meine Armbanduhr zeigt mir, dass es inzwischen ein Uhr mittags ist, also sieben Uhr abends in Deutschland. Ob er noch im Büro ist? Oder ... Ich mag den Gedanken nicht zu Ende führen. In dem Moment wird das Gespräch angenommen, allerdings ohne eingeschaltete Kamera.

»Hallo?«, hören wir Thomas' Stimme. Er klingt atemlos. Mir wird schlecht.

»Hallooo, Papaaaa!«, beginnen Clara und Paula durcheinander zu brüllen, während ich erneut Ellbogen abwehren muss und plötzlich Paulas Pferdeschwanz im Mund habe.

»Papa, wo bist du?«

»Papa, wir dich nicht sehen!«

»Papa, siehst du uns?«

»Ja, ja, ihr Süßen!«, kommt Thomas' Antwort, und er klingt leicht hektisch. Ich schließe die Augen, während ich mir anhöre, wie er versucht, zu erklären, warum er die Kamera nicht anmachen kann. »Wisst ihr, ich – also, ich war gerade in der Dusche ...« Ein Rumpeln ist zu hören. Ein unterdrücktes Wispern, das mich alarmiert aufhorchen lässt. Ein Rascheln. Ein Kichern. Ein KICHERN! Kalte Wut bringt mich fast dazu, mein Telefon wegzuschleudern.

»Wartet, sobald ich ... ähm ... sobald ich mich angezogen habe ... ich mache sofort die Kamera an, Moment ...«

Mit meiner freien Hand massiere ich mir die Stelle zwischen meinen Augenbrauen, wo sich in Momenten wie diesem, wenn ich am liebsten schreien würde, es aber nicht darf, eine steile Furche bildet. In meinem Rücken spüre ich Nathans nacktes Bein. Und seinen Blick, der sich von hinten in mich hineinzubohren scheint. Einerseits hasse ich ihn dafür, dass er nicht einfach Platz gemacht und sich höflich zurückgezogen hat, um die Kinder und mich telefonieren zu lassen. Andererseits kann ich mir gerade gar nicht vorstellen, jemals einen Menschen auch nur annähernd so sehr zu hassen wie Thomas. Deshalb ist Nathans Anwesenheit beinahe nebensächlich.

Endlich erscheint auf dem Display meines Smartphones ein Bild, und Thomas grinst uns an. Ein kurzer Blick genügt, und für mich ist alles glasklar: Das zerwühlte Haar, die geröteten Wangen, der schuldbewusste Gesichtsausdruck, den er durch ein übertrieben fröhliches: »Hallo, ihr Süßen!«, zu überspielen versucht.

»Hallooooo!«, jubeln Paula und Clara durcheinander. Die Kinder merken nicht, was los ist. Zum Glück, rede ich mir im Stillen ein, obwohl ich mir gerade wünsche, einfach das Gespräch wegklicken zu dürfen. Oh, wie gern würde ich Thomas jetzt sagen, dass er die Kinder während der nächsten sechs Wochen kein einziges Mal mehr sprechen wird, wenn er sich nicht zusammenreißt. Aber das kann ich in Gegenwart der Kleinen schlecht tun, daher würge ich ein höfliches: »Hallo«, hervor und lächele so kalt wie möglich in die Kamera.

»Ich habe mir schon Sorgen gemacht«, sagt Thomas und sieht nun mich an, Vorwurf in seinem Blick. Augenblicklich versteife ich mich, presse meine Lippen aufeinander, um nicht loszugiften.

»Warum?«, frage ich so ruhig wie möglich.

»Warum? Hör mal, ihr seid auf einen anderen Kontinent geflogen und dann mit einer Fähre auf diese einsame Insel gefahren.

Hättest du nicht wenigstens kurz ein Lebenszeichen senden können, als ihr angekommen seid?«

»Ich melde mich ja jetzt«, gebe ich gereizt zurück.

»Hast du meine WhatsApp-Nachricht nicht gelesen?«

»Nein«, antworte ich kurz angebunden. »Ich habe mich gerade erst im WLAN angemeldet.« Und will in Zukunft überhaupt keine Nachrichten mehr von dir lesen, füge ich im Stillen wütend hinzu. Ganz kann ich es mir allerdings nicht verkneifen, noch eine Spitze in seine Richtung zu schicken. Betont liebenswert sage ich: »Aber sei doch froh, dass wir uns nicht noch früher gemeldet haben. Schließlich warst du so beschäftigt. Mit … Duschen.«

Hinter mir höre ich Nathan heiser auflachen. Thomas wird rot und räuspert sich. Er will etwas erwidern, stutzt jedoch im nächsten Moment, runzelt die Stirn und fragt: »Wer … wer liegt denn da hinter dir, Ella?«

Mit einem unterdrückten Seufzer beginne ich: »Ähm … das ist …«

»Hi«, höre ich da Nathans Stimme und spüre, wie sich seine Beine hinter mir bewegen. Im nächsten Moment beugt er sich über meine Schulter nach vorn und sieht in die Kamera. Zu meiner Verblüffung merke ich, dass er sich sein T-Shirt ausgezogen hat und schon wieder lediglich mit Boxershorts bekleidet auf dem Sofa sitzt. Auf Deutsch sagt er: »Ich bin Nathan, Maggies Bruder.«

Seine tiefe Stimme, so dicht an meinem Ohr, verursacht eine Gänsehaut auf meinen Armen. Noch dazu berührt mich sein nackter Oberkörper von hinten an der Schulter, und sein warmer Atem streift meine Wange. Ich spüre, wie heiße Röte in mein Gesicht kriecht, ohne dass ich es verhindern könnte.

»Ihr … ihr habt euch damals bei Maggies Hochzeit kennengelernt«, erkläre ich und nestele nervös an meinen Haarsträhnen herum.

»Äh, aha, hallo«, sagt Thomas, und trotz meiner flatternden Nerven wegen Nathans plötzlicher Nähe freue ich mir ein Loch in den Bauch, dass nun er derjenige ist, der irritiert aussieht. »Und – ähm, was – also, machst du auch gerade Urlaub auf Fire Island, Nathan?«

»Ja«, kommt Nathans knappe Antwort, bevor er die Beine vom Sofa schwingt und gelassen Richtung Kamera winkt. »Bye, Thomas. Und dusch nicht so viel.«

Dann steht er auf und schlendert Richtung Küche davon. Ich starre Nathan kurz hinterher, bevor mich Thomas' Stimme zurück zu unserem Gespräch holt: »Warum … warum sitzt Maggies Bruder NACKT mit dir auf dem Sofa?«

»Halb nackt«, korrigiert Paula altklug.

Da muss ich loslachen. Prustend sehe ich Thomas an, der ratlos den Kopf schüttelt. Die Kinder mustern mich erstaunt, fangen dann jedoch auch an zu kichern, selbst wenn sie nicht wissen, was so lustig ist.

»Ach, wie süß, dass ausgerechnet DU das fragst, mein Schatz«, gebe ich mit einem liebenswerten Lächeln zurück. Dann lege ich das Smartphone auf den Couchtisch und sage zu Paula und Clara: »So, jetzt dürft ihr mit Papa telefonieren. Erzählt ihm alles, was ihr erlebt habt. Er ist bestimmt ganz gespannt darauf.« Ich winke kurz in die Kamera, ignoriere Thomas' Versuch, mir noch etwas zu sagen und drehe mich weg, während die Zwillinge sich gemeinsam über den Couchtisch beugen und aufgeregt durcheinanderreden, vom Flugzeug, von »Pinzessin Bofia« im Bordprogramm, von der Fähre, von Paulas Übergeben, von den diversen Pipiunfällen, vom Picknick am Strand und von vielem mehr erzählen. Langsam gehe ich in die Küche, wo Nathan gerade dabei ist, sich eine Dose Bier zu öffnen. Ich bin kurz davor, ihm dafür zu danken, durch seine halb nackte, tätowierte Präsenz Thomas ziemlich irritiert zu haben, als er spöttisch fragt:

»Und? Duscht Thomas immer so viel, wenn er allein in Hamburg ist, weil er nicht mit euch in den Urlaub fliegen konnte?«

Wortlos erwidere ich Nathans provozierenden Blick, während ich eine Dose Cola aus dem Kühlschrank hole, sie öffne und einen großen Schluck nehme. Dann entgegne ich:»Und? Säufst du immer so viel, wenn du dich wegen der Probleme mit deinem Restaurant auf Fire Island versteckst?«

Sekundenlang starrt mich Nathan schweigend an. Schließlich nimmt er einen Schluck Bier, wischt sich mit dem Handrücken über den Mund und macht einen Schritt auf mich zu. Ich zwinge mich dazu, nicht zurückzuweichen, als er sich dicht zu mir herabbeugt und leise sagt:»Das geht dich einen Scheiß an, Ella.«

»Dito«, gebe ich ungerührt zurück, drehe mich um und gehe wieder ins Wohnzimmer, wo die Kinder sich inzwischen darüber streiten, wer das Smartphone halten darf. Um zu verhindern, dass sie mein Telefon bei dem ganzen Gerangel fallen lassen, ringe ich es Clara aus den Händen, sage Thomas kurz angebunden, dass wir uns bald wieder melden und beende das Gespräch, ohne seine Antwort abzuwarten. Soll er doch duschen gehen, der Idiot!

Natürlich halten die Kinder wegen der Zeitverschiebung gerade mal bis sechs Uhr abends durch. Zuerst fallen Paula die Augen zu, während wir noch am Verandatisch sitzen und Käsebrote mit Gurkenscheiben essen. Weder wacht sie auf, als ich sie in den ersten Stock hinauftrage, noch als ich sie in Pyjama und Schlafsack stecke. Und auch die laute Rapmusik, die aus Nathans Zimmer dringt, scheint sie kein bisschen zu stören. Kurz bin ich versucht, Nathan zu bitten, die Musik leiser zu stellen – aber da Clara allein bei einer letzten Scheibe Käsebrot auf der Veranda wartet und Paula allem Anschein nach nicht einmal von einem Presslufthammer geweckt werden könnte, gehe ich rasch zurück ins Erdgeschoss. Als ich auf der Veranda ankomme, schläft auch Clara. Ihr Kopf ist auf ihren Teller gesunken, und als ich sie hochhebe, klebt eine Gurkenscheibe an ihrer Stirn, Krümel hängen in ihren Locken. Obwohl auch ich nach diesem langen, anstrengenden Tag völlig erschöpft bin, grinse ich bei diesem niedlichen Anblick verzückt und halte automatisch nach meinem Smartphone Ausschau. Ich möchte ein Foto machen und es Thomas schicken, so, wie ich es in Hamburg ständig gemacht habe, wenn er im Büro war. Bilder von den ersten Schritten der Mädchen, von ihrem ersten Friseurbesuch, von ihrer ersten Begegnung mit einer Giraffe im Tierpark Hagenbeck. Alltagsmomente, die Thomas verpasst hat, während er bei seinen Klienten war.

Oder bei Jasmin Bayer.

Mit einem Schlag bin ich zurück in der Realität. Nein, ich werde keine niedlichen Kinderfotos mehr an Thomas schicken, denke ich bitter, während ich auch Clara in den ersten Stock hinauftrage und dabei unterdrückt ächze, weil die Kinder wirklich schwer geworden sind. Energisch blinzele ich ein paar Tränen fort. Ich werde jetzt nicht mehr an Thomas denken. Für heute reicht es.

Als auch Clara in dem breiten Ehebett liegt und friedlich schlummert, schließe ich die Zimmertür hinter mir und bleibe im Flur stehen. Aus Nathans Zimmer dringt nach wie vor laute Musik – wenn man das ätzende Gebrüll überhaupt als Musik bezeichnen kann. In dem Lied wurde das F-Wort in erstaunlich kurzen Abständen erstaunlich oft untergebracht. Wirklich, allein vom Musikgeschmack her passen wir überhaupt nicht zusammen. Und natürlich nicht nur deswegen.

Ich atme tief durch und klopfe an seine Tür. Als keine Reaktion kommt, klopfe ich lauter. Nichts. Na klar, bei dem Lärm kann er mich sicherlich nicht hören. Zögernd lehne ich meine Stirn gegen den Türrahmen, überlege, was ich tun soll.

Nach unserer kurzen Unterhaltung heute Mittag in der Küche ist Nathan samt Bierdose in seinem Schlafzimmer verschwunden und nicht mehr aufgetaucht. Als diese schreckliche Musik laut aufgedreht wurde, bin ich mit den Kindern noch einmal an den Strand geflüchtet, wo wir eine Sandburg gebaut, Sandkuchen gebacken und mit den Füßen getestet haben, wie kalt der Atlantik ist (kalt, finde ich).

Ich seufze tief auf, dann nehme ich all meinen Mut zusammen, öffne vorsichtig Nathans Zimmertür und spähe hinein. Zunächst kann ich nur den Fußboden erkennen, auf dem eine Jeans, ein Handtuch und diverse T-Shirts verteilt liegen. Als ich die Tür ein wenig weiter aufschiebe, sehe ich auch das schmiedeeiserne Bett mit den vielen Schnörkeln, das überhaupt nicht zu dem tätowierten Mann passt, der mit nacktem Oberkörper bäuchlings auf einer zerwühlten Decke liegt und zu schlafen scheint. Auf seinem Nachttisch steht die Bierdose von heute Mittag in Gesellschaft einer leeren Weinflasche. Nervös betrete ich das Zimmer. Als das schreckliche Lied mit einem Mal zu Ende ist, nutze ich die plötzliche Stille dazu, um hastig zu fragen: »Nathan?«

Die einzige Antwort, die ich bekomme, ist ein leises Schnarchen, bevor das nächste Lied losdröhnt. Hektisch sehe ich mich nach dem I-Pod um, entdecke ihn neben einer weiteren leeren Weinflasche auf dem Fußboden. Verdammt, wie viel hat Nathan denn schon wieder getrunken?

Als ich den I-Pod ausgeschaltet habe, trete ich näher an das Bett heran, mustere Nathan eingehend. Eine schwarze Locke hängt ihm ins Gesicht, sein Mund ist leicht geöffnet. Mir wird bewusst, wie lang und pechschwarz seine Wimpern sind. Wenn er schläft, wirkt er gar nicht mehr wie der aggressive Typ, den ich gestern und heute erlebt habe. Er wirkt ... beinahe verletzlich. Als ich die kühle Luft der Klimaanlage, ohne die man den Sommer in diesem Haus nicht überleben würde, auf meinen nackten Armen spüre, meldet sich mein Mutterinstinkt zu Wort. Ich überwinde meine Scheu und greife nach der Patchworkdecke in maritimen Blautönen, die halb vom Fußende des Bettes auf den Boden hinabhängt. Vorsichtig breite ich sie über dem schlafenden Mann aus, ziehe die Decke bis zu seinen Schultern hoch, halte kurz inne. Mein Gott, was für ein sexy Rücken. Mein Blick wandert über die schwarzen Locken, die sich in Nathans Nacken kringeln, über seine Schulterblätter hinab, dann seitlich zu den Oberarmen, die so muskulös aussehen. Jahrelanges Heben schwerer Töpfe und Pfannen, vermute ich und merke, dass mein Atem ein wenig schneller geht. Ich sollte wirklich nicht ... Aber ich kann der Versuchung nicht widerstehen, sondern strecke meinen Zeigefinger aus und fahre ganz sacht über das vertraute Tattoo an Nathans linkem Arm, berühre den in die Haut gestochenen Granatapfel, dann die Ananas, schließlich die Hibiskusblüte neben dem Totenschädel. Nathans Haut ist warm, und mein Herzschlag beschleunigt sich.

Himmel noch mal, Ella, was soll das?

Hastig wende ich mich dem Fußende des Bettes zu, ziehe sorgfältig die Decke über Nathans nackte Füße und will mich gerade abwenden, als ich einen letzten Blick in sein Gesicht werfe und erstarre. Er hat die Augen geöffnet, sieht mich stumm an. Ich erwidere seinen Blick, weiß nicht, was ich sagen soll. Beinahe rechne ich damit, dass Nathan ausflippt, die Decke wegschiebt, mich anherrscht, dass ich gefälligst die Musik wieder einschalten soll. Aber er tut nichts dergleichen, sondern mustert mich nur schweigend. So lange, bis ich mich unbehaglich räuspere und heiser sage: »Gute Nacht, Nathan.«

Ohne eine Antwort abzuwarten durchquere ich das Zimmer. Erst als ich an der Tür angekommen bin, könnte ich schwören, ein leise gemurmeltes »Gute Nacht« zu hören.

Aber sicher bin ich mir nicht.

Eigentlich wollte auch ich früh ins Bett gehen, aber nun muss ich noch eine Sache erledigen, sonst ist an Schlaf nicht zu denken, bleierne Müdigkeit hin oder her. Nachdem ich den Verandatisch abgeräumt habe, setze ich mich auf das Sofa im Wohnzimmer, versuche den Gedanken an Nathans halb nackten Körper zu verdrängen, der dort wenige Stunden zuvor lag und öffne Google auf meinem Smartphone. Wenige Klicks später finde ich die Online-Ausgabe des New York Times-Artikels, den Will Anderson erwähnt hat, und lese selbst von den Problemen im »Cuisine«, von nachlassender Qualität und von dem Gerücht, das durch die New Yorker Gastronomiewelt geistert: Dass das Cuisine im Herbst seinen Michelin-Stern wieder wird abgeben müssen. »Das wäre natürlich das Schmachvollste, was einem Spitzenkoch von dem Kaliber eines Nathan Goodman passieren könnte« schreibt der Journalist. »Einen Michelin-Stern wieder zu verlieren ist so, als würde man von der Liebe seines Lebens verlassen«, wird ein anderer New Yorker Koch zitiert.

Gedankenverloren lasse ich mein Smartphone sinken, starre aus dem Fenster in den dämmrigen Garten hinaus, während ich versuche, nicht mehr an das Gefühl von Nathans warmer Haut unter meinem Zeigefinger zu denken. Und an den leeren Ausdruck in seinen Augen.

Kapitel 12

Mama!« Wie durch eine dicke Watteschicht hindurch höre ich irgendwo weit, weit weg eine Kinderstimme. Das muss ein Nachbarskind sein, denke ich im Halbschlaf. Meine Kinder liegen schließlich neben mir im Bett und können nicht so weit entfernt klingen.

»Maaamaaa!«

Mit einem unterdrückten Stöhnen taste ich links und rechts nach meinen Kindern, berühre aber weder die wie üblich leicht verschwitzte Haut von Paula noch die wirren Locken von Clara, sondern lediglich etwas, das sich nach Sofalehne anfühlt. Irritiert öffne ich die Augen, merke, dass es hell ist – weil eine Lampe brennt. Die Lampe auf dem Sekretär hinter dem Sofa. Im Wohnzimmer. Mit einem Schlag bin ich hellwach, fahre in die Höhe, sehe mich hektisch um.

»Mamaaaaa!«, ertönt erneut Paulas Stimme, gefolgt von einem gewimmerten »Mama, wo bist du?«, das von Clara kommt. Die beiden müssen inzwischen unser Schlafzimmer verlassen haben, es hört sich so an, als stünden sie am Treppenabsatz im ersten Stock.

»Ich bin hier unten!«, rufe ich rasch und springe auf, umrunde das Sofa, stoße mal wieder gegen den Beistelltisch, als mich eine weitere Stimme erstarren lässt: »Ella? Wo zum Teufel steckst du?«

Nathan. Im ersten Stock wird das Licht angemacht.

»Mamaaaa!«, brüllt Clara erneut, diesmal klingt sie zu Tode erschrocken.

»Ella!«, brüllt Nathan.

»Ich bin hier unten!«, brülle ich zurück und renne auf die Treppe zu, sprinte hinauf, immer zwei Stufen auf einmal nehmend. Schnaufend erreiche ich den Treppenabsatz, wo mir zwei heulende Kinder in die Arme fallen. Nathan steht hinter ihnen im Flur und funkelt mich bitterböse an.

»Es ist kurz nach vier. Kurz nach vier!«, schimpft er, woraufhin die Kinder noch lauter heulen und sich fest an mich klammern.

»Es tut mir leid!«, sage ich, halb zu Nathan, halb zu meinen Töchtern, denen ich beruhigend über die Haare streichele. »Ich bin im Wohnzimmer auf dem Sofa eingeschlafen. Darum habe ich die Kinder nicht sofort gehört, als sie aufgewacht sind.«

»Ist mir scheißegal. Ich will einfach nur in Ruhe schlafen!«, herrscht mich Nathan wütend an, bevor er sich umdreht und in seinem Zimmer verschwindet, die Tür mal wieder ins Schloss krachen lässt. Die Kinder und ich zucken synchron zusammen, ich schließe die beiden fester in meine Arme.

»Mama, warum ist der Mann so böse?«, lispelt Paula zwischen Schluchzern.

»Mama, du warst nicht da!«, stößt Clara hervor und schlingt ihre Arme so fest um meinen Hals, dass ich Mühe habe, Luft zu bekommen.

»Es tut mir leid, ihr Mäuse«, murmele ich. »Wollen wir wieder ein Picknick am Strand machen?«

»Na, du lässt dich von der Bedrohung durch meckernde alte Damen aber auch nicht abschrecken, oder?«, höre ich Will Andersons amüsierte Stimme, als die Morgensonne bereits ein Stück über den Horizont gewandert ist und mein Gesicht angenehm wärmt.

»Ich hoffe immer noch auf die Rettungsschwimmer«, erwidere ich gelassen und grinse zu ihm hoch. »Vielleicht fängt ja mal einer vor neun Uhr an und hält mir eine persönliche Standpauke.«

Ein herzliches Lachen ist die Antwort. Der George Clooney von Fire Island scheint schon zu so früher Stunde gut gelaunt zu sein. Ganz im Gegensatz zu anderen männlichen Inselbewohnern.

»Verstößt du öfter gegen die Regeln, meine Liebe?«, erkundigt er sich und klingt dabei ehrlich interessiert.

Trocken lache ich auf. »Und das fragt mich ausgerechnet ein Investmentbanker. Nein, Will, ICH verstoße normalerweise nie gegen die Regeln. Aber besondere Situationen erfordern besondere Maßnahmen, und wir hinterlassen auch bestimmt keinen Müll. Glaub mir, ich bin gut im Aufräumen. Tägliches Training. Willst du ein Eiersandwich haben?« Ich halte ihm das letzte Brot hin, das meine hungrigen Kinder verschont haben. Zum Glück haben sie sich recht schnell von ihrem frühmorgendlichen Schrecken erholt und toben inzwischen ausgelassen über den weichen Sand.

»Hmm, ich würde wirklich gern, aber ich muss noch eine Joggingrunde einlegen, bevor ich nachher nach Manhattan fahre. Mein Arzt hat mir dringend dazu geraten, jeden Tag zu laufen, wegen meines Blutdrucks. Typische Wall Street-Krankheit.«

»Geschieht dir recht«, entfährt es mir, woraufhin Will überrascht auflacht.

»Hey, was habe ich dir denn getan? Nur, weil ich Nein zu deinem Eiersandwich sage?«

»Nein. Weil Typen wie du andere Leute um ihr sauer verdientes Geld bringen.«

Will Anderson bedenkt mich mit einem amüsierten Kopfschütteln. »Du hast ein völlig falsches Bild von meiner Arbeit, meine Liebe. Wir sollten das dringend zurechtrücken.« Er zögert kurz, wirft einen Blick in die Richtung meiner Kinder und fragt: »Du hast gesagt, dass du allein mit den Zwillingen hier bist?« Als ich nicke und selbst vom letzten Sandwich abbeiße, fügt er vorsichtig hinzu: »Also ist der Vater der Kinder ...?«

»Nicht hier«, beende ich seinen Satz und gebe schließlich zögernd zu: »Wir ... wir sind getrennt.«

Es ist das erste Mal, dass ich diese Tatsache laut ausspreche, und die Worte tun mir so weh, dass ich schnell den nächsten Bissen Brot verschlinge, um mich auf gleichmäßiges Kauen konzentrieren zu können.

»Tut mir leid, das zu hören«, erwidert Will ruhig. Er macht eine kurze Pause und sagt dann: »Ich muss für zwei Tage nach Manhattan, der Job ruft. Aber, wenn ich wieder hier bin ... Darf ich dich dann zum Essen einladen, Ella?«

Seine Frage überrascht mich so sehr, dass ich mich am nächsten Bissen meines Sandwiches verschlucke. Heiliger Strohsack, lädt mich der George Clooney von Fire Island etwa zu einem DATE ein? Mich, die gestresste Mutter von Zwillingen, die sich gestern Nachmittag, bevor es in Shorts zum Strand ging, zum ersten Mal seit ... nun ja, seit Teneriffa die Beine rasiert und dabei am rechten Knie so sehr geschnitten hat, dass nun ein Pflaster auf eben diesem Knie prangt?

»Ähm«, stammele ich und lege den Rest des Eiersandwiches zurück in die Tupperdose. »Ich ... Also ... Ich habe keinen Babysitter.«

Wills Blick wandert zu Clara und Paula, die dabei sind, eine neue Sandburg zu bauen.

»Mama, Sandbuag!«, ruft Paula mir auffordernd zu.

»Ich komme gleich«, antworte ich und sehe wieder Will an, der freundlich auf mich herablächelt.

»Ich nehme an, Nathan Goodman eignet sich eher weniger als Babysitter?«, erkundigt er sich, und bei der Erinnerung an den wütenden Nathan vorhin im Flur breche ich in prustendes Gelächter aus.

»Nein, leider überhaupt nicht«, bestätige ich, woraufhin Will mit einem Schulterzucken meint: »Na ja, wir könnten gemeinsam essen gehen. Du, die Kinder und ich. Ein frühes Abendessen? Die ›Island Mermaid‹ hat hervorragende Fish & Chips, so was mögen Kinder doch. Also, zumindest meine waren immer verrückt danach.«

Sprachlos starre ich Will an. Nein, meine Mädchen rühren Fisch zwar nicht an, nicht einmal unter Androhung von Peppa-Pig-Entzug, aber … mein Gott, der Mann will wirklich mit mir UND den Kindern essen gehen? Als ich nicht gleich antworte, legt Will mit einem gutmütigen Schmunzeln den Kopf schief und meint: »Wir können das ja besprechen, wenn ich dich das nächste Mal beim illegalen Picknicken überrasche. In drei Tagen vielleicht, wenn ich zurück bin.«

»Klingt gut«, nicke ich und stelle fest, dass ich tatsächlich ein wenig enttäuscht bin bei dem Gedanken, morgen früh keinem joggenden George Clooney-Verschnitt am Strand zu begegnen.

»Also, mach es gut«, sagt Will mit einem charmanten Zwinkern.

»Du auch. Und bring nicht so viele Leute um ihr Geld!«, gebe ich ihm mit auf den Weg.

Nachdem wir erneut den ganzen Morgen am Strand verbracht haben, machen die Kinder und ich wieder einen Abstecher in die Sea Whisper Bakery, wobei Clara und Paula diesmal wach sind und sich begeistert über zwei Croissants hermachen. Schließlich lasse ich mich dazu überreden, für zu Hause noch ein paar der in herrlichen Pastelltönen dekorierten Cupcakes mitzunehmen – ein Wunsch, dem ich nur zu gern nachgebe. Vier Cupcakes, um genau zu sein, denn vielleicht will Nathan ja auch einen haben.

Nathan jedoch scheint kein bisschen in Cupcake-Stimmung zu

sein, als er kurz vor 12 Uhr im Erdgeschoss auftaucht. Ich stehe gerade in der Küche und brate Hackfleisch für Spaghetti Bolognese an, während die Kinder juchzend durch das Wohnzimmer toben und Fangen spielen. Ich habe alle Gegenstände, die umfallen und kaputt gehen könnten, auf hohe Regalbretter gestellt, um den Schaden in Grenzen zu halten. Da Nathan gestern Abend schon so früh geschlafen hat, nehme ich einfach mal an, dass er sich um diese Uhrzeit nicht mehr vom Lärm meiner Töchter gestört fühlen dürfte – ich selbst schlafe, seit die Kinder da sind, nie länger als sieben Stunden (meistens eher sechs), da habe ich für jemanden, der mittags noch im Bett liegt, wenig Verständnis. Außerdem müssen die Zwillinge auch mal spielen und toben dürfen. Ich kann nicht während unseres ganzen Urlaubs permanent »Pssst, seid nicht so laut!« raunen, weil Mr. Goodman meint, den halben Tag über pennen zu müssen.

Dass Nathan das anders sieht, wird klar, als er im Türrahmen der Küche auftaucht und mich anfährt: »Müssen deine Kinder so laut sein, Ella? Es gibt hier einen Garten, schon gemerkt? Oder, noch besser: einen Strand!«

Ich rühre weiter das Hackfleisch um, während ich betont liebenswürdig erwidere: »Guten Morgen, lieber Nathan. Oder sollte ich lieber sagen: Mahlzeit? Ich weiß, dass es einen Garten und einen Strand gibt. Wir waren bereits sechs Stunden lang draußen. Und jetzt sind wir hier im Haus, um ein wenig abzukühlen, es ist nämlich ziemlich heiß heute.«

Aus dem Wohnzimmer ertönt ein spitzes Kreischen, gefolgt von einem »Mamaaa! Clara hat mich gekneift!«

»Es wird nicht gekniffen, Clara!«, rufe ich resolut und greife nach der Dose mit den geschälten Tomaten, um sie zum Hackfleisch zu geben.

Ein weiterer schriller Schrei kommt aus dem Wohnzimmer, Paula brüllt: »Auaaa! Mamaaa!«

»Verflucht noch mal«, knurrt Nathan, und bevor ich reagieren kann macht er ein paar große Schritte Richtung Wohnzimmer und brüllt aus vollem Hals: »Ruhe! *You drive me crazy!*«

Für den Bruchteil einer Sekunde erstarre ich, schüttele dann die letzten Tomatenstückchen aus der Dose, stelle sie zur Seite. Oh, dieser Idiot! Einen Moment lang herrscht erschrockene Stille, bevor meine Kinder in ein Heulkonzert ausbrechen.

»Himmel, Nathan«, knurre ich, schalte die Gasflamme aus und gehe wütend hinter unserem übel gelaunten Mitbewohner her. Nathan steht im Wohnzimmer und starrt mit verschränkten Armen meine Kinder an. Seine Augen funkeln wütend, als er mich ansieht, aber ich bin mir sicher, dass meine mindestens genauso wütend zurückfunkeln.

»Du brüllst meine Töchter nicht noch einmal so an, hörst du?«, sage ich leise, mit vor Zorn zitternder Stimme und trete ganz dicht an ihn heran, wobei ich versuche, nicht mehr an seinen nackten Rücken gestern Abend im Bett zu denken. Immerhin trägt er jetzt ein T-Shirt. Nathan beugt sich zu mir herab, sodass sein Gesicht nah vor meinem ist. Ich weiche ein wenig zurück – nicht nur, weil er sehr einschüchternd wirken kann, sondern auch, weil er zu dieser Tageszeit schon wieder eine Weinfahne hat.

»In diesem Haus rede ich mit jedem so, wie es mir passt«, gibt er mit drohender Stimme zurück. »Ich lasse mir von dir hier nichts vorschreiben, Ella.« Dann, lauter, und in Richtung meiner Kinder, fügt er hinzu: »Und wenn deine Blagen mich nerven, dann sage ich das, verdammt noch mal! Die können doch auch leise spielen!«

»Nein, können sie nicht!«, gebe ich aufgebracht zurück. »Das sind Kinder!«

»Mir egal! Ich will hier keine Kinder haben!«

»Pech gehabt, Nathan! Dann fahr doch zurück nach Manhattan!«

»Wo ich wann hinfahre ist meine Sache, halt dich da gefälligst raus!«

Als wir immer lauter werden, wird auch das Heulen meiner Mädchen lauter. Zitternd hole ich Luft und beschließe, Nathan das letzte Wort haben zu lassen, denn diesem verbalen Schlagabtausch sollen meine Kleinen wirklich nicht länger folgen müssen, selbst wenn sie ihn inhaltlich nicht verstehen können. Mit einem letzten bitterbösen Blick wende ich mich von ihm ab und gehe zum Sofa, wo Clara und Paula hocken und sich mir schluchzend entgegenwerfen. Ich ziehe sie in meine Arme und ignoriere Nathans Augenrollen, bevor er wieder in der Küche verschwindet.

»Es ist alles gut, ihr Süßen. Auch Erwachsene streiten manchmal, nicht nur Kinder. Kommt, ihr dürft Peppa Pig gucken, bis ich mit dem Kochen fertig bin«, murmele ich, was erstaunlich schnell dazu beiträgt, dass die Kinder wieder fröhlich auf dem Sofa herumhüpfen, während ich das Tablet einschalte.

Als ich zwei Minuten später in die Küche zurückkomme, lehnt Nathan am Kühlschrank und trinkt schon wieder Rotwein aus der Flasche. Dieser Anblick irritiert mich so sehr, dass ich mit einem angewiderten Schnauben an ihm vorbei zum Herd gehe.

»Wenn dir hier irgendetwas nicht passt, dann verschwinde einfach«, sagt Nathan langsam.

Ich werfe ihm einen Seitenblick zu und erwidere herablassend: »Nathan, ganz ehrlich: So, wie du dich aufführst, wundert es mich kein bisschen, dass dir vielleicht dein Michelin-Stern aberkannt wird.«

Noch während ich die letzten Worte ausspreche, weiß ich, dass das ein Fehler war. Ohne Nathan anzusehen beiße ich mir auf die Unterlippe und schalte die Gasflamme wieder ein.

»Wie bitte?«, stößt er dicht neben mir hervor, und erneut schlägt mir der Geruch nach Wein entgegen. Ehe ich etwas antworten kann, greift Nathan wütend nach dem Kochlöffel, mit dem ich eben die Tomatenstücke in die Pfanne gerührt habe und schleudert ihn auf den Küchenfußboden. Rote Sprenkel der Tomatensoße verteilen sich auf den weißen Fliesen wie Blutspritzer. Fassungslos starre ich Nathan an, will ihn fragen, ob er den Verstand verloren hat, als er sich zu mir herabbeugt und mit wutverzerrter Stimme fragt: »Du glaubst doch nicht etwa, dass man einen Stern wegen seines Verhaltens aberkannt bekommt, oder, Ella? Den bekommt man aberkannt, weil man nicht kochen kann!« Er lacht bitter auf und tritt dann zornig nach dem Kochlöffel, der durch die halbe Küche schlittert und vor dem Kühlschrank liegen bleibt.

So ruhig wie möglich erwidere ich: »Nathan, das ist doch Schwachsinn. Du hast immerhin einen Michelin-Stern, natürlich kannst du kochen, und das verlernt man auch nicht. Du …«

»NOCH habe ich einen Michelin-Stern, ja! Bald wahrscheinlich nicht mehr! Toll, oder, wie das schwarze Schaf der Familie Goodman mal wieder alles in den Sand setzt?«

»Ach komm, du setzt gar nichts in den Sand«, gebe ich in besänftigendem Tonfall zurück und stelle die Gasflamme wieder aus, bevor mir die Soße anbrennt. »Immerhin wurdest du bisher so sehr als Koch gefeiert, du …«

»Ja, genau! Bisher!«, unterbricht mich Nathan barsch. »Außerdem: Was weißt du denn schon, Ella? Du hast keine Ahnung!« Er dreht sich zur Anrichte um, greift erneut nach der Weinflasche, trinkt ein, zwei, drei große Schlucke, ohne abzusetzen.

»Was ich sehr wohl weiß, ist, dass du ein Alkoholproblem hast«, sage ich und verschränke die Arme vor meiner Brust. Nathan lässt kurz die Flasche sinken und sieht mich spöttisch an. »Bravo, hervorragende Beobachtungsgabe«, erwidert er leicht schleppend, bevor er die Flasche erneut ansetzt. Da reicht es mir. Entschlossen mache ich zwei Schritte auf ihn zu, reiße ihm die Flasche aus der Hand. Überrascht blinzelt Nathan und starrt mich groß an. Damit hat er offensichtlich nicht gerechnet. Ehe mich der Mut verlässt, drehe ich mich zur Spüle um und beginne, den Rest des Weins wegzuschütten, selbst wenn mir das im Herzen wehtut. So ein guter Wein.

»Spinnst du?«, herrscht mich Nathan an, und im nächsten Augenblick packt er mein Handgelenk, als er versucht, mir die Flasche zu entwinden. Aber die ist schon leer.

»Du blöde Kuh«, flüstert er und funkelt mich aufgebracht an. Ehe ich reagieren kann, greift er nach der Pfanne auf dem Herd und gießt die Bolognesesoße ebenfalls in die Spüle, ohne dabei aufzuhören, mich provozierend anzustarren.

Jetzt bin ich es, die entsetzt »Spinnst du?« schreit. Ungläubig will ich mein Essen retten, aber ehe ich die Pfanne zu greifen bekomme, ist sie schon leer. Nathan bedenkt mich mit einem spöttischen Lächeln, bevor er die Pfanne zurück auf den Herd stellt und fragt: »Wieso? Bolognesesoße und Rotwein passen doch hervorragend zusammen, findest du nicht?«

Fassungslos starre ich auf das Hackfleisch-Wein-Gemisch in der Spüle und merke, wie bei mir eine Sicherung durchbrennt. Nathan scheint das ebenfalls zu registrieren, denn er wirft mir einen beinahe unsicheren Blick zu, während ich noch die Fäuste balle und Luft hole. Dann gehe ich auf Nathan los, außer mir vor Zorn, schubse ihn fluchend vor mir her, dränge ihn rückwärts Richtung Küchentür. Und Nathan lässt sich schubsen, obwohl völlig offensichtlich ist, dass er mir körperlich weit überlegen ist. Aber er scheint tatsächlich erschrocken zu sein – ob nun über sein eigenes Verhalten, oder über meinen Wutanfall, oder über beides, das kann ich nicht so genau sagen. Alles, was ich weiß, ist, dass ich ihn widerstandslos aus der Küche dränge, und dann auch noch durch das Wohnzimmer, wo meine Kinder mit großen Augen vom Tablet hochsehen.

»Verschwinde, Nathan, ich will dich heute nicht mehr sehen!«, schleudere ich ihm entgegen und erinnere mich einen Augenblick lang selbst an Beatrice Goodman, wenn sie ihren aufsässigen Teenagersohn vor zwanzig Jahren zusammengefaltet hat. »Geh woanders hin, um dich volllaufen zu lassen und deine Mitmenschen mit deiner schlechten Laune zu tyrannisieren. Aber hier machst du das nicht länger! Meine Kinder sollen nicht ständig vor Angst weinen, weil du deine Wut nicht unter Kontrolle hast!«

Entschlossen öffne ich die Haustür und schiebe ihn rücklings nach draußen. Nathan sieht mich nur stumm an, die Lippen zu einer schmalen Linie zusammengepresst. Ich rechne fest damit, dass er jetzt endlich kontert, mir die Hölle heißmacht, wieder ins Haus drängt. Doch er tut nichts dergleichen, sodass ich ihm einen letzten vernichtenden Blick zuwerfe und im nächsten Moment eilig die Tür schließe und verriegele. Dann gehe ich durch das Wohnzimmer und schließe die Verandatür ab. Ich gehe zum Sofa, setze mich neben die Kinder, ziehe sie in meine Arme.

»So, Nathan ist erst einmal nicht hier«, erkläre ich und streiche ihnen über die Haare.

»Warum ist er so böse?«, lispelt Paula und sieht mich ratlos an. Ich seufze tief auf.

»Nathan ist gar nicht böse«, erwidere ich leise und muss daran denken, wie verletzlich er gestern Abend aussah, schlafend auf seinem Bett. »Er ist nur im Moment sehr durcheinander. Und vielleicht ein wenig … einsam.«

Ja, denke ich plötzlich. Das ist er sicherlich. Warum sonst hält er sich ganz allein in diesem Ferienhaus auf? Hat er keine Freundin? Oder gute Freunde, mit denen er seine Sorgen um seine Karriere als Koch teilen könnte? Mitleid mit Nathan will in mir hochsteigen, doch als Clara mir ins Ohr wispert: »Mama, Hunger«, gewinnt wieder die Wut Oberhand.

»Ich weiß«, murmele ich und wünsche Nathan bei dem Gedanken an die schöne Bolognesesoße in der Spüle dorthin, wo der Pfeffer wächst. Gut, dass er erst einmal nicht hier im Haus ist. Gut für ihn. Okay, Zeit für Plan B.

»Hmm – was haltet ihr von gebratenen Nudeln mit Ei – und zum Nachtisch Cupcakes?«

Kapitel 13

Wir essen am langen Tisch im Wohnzimmer, bei geschlossener Verandatür. Immer wieder spähe ich angespannt auf das Sonnendeck hinaus, doch von Nathan ist nichts zu sehen. Nach dem Essen kollabieren die Kinder völlig erschöpft auf dem Sofa und halten ein Nickerchen. Ich setze mich mit meinem Telefon in den Ohrensessel neben dem Kamin, beantworte lustlos eine Frage von Thomas, ob es uns gut geht und schreibe endlich meinen Eltern eine E-Mail, die sie an Bord ihres Kreuzfahrtschiffes lesen werden. Allerdings verschweige ich ihnen, dass Thomas mich verlassen hat, sondern erkläre lediglich, dass uns Maggie spontan nach Fire Island eingeladen und dass Thomas keinen Urlaub bekommen habe, aber dass es uns hier auch ohne ihn gut gehe und wir viel Spaß haben. Zur Unterstreichung schicke ich ihnen ein Selfie von den Kindern und mir am Strand. Zwar glaube ich kaum, dass meine Eltern mir einfach abkaufen, dass ich mich so kurz nach ihrer Abreise aus heiterem Himmel zu einem Transatlantikflug mit den Kindern entschieden habe. Natürlich werden sie hinterfragen, warum wir Hals über Kopf ohne Thomas verreist sind. Aber ich will wenigstens versuchen, ihnen vorzugaukeln, dass alles okay ist. Meine Eltern machen das erste Mal, seit mein Vater endlich seine Praxis für Allgemeinmedizin an einen Nachfolger übergeben hat und in den wohlverdienten Ruhestand gegangen ist, Urlaub. Meine Mutter hat Zeit ihres Lebens als Sprechstundenhilfe in Papas Praxis im Erdgeschoss unseres Wohnhauses in Eimsbüttel gearbeitet, die beiden haben sich selten Urlaub gegönnt, fast nie Reisen gemacht. Als Kind bin ich in den Sommerferien meistens zu meinen Großeltern nach Buxtehude gefahren oder habe Ferien auf einem Reiterhof nahe der dänischen Grenze gemacht. Nur ganz selten haben sich meine Eltern eine Auszeit gegönnt und mit mir ein paar Tage auf Amrum oder Föhr verbracht. Meistens stand die Praxis an erster Stelle. Meine Mutter hat seit Jahren von dieser Hurtigrutenreise geträumt, und nun sind die beiden endlich in Skandinavien unterwegs und sollen diesen Urlaub genießen, ohne Sorgen um Tochter und Enkelinnen. Aber ob das so funktioniert, wie ich es mir wünsche? Während ich Thomas im Stillen erneut für das plötzliche Chaos in meinem Leben verfluche, schicke ich die E-Mail ab und grübele dann eine Weile darüber nach, ob ich Maggie von Nathans Anwesenheit berichten soll. Bisher habe ich auch ihr lediglich unser Selfie am Strand geschickt und dazu geschrieben, dass wir gut angekommen sind und alles wunderbar ist. Maggies Antwort kam prompt in Form eines Fotos von Josh und Zack, im Hintergrund die Golden Gate Bridge. Dazu die Nachricht, dass sie es kaum erwarten könne, endlich selbst nach Fire Island zu kommen und die Mädels und mich zu sehen. Ich kann es auch kaum erwarten, meine beste Freundin hier zu haben. Allerdings weiß ich nicht, was geschehen wird, sollte Nathan dann noch hier sein und Maggie mitbekommen, was bei ihm los ist und wie er sich aufführt. Nein, es ist besser, wenn ich ihr erst einmal nicht mitteile, dass ihr Bruder hier auf der Insel ist. Sie würde sich nur furchtbar aufregen und die ganze Situation könnte noch weiter eskalieren. Wenn das überhaupt möglich ist. Wie es ab heute mit Nathan und mir unter einem Dach weitergehen soll, das weiß ich selbst noch nicht.

Als ich aufwache, ist mein Rücken völlig verspannt. Himmel,

bin ich tatsächlich sitzend im Sessel eingeschlafen? Ja, denke ich mit einem ungläubigen Blick auf meine Armbanduhr – ich habe eine ganze Stunde lang gepennt. Mit einem Gähnen strecke ich mich und betrachte meine Kinder, die immer noch zusammengerollt auf dem Sofa liegen und schlummern. Dann kommt die Erinnerung zurück.

Ich habe Nathan ausgesperrt. Nachdem er sich wie der größte Idiot aller Zeiten aufgeführt hat. Zögernd stehe ich auf, gehe am Sofa vorbei, zur Verandatür. Auf dem Deck ist der große Sonnenschirm aufgespannt worden, im Schatten liegt Nathan in der Hängematte, die Arme hinter dem Kopf verschränkt, und starrt in die Äste der Kiefer hinauf. Atemlos verharre ich auf der Stelle, kann meinen Blick nicht von ihm lösen. Als könnte er spüren, dass er beobachtet wird, dreht Nathan plötzlich seinen Kopf, sieht mich an. Ich zucke ein wenig zurück, erwidere kurz seinen Blick, wende mich dann hastig ab. Erneut betrachte ich die schlafenden Kinder. Soll ich Nathan wieder ins Haus lassen? Hat er sich beruhigt – oder hat er in der Zwischenzeit wieder getrunken? Dann fasse ich einen Entschluss.

Als die Kinder und ich eine halbe Stunde später mit Sack und Pack das Haus verlassen, bitte ich die Mädchen, kurz im Vorgarten auf mich zu warten. Dann umrunde ich das Haus und bleibe ein paar Meter vom Sonnendeck entfernt stehen.

»Wir gehen an den Strand«, rufe ich Nathan zu. Er hebt seinen Kopf, sieht mich stumm an. »Ich habe die Tür offen gelassen. Wir ... wir sehen uns später.«

Dann eile ich davon, um einen weiteren Nachmittag mit Sandkuchen backen zu verbringen.

Mein Herz hämmert nervös gegen meinen Brustkorb, als wir am späten Nachmittag ins Haus zurückkehren. Vorsorglich habe ich einen Schlüssel mitgenommen, falls Nathan abgeschlossen haben sollte. Hat er nicht. Zögernd betrete ich den Flur, lausche auf aggressive Musik. Doch es ist alles still.

Na gut, so still, wie es sein kann, wenn zwei überdrehte Dreieinhalbjährige nach einem langen Strandnachmittag das Haus betreten.

»Als Erstes zieht ihr bitte eure Sandalen aus«, beginne ich Anweisungen zu geben, während ich die Haustür hinter uns schließe und meine Flipflops von den Füßen kicke. »Dann kommt ihr bitte nach oben, ihr müsst in die Dusche, ihr Sandwürmer.«

»Warum, Mama? Nicht duschen!«, jammert Paula und lässt sich auf den Teppich im Eingangsbereich plumpsen.

»Oh doch, es wird geduscht«, gebe ich ungerührt zurück, während ich die Treppe hinaufgehe.

»Warte, Mama!«, ruft Clara mir hinterher.

»Erst Schuhe ausziehen!«, gebe ich in Feldwebelmanier zurück, was ein lautes Gejammer im Erdgeschoss auslöst. Mit der Absicht, die Dusch-Arie so schnell wie möglich hinter uns zu bringen, damit die Kinder danach zügig essen und endlich, endlich ins Bett gepackt werden können, öffne ich schwungvoll die Badezimmertür. Und erstarre.

Nathan ist gerade aus der Dusche gestiegen und noch dabei, nach seinem Badetuch zu greifen, das an einem Haken an der Wand hängt. Mit ausgestrecktem Arm hält er in der Bewegung inne, sieht mich überrascht an. Und ich starre zurück. Ich kann nicht anders. Die normale Reaktion wäre gewesen, sich zu entschuldigen und so schnell wie möglich die Tür wieder zu schließen. Aber ich bleibe wie angewurzelt stehen und muss mich nach einer gefühlten Ewigkeit dazu zwingen, meinen Blick von seinem nassen Körper abzuwenden und ihm ins Gesicht zu sehen.

»Ent ... Entschuldigung«, stoße ich hervor.

Nathan sagt nichts, aber er greift endlich nach seinem Handtuch und wickelt es sich um die Hüften. Gerade rechtzeitig, denn in dem Moment kommen polternde Schritte näher.

»Mamaaa? Paula hat gekratzt!«

»Gar nicht, Clara lügt!«

Als die Mädchen neben mir auftauchen und Nathan erblicken, verstecken sie sich erschrocken hinter meinen Beinen.

»Mama?«, wispert Clara. »Ist der Mann noch böse?«

Ich sehe Nathan an, merke, dass in seinen Augen etwas aufflackert. Was genau es ist, kann ich nicht deuten – aber Wut ist es nicht.

»Nein, Schätzchen, Nathan ist nicht mehr böse. Und wir lassen ihn jetzt in Ruhe. Kommt, wir gehen nach unten, in die Außendusche.«

»Außendusche?«, lispelt Paula mit großen Augen.

»Ja, toll, oder?«, frage ich betont fröhlich, während ich hastig die Handtücher der Zwillinge von den Haken neben dem Waschbecken angele und dann mit einem entschuldigenden letzten Blick in Nathans Richtung aus dem Badezimmer flüchte.

Wie so viele Häuser auf Fire Island hat auch das Goodman-Haus eine Außendusche, die sich am Rande des Sonnendecks an der Hauswand befindet, abgeschirmt durch einen Sichtschutz aus Holz. Diese Dusche ist wirklich praktisch, wenn man – wie wir – völlig versandet heimkehrt und nicht den halben Strand ins Haus schleppen möchte. Allerdings war ich gestern und heute einfach zu bequem, um erst von oben saubere Handtücher zu holen und dann wieder nach unten zu gehen. Außerdem konnte ich die Kinder im Badezimmer sofort eincremen und ihnen die Pyjamas anziehen. Aber jetzt nutzen wir also doch zum ersten Mal die Außendusche, und während ich versuche, auch die letzten hartnäckigen Sandkörner von den sonnengewärmten Körpern meiner Kinder zu spülen, wandern meine Gedanken immer wieder zu Nathan. Zum nackten Nathan. Mein Gesicht brennt, als ich nach den Handtüchern greife und die Mädchen abrubbele. Du meine Güte, was für ein Tag.

Und der Tag ist noch nicht zu Ende, ganz im Gegenteil! Es ist einer dieser Abende, an denen ich mich frage, warum ich mir jemals so sehnsüchtig Kinder gewünscht habe. Ja, ich liebe die beiden über alles. Aber an Abenden wie diesem treiben sie mich in den Wahnsinn. Nichts passt meinen übermüdeten, von der Meeresluft ausgepowerten Mädchen: Das Toastbrot ist erst zu schlaff und dann zu kross getoastet, der Käse hat keine Löcher, weil es Cheddar ist (was die Kinder aber erst jetzt, am Ende des zweiten Tages zu stören beginnt), die Apfelschnitze werden trotzig ins Gras neben der Veranda geworfen, als ich den beiden verklickere, dass es nicht schon wieder Cupcakes aus der Sea Whisper Bakery zum Nachtisch gibt. Als dann, nachdem ich gerade Paulas Apfelsaftpfütze aufgewischt habe, auch noch Clara ihren Becher umwirft und sich der klebrige Saft über meinen Schoß ergießt, verliere ich die Geduld.

»Himmel noch mal, Clara! Kannst du nicht ein bisschen aufpassen?«, fahre ich sie an und springe auf, um mich in der Küche an der Spüle sauber zu machen und ein trockenes Tuch zu holen. Als ich zurückkomme, sind beide Kinder über mein Smartphone gebeugt und tippen in der Skype-App herum.

»Was macht ihr da?«, herrsche ich sie an, weil ich ihnen schon x-mal gesagt habe, dass sie nicht allein mit meinem Telefon herumspielen dürfen. Ich merke, wie meine letzten dünnen Nerven zum Zerreißen gespannt sind. Dieser Tag war zu lang und zu aufreibend.

»Papa anrufen!«, gibt Paula aufmüpfig zurück.

»Ja, Papa!«, ruft Clara, und in ihren Augen schimmern Tränen. Mit bebender Unterlippe fügt sie hinzu: »Papa lieb, und du blöd, Mama!«

»Das sagt man nicht zu seiner Mutter!«, schimpfe ich und will Paula das Smartphone wegnehmen, aber sie rutscht von der Holzbank und haut mit dem Handy über das Deck ab.

»Bleib stehen!«, rufe ich und laufe hinter ihr her, als ich an der Verandatür eine Bewegung wahrnehme. Kurz erstarre ich, denn ich merke, dass Nathan dort steht und uns beobachtet. Aber in dem Moment stolpert Paula über ihre eigenen Füße, das Telefon fliegt aus ihrer Hand und prallt gegen den Fuß des Sonnenschirms.

»Verdammt«, murmele ich und stürme auf den Sonnenschirm zu, um mein Smartphone aufzuheben. Über das Display zieht sich ein Spinnennetz aus feinen Rissen. »Super gemacht, Paula«, sage ich mit bebender Stimme und sehe meine Tochter an, die sich wieder aufgerappelt hat und mich mit schmalen Augen wütend fixiert.

»Du auch, Mama!«, gibt sie pampig zurück. »Super gemacht!«

»Weißt du eigentlich, wie verdammt teuer so ein Telefon ist?« Was für eine blöde Frage. Woher soll eine Dreijährige das wissen?

»Mir egal!«, schreit Paula. »Blöde Mama!«

»Paula! Es reicht!« Ich mache einen Schritt auf sie zu und hebe drohend den Zeigefinger, als Paula ausholt und voller Wut mit der Faust gegen meinen Oberarm schlägt.

»Aua!«, mache ich überrascht und sehe mein Kind erschrocken an. Als sie erneut ausholt, halte ich ihre Hand fest und frage mühsam beherrscht: »Was soll das, Paula? Warum schlägst du mich? Das tut mir weh!«

»Ich will Papa!«, schreit Paula mich mit wutverzerrtem Gesicht an.

»Ich auch!«, brüllt Clara so laut, dass man es sicher noch am Strand hören kann, bevor sie in theatralisches Heulen ausbricht.

Da spüre ich, wie der letzte dünne Strang Nerven reißt.

»Aber er uns nicht!«, brülle ich aus Leibeskräften zurück und erschrecke damit nicht nur die Kinder, sondern vor allem mich selbst. Mein Oberarm schmerzt an der Stelle, wo mich Paulas kleine Faust getroffen hat, und unter meinen Fingern spüre ich das Spinnennetz aus Rissen auf dem Display meines Telefons. Ich fühle mich so erschöpft und ohnmächtig wie ewig nicht mehr. Ein hysterisches Schluchzen droht sich in mir aufzubauen, versucht, sich einen Weg nach draußen zu bahnen. Verzweifelt presse ich meine Lippen aufeinander. Bloß nicht vor den Kindern heulen. Und vor Nathan, der immer noch im Türrahmen lehnt und mich ernst mustert. Ohne meine Kinder noch einmal anzusehen renne ich über das Sonnendeck zur Verandatür, ignoriere Nathan, als ich mich an ihm vorbeischiebe, durch das Wohnzimmer haste, hinauf in den ersten Stock. Dort schließe ich mich im Badezimmer ein und stelle die Dusche an, damit mich niemand hört. Dann kauere ich mich auf den Badvorleger, auf dem noch feuchte Flecken von Nathans Fußabdrücken zu sehen sind, und beginne zu heulen.

Kapitel 14

Irgendwann, als keine Tränen mehr kommen, setze ich mich auf und putze mir die Nase. Es überrascht mich, dass die Kinder nicht hinter mir hergekommen sind, nicht an der Tür gerüttelt haben, nicht meine Aufmerksamkeit gefordert haben. Dann beschleicht mich Angst.

Was, wenn sie weggelaufen sind, raus aus dem Garten, allein zum Strand? Vielleicht hatten sie so eine Angst vor Nathan, dass sie sogar den Grüffelo in Kauf genommen haben und abgehauen sind? Hastig stehe ich auf, schalte das Wasser in der Dusche ab, wische mir das Gesicht mit meinem Handtuch trocken. Als ich die Badezimmertür öffne, höre ich von unten Lachen. Das ist Paula. Und jetzt kichert auch Clara, laut und vernehmlich. Überrascht gehe ich auf die Treppe zu, steige auf wackeligen Knien die Stufen hinab und betrete das Wohnzimmer.

Auf den Anblick war ich wirklich nicht vorbereitet. Nathan sitzt auf dem Sofa, links und rechts von ihm hockt jeweils eine meiner Töchter, mit einem gewissen Sicherheitsabstand zu dem »bösen Mann«, der allerdings überhaupt nicht mehr böse zu sein scheint. Auf dem Couchtisch steht ein Tablet, das Nathan gehören muss und auf dessen Display sich Mickey Maus gerade mit Minnie streitet. Stumm lehne ich mich gegen den Türrahmen und beobachte die traute Dreisamkeit auf dem Sofa. Unfassbar, dass das derselbe wütende Mann ist, der meine Kinder heute zu Tränen geängstigt hat.

Als die Cartoonfolge schließlich vorbei ist und die Mädchen anfangen, um eine weitere Folge zu betteln, räuspere ich mich, was alle drei dazu veranlasst, zu mir herumzufahren. Peinlich berührt weiche ich Nathans Blick aus, weil mir klar wird, wie erbärmlich ich nach meiner Heulattacke aussehen muss. Mit vom Weinen heiserer Stimme sage ich:»Mädels, jetzt bedankt ihr euch bitte bei Nathan dafür, dass ihr Mickey Maus gucken durftet und dann ...«

»Wir wollen noch mehr gucken!«, unterbricht mich Paula trotzig.

»Nein, ihr geht jetzt ins Bett«, erwidere ich ruhig.

»Aber mit dir, Mama!«, sagt Clara vorwurfsvoll. Es ist klar, dass der Schreck, heute Morgen in einem noch fremden Zimmer ohne ihre Mama aufgewacht zu sein, nach wie vor tief sitzt.

»Mit mir«, seufze ich.

»Aber ich nicht!«, motzt Paula. »Ich nicht ins Bett!«

»*Come on, you two*«, meldet sich da Nathan ruhig zu Wort und schaltet das Tablet aus. »Eure Mama sagt, ihr sollt gehen ins Bett.«

Ungläubig starre ich ihn an, geradezu fassungslos, weil er mit einem Mal richtig ... zivilisiert sein kann.

»Mickey!«, jammert Paula.

»*Maybe* ...« fängt Nathan an, scheint zu überlegen, wie er es auf Deutsch sagen kann, sieht dann mich an und meint zögernd, auf Englisch:»Wenn es dir recht ist, können sie morgen gern wieder eine Folge auf meinem Tablet sehen.«

»Mhhm«, mache ich und nicke mit einem flüchtigen Lächeln. Ich weiß nicht so recht, wie ich Nathans Verhaltenswandel einordnen soll. Zu den Mädchen sage ich:»Wenn ihr jetzt lieb ins Bett geht, dürft ihr morgen wieder eine Folge Mickey gucken, okay?«

»Aber ich will nicht ins Bett«, bockt Paula weiter und wirft sich der Länge nach auf den Teppich. »Ich nicht müde!«

»Oh doch, das bist du«, seufze ich und hebe Clara hoch, die sich an mein Bein schmiegt. »Komm jetzt bitte.«

»Nein!«

Kurz schließe ich die Augen und versuche verzweifelt, die Ruhe zu bewahren. Jetzt bloß nicht schon wieder die Nerven verlieren. Für heute wurde in diesem Haus wirklich genug geschimpft. Was gäbe ich jetzt darum, wenn Thomas hier wäre. Nicht, dass Thomas seinen Elternpflichten wie dem abendlichen Zu-Bett-Bringen stets nachgekommen und mir im Alltag eine große Hilfe gewesen wäre. Aber zumindest im Urlaub war er physisch anwesend und konnte sich schwer der Verantwortung entziehen, indem er lang im Büro war.

Oder bei unserer Nachbarin.

»Weißt du was?«, reißt mich Nathans Stimme aus meinen Gedanken. Er sieht Paula ernst an. »Gestern ich habe ... gefindet?« Skeptisch sieht er mich an, und ich muss ein Lachen unterdrücken. »Gefunden«, korrigiere ich, wie ich es bei meinen Töchtern so oft mache. Nathan nickt mit einem leicht gequälten Seufzer und murmelt »German grammar ...«, was mich schmunzeln lässt. In diesem Moment kann ich mir kaum noch vorstellen, dass das derselbe Mann sein soll, der heute Mittag mein Essen in die Spüle gekippt hat.

»Ich habe gefunden etwas von Maggies Kindern. Wenn du im Bett bist, ich zeige dich.«

›Dir‹, will ich sagen, verkneife es mir aber. Unglaublich, dass Nathan überhaupt noch so viel Deutsch spricht.

»Mich auch?«, fragt Clara eifersüchtig.

»Mir«, sage ich nun doch.

»Klar«, bestätigt Nathan ruhig. »Dir auch.«

Oh Gott, denke ich. Hauptsache, es ist nichts, was die Kinder zu sehr aufputscht und vom Einschlafen abhält. Ich will nämlich selbst nur noch schlafen. Wobei mir einfällt, dass ich noch gar nichts gegessen habe. Das Abendbrot bestand nur aus der nervenzerreibenden Raubtierfütterung der Kleinen, für mich habe ich nicht einmal einen Teller gedeckt. Mein Magen knurrt vernehmlich, aber der muss jetzt warten.

Nachdem ich es endlich geschafft habe, beiden Mädchen die Zähne zu putzen und eine endlose Diskussion später nicht nur Paula, sondern sogar Clara auf der Toilette gewesen ist, helfe ich den Mäusen gerade in ihre Schlafsäcke, als Nathan seinen Kopf zur Schlafzimmertür hereinstreckt. »Und, *ready*? Ähm ...fertig?«

»Ja! Ja! Ja!«, schreien die beiden und hüpfen aufgeregt über das Bett.

»Hinlegen!«, ordnet Nathan auf Englisch an, und ich übersetze, während er das Zimmer betritt, die Hände hinter dem Rücken. Zu meinem grenzenlosen Erstaunen gehorchen die Kinder sofort. Ich muss ja normalerweise grundsätzlich alles dreimal sagen – und selbst dann werde ich oft einfach ignoriert. Aber auf Nathan hören sie tatsächlich. Na gut, zumindest bei der Aussicht auf eine Überraschung. Nathan schaltet das Deckenlicht aus und geht im schwachen Lichtschein der Flurlampe zum Nachttisch, wo er einen runden Gegenstand abstellt und einen Stecker in die Steckdose schiebt. Er drückt ein paar Knöpfe – und plötzlich wird das ganze Zimmer in ein funkelndes Meer aus goldgelb leuchtenden Sternen getaucht, manche walnussklein, andere kürbisgroß. Zur Melodie von »Twinkle, twinkle, little star« beginnen die Sterne, sich langsam im Kreis zu bewegen, über die weiße Tapete mit dem blauen Muschelmuster, über die zugezogenen Vorhänge, den Einbauschrank, die Kommode, das Bett, in dem meine Kinder mit offenen Mündern liegen und fasziniert zu den kreisenden Himmelskörpern hochstarren.

»Schön?«, fragt Nathan leise.

»Ja«, hauche ich, obwohl mir klar ist, dass die Frage eigentlich an Clara und Paula gerichtet war.

»Schöööön!«, seufzt Clara, und Paula lispelt verzückt: »So viele Sterne! Guck mal, Mama!«

»Ja«, flüstere ich und trete näher ans Bett heran. »Toll, oder?« Ich sehe Nathan an, der immer noch am Nachttisch steht. Im Halbdunkel erwidert er meinen Blick, und ich murmele: »Danke.«

»*No problem*«, brummt Nathan und wendet sich ab, verlässt mit einem leisen »*Good night*!« das Schlafzimmer und lehnt die Tür an. Wie betäubt krabbele ich in die Mitte des Ehebetts, lege mich zwischen die Zwillinge, werde von vier kleinen Armen umschlungen.

»'Tschuldigung, Mama«, flüstert Paula. Ich bin mir nicht sicher, ob sie das kaputte Smartphonedisplay oder ihre wütenden Schläge meint. Vielleicht beides. Heftige Gefühle wollen erneut über mich hereinbrechen, und ich vergrabe hastig mein Gesicht in Paulas Haar.

»Vergeben und vergessen«, murmele ich. »Es war ein langer Tag. Und mir ist klar, dass ihr euren Papa vermisst. Ich habe das nicht so gemeint, als ich gesagt habe, dass er uns nicht will. Natürlich will er uns … euch. Er ist euer Papa, und ihr seid seine kostbaren Schätze. Bitte vergesst das nie. Ich …«

Ein leises Schnarchen unterbricht mich, und mir wird klar, dass Paula bereits eingeschlafen ist. Ein vorsichtiger Blick zu meiner Linken zeigt mir, dass Claras Augen ebenfalls zugefallen sind, ihr Atem tief und gleichmäßig geht. Zärtlich streiche ich eine Locke aus ihrer Stirn.

Ein paar Minuten lang bleibe ich still zwischen meinen Kindern liegen, betrachte die sich drehenden Sterne an der Zimmerdecke, lausche der beruhigenden Melodie des Schlafliedes, während meine Gedanken wirr durcheinanderpurzeln. Ich muss an den Wein und die Soße in der Spüle denken, an Nathans wütende Worte, meine noch viel wütendere Antwort. Dann daran, wie Nathan meine Töchter mit Mickey Maus abgelenkt hat, während ich geheult habe. Obwohl er zu Beginn so unwirsch behauptet hat, keine Kinder im Haus haben zu wollen, scheint er sich plötzlich doch Mühe mit ihnen zu geben. Und das Sternen-Nachtlicht war wirklich eine nette Geste.

Mit einem Mal fällt mir wieder das Interview mit Nathan ein, über das ich ungefähr ein Jahr nach meiner Hochzeit gestolpert bin. Damals befanden Thomas und ich uns in der belastenden Kinderwunschphase, als wir noch nicht wussten, dass es auf natürlichem Wege nichts mit dem Wunschbaby werden würde. Monat für Monat hoffte ich darauf, endlich nicht meine Periode zu bekommen und saß wieder und wieder heulend auf der Toilette. Mitten in dieser schweren Zeit las ich das Interview in der Online-Ausgabe eines amerikanischen Gastronomiemagazins und Nathans Antwort auf die Frage, ob er sich eine Familie wünsche: »Himmel, nein. Ich bin kein Familienmensch. Natürlich habe ich Freundinnen – also, selbstverständlich immer nur eine auf einmal (lacht). Aber Kinder bekommen? Nein, danke. Das ist nichts für mich – und in meinem Job im Übrigen auch gar nicht machbar. Morgens verlasse ich um 6:30 Uhr das Haus, arbeite bis 14:30 Uhr, lege mich dann zu Hause kurz aufs Ohr, stehe um 18 Uhr wieder in der Küche und verlasse diese erst nach Mitternacht. Mein Kind könnte ich – außer montags, an meinem freien Tag – nur sehen, wenn es mich in der Küche besuchen käme. Und da bin ich meistens ziemlich ungenießbar.«

Ja, dass er ungenießbar sein kann, das haben wir gemerkt. Nachdenklich folgt mein Blick den kreisenden Sternen, und ich versuche meine Gedanken in Schach zu halten, die immer wieder in eine bestimmte Richtung ausbüxen wollen: Zum nackten Nathan im Badezimmer. Aber das geht nicht. Auf keinen Fall darf ich anfangen, Nathan schon wieder hinterherzufantasieren. Erstens bin ich kaum über den Schock hinweg, von Thomas verlassen worden zu sein. Zweitens hat Nathan schon vor zwanzig

Jahren, an jenem verdammten Augustabend am Strand von Fire Island, deutlich gemacht, dass er kein Interesse an mir hatte. Drittens ist er, wie er selbst sagt, kein Familienmensch. Viertens hat der Mann eindeutig viele Probleme im Gepäck und sollte allein deswegen absolut tabu für mich sein, denn Probleme habe ich selbst mehr als genug. Sicherlich gibt es auch noch ein »fünftens« und sogar ein »sechstens«, aber in diesem Moment reißt mich mein knurrender Magen aus meinen Grübeleien. Aufmerksam schnuppere ich. Ja, ganz eindeutig: Im Erdgeschoss kocht jemand.

Als ich neugierig die Küche betrete, empfängt mich der herrliche Duft nach gebratenen Zwiebeln und nach ... hmm ... Hackfleisch. Mein Magen knurrt laut – und meine Knie werden ein wenig weich, als ich Nathan am Herd stehen sehe. Ich weiß nicht warum, aber ich fand Köche schon immer ziemlich sexy. Vielleicht liegt es daran, dass Kochen eine so sinnliche Beschäftigung ist – man arbeitet mit bloßen Händen, schmeckt ab, inhaliert köstliche Düfte, ist mit Leib und Seele dabei. Zumindest als guter Koch – und Nathan ist nicht nur ein guter Koch, sondern ein fantastischer. Auch wenn er das selbst momentan nicht so zu sehen scheint.

Verstohlen beobachte ich von der Küchentür aus, wie er am Herd steht und konzentriert mit dem Pfannenwender hantiert. Er hat sich ein schwarzes Tuch mit einem Muster aus roten Haifischen um den Kopf geknotet, im üblichen Bandana-Stil, den ich von den Fotos aus dem Internet kenne. Als er plötzlich den Kopf dreht und mich im Türrahmen stehen sieht, spüre ich, wie mir Röte ins Gesicht kriecht.

»Ähm – hi«, sage ich und nestele nervös an meinem Haar herum. »Eigentlich wollte ich schon schlafen gehen, aber dann roch es hier unten plötzlich so köstlich.«

Nathan nickt nur und wendet sich wieder der Pfanne zu. Ohne mich anzusehen fragt er:»Du hast doch noch nichts gegessen, oder?«

»Ich ... nein«, sage ich und frage mich erstaunt, woher er das weiß.

»Ich habe eben den Verandatisch abgeräumt«, erklärt Nathan, als könnte er mein verdutztes Gesicht sehen.»Bevor die Hirsche die restlichen Brotscheiben holen konnten. Und so wie es aussah, haben nur die Kinder gegessen.«

»Oh, die Hirsche«, stammele ich.»Stimmt. Sorry, ich war so mit unserem Alltagschaos beschäftigt ... Danke fürs Abräumen.«

Nun dreht sich Nathan doch zu mir um, verschränkt die Arme vor der Brust, mustert mich ernst.»Du musst dich nicht bedanken«, sagt er ruhig.»Ich muss mich entschuldigen. Wie ich mich aufgeführt habe, seit ihr angekommen seid ... Dass ich dein Essen heute in die Spüle geschüttet habe ...« Er hält inne, reibt sich mit einer Hand über das Gesicht, seufzt tief auf.»Das war ... ich ... ich kann immer noch nicht glauben, dass ich das getan habe. Es tut mir leid.«

Man hört ihm deutlich an, wie viel Überwindung ihn diese Entschuldigung kostet. Und wie leid ihm sein Verhalten tatsächlich tut. Zerknirscht sieht er mich an, ich erwidere seinen Blick stumm. Als ich nicht gleich antworte, fügt Nathan leise hinzu:»Ich wollte auf keinen Fall, dass deine Kinder Angst vor mir haben.« Er starrt mich eindringlich an und wirkt beinahe verzweifelt, als er auf meine Reaktion wartet.

»Das weiß ich, Nathan«, erwidere ich ruhig.»Und mir ist klar, dass du dich seit unserer Ankunft anders verhalten hättest, wärst du nüchtern gewesen. Denn eigentlich ... eigentlich bist du nicht so.«

Nathan weicht meinem Blick aus, nickt und wendet sich wieder dem Herd zu. Während er die Gasflamme runterregelt, räuspert er sich und sagt:»Eigentlich gehört in diese Bolognesesoße natürlich Rotwein hinein, aber leider hat heute jemand den guten Wein weggeschüttet und, nein, ich war danach nicht im *Liquor Store*, habe keinen Nachschub geholt.« Er grinst mich flüchtig an, bevor er nach einer geöffneten Dose geschälter Tomaten greift und die roten Stücke schwungvoll in die Pfanne kippt. »Aber ohne Alkohol ist es sowieso besser, denn deine Kinder sollen die Soße morgen ja auch essen können, deshalb nehme ich Gemüsebrühe statt Wein. Wobei – streng genommen müsste die Soße fünf Stunden lang köcheln, damit sich die Aromen richtig entfalten. Da würde der größte Teil des Alkohols verkochen, und auch die Kinder könnten die Soße essen. Aber vermutlich willst du keine fünf Stunden auf dein Abendessen warten, oder?«

Sprachlos starre ich ihn an.»Du … du kochst gerade Spaghetti Bolognese?«, hake ich verdutzt nach.»Für uns?«

Kapitel 15

Nathan nickt, während er nach dem Salzstreuer greift. »Ja. Heute Abend für dich, falls du möchtest. Und es sollte genug für morgen übrig bleiben, für deine Kinder.« Er hält inne, sieht mich kurz an, senkt dann den Blick und meint mit rauer Stimme: »Das ist wohl das Mindeste, was ich tun kann, oder? Allerdings muss ich dich warnen: Diese Soße wird bei Weitem nicht so gut werden wie die, die ich sonst mache. Nicht nur, weil sie keine fünf Stunden lang köcheln darf, sondern auch, weil die ›Pantry‹ weder Nelke noch Lorbeerblätter und schon gar keine Wacholderbeeren hatte.«

Erneut lächelt er mich flüchtig an, wobei seine Augen ernst bleiben. Die Anspannung ist ihm deutlich anzusehen, ich merke, dass es Nathan nach wie vor sehr unangenehm ist, wie er sich bisher benommen hat. Beinahe gerührt lehne ich mich gegen die Küchenunterschränke, verschränke meine Arme vor der Brust und sage in neckendem Tonfall: »Also, normalerweise würde ich natürlich niemals eine Bolognese ohne Nelke, Lorbeerblätter und Wacholderbeeren anrühren. Aber heute mache ich mal eine Ausnahme. Schließlich sind wir hier auf einer Insel und müssen Kompromisse eingehen. Richtig?«

»Richtig«, murmelt Nathan, ohne seinen Blick von der Pfanne zu heben.

»Ist das ein Rezept von deiner Urgroßmutter aus Neapel?«

Ich weiß, dass die Großeltern von Nathans und Maggies

Mutter ihre Heimat 1913 im Rahmen der größten italienischen Auswanderungswelle verlassen und ein neues Leben in den USA begonnen haben. Beatrices Mutter Costanza wurde 1920 im New Yorker Stadtteil »Little Italy« geboren, wo ihre Eltern inzwischen ein kleines Lokal eröffnet hatten, das nach Beatrices Großmutter benannt worden war: »*Mamma Lucia*«. Und diese *Mamma Lucia* hat der Goodman-Familie viele köstliche Rezepte aus ihrer italienischen Heimat hinterlassen. Ich erinnere mich lebhaft an meinen Besuch bei Maggie in New York, als wir Anfang zwanzig waren. Ihre Großmutter Costanza hatte Maggie und mich zum Essen eingeladen, und ich bekam die beste Pasta meines Lebens serviert. Beatrice Goodman hat zum Leidwesen ihrer Familie allerdings nie gut und auch nicht gern gekocht, weshalb es für die Goodmans umso erstaunlicher war, als ausgerechnet der sechzehnjährige, aufmüpfige Nathan in Hamburg seine Leidenschaft fürs Kochen entdeckte. Eines Tages – ohne, dass jemand wusste, woher die Idee plötzlich kam – ließ er sich von seiner Großmutter in New York die Rezeptklassiker ihrer »*Mamma Lucia*« am Telefon diktieren und begann, in der Küche zu experimentieren. Von da an bekamen Maggie und ich nach der Schule immer neue Pastavariationen vorgesetzt, die zu Beginn noch gewöhnungsbedürftig waren, aber mit den Wochen immer köstlicher und ausgefeilter wurden. Meine Freundin war völlig verblüfft angesichts dieser Wandlung ihres Bruders, und zwar zog sie ihn fleißig damit auf – sie musste sich schließlich für sein jahrelanges Lästern revanchieren, wenn sie mal wieder ein Geigenvorspiel oder eine Ballettaufführung gehabt hatte – aber sie testete sein Essen nur zu gern und war, glaube ich rückblickend, sogar irgendwie stolz auf ihn, auch wenn sie das nie zugegeben hätte. Auch Harry und Beatrice waren ehrlich beeindruckt von Nathans plötzlicher Passion und ich, die ich doch selbst immer schon Köchin hatte werden wollen und ebenfalls gern für meine

Eltern und auch mal für Maggie kochte, war erst recht hin und weg von Nathans neuer Leidenschaft. Zwar war ich damals längst ein wenig in Nathan verknallt, aber ich verlor mein Herz endgültig an ihn, als er begann, pfeifend am Herd zu stehen und seine Mutter in den Wahnsinn zu treiben, weil er zwar plötzlich gern kochte, aber nicht so gern hinterher aufräumte. Nicht nur das regelmäßige Chaos in der Küche führte mit der Zeit zu mehr als einer heftigen Auseinandersetzung mit Beatrice, sondern auch die Tatsache, dass durch Nathans neu entdecktes Faible leider seine schulischen Leistungen noch schlechter wurden als zuvor: Er begann nämlich, dem Bekannten eines Freundes regelmäßig in dessen Restaurantküche auszuhelfen. Allerdings ohne das Wissen und die Erlaubnis seiner Eltern. Nathan war siebzehn, als das Ganze aufflog, weil er von einem Lehrer im Restaurant gesehen wurde und somit herauskam, dass er abends immer wieder aus der elterlichen Wohnung schlich, um bis nach Mitternacht in der Restaurantküche zu stehen – und am nächsten Tag im Unterricht einzuschlafen oder ganz zu fehlen. Zur Strafe bekam Nathan von seinen Eltern absolutes Kochverbot. Das führte allerdings dazu, dass er an den Nachmittagen, an denen sein Vater in der Uni, seine Mutter länger in der Schule und Maggie beim Geigenunterricht war, in unsere Wohnung kam, wo ich vor Entzücken fast gestorben wäre, als er ein neues Rezept testete und danach das Ergebnis mit mir gemeinsam probierte. Aber, obwohl wir an diesen kostbaren Nachmittagen tatsächlich zu zweit waren – meine Eltern nichts ahnend im Erdgeschoss in der Praxis –, nahm Nathan nicht wirklich Notiz von mir, sondern nur von unserer Küche. Wie gern hätte ich die Chance ergriffen und mich mit ihm unterhalten – allein, ohne dass Maggie dazwischenfunken konnte –, aber Nathan hatte die Angewohnheit, mit Ohrstöpseln am Herd zu stehen und Musik zu hören, in seine eigene Welt versunken. Auch damals hörte er schon furchtbaren Rap, doch das war mir egal. Ich saß meistens am Küchentisch und tat so, als wäre ich in meine Hausaufgaben vertieft, während ich ihn still und heimlich anhimmelte und auf die wenigen kostbaren Minuten wartete, wenn Nathan mit Kochen fertig war und mich probieren ließ. Ich gab mir immer viel Mühe mit meinem Feedback, lobte meistens begeistert, brachte hin und wieder aber auch vorsichtige Verbesserungsvorschläge wie »Vielleicht eine Spur mehr Muskatnuss?« an, um nicht so laienhaft und naiv daherzukommen. Nathan probierte sein eigenes Essen meist mit kritischem Gesichtsausdruck und verschwand dann sehr schnell – allerdings nie, ohne vorher abgewaschen und aufgeräumt zu haben, ganz anders, als das seine Angewohnheit bei ihm zu Hause war. Wenn meine Eltern nach Feierabend heimkehrten, belog ich sie, indem ich ihnen die Reste von Nathans Essen vorsetzte und so tat, als hätte ich das Ganze gezaubert. Das Kochen verheimlichen konnte ich schlecht, weil der köstliche Duft von Nathans Kreationen meist unsere ganze Wohnung erfüllte. Das war die einzige Phase in meinem Leben, in der ich meinen Eltern und auch meiner besten Freundin über einen längeren Zeitraum hinweg nicht die Wahrheit sagte, und obwohl das schlechte Gewissen heftig an mir nagte, brachte ich es nicht über mich, Nathan den Zugang zu unserer Küche zu verwehren und somit unsere kostbare Zweisamkeit zu verhindern. Allerdings fanden unsere heimlichen Kochtreffen nach wenigen Wochen sowieso ein jähes Ende, denn Nathan kam mit der blonden Nina aus seiner Stufe zusammen und durfte von da an in der Küche ihrer Eltern kochen, brauchte mich somit nicht länger. Ich heulte zwei Nächte lang und beschloss, selbst eine umso bessere Köchin zu werden, um Nathan zu beeindrucken und ihn dazu zu bringen, sich unsterblich in mich zu verlieben. Beides hat nicht wirklich geklappt.

»Nein«, schnaubt Nathan nun, als Antwort auf meine Frage nach dem Ursprung seines Bologneserezeptes, und ich sehe ihn überrascht an. »Spaghetti Bolognese habe ich in dem ersten Restaurant in Manhattan, in dem ich gekocht habe, oft zubereitet und das Rezept peu à peu verfeinert. Aber meine Urgroßmutter hat es uns nicht vererbt – sie kam aus Neapel. Und die Bolognesesoße kommt aus Bologna. Das ist ein Unterschied. Kein Neapolitaner würde die kochen.«

Er wirft mir einen Blick zu, in dem Sarkasmus aufblitzt, und ich muss grinsen. Als Nathan nach einem sauberen Löffel greift und die Soße abschmeckt, versuche ich, ihn nicht zu auffällig anzustarren, aber das gelingt mir kaum. Mein Gott. Dieser Mann sollte tatsächlich immer nur am Herd stehen.

Oder nackt und nass aus der Dusche steigen.

Wo kommt der Gedanke jetzt wieder her?

»Hmm«, murmelt Nathan und schüttelt unzufrieden den Kopf. »Na ja. Noch ziemlich verbesserungswürdig.« Prüfend betrachtet er die Wanduhr über der Fensterfront und fragt: »Hältst du eine Stunde durch? Weniger darf die Soße wirklich nicht köcheln, das wäre eine Sünde.«

»Tja«, seufze ich und reibe eine Hand über meinen knurrenden Magen. »Sündigen wollen wir natürlich nicht.«

Nathan hält kurz inne und wirft mir einen Blick zu, der mich augenblicklich rot anlaufen lässt. »Na ja«, murmelt er. »Ein bisschen sündigen ist erlaubt, oder?«

Sprachlos starre ich ihn an und vergesse vorübergehend zu atmen. »Bitte ... was?«, krächze ich, während Nathan den Kochlöffel zur Seite legt und langsam auf mich zukommt. Mein Herz hämmert heftig gegen meinen Brustkorb, ich glaube, ohnmächtig zu werden ... und dann macht Nathan einen Schritt zur Seite, öffnet einen der Oberschränke zu meiner Linken und zieht eine Packung mit getrockneten Datteln heraus. Er hält sie mir hin und grinst leicht, während sich mein Atem langsam wieder normalisiert.

»Ähm … Datteln?«, frage ich ratlos.

Nathan nickt. »Ja. Zum Glück hat meine Mutter immer welche davon im Haus, sie ist echt süchtig nach den Dingern. Und die Pantry verkauft immerhin guten Frühstücksspeck. Wir haben also alles, was man für sündhaft gute Datteln im Speckmantel braucht.«

Sündhaft gut sind sie wirklich, diese Datteln. Ich muss mich sehr zusammenreißen, um nicht vor Wonne aufzustöhnen, als ich eine halbe Stunde später mit Nathan am Holztisch auf der Veranda sitze und mir nach der x-ten verputzten Dattel, eingehüllt in knusprig gebackenen Speck, die fettigen Finger ablecke.

»Mein Gott, die sind wirklich köstlich«, seufze ich und greife nach meinem Glas. Zu meiner Überraschung – und Erleichterung – trinken sowohl Nathan als auch ich nur stilles Wasser, in dem Eiswürfel und ein paar Stückchen Limette schwimmen. Nathan hat tatsächlich keinen neuen Alkohol besorgt – im Kühlschrank stehen dort, wo gestern noch Bierdosen aufgereiht waren, lediglich Softdrinks wie Gingerale und Sprite.

»Freut mich«, murmelt Nathan und nippt ebenfalls an seinem Glas. »Ist aber echt kein Kunststück. Die bekommt jeder hin.«

»Du meinst, selbst ein dummer Küchenlaie wie ich?«, erkundige ich mich in ironischem Tonfall, bevor ich mir eine weitere Dattel vom Teller angele. Nach dieser köstlichen Vorspeise brauche ich fast keinen Hauptgang mehr – aber auch nur fast, schließlich bin ich rasend gespannt auf Nathans lang köchelnde Bolognesesoße.

»So habe ich das nicht gemeint«, erwidert er mit einem leichten Kopfschütteln und betrachtet mich nachdenklich. »Wieso bist du eigentlich keine Köchin geworden?«

Verdutzt sehe ich ihn an, seine dunklen Augen mustern mich eingehend. »Du wolltest doch damals Köchin werden, als wir in Hamburg gewohnt haben.«

»Das … das weißt du noch?«

Nathan zuckt mit den Schultern, legt den Kopf in den Nacken und sieht in den langsam dunkler werdenden Himmel hinauf, an dem erste Sterne zu funkeln beginnen. »Klar. Du warst doch fast jeden Tag bei uns und hast eine Zeit lang kaum von etwas anderem geredet. Außerdem hast du Maggie immer diese Kochsendung im Fernsehen zeigen wollen, aber sie fand die sterbenslangweilig und wollte lieber ›Baywatch‹ schauen. Ich übrigens auch.« Unvermittelt grinst er mich an, und ich lache überrascht auf.

»Stimmt, Maggie stand damals auf David Hasselhoff«, bemerke ich mit einem Augenrollen.

»Und ich auf Pamela Anderson«, seufzt Nathan, was ich mit einem spöttischen Lachen quittiere, bevor er fortfährt: »Und du … du standst auf … wie hieß er noch?«

›Nathan Goodman‹, will ich spontan antworten, beiße mir aber von innen auf die Unterlippe und murmele stattdessen: »Falls du Alfred Biolek meinst – ich stand nicht auf ihn, ich habe einfach seine Kochsendung geliebt.«

Nathan grinst. »Genau, Alfred Biolek. Der mit der runden Brille.«

»Yep. Und ›Alfredissimo‹ war eine absolut geniale Sendung«, bemerke ich, während ich noch verdauen muss, dass sich Nathan nicht nur an meinen Berufswunsch, sondern auch an meine Lieblingssendung als Teenager erinnern kann. Das ist einfach unglaublich, schließlich habe ich mich damals oft gefragt, ob er mich überhaupt bemerkt hat oder ob ich für ihn eher ein Möbelstück im Zimmer seiner Schwester war. So zumindest habe ich mich in seiner Gegenwart oft gefühlt – bis auf die wenigen Male, als er heimlich in der Küche meiner Eltern gekocht und mir die größten Glücksmomente meines 16. Lebensjahres beschert hat.

»Mhhm«, macht Nathan und fragt dann, nach einer kurzen Pause, abrupt: »Also: Warum bist du keine Köchin geworden?«

Ich schlucke und nestele an meinem Haar herum, bis ich endlich antworte: »Ich habe nach meinem Abitur ein Praktikum in der Küche eines Hamburger Hotels gemacht. Das hat mir gereicht.« Mit einem schiefen Lächeln sehe ich Nathan an. »Dir muss ich ja nicht erzählen, wie es in so einer Küche zugeht. Der raue Arbeitston, die unmenschlichen Arbeitszeiten, die schweren Töpfe und Pfannen, die man heben muss ... Nicht, dass ich während meiner fünf Wochen Praktikum überhaupt viele Töpfe oder Pfannen berührt hätte. Eigentlich habe ich hauptsächlich gefühlte eintausend Kilogramm Möhren und Kartoffeln geschält und klein geschnitten und mir danach geschworen, alles zu werden – nur keine Köchin.«

Nathan lacht auf, und ein bitterer Unterton schwingt in diesem Lachen mit. »Verstehe«, murmelt er, während ich flüchtig an diese Phase meines Lebens denken muss, an meine Desillusionierung, als mein großer Traum von der Köchinnenkarriere wie eine Seifenblase zerplatzte. Mein Vater, der insgeheim wohl immer gehofft hatte, dass ich mal in seine Fußstapfen treten und vielleicht sogar seine Praxis übernehmen würde, sah seine Chance gekommen und versuchte, mich in seiner sanften Art zu einem Krankenhauspraktikum zu überreden, in der Hoffnung, dass ich Lust auf ein Medizinstudium bekommen würde. Aber für mich war weiterhin völlig klar, dass ich nicht studieren wollte – und schon gar nicht Medizin. Meine Mutter war es schließlich, die mir vorschlug, mich wegen einer Ausbildung zur Konditorin umzuhören, schließlich hatte ich immer genauso gerne gebacken wie gekocht. Zwar hätte auch Mama es gern gesehen, wenn ich zur Uni gegangen wäre, immerhin hatte sie selbst nie diese Chance gehabt und hätte sie mir gern ermöglicht, aber ihr war vor allem wichtig, dass ich einen Beruf erlernte, der mir Spaß bereitete, der mich glücklich machte. Mein Glück war für meine Eltern immer das A und O, und deshalb versuchte auch Papa nicht länger, mich von einer anderen Karriere zu überzeugen, als ich einen Ausbildungsplatz in der Konditorei »Behrens« bekam.

Die beiden freuten sich ehrlich mit mir, probierten begeistert die Gebäckkreationen, mit denen ich von da an regelmäßig nach Hause kam und waren ungeheuer stolz auf mich, auch ohne Studium. Meine Eltern waren wirklich immer meine größten Stützpfeiler, stets für mich da, treu an meiner Seite. Dass ich ihnen jetzt nicht erzählen kann, warum ich wirklich hier auf Fire Island bin, macht mich schlagartig traurig.

Als könnte Nathan mir ansehen, was in meinem Kopf vor sich geht, trifft seine nächste Frage voll ins Schwarze.

»Ella, was ist los bei Thomas und dir?«

Beinahe erschrocken starre ich ihn an, Nathan starrt ernst zurück, seine dunklen Augen scheinen sich in mich hineinzubohren. Ein paar Sekunden lang halte ich seinem Blick stand, dann starre ich auf mein Glas, male mit dem Zeigefinger Kreise in das Schwitzwasser. Am liebsten würde ich mit einer Gegenfrage ausweichen, würde gern nachhaken, was bei ihm im Restaurant los ist. Allerdings bin ich mir ziemlich sicher, dass unser Gespräch dann noch vor dem Servieren der Spaghetti Bolognese beendet wäre. Und das will ich nicht, denn ich bin heilfroh darüber, endlich einigermaßen entspannt mit Nathan reden zu können. Mich nicht länger mit ihm zu streiten. Ihn normal zu erleben, nicht als den betrunkenen, frustrierten, feindseligen Kerl, der versucht, uns wegzuekeln. Außerdem … womöglich tut es sogar ganz gut, ihm von der ganzen Sache zu erzählen. Meine Eltern will ich während ihres Urlaubs nicht mit meinen Problemen belasten, Maggie möchte ich auch nicht permanent auf den Geist gehen, auch wenn sie mehrfach betont hat, dass sie immer ein offenes Ohr für mich hat, selbst in San Francisco. Aber … Nathan ist hier, er sitzt mir gegenüber und sieht mich aufmerksam an, und ich merke, wie viel besser sich das anfühlt, als einem Gesicht auf einem Bildschirm etwas zu erzählen, selbst wenn es das Gesicht meiner besten Freundin ist.

Und trotzdem habe ich Mühe, die richtigen Worte zu finden, weshalb ich schließlich hilflos frage:»Du kannst dir nach unserem Skype-Gespräch doch bestimmt denken, was bei uns los ist, oder?«

Als ich nicht gleich weiterspreche, stellt Nathan in ruhigem Tonfall fest:»Er betrügt dich.«

Diese simplen drei Worte treffen mich bis ins Mark. Ohne Vorwarnung füllen sich meine Augen schon wieder mit heißen Tränen. Ich drehe meinen Kopf, starre in die hohen Bambuspflanzen am Rande der Veranda, nicke stumm.

»Weißt du, mit wem?«Nathans Stimme klingt rau.

»Mit unserer Nachbarin«, wispere ich.»Er … er zieht bei ihr ein, während wir hier auf Fire Island sind. Wenn wir zurückkommen, wohne ich allein mit den Kindern, und Thomas ist nebenan, bei seiner neuen Flamme.« Ich sehe Nathan mit einem gequälten Lächeln an.»Darum wollte ich unbedingt weg aus Hamburg. Und als Maggie mir angeboten hat, ein paar Wochen lang hier unterzukommen, da …«

Mit einem Mal brechen die Tränen heftig aus mir hervor, ohne dass ich es verhindern könnte. Peinlich berührt vergrabe ich mein Gesicht zwischen meinen Händen, während ich von meinen eigenen Schluchzern durchgeschüttelt werde.»Es … es tut mir leid, dass wir dir hier auf den Keks gehen …«, stoße ich mühsam zwischen meinen Fingern hervor und bin mir nicht sicher, ob mich Nathan überhaupt versteht.

Doch, anscheinend tut er das, denn er antwortet mit Nachdruck:»Ach was, ist schon gut. Ich wusste ja nicht … Als ihr hier aufgetaucht seid, da hatte ich ja keine Ahnung, was bei euch zu Hause los ist. Sorry, dass ich mich wie der letzte Arsch benommen habe.«

»Das hast du wirklich«, schluchze ich und lache gleichzeitig heiser auf.

»Ich weiß«, murmelt Nathan, und mit einem Mal klingt seine Stimme näher. Er muss sich auf meine Seite vom Tisch gesetzt haben, überlege ich, als ich eine Hand auf meiner Schulter spüre, ein etwas unbeholfenes Tätscheln, das mich erstaunt innehalten lässt. Als ich aufhöre zu schluchzen, zieht sich die Hand zurück, und ich wage es, den Kopf zu heben und Nathan anzusehen. Er sitzt neben mir auf der Bank und betrachtet mich nachdenklich. Schließlich sagt er mit einem Kopfschütteln: »Dein Mann ist allerdings ein noch größerer Arsch als ich, was ich kaum für möglich gehalten hätte.«

»Ja, erstaunlich, oder?«, frage ich sarkastisch und ziehe ein gebrauchtes Taschentuch aus meiner Shortstasche – gut, dass ich als Mutter zweier Kleinkinder immer irgendein Taschentuch in Griffweite habe. Ich bin selbst erstaunt darüber, wie erleichtert ich mich plötzlich fühle, weil ich Nathan gestanden habe, wie es bei Thomas und mir aussieht. Noch während ich mir die Tränen abwische und dabei nachdenklich in den abendlichen Garten starre, bemerkt er: »Übrigens bin ich ziemlich überrascht, dass Maggie ihren unmöglichen Bruder nicht längst angerufen und wegen seines bescheuerten Verhaltens zur Sau gemacht hat.«

Ich stecke das Taschentuch weg und zucke mit den Schultern. »Das liegt wohl daran, dass sie nicht weiß, dass du hier bist.«

Nathans Augen weiten sich überrascht. »Du hast Maggie nichts von unserem kleinen Inseldrama erzählt?« Schmunzelnd schüttele ich den Kopf. »Aber ihr erzählt euch doch sonst jede noch so unwichtige Kleinigkeit.«

»Woher willst du das denn wissen?«, frage ich schnippisch.

Nathan grinst. »Ach komm, gib zu, dass ich recht habe.«

»Das hättest du wohl gern«, kontere ich, ganz in meiner alten, schlagfertigen Manier, wie ich es schon in Nathans Gegenwart getan habe, als ich sechzehn war. Und ganz genau wie damals geht mir sein spöttisches Grinsen durch und durch – bis an Stellen meines Körpers, von denen ich gehofft hatte, dass sie mittlerweile immun gegen Nathan Goodmans rauen Charme seien. Sind sie aber nicht, so viel steht fest.

»Danke«, murmelt Nathan da, und ich sehe ihn ratlos an.

»Danke?«

Er nickt. »Ja. Danke, dass du Maggie nicht erzählt hast, dass ich mich hier verbarrikadiert und den halben *Liquor Store* von Fire Island leer gesoffen habe. Sonst hätte sie vermutlich Dans Familienfeier sausen lassen und wäre auf direktem Wege hierhergekommen, um mich persönlich einen Kopf kürzer zu machen.«

»Hmm«, mache ich nachdenklich. »Ich sollte mir das noch einmal überlegen. Wo ist noch gleich mein Smartphone?«

Nathan lacht heiser auf und fragt: »Funktioniert dein Telefon überhaupt noch?«

Da fällt auch mir wieder ein, dass mein Smartphone heute eine unsanfte Begegnung mit dem Sonnenschirm hatte, und ich stöhne gequält, bevor ich antworte: »Tja, das Display sieht aus wie ein Spinnennetz, aber telefonieren kann ich noch. Auch mit Maggie.« Ich werfe ihm einen bedeutungsschweren Blick zu.

»Bitte nicht«, brummt Nathan und sieht mich mit einem langsamen, sexy Lächeln an, das mich innerlich zum Schmelzen bringt. Herrgott noch mal. Muss das sein? »Ich verspreche auch, dass ich von heute an regelmäßig koche.«

»Wenn du außerdem versprichst, öfter diese sündhaft guten Datteln zu machen, haben wir einen Deal«, bemerke ich und greife nach der letzten Trockenfrucht im Speckmantel. Nathan zwinkert mir zu, was dazu führt, dass ich mich verschlucke.

»Deal«, sagt er, während ich huste und einen Schluck Wasser nehme.

»Aber eines musst du mir außerdem versprechen, Nathan.«

Ich ringe nach Luft und sehe ihn dann streng an. »Keine Alkoholeskapaden mehr, wenn du weiterhin mit den Kindern und mir unter einem Dach leben willst. Und nie wieder Bolognesesoße in der Spüle.«

Nathan wird ernst, starrt auf den Holztisch, fährt mit seinem Zeigefinger über die raue Platte. Schließlich nickt er. »Ehrenwort«, murmelt er.

»Okay«, erwidere ich und lasse das ein paar Sekunden lang sacken. Eigentlich würde ich ihn gern fragen, wie lang er vorhat, auf Fire Island zu bleiben – und warum, zum Kuckuck, er überhaupt hier ist. Aber in dem Moment hören wir ein Knacken im Unterholz hinter dem Sonnendeck, und mit einem Mal steht ein Hirsch neben der Hängematte und sieht uns aus großen, sanften Augen neugierig an.

»Wie süß!«, murmele ich und setze mich aufrechter hin, um besser sehen zu können.

»Süß? Das ist ein Hirsch, kein Hündchen«, bemerkt Nathan trocken, aber ich höre das Lächeln in seiner Stimme.

Ich will eine spitze Antwort geben, als ich eine Mücke auf meinem nackten Arm bemerke und danach schlage. Diese blöden Biester, dabei habe ich mich eingesprüht und unter dem Tisch steht eine dieser qualmenden Spiralen, die eigentlich die Blutsauger vertreiben sollen! Dank meines klatschenden Schlags wendet sich der Hirsch ab und verschwindet mit wenigen Sprüngen durch den Garten.

»Na, mit dir würde ich eher nicht auf Safari gehen«, kommentiert Nathan und wirft mir einen amüsierten Seitenblick zu.

»Hey, ich bin gestochen worden! Ich hatte keine Wahl!«

»Du armes Ding. Gewöhn dich besser dran. *Welcome to Mosquito Paradise.*« Mit einem Grinsen steht er auf und fügt hinzu: »So, ich werde mal die Pasta aufsetzen. Langsam dürfte die Bolognesesoße genießbar sein.«

Die Bolognese lediglich als »genießbar« zu bezeichnen wäre geradezu lächerlich. Nur mit Mühe kann ich mich selbst davon abhalten, meinen Teller zum dritten Mal zu füllen – die Kinder sollen morgen schließlich auch noch etwas abbekommen. Als ich mich mit einem satten Stöhnen rücklings gegen die Hauswand lehne, vor der die Sitzbank des Esstisches steht, wirft mir Nathan einen amüsierten Blick über den Tisch hinweg zu.

»Es hat dir also geschmeckt«, stellt er fest, und die Zufriedenheit in seiner Stimme ist nicht zu überhören.

»Nathan, wirklich, ich weiß nicht, was du mit dieser Soße gemacht hast, aber sie war unfassbar köstlich!«

Ein breites Lächeln überzieht Nathans Gesicht, vertreibt die Sorgenfalten, die sich sonst gern auf seiner Stirn eingraben und lässt ihn mit einem Mal zehn Jahre jünger aussehen. »Danke«, murmelt er, steht auf und macht sich daran, die Teller zusammen zu stellen.

»Ganz ehrlich«, sage ich und erhebe mich ebenfalls von der Bank, »wenn du die Soße fünf Stunden lang hättest köcheln lassen, wäre ich vermutlich vor lauter Verzückung gestorben.«

Nathan wirft mir einen kurzen Blick zu, bevor er sich abwendet und trocken erwidert: »Na, dann ist es ja gut, dass du nicht so lange warten wolltest. Geh ruhig ins Bett, du musst hundemüde sein.«

»Quatsch, ich helfe dir noch beim Abwaschen«, widerspreche ich, schnappe mir unsere leeren Gläser und will ihm ins Haus folgen, doch Nathan hat sich zu mir umgedreht und sagt bestimmt: »Bitte, Ella. Ich mache das. Du hattest heute genug um die Ohren.«

Der Blick, den er mir aus seinen dunklen Augen zuwirft, duldet keinen Widerspruch, und als er ohne einen weiteren Kommentar Richtung Küche geht, merke ich, dass mich tatsächlich eine Welle von bleierner Müdigkeit überrollt. Also stelle ich die

Gläser lediglich in die Spüle und sage leise: »Okay, dann … gute Nacht. Und danke für die besten Spaghetti Bolognese, die ich je gegessen habe.«

Nathan lächelt flüchtig. »Gern geschehen. Gute Nacht.«

Und so verschwinde ich in den ersten Stock, wo ich zwischen den Kindern im Ehebett trotz meiner Müdigkeit noch erstaunlich lange wach liege, auf das entfernte Klappern des Geschirrs im Erdgeschoss lausche und an Nathans Lächeln denke.

Kapitel 16

Es kommt mir fast vor wie ein Wunder, als mich Paula mit einem gelispelten »Mama, is' Morgen?« weckt, und ich beim ersten trägen Blinzeln merke, dass unser Zimmer bereits in schwaches Licht getaucht ist. Ein erstaunter Blick auf meine Armbanduhr zeigt mir, dass meine Töchter tatsächlich bis halb sechs geschlafen haben, was ja, wenn man kleine Kinder hat, eine recht normale Aufwachzeit ist. Ich könnte jubeln, auch wenn ich dafür noch etwas zu schlaftrunken bin.

»Ja, es ist Morgen, mein Mausemädchen«, murmele ich und küsse Paula auf ihre rosige, runde Wange.

Heute schaffen wir es tatsächlich, relativ leise unser Zimmer zu verlassen und ohne Katastrophen wie Pipipfützen oder Wutanfälle das Erdgeschoss zu erreichen, wo ich wie üblich die Picknicktasche packe, während die Mädchen eine Folge Peppa Pig gucken. Die Morgenluft ist schon angenehm mild, als wir zu dritt das Goodman-Haus verlassen – dieses Mal ohne Anoraks, nur mit leichten Baumwolljacken. Mein schlechtes Gewissen meldet sich zu Wort, als wir dem Holzweg über die Dünen hinweg folgen und an dem großen Hinweisschild vorbeikommen, auf dem eindeutig steht, dass Picknick am Strand verboten ist. Jetzt habe ich keine Ausrede mehr, dass ich den Hinweis wegen der frühmorgendlichen Dunkelheit nicht erkennen konnte, denn die Sonne hat sich bereits über den Horizont geschoben und taucht den weitläufigen Strand in goldenes Licht. Meine Kinder stürmen los, begeistert, weil sie nicht mehr in der Dunkelheit neben mir auf der Decke auf das erste Tageslicht warten müssen. Das Paar in seinen Klappstühlen sitzt wieder an seiner üblichen Stelle und grüßt mich freundlich, wie zwei alte Bekannte, als ich meine Decke ausbreite und mich zufrieden daraufsetze. Mit einem versonnenen Lächeln beobachte ich meine Töchter, die begonnen haben, Muscheln und Steine zu sammeln, während ich meinen Kaffee aus dem Thermosbecher trinke. Als ich verstohlen ein Eiersandwich auspacke und fast beschämt hineinbeiße, vermisse ich einen Augenblick lang Will Andersons neckende Stimme. Schade, dass er heute nicht zum Joggen vorbeikommen wird, denke ich und frage mich, wie sein Job in Manhattan wohl aussieht. Ist er tatsächlich ein skrupelloser Investmentbanker von der Sorte, die reihenweise Leute in den finanziellen Ruin getrieben haben? Gedankenverloren kauend starre ich auf den Atlantik hinaus, freue mich über die Weite und genieße diesen zarten Duft nach Sommer in der Luft, diesen Vorboten eines weiteren heißen Strandtages. Nachdem sich Clara und Paula gestern Morgen darüber beschwert haben, dass wir nicht baden gegangen sind, als die Sonne höher an den Himmel gewandert war und es anfing, sehr warm zu werden, habe ich heute vorgesorgt: Unter ihren Leggings und Baumwolljacken tragen sie bereits ihre Badeanzüge. Erst später, bei unserem zweiten Ausflug an den Strand, hatten wir gestern Schwimmsachen dabei. Als wir hierher geflüchtet sind, um Nathan nach unserem großen Krach aus dem Weg zu gehen. Bei der Erinnerung an den verrückten gestrigen Tag schüttele ich leicht den Kopf, während ich mir Krümel von den Fingern lecke. Ich kann immer noch nicht glauben, dass Nathan für mich gekocht hat. Für uns. Die Kinder werden die Spaghetti Bolognese lieben, so viel steht fest.

»Mädels, habt ihr keinen Hunger?«, frage ich, als die beiden auf meine Decke zugestürmt kommen, um mir ihre neueste Ausbeute an Muscheln und Steinen zu präsentieren.

»Nö«, kommt Paulas Antwort, und Clara weicht diplomatisch mit »Später, ja?« aus, bevor beide wieder davonrennen, einer entsetzten Möwe hinterher. Die Kinder scheinen den gestrigen Tag trotz der vielen Streitereien zwischen Nathan und mir erfreulich gut weggesteckt zu haben. Fast hatte ich damit gerechnet, dass mindestens eine meiner Töchter heute Nacht aus einem bösen Traum hochschrecken würde, doch die zwei haben geschlafen wie Steine, der frischen Seeluft sei Dank.

»Guten Morgen«, reißt mich eine dunkle Stimme aus meinen Gedanken, und ich sehe überrascht auf. Vor meiner Decke steht Nathan, in schwarzen Schwimmshorts, einem dunkelblauen T-Shirt und schwarzen Trainingsschuhen.

»Äh … guten Morgen«, sage ich verdattert und werfe einen raschen Blick auf meine Armbanduhr. Es ist Viertel vor sieben. »Haben wir dich doch geweckt? Wir haben extra versucht, ganz leise zu sein und …«

»Nein, ihr habt mich nicht geweckt«, erwidert Nathan ruhig. Er verschränkt die Arme vor der Brust und sieht ernst auf mich herab, was mich unruhig an meinen Haaren nesteln lässt. »Wenn ich arbeite …« Er bricht ab, wirft einen kurzen Blick aufs Meer hinaus, sieht dann wieder mich an und fährt mit rauer Stimme fort: »Wenn ich morgens ins Restaurant gehe, stehe ich immer gegen halb sechs auf. Noch früher, wenn ich auf den Fischmarkt muss. Eigentlich ist das keine ungewöhnliche Zeit für mich.«

Eigentlich, denke ich. Wenn er nicht gerade Weinflasche um Weinflasche leert und dann Rausch und Kater ausschlafen muss.

»Du weißt schon, dass man hier nicht picknicken darf, oder?« Nathan sieht erst mich mit schief gelegtem Kopf an, dann meine Kühltasche.

»Ja, ich weiß«, seufze ich und lächele verschwörerisch zu ihm hoch. »Aber hin und wieder breche ich gern mal die Regeln, weißt du?«

Amüsiert zieht Nathan die Augenbrauen hoch und fragt gedehnt:»Ach, tatsächlich?«

Mir wird warm, während ich mit einem Grinsen nicke und antworte:»Ja, tatsächlich. Ein wenig rebellisch sollte jeder sein, finde ich. Schließlich nehme ich immer allen Müll mit. Und wie sonst sollte ich verhindern, dass die Kinder dich um diese frühe Zeit um den Schlaf bringen? Ich konnte ja nicht ahnen, dass du heute plötzlich zum Frühaufsteher mutierst.«

Nathan mustert mich ein paar Sekunden lang schweigend, bevor er langsam nachhakt:»Habt ihr gestern und vorgestern etwa auch am Strand gefrühstückt?«

»Yep«, erwidere ich unbekümmert.»Heute ist es hier richtig komfortabel. Gestern und vorgestern saßen wir im Dunkeln auf dieser Decke und haben darauf gewartet, dass die Sonne endlich aufgeht. Aber heute haben die Kinder tatsächlich bis halb sechs geschlafen, und wir mussten nicht mitten in der Nacht aus dem Haus schleichen. Halleluja!«

Ich grinse zu Nathan hinauf, doch er erwidert meinen Blick ernst, geradezu finster. Erstaunt will ich nachhaken, was los ist, als er sich abrupt abwendet und mit einem knappen:»Bin joggen« davon läuft. Ratlos starre ich ihm hinterher, während sich die Kinder meiner Decke nähern und aufgeregt fragen:»War Nathan böse?«

»Nein«, erwidere ich mit Nachdruck.»War er nicht. Wisst ihr nicht mehr, er hat euch gestern Abend das Nachtlicht gegeben!«

»Und Mickey Maus«, bemerkt Paula ernst und sieht Nathan beinahe andächtig hinterher.

»Und Mickey Maus habt ihr mit ihm geschaut, genau«, bestätige ich und zücke zwei Sandwichpakete.»So, und jetzt gibt es Frühstück, bevor die ersten Rettungsschwimmer oder alten Damen auftauchen.«

Ein paar verputzte Sandwiches und eine gemeinschaftlich gebaute Sandburg später fangen meine Töchter an, immer energischer zu betteln, endlich schwimmen gehen zu dürfen. Die Sonne steht inzwischen höher am Himmel und wärmt den Sand und offensichtlich auch meine Kinder. Ich habe inzwischen ebenfalls meine Baumwolljacke abgelegt, sitze nun im T-Shirt neben unserer Sandburg und frage mich, ob es an der Zeit ist, die Sonnenmilch auszupacken. Aber schwimmen, im kalten Atlantik, um kurz nach acht Uhr am Morgen? Nein, danke.

»Es ist noch kein Rettungsschwimmer da«, winke ich energisch ab.

»Bitte, Mama!«, quengelt Clara.

»Bitte, bitte!«, jammert Paula.

»Nein«, stöhne ich genervt und lege den Kopf in den Nacken, um wirklich auch den allerletzten Tropfen lebensrettenden Kaffees aus meinem Thermosbecher zu bekommen.

»Da ist Nathan!«, ruft Clara, und ich lasse den Becher sinken, sehe den Strand entlang. Nathan kommt auf uns zu, im langsamen Schritttempo, die Hände in den Taschen seiner Schwimmshorts vergraben. Gerade frage ich mich, ob er überhaupt gejoggt ist oder womöglich doch nur einen langen Spaziergang gemacht hat, als er näher kommt und ich merke, dass sein gesamtes T-Shirt dunkel von Schweiß ist. Kein Wunder, er war länger als eine Stunde unterwegs.

»Hi«, sage ich und erhebe mich aus dem Sand, nachdem ich dem Eingang zu unserer Burg den letzten Schliff verpasst habe. »Du warst aber lange laufen.«

»Mhhm«, murmelt Nathan und starrt erst mich an, dann die Sandburg. »War auch nötig. Um den Kopf freizubekommen.«

»Dann sollte ich wohl auch mal joggen gehen«, scherze ich, wobei ich das niemals wirklich tun würde. Nathan sieht mich ernst an. Ich werde aus seinem Blick nicht schlau.

»Mama, schwimmen!«, bringt sich Paula in Erinnerung, die hinter der Sandburg steht, in sicherem Abstand zu Nathan. Clara hat sich mal wieder hinter meinen Beinen verschanzt und linst schüchtern um mich herum, starrt den verschwitzten Mann stumm an.

»Paula, es ist zu früh«, gebe ich ungeduldig zur Antwort. »Die Rettungsschwimmer ...«

»Ich kann aufpassen, dass nichts passiert«, bemerkt Nathan. Überrascht sehe ich ihn an.

»Ähm«, mache ich. »Also ... ich will wirklich nicht ... das Wasser ist so kalt!«

Ein Grinsen überzieht Nathans Gesicht. »Ach was«, sagt er mit einem Kopfschütteln. »Das Wasser ist super erfrischend. Und so früh am Morgen, wenn der Strand noch leer ist, macht das Baden am meisten Spaß.«

An die Mädchen gewandt fragt er auf Deutsch: »Also ... schwimmen wir?«

»Jaaa! Juhuu!«, jubelt Paula und führt einen Freudentanz auf, was dazu führt, dass sie das Gleichgewicht verliert und rücklings auf die Sandburg fällt, was Clara zu einem Tobsuchtsanfall verleitet.

»*Hey, girls!*«, ruft Nathan energisch und klatscht in die Hände. »*No fighting.* Kein ... ähm ...«

»Streiten«, vollende ich, und dann verschlägt es mir vorübergehend die Sprache, weil sich Nathan beiläufig sein T-Shirt über den Kopf streift und es achtlos in den Sand pfeffert.

»Ähm«, sage ich erneut und suche nach Worten. »Ich ...«

»Mama, schwimmen!«, ruft Paula aufgeregt und bringt mich wieder zurück zum eigentlichen Thema. Energisch reiße ich meinen Blick von Nathans nacktem Oberkörper los und helfe meinen Mädchen, ihre Leggings auszuziehen.

»Mama, kommst du?«, fragt Clara und zupft mich am Arm,

während sie Nathan schüchtern mustert. Noch scheint sie ihm nicht wirklich über den Weg zu trauen, Mickey Maus hin, Nachtlicht her.

»Ähm, nein«, entgegne ich hastig. »Ich, ähm, mir ist das Wasser einfach zu kalt.«

»Och, Mama, biiiiiitte!«, bettelt Paula, die schon ein paar Schritte auf das Meer zugemacht hat und sich nun empört zu mir umschaut. Sie ist eindeutig die Mutigste von uns dreien. »Bitte, bitte, bitte!«

»Nathan geht mit euch rein.«

»Du auch, Mama!«, ruft Clara geradezu verzweifelt und zerrt an meiner Hand. »Du auch, du auch!«

Nathan steht bereits bis zur Hüfte in der Brandung, die heute Morgen zum Glück harmlos sanft ist. »*Come on, girls!*«, ruft er, und dann auf Deutsch: »Schwimmen! Los!«

»Ähm, Nathan, sie können noch nicht schwimmen«, warne ich ihn. »Sie müssen im flachen Wasser bleiben und …«

Paula ist furchtlos ein paar Schritte ins Meer hinein gewatet, quietscht vor Freude und Kälte auf, macht einen weiteren Schritt … und taucht unter Wasser. Ich schreie auf, stürme los, aber Nathan ist schon zur Stelle und reißt mein Kind in die Höhe. Paula hustet und keucht, reibt sich die Augen und schaut sich verdutzt um, während Clara hinter mir hysterisch zu weinen beginnt.

»Alles gut«, sage ich beschwichtigend und erreiche Paula atemlos, greife nach ihrem Arm. »Mäuschen, hast du Wasser geschluckt?«

»Ein bisschen«, hustet Paula, und ich wappne mich für Wutgebrüll, doch sie sieht erst mich und dann Nathan stolz an und verkündet: »Jetzt kann ich tauchen!«

»Was hat sie gesagt?«, fragt Nathan verdutzt, und ich breche in Gelächter aus und übersetze es ihm.

»Genau«, bestätigt Nathan grinsend. »Jetzt kannst du tauchen, Clara.«

»Paula«, korrigiere ich.

»Komm, Nathan!«, ruft Paula übermütig, und als sie parallel zum Ufer durch das für sie hüfthohe Wasser stürmt, gebe ich Nathan hastig ein »Pass bitte auf, dass sie nicht zu viel taucht!« mit auf den Weg. Ich muss dringend Schwimmflügel kaufen, denke ich. Unsere habe ich nämlich in Hamburg vergessen.

»Absolut«, erwidert Nathan und wirft mir einen kurzen Blick über die Schulter zu. »Komm, Clara!«

»Nein!«, gibt Clara trotzig zurück. »Nur mit Mama!«

Ergeben seufze ich auf. Für Nathan allein dürfte es schwierig werden, auf zwei Kinder gleichzeitig aufzupassen und zu verhindern, dass eines der Mädchen erneut in eine Untiefe sinkt oder von einer Welle umgeworfen wird. Außerdem scheint Clara wild entschlossen zu sein, nur mit mir baden zu gehen. Im Stillen verfluche ich mich dafür, vor unserem Urlaub keinen neuen Badeanzug gekauft zu haben. Aber wie hätte ich das tun sollen, mit nur einem Tag Zeit für Packen und Vorbereitungen? Der Badeanzug, den ich unter Jeans und T-Shirt trage, ist nämlich noch aus meiner Vorschwangerschaftszeit – und so sieht er auch aus. Als wir auf Teneriffa waren, hat mich Thomas irritiert darauf aufmerksam gemacht, dass der dunkelblaue Stoff an manchen Stellen schon anfängt durchscheinend zu werden. Aber da ich die Bikinis, die ich in meiner Zeit vor unseren In-vitro-Versuchen noch getragen habe, in den hintersten Teil meines Kleiderschranks verbannt habe und ich nichts so sehr hasse wie den Kauf eines neuen Badeanzugs, ist das alte, dunkelblaue Teil auch heute wieder mein treuer Begleiter. Zögernd streife ich mir mein T-Shirt über den Kopf und beobachte Nathan und Paula. Als er mir den Rücken zuwendet, ziehe ich hastig meine Jeans herunter und steige aus den Hosenbeinen, greife nach Claras Hand und sage: »Also, los!«

Kapitel 17

Unter normalen Umständen wäre ich niemals so schnell so tief ins kalte Atlantikwasser gestürmt. Aber da ich darum bemüht bin, meine delligen Oberschenkel so rasch wie möglich vor Nathans Blicken zu verbergen, finde ich mich in Rekordtempo in hüfttiefem Wasser wieder. Verdammt, was ist das kalt! Als wir gestern Nachmittag im seichten Wasser geplantscht haben, brannte die Sonne heiß vom Himmel, und ich hatte nicht das Gefühl, beim Baden schockgefrostet zu werden. Heute Morgen ist das anders. Gequält stöhne ich auf, sinke auf die Knie, ziehe Clara zu mir heran. Sie quietscht vor Vergnügen, klammert sich an mich, strampelt mit den Beinen, lacht glücklich.

»Hey, Mama, Clara, guckt mal!«, brüllt Paula zu uns herüber, und wir beobachten staunend, wie sie sich von Nathan hochheben und ins Wasser werfen lässt. Im ersten Moment will ich protestieren, will rufen, dass sie Wasser schlucken wird, aber da taucht Paula schon wieder auf, strahlend vor Stolz und Selbstbewusstsein.

»Ich auch!«, schreit da Clara und sieht mich auffordernd an.

»Ich auch, Mama!«

»Weißt du was, Mäuschen, du bist ganz schön schwer ...«, beginne ich ausweichend, aber da macht Nathan schon ein paar große Schritte durch das Wasser auf uns zu, Paula im Schlepptau, und fragt: »Clara? Darf ich?«

Clara versteift sich ein wenig in meinen Armen und sieht

Nathan misstrauisch an. Er ist inzwischen einmal ganz unter Wasser getaucht, sein Haar klebt dunkel und nass an seinem Kopf, Tropfen rinnen über seinen Oberkörper. Ich muss wirklich aufhören, ihn so anzustarren.

»Clara?«, fragt Nathan geduldig und streckt seine Arme nach ihr aus. Ich will schon entschuldigend sagen, dass sie schüchtern ist und er es nicht persönlich nehmen soll, als sich Clara von mir löst und auf Nathan zu watet. Erstaunt beobachte ich, wie sie sich von ihm hochheben und ins Wasser werfen lässt, wobei ich merke, dass er gleich hinterhergreift und sie in die Höhe zieht, sodass sie sich nicht verschluckt und keine Panik bekommt. Clara hustet kurz, schüttelt sich und sieht erst mich, dann Nathan aus strahlenden Augen an. »Noch mal!«

»Nein, erst ich!«, meldet sich Paula energisch zu Wort, und von da an ist kein Halten mehr. Der stille morgendliche Strand wird vom Juchz- und Kreischkonzert meiner Kinder beschallt, während Nathan die beiden abwechselnd wieder und wieder ins Wasser wirft, ohne müde zu werden. Ich beobachte das Ganze staunend und frage mich, wo der mürrische Kerl von gestern geblieben ist. Als Nathan schließlich doch kapituliert und ruft: »*Okay, girls, I need a break!*«, übersetze ich lachend, dass er eine Pause braucht, die er sich wohlverdient hat. Mit einem flüchtigen Grinsen in meine Richtung stürzt sich Nathan ins Wasser und krault ein paar Züge aufs offene Meer hinaus, während die Mädchen jammernd auf mich zukommen und darum betteln, dass ich mit ihnen weiterspiele.

»Nein, ihr zwei, ganz ehrlich, ich kann euch nicht ins Wasser werfen, ich bin nicht so stark wie Nathan«, widerspreche ich und versuche, im hüfttiefen Wasser nicht das Gleichgewicht zu verlieren, während sich Paula und Clara quengelnd an mich hängen, eine vorne, eine hinten.

»Vorsichtig, ihr zwei, ihr macht noch meinen Badeanzug ...«

Bis zum »kaputt« komme ich nicht mehr, als ein satter »Ratsch« ertönt, und ich merke, wie sich der Stoff über meiner Brust teilt und meine Brüste geradezu herausfallen. Paula, die sich am Ausschnitt meines Badeanzugs festgeklammert hatte wie ein Äffchen, lässt überrascht los und plumpst ins Wasser, während ich mit einem erschrockenen Aufschrei die Arme vor meiner entblößten Brust verschränke.

»Verflucht!«, stoße ich hervor, denn für kinderfreundliche Flüche fehlt mir jetzt eindeutig der klare Kopf. Als ich ein paar Spaziergänger den Strand entlangkommen sehe, gehe ich auf die Knie und achte darauf, dass meine Brust von Wasser umspült wird. Im nächsten Moment sehe ich Nathan auf uns zukraulen und stöhne leise auf. Verdammt noch mal, wieso muss mir das ausgerechnet in seiner Gegenwart passieren?

Nathan ist noch gute fünf Meter von uns entfernt, als Paula ihm schon aufgeregt entgegen brüllt: »Nathan! Mama ist nackt!«

»Paula!«, stöhne ich peinlich berührt auf. Nathan hält in der Schwimmbewegung inne und sieht fragend zu uns herüber. Sein Blick sagt mir, dass er nicht sicher ist, ob er dieses deutsche Wort richtig in Erinnerung hat. Andererseits – wenn ich daran denke, wie beliebt Nathan Goodman damals bei den Hamburgerinnen war, bin ich mir fast sicher, dass er sich an den Begriff erinnert.

»Nackt?«, wiederholt er und mustert mich mit hochgezogenen Augenbrauen, während er die letzten Meter zwischen uns erst schwimmend zurücklegt und den Rest durch das Wasser watet, bis er bei uns ankommt.

»Ähm. Halb nackt«, gebe ich zerknirscht zu und merke, wie meine Wangen trotz des kalten Wassers in Flammen stehen.

»Paula hat den Anzug zerreißt!«, erklärt Clara aufgeregt.

»Sie hat den Badeanzug zerrissen. Genau«, murmele ich und weiche Nathans Blick aus.

»Man sieht Mamas Busen!«, verkündet Paula vergnügt.

»Ja, danke, dass du das noch einmal betonst«, gebe ich gereizt zurück, als ich Nathan leise lachen höre. Mit einer Mischung aus Empörung, Verlegenheit und Belustigung sehe ich ihn an. Aha, an das Wort »Busen« kann er sich also auch erinnern. War ja klar.

»Soll ich dein T-Shirt holen?«, fragt mich Nathan amüsiert. »Bevor die Rettungsschwimmer kommen und dich halb nackt aus dem Wasser bergen?«

»Haha, sehr witzig«, gebe ich zurück und muss grinsen. »Wobei, wenn ich es mir recht überlege ... hey, das war immer Maggies und meine Fantasie, als wir sechzehn waren!«

»Mhhm«, murmelt Nathan und wirft mir einen langen Blick zu. Ich schlucke und tauche tiefer unter Wasser, bis es mir zum Kinn reicht.

»Ja, es wäre sehr nett, wenn du mein T-Shirt holen würdest«, sage ich leise. »Und am besten auch mein Handtuch.«

»*Yes, Ma'am.*« Schmunzelnd wendet sich Nathan ab und watet aus dem Wasser, wobei er die Mädchen im Vorbeigehen auffordert, mitzukommen und sich abzutrocknen. Zu meinem grenzenlosen Erstaunen hören sie tatsächlich auf ihn. Während uns die Kinder, in ihre Handtücher gehüllt, von der Picknickdecke aus beobachten, kehrt Nathan mit einem zusammengerollten Badetuch und meinem T-Shirt zurück.

»Okay«, sagt er und bleibt stehen, als ihm das Wasser bis zu den Oberschenkeln reicht. »Du musst schon aufstehen, wenn du nicht beim Wet-T-Shirt-Wettbewerb mitmachen willst.«

Sein Schmunzeln ist eine Spur anzüglich. Mit heißen Wangen gebe ich zurück: »Ach, ich wollte immer schon Miss Wet T-Shirt von Fire Island werden!«

»Freut mich, das zu hören.« Nathan sieht mich abwartend an. Meine Knie sind so weich, dass ich mir nicht sicher bin, überhaupt aufstehen und auf ihn zugehen zu können. Schließlich bedecke ich meine Brüste notdürftig mit meinen gekreuzten Unterarmen, erhebe mich schwankend, werde prompt rücklings von einer Welle getroffen und falle kreischend zurück ins Wasser. War ja klar, dass die Brandung gerade jetzt stärker werden muss!

»Warte«, höre ich Nathan irgendwo über mir lachen, und bevor ich überhaupt dazu komme, mir die Brüste wieder zu bedecken, steht er vor mir, jetzt auch bis zu den Hüften im Wasser. Mit einer Hand presst er T-Shirt und Handtuchrolle gegen seine Brust, die andere Hand streckt er mir entgegen.

»Komm, ich helfe dir. Vom Strand aus kann man dich nicht sehen, ich stehe ja vor dir.«

›Aber du kannst mich sehen!‹, will ich aufgebracht antworten und bleibe verlegen bis zum Hals im Wasser, bis Nathan betont geduldig sagt: »Keine Sorge, ich gucke weg. Komm.«

Und er richtet seinen Blick stoisch auf einen Punkt irgendwo am Horizont, während er mir die Hand hinhält und ich danach greife, mich in die Höhe ziehen lasse, mir blitzschnell das Handtuch schnappe und meinen Oberkörper damit bedecke. Ein Schmunzeln spielt um Nathans Lippen, während er mich immer noch nicht ansieht. »Okay, ich drehe mich um und du ziehst dich an.«

Sobald er mir den Rücken zudreht, vergewissere ich mich, dass mich niemand links oder rechts von ihm sehen kann, hänge Nathan mein Handtuch über die Schulter und streife mir hastig das T-Shirt über den Kopf.

»Fertig?«, fragt Nathan, und ich will gerade »Ja« antworten, als mich von hinten die nächste Welle erwischt und gegen Nathans Rücken schleudert. Erschrocken schreie ich auf, höre Nathans Lachen, spüre seine vom Baden kalte Haut, die Nässe, seine Rückenmuskulatur an meinem Gesicht. Beschämt löse ich mich von ihm, und er dreht sich zu mir um, grinst mich an. Dann wandert sein Blick flüchtig nach unten, bevor er mir wieder ins

Gesicht sieht und mit hochgezogenen Augenbrauen bemerkt: »Das mit Miss Wet T-Shirt könnte noch etwas werden, Ella.«

Ich sehe an mir herab und stelle fest, dass mein – natürlich! – weißes T-Shirt von Nathans nassem Rücken deutliche Spuren davon getragen hat und sich meine Brustwarzen unübersehbar unter dem sowieso viel zu dünnen Stoff abzeichnen. Ganz toll. Mit einem Stöhnen schlinge ich mein Handtuch um meinen Oberkörper und wate Richtung Strand, dicht gefolgt von Nathan, der immer noch grinst, als wir die Picknickdecke erreichen.

Während ich selbst nach dem Bad im kalten Atlantik ziemlich durchgefroren bin und daher nicht nur wegen meines freizügigen Wet-T-Shirt-Looks, sondern auch wegen meiner schlotternden Gliedmaßen nur zu gern wieder in meine Baumwolljacke schlüpfe, frieren meine Kinder schon nach fünf Minuten nicht mehr. Sie werfen ihre Handtücher von sich und stürmen übermütig los, um voller Tatendrang die nächste Sandburg zu bauen. Nathan ist bereits zum Ferienhaus zurückgegangen, und ich sitze auf der Decke, versuche, warm zu werden und nicht mehr vor Verlegenheit im Sand zu versinken. Schließlich fällt mir eine Methode ein, wie ich meine Mädchen ohne lästige Diskussion vom Strand fortbekomme: »Mädels, wer möchte einen Cupcake haben?«

Eine halbe Stunde später verlassen wir das Goodman-Haus, in trockenen Klamotten, frisch mit Sonnenmilch eingeschmiert und bereit für neue Abenteuer. Nathan liegt in der Hängematte auf dem Sonnendeck, hat die Augen geschlossen und die Kopfhörer seines I-Pods in den Ohren, weshalb ich froh bin, dass die Kinder ihn nicht entdeckt haben und wir ihn ausnahmsweise nicht stören. Als wir nach einer ausgiebigen Kaffee- und Cupcake-Pause die Sea Whisper Bakery verlassen, kommen wir an einem roten Bollerwagen vorbei, den zwei etwa achtjährige Mädchen zu einem Verkaufsstand für ihre selbst bemalten Muschelschalen umfunktioniert haben. Clara und Paula müssen mich nicht lange überreden, ein paar der kunterbunten Schalen zu kaufen, und ich nehme mir im Stillen vor, Wasserfarben zu besorgen und mit den Kindern demnächst ebenfalls Muscheln anzumalen. Ein paar Meter weiter den Bayberry Walk hinab machen wir einen Stopp in einem entzückenden Buchladen, wo Clara und Paula sich jeweils ein Bilderbuch aussuchen dürfen, während ich mir einen Thriller kaufe – nach Liebesromanen ist mir gerade nicht zumute, obwohl das eigentlich mein bevorzugtes Genre ist. Als wir die Buchhandlung verlassen und sich die Mädchen mit ihren neuen Schätzen in den Bollerwagen setzen, fällt mein Blick auf die Boutique mit dem verlockenden Namen »Ooh la la« auf der gegenüberliegenden Seite des Weges. Im Schaufenster sind einige luftige Sommerkleider im Vintage-Stil ausgestellt, in kunterbunten Farben, mit frechen Mustern und wunderbar weit schwingenden Röcken, wie ich sie liebe. Die Kleider scheinen mir zuzurufen, dass ich mal wieder etwas Schickes, Weibliches tragen sollte, nicht immer nur knielange Shorts, die ich heute wie üblich mit einem weiten T-Shirt kombiniert habe. Sehnsüchtig betrachte ich die duftigen Stoffe und beschließe spontan, dass es in der Tat viel zu lange her ist, seit ich mich um meine Garderobe gekümmert habe. Gut, in puncto Sommerkleider bin ich sowieso mehr als schlecht ausgestattet, schließlich wohne ich in Hamburg, wo die Sommer kurz und leider oft verregnet sind. Aber hier, in der flirrenden Hitze dieser malerischen Insel, ist mir mit einem Mal sehr nach einem sexy Kleid zumute. Was natürlich nichts, aber auch gar nichts mit der Anwesenheit eines gewissen Kochs zu tun hat. Das zumindest rede ich mir energisch ein, während ich mit dem Bollerwagen den Bayberry Walk überquere. Außerdem muss ich dringend nach einem neuen Badeanzug schauen!

»Los, Mädels«, sage ich entschlossen. »Nehmt eure Bücher

mit, wir parken den Bollerwagen hier und gehen kurz in dieses Geschäft.«

Und so kommt es, dass ich zehn Minuten später in der Umkleidekabine stehe und nicht nur entzückende Sommerkleider anprobiere, sondern noch dazu einen Tankini und ein neues Wäscheset. Der BH aus zartrosa Satin mit Spitzenbesatz sah einfach zu verlockend aus, und da es sogar eine passende Unterhose in meiner Größe gab, konnte ich nicht nein sagen – mit Nathans Anwesenheit hat das nicht das Geringste zu tun, wiederhole ich im Stillen, während ich mich vor dem Spiegel hin und her drehe und mich darüber freue, dass der BH wie angegossen sitzt. Das passiert mir wirklich sehr selten. Und auch der Tankini, den mir die Verkäuferin wärmstens empfohlen hat und dessen verspieltes Muster aus weißen Seepferdchen auf dunkelblauem Untergrund mir sofort gefallen hat, passt hervorragend und schmeichelt optisch mindestens ein Kilogramm von Bauch und Hüften fort. Noch dazu habe ich mich in zwei wunderschöne Kleider und einen entzückenden Rock verliebt, und ich glaube, ich werde alle drei Teile kaufen: Der Rock ist weit ausgestellt und hat auf himmelblauem Untergrund ein sommerliches Retro-Muster aus Palmen, pinkfarbenen Hibiskusblüten und sonnengelben Surfbrettern. Das eine Kleid ist marineblau mit einem Muster aus knallroten Hummern, einem kleinen roten Bubikragen und roter Spitze, die frech unten am Saum hervorlugt, während das zweite mintgrün und von Törtchen in allen möglichen Pastellfarben übersät ist. Törtchen! Könnte es ein passenderes Kleid für mich geben? Eine Reihe entzückender rosa Knöpfe, ebenfalls in Törtchenform, zieht sich vom Ausschnitt bis hinab zum Saum, und in der Taille sitzt ein schmaler pinkfarbener Gürtel aus glänzendem Lack. Ach, ich bin so froh, diese Boutique betreten zu haben und werde heute meine Kreditkarte zum Glühen bringen. Verdammt, ich war so lange nicht mehr einkaufen, habe mir selten etwas

Schönes nur für mich gegönnt, vor allem, seit ich kein eigenes Geld mehr verdiene. Ständig habe ich nur Sachen für die Kinder gekauft, während ich selbst in den ewig selben Jeans und einfallslosen T-Shirts, Strickjacken und Pullovern herumgelaufen bin. Aber jetzt ist Schluss, jetzt tue ich mir etwas Gutes!

Gerade, als ich mich daranmachen will, den rosa BH wieder abzulegen, wird mir bewusst, dass meine Kinder auffällig ruhig sind – selbst mit neuen Büchern sind sie für gewöhnlich nie völlig still. Atemlos lausche ich, doch ich höre nur die Stimme der jungen Verkäuferin, die im hinteren Teil der Boutique offensichtlich dabei ist, eine Kundin auf der Suche nach dem richtigen Bikini zu beraten. Ich strecke meinen Kopf durch einen Spalt in den dunkelblauen Vorhängen und erstarre, als ich die leere Bank entdecke, wo eben noch meine Töchter gesessen haben.

Kapitel 18

Clara?«, rufe ich besorgt. »Paula?« Nicht, dass sie gerade dabei sind, eine der teuren Parfümflaschen aus einem Regal zu angeln oder ...

»Oh, ich glaube, die beiden sind gerade nach draußen entwischt!«, ruft die Verkäuferin aufgeregt, während sie schon auf die Ladentür zu eilt, in jeder Hand einen bonbonfarbenen Bikini.

»Wie bitte?«, stoße ich entsetzt hervor. Zwar gibt es hier auf Fire Island keine Autos, aber ...

»Mädchen, kommt bitte wieder rein, eure Mama sucht euch!«, höre ich die Verkäuferin und atme tief durch. Gut, sie sind also noch in der Nähe. Eilig beginne ich, die neue Wäsche abzulegen und meinen eigenen weißen Baumwoll-BH, Shorts und T-Shirt anzuziehen, bevor ich aus der Kabine sprinte ... und fast mit Nathan kollidiere.

»Ich bringe deine Kinder zurück«, bemerkt er und deutet auf Clara und Paula, die sich grinsend hinter ihm herumdrücken.

»Was ...? Wieso ...?«, stammele ich überfordert, weil ich wirklich nicht mit Nathan in dieser Boutique gerechnet habe. Um von meiner Nervosität abzulenken frage ich meine Kinder streng: »Was fällt euch eigentlich ein, einfach so aus dem Laden zu laufen?«

»Wir Nathan geseht!«, trompetet Paula, als sei das die beste Erklärung der Welt.

»Na und?«, gebe ich empört zurück. »Auch wenn ihr Nathan

gesehen habt: Trotzdem dürft ihr nicht abhauen, während ich Klamotten anprobiere!«

»Das war soooo langweilig, Mama!«, jammert Clara. »Wir mit Nathan spielen!«

»Sie kamen rausgerannt, als ich mit dem Fahrrad vorbeigefahren bin«, erklärt Nathan und zuckt mit den Schultern. »Zum Glück habe ich sie gleich bemerkt.« Er sieht mich fragend an. »Brauchst du noch länger? Ich kann mit ihnen draußen warten.«

»Nein, nein, bin schon fertig«, erwidere ich und tauche hastig in die Kabine, um meine Klamotten zu holen. Verlegen schiebe ich das seidig glänzende Wäscheset unter die Kleider und eile dann mit einem Arm voll Anziehsachen zur Kasse. »Mädels, wartet bitte kurz, ich bin sofort so weit.«

»Puh, das ist ja noch mal gut gegangen«, stellt die junge Verkäuferin fest und sieht mich mit hochgezogenen und beidseitig gepiercten Augenbrauen an. »Mein kleiner Bruder ist mal abgehauen und allein mit dem Bus durch halb Brooklyn gefahren. Ich sage Ihnen, meine Mom hätte fast einen Herzinfarkt bekommen.«

»Das glaube ich gern«, murmele ich und vergewissere mich mit einem raschen Blick über meine Schulter, dass die Kinder noch da sind. Sie sitzen wieder auf der Bank und sind offenbar gerade dabei, Nathan ihre neuen Bilderbücher zu zeigen. Beide reden gleichzeitig auf Deutsch auf ihn ein, und Nathan hockt zwischen ihnen und nickt mit stoischer Miene. Mein Herz macht einen kleinen Stolperer. Verdammt, was sieht er gut aus mit seinen knielangen Cargoshorts und dem olivgrünen T-Shirt, das sich ziemlich figurbetont über seiner breiten Brust spannt.

»So, dann nehmen Sie also diesen Rock – ist das Muster nicht der Hammer? – diese zwei entzückenden Kleider, den Tankini – gute Entscheidung! – und, ohh, da wird sich Ihr Mann ja freuen dürfen!«

Bei den enthusiastischen und vor allem viel zu lauten Worten der Verkäuferin fahre ich zu ihr herum und merke, dass sie mein Wäscheset mit einem süffisanten Lächeln hin und her schwenkt und dabei Nathan einen langen Blick zuwirft.

»Ähm, nein«, beginne ich hastig, doch es ist zu spät: Ich merke, dass Nathan bei den Worten der jungen Frau den Kopf gehoben hat und uns anstarrt. Oder vielmehr: die Wäsche anstarrt. Rosa Wäsche. Wenn ein Mann sicherlich nicht auf rosa Wäsche steht, dann Nathan. Schwarz, ja. Oder rot, vermute ich. Aber süßes Rosa? Nein! Und weil ich eine verkitschte Rosa-Tante bin, ist aus Nathan und mir auch nie etwas geworden. Was jetzt überhaupt nicht wichtig ist.

»Das ... das ist nicht mein Mann«, stoße ich eilig hervor und würde am liebsten über den Verkaufstresen langen und der Verkäuferin meine Wäsche entreißen. Wirklich, wie oft an einem einzigen Vormittag kann man sich eigentlich bis auf die Knochen blamieren?

»Oh, Entschuldigung«, kichert die junge Frau gut gelaunt und macht sich daran, das Etikett zu scannen. »Ich dachte, wegen Ihrer Kinder ... Na ja.«

Wenn das unsere gemeinsamen Kinder wären, hätten die Mädchen ihn doch wohl »Daddy« genannt und nicht »Nathan«, denke ich im Stillen, sage aber nichts weiter. Während ich mit glühendem Kopf mein Portemonnaie zücke, merke ich, wie die Verkäuferin nach wie vor zu Nathan hinübersieht, und als ich gerade meine Kreditkarte über den glänzenden Holztresen schiebe, ruft sie plötzlich entzückt: »Ach, jetzt weiß ich, warum Sie mir so bekannt vorkommen! Sie sind Nathan Goodman, oder? Vom ›Cuisine‹ in Manhattan?«

Nathan starrt erst die Verkäuferin an, dann mich, bevor er sich erhebt und knapp nickt, während er seine Sneakers fixiert.

»Oh, wie aufregend! Ich habe Sie erst neulich in ›Good Morn-

ing America‹ gesehen! Wie Sie von den Rezepten Ihrer Urgroßmutter erzählt haben, das war soooo toll!« Die Wangen der
Verkäuferin beginnen zu glühen, während ich Nathan erstaunt
ansehe. Er war neulich bei »Good Morning America«, der belieb-
testen amerikanischen Frühstücksfernsehsendung?

»Mhhm«, höre ich Nathan murmeln. »Ella, ich warte mit den
Kindern draußen.«

»Alles klar«, sage ich nachdenklich und zahle bei der immer
noch euphorischen Verkäuferin, bevor ich Nathan und den Kindern folge.

»Du warst also neulich im Fernsehen?«, stelle ich fest, als wir
bei unserem Bollerwagen ankommen und sich die Mädchen mal
wieder darum streiten, wer vorne sitzen darf.

»Ja«, erwidert Nathan knapp und greift nach dem Lenker
eines der Fahrräder, die ich neben dem Bollerwagen im Good-
man-Schuppen habe stehen sehen. »War keine große Sache.«

»Keine große Sache? ‚Good Morning America‘?"

»Das war nur eine blöde Fernsehsendung, Ella", erwidert
Nathan schroff, und ich sehe ihn verdutzt an. Er scheint sofort
zu merken, dass er sich mal wieder im Ton vergriffen hat, denn
er reibt sich mit einer Hand über das Gesicht und seufzt leise auf.

»Sorry. Hör zu, ich wollte gerade fürs Abendessen einkaufen«,
erklärt er ruhig und sieht mich an. »Ich koche wieder für uns,
wenn es dir recht ist. Für heute Mittag habt ihr ja noch den Rest
der Bolognese.«

»Ohhh ja«, seufze ich und muss bei der Erinnerung an unser
gestriges Abendessen versonnen lächeln. »Und was kochst du
heute Abend?«

»Überraschung«, erwidert Nathan ernst, mit dieser dunklen
Stimme, die in meinem Bauch ein Kribbeln auslöst. Dummer
Bauch.

»Nathan, wir haben Cupcakes gegessen!«, verkündet Paula

plötzlich, die den Streit mit ihrer Schwester gewonnen hat und triumphierend vorn im Bollerwagen sitzt, während Clara hinter ihr schmollt. Nun jedoch meldet auch sie sich zu Wort, fragt eifrig:»Willst du auch? Mama, kaufen wir Cupcake für Nathan?«
»No thanks«, lacht Nathan und fügt auf Deutsch hinzu: »Cupcakes sind viel zu süß.«

»Süß«, kann ich mir nicht verkneifen, ihn zu korrigieren und er nickt mit einem Schmunzeln.»Genau. Zu süß.« Und auf Englisch fügt er hinzu:»Mir ist jedes Steak lieber als ein Stück Kuchen.«

»Also bitte«, protestiere ich entrüstet.»Das kommt ja wohl sehr auf den Kuchen an!«

Mit hochgezogenen Augenbrauen sieht mich Nathan amüsiert an.»Hey, nimm das nicht persönlich.«

»Natürlich nehme ich das persönlich, ich bin Konditorin!« Entschlossen verschränke ich die Arme vor der Brust und verkünde: »Okay, du kochst Abendessen, aber ich mache den Nachtisch.«

Nathan mustert mich, und als er langsam lächelt, wird mir heiß.»Nachtisch klingt gut«, bemerkt er, und ich glaube noch, dass ich mir den zweideutigen Tonfall nur einbilde, als sein Blick auf meine Papiertüte mit dem goldfarbenen Aufdruck»Ooh la la!« fällt, und er fragt:»Du warst also erfolgreich?«

»Ähm … ja«, stammele ich.»Ich habe ja dringend einen neuen Badeanzug gebraucht.« Hauptsache von der Wäsche ablenken.

»Warum?« Nathan grinst mich an, während er sich auf das Rad schwingt.»Mir gefiel der alte. Vor allem der gewagte Ausschnitt.«

»Ha, ha«, gebe ich ihm mit glühenden Wangen mit auf den Weg, während er mit einem Schmunzeln davonradelt.

Als die Mädchen und ich um halb sechs von einem weiteren langen Strandnachmittag ins Ferienhaus zurückkehren, empfängt uns köstlicher Essensduft. Diesmal habe ich mich gleich mit Clara und Paula unter die Außendusche gestellt, bevor wir, mit Badetüchern über unseren Schwimmsachen, das Haus betreten.

»Hmmm«, mache ich und schnuppere anerkennend, während mein Magen laut rumort. »Nathan, das riecht ja köstlich!«

»Danke!«, kommt seine knappe Antwort aus der Küche, und die Kinder folgen voller Vorfreude seiner Stimme, während ich mit einem amüsierten Schmunzeln hinterherschlendere. Am Strand haben sich meine Töchter am laufenden Band darüber beschwert, dass Nathan nicht mit von der Partie war, denn ich habe sie natürlich nur halb so effektiv ins Wasser geworfen wie er und mir dabei auch noch beinahe einen Hexenschuss zugezogen.

»Hi«, sage ich und lehne mich an den Türrahmen, den Blick auf Nathan gerichtet, der am Herd steht und in einem großen Topf rührt. Er trägt mal wieder sein schwarz-rot gemustertes Tuch um den Kopf geschlungen, und als er mich flüchtig ansieht und ein Lächeln um seine Mundwinkel zuckt, verschlägt es mir die Sprache. Dafür reden meine Kinder umso mehr, und zwar laut und durcheinander.

»Hallo, Nathan!«

»Wir waren am Strand!«

»Wir waren schwimmen!«

»Wir haben Sandbuag gebaut!«

»Was kochst du, was kochst du?« Paula hüpft aufgeregt hin und her, während ihre Schwester einen Stuhl an den Herd heranschiebt, um in den Topf gucken zu können.

»Vorsichtig, Clara, bitte verbrenn dich nicht!«, sage ich besorgt, doch Nathan stellt sich schon hinter sie und sorgt dafür, dass ihre nackten Arme nicht zu nah an die Gasflamme und den heißen Topf kommen.

»Igitt!«, ruft Clara, nachdem Nathan sie in den Topf hat spähen lassen. »Was ist das?«

»Clara!«, sage ich tadelnd. »Man sagt nicht ›igitt‹, wenn jemand für einen kocht!«

»Ich will auch sehen!«, brüllt Paula und versucht, ihre Schwester vom Stuhl zu schieben.

»Hey, aua!«, protestiert Clara entrüstet und tritt nach Paula.

»No fighting«, mahnt Nathan beneidenswert ruhig und souverän, bevor er sich bückt und Paula hochhebt, damit auch sie in den Topf schauen kann. Nun gewinnt auch meine Neugierde Oberhand, und ich trete ebenfalls an den Herd heran.

»Igitt!«, ruft auch Paula und rümpft angeekelt die Nase.

»Paula!«, sage ich streng. »Was ist denn mit euch los? Das ist …« Oh, denke ich bei einem Blick in den Topf. Das ist sicherlich köstlich. Aber … kein Essen für Kinder. Also, zumindest nicht für meine Kinder.

»Fischsuppe?«, erkundige ich mich vorsichtig bei Nathan, der Paula wieder auf den Boden gesetzt hat.

»Mhhm. ‚Seafood Chowder à la Goodman'. Mit Kabeljau, Garnelen, Jakobsmuscheln und Venusmuscheln. Alles fangfrisch, da konnte ich nicht widerstehen.«

Ich beiße mir auf die Unterlippe, um mir ein Lächeln zu verkneifen. »Hmm. Köstlich«, bemerke ich, während Paula an meiner Hand zerrt und empört verkündet: »Mama! Ich esse das nicht!«

»Ich auch nicht!«, folgt Claras Reaktion prompt.

Nathan mustert meine Töchter ein wenig ratlos, betrachtet dann wieder die Muscheln und Fischstücke in der cremigen Suppe, bevor er mich ansieht und zweifelnd fragt: »Also … Das ist vermutlich nicht unbedingt das beste Kinderessen, oder?«

Angesichts seines zerknirschten Gesichtsausdrucks entrutscht mir ein leises Kichern. »Nein, eher nicht. Zumindest nicht für meine Kinder.« Oder für die meisten Kinder, die ich kenne, aber das sage ich jetzt nicht. »Leider hassen die beiden Fisch«, erkläre ich entschuldigend. »Und Muscheln würden sie nie anrühren.«

»Oh Mann, ich Idiot«, stöhnt Nathan auf, aber als er mein Schmunzeln sieht, muss auch er schief grinsen. »Ich koche selten für Kinder«, gibt er zu und zuckt hilflos mit den Schultern.

»Kein Problem«, erwidere ich und muss mich sehr zusammenreißen, um ihn nicht in den Arm zu nehmen, so süß finde ich seine betretene Reaktion.

»Mama, Hunger!«, jammert Clara, die inzwischen vom Stuhl geglitten ist und sich mit ihrem Handtuch auf dem Küchenfußboden wälzt.

»Ich auch! Aber kein Fisch!«, trompetet Paula und sieht mich vorwurfsvoll an, als hätte ich den Fisch in den Topf geschmissen.

»*You know what?* Ich koche ›*Maccaroni and Cheese*‹ für euch!", verkündet Nathan spontan und wirft mir einen fragenden Blick zu. »Sie mögen Käse?«

»Aber klar«, grinse ich. »Hmm, ›Mac and Cheese‹ liebe ich auch. Aber … deine Fischsuppe würde ich mir um nichts in der Welt entgehen lassen. Im Gegensatz zu meinen Kids bin ich nämlich verrückt nach Fisch und ganz besonders nach Muscheln.«

»Dann ist ja gut«, sagt Nathan mit einem leichten Schmunzeln und wendet sich wieder dem Kochtopf zu.

Kapitel 19

M ein Gott«, seufze ich und schließe kurz die Augen, während ich mir genüsslich den nächsten Löffel cremig würziger Suppe in den Mund schiebe. »Das ist sooo gut! Kinder, ich bin unglaublich froh, dass ihr die Suppe nicht probieren wollt. So bleibt mehr für mich!«

Über den Verandatisch hinweg sehen mich Clara und Paula skeptisch an, bevor sie sich wieder mit Wonne ihren Käsenudeln widmen. Natürlich hat Nathan das Kindergericht aus frischen Zutaten zubereitet, obwohl ich in einem der Oberschränke der Küche noch eine Packung der berühmten *Maccaroni and Cheese* von Kraft Foods gefunden habe, die Maggie für ihre Kinder gekauft und dann hier zurückgelassen haben muss.

»So einen Mist setze ich deinen Mädchen nicht vor«, hat Nathan entrüstet gesagt, als ich ihm die Packung gezeigt habe. Normalerweise gebe ich den Zwillingen ja auch keine Fertiggerichte zu essen, aber ich wollte nicht, dass Nathan noch mehr Arbeit haben würde.

»Das ist keine Arbeit«, winkte Nathan mit einem Lachen ab, als ich ihm das sagte. »Ein bisschen Käse reiben und unter Nudeln mischen? Ich bitte dich!«

Und so kommt es, dass Clara und Paula nun mit großem Appetit ihre käsigen Nudeln in sich hineinschaufeln, die Karotten-Sticks, die ich zubereitet habe, geflissentlich ignorieren und Nathan hin und wieder einen beinahe verliebten Blick zuwerfen.

Nachdem sie auf seinem Tablet wieder eine Folge Mickey Maus gucken durften und er ihnen versprochen hat, sie morgen erneut ins Meer zu werfen, scheint er endgültig ihre Klein-Mädchen-Herzen gewonnen zu haben.

»Nathan, so was Köstliches habe ich seit …« Ich wische mir den Mund mit meiner Serviette ab, überlege kurz und vollende dann mit einem Schmunzeln: »Nun ja, seit heute Mittag nicht mehr gegessen.«

Heute Mittag haben die Kinder und ich die Reste der Bolognese verputzt. Wenn das so weitergeht, werde ich Fire Island mit ein paar extra Kilos wieder verlassen. Aber darüber, was nach unserer Ferienzeit auf dieser idyllischen Insel, fernab der bitteren Realität, kommt, möchte ich mir heute Abend wirklich nicht den Kopf zerbrechen. Mit einem zufriedenen Seufzen greife ich erneut nach der Suppenkelle, um mir eine weitere Portion aufzutun. »Kinder, ihr wisst gar nicht, was ihr verpasst!«

Als ich während meines zweiten Tellers Suppe immer noch nicht aus dem genüsslichen Seufzen und Schwärmen herauskomme, knickt Paula endlich ein.

»Okay, Mama, ich will probieren!«, verkündet sie, lässt ihre Gabel sinken und kommt um den Tisch herum. »Aber keinen Fisch! Und keine Mussel!«

»Okay, keine Muschel, kein Fisch«, lächele ich. Wie ein kleines Vögelchen sperrt Paula ihren Mund weit auf und lässt sich einen halben Löffel voll cremiger Suppe geben, was mich einen sentimentalen Moment lang sehr an die Zeit erinnert, als sie noch als Baby in ihrem Hochstuhl saß und sich mit Brei füttern ließ. Im Gegensatz zu Clara, die sich schon früh den Löffel schnappte und versuchte selbst zu essen, ließ sich Paula immer gern von mir füttern. Jetzt schluckt sie mit misstrauischer Miene, betrachtet mich nachdenklich und meint dann auf einmal euphorisch: »Hmmm, lecker! Noch mehr!«

Natürlich will dann auch Clara probieren und ist ebenfalls begeistert, sodass jedes Mädchen ein kleines Schälchen voll Suppe bekommt, in die sich »aus Versehen« sogar winzige Fischstückchen verirren, die, nach ersten Protesten, schließlich widerwillig probiert und ebenfalls als »lecker« bezeichnet werden. Nathan grinst mich triumphierend an, ich grinse zurück. Meine Kinder essen freiwillig Fisch! Ich könnte tanzen vor Glück. Aber, ganz ehrlich: Wer diese köstliche Kreation von Nathan Goodman nicht mag, dem ist einfach nicht zu helfen.

»Lasst noch Platz für Nachtisch«, gebe ich irgendwann zu bedenken, als die Kinder gar nicht mehr aufhören wollen, Suppe zu löffeln.

»Oh, ja!« Nathan lehnt sich zurück, verschränkt die Arme hinter seinem Kopf und sieht mich erwartungsvoll an. »Auf den Nachtisch bin ich wirklich gespannt.«

Mit einem nervösen Lachen stehe ich auf und stelle seinen und meinen Suppenteller zusammen. »Also, ob es nun ein sterneverdächtiger Nachtisch ist, sei dahingestellt ...«, beginne ich und räuspere mich, plötzlich befangen bei dem Gedanken, dass Nathan den Apfelkuchen probieren wird, den ich heute Mittag, während des Nickerchens der Kinder, gebacken habe.

»Ella«, unterbricht mich Nathan und klingt ein wenig ungeduldig. Überrascht sehe ich ihn an. Abrupt steht er auf, nimmt mir die Teller ab und sagt mit finsterer Miene: »Erstens musst du mir gegenüber wirklich keinerlei Hemmungen haben, was dein Backen angeht. Und zweitens – können wir das Thema ›Sterne‹ bitte ausklammern? Ich habe echt keinen Bock, darüber zu sprechen.«

»Klar«, murmele ich, während er sich abwendet und mit großen Schritten die Veranda verlässt.

»Mama, noch mehr Suppe!«, kräht Clara.

Zehn Minuten später ist es Nathan, der mich mit großen Augen ansieht, während er kaut und geradezu ungläubig »Hmmm!«, macht. Vor lauter Stolz und Freude kann ich mich kaum daran hindern, hibbelig auf der Bank hin und her zu rutschen, bevor ich mir selbst ein großes Stück von dem herrlich duftenden Apfelkuchen auf den Teller schiebe und einen Klacks der Schlagsahne, die ich mit einer Spur Zimtzucker verfeinert habe, darauf gebe. Die Kinder sind auch schon dabei, Kuchen in sich hineinzuschaufeln, und ich frage mich, wie sie überhaupt noch Platz in ihren kleinen Mägen haben können. Aber die Seeluft und noch dazu das stundenlange Herumtoben am Strand haben sie offensichtlich extrem hungrig gemacht.

Nathan hebt seinen Teller hoch und betrachtet sein Kuchenstück eingehend von allen Seiten. »Was ist denn im Teig? Ich meine, außer gemahlenen Mandeln und den üblichen Zutaten? Hast du normales Mehl genommen? Der Kuchen ist so saftig!« Er schiebt sich die nächste Gabel in den Mund, kaut ganz konzentriert.

»Nur wenig Mehl, aber dafür Apfelmus«, verrate ich mit einem zufriedenen Lächeln.

»Ahh! Wow. Der Kuchen ist verdammt köstlich, Ella. Eindeutig der beste Apfelkuchen, den ich je gegessen habe.« Nathan wirft mir einen langen Blick zu, der dazu führt, dass mir ein Klecks Sahne von der Kuchengabel rutscht und mitten auf meinem T-Shirt landet.

Am übernächsten Tag wage ich es zum ersten Mal, meine Kinder bei Nathan zu lassen und allein einkaufen zu fahren. Die Mädchen vergöttern ihn inzwischen regelrecht, nachdem er gestern am Strand eine ganze Stunde lang mit ihnen im Meer herumgealbert, eine gigantische Sandburg samt Wassergraben gebaut und Wettrennen veranstaltet hat. Und ich vergöttere ihn auch, denn während dieser einen Stunde konnte ich ungestört auf meiner

Decke im Schatten der Strandmuschel liegen, die ich im Schuppen gefunden hatte, meinen neuen Thriller lesen und Nathan nebenher verstohlen beobachten. Und natürlich meine Kinder, logisch.

Während ich nun mit dem Goodman-Fahrrad die schattigen Wege zwischen hohen Büschen, Bambuspflanzen und Schilf entlangradele, wandern meine Gedanken zurück zu der Folge von »Good Morning America«, die ich mir vorgestern Abend im Internet angesehen habe. Als ich nach unserem üppigen Abendessen mit Seafood Chowder und Apfelkuchen mit den Kindern nach oben gegangen war, um sie ins Bett zu bringen und mir mit ihnen gemeinsam die kreisenden Sterne an der Zimmerdecke anzusehen, machte sich Nathan in der Zwischenzeit an den Abwasch. Bei meiner Rückkehr ins Erdgeschoss wartete eine blitzblanke Küche auf mich, und ich suchte Nathan vergeblich, um mich zu bedanken – am nächsten Tag erzählte er mir, dass er einen langen Strandspaziergang gemacht hätte. Allein im Erdgeschoss setzte ich mich mit meinem Tablet aufs Sofa, goss mir ein Gingerale ein und googelte die Folge von »Good Morning America« mit Nathan Goodman als Gast.

Als die Sendung vorbei war, wusste ich, warum Nathan nicht darauf angesprochen werden wollte. Er sah blendend aus wie immer, bereitete vor laufender Kamera eine italienische Tomatensuppe »alla caprese« mit Büffelmozzarella zu, die man an heißen Sommertagen auch kalt essen könne, und beantwortete geduldig und charmant die vielen Fragen der Moderatorin und ihres Kollegen. Aber als er nach der Hälfte der Sendung darauf angesprochen wurde, wie man als Sternekoch damit lebe, den hart umkämpften Stern womöglich wieder zu verlieren, verschloss sich seine Miene. Zwar unterstellte ihm niemand konkret, dass Nathan selbst seinen Stern aberkannt bekommen könnte, aber es war offensichtlich, dass er die Frage so auffasste. Die Moderatoren bemühten sich darum, das Gespräch danach zurück auf gut gelauntes Terrain zu bringen, aber so richtig wollte das nicht gelingen. Umso euphorischer probierte das Moderatorenpaar seine Tomatensuppe und stellte noch ein paar unverfängliche Fragen zu Nathans Urgroßmutter und ihren neapolitanischen Rezepten, bevor er gehen durfte, was er mit offensichtlicher Erleichterung tat. Nachdenklich starrte ich auf mein Tablet und fragte mich, was in dem Moment in Nathan vorgegangen sein mag. Die Sendung war am 18. Juni ausgestrahlt worden, also nur wenige Tage vor unserer Ankunft auf Fire Island – und kurz vor Erscheinen des kritischen Artikels in der New York Times. Sicherlich hatten die Moderatoren die Gerüchte um den wackelnden Michelin-Stern bereits gekannt. Und Nathan selbst natürlich auch.

Die Pantry begrüßt mich mit einem angenehm klimatisierten Verkaufsraum. Erleichtert wische ich mir eine Schweißperle von der Stirn, bevor ich nach einem Einkaufskorb greife und die alte Dame an der Kasse freundlich grüße. Der heutige Tag verspricht mal wieder, sehr heiß zu werden, also werde ich die Kinder nach der Mittagspause wohl wieder zum Strand bringen, überlege ich, während ich nach einem erfrischend aussehenden Stück Wassermelone greife. Auch eine Schale wunderbar duftender Erdbeeren und eine weitere mit Blaubeeren landen in meinem Einkaufskorb. Nathan hat mir ausdrücklich zu verstehen gegeben, dass von nun an er für die Abendessen zuständig ist und auf jeden Fall die Zutaten selbst einkaufen möchte. Da ich ihm und seinen sicherlich anspruchsvollen Expertenvorstellungen von den richtigen Lebensmitteln nicht in die Quere kommen möchte, beschränke ich mich auf die Dinge, die ich für den mittäglichen Snack der Kinder benötige. Eine Salatgurke, Karotten und Eier wandern in den Korb, gefolgt von Joghurt, Vollkorntoastbrot und Salzkräckern. Dann komme ich endlich zu den Sachen, die mir am meisten am Herzen liegen: Ich lasse mir Zeit, um zwei gute Tafeln Zartbitterschokolade mit hohem Kakaogehalt auszusuchen und will sie gerade auf die Eierpackung legen, als mich eine Stimme aufblicken lässt.

»Na, Nervennahrung?«

Kapitel 20

Will Anderson steht schräg hinter mir und lächelt erst mich, dann die Schokoladentafeln an.

»Hi!«, sage ich und muss grinsen. »Nee, keine Nervennahrung. Ich will für meine Kinder backen. Die Cupcakes aus der Sea Whisper Bakery sind mir auf Dauer zu teuer.«

»Aber die sind auch einmalig gut«, meint Will und lächelt mich verschwörerisch an. Ich nicke, bevor ich selbstbewusst erwidere: »Ja. Aber meine Muffins sind besser!«

Überrascht zieht Will eine Augenbraue in die Höhe. »Tatsächlich?«

»Aber ja«, erkläre ich. »Schließlich bin ich Konditorin. In Hamburg galt ich mal als die Königin der Hochzeitstorten. Also, zumindest in Ottensen, dem Stadtteil, wo ich wohne und gearbeitet habe. Cupcakes könnte ich im Schlaf zaubern, aber weil meine Kinder die süßen Cremehäubchen oben drauf sowieso nie essen, kann ich genauso gut Muffins machen. Toll verziert werden die natürlich trotzdem.« Passenderweise entdecke ich in diesem Moment einen Plastikbehälter mit verschiedenfarbigen Zuckerstreuseln zur Kuchendeko, greife danach und schüttele ihn demonstrativ in Wills Richtung.

Beeindruckt reißt er die Augen auf. »Wow. Vor mir steht die Königin der Hochzeitstorten? Ist das dein Ernst?«

»Und ob!«

»Wahnsinn.« Will mustert mich mit einem Schmunzeln. »Hey,

übrigens habe ich die Kinder und dich heute Morgen am Strand vermisst.«

Bei seinen Worten wird mir ein wenig warm. »Tja, du wirst es kaum glauben: Die Zeit der verbotenen Strandpicknicks ist vorbei!«

Mit schief gelegtem Kopf mustert mich Will amüsiert, bevor er seine Stimme zu einem verschwörerischen Wispern senkt: »Bist du erwischt worden, oder woher kommt die plötzliche Rückkehr auf den Pfad der Tugend?«

»Nein«, lache ich auf. »Aber die Kinder haben sich inzwischen tatsächlich an diese Zeitzone gewöhnt und wachen erst gegen sechs Uhr auf, also unsere ganz normale Aufstehzeit. Außerdem macht Nathan neuerdings immer Frühstück für uns.«

Als Will überrascht die Augen aufreißt, grinse ich und nicke. »Ja, ich weiß, es hat mich auch erstaunt. Aber er mutiert langsam regelrecht zum Familienmenschen.«

Gestern Morgen, nach unserem Abendessen mit Seafood Chowder und Apfelkuchen, sind die Kinder und ich um Viertel nach sechs ins Erdgeschoss geschlichen – nur um unten unseren Augen nicht zu trauen: In der Küche stand Nathan und war dabei, Blaubeerpfannkuchen zu backen. Er trug Boxershorts und ein weißes T-Shirt, sein Kopftuch war über ungekämmten Locken verknotet, dabei wirkte er noch verschlafen, aber dennoch erstaunlich gut gelaunt. Ich musste mich sehr zusammenreißen, um nicht zum Herd zu gehen und ihm einen Gutenmorgenkuss auf die unrasierte Wange zu drücken.

Die Pfannkuchen waren ein Traum, von außen goldbraun und knusprig, von innen fluffig, und dank der vielen Blaubeeren herrlich saftig, also insgesamt absolut sterneverdächtig, auch wenn ich mir diesen Kommentar mühsam verkniff. »Und du hast behauptet, kein Experte in Sachen Süßes zu sein!«, sagte ich stattdessen, während ich Clara den x-ten Pfannkuchen auf den Teller lud. Wir saßen am runden Küchentisch, weil Nathan nach wie vor Nachschub backte und uns so leichter die frischen Pfannkuchen servieren konnte. Das Küchenfenster stand weit auf und ließ milde Morgenluft und das entfernte Rauschen der Brandung ins Zimmer dringen.

»Das habe ich so nie behauptet«, erwiderte Nathan vom Herd aus, bevor er gekonnt einen Pfannkuchen in die Luft sausen ließ, wo er sich perfekt drehte und zielgenau wieder in der Pfanne landete. So was hatte ich immer schon können wollen. »Ich habe nur gesagt, dass ich jedes Steak einem Kuchen vorziehe. Aber da kannte ich noch nicht deinen Apfelkuchen.«

Heute Morgen empfing uns erneut ein wunderbarer Duft, als wir ins Erdgeschoss kamen. Die Kinder jubelten schon auf der Treppe »Pfannkuchen!« und waren, als wir die Küche erreichten und einen Blick in die Pfanne erhaschten, einen Moment lang maßlos enttäuscht. Doch Nathan erklärte ihnen (wieder mit einem erstaunlich gut gelaunten Lächeln), dass das French Toast und auch lecker sei. Lecker war natürlich mal wieder maßlos untertrieben. Ich hatte beim Frühstück meine liebe Not, nicht ständig genüsslich aufzustöhnen. Immer, wenn Nathan kochte, gab ich Laute von mir, die an eine Telefonsexhotline erinnerten und die amüsierten Blicke, die er mir ab und an über den Tisch hinweg zuwarf, sagten mir, dass sich das nicht nur in meinen Ohren so anhörte.

»Du musst das nicht tun, weißt du?«, bemerkte ich vorsichtig, als ich heute nach dem Frühstück mit meiner zweiten Tasse Kaffee in der Küche stand, wo Nathan erneut unter Verweigerung meiner Mithilfe die Teller abwusch. »Das Frühstück. Und dann auch noch der Abwasch. Ich kann auch …«

»Du kannst raus in den Garten gehen und die Morgensonne genießen«, erwiderte Nathan in rauem Tonfall, ohne mich anzusehen. Ich wollte zunächst etwas erwidern, überlegte es mir dann jedoch anders und war schon dabei, folgsam die Küche zu verlassen, als mich Nathans Stimme aufhielt.

»Ella – es macht mir Spaß, für euch zu kochen. Wirklich.« Ich drehte mich um, sah ihn an. Nathan erwiderte meinen Blick über seine Schulter, lächelte flüchtig. Merkwürdig, wie warm mir bei diesem kurzen Lächeln wurde. »Außerdem muss ich einiges wiedergutmachen. Unter anderem eure miserablen ersten Frühstücke am dunklen Strand.«

Ernst starrte er mich an, ich erwiderte seinen Blick überrascht. »Ach was«, winkte ich betont gelassen ab. »So schlimm war das nicht, die Kinder hatten sogar viel Spaß dabei und ...«

»Ab jetzt wird zu Hause gefrühstückt«, unterbrach mich Nathan resolut und griff nach dem nächsten Teller, tauchte ihn in das Spülwasser. »Ich will nicht, dass du mit dem Gesetz in Konflikt gerätst.«

»Du gönnst mir bloß nicht, dass ich die Rettungsschwimmer näher kennenlerne.«

Nathan lachte leise auf, ein dunkles Lachen, das in meinem Bauch vibrierte. Und weiter unten. »Klar gönne ich dir die Rettungsschwimmer. Wenn ein paar sonnenverbrannte Muskelpakete mit dem IQ einer Erbse deiner Vorstellung von einem Traummann entsprechen ...«

Bildete ich mir das ein, oder klang er ein kleines bisschen gereizt? Mit einem Grinsen nippte ich an meinem Kaffee und bemerkte frech: »Für gewisse Dinge braucht man keinen großen IQ.«

Nathan warf mir erneut einen langen Blick zu, der mich fast in die Knie gehen ließ. »Was du nicht sagst«, bemerkte er trocken. »Dann solltest du wohl schleunigst an den Strand gehen. Vor allem jetzt, wo du einen neuen Badeanzug hast.« Er machte eine kurze Pause, grinste flüchtig und fügte hinzu: »Wobei der alte Badeanzug mit dem gewagten Ausschnitt den Erbsenhirnen bestimmt noch besser gefallen hätte.«

»Ha, ha«, gab ich zurück und überlegte, ob ich vorgeben sollte, etwas im Kühlschrank zu suchen, um meine heißen Wangen zu kühlen.

»Darum also auch die neue Unterwäsche? Wegen der Rettungsschwimmer?«

Sprachlos starrte ich Nathan an. Er erwiderte meinen Blick nicht, sondern bearbeitete entschlossen einen Teller mit dem Spülschwamm.

»Ähm … nein. Ich …« Mit einer raschen Bewegung öffnete ich den Kühlschrank und hielt meinen Kopf hinein, räumte ein wenig darin herum und verkündete schließlich: »Ich muss nachher dringend Butter und Joghurt kaufen.«

»Mhhm«, hörte ich Nathan murmeln, während ich den Kühlschrank wieder schloss und mit meiner Kaffeetasse hinaus in den Garten flüchtete.

»Ach, ich darf die Butter nicht vergessen«, murmele ich nun, als ich in der Pantry Will Anderson gegenüberstehe und mich an meine heißen Wangen heute Morgen in der Küche erinnere. Will Anderson hat ganz sicherlich nicht den IQ einer Erbse, so viel steht fest. Aber das ist jetzt eigentlich völlig unwesentlich.

»Nathan Goodman macht euch also Frühstück«, wiederholt Will langsam und musterte mich mit schief gelegtem Kopf. »Nicht schlecht, morgens schon von einem Sternekoch verwöhnt zu werden.«

Bei dem Ausdruck »verwöhnt« schiebt sich augenblicklich ein anderes Bild vor mein inneres Auge, das nichts mit Essen zu tun hat, und ich spüre schon wieder heiße Röte in meine Wangen wandern.

»Ähm, ja«, murmele ich und grinse verlegen. »Ich werde mit ein paar extra Kilos zurück nach Deutschland fliegen, wenn das so weitergeht!«

»Die würden dir ausgezeichnet stehen«, bemerkt Will galant,

und mir entgeht nicht, dass er seinen Blick durchaus wohlwollend über meinen Körper wandern lässt. Zum ersten Mal trage ich heute meinen neuen Rock mit dem Palmen-Hibiskus-Surfbrett-Muster, dazu ein schlichtes weißes T-Shirt und ein paar silberne Kreolen, die ich in den Tiefen meines Kulturbeutels gefunden habe und deren Existenz ich fast vergessen hatte. Als ich die Ohrringe das letzte Mal getragen habe, waren die Kinder noch nicht auf der Welt. Ich muss sie für Thomas' und meinen Kurztrip nach Paris eingepackt haben, damals, kurz vor Weihnachten, als wir frisch verliebt waren. Flüchtig denke ich an unser Geknutsche unterm Eiffelturm und bin versucht, sentimental zu werden, schüttele den Gedanken aber rasch ab und atme tief durch. Paris hin oder her: Mit meinem schwingenden Rock und den baumelnden Kreolen fühle ich mich heute beinahe sexy. Darum antworte ich selbstbewusst: »Danke, mein Lieber. So, ich muss jetzt weiter einkaufen. Und du musst sicherlich noch ein paar Leute um ihr sauer verdientes Geld bringen, oder? Arbeitest du hier auf der Insel per Laptop am Unglück anderer?«

Will lacht amüsiert auf und schüttelt den Kopf. »Ella, Ella. Es wird höchste Zeit, dass ich dir mehr von meinem Job erzähle. Was meinst du, gehen wir heute Abend mit den Kindern Fish & Chips essen?«

Überrascht sehe ich ihn an. »Heute Abend? Also ... Ähm ...« Verlegen nestele ich an einer Haarsträhne herum, bevor ich sie hinter mein Ohr schiebe und sage: »Weißt du, Nathan kocht heute Abend für uns. Ich kann das nicht mehr absagen.«

Und ich will das nicht absagen, denn ich bin schon sehr gespannt auf die hausgemachten Gnocchi à la Goodman, die Nathan geplant hat.

»Na klar, würde ich auch nicht, wenn ein Sternekoch extra für mich kochen würde«, murmelt Will und wirkt ein wenig enttäuscht. »Also dann ... hmm ... morgen? Ach, nein, sorry, morgen muss ich noch mal in die City. Du hast übrigens recht, ich arbeite hier am Laptop, bin aber jede Woche zwei bis drei Tage in Manhattan, im Büro.«

»Ganz schön viel Fahrerei«, bemerke ich. »Warte – jetzt sag nicht, dass du mit dem Hubschrauber kommst, wie die ganz großen Geldsäcke.«

Will legt seinen Kopf in den Nacken und lacht laut auf, wobei er seine strahlend weißen Zähne entblößt. »Nein, kein Hubschrauber«, antwortet er vergnügt. »Aber mein Chauffeur holt mich immer am Pier von Bay Shore ab und fährt mich nach Manhattan. Glaub mir, die Fahrerei ist mir tausendmal lieber als stattdessen den ganzen Sommer im heißen Manhattan hocken zu müssen.«

»Ja, das verstehe ich«, murmele ich und greife dann mit einem erleichterten »Ach, da sind sie ja!« nach einer Packung Papiermuffinförmchen, die sich im untersten Regalfach versteckt hatten.

»Hey, weißt du was, du Königin der Hochzeitstorten?«, bemerkt Will und betrachtet mit einem Schmunzeln die Papierförmchen in meiner Hand. »In vier Tagen wird hier ganz groß der 4. Juli gefeiert, mit Bollerwagenparade durch Ocean Beach und Feuerwerk am Strand. Die Feuerwehr organisiert einen Hotdogstand und ein großes Kuchenbuffet. Wenn deine Muffins so gut sind, wie du sagst, wären sie sicherlich eine Bereicherung für das Buffet. Der Erlös geht an die Feuerwehr, wir brauchen hier dringend einen neuen Leiterwagen.«

»Stimmt, davon habe ich schon gehört«, sage ich und versuche, mich daran zu erinnern, wer mir von den Aktivitäten am 4. Juli erzählt hat. »Muss ich mich irgendwo anmelden?«

»Nein, ich glaube, du kannst die Sachen einfach morgens bis neun Uhr an der Feuerwache abgeben. Da startet übrigens um zehn Uhr auch der Bollerwagenumzug. Die sogenannte ›Babyparade‹. Schon davon gehört?«

Da fällt mir wieder ein, wann ich schon einmal davon gehört habe: An unserem ersten Morgen auf Fire Island, auf der Veranda der Sea Whisper Bakery, während meine Kinder im Bollerwagen schliefen. Genau, die freundliche ältere Dame und der Familienvater im Schlafanzug, dessen Frau Hummerkostüme bastelt.

»Ja, von der Parade habe ich auch schon gehört«, nicke ich. »Allerdings habe ich keine Ahnung, als was ich meine Mädchen verkleiden könnte. Wenn es nach ihnen ginge, kämen natürlich nur Anna und Elsa aus ›Frozen‹ in Frage.« Ich lache auf, und Will grinst wissend.

»Ja, den Film findet sogar meine Tochter noch gut, und sie ist schon neun.«

»Oh je, du machst mir ja Mut«, murmele ich. »Wenn die Phase so lange anhält …« Ich zögere, bevor ich vorsichtig nachhake: »Du hast neulich erwähnt, dass deine Kinder in England wohnen?«

Will nickt und wirkt mit einem Mal sehr ernst. »In London, ja. Meine Ex-Frau ist Engländerin.«

»Du hast also eine neunjährige Tochter und …?«

»… und einen elfjährigen Sohn«, vervollständigt Will mit einem wehmütigen Lächeln, das mich rührt. »Leider sehe ich Olivia und Edward nur zwei- bis dreimal im Jahr. Sie verbringen im August immer ein paar Wochen mit mir hier auf der Insel. Zu Weihnachten fliege ich nach London – aber natürlich wohne ich im Hotel und werde von meiner Ex ignoriert – und im Frühjahr kommen Olli und Ed mich noch einmal besuchen. Den Rest des Jahres skypen wir.«

»Hmm«, murmele ich und muss an das Skype-Gespräch denken, das die Zwillinge gestern Abend mit Thomas geführt haben. Immerhin wurde er diesmal nicht beim »Duschen« überrascht. Trotzdem war ich angespannt, saß still in einer Ecke des Zimmers, lauschte Thomas' Stimme, die so vertraut klang, dass ich permanent Tränen fortblinzeln musste. Sein Bild auf dem Tablet zu sehen ertrug ich kaum. Ich hörte mir still an, wie Clara und Paula vom Strand schwärmten – und von Nathan. Genugtuung erfüllte mich, als Thomas hörbar irritiert nachhakte, warum denn Nathan mit ihnen eine Sandburg gebaut habe, warum er für uns koche und morgens Pfannkuchen backe. Natürlich konnten unsere Töchter die tausend Fragen ihres Vaters nicht wirklich beantworten, sondern plauderten weiter wild durcheinander, bis Thomas ziemlich erschöpft klang und fragte, ob er mich auch noch sprechen könne. Ich erschien nur kurz vor dem Tablet, grüßte knapp und richtete ihm aus, dass Nathan mit dem Abendessen wartete, was nicht gelogen war. Es gab Pasta Carbonara, und der Duft, der von der Küche aus durch das Haus strömte, ließ meinen Magen vor Vorfreude Samba tanzen.

»Was hat es denn bitteschön mit diesem Nathan auf sich?«, wollte Thomas ungeduldig wissen. Er sah gut aus, stellte ich unzufrieden fest. Wenn auch in diesem Moment etwas gereizt.

»Was soll es mit ihm auf sich haben?«, fragte ich zurück. »Wir teilen uns ein Ferienhaus. Er kocht für uns.«

»Und macht Pfannkuchen zum Frühstück?«

»Ja, Thomas«, gab ich ungeduldig zurück. »Auch wenn dich das nichts angeht.«

»Das tut es sehr wohl, immerhin sind das auch meine Kinder!«

Ich atmete tief durch, sah flüchtig die Mädchen an, die begonnen hatten, aus Sofakissen eine Höhle für ihre Stofftiere zu bauen. »Du wirst ja wohl kaum behaupten, dass Nathans Essen schlecht für die Kinder ist, oder?«, fragte ich mühsam beherrscht. »Er ist immerhin ein gefeierter Koch!«

Mit reichlich Problemen, aber das brauchte Thomas wirklich nicht zu wissen. Natürlich war mir klar, was Thomas in Wirklichkeit irritierte: Dass ich mit einem gut aussehenden Mann unter einem Dach lebte. Mit einem Mann, der Sandburgen mit unseren

Kindern baute und für sie kochte. Alles Dinge, die Thomas selten (die Sandburgen) bis nie (das Kochen) getan hatte.

»Schon okay«, murrte Thomas. »Ich wundere mich nur, weil du nicht erwähnt hattest, dass du nicht allein in dem Haus sein würdest.«

»Ich fange jetzt lieber nicht von den Dingen an, die du lange Zeit nicht erwähnt hast«, erwiderte ich kühl. »Mach es gut, Thomas.«

Und ich beendete das Gespräch und ging mit den Kindern auf die Veranda, wo köstliche Spaghetti Carbonara auf uns warteten.

»Ist nicht einfach, so eine Trennung, vor allem mit Kindern«, murmele ich nun, in der Pantry, mehr zu mir selbst als zu Will Anderson. Manchmal wache ich morgens immer noch auf und denke, Thomas liege neben mir, und alles sei ein schlechter Traum gewesen. So, genug über Thomas nachgedacht. Entschlossen räuspere ich mich und sage mit fester Stimme: »Mal sehen, vielleicht habe ich noch eine Kostümidee und mache tatsächlich mit den Kindern bei der Babyparade mit. Einen Bollerwagen haben wir. Und Kuchen fürs Buffet ist gebongt. Die Feuerwehr soll ihren neuen Leiterwagen bekommen! Bist du am 4. Juli auch hier auf der Insel?«

»Aber klar«, nickt Will. »Den 4. Juli würde ich niemals woanders verbringen. Mein Haus wird sogar voll sein, es kommen ein paar Freunde aus Manhattan mit.«

»Na, dann sehen wir uns bestimmt am 4. Juli.«

»Mit Sicherheit. Ich bin gespannt, was du Leckeres zaubern wirst.« Will zwinkert mir zu. »Bye, du Königin der Hochzeitstorten.«

»Bye, du skrupelloser Geldhai.«

Ich kann sein Lachen immer noch hören, als Will schon den Laden verlassen hat und sich draußen auf ein Mountainbike schwingt.

Kapitel 21

Als ich das Haus betrete, wappne ich mich für das Schlimmste – verheulte Kinder, ruinierte Möbel, ein völlig genervter Nathan, der mich erneut auffordert, ins Hotel zu ziehen. Stattdessen komme ich in ein nur halbwegs chaotisches Wohnzimmer und sehe meine Mädchen, die sich kichernd über Nathan beugen, der auf dem Teppich liegt.

»Hi«, sage ich und trete neugierig näher. »Was macht ihr?«

Da erkenne ich den »Verband« an Nathans linkem Arm – ein wirr verknotetes Handtuch. Paula ist gerade dabei, auch Nathans rechten Arm zu bandagieren.

»Mama!«, ruft sie und schwenkt triumphierend das Verbandmaterial hin und her, das sich bei genauerem Hinsehen als mein gutes Seidenhalstuch entpuppt. »Nathan ist verletzt!«

»Hi«, sagt Nathan und wirft mir einen gespielt verzweifelten Blick vom Boden aus zu.

»Oh je, der arme Nathan«, lächele ich und frage Richtung Teppich: »Alles okay bei dir?«

»Absolut. Aber meine beiden Arme sind gebrochen. Ich bin auf dem Eis ausgerutscht.«

»Eis?«, frage ich ratlos.

»Ja, Mama, er ist Tifftoff!«, verkündet Clara strahlend.

»Genau«, schmunzelt Nathan zu mir hoch. »Ich bin Tifftoff.«

»Ahhh! Ihr spielt Frozen!«, lache ich auf. »Der Typ heißt übrigens Kristoff.«

»Ich weiß«, grinst Nathan.

»Echt?«, frage ich erstaunt und stelle meine Einkaufstasche auf dem Sofa ab. »Woher?« Nicht einmal Thomas, der immerhin dreieinhalb Jahre lang Zeit hatte, sich an seine Töchter und ihre Interessen zu gewöhnen, weiß bis heute, dass Kristoff der blonde Hüne aus dem Lieblingsfilm sämtlicher kleiner Mädchen ist.

»Meine Sousköchin hat eine Tochter, die hin und wieder bei uns im Restaurant ihre Hausaufgaben macht. Von Isabel weiß ich alles über Frozen.«

Dass ich bei dem Gedanken an Nathan und die kleine Tochter einer anderen Frau ein eifersüchtiges Stechen in meiner Magengegend spüre, irritiert mich. Trotzdem kann ich es nicht verhindern, dass ich mich frage, warum er die Zwillinge und mich am Anfang nicht hier haben wollte, aber in seiner Restaurantküche anscheinend ganz selbstverständlich mit der kleinen Tochter einer anderen Frau über Disneyfilme plaudert. Andererseits – hey, immerhin kocht er inzwischen nur zu gern für uns und liegt gerade mit beidseitig verbundenen Armen auf dem Teppich, weil er Kristoff spielt! Vielleicht stimmt es doch nicht, was er damals in dem Interview behauptet hat: dass er kein Familienmensch ist?

»Mama, Mama, ich bin Elsa!«, verkündet Clara und grinst mich stolz an.

»Nein, ich bin Elsa!«, protestiert Paula augenblicklich. Ja, diese Diskussion kenne ich nur zu gut.

»*Hey, girls*«, sagt Nathan ruhig. »Wir haben gesagt, erst du, Paula, dann du, Clara. Paula, du später wieder.«

Ich staune still, wie souverän er mit meinen zickigen Mädels umgeht. Und wie gut sein Deutsch inzwischen wieder ist, ganz so, als hätte er es nach all diesen Jahren nur entstauben müssen.

»Na gut!«, sagt Paula und verschränkt beleidigt ihre Arme vor der Brust. »Dann bin ich Anna!«

»Ganz genau«, bestätige ich und greife nach meiner Einkaufstasche.»Na, dann verbindet euren Kristoff mal gründlich. Übrigens könnt ihr mir gleich, wenn ich die Einkäufe ausgepackt habe, beim Backen helfen, ihr Mäuse.«

»Backen? Kuchen?«, ruft Clara aufgeregt.

»Backe, backe Kuchen!«, beginnt Paula lauthals zu singen.

»Nein, Muffins«, erwidere ich und muss lachen, als meine Zwillinge in Freudengeheul ausbrechen.

»Also dein Apfelkuchen wäre mir lieber«, brummt Nathan und richtet sich auf, wobei er sorgsam darauf achtet, seine Verbände nicht zu verlieren. Wärme erfüllt meinen Bauch, und ich muss schnell meinen Blick von ihm abwenden, um ihn nicht anzugrinsen wie ein Honigkuchenpferd. Wer hätte gedacht, dass er nicht nur ohne Drama meine Kinder beaufsichtigen, sondern sich sogar dazu herablassen würde, mit ihnen Frozen zu spielen?

»Du kennst meine Muffins noch nicht«, erwidere ich mit einem koketten Lächeln.

»Das ist wahr«, murmelt Nathan, und bevor ich mich entscheiden kann, ob der Blick, den er mir zuwirft, zweideutig ist oder nicht, rutscht sein Seidenschal vom Arm und gleitet auf seine nackten Füße.

»Tifftoff! Dein Verband!«, ruft Clara entsetzt und schnappt sich den Schal.

»Ich schulde dir was«, bemerke ich leise. Nathans Augenbrauen wandern in die Höhe, und er fragt mit dunkler Stimme: »Und was hast du im Angebot?«

Ich wende mich ab, um meine heißen Wangen vor ihm zu verbergen und antworte leichthin: »Muffins zum Beispiel.«

Es dauert nicht lange, und die Küche gleicht einem Schlachtfeld. Normalerweise bin ich eine sehr ordentliche Bäckerin, räume immer gleich auf, wasche nebenher ab, wische die Arbeitsplatte zwischendurch sauber. Chaos hat bei mir unter normalen

Umständen keine Chance. Aber wenn ich mit Paula und Clara backe, sind die Umstände nicht normal. Natürlich fällt reichlich Mehl daneben, wenn die beiden versuchen, es in den Messbecher zu füllen. Natürlich landet ein Ei auf dem Boden (oder zwei). Und dass nur die Hälfte der gemahlenen Mandeln ihren Weg in die Rührschüssel gefunden hat, während der Rest überall verteilt worden ist – keine Katastrophe. Mir ist es wichtig, dass die Mädchen früh in der Küche experimentieren dürfen, und dafür nehme ich es in Kauf, hinterher eine Grundreinigung machen zu müssen.

Thomas hat immer Zustände bekommen, wenn er ausnahmsweise mal früh nach Hause gekommen ist und erlebt hat, wie es aussieht, wenn die Zwillinge mir beim Backen »helfen«. Aber das mit dem früh nach Hause kommen war ja recht selten, und daher hat er nicht oft missbilligend den Kopf schütteln und fragen können, ob das wirklich nötig sei.

Von Nathan kommen keine Bemerkungen, denn der Gute hat das Weite gesucht und liegt draußen vor dem Küchenfenster in der Hängematte, die Augen geschlossen, die Kopfhörer seines I-Pods in den Ohren, nach wie vor den Seidenschal um einen Arm gewickelt. Während ich Mehl und gemahlene Mandeln von der Arbeitsplatte wische, werfe ich einen raschen Blick aus dem Fenster, mustere Nathans dunkle Locken und seine schwarzen Wimpern, die ich sogar aus dieser Entfernung ausmachen kann, so dicht und lang sind sie. Eigentlich wollte ich nur schnell feststellen, ob Nathan nach wie vor dort liegt, aber mein Blick verweilt irgendwie länger an ihm. Wandert von den Wimpern über seine gerade Nase, den – ähm – irgendwie sinnlichen Mund, das recht kantige Kinn und den Hals hinab zu seiner Brust, über der sich ein weißes T-Shirt mit dem Aufdruck einer Flasche Corona spannt. Zum Glück hat Nathan seit unserem großen Streit kein Bier und auch keinen Wein oder sonstigen Alkohol mehr angerührt – zumindest nicht, soweit ich das mitbekommen habe. Was für ein schöner Oberkörper, denke ich. Was für schöne Arme. Sein Bizeps ist definiert, aber nicht so übertrieben wie bei jemandem, der ständig im Fitnessstudio Gewichte stemmt. Seine Unterarme sind sehnig – wobei ich nur einen richtig erkennen kann, der andere ist ja in meinen Seidenschal gewickelt. Und seine Hände ... Hach, diese Hände! Ich beiße mir auf die Unterlippe, als mein Blick über Nathans Finger gleitet. Als seine Hände sich plötzlich bewegen und aus meinem Blickfeld verschwinden, sehe ich erschrocken auf und merke, dass Nathan seine Arme hinter dem Kopf verschränkt hat. Und mich ansieht. Um seine Lippen zuckt ein Schmunzeln. Augenblicklich spüre ich Hitze in meinen Kopf schießen. Und auch in die entgegengesetzte Richtung. Oh Gott, das ist nicht gut.

»Mama! Die Muffins sind aber schon dunkel!«, kommt Paulas Stimme aus der Richtung des Backofens.

»Oh nein«, stöhne ich auf und wende mich hastig vom Fenster ab, froh darüber, mich ablenken zu können. »Die habe ich ja völlig vergessen!«

»Sind sie gefeuert?«, höre ich Clara jammern, während ich das Backblech mit den Ofenhandschuhen heraushole und auf die Arbeitsplatte aus grauem Marmor stelle.

»Du meinst verbrannt«, korrigiere ich ruhig.

»Gebrannt?«, quietscht Paula entsetzt und reckt ihren Kopf, in dem Versuch, mehr zu sehen.

»Nein«, lache ich und drücke ihr einen Kuss auf den zerzausten Haarschopf. »Sie sind nicht verbrannt. Etwas dunkelbraun, aber noch okay.«

»Hmmm, das riecht hier aber köstlich«, höre ich Nathans Stimme hinter mir.

»Nathan, Nathan, die Muffins sind fertig!«, ruft Clara vergnügt, und Paula fügt hinzu: »Und nicht gebrannt, nur dunkel!«

»Verbrannt«, murmele ich und weiche Nathans Blick aus,

als er neben uns an die Arbeitsfläche herantritt und sich seitlich gegen die Küchenunterschränke lehnt.

»Die sehen doch hervorragend aus«, sagt er, und seine tiefe Stimme vibriert durch meinen ganzen Körper. Mit heißen Wangen wende ich mich dem Ofen zu, schließe die Klappe und werfe die Backhandschuhe auf die Arbeitsfläche. »Bitte knall jetzt bloß nicht so ein furchtbares *Frosting* drauf«, bemerkt Nathan.

»Nein, keine Sorge«, erwidere ich cool. »Ich mag diesen quietschsüßen Zuckerguss auch nicht. Wobei man damit natürlich tolle Dekorationen zaubern kann. Aber wenn ich für uns Muffins backe, kommt nur ein wenig flüssige Schokolade drüber.«

»Und Zuckerstreusel!«, kräht Clara, schnappt sich den Plastikbehälter mit den bunten Streuseln und schüttelt ihn wie eine Rassel.

»Yeah«, lacht Nathan. »Na dann.«

Ich spüre seinen Blick auf mich gerichtet, während ich etwas Wasser in einen Kochtopf fülle und diesen auf den Herd stelle.

»Könntest du mir bitte eine der Schokoladentafeln geben, die hinter dir liegen?«, erkundige ich mich beiläufig und versuche, in seiner Gegenwart locker und entspannt zu sein, was mir nur halbwegs gelingt. Gehorsam reicht er mir eine der Tafeln. Als seine Finger meine streifen, muss ich schlucken. Da ich dringend irgendetwas Unverfängliches sagen möchte, erzähle ich ihm das Erstbeste, das mir in den Sinn kommt: »Ich werde etwas für den Feuerwehrstand am 4. Juli backen.«

Nathans Augenbrauen wandern fragend in die Höhe, er verschränkt die Arme vor der Brust. Augenblicklich ist Clara zur Stelle und nestelt an dem Seidenschal herum, der erneut droht von Nathans Unterarm zu rutschen. »Was hast du denn mit der Feuerwehr zu tun?«

»Eigentlich nichts, aber ich habe neulich am Strand einen eurer

Nachbarn kennengelernt, Will Anderson, und er hat mich heute in der Pantry gefragt, ob ich nicht etwas für das Kuchenbuffet backen möchte.«

»Will wer?«, fragt Nathan und mustert mich skeptisch.

»Anderson. Er hat ein Sommerhaus am Surf View Walk, aber er arbeitet in Manhattan. An der Wall Street.« Nathan schnaubt verächtlich, und ich ignoriere ihn, füge rasch hinzu: »Er sagt, er war schon mal in deinem Restaurant.«

»Das ist nicht mein Restaurant.« Nathans Ton wird gereizter.

»Nein, sorry. Also, er war in dem Restaurant, wo du Küchenchef bist, meinte ich. Im Cuisine. Na ja, ist ja auch egal. Er kennt auf jeden Fall deine Eltern und indirekt auch dich.«

»Ich ihn aber nicht«, erwidert Nathan schroff. »Und warum will er, dass du für die Feuerwehr backst?«

»Will er gar nicht«, entgegne ich, nun meinerseits ein wenig ungeduldig und zerbröckele die Schokoladentafel, bevor ich die Stückchen in eine Porzellanschale fülle und diese in das Wasser im Kochtopf stelle. »Aber ich habe ihm erzählt, dass ich mal sehr erfolgreich Hochzeitstorten gebacken habe und da ... Weißt du was? Ist auch egal. Auf jeden Fall werde ich wohl etwas für den 4. Juli backen.« Ich halte inne und sehe Nathan herausfordernd an. »Hast du Probleme mit eurem Unabhängigkeitstag? Oder mit der Feuerwehr von Ocean Beach? Oder mit meinen Backwaren?«

Nathan erwidert meinen Blick finster. Als auch ich ihn sekundenlang betont ernst anstarre, erhellt schließlich ein flüchtiges Grinsen sein Gesicht, bevor er blitzschnell nach einem der Muffins greift und ungefragt hineinbeißt. »Hmm«, macht er kauend, bevor er die Papierform von dem unteren Teil des dunkelbraunen Teigs löst und noch einen Bissen nimmt. »Nein, ich habe kein Problem mit deinen Backwaren«, erklärt er mit vollem Mund und lächelt mich frech an.

»Hey!« In gespielter Empörung stemme ich meine Hände in die Hüften. »Was fällt dir ein? Die sind noch nicht fertig!«

»Ich mag sie so. Ohne Zuckerstreusel.« Entschuldigend sieht er Clara an, die immer noch an seinem Verband herumnestelt. »Sorry, Angel. Ich weiß, ihr liebt diese bunten Streusel.« Clara nickt ernst.

»Ja, Zuckerstreusel sind sooo toll!«, lispelt Paula regelrecht entrüstet und starrt Nathan groß an.

»Nathan hat keine Ahnung«, erkläre ich meinen Töchtern mit einem Augenrollen und wende mich dem Topf auf dem Herd zu, wo ich die langsam schmelzenden Schokoladenstückchen vorsichtig umrühre.

»Und ob ich die habe«, höre ich Nathan murmeln. »Hmm, wirklich sehr gut. Alle Achtung, bei dir könnte ich fast zum Nachtischfan werden.«

»Freut mich, das zu hören«, bemerke ich. »Ach ja: Am 4. Juli findet auch dieser Bollerwagenumzug durch Ocean Beach statt. Die Babyparade. Schon davon gehört?«

Ein Grunzen ist die Antwort, sodass ich einen fragenden Blick über meine Schulter werfe und feststelle, dass meine Töchter Nathan schon wieder in Beschlag genommen haben, kichernd versuchen, an ihm hochzuklettern und ihm dabei fast die Shorts von den Hüften reißen.

Nicht, dass ich etwas dagegen hätte.

Falscher Gedanke.

»Nathan?«, frage ich und räuspere mich. »Hast du meine Frage verstanden?«

Anstatt mir zu antworten, schwingt Nathan Clara in die Luft und klemmt sie sich unter den Arm wie ein Surfboard, was mein Kind zu hysterischem Gelächter veranlasst und mich befürchten lässt, dass sie sich in die Hose machen könnte. Auch Nathan lacht laut auf. Dieses Lachen lässt mich ihn so ungläubig anstarren, dass sogar er das merkt, obwohl Clara wie verrückt unter seinem Arm zappelt und kichert und Paula versucht, seinen anderen Arm schon wieder neu zu verbinden.

»Was ist los?«, fragt er und grinst mich breit an. So kenne ich Nathan gar nicht mehr. Oder, besser ausgedrückt: So kannte ich ihn eigentlich noch nie. Ich kann mich nicht daran erinnern, Nathan jemals so ausgelassen und fröhlich gesehen zu haben, weder als Teenager noch als Erwachsener. So wenig düster und mürrisch.

»Ähm …«, beginne ich, weil ich den Faden verloren habe.

»Babyparade?«, hilft mir Nathan auf die Sprünge und setzt Clara wieder auf ihre Füße, was diese mit einem sofortigen: »Noch mal! Noch mal!« quittiert.

»Genau. Die Babyparade.«

»Da hat Maggie schon einige Male mitgemacht, glaube ich«, meint Nathan mit einem Schulterzucken. »Willst du mit den Mädels mitlaufen? Einen Bollerwagen haben wir ja.«

»Aber sie brauchen Kostüme, und ich habe keinen Schimmer, wo ich die hier herbekommen soll. Ich bin keine dieser Bastelmütter, die mal eben ein selbst gemachtes Kostüm aus dem Handgelenk schüttelt.«

»Nein, du bist eine super Backmutter, die mal eben verdammt gute Muffins zaubert«, bemerkt Nathan ruhig, und dieser Kommentar geht mir durch und durch und lässt mich schon wieder erröten, sodass ich mich rasch wieder dem Kochtopf zuwende.

»Noch mal hochheben, noch maaaaal!«, brüllt Clara, und Paula nölt: »Mamaaaa, gehen wir an den Strand?«

»Nein, ihr geht jetzt bitte erst einmal in den Garten, okay? Wenn ich die Muffins mit der Schokoladenglasur verziert habe, rufe ich euch, dann könnt ihr die Zuckerstreusel daraufstreuen. Einverstanden?«

Sobald ich allein in der Küche bin, bemühe ich mich darum,

meine Gedanken von Nathan fortzulenken. Von dem Blick, den er mir durch das Küchenfenster zugeworfen hat, als er mich beim Starren ertappt hat. Energisch rühre ich die letzten Klümpchen in der geschmolzenen Schokolade glatt und gehe dabei in Gedanken meine liebsten Backrezepte durch, suche nach Ideen für den 4. Juli. Als mein Blick auf die Schalen mit Blaubeeren und Erdbeeren fällt, die neben der Spüle darauf warten, gewaschen und vernascht zu werden, habe ich einen Gedankenblitz.

Sobald ich die flüssige Schokolade dekorativ über die Muffins gesprenkelt habe und die Kinder dabei sind, nach Herzenslust bunte Streusel auf dem Guss (und auf der Arbeitsplatte, auf dem Boden und natürlich auf sich selbst) zu verteilen, greife ich nach meinem Smartphone. Per SMS bitte ich Will Anderson darum, mir aus Manhattan Mascarpone und Vanilleschoten mitzubringen, denn beides werde ich in der Pantry kaum bekommen. So gut sortiert ist der Inselsupermarkt dann doch nicht. Wills Antwort kommt rasch und lässt mich schmunzeln:

»Da freue ich mich wie ein Schuljunge, weil du mir eine SMS schreibst, aber anstatt mich zu fragen, ob ich heute Abend doch noch mit dir ausgehen möchte, bekomme ich eine Einkaufsliste? Scherz beiseite: Kein Problem, Mascarpone und Vanilleschoten werden besorgt. Bin am 2. Juli wieder da. Bis bald! Will«

Kapitel 22

Hey, ich habe eine Idee für die Bollerwagenparade«, reißt mich Nathans Stimme an diesem Abend aus meinen Gedanken. Ich habe es mir auf einem der Liegestühle auf der Veranda bequem gemacht und starre gedankenverloren in den schwarz-blauen Himmel hinauf. Im Garten ist es fast dunkel, bis auf das Leuchten der Sterne über mir und das Glimmen der Lichterkette, die um den Gartenzaun der Goodmans geschlungen ist. Erstaunt drehe ich meinen Kopf und mustere Nathan, der in der geöffneten Verandatür steht, einen großen Karton in der Hand.

»Wir machen einen Surferwagen«, erklärt er, während ich noch dabei bin, zu verdauen, dass Nathan Goodman tatsächlich mehr als einen Gedanken an die Babyparade verschwendet hat.

»Einen Surferwagen?«, wiederhole ich langsam. Augenblicklich muss ich an unseren Sommer vor zwanzig Jahren denken, als Nathan oft mit ein paar Jungs aus der Nachbarschaft zum Wellenreiten an den Strand gegangen ist. Wenn er nach solchen langen Tagen am Meer zurück ins Ferienhaus gekommen ist, die Locken verklebt vom Salzwasser, die Haut unverschämt braun gebrannt, sein Wellenbrett unter dem Arm, dann war er plötzlich nicht mehr der mürrische Teenager, sondern ein ausgelassener Junge, der wirklich Spaß haben konnte.

Der erwachsene Nathan nickt jetzt und tritt neben meinen Stuhl, wo er den Karton auf die Holzbretter der Veranda fallen lässt. »Die Mädels tragen einfach ihre UV-Schutzanzüge, wir dekorieren den Wagen mit Seegras und Muscheln, und ich schneide aus diesem Karton ein Surfbrett aus, das wir bemalen können. Oben habe ich Wasserfarben von meinen Neffen gesehen.«

Ich starre Nathan an, als käme er von einem anderen Stern. »Wer sind Sie, und was haben Sie mit dem schlecht gelaunten Typen gemacht, der uns an den ersten Tagen hier das Leben zur Hölle gemacht hat?«, erkundige ich mich ernst.

Nathan schenkt mir ein Augenrollen und brummt irgendetwas, während er sich abwendet. »War nur so eine Idee. Und du hast ja schon das perfekte Outfit.«

»Was, meinen Badeanzug?«

Er dreht sich wieder zu mir um und verschränkt die Arme vor der Brust. Ein amüsiertes Grinsen flackert über sein Gesicht. »Wäre auch eine Idee«, murmelt er. »Aber nicht der neue. Der zerrissene Badeanzug. Allerdings fallen dann die alten Damen der Reihe nach in Ohnmacht.«

Ich muss so laut auflachen, dass ich mir eine Hand vor den Mund schlage, damit mich die Kinder im ersten Stock nicht hören und wieder wach werden, in dem Glauben, ihre Mama feiere hier unten eine Party. »Nein, das wollen wir natürlich nicht«, kichere ich unterdrückt.

»Ich meinte dein heutiges Outfit«, sagt Nathan ruhig und deutet in die Richtung meines Rocks. »Das ist perfekt.«

Er sieht mich an, und ich bin mir einen Moment lang nicht sicher, ob er meint, dass mein Rock mit dem Surfbrettmuster perfekt zum Thema des Wagens passen würde, oder ob ... oder ob er mein Outfit generell perfekt findet. Ob das ein Kompliment war. Ich finde es nicht mehr heraus, denn Nathan wendet sich abrupt ab, betritt wieder das Wohnzimmer. »Kannst es dir ja überlegen«, höre ich ihn noch sagen.

»Hey, Nathan!«, rufe ich ihm mit gedämpfter Stimme hinterher. In der Mitte des Wohnzimmers hält er inne, dreht sich noch einmal um und sieht mich schweigend an.

Himmel, wenn seine Augen so dunkel wirken wie heute Abend, fast schwarz, dann ... dann ... Ich verliere schon wieder den Faden.

»Ähm, danke«, stoße ich hastig hervor. »Danke für die fantastischen Gnocchi. Meine Kinder werden nie wieder die Fertiggnocchi essen, die ich sonst kaufe. Bio, immerhin, und mit hausgemachter Soße, aber eben nicht aus frischen Kartoffeln selbst hergestellt. Du hast sie für meine Küche verdorben.«

Nathan mustert mich ernst, bevor er wieder ein paar Schritte näher kommt, sich in den Türrahmen lehnt und sagt: »Ich bin mir sicher, dass du wunderbar kochst, Ella. So, wie du backst, kannst du gar nicht schlecht kochen.« Ein Lächeln umspielt seine Lippen, und meine Hände umklammern die Armlehnen des Liegestuhls fester. Es ist nicht fair, dass er schon wieder beginnt mich so verrückt zu machen. Ich bin frisch getrennt, verdammt noch mal! Und im ersten Stock schlafen meine Kinder! Und ... und ...

»Und ... danke für die Idee mit dem Surferwagen«, sage ich mit belegter Stimme und räuspere mich. »Das ist eine super Idee. Das machen wir.«

»Cool.« Nathan grinst mich an und sieht für einen Moment mal wieder um zehn Jahre jünger aus. »Also, schlaf gut, Ella.«

»Du auch, Nathan.«

Am 2. Juli erfolgt abends um zwanzig vor neun, als die Kinder schon schlafen und sich malerische Dämmerung über die Insel senkt, am Strand die »Übergabe«. So hat Will es in seiner SMS genannt, in der er das Treffen vorgeschlagen hat, was mich zu der Sorge veranlasst hat, dass das FBI auf uns aufmerksam werden könnte, in dem Glauben, wir würden Schlimmes im Schilde führen. Dabei handelt es sich nur um Mascarpone und Vanille-schoten.

Der Treffpunkt am Strand war Wills Vorschlag, weil er erst um kurz vor sieben mit seinen Freunden auf der Insel angekommen ist (»Furchtbarer Stau aus Manhattan raus …«) und er nicht mehr zu unserem Haus kommen und die Zwillinge in ihrer Zu-Bett-Geh-Routine stören wollte. Dass der Mann Vater ist und weiß, wie es abends in Häusern mit Kleinkindern zugeht, ist offensichtlich.

Natürlich bin ich zehn Minuten zu spät dran, weil ich Nathan noch ewig erklärt habe, was zu tun ist, sollten die Prinzessinnen aufwachen und weinen, bis er mich entnervt losgeschickt hat, mit den Worten: »Ich dachte, du holst nur schnell deine Backzutaten ab? Das ist doch kein stundenlanges Date, oder?«

»Quatsch, natürlich nicht«, habe ich lachend erwidert, bevor ich losgestürmt bin, Richtung Strand. Nicht, ohne mich zum fünften Mal zu vergewissern, dass ich mein Smartphone einge-packt und auf laut gestellt habe, damit ich es höre, falls Nathan mich anruft. Doch als ich nun, um zwanzig vor neun, atemlos den Holzweg über die Dünen entlangstürme, bleibe ich über-rascht auf der obersten Stufe der Treppe, die zum Strand hinab-führt, stehen. Wenige Meter von der Treppe entfernt sitzt Will auf einer Decke, eine Laterne neben sich, in der eine Kerze in der Abendbrise flackert.

Ist das etwa doch ein Date?

Verlegen nestele ich an meinem Haar herum und streiche mein T-Shirt glatt. Warum trage ich ausgerechnet heute nur Shorts und ein vom stressigen Tag zerknittertes Oberteil? Himmel, ich habe mich nicht einmal neu geschminkt, und die Wimperntu-sche, die ich heute Morgen aufgetragen habe, hat sich im Laufe dieses Tages mit seinem Sandburgenbauen und Toben im Meer, mit Wettläufen am Strand und Streit mit den Kindern bestimmt in Wohlgefallen aufgelöst.

Will dreht den Kopf und sieht mich die sandbedeckten Treppenstufen hinabkommen. »Hey«, sagt er und steht auf, kommt einen Schritt auf mich zu und lächelt mich breit an. Mann oh Mann, was sieht er gut aus. Den Kragen seines Poloshirts hat er hochgeklappt, was ich sonst affig finde, aber bei ihm wirkt das irgendwie sexy. Seine Shorts sind dunkelblau und sehen teuer aus, sicher von einem der Label, die quasi nach amerikanischer Ostküste schreien, wie Ralph Lauren oder Tommy Hilfiger.

»Hey«, sage ich und lache nervös auf. »Wow, du hast es dir ja gemütlich gemacht.«

»Na ja«, meint Will und kratzt sich offensichtlich verlegen am Kopf. »Soweit man es sich hier gemütlich machen kann. Ich würde dir gern einen Wein anbieten oder zumindest ein paar Salz-Mandeln. Aber manche von uns halten sich an Gesetze.« Mit einem bedeutungsschweren Blick reicht er mir eine Plastikwasserflasche, und ich muss auflachen. »Mehr ist nicht drin, fürchte ich«, grinst Will. »Setzt du dich trotzdem kurz zu mir?«

»Na klar«, lache ich auf, während ich mich im Schneidersitz auf die Decke sinken lasse. »Du Feigling, du hast tatsächlich Angst vor den meckernden alten Damen, oder?«

»Nee, vielmehr vor Sheriff Ryan. Der hat mich vor Jahren einmal mit Wein auf einer Picknickdecke erwischt. Die Standpauke und die Geldstrafe haben mir gereicht.«

»Echt jetzt? Geldstrafe?« Ich reiße meine Augen weit auf bei der Erinnerung an meine verbotenen Frühstückpicknicks.

»Natürlich. Das hier ist Amerika, das Land der unbegrenzten Möglichkeiten. Aber Alkohol in der Öffentlichkeit? *Absolutely not.* Und du darfst zwar deine Waffe mit an den Strand nehmen, aber bloß nichts zu essen – zumindest nicht hier, auf Fire Island. Daher wird Ocean Beach auch ›Land of No‹ genannt.«

»Das passt«, nicke ich grinsend. »Dafür findet man hier am

Strand aber auch keinen Müll. Ein echter Vorteil, wenn man europäische Strände kennt, glaub mir.«

Andächtig lasse ich meinen Blick über den breiten Streifen hellen Sandes wandern, über das Meer, das sich in der Abendstimmung violett verfärbt hat, über die einzelnen Spaziergänger, die an der Wasserlinie entlangschlendern. Es ist herrlich still, bis auf das gleichmäßige Rauschen der Wellen, die an den Strand rollen und ein gelegentliches Kreischen einer Möwe oder das Bellen eines Hundes irgendwo im Ort hinter uns. Der Duft nach Salzwasser und feuchtem Seetang mischt sich mit dem würzigen Aroma nach Fleisch, das in einem der Gärten jenseits der Dünen auf dem Grill liegen muss.

»Hmm, das riecht lecker«, bemerke ich und halte meine Nase anerkennend in die milde Abendluft.

»Ja. Mariniertes Schweinenackensteak und Garnelenspieße.« Als ich Will verdutzt ansehe, lacht er auf und deutet mit dem Daumen über seine Schulter. »Das da hinten ist mein Haus. Das braune Dach.«

Ich schaue in die Richtung, in die er zeigt und erkenne jenseits der Dünen, schräg hinter einem protzigen grauen Haus, den Dachfirst eines braunen Holzhauses.

»Meine Freunde Jake und Alex haben darauf bestanden, noch heute Abend den Grill anzuschmeißen, verspätete Ankunft hin oder her. Es wird ein köstliches Abendessen unter den Sternen geben.« Ich merke, wie sein Blick auf mir verweilt, während ich an meinem Wasser nippe. »Ein Platz am Tisch wäre noch frei.«

Überrascht sehe ich ihn an und grinse schief. »Ähm – das ist nett, danke. Und die Garnelenspieße reizen mich wirklich. Aber ...«

»Jetzt sag nicht, dass der Koch schon wieder für dich kocht.«

Will klingt ein wenig ungeduldig, und ich ziehe überrascht meine Augenbrauen hoch. »Nein, wir haben schon gegessen«, erwidere ich ruhig und muss an die köstliche vegetarische Lasagne denken, die Nathan gezaubert hat. Mit Auberginen – und sogar meine Kinder, die sonst einen weiten Bogen um jede Aubergine gemacht hätten, haben jeweils drei Portionen verputzt. »Ich habe Nathan gesagt, dass ich nur kurz zum Strand gehe und ihn gebeten aufzupassen, ob die Mädchen aufwachen. Es war nicht die Rede davon, dass ich heute lange wegbleibe.«

»Mhhm«, murmelt Will, ohne mich anzusehen. Dann greift er nach einer Tüte, die neben ihm im Sand liegt, und reicht sie mir. »Sie hatten Mascarpone und Vanilleschoten bestellt, Gnädigste?«

»Oh, das ist genial!«, rufe ich, erleichtert darüber, dass er mich wieder gelassen anlächelt. »Warte, ich habe Geld dabei …« Ich beginne, in meiner Shortstasche nach den Dollarnoten zu wühlen, die ich eingesteckt habe, aber Will sagt ruhig: »Ich möchte kein Geld von dir haben. So geldgierig, wie du glaubst, bin ich nämlich nicht.« Er macht eine Pause und sieht mich ernst an. »Geh irgendwann mit mir essen. Okay?«

Meine Wangen werden rot vor Verlegenheit, während ich die Hand aus meiner Hosentasche ziehe und zögernd nicke. »Okay. Vielen Dank, Will.«

»Warte, ich habe hier noch etwas.« Als er eine weitere Tüte hervorzieht und sie mir reicht, sehe ich ihn erstaunt an, bevor ich neugierig hineinspähe. Blauer und grüner Stoff schimmert mir im Dämmerlicht entgegen, und ich greife zögernd hinein.

»Ich dachte, falls ihr noch nichts für den Bollerwagenumzug am 4. Juli haben solltet …« Will klingt ein wenig unsicher. Ratlos ziehe ich die Stoffbündel hervor, entfalte sie und starre sprachlos auf zwei Disneykleider: Ein Elsakleid in eisblau mit Glitzersteinchen, und ein Annakleid, in dunkelgrün, mit pinkfarbenem Blumenmuster am Saum. Fassungslos sehe ich die Kleider an und weiß nicht, was ich sagen soll. Augenblicklich muss ich an Nathan und seinen süßen Plan vom Surferwagen denken. Was wird er sagen, wenn ich jetzt mit diesen Kleidern ankomme? Trotzdem ist es eine nette Geste von Will. Wirklich nett. Ich schlucke und sehe ihn gerührt an. Er scheint zu merken, dass ich ein wenig baff bin, denn er meint rasch: »Wenn du inzwischen etwas anderes für den Bollerwagen geplant hast, ist das ja nicht schlimm, die Kleider können sie immer noch zum Spielen anziehen. Oder finden sie Frozen inzwischen etwa nicht mehr gut?«

»Doch!«, versichere ich rasch. »Sie sind immer noch verrückt danach und werden das bestimmt für die nächsten fünf Jahre bleiben, fürchte ich. Es ist nur ... wir haben tatsächlich schon einen anderen kreativen Plan für den Bollerwagen entwickelt. Trotzdem tausend Dank, Will. Aber ich bezahle die Kleider.«

»Untersteh dich«, winkt Will mit einem energischen Kopfschütteln ab. »Es freut mich, wenn die Mädchen sich freuen. Und ihre Mama natürlich.« Er zwinkert mir zu. Mit einem Mal wird mir bewusst, wie dunkel es schon geworden ist und wie sehr sich der Strand geleert hat. Will und ich im Kerzenschein auf dieser Decke, das erscheint mir plötzlich sehr intim – und sehr unpassend. Ein wenig beklommen frage ich mich, ob er für seine Großzügigkeit irgendeine Gegenleistung von mir erwartet. Auf einmal muss ich an einen anderen Strand denken, an eine andere Picknickdecke. An Thomas' und meinen ersten Kuss, am abendlichen Elbstrand. Verdammt, es ist so lange her, dass ich zum letzten Mal zum ersten Mal geküsst wurde, und in mir sträubt sich plötzlich alles. Hastig erhebe ich mich von der Decke.

»Sorry, ich muss wirklich zurück zum Haus«, sage ich entschuldigend und hebe meine zwei Tüten auf. Auch Will steht auf und wischt sich Sand von den Shorts, bevor er das Windlicht zur Seite stellt und beginnt die Decke zusammenzufalten. Ich versuche zu erkennen, ob er enttäuscht ist, aber er hat eine Pokermiene aufgesetzt, die mir wenig verrät. Als er mich endlich ansieht, lächelt er sein charmantes George Clooney-Lächeln und meint:»Ja, ich muss auch schleunigst zurück, die Garnelenspieße rufen.«

»Ich wünsche dir viel Spaß mit deinen Freunden«, sage ich möglichst unbefangen.

»Danke. Dir auch einen schönen Abend.«

»Wir sehen uns sicher übermorgen, bei der Parade?«, hake ich nach, während ich mich zum Gehen wende.

»Bestimmt«, gibt Will zurück, klemmt sich die Decke unter den Arm und greift nach der Laterne. »Mach es gut, Ella.«

Als ich das Haus erreiche, ist alles still. Die Kinder scheinen ruhig zu schlafen, stelle ich erleichtert fest, während ich meine Flipflops von den Füßen kicke und ins Wohnzimmer spähe. Nathan sitzt mit seinem Tablet auf dem Sofa und hebt den Blick, als er mich hört.

»Hi«, sagt er ruhig.

»Hi«, erwidere ich ein wenig atemlos. Bevor ich das Wohnzimmer betrete, öffne ich rasch die Tür zur Abstellkammer und hänge die Tüte mit den Disneykostümen an einen Haken, damit die Kinder den Inhalt nicht entdecken können. Vorerst zumindest. Der 4. Juli gehört dem Surfbollerwagen, Punkt.

»Musstest du Mascarpone und Vanilleschoten in Manhattan abholen?«, fragt Nathan, und ich bin erstaunt darüber, wie barsch er klingt. Ich lehne mich an den Esstisch und sehe ihn mit verschränkten Armen an. Er hat sein Tablet sinken lassen und erwidert meinen Blick vom Sofa aus finster.

»Nein. Aber wir haben noch eine Weile gequatscht. Sorry, dass es etwas länger gedauert hat.«

Nathan starrt mich an, ich starre zurück. Er öffnet seinen Mund, um etwas zu sagen, schließt ihn dann jedoch wieder, fährt sich mit einem unterdrückten Seufzer durch die Locken und legt sein Tablet zur Seite. »Also dann, ich gehe ins Bett.« Mit diesen

Worten steht er auf und nickt mir im Vorbeigehen kurz zu. »Gute Nacht, Ella.«

»Schlaf gut«, murmele ich, während ich ihm nachsehe, wie er den Raum verlässt und die Treppe in den ersten Stock hinaufläuft, immer zwei Stufen auf einmal nehmend.

Kapitel 23

Zwei Tage später stehe ich im Schatten der Fahrzeuggarage der Feuerwache von Fire Island und verkaufe wortwörtlich im Schweiße meines Angesichts Backwaren. Nachdem ich am frühen Morgen dieses 4. Juli einen Karton voll Törtchen zur Feuerwache gebracht habe, hat mich eine freundliche aber resolute ältere Dame namens Ruth Spielmann davon überzeugt, mit ihr gemeinsam die erste Schicht am Verkaufsstand zu übernehmen.

»Kindchen, Ihre Törtchen sind ja wahre Kunstwerke, die müssen Sie doch selbst unters Volk bringen! Die Leute werden uns diese süßen Versuchungen förmlich aus den Händen reißen – erst recht, wenn sie sehen, wie entzückend obendrein die Bäckerin aussieht!«

Ruth ließ ihren Blick anerkennend über mein Outfit wandern, das aus meinem mit Surfbrettern bedruckten Rock und einer ärmellosen weißen Bluse besteht, die ich unten nicht ganz zugeknöpft habe, sodass ich die offenen Enden auf Taillenhöhe frech verknoten konnte. Allerdings sitzt mein Rockbund zum Glück so hoch, dass ich trotz allem nicht bauchfrei herumlaufe, denn das habe ich seit meinen frühen Zwanzigern nicht mehr getan. In mein Haar habe ich ein tropisch gemustertes Tuch geknotet, das mir einen gewissen 5oer-Jahre-Hauch verleiht, besonders in Kombination mit meiner riesigen Sonnenbrille.

»Vielen Dank«, lachte ich geschmeichelt und betrachtete die kleine, zierliche Frau mit dem grauen Kurzhaarschnitt und den wachen grünen Augen. »Aber wissen Sie, Ruth, ich muss erst einmal meine Kinder in einem Bollerwagen durch den Ort ziehen. Die Babyparade. Wir haben einen Surferwagen.«

»Oh, wie nett«, sagte Ruth und nickte lächelnd. »Da habe ich mit meinen Söhnen früher auch immer mitgemacht. Aber der Kuchenstand eröffnet sowieso erst hinterher, um zehn Uhr. Kommen Sie dann doch vorbei, wenn Sie Lust haben.«

Und, ja, mir wurde klar, dass ich tatsächlich Lust hatte. Nicht nur, weil Ruth Spielmann in ihrer energischen Art sehr sympathisch wirkte, sondern auch, weil mir bewusst wurde, dass ich mich danach sehnte, mal wieder von duftenden Kuchen umgeben zu sein, Kunden zu beraten und ihre Begeisterung zu erleben, wenn sie etwas Köstliches probierten.

Also stehe ich nun hier, hinter einem langen Tapeziertisch, auf dessen Plastiktischdecke in patriotischem Rot, Blau und Weiß zahlreiche Apfel- und Blaubeer-Pies, Carrot Cakes und Käsekuchen, Brownies, Cookies, Muffins und Cupcakes in diversen Variationen stehen. Ich bin wirklich überrascht, wie voll es schon um kurz nach zehn hier auf dem Platz vor der Feuerwache ist. Nicht weit vom Kuchenbuffet entfernt sitzt im Schatten eines Sonnenschirms eine rundliche Frau mit ansteckendem Lachen, die begeisterten Kindern die Gesichter bemalt. Da ich bereits eine farbenfrohe Elfe, einen sehr echt wirkenden Tiger und eine – klar! – Elsa aus Frozen vor mir am Kuchenstand hatte, weiß ich, dass diese Frau mit ihrer Schminke wirklich zaubern kann. Ein leuchtend rotes Feuerwehrfahrzeug steht glänzend poliert in der Mitte des Platzes und wird von zahlreichen Schaulustigen bewundert. Immer wieder lassen Mitarbeiter der Feuerwehr Kinder (und auch den ein oder anderen begeisterten Erwachsenen) hinter dem Lenkrad Platz nehmen. »OBFD« steht in großen Lettern an den Türen des Fahrzeugs, und inzwischen habe ich kapiert, dass das die Abkürzung für »Ocean Beach Fire Department«

ist. Fröhliche Menschen drängen sich überall, der Vorplatz der Feuerwache wird von Gelächter und Stimmengewirr erfüllt, der verlockende Duft unseres Kuchenstandes mischt sich mit dem des Hotdogwagens ein paar Meter entfernt. Von weiter weg höre ich die Livemusik aus dem Restaurant »Island Mermaid«, wo heute eine Band spielt. Die Klänge von »Brown Eyed Girl« werden zu uns herübergetragen, begleitet vom Kreischen der Möwen und den Megafondurchsagen vom Strand, wo die Rettungsschwimmer sportliche Aktivitäten wie Drei-Bein-Lauf und Sackhüpfen organisieren. Wenn ich bei diesen Temperaturen heute dort mitmachen würde, ständen die Chancen gut, dass ich von einem der knackigen *Lifeguards* wiederbelebt werden müsste – selbst wenn am Strand jetzt sicherlich eine erfrischende Brise vom Meer her weht, während hier auf dem Vorplatz der Feuerwache die schwüle Luft steht. Nichtsdestotrotz möchte ich meinen Platz am Kuchenbuffet momentan auf keinen Fall gegen ein Fleckchen am sicherlich überlaufenen Strand eintauschen, Brise hin oder her, denn ich vermisse meine Arbeit, stelle ich überrascht fest. Ich vermisse sie weitaus mehr, als mir klar war. Deshalb möchte ich jetzt an keinem anderen Ort sein als an diesem Kuchenstand, wo ich Kunden beraten, Köstlichkeiten in Schachteln verpacken und Kinderaugen strahlen sehen kann, und wo Ruth Spielmann mich mit ihren Geschichten von der Insel unterhält. Ruth ist schon als Kind mit ihren Eltern hergekommen, das erste Mal im Jahr 1953.

»Meine Eltern sind kurz vor dem Zweiten Weltkrieg aus Deutschland geflohen und nach New York gekommen«, erzählt sie mir, während sie ein paar Cheesecakestücke auf einem Teller arrangiert.

»Oh«, sage ich betroffen. »Ich … ich komme auch aus Deutschland.«

Ruth schenkt mir ein warmes Lächeln. »Das habe ich mir gedacht, wegen deines Akzentes. Leider spreche ich selbst kein

Deutsch. Meine Eltern ... sie haben hier in den USA nur noch Englisch miteinander geredet. Sie wollten Deutschland damals vergessen. Aber ... Heimweh hatten sie trotzdem. Heimweh nach den alten Zeiten, als noch alles gut war.« Einen Augenblick lang betrachtet sie schweigend den Stapel Brownies vor ihr auf dem Tisch, bevor sie sich räuspert und fortfährt: »Irgendwann hat uns eine befreundete jüdische Familie, die auch vor den Nazis geflohen war, von Fire Island erzählt. Dass der Strand und die Dünen sie an die Ostsee erinnern würden. Also haben meine Eltern meine Schwestern und mich eingepackt, und wir sind zum ersten Mal auf die Insel gekommen.« Ruths' Augen nehmen einen verträumten Glanz an, als sie weitererzählt: »Wir alle verliebten uns auf Anhieb in Fire Island. So sehr, dass meine Eltern ein paar Jahre später ein kleines Sommerhaus hier in Ocean Beach gekauft haben. Von da an waren meine Mutter, meine Schwestern und ich jedes Jahr vom ersten Tag der Sommerferien bis zum letzten auf der Insel. Mein Vater kam an den Wochenenden – mit einem der ›Daddy Boats‹, so haben wir die Fähren genannt, die Freitagnachmittag anlegten und die Väter brachten, die unter der Woche auf dem Festland arbeiteten, die meisten in Manhattan. Wenn meine Schwestern und ich am ersten Ferientag von der Fähre kamen, zogen wir unsere Schuhe aus und erst kurz vor der Fahrt zurück aufs Festland – rund zwei Monate später – wieder an. Das war dann immer an Labour Day, am ersten Montag im September, bevor die Schule wieder losging. Dann leerte sich Fire Island auf einen Schlag, so wie auch heute noch.« Ruth lächelt mich mit schief gelegtem Kopf an. »Im Sommer sind an den Wochenenden immer mehr als 20.000 Menschen auf der Insel. Von Herbst bis Frühsommer wohnen hier noch um die 400.«

Überrascht sehe ich sie an. Ruth nickt mit einem wissenden Lächeln. »Die Insulaner arrangieren sich mit den Sommerleuten«, meint sie. »Viele leben ja auch von ihnen, haben Restaurants oder

Geschäfte. Aber trotz allem gibt es hier eine feste Hierarchie: Ganz unten sind die Touristen, die nur für einen Tag mit der Fähre übersetzen, um sich am Strand zu entspannen. Eine Stufe über ihnen stehen die ›Rental people‹, die sich Häuser für den Sommer mieten, oft mehrere Familien oder einige junge Leute gemeinsam, wegen der hohen Preise. Dann kommen die Sommerbewohner, die Häuser besitzen. Und schließlich, stolz ganz oben über allen anderen, sind die ganzjährigen Bewohner, die echten Insulaner, die auf den Rest milde lächelnd hinabsehen.« Ruth lacht ein kehliges, lautes Lachen, das mich schmunzeln lässt.

»Dann gehören meine Kinder und ich wohl in die vorletzte Kategorie«, bemerke ich. »Wir besitzen kein Haus, wir mieten auch keines, aber wir wohnen bei Freunden.«

Ruth nickt. »Ist auch nichts Verwerfliches dabei, Herzchen«, meint sie gut gelaunt. »Ich selbst gehöre inzwischen, seit ich im Ruhestand bin, rein theoretisch in die oberste Kategorie, die Königsklasse: Ich wohne jetzt nicht mehr in Brooklyn, sondern bleibe das ganze Jahr über in unserem alten Sommerhaus. Aber glaube bloß nicht, dass die Tatsache, dass ich zwölf Monate lang hier ausharre, im Winter den Schneestürmen trotze, im Frühjahr den Mücken und im Herbst den Ausläufern der Hurrikane, mich zu einer ›echten‹ Insulanerin macht. Nein, die wirklichen Einheimischen, die schon hier geboren wurden, die sehen mich immer noch als Touristin an.«

»Aber du bist eine allseits viel geliebte Touristin, Ruthie!«, meldet sich mit dröhnender Stimme ein kräftig gebauter Feuerwehrmann zu Wort, ein Riese von einem Kerl, der vor unserem Stand aufgetaucht ist. »Und deinen Coconut Cream Pie lieben wir alle. Ich besonders. Ist noch ein Stück da?«

»Aber klar, Quinn, du gefräßiger Mensch«, erwidert Ruth grinsend und wendet sich dem Pie zu, während mir der Feuerwehrmann fröhlich zuzwinkert.

»Da muss ich gar nicht nachfragen, welches deine Kunstwerke sind, du Königin der Hochzeitstorten«, höre ich da eine weitere Männerstimme. Ich sehe auf und werde von Will Anderson angelächelt. Augenblicklich grinse ich zurück. »Tatsächlich?«, frage ich und stemme herausfordernd die Hände in meine Hüften. »Und zwar?« »Diese Erdbeer-Blaubeer-Köstlichkeiten. Habe ich recht?«

Will zeigt auf meine Mürbeteigtörtchen, die ich mit einer Mascarpone-Vanille-Creme gefüllt und mit den saftigen Erdbeeren und herrlich glänzenden Blaubeeren belegt habe, die ich gestern in großen Mengen in der Pantry erstanden habe. Die amerikanischen Nationalfarben werden durch die dünnen Mürbeteigplätzchen in Sternenform ergänzt, die ich mit Puderzucker bestäubt und hochkant zwischen die blauen und roten Früchte auf jedes Törtchen gesteckt habe. Offensichtlich bin nicht nur ich selbst mit dem Ergebnis meines gestrigen Backmarathons zufrieden – es sind kaum noch Törtchen da. Und alle haben es sowieso nicht bis an den Stand geschafft, denn sowohl Nathan als auch meine Kinder haben zu Hause so begeistert zugeschlagen, dass ich meine Backwaren schließlich vor ihnen verstecken musste.

»Ella, ganz ehrlich – ich werde nie wieder behaupten, lieber Steak als Kuchen zu essen«, meinte Nathan und leckte sich mit einem Stöhnen die Finger ab, als er gestern Abend das zweite Törtchen verputzte. Da es mir nicht ganz geheuer war, wie mein Körper auf dieses Stöhnen und Fingerablecken reagierte, antwortete ich nur kurz angebunden »Freut mich« und verstaute die Törtchen in einem Karton, um sie vor Nathan in Sicherheit zu bringen.

»Ja, du hast recht«, sage ich nun mit einem breiten Lächeln zu Will, der mich mit schief gelegtem Kopf erwartungsvoll mustert.

»Die sehen hervorragend aus«, antwortet er, wobei sein Blick nur an mir hängt und nicht an den Törtchen. »Und du auch.«

»Danke«, erwidere ich und streiche mit einem verlegenen Lachen eine Falte in meinem Rock glatt. Ich bin wirklich nicht mehr an Komplimente gewöhnt – zumindest nicht an Komplimente, die nicht von meinen Töchtern stammen. Die beiden sagen gern mehr oder weniger Schmeichelhaftes wie »Mama, du hast da oben so schönes Silber!«, wenn sie meine grauen Strähnen im Haar entdecken oder »Dein Bauch ist weich wie ein Kissen!«, wenn sie sich an mich kuscheln. Aber dass ein Mann bemerkt, dass ich gut aussehe, das ist lange her. Mit einem Mal ist mir noch heißer als ohnehin schon. An diesem sonnigen Julivormittag ist es bereits mindestens 30 Grad warm, und der Schweiß läuft mir in kleinen Rinnsalen den Rücken hinab.

»In der Füllung sind nur bester Mascarpone und echte Bourbon Vanille verarbeitet worden«, erkläre ich Will nun mit einem Grinsen. »Extra aus einem Feinkostgeschäft in Manhattan importiert.«

»Alle Achtung«, meint Will, pfeift anerkennend und lächelt mich charmant an. Er trägt ein dunkelblaues Poloshirt mit leuchtend gelb aufgesticktem Logo auf der Brusttasche, dazu knielange Shorts in einem Karomuster in Blautönen und zitronengelbe Converse Sneakers. Sehr schick und gut aufeinander abgestimmt. Ein wenig erinnert mich das Ganze an Thomas, der auch ein Meister im farblichen Kombinieren von Hemden, Krawatten und Anzügen ist. Mit einem kleinen Stich im Magen beschließe ich resolut, heute nicht an Thomas zu denken. Immerhin hat dieser attraktive Mann auf der anderen Seite des Kuchenstands bemerkt, dass ich heute hübsch aussehe. Wann Thomas das zum letzten Mal bemerkt hat, daran kann ich mich leider beim besten Willen nicht erinnern.

Wills Blick hängt immer noch an mir, als er nun sein Portemonnaie zückt. »Ich hätte gern fünf dieser köstlich aussehenden Törtchen, bitte.«

»Fünf?«, wiederhole ich überrascht, bevor mir wieder einfällt, dass seine Freunde aus Manhattan zu Besuch sind. »Wo hast du denn deine Freunde gelassen?«

»Die sitzen bei einem Bier in der Island Mermaid«, erwidert Will.

»Da spielt eine gute Band«, bemerke ich, während ich die Törtchen in eine Pappschachtel lege. Inzwischen wird »Born in the USA« von Bruce Springsteen gespielt, und ich wiege meine Hüften summend hin und her, während ich die Schachtel zuklappe.

»Ach, ich liebe Springsteen!«, meldet sich zu meiner Überraschung Ruth zu Wort, die neben mich getreten ist und ein Stück Apple Pie auf einen Plastikteller bugsiert. »So ein attraktiver Mann. Als Bruce damals noch sein Haus hier hatte, habe ich ihn oft beim Spazierengehen am Strand getroffen.«

Fast lasse ich meine Pappschachtel fallen. Ich starre Ruth aus weit aufgerissenen Augen an und hake nach: »Bruce Springsteen hatte ein Haus auf Fire Island?«

»Ja, sicher«, antwortet sie, als wäre es das Normalste der Welt. »Hier in Ocean Beach. Und nicht nur er. Einmal habe ich auf der Fähre neben Henry Fonda gesessen. Auch so ein toller Mann. Und Harry Belafonte. Der hat immer die besten Gartenpartys geschmissen, wie ich gehört habe. John Lennon hat extra ein Klavier für sein Sommerhaus vom Festland aus herüberschiffen lassen. Marylin Monroe war Ende der 50er Jahre mal hier, das hat einen ziemlichen Auflauf am Strand verursacht. Woody Allen gehörte jahrelang ein Haus drüben in Saltaire, bevor es ihm zu touristisch wurde. Früher, da war FI ein Geheimtipp. Heute leider nicht mehr.«

FI, so nennt sie die Insel liebevoll. Ich muss lächeln und sehe Will an, der meinen Blick verschmitzt erwidert. Während sich Ruth ihrer Kundin zuwendet und ihr den Teller mit dem Stück Apple Pie reicht, sage ich zu Will: »Ich berechne ja nur ungern etwas für diese Törtchen, nachdem du mir die Zutaten geschenkt hast, aber die Einnahmen gehen immerhin an die Feuerwehr …«

Mit einem Kopfschütteln zieht Will einen Zwanzigdollar-Schein aus seiner Geldbörse und hält ihn mir entgegen. »Als ob ich deine Törtchen umsonst annehmen würde. Hier, stimmt so.«

»Danke dir.«

Als Will mir die Schachtel abnimmt, streifen seine Hände meine, was kein Zufall sein kann. »Was machst du heute noch? Ich meine, wenn deine Schicht vorbei ist?«

»Also … wir wollen uns später das Feuerwerk am Strand anschauen«, sage ich ausweichend und rücke meine verbliebenen Törtchen auf ihrer Platte zurecht.

»Vielleicht sehen wir uns da«, meint Will und mir entgeht sein hoffnungsvoller Tonfall nicht. »Wir werden auch am Strand sein, meine Freunde und ich.«

»Hmm, ja, vielleicht«, erwidere ich, als mich zwei Kinderstimmen, die ich nur zu gut kenne, unterbrechen.

»Mamaaa! Sind noch Törtchen da?«

»Mama, dürfen wir Eis haben?«

»Hast du gesehen, die Frau da hinten malt Elsa aufs Gesicht! Ich will auch!«

»Nein, ich will Elsa, du Anna!«

»Mamaaa? Immer will Paula Elsa sein!«

»Hey, ihr zwei«, versuche ich, mir Gehör zu verschaffen. »Ganz ruhig, regt euch nicht so auf. Also, erstens: Meine Törtchen sind fast ausverkauft, aber seht mal, was für tolle Cupcakes es gibt! Los, sucht euch mal welche aus, eines für jede.«

»Hey«, höre ich da auch Nathans Stimme, und ich sehe auf. Er steht hinter Paula und Clara, immer noch im Surferlook, so wie meine Töchter ebenfalls.

Kapitel 24

Denn, ja: Nathan hat mit uns an der Babyparade teilgenommen. Und das, obwohl er gestern Abend, als wir gemeinsam den Bollerwagen dekoriert haben, noch abgewunken hat, als die Kinder ihn überreden wollten mitzulaufen. »Nee, lasst mal gut sein«, meinte er kurz angebunden, während er konzentriert Muscheln auf Pappstreifen klebte, die wir dann an den Seiten des Bollerwagens befestigen wollten. »Paraden sind echt nicht mein Ding.«

Dafür war Dekorieren anscheinend durchaus sein Ding, denn Nathan hatte die besten Ideen. Peu à peu verwandelte sich unser Bollerwagen dank Girlanden aus Seetang und dekorativ angebrachten Pappseesternen in einen kleinen Meerestraum.

»Tausend Dank«, sagte ich zu Nathan, als die Kinder gestern Abend völlig k.o. ins Bett gefallen waren und wir auf der Veranda die Bastelsachen zusammenräumten.

»Keine Ursache«, murmelte Nathan, bevor er mit einem knappen »Gute Nacht!« in den ersten Stock verschwand.

Heute Morgen hatte dann Paula einen kleinen seelischen Zusammenbruch: Sie hatte von ihrem Papa geträumt und war völlig außer sich, dass er diese Parade und den Surferbollerwagen verpasste. Weder die neuen Haargummis mit pinkfarbenen Plastikseesternen noch die zitronengelben Sonnenbrillen konnten mein Kind aufmuntern.

»Ich will Papa!«, schluchzte Paula herzzerreißend, während

ich nervös auf meine Armbanduhr sah und mich fragte, ob wir es noch pünktlich zum Start der Parade zur Feuerwache schaffen würden. Den Karton mit den Törtchen musste ich vorher ja auch dort abgeben. »Warum ist Papa nicht hier?«

Da begann auch Claras Unterlippe zu zittern. »Mama, gehst nur du mit uns? Nur wir drei?«

Nur wir drei. Ja, so würde es von nun an öfter sein, dachte ich bitter, während sich in meinem Hals ein Kloß bildete und ich mich fragte, warum wir uns mit der ganzen Deko bloß so eine Mühe gegeben hatten. So eine blöde Parade – was hatte ich mir nur dabei gedacht?

»Hey, ihr Surfergirls«, ertönte da Nathans Stimme, und zu meinem grenzenlosen Erstaunen sah ich ihn in einem echten Surf Outfit die Treppe herabkommen: Sein knallblaues T-Shirt sah schon älter aus und saß ziemlich figurbetont, was er aber gut tragen konnte. Sehr gut sogar. Der verwaschene Aufdruck zeigte einen Surfer mit Brett im Arm, darunter die kaum noch lesbaren Worte »Surfin' USA«. Dazu hatte Nathan dunkelblaue Schwimmshorts mit einem Muster aus türkisfarbenen Palmen angezogen. Flipflops und eine schwarze Sonnenbrille vollendeten seinen Surferlook. Ich musste mich sehr um einen Pokerblick bemühen, weil er einfach so sexy aussah, dass ich fürchtete, er könnte meine Gedanken an meinem Gesicht ablesen.

»Nathan!«, jubelte Clara, und ihre Unterlippe zitterte nicht länger. »Kommst du mit?«

»Na klar«, meinte Nathan und zwinkerte mir flüchtig zu, bevor er sich erst zu Clara hinabbeugte, dann zu Paula. »*Hey, you look awesome!* Ihr seht – ähm – gut aus!«

Das sahen die beiden Mädels in ihren grell pinkfarbenen UV-Schutzanzügen, mit Sonnenbrillen und Seesternhaargummis tatsächlich, und ihre Laune war nun ebenfalls gut. Mehr als gut. Meine Prinzessinnen nahmen strahlend im leicht fischig riechenden Bollerwagen Platz, zwischen ihnen hochkant aufgestellt das kunterbunte Pappsurfbrett, das Nathan aus dem Karton ausgeschnitten und das meine Töchter mit der Hilfe von Wasserfarben in ein Flower-Power-Brett verwandelt hatten.

»Danke«, murmelte ich Nathan zu, als er nach der Deichsel des Wagens griff und begann, ihn auf das Gartentor zuzuziehen. Nathan erwiderte meinen Blick flüchtig, bevor er nickte und brummte: »Kein Problem.«

Und so zogen wir zunächst bis zur Feuerwache, wo ich meinen Törtchenkarton an Ruth Spielmann übergab, um mich dann mit Nathan und meinen Kindern in die lange Reihe aus fantasievoll geschmückten Bollerwagen einzufügen. Gemeinsam marschierten wir schließlich los, den Bayberry Walk entlang, dann ein Stück die Bay Avenue hinunter und einmal um die Grünfläche des Dorfplatzes, wo der Bürgermeister von Ocean Beach einen Preis für den schönsten Bollerwagen verleihen sollte. Es herrschte eine ausgelassene und fröhliche Stimmung, die Morgensonne brannte heiß von einem wolkenlosen Himmel hinab, und in der Luft hing der Duft nach Meer und Sonnenmilch, während eine Feuerwehrkapelle vor den Bollerwagen hermarschierte und ein paar flotte Märsche spielte. Auch zwei Feuerwehrautos waren mit von der Partie, sie bildeten die Spitze und den Abschluss der Parade und waren mit amerikanischen Fahnen und Ballons in Rot, Weiß und Blau geschmückt. Am Rande der Wege standen viele Leute und jubelten den Kindern zu, schwenkten Fähnchen und warfen Bonbons in die Bollerwagen, was meine Töchter in höchste Verzückung versetzte. Nathan und ich wanderten Seite an Seite, gemeinsam mit vielen Vätern und Müttern, die ihre als Baseballspieler, Feuerwehrleute, Meerjungfrauen und – genau – Hummer im Pappmaschee-Kochtopf (die Ehefrau des Schlafanzugvaters hatte ganze Arbeit geleistet) in fantasievoll dekorierten Bollerwagen vorwärts zogen. Im Stillen fragte ich mich mehr als einmal, wie viele der Leute am Wegrand Nathan, die Kinder und mich wohl für eine richtige Familie hielten.

Es war völlig egal, dass nicht wir den Preis für den schönsten Bollerwagen bekamen, sondern der Wagen mit den drei Brüdern, die als Ritter verkleidet im Halbkreis um ihre Babyschwester mit Krönchen auf dem kahlen Kopf saßen. Alles was zählte, war das glückliche Lachen meiner Kinder und das gelegentliche Lächeln auf Nathans Lippen.

Nathan blieb nach Beendigung der Parade mit den Kindern im Schatten einer Kiefer auf der Grünfläche, weil die beiden so gern noch ein paar Stücke der Feuerwehrkapelle hören wollten, während ich zur Feuerwache eilte, um gemeinsam mit Ruth Törtchen und andere Köstlichkeiten zu verkaufen. Jetzt, als ich Nathan mit einem Strahlen begrüße, frage ich mich erneut, was die anderen denken, wenn sie uns zusammen sehen. Ob Ruth glaubt, dass Nathan der Vater meiner Kinder sei.

Was Will denkt, ist offensichtlich. Er sieht Nathan erstaunt an und sagt dann knapp: »Ah, der berühmte Koch. Hi, ich bin Will Anderson.«

Nathans Gesicht bleibt stoisch, doch ich merke genau, wie sich seine Züge leicht verhärten, während er Will von Kopf bis Fuß mustert. Dann nickt er, übersieht die Hand, die Will ihm reicht, und brummt: »Hi.«

Ich merke, dass Will noch etwas sagen möchte, aber Nathan dreht ihm den Rücken zu und erklärt in meine Richtung: »Wenn du nichts dagegen hast, spendiere ich den Kindern eine Gesichtsbemalung.« Er macht eine Kopfbewegung in die Richtung des Stands der Dame, die gerade einem kleinen Jungen eine Spidermanmaske verpasst.

»Oh, das wäre lieb«, erwidere ich und beginne, in meiner Hosentasche nach Geld zu kramen. »Aber warte, ich gebe dir ...«

»Ich sagte ›spendieren‹«, unterbricht mich Nathan eine Spur

ungeduldig und legt dann seine Hände auf die Schultern meiner Töchter, die beide glückselig dabei sind, ihre Cupcakes zu verputzen. Ich ziehe das Geld trotzdem aus meiner Hosentasche und stecke einen Schein in die Geldkassette, um die Cupcakes zu begleichen, während ich stumm beobachte, wie Nathan meine Kinder zu dem Schminkstand dirigiert.

»Sehr charmanter Zeitgenosse«, bemerkt Will trocken und folgt Nathan mit seinem Blick.

»Er ist eigentlich sehr nett«, verteidige ich ihn, ohne Will anzusehen. Mein Blick hängt an Nathans Schulterblättern, die sich deutlich unter dem engen T-Shirt abzeichnen.

»Na dann, vielleicht bis später«, reißt mich Will aus meinem Starren. Beinahe schuldbewusst sehe ich ihn an.

»Ja, bis später«, murmele ich, doch da hat er sich schon abgewandt und ist mit seiner Pappschachtel im Menschengewühl verschwunden.

Als ich meine Schicht am Verkaufsstand um kurz nach elf Uhr beende und Ruth zum Abschied umarme, bin ich so verschwitzt und fertig, dass ich mich am liebsten einfach zu Hause unter die Klimaanlage legen würde. Aber meine Kinder haben andere Pläne.

»Mamaaaa, Strand!«, rufen die Surfergirls, die inzwischen beide ein silber-weiß geschminktes »Elsa«-Gesicht haben, aufgeregt. Erst will ich mit einem Stöhnen abwinken und sie darauf hinweisen, dass ihre Schminke im Wasser sofort abgewaschen werden wird. Dann aber denke ich an den kühlen Atlantik und sehe ein, dass ein erfrischendes Bad jetzt tatsächlich himmlisch wäre.

»Kommst du mit?«, frage ich Nathan, der gerade Paula in den Bollerwagen hilft.

»Klar«, sagt er kurz angebunden.

Und so machen wir einen Stopp am Goodman-Haus, wo ich als Einzige schnell in meinen Tankini schlüpfen muss, denn die anderen drei Surfer sind ja schon bereit für Spaß in den Wellen. Ich ziehe eine lange weiße Bluse darüber, werfe Sonnenmilch, Handtücher, die Kindermützen und Wasserflaschen in meine Strandtasche und eile nach draußen, wo ich schon ungeduldig erwartet werde.

Am Strand ist es heute natürlich voll. Nicht Mallorca-mäßig überfüllt, aber für Fire Island schon ungewöhnlich belebt. Viele bunte Sonnenschirme stecken im Sand, Kinder stürmen lachend durch die Gegend, und die Rettungsschwimmer, die nun wieder auf ihren weißen Hochsitzen Platz genommen haben, da die Wettbewerbe vor der Mittagshitze beendet worden sind, behalten das Treiben cool im Blick. Während Nathan die Strandmuschel aufbaut, stürmen die Kinder sofort ins Wasser – zum Glück mit Schwimmflügeln ausgestattet, die ich schon vor ein paar Tagen im Ort gekauft habe.

»Nicht zu tief rein!«, rufe ich ihnen trotzdem besorgt hinterher, schlüpfe aus meiner Bluse und will ihnen folgen, als mein Blick an einem Pärchen auf einem Handtuch in unserer Nähe hängen bleibt. Der junge Mann cremt seiner Freundin unter viel Gekicher und gelegentlichem Geknutsche den Rücken ein.

Verdammt, denke ich. Mein Rücken ist auch noch nicht eingecremt. Wenn wir sonst gemeinsam schwimmen gegangen sind und die Sonne schon so hoch am Himmel stand wie jetzt, habe ich die Kinder stets gebeten, mich einzuschmieren. Das haben die beiden immer mit Hingabe gemacht, sodass hinterher nicht nur mein Rücken weiß war. Aber immerhin, verbrannt habe ich mich an diesen Tagen nie – sondern erst vorgestern, als ich das Eincremen nämlich komplett vergessen habe, weil ich so von den Mädchen auf Trab gehalten wurde. Auf keinen Fall kann ich heute schon wieder ohne Sonnenmilch ins Wasser gehen, nicht zur Mittagszeit an diesem wolkenlosen Julitag. Aber meine Kinder toben bereits klatschnass und sandig am Ufer herum, sie können das jetzt nicht mehr übernehmen. Und Thomas ist nicht hier. Wut auf ihn überkommt mich in einer irrationalen Welle. Ich fühle mich verlassen und auf mich allein gestellt. Neben mir zieht sich Nathan mit einer geschmeidigen Bewegung sein T-Shirt über den Kopf und schmeißt es ins Innere der Strandmuschel. Flüchtig starre ich auf seinen Oberkörper und wende mich dann ab, greife nach der Sonnenmilchflasche, drehe sie unschlüssig in meinen Händen hin und her. Wenn ich mich sehr recke, komme ich von oben vielleicht bis an die Schulterblätter. Und von unten …

»Mamaaa! Nathan!«, reißt mich Paula aus meinen strategischen Überlegungen. »Kommt ihr?«

Fragend sieht mich Nathan an. »Kommst du mit?«

»Ähm …« Ich zögere.

Sein Blick fällt auf die Sonnenmilchflasche. »Soll ich dir den Rücken eincremen?«

Spontan will ich »Bloß nicht!« sagen, doch ich beschließe, mich nicht wie eine Pubertierende zu verhalten, sondern hole tief Luft und nicke. »Das … das wäre nett. Ich habe mir vorgestern einen Sonnenbrand geholt.« Nervös lache ich auf, während Nathan einen Schritt auf mich zu macht und mir die Flasche abnimmt. »Ist ja auch irgendwie blöd«, plappere ich weiter, während meine Wangen anfangen zu brennen. »Man kommt ja allein echt schlecht an seinen Rücken ran!«

»Ich weiß«, sagt Nathan seelenruhig und tritt hinter mich. »Ich habe auch einen.«

»Einen was?«

»Einen Rücken.«

Albern kichere ich. Als ohne Vorwarnung die kühle Sonnenmilch auf meine erhitzte Haut tröpfelt, gebe ich einen erschrockenen Aufschrei von mir, der mir wiederum so peinlich ist, dass ich meine Lippen fest aufeinanderpresse. Was gut ist, denn als Nathans Hände anfangen, die Sonnenmilch auf meinem Rücken zu verteilen, hätte ich sonst sicherlich aufgestöhnt. Hoffentlich merkt er nicht, dass meine Arme von einer Gänsehaut überzogen werden. Konzentriert starre ich geradeaus, behalte meine Kinder im Blick, versuche, mich auf die Zwillinge zu konzentrieren und nicht darauf, dass Nathans Hände sich so gut anfühlen. Jetzt massiert er auch noch meine Schultern, was mir nun doch ein leises Stöhnen entlockt.

»Du bist ganz schön verspannt«, bemerkt Nathan leise, und als ich merke, wie dicht seine Stimme an meinem Ohr ist, schließe ich die Augen und versuche, meine Gedanken im Zaum zu halten. Ich spüre seinen Körper dicht hinter mir, fühle seinen Atem, der mein Gesicht seitlich streift. Er verteilt die Sonnenmilch langsam und gründlich, und ich habe den Eindruck, dass er keine Eile hat, fertig zu werden. Um irgendetwas zu sagen und die Intimität dieser Situation zu überspielen, bemerke ich mit heiserer Stimme: »Wusstest du, dass Ruth Spielmann – die alte Dame vom Kuchenstand – schon Bruce Springsteen hier auf der Insel gesehen hat? Und Marylin Monroe?« Ich will auch die anderen Promis aufzählen, aber mein Gehirn funktioniert gerade nicht so, wie ich es gern hätte.

»Mhhm«, brummt Nathan hinter mir und klingt wenig beeindruckt.

»Findest du das nicht spannend?«

»Geht so. Aber Springsteens Musik ist gut.«

Da dämmert es mir, und ich drehe den Kopf, um Nathan über meine Schulter ansehen zu können. »Okay, schieß los: Welche Promis waren schon bei dir im Restaurant?«

»Ein paar«, murmelt er und lupft plötzlich meinen linken Tankini-Träger, um darunter die Sonnenmilch zu verreiben, dann den rechten. Meine Haut brennt wie Feuer, und das liegt ganz sicher nicht nur an der Julisonne und am Sonnenbrand von vorgestern.

»Welche denn genau?«, hake ich nach und bemühe mich um einen gelassenen Tonfall. Als er nicht gleich reagiert, dränge ich: »Bitte, erzähl schon! Der einzige Promi, den ich mal in Hamburg gesehen habe, war so ein Tatort-Kommissar, dessen Namen ich nicht einmal kenne. Also, los, raus mit der Sprache.«

Nathan seufzt leise, bevor er ergeben sagt: »Lass mich nachdenken. Hmm. Lionel Richie war mal mit seiner einen Tochter da, die natürlich nur zwei Salatblätter gegessen hat. Angelina Jolie, hat auch nicht viel gegessen. Donald Trump, leider. Sogar mehrfach. Hätte ich gewusst, dass er mal Präsident wird, hätte ich ... Ach, lassen wir das. Die Clintons. Die Obamas auch, aber erst nach der Präsidentschaft. Und so weiter und so fort.«

»Wow«, hauche ich und starre ihn andächtig über meine Schulter hinweg an, bis mein Nacken schmerzt. Er erwidert meinen Blick und meint kopfschüttelnd: »Ella, das sind auch nur Menschen, die sich mit Soße bekleckern und Sodbrennen bekommen. Nichts Besonderes.«

»Findest du? Ich finde das schon besonders.«

»Mhhm. Lassen wir das Thema gut sein, ja?« Da ist er wieder, dieser gereizte Tonfall, wie immer, wenn es um das Restaurant und sein Leben in Manhattan geht. »Okay, fertig«, sagt er kurz angebunden und wendet sich von mir ab. Augenblicklich vermisse ich das Gefühl seiner starken Hände auf meiner Haut.

»Danke«, murmele ich. Nathan hebt den Blick und sieht mich an. »War mir ein Vergnügen«, erwidert er, und die Art, wie er das sagt, mit diesem leichten Schmunzeln um die Lippen, jagt mir einen Schauer durch meinen Körper.

»Was ... was ist mit deinem Rücken? Da du ja auch einen hast?« Ich grinse ihn an, versuche, mein keckes Selbst wieder zu finden und nicht mehr an meine weichen Knie und die in höchste Aufruhr geratenen anderen Körperregionen zu denken.

»Ach, ist schon okay«, winkt Nathan ab. »Ich habe italienische

Gene. So schnell verbrenne ich nicht – und länger als eine halbe Stunde halten die Mädels bestimmt nicht durch. Aber ... danke für das Angebot.« Er zwinkert mir zu, was sich kontraproduktiv auf Knie und andere Körperregionen auswirkt, und wendet sich ab, um zum Wasser zu joggen. Verstohlen starre ich seinem muskulösen Rücken hinterher. Ich wünschte wirklich, ich hätte ihn eincremen dürfen.

Okay, höchste Zeit, zur Abkühlung in den Atlantik zu tauchen.

Kapitel 25

Nathan hatte recht – nach einer halben Stunde Planschen im kühlen Meer sind die Zwillinge platt. Sie buddeln noch eine Weile im Sand, während sich Nathan verabschiedet und schon ins Ferienhaus zurückgeht. Als Paula schließlich anfängt, zu jammern, dass sie Hunger habe, packe auch ich geradezu erleichtert unsere Sachen zusammen und bringe die Kinder nach Hause. Nachdem wir uns den Sand in der Gartendusche abgespült haben, bereite ich in der Küche Teller mit Wassermelonenstücken, Käsewürfeln und Kräckern vor. Nathan liegt mit seinem Tablet in der Hängematte, und ich frage ihn, ob er mit uns essen möchte, aber er winkt dankend ab. Nach dem Imbiss schlafen die Kinder auf dem Sofa im angenehm kühlen Wohnzimmer ein, und ich setze mich mit meinem Roman in den Ohrensessel. Ich merke erst, dass auch ich eingenickt bin, als ich die Verandatür aufgehen höre. Erschrocken fahre ich hoch und sehe Nathan in der Tür stehen. Er erwidert meinen Blick schweigend, bevor er leise sagt: »Sorry, ich wollte dich nicht wecken.«

»Kein Problem«, murmele ich und setze mich aufrechter hin. Flüchtig frage ich mich, warum ich so aufgewühlt bin, als es mir einfällt: Ich habe gerade von Nathan geträumt. Davon, dass er mich wieder mit Sonnenmilch eincremt. Allerdings nicht nur den Rücken.

Mein Gesicht beginnt zu glühen, während ich aus dem Sessel aufstehe. »Alles okay?«, höre ich Nathan fragen. Wunderbar, man muss mir deutlich ansehen können, dass ich gerade völlig neben mir stehe. Ich glaube wieder, Nathans kräftige Hände auf meinem Rücken zu spüren. Und nicht nur da.

»Äh, ja«, murmele ich hastig. »Alles okay. Oh Mann, schon nach drei? Hey, Mädels, Zeit zum Aufstehen!«

Während ich damit beschäftigt bin, meine Mädchen zu wecken und von der Notwendigkeit zu überzeugen, Pipi machen zu gehen, verschwindet Nathan in der Küche. Als er wieder auftaucht, trägt er zwei Gläser mit Latte Macchiato.

»Du siehst aus, als könntest du einen Kaffee gebrauchen«, bemerkt er und reicht mir mit einem wissenden Schmunzeln ein Glas.

»Danke, sehr charmant«, erwidere ich trocken, bevor ich dankbar an meinem Latte Macchiato nippe, der natürlich köstlich ist, wie alles, was Nathan zubereitet.

»Mamaaaa?«, fängt Paula an zu quengeln und zieht an meinem Rock. »Dürfen wir fernsehen?«

»Mamaaa, Arielle?«, ruft Clara aufgeregt und springt auf dem Sofa auf und ab.

»Clara, bitte hör auf damit, du tust dir weh oder machst etwas kaputt«, sage ich streng. »Und wieso Arielle?«

»Hier, hier!«, ruft Paula triumphierend und schwenkt eine DVD-Hülle hin und her.

»Ich glaube, die Mädchen haben die Filmsammlung meiner Neffen entdeckt«, bemerkt Nathan, und ich sehe, dass er recht hat: Die Zwillinge haben eine weiße Schachtel aus dem Wohnzimmerschrank herausgezogen, in der ich mehrere Filmhüllen mit den üblichen Verdächtigen von Walt Disney erkenne.

Na wunderbar.

Andererseits ist es draußen heute so heiß und der Strand so überlaufen …

»Okay«, gebe ich nach, was zu einem verzückten Jubelgeschrei meiner Töchter führt.

»Ich mache Popcorn«, bemerkt Nathan und löst damit ein noch lauteres Kreischkonzert aus. »Wer hilft mir?«

»Ich, ich, ich!«, schreien meine Kinder durcheinander und liefern sich ein Wettrennen Richtung Küche. Grinsend will Nathan ihnen folgen, als ich rufe: »Moment, warte, ich brauche auch Hilfe und zwar mit dem DVD-Player!«

Nathan bedenkt mich mit einem langen Blick und meint: »Ella, du bist doch in allen anderen Lebenslagen extrem geschickt. Die Fernbedienungen liegen in der Schublade vom Couchtisch. Versuch es mal. Ist nicht so schwer.« Und mit diesen Worten folgt er meinen Töchtern seelenruhig in die Küche. Fassungslos starre ich ihm hinterher. Musste das jetzt sein? Gekränkt lasse ich mich auf das Sofa plumpsen und ziehe die Schublade des Couchtisches auf. »Idiot«, murmele ich. Von dem will ich gar nicht mehr eingecremt werden. Weder am Rücken noch sonst irgendwo.

Als Nathan, Paula und Clara mit einer riesigen Schüssel wunderbar duftenden Popcorns und einem Krug Wasser, in dem einige Himbeeren schwimmen, wiederauftauchen, klicke ich mich gerade durch das Menü der DVD.

»Na siehst du«, kommentiert Nathan und lässt sich neben mich auf das Sofa fallen. »Popcorn?« Er hält mir die Schüssel hin, aber ich winke ab, ohne ihn anzusehen. Stattdessen drücke ich auf »Start«, und Arielle beginnt.

»Hey«, wispert Nathan und rammt mir leicht seinen Ellbogen in die Seite.

»Was denn?«, gebe ich gereizt zurück, wobei ich ihn immer noch keines Blickes würdige.

»Du bist jetzt nicht beleidigt, oder?«

Mit hochgezogenen Augenbrauen sehe ich ihn flüchtig an, greife dann doch in die Schüssel auf seinem Schoß und schiebe mir schweigend Popcorn in den Mund. Oh mein Gott! Das ist wirklich nicht fair. Sogar sein Popcorn schmeckt sterneverdächtig. Kross und salzig, mit genau der richtigen Butternote. Ein Traum.

»Ella«, murmelt Nathan leise neben mir, während auf dem Bildschirm Arielles Schwestern auftauchen. »Ich wollte dich nicht kränken. Aber … wenn du von jetzt an in Sachen Technik nicht ständig auf Hilfe angewiesen sein willst, musst du dich durch ein paar Dinge selbst hindurchbeißen, anstatt immer andere machen zu lassen, so wie neulich beim WLAN-Passwort. Du kannst das alles selbst, das weiß ich.«

Seine Worte fühlen sich an, als hätte ich zusammen mit dem Popcorn eine Glasscherbe verschluckt. »Wo ich mich durchbeißen muss und wo nicht, das geht dich überhaupt nichts an«, erwidere ich heiser, stehe auf und verlasse das Wohnzimmer.

»Mamaa! Wo gehst du hin?«, ruft Clara empört.

»Bin gleich wieder da«, erwidere ich und marschiere die Treppe hinauf, ins Badezimmer, wo ich mich mal wieder auf den Duschvorleger setze und auf die Tränen warte … aber es wollen keine kommen, was mich selbst erstaunt. Eine Weile verharre ich noch in der Stille des Badezimmers und denke über Nathans Worte nach, bis ich merke, dass ich mich gar nicht mehr wirklich über ihn ärgern kann. Denn im Grund meines Herzens weiß ich, dass er recht hat. Ich habe mich in der Vergangenheit oft auf Thomas verlassen, habe mich mit gewissen Alltagsdingen wenig bis gar nicht befasst, weil ich wusste, dass er sie für mich erledigen würde – und bevor er in mein Leben trat, waren es meine Eltern, die mir halfen. Meine Steuererklärung habe ich noch nie selbst gemacht, denn bevor Thomas anfing, sie für mich zu übernehmen, hat sich Mama darum gekümmert. Und Papa hat mein Auto zum TÜV gebracht, bis ich meinen alten Nissan Micra verkauft habe, um mir gemeinsam mit Thomas ein neues Auto zu leisten, das dann von ihm in die Werkstatt gefahren wurde. Und, verdammt, ich habe noch nicht einmal meine Flüge nach New

York selbst gebucht, sondern habe das Maggie für mich machen lassen! Flugbuchungen gehörten nämlich auch immer in Thomas' Aufgabenbereich. Ich atme tief durch, stehe auf und stelle mich vor den Badezimmerspiegel. Nachdenklich betrachte ich mein Spiegelbild, wische mir ein paar Sandkörner von der Stirn und einen Streifen Sonnenmilch vom Hals und sage zu mir selbst: »Höchste Zeit, endgültig erwachsen zu werden, Elena Altenburger.«

Aber gleichzeitig weiß ich, dass ich die ersten Schritte in die richtige Richtung längst getan habe, als ich mit meinen Kindern allein losgezogen bin, um auf einem anderen Kontinent Urlaub zu machen. Ganz ohne Thomas oder meine Eltern.

Die Szene, die mich bei meiner Rückkehr ins Erdgeschoss erwartet, lässt mich andächtig im Türrahmen stehen bleiben. Vermutlich, weil sie Angst vor der bösen Meerhexe hatten, sind meine Kinder näher an Nathan herangerückt, sitzen links und rechts von ihm auf dem Sofa, starren wie gebannt auf den Flachbildschirm an der Wand neben dem Kamin. Das allein würde schon ausreichen, um mein Herz schneller schlagen zu lassen, aber noch dazu ruht Paulas Kopf seitlich an Nathans Oberkörper, sein Arm liegt locker um Claras Schulter. Ich schlucke und versuche, meine weichen Knie zur Ordnung zu rufen, während mein Blick zum Bildschirm wandert, wo Arielle und der dunkelhaarige Prinz Eric in einem Ruderboot sitzen. Als die Krabbe Sebastian beginnt, begleitet von allerlei Wasservögeln, Fröschen und Schildkröten das Lied »Kiss the girl« zu singen, um den Prinzen genau dazu zu ermuntern, schlucke ich und starre wieder Nathan an.

Genau in diesem Moment dreht er seinen Kopf und erwidert meinen Blick, als habe er genau gespürt, dass ich im Türrahmen stehe und ihn beobachte. Ich kann mich zu keinem Lächeln durchringen, kann ihn nur stumm anstarren, während er meinen

Blick drei, vier, fünf Sekunden lang hält. Diese dunklen Augen treiben mich noch in den Wahnsinn.

»Sha-la-la-la-la-la, don't stop now, don't try to hide it how, you wanna kiss the girl!«, singt die Krabbe auf dem Bildschirm, und Arielle und der Prinz starren sich so hypnotisiert an wie ich Nathan. Beschämt reiße ich meinen Blick von ihm los, räuspere mich, umrunde festen Schritts das Sofa und setze mich neben Clara.

»Und, wie ist der Film?«

»Gut!«, verkündet Paula und strahlt mich kurz an, bevor sie wieder auf den Bildschirm starrt. Dass ihre Mama einen großen Teil des Films – oh, und fast den gesamten Inhalt der Popcorn-Schüssel, zu blöd – verpasst hat, scheint meine Kinder nicht weiter gestört zu haben, zu spannend finden die beiden ganz offensichtlich die Geschichte der kleinen Meerjungfrau.

»Den habe ich damals im Kino gesehen«, murmele ich, mehr zu mir selbst, als zu den anderen. Aber Nathan hat mich verstanden und hakt nach: »Echt? Wie alt warst du da?«

»Ähm …« nachdenklich ziehe ich die Stirn kraus. »So neun? Zehn?«

»Was, so alt ist der Film?«, fragt er mit einem süffisanten Grinsen.

»Hey«, mache ich gespielt gekränkt und ramme ihm meinen Ellbogen in die Seite. »Immerhin bin ich jünger als du!«

»Ich weiß«, bemerkt er trocken und wirft mir einen kurzen Seitenblick zu.

»Sagt mal, versteht ihr überhaupt, worum es geht?«, frage ich meine Töchter, denn erst jetzt wird mir bewusst, dass die DVD natürlich auf Englisch ist. Der ewige Wechsel zwischen Deutsch und Englisch in diesem Sommerhaus kommt mir inzwischen so normal vor, dass ich mir immer wieder bewusst machen muss, dass meine Kinder noch gar kein Englisch können. Wobei – heute

Morgen habe ich gehört, wie Clara zu ihrer Schwester gesagt hat: »*Come ooon! Hurry up!*« Kinder lernen tatsächlich schnell.

»Ja-ha!«, beantwortet Clara jetzt ungeduldig meine Frage, ohne den Blick vom Fernseher zu lösen, wo Arielle und der Prinz gerade mit dem Boot kentern und ins Wasser plumpsen – ohne sich geküsst zu haben.

Zur Feier des Tages hat Nathan ein besonders gutes Abendessen angekündigt – was auch immer das heißen soll, schließlich ist jedes seiner Gerichte zum Niederknien köstlich. Nach meiner Unterhaltung mit Will am abendlichen Strand, untermalt von den Grilldüften aus seinem Garten, habe ich Nathan gestern gefragt, ob wir am 4. Juli zur Feier des Tages nicht auch ein paar Steaks auf den Grill legen wollen, und für die Kinder ein paar Frikadellen für Hamburger.

»Auf keinen Fall«, kam seine entschiedene Antwort.

»Warum denn nicht?«, hakte ich verdutzt nach. »Grillen am 4. Juli ist doch quasi ein amerikanischer Volkssport.«

»Ja, schon. Aber ich werde im Leben nicht verstehen, warum die Leute Sachen auf den Grill packen, die dafür nicht geeignet sind. Frikadellen für Hamburger, zum Beispiel. Das Fett tropft auf dem Grill nur nach unten, während es in der Pfanne eine karamellisierte Schicht um das Fleisch bilden kann. Oder Lachs, genauso ein Verbrechen. Der kann nur trocken werden. Und diese schrecklichen verkohlten Kebabspieße mit Hühnchen und Paprika, am besten noch Cherrytomaten dazwischen. Das Fleisch hat eine völlig andere Garzeit als das Gemüse! Wie soll man das gemeinsam auf den Punkt garen?«

Ich musste ein Schmunzeln unterdrücken und meinte vorsichtig: »Okay, wir grillen also keine Frikadellen, keinen Lachs, keine Kebapspieße. Aber was ist mit Steak?«

»Das kann man zwar grillen, muss man aber nicht«, brummte

Nathan und klang zum ersten Mal wirklich wie ein Starkoch mit gewissen Allüren. Ich biss mir auf die Unterlippe, um nicht los zu prusten. »Ich bereite dir gern ein hervorragendes Steak zu, in der Pfanne gebraten, mit Butter, Thymian, Rosmarin und viel Knoblauch. So gut bekommt man das auf keinem Grill der Welt hin. Einverstanden?«

Mir lief das Wasser im Munde zusammen, als ich antwortete: »Okay. Klingt sehr gut.« Amüsiert grinste ich ihn an. »Mir war nicht klar, was man beim Grillen alles falsch machen kann. Aber die Kinder bekommen trotzdem ihre Hamburger?«

»Mit in der Pfanne gebratenen Frikadellen, ja«, bestätigte Nathan so ernst und resolut, als ginge es um eine lebenswichtige Operation.

Jetzt, als wir uns am frühen Abend dieses 4. Juli um den Verandatisch versammeln, muss ich zugeben, dass das auf meinem Teller um Lichtjahre besser aussieht als alles, was ich jemals von einem Grill gegessen habe: Während sich die Kinder über Mini-Hamburger und Kartoffelspalten freuen, liegen auf unseren Erwachsenentellern zwei herrlich dicke Steaks in der Gesellschaft von fleischigen weißen Jakobsmuscheln. Grüne Spargelstangen rahmen das Ganze ein, und eine helle Soße vollendet in Form von kunstvollen Sprenkeln das köstlich duftende Ensemble.

»Wow«, hauche ich, während Nathan mir gegenüber Platz nimmt. »Steak UND Jakobsmuscheln!«

»Yep. Das nennt man ›Surf'n Turf‹«, erwidert Nathan und reicht mir mit einem verschmitzten Lächeln den Brotkorb, in dem dicke Baguettescheiben liegen. Ich greife nach einem Stück Brot, schnuppere dann genüsslich an meinem Teller – und sehe Nathan regelrecht alarmiert an. »Ist das eine Weißweinsoße?«

Er erwidert meinen Blick ruhig und nickt. »Ja. Hey, Ella, ich bin kein Alkoholiker. Ich weiß, ich habe dir am Anfang einen ziemlichen Schrecken eingejagt, und ich weiß auch, dass ich es völlig übertrieben habe mit meinem Alkoholkonsum. Aber, diese Phase, als ihr angekommen seid, als ich laufend gesoffen habe, die war ... also, das war wirklich nur eine Phase. Und, ja, solche Phasen gab es schon früher in meinem Leben, wenn ich ... wenn es mir nicht gut ging. Aber ich bekomme das in den Griff. Ich bin nicht alkoholabhängig, Ella, und ich lasse mich nicht sofort wieder volllaufen, sobald ich Weißwein in der Soße schmecke. Den Rest der Flasche, die ich fürs Kochen gekauft habe, überlasse ich gern dir. Dir ganz allein.« Abwartend sieht er mich an. »Der Wein steht im Kühlschrank. Soll ich ihn holen?«

Ich zögere nur einen kurzen Moment. Ein kühles Glas Weißwein wäre jetzt herrlich. Außerdem will ich Nathan nicht den Eindruck vermitteln, dass ich seiner Selbstbeherrschung nicht traue.

»Okay«, nicke ich. »Gern.«

Kapitel 26

M ein zweites Glas Weißwein trinke ich später an diesem Abend, als Nathan und ich auf der Veranda sitzen, während vom sonst so ruhigen Strand her die Stimmen zahlreicher Feiernder zu hören sind. Die Menschen haben sich dort versammelt, um das Feuerwerk zu sehen, und auch wir wollten eigentlich alle gemeinsam an den Strand gehen, aber dann ist erst Paula über ihren letzten Kartoffelspalten eingenickt und kurz darauf Clara.

Nathan hat mir geholfen, die Kinder in den ersten Stock hinaufzutragen, und während ich ihnen ihre Pyjamas anzog, machte er sich in der Küche an der Spüle zu schaffen.

Nathan und ich schweigen, als wir nun nebeneinandersitzen und in den Himmel hinaufstarren, wo langsam hier und da funkelnde Sterne sichtbar werden. Ein Knacken im Unterholz verrät uns, dass ein Hirsch in unserer Nähe auf der Suche nach saftigen Blättchen unterwegs ist. Ich muss daran denken, was Ruth Spielmann mir erzählt hat: dass in ihrer Jugend kaum jemand auf Fire Island richtige Gärten hatte. Doch mit den reichen Sommerbewohnern kam der Wunsch nach »mehr Grün«, und überall entstanden Rasenflächen, wurden Sträucher und Blumen angepflanzt, deren Pflege teuer und arbeitsintensiv war. »Und mit den Gärten kamen die Hirsche«, meinte Ruth mit einem missbilligenden Kopfschütteln. »Früher waren die Tiere lediglich im *Sunken Forest*, dem Küstenwald drüben in Sailors Haven. Aber heute ziehen sie durch die Ortschaften und machen sich an den Gärten der Sommerleute zu schaffen, die deswegen völlig empört sind. Dass man auf einer Insel, die hauptsächlich aus Sanddünen besteht, nun einmal keine Gärten anlegen sollte, kommt den Leuten nicht in den Sinn.«

Schließlich hören wir das Zischen der ersten Feuerwerksrakete, die mit einem Knall explodiert und einen goldenen Funkenregen auf den Atlantik hinabregnen lässt, was man vom Goodman-Garten aus nur teilweise über die Schilf- und Bambusrohre und das Haus der Nachbarn hinweg sehen kann. Am Strand brandet Jubel auf. Mein Blick wandert zum Babyfon, das wie jeden Abend an meiner Seite steht. Doch die Kinder scheinen nicht aufgewacht zu sein, ich höre keinen Mucks.

»Geh doch zum Strand«, sage ich zu Nathan. »Von hier aus sieht man ja fast nichts.«

Nathan starrt schweigend in den Himmel hinauf, wo die nächste Feuerwerksrakete explodiert. »Komm mit«, sagt er schließlich, steht auf und greift nach meiner Hand. Völlig überrumpelt stelle ich mein Weinglas ab.

»An den Strand? Das geht nicht, so weit reicht das Babyfon nicht.«

»Nicht an den Strand«, erwidert Nathan, und ich kann mir gerade noch das Babyfon und mein daneben liegendes Smartphone schnappen, bevor er mich hinter sich herzieht. Und zwar ins Haus. Mein Herz hämmert heftig gegen meinen Brustkorb, während Nathan wortlos die Treppe hinaufgeht, immer noch meine Hand festhaltend. Was soll das werden?

Als er die Tür zum Schlafzimmer seiner Eltern öffnet, halte ich den Atem an.

»Weißt du ... Also ...«, murmele ich und frage mich verwirrt, warum er in dieses Schlafzimmer geht und nicht in das, in dem er derzeit wohnt. Will er tatsächlich ...? Mit mir ...? Aber ... wir haben uns noch nicht einmal geküsst! Also, zumindest nicht in diesem Jahrtausend.

»Sha-la-la-la-la-la, kiss the girl!«, höre ich die Krabbe Sebastian in meinem Kopf singen, während mich Nathan entschlossen hinter sich her über die Schwelle zieht.

»Ich … Nathan, ich weiß nicht, ob wir …«

Er bleibt stehen und sieht mich im Halbdunkel des Zimmers schweigend an. Von draußen ertönt das dumpfe Knallen des Feuerwerks.

»Was denn?«, fragt Nathan leise und mit dieser tiefen Stimme, die mich wahnsinnig macht.

»Ähm … die Kinder schlafen nebenan.« Meine Wangen brennen, ich trete nervös von einem Fuß auf den anderen, während meine Hand in Nathans festem Griff zu schwitzen beginnt. Wie auf Kommando lassen mich seine Finger los, und fast enttäuscht starre ich auf meine Hand hinab, die sich jetzt seltsam nackt anfühlt.

»Ja. Und?« Ich höre das Schmunzeln auf Nathans Lippen und sehe ihn ratlos an.

»Wir … Also, ich weiß nicht, ob wir …«

»Ella.« Nathan grinst mich an, dann macht er eine Kopfbewegung Richtung Fenster, hinter dessen dünnen Vorhängen ein goldener Funkenregen am Nachthimmel zu erkennen ist. »Von diesem Zimmer aus kann man das Feuerwerk gut sehen. Das ist alles.«

»Oh«, mache ich und wende meine Aufmerksamkeit dem Babyfon zu, drehe den Lautstärkeregler hoch und runter, nur, um etwas zu tun zu haben.

Mein Gott. Wie peinlich. Als ob Nathan Goodman irgendetwas anderes mit mir vorhaben könnte, als sich mit mir vom ersten Stock aus das Feuerwerk am Strand anzusehen! Mein Blick huscht flüchtig zum breiten Ehebett, bis ich Nathans Stimme vom Fenster aus höre: »Na komm schon, sonst ist es gleich vorbei.«

Gehorsam setze ich mich neben ihn auf die Fensterbank. Er hat das Fenster geöffnet, milde Abendluft und der Duft nach Meer fluten das Zimmer. Ich wage es nicht, Nathan anzusehen, sondern halte meinen Blick stur auf das farbenfrohe Spektakel am dunklen Himmel über dem Atlantik gerichtet. Da mir die intime Stille hier oben im Schlafzimmer unangenehm ist, bemerke ich schließlich:»Wusstest du, dass niemand sicher ist, woher der Name Fire Island kommt?« Ohne seine Reaktion abzuwarten fahre ich atemlos fort:»Ruth hat heute erzählt, dass manche Leute glauben, der Name käme von den Piraten, die früher Feuer am Ufer entzündet haben, um Schiffe auf die Sandbänke zu locken. Andere glauben, die Insel hätte ihren Namen wegen des vielen Giftefeus bekommen, der hier wächst. Du weißt schon, weil die Haut wie Feuer brennt, wenn man die Blätter anfasst.«

»Ja«, murmelt Nathan.»Ich kann mich an manche Begegnung mit *Poison Ivy* erinnern.« Eine Weile schweigen wir, dann meint er leise:»Ella, das mit heute Nachmittag, mit dem DVD-Player, das tut mir leid. Ich wollte dich nicht verletzen.«

Überrascht sehe ich ihn an, bevor ich schnell wieder aus dem Fenster schaue.»Ist schon gut«, winke ich ab und versuche, unbeschwert zu lachen, was mir nur halbwegs gelingt. Und dann sprudeln plötzlich all die Gedanken aus mir hervor, die mir eben im Badezimmer durch den Kopf gegeistert sind:»Du hattest ja recht. Von jetzt an werde ich viele Dinge allein machen müssen, um die sich bisher Thomas gekümmert hat. Eigentlich hasse ich Klischees, aber ich selbst war die reine Klischee-Ehefrau-und-Mama, die zu Hause saß und sich nur um Windeln und Brei und später dann um Töpfchentraining und zuckerfreies Bananenbrot gekümmert hat, während der arbeitende Ehemann für den TÜV, die Steuererklärung und den DVD-Player zuständig war.«

»Aber du kannst das auch alles«, sagt Nathan mit fester Stimme.»Ganz sicher. Den DVD-Player hast du heute schon allein überlistet, und dein Auto wirst du auch mit Links zum TÜV bringen, wenn es so weit ist. Aber ob Thomas zum Niederknien guten Apfelkuchen backen kann, das bezweifele ich stark.«

Ich weiß nicht, ob ich weinen oder lachen soll, als ich Nathan ansehe und überlege, was ich erwidern könnte. Der Blick aus seinen dunklen Augen hält mich fest, und ein leichtes Lächeln liegt auf seinen Lippen, das fast ... ja, das fast zärtlich ist. Als Nathans Blick zu meinem Mund flackert, erscheint mir die Vorstellung von uns beiden in dem breiten Ehebett gar nicht mehr so unglaublich abwegig. »Sha-la-la-la-la-la!«, singt die Krabbe in meinem Kopf mit Nachdruck, bevor mich ein anderes Geräusch zusammenzucken lässt. Der Skype-Klingelton. Erschrocken sehe ich mich nach meinem Smartphone um, auf dessen Display unter dem feinen Spinnennetz aus Rissen Maggies lachendes Foto aufleuchtet. Ehe ich darüber nachdenken kann, was ich tue, beantworte ich das Gespräch.

»Hi, Maggie!«, sage ich übertrieben gut gelaunt. Erst, als ich Nathan neben mir scharf einatmen höre, wird mir klar, was ich getan habe. Hektisch versuche ich noch, die Kamera auszuschalten, doch es ist zu spät.

»Hey!«, ruft meine Freundin ausgelassen. »*Happy Fourth of July*!« Dann stockt sie, runzelt die Stirn und fragt: »Ist das ... hey, war da nicht gerade Nathan?«

Ich merke, wie Nathan sich hinter mir duckt und versucht, ungesehen von der Fensterbank zu rutschen, aber als er die Frage seiner Schwester hört, hält er inne und seufzt ergeben.

»Ähm, ja«, sage ich und atme tief durch. Dann halte ich das Telefon so, dass Nathan ebenfalls wieder sichtbar wird.

»Hi, Schwesterherz«, sagt er und grinst schief. »Wie geht's, wie steht's? Was treibst du so in Kalifornien?«

»Ich ... ich fasse es nicht!« Maggie starrt erst ihren Bruder, dann mich perplex an. »Nathan, was ... was machst du auf Fire Island? Seit wann bist du da?«

»Seit fast zwei Wochen«, erklärt Nathan betont ruhig. Unglaublich, wie schnell die Zeit vergangen ist, denke ich bei seinen Worten. Auch wir sind schon seit neun Tagen auf Fire Island.

»Aber warum hat mir das niemand erzählt?« Jetzt klingt Maggie ziemlich vorwurfsvoll, und ihr Blick sucht meinen. »Wieso erfahre ich das erst jetzt?«

»Warum? Musst du es genehmigen, wenn ich hier Urlaub machen will?«, fragt Nathan kühl, und ich springe hastig ein, um einen Streit zu verhindern, wie ich es damals, in unserem gemeinsamen Sommer auf der Insel so oft getan habe: »Ich ... ich wusste, dass du dich aufregen würdest, Maggie«, erkläre ich so ruhig wie möglich. »Darum dachte ich, es sei besser, wenn du erst einmal nicht weißt, dass Nathan auch hier ist.«

»Und ob ich mich aufrege!«, faucht Maggie und rauft sich ihre dunklen Locken. »Nathan, meine Freundin wollte ihre Ruhe haben, sie wollte sich von ihrer Trennung erholen – und jetzt sitzt du mit ihr im Ferienhaus und gehst ihr auf die Nerven? Jetzt sag mir bitte nicht, dass du auch noch irgendwelche Kumpels oder eine Tussi mitgebracht hast!«

»Nein, habe ich nicht«, gibt Nathan zurück und klingt nun ebenfalls gereizt. »Reg dich ab, Maggie.«

»Er ... er stört uns auch gar nicht«, melde ich mich wieder zu Wort. »Im Gegenteil! Nathan macht immer Frühstück für uns, und er kocht abends, ganz hervorragend natürlich. Wirklich, du hättest heute das Steak und die Jakobsmuscheln probieren sollen, köstlich, sage ich dir! Und die Kinder lieben ihn, wir haben heute sogar zusammen an der Babyparade teilgenommen!«

Maggies Augenbrauen haben sich zusammengezogen, und sie mustert mich ziemlich irritiert. Fast fürchte ich, dass meine

Freundin, die mich so gut kennt wie kaum ein Mensch auf dieser Welt, genau weiß, dass ich heute Nachmittag davon geträumt habe, von ihrem Bruder eine Ganzkörpermassage mit Sonnenmilch zu bekommen.

»Wie schön. Und warum seid ihr zusammen im fast dunklen Schlafzimmer meiner Eltern?« Ihre schneidende Frage trifft mich wie ein Faustschlag. Ich schnappe kurz nach Luft, will mich verteidigen, aber Nathan kommt mir mit seiner Antwort zuvor.

»Du kennst mich doch, Maggie«, sagt er und grinst spöttisch in die Kamera meines Smartphones. »Natürlich hatten Ella und ich gerade wilden Sex auf dem Bett unserer Eltern. Was anderes erwartest du doch gar nicht von mir, oder?«

Meine Wangen glühen, während die Worte »wilder Sex« in meinem Kopf widerhallen. Hastig drehe ich mein Smartphone so, dass Nathan nicht mehr zu sehen ist. Ich schaue Maggie an, die meinen Blick erwidert und dabei so schockiert aussieht, dass ich fast lachen muss. »Maggie, das ist natürlich Quatsch«, sage ich eindringlich. »Wir sind hier oben, weil wir das Feuerwerk am Strand mitbekommen wollten. Hier, siehst du?« Ich halte das Smartphone so, dass sie den Funkenregen über dem Atlantik erkennen kann. Da kommt mir ein Gedanke. »Hey!«, sage ich und sehe Nathan streng an. Fragend erwidert er meinen Blick. »Hattest du nicht behauptet, von hier oben aus könnte man nicht skypen?«

Nathan zuckt mit den Schultern. »Die Verbindung ist besser, als ich dachte«, brummt er, und mich beschleicht der Verdacht, dass er mich an unserem ersten Tag lediglich ärgern wollte, als er von der schlechten Internetqualität im Rest des Hauses erzählt hat. Wäre ich nicht gerade so sehr damit beschäftigt, Maggie zu besänftigen, würde ich ihm den Marsch blasen – wobei ich es rückblickend beinahe komisch finde, wie wir uns am Anfang angefeindet haben. Die Dramen der ersten Tage scheinen eine halbe Ewigkeit zurückzuliegen.

»Hmm«, brummt nun auch Maggie, irgendwo am anderen Ende des Kontinents. »Ihr hattet also keinen Sex?«

»Maggie!« Alles an mir brennt vor Scham, Schweißperlen rinnen meinen Rücken hinab. »Ich bin immerhin mit meinen Kindern hier!«

Ich spüre Nathans Blick überdeutlich auf mich gerichtet, bevor er sich erneut vorbeugt, in die Kamera sieht und knurrt: »Und selbst wenn, Schwesterchen: Das ginge dich absolut nichts an!«

»Nathan!«, faucht Maggie wütend, während ich versuche, zu ignorieren, wie gut Nathan riecht und wie dicht er neben mir sitzt. Ich spüre die Wärme seines Körpers und schwitze noch mehr. »Bist du eigentlich wegen der Probleme mit deinem Restaurant auf der Insel? Bist du aus Manhattan abgehauen, oder was?«

»Auch das geht dich nichts an, Maggie«, erwidert Nathan kühl. »Und jetzt entspann dich, und feiere schön den 4. Juli.« Mit diesen Worten steht er auf und verlässt das Schlafzimmer. Ich starre ihm hinterher und versuche, den in mir tobenden Gefühlssturm unter Kontrolle zu bringen.

»Ella?«, höre ich Maggies Stimme und starre wieder auf mein Smartphone. »Läuft da wirklich nichts zwischen euch?«

»Ich bitte dich, Maggie!«, lache ich auf und wische mir meine feuchten Handflächen an meinem Rock ab. »Als ob dein Bruder jemals etwas mit mir anfangen würde! Und ich, ich bin immerhin gerade erst getrennt. Echt, dass du so etwas überhaupt von mir denkst!«

»Sorry«, murmelt Maggie und mustert mich betroffen. »Ich wollte dich nicht verletzen. Das hat mich gerade nur echt überrumpelt. Hey, wie geht es dir überhaupt?«

Ich schlucke und blinzele ein paar Tränen fort. »Geht so«, murmele ich. »Thomas ruft einmal täglich auf Skype an und will die Kinder sprechen. Ehrlich, er redet jetzt mehr mit ihnen als zu der Zeit, als wir noch in einer Wohnung gewohnt haben.«

»Immerhin gibt er sich Mühe«, meint Maggie und nagt an ihrem Fingernagel, wie sie es schon als Teenager getan hat.

»Ja, mag sein«, murmele ich. Irgendwie habe ich nach dem merkwürdigen Start unseres Gesprächs keine Lust mehr, mich mit meiner Freundin zu unterhalten. »Sorry, Maggie, aber ich bin echt müde«, sage ich und gähne demonstrativ. »Können wir morgen quatschen?«

»Na klar«, kommt die Antwort aus Kalifornien. »Ich kann es nicht erwarten, bei euch auf der Insel zu sein.« Sie zögert kurz, und ich weiß, was sie jetzt denkt: Sie hofft, dass Nathan bis dahin verschwunden sein wird.

Das Merkwürdige ist nur: Ich selbst fürchte mich genau davor.

Kapitel 27

Als ich am übernächsten Tag in der Pantry frisches Obst einkaufe, tippt mir Ruth Spielmann auf die Schulter. »Was für ein Glück, dass ich dich treffe, Kindchen!«, ruft die zierliche ältere Dame und strahlt mich an. »Ein Freund meines Sohnes braucht nämlich dringend Hilfe. Und zwar in Form einer Torte.«

»Oh?«, mache ich überrascht und lege eine Tüte mit Äpfeln in meinen Einkaufskorb. »Was für eine Torte?«

»Eine Verlobungstorte! Ja, Todd hat sich mit Sammy verlobt, und in drei Tagen soll gefeiert werden, aber die bestellte Torte wird wohl nicht geliefert werden können, wegen des Sturms!«

»Wegen des Sturms?« Ratlos sehe ich Ruth an, die mit ernster Miene nickt.

»Hast du etwa noch nicht gehört, dass womöglich ein Hurrikan die US-Ostküste hochzieht?«

»Was?«

Nein, das habe ich noch nicht gehört. Streng genommen habe ich keine Nachrichten mehr gesehen, seit ich auf der Insel angekommen bin. Was im Rest der Welt passiert, ist mir derzeit herzlich egal – aber ein Hurrikan, an der Ostküste der USA? Das ist mir natürlich überhaupt nicht egal.

»Aber ... ist es nicht viel zu früh für einen Hurrikan? Die Saison geht doch immer erst ab August los, oder?«, frage ich entsetzt.

»Ja, das ist ungewöhnlich früh, aber wie auch immer, ›Abigail‹ ist auf dem Weg, momentan noch in der Karibik. Von da aus gibt es mehrere Möglichkeiten – wenn Abigail in Florida auf Land trifft, wäre das zwar schlimm für die Leute da unten, aber gut für uns, denn dann würde sich der Sturm höchstwahrscheinlich abschwächen. Wenn Abigail aber über dem Meer weiter nach Norden zieht und so weiter Energie tankt, tja, dann könnte es für uns ganz böse kommen.«

Beklommen schlucke ich. Das muss doch nun wirklich nicht sein!

»Aber zurück zur Verlobungstorte«, meint Ruth, und man merkt ihr an, dass sie schon viele Stürme hat kommen und gehen sehen, so leicht bringt diese Aussicht sie nicht aus dem Konzept. »Die Konditorei in Manhattan, bei der Sammy und Todd die Torte bestellt haben, kann erst am Tag der Party liefern – dann aber wird die Fähre eventuell nicht mehr fahren. Die Feier wollen die beiden aber nicht absagen, schließlich sind ihre Eltern und Freunde extra angereist. Sie feiern im Haus eines guten Freundes in ›Fire Island Pines‹, der hat auch innen genug Platz für all die Gäste, das geht also genauso bei Sturm und Regen.« Ruth sieht mich eindringlich an. »Du hast doch erzählt, dass du Konditorin bist, Ella. Bekommst du innerhalb von drei Tagen eine Verlobungstorte hin?«

Spontan nicke ich und sage mit einem breiten Lächeln. »Aber klar bekomme ich die hin!«

Als Nathan von meinem Auftrag hört, grinst er. »So, so, in Fire Island Pines? Dann wird es sicher eine Torte mit Regenbogenfüllung werden, oder?«

»Hä?«, frage ich verwirrt, während ich für die Kinder Apfelschnitze zubereite. »Wieso das?«

Nathan sieht mich mit hochgezogenen Augenbrauen an. »Na, weil sich dieser Freund des Sohnes von der guten Ruth mit Sicherheit nicht mit einer Frau verlobt hat, Ella. Nicht in Fire Island Pines.«

Ratlos lasse ich das Schälmesser sinken und erwidere seinen Blick. Dann fällt endlich der Groschen. »Ach, stimmt ja!«, rufe ich, als die Erinnerung an den kleinen Ort weiter östlich auf der Insel zurückkommt, der als DAS Schwulen-Urlaubsparadies schlechthin gilt. Maggie und ich sind damals mit dem Wassertaxi nach Fire Island Pines gefahren und haben kichernd die knutschenden und Händchen haltenden Männer beobachtet, die großenteils frustrierend attraktiv waren. Den Nachbarort Cherry Grove dagegen haben wir sorgfältig gemieden, schließlich war der für seine lesbische Sommerbevölkerung bekannt (und ist es sicherlich immer noch), und für Lesben wollten Maggie und ich auf gar keinen Fall gehalten werden.

»Todd und Sammy«, murmele ich nun und muss lachen. »Und ich dachte an eine Samantha.«

»Nee, wohl eher ein Samuel«, grinst Nathan. »Da bin ich ja echt gespannt, was für eine Torte die beiden haben wollen.«

»Ja, ich auch«, sage ich ein wenig sorgenvoll, denn erst nach meiner Begegnung mit Ruth ist mir klar geworden, dass mir hier auf Fire Island einiges zum Backen fehlen wird. Zwar habe ich in der Ferienhausküche schon Springform und Handrührgerät gefunden, ohne die ich ja auch meinen Apfelkuchen schlecht hätte backen können, aber mir fehlen unter anderem eine vernünftige Tortenplatte und eine Palette, die ich zum gleichmäßigen Auftragen der Buttercreme oder Ganache benötigen werde, je nachdem, was sich Sammy und Todd als Füllung wünschen.

Noch am selben Nachmittag treffe ich die zwei bei einer Tasse Cappuccino in der Sea Whisper Bakery. Die beiden sind eine wahre Augenweide, ein wirklicher Verlust für die Frauenwelt: Während Todd mit seinen strahlend blauen Augen und den dunkelblonden kurzen Locken ein Bruder von Bradley Cooper sein könnte, erinnert mich Sammy stark an Ricky Martin und ist eindeutig emotionaler als sein Verlobter. Mit wild flatternden Händen und einem Hauch Hysterie in der Stimme erzählt er von der lang geplanten Verlobungsparty, die nun droht zur Hurrikanparty zu werden.

»Und dabei habe ich schon dreißig Tischkärtchen von Hand beschriftet! Dafür habe ich extra einen Kalligraphiekurs in Soho belegt!«

»Es wird schon alles klappen, Mausezahn«, brummt Todd und tätschelt ein wenig unbeholfen Sammys Hand, was mich mal wieder an Thomas erinnert.

»Genau, es wird sicherlich alles klappen«, stimme ich mit meinem zuversichtlichsten Lächeln zu. »Und jetzt schießt mal los, ihr zwei: Wie soll die Torte aussehen?«

Eine halbe Stunde später lege ich einen Einkaufsstopp in der Pantry ein und radele danach auch noch in den Seaview Market, wo ich bisher noch gar nicht einkaufen war. Leider vergeblich, denn genau wie in der Pantry gibt es auch dort weder meine benötigten Backutensilien noch Lebensmittelfarben. Aber Sammy und Todd wollen eine Verlobungstorte in »Tiffanyblau« haben, wie Sammy mehrfach betonte. Sprich: Türkis soll das gute Stück sein und dreistöckig, mit einem meeresbezogenen Design. Auf eine Serviette der Sea Whisper Bakery habe ich spontan eine Torte mit Muschelschalen, Korallen und Seepferdchen skizziert, woraufhin Sammy mich umarmt und verzückt gejubelt hat: »Das ist es! Genau so! Endlich versteht mich jemand!«

Zwar habe ich mich über seine Begeisterung gefreut, aber gleich zögernd hinterhergeschoben, dass ich einiges an Utensilien für die Torte würde kaufen müssen, woraufhin Todd resolut meinte: »Egal, schlag ruhig alles auf den Preis, das ist es uns wert. Hauptsache, Sammy hat seine Torte, sonst können wir die Feier nämlich vergessen.«

Die Frage ist nur: Woher bekomme ich die Lebensmittelfarben? Eine Palette? Und eine drehbare Tortenplatte, ohne die das Dekorieren ein Kraftakt wird?

»Nimm doch die Fähre rüber nach Bay Shore, dort gibt es ein großes Einkaufszentrum mit Supermarkt«, meint Nathan, als ich ihm von meinem Tortenproblem berichte. »Wenn du mit der Fähre drüben ankommst, kannst du dir einfach ein Taxi rufen.«

Stimmt, ich erinnere mich an das Einkaufszentrum. Das gab es auch schon, als Maggie und ich shoppingsüchtige Teenager waren.

»Hmm«, murmele ich wenig überzeugt. »Aber mit den Kindern mal eben für einen Einkauf mit der Fähre rüber fahren … Und das Taxi hat sicherlich keine Kindersitze.«

»Lass die Zwillinge ruhig bei mir«, meint Nathan. »Das ist wirklich kein Problem.«

Zögernd sehe ich ihn an. Es ist eine Sache, mal eben allein zum Lebensmittelladen von Ocean Beach zu radeln und nach spätestens einer Stunde wieder zurück zu sein. Aber mit der Fähre rüber nach Bay Shore fahren und mindestens fünf Stunden lang weg sein? Kann Nathan das wirklich?

»Du traust mir das nicht zu, oder?«, fragt er und verschränkt die Arme vor seiner Brust.

»Doch, klar. Es ist nur … Die beiden brauchen nach wie vor Hilfe auf der Toilette, und manchmal vergessen sie komplett, aufs Klo zu gehen und machen Pipi in die Hose.«

»Ich weiß«, erwidert Nathan seelenruhig. »Ich erinnere mich gut daran.«

Ja, und ich erinnere mich an seine gereizte Reaktion. Als wäre Nathan absolut klar, was mir gerade durch den Kopf geistert, beugt er sich ein wenig zu mir vor und sagt: »Ella, du kannst dich wirklich auf mich verlassen. Ich mag deine Kinder und passe gut auf sie auf. Keine Sorge, ich werde nicht mit ihnen allein an den Strand gehen, falls du Angst hast, dass ich sie ertrinken lasse. Wir spielen im Garten und, falls das okay ist, schauen wir uns noch einen Disneyfilm an. Ich mache ihnen Käse-Nudeln und Gemüse-Sticks und erinnere sie daran, aufs Klo zu gehen. Immerhin hatte ich mal eine kleine Schwester. Streng genommen habe ich immer noch eine.«

Er grinst mich schief an, ich grinse zurück. »Na gut«, sage ich schließlich und greife entschlossen nach einem Zettel, um meine Einkaufsliste zu beginnen. »Dann werde ich morgen früh die Fähre nach Bay Shore nehmen.«

Als ich am folgenden Nachmittag mit einem Bollerwagen voller Einkäufe zurück ins Ferienhaus komme, sind drei Dinge klar: Erstens, ich habe die großen amerikanischen Einkaufszentren vermisst und meine unzähligen Tüten zeugen davon – von einer drehbaren Tortenplatte über eine Palette und Lebensmittelfarben bis zu ein paar dünnen Holzstangen aus dem Baumarkt, die ich als Stützen für meine mehrstöckige Torte brauchen werde, habe ich alles fürs Backen bekommen. Zweitens, Nathan ist ein hervorragender Babysitter und hat meine Mädchen so gut unterhalten, dass sie kaum gemerkt zu haben scheinen, dass ihre Mama ein paar Stunden lang weg war. Und drittens: Sturm »Abigail« hat zwar Florida verschont, wird aber heute Nacht über South und North Carolina hinwegfegen und Fire Island womöglich in der Nacht von morgen auf übermorgen in Form von Ausläufern mit schweren Regenfällen und Sturmböen treffen. Also tatsächlich genau in der Nacht vor der Verlobungsparty.

»Keine Sorge, dieses Haus hat schon vielen Stürmen getrotzt«, meint Nathan seelenruhig, während ich in der Küche meine Schätze auspacke. »Oh, super, du hast an die Avocados gedacht!« Begeistert fischt er die schwarz-grünen Früchte aus einer Tüte und drückt testend an ihnen herum. »Sehr gut, genau die richtige Reife. Hast du den Koriander bekommen?«

»Aber klar«, erwidere ich gut gelaunt und halte ihm die Tüte mit den Kräutern hin. »Und Limetten und Chilischoten auch. Es gibt, glaube ich, nichts, was man in dem Supermarkt nicht findet.« Zufrieden pfeift Nathan auf, nachdem er am Koriander geschnuppert und sogar ein Blättchen probiert hat. »Hervorragend. Dann steht der Guacamole heute Abend ja nichts mehr im Weg. Wobei ...« Er hält kurz inne und lässt seinen Blick langsam an mir hinabwandern. Überrascht halte ich die Luft an. Plötzlich fühle ich mich nackt.

»Was?«, frage ich, und mein Tonfall klingt schärfer als beabsichtigt. »Wenn du mir jetzt sagst, dass ich abnehmen sollte, ramme ich dir ein Küchenmesser zwischen die Rippen, Nathan Goodman.«

Verblüfft schnellt sein Blick wieder zu meinem Gesicht hoch. Ein paar Sekunden lang wirkt er ehrlich verwirrt, sammelt sich dann jedoch und meint mit einem Kopfschütteln: »Spinnst du jetzt völlig? Wieso um alles in der Welt solltest du denn wohl abnehmen müssen? Was ich meinte, war dein Kleid, Ella. Es sagt mir, dass es höchste Zeit wird, Hummer zu essen.«

Verdutzt sehe ich an meinem dunkelblauen Kleid mit dem Muster aus roten Hummern hinab und muss lachen. »Ja, Hummer würde ich tatsächlich gern mal wieder essen«, gebe ich zu und versuche, meine Verlegenheit zu überspielen. Warum habe ich denn gerade so überreagiert? »Aber lass die Kinder bloß nicht mit ansehen, wie du die lebenden Tiere in kochendes Wasser wirfst!« Bei der Erinnerung daran, wie Hummer zubereitet werden, schüttele ich mich.

»Keine Sorge, so ein unsensibler Klotz bin ich nicht«, brummt Nathan, wirft mir einen letzten langen Blick zu und verlässt dann mit einem Kopfschütteln die Küche, um im Wohnzimmer die DVD auszuschalten, deren Abspann gerade läuft – die Kinder durften »Cinderella« gucken.

Nein, denke ich. Je mehr Zeit ich mit Nathan verbringe, desto weniger unsensibel erscheint er mir tatsächlich.

Kapitel 28

Noch am selben Nachmittag beginne ich damit, die Torte zu backen. Die Kuchenböden müssen eine Nacht Zeit haben, um sich zu setzen, bevor ich sie am nächsten Tag aufeinanderstapeln und dekorieren kann. Würde ich Backen, Aufeinanderstapeln und Dekorieren an ein und demselben Tag machen, könnte die ganze Torte in sich zusammensacken, was mir einmal im Leben passiert ist – nie wieder, habe ich mir damals geschworen, werde ich diesen Fehler begehen. Und so mache ich mich eilig ans Werk, um die drei Schichten für die Torte noch heute aus dem Backofen holen zu können. Sammy hat sich eine klassische Vanilletorte mit Swiss Meringue-Buttercremefüllung gewünscht. Keine Regenbogenfüllung, wie Nathan geunkt hatte. Für alle drei Tortenschichten verwende ich ein und dieselbe Backform, aber nur die unterste Schicht der Torte wird die komplette Kuchenformgröße haben. Für die kleineren Böden nutze ich Pappkreise in zwei verschiedenen Durchmessern, die ich als Schablonen auf den Teig lege und dementsprechend zwei kleinere Tortenböden ausschneide, sodass ich am Ende drei unterschiedlich große Schichten habe. Den abgeschnittenen Teig werde ich morgen mit Hilfe von Schaschlik-Spießen zu Cake Pops verarbeiten, mit denen ich meine Mädchen glücklich machen kann. Und Nathan vielleicht auch.

Da ich immer dann am besten backe, wenn im Hintergrund der richtige Soundtrack läuft, habe ich mir Nathans Lautsprecher ausgeliehen. Er wollte mir auch bereitwillig seinen I-Pod überlassen, aber ich habe mit einem entsetzten Augenrollen abgewunken. »Um Gottes Willen, nein, danke! Wenn ich zu deiner Rapmusik eine Torte backen sollte, würde die garantiert ungenießbar werden!«

»Hey, ich habe verschiedene Sachen da drauf, nicht nur Rap«, meinte Nathan beinahe gekränkt, aber ich zog lachend meinen eigenen I-Pod aus meiner Handtasche und meinte: »Lass mal gut sein, mein Lieber, ich habe meine eigene Musik dabei!«

Als Nathan nun, eine halbe Stunde später, in die Küche kommt, wo ich in Beatrices größter Rührschüssel eine gewaltige Menge Teig vermenge, stöhnt er demonstrativ auf. Überrascht sehe ich ihn an, und er verdreht den Blick himmelwärts und meint: »Na, bei der Musik kann ja nur eine Torte für eine Schwulen-Verlobungsparty rauskommen.«

»Hey!«, rufe ich und werfe ein Geschirrtuch nach ihm, das er lachend auffängt und als Knäuel zu mir zurückwirft, dabei meinen Kopf um einen Zentimeter verfehlt. Entschlossen spüle ich mir meine teigverklebten Hände ab, drehe die Lautstärke meines I-Pods voll auf und beginne, laut trällernd zu »Dear Future Husband« von Meghan Trainor durch die Küche zu tänzeln. Ich liebe die Sängerin nicht nur, weil ihre etwas fülligere Figur meiner so ähnelt, sondern auch, weil ich – genau wie bei meinen Kleidern – ein Faible für Musik mit Oldieflair habe.

»You gotta know how to treat me like a lady!«, singe ich aus vollem Halse, als meine Kinder jubelnd in die Küche gestürmt kommen und mit mir gemeinsam lachend und kichernd die Hüften kreisen lassen. Sie kennen das Lied bereits in- und auswendig, weil wir zu Hause oft dazu durch die Wohnung getanzt sind. »Treat me like a lady!«, brüllen sie gackernd und wirbeln ausgelassen durch die Gegend. Nathan lehnt sich mit verschränkten Armen gegen die Unterschränke und beobachtet uns, wobei das Schmunzeln um seine Lippen peu à peu zum breiten Grinsen wird. Als das Lied vorbei ist und die Kinder und ich kichernd nach Luft schnappen, meint er anerkennend: »Super Tanzeinlage, ihr drei. Ehrlich. Am Gesang könnte noch gefeilt werden, Ella, aber ansonsten ...«

»Pass bloß auf, mein Lieber!«, rufe ich lachend und greife erneut nach dem Geschirrtuch, um es nach Nathan zu werfen, aber er ist schneller, bekommt das Ende zu fassen und zieht fest daran. Da ich nicht damit gerechnet habe, werde ich regelrecht gegen ihn geschleudert und kreische überrascht auf. Nathan grinst auf mich herab, und seine plötzliche Nähe macht mich so verlegen, dass ich mich abwende und, ehe ich wirklich weiß, was ich da tue, in die offene Mehlpackung greife. Mit beiden Händen werfe ich eine Ladung Mehl nach Nathan, der mich völlig perplex ansieht, ohne auszuweichen, weil er ganz offensichtlich nicht mit so einer Aktion gerechnet hat.

Ich ja auch nicht.

Die Kinder quietschen auf, halb erschrocken, halb begeistert. Nathan hustet, während sich weißer Mehlstaub auf sein dunkles Haar senkt, sein Gesicht bepudert, sein graues T-Shirt besprenkelt. Ich schlage mir eine flache Hand vor den Mund, um nicht laut loszulachen.

»Na warte«, stößt Nathan da leise hervor, schnappt sich mit einer schnellen Bewegung die Mehlpackung, greift hinein und wirft seinerseits eine Handvoll nach mir. Kreischend drehe ich mich weg und breche in prustendes Gelächter aus, während meine Kinder sich nun auch dazu entscheiden, das Ganze sehr komisch zu finden und aufgeregt lachend um uns herumwuseln. Weißer Staub senkt sich auf mein Hummerkleid, auf die Haare meiner Kinder, auf den Küchenfußboden. Aber ich denke jetzt nicht ans Haarewaschen und Putzen, nein, denn mir laufen gerade vor lauter Lachen Tränen über die Wangen, und Nathan betrachtet mich mit einem schmunzelnden Kopfschütteln. Ehe er sich versieht habe ich die Mehltüte wieder an mich gerissen und schüttele die fast leere Packung in seine Richtung. Diesmal reagiert Nathan allerdings blitzschnell, greift nach meinem rechten Arm und dreht ihn zur Seite, wodurch meine Kinder eine Ladung Mehl abbekommen.

»Ihhh!«, kreischt Paula und strahlt über das ganze Gesicht, während Clara sich im Kreis dreht und schreit: »Es schneit, es schneit!«

»Du bist echt unmöglich«, stößt Nathan mit einem heiseren Lachen hervor, und ehe ich weiß, wie mir geschieht, dreht er mich so, dass ich ihm plötzlich den Rücken zuwende. Bevor ich mich wehren kann, zieht er mich rücklings dicht an sich heran, hält mich mit einem Arm im Schwitzkasten und entwendet mir entschlossen die Mehlpackung.

»Bitte nicht!«, quietsche ich auf und versuche vergeblich, mich wegzudrehen, aber aus Nathans Griff gibt es kein Entkommen.

»Du hast es so gewollt«, erwidert er und schafft es mit einer Hand, Mehl aus der Tüte zu greifen, um mir damit unbarmherzig das Gesicht einzureiben, bis ich mich nur noch hustend und lachend in seiner Umklammerung winde, die er auch dann nicht lockert, als die Tüte schon leer zu Boden gesegelt ist. Plötzlich muss ich an die Schneeballschlacht damals in Hamburg denken, in dem Winter, als es tatsächlich mal Schnee gab und Maggie und ich vierzehn waren. Damals hat mich Nathan genauso festgehalten und mir Schnee ins Gesicht gerieben, während ich um Gnade gebettelt habe und gleichzeitig völlig elektrisiert davon war, ihm so nah zu sein, trotz unserer dicken Winterjacken.

Jetzt allerdings haben wir keine dicken Winterjacken an, und das Gefühl von Nathans warmem, festem Körper, gegen den ich rücklings gepresst werde, lässt meinen Atem schneller gehen. Die Tatsache, dass inzwischen Charlie Puth aus dem Lautsprecher

»Let's Marvin Gaye and get it on« singt, macht die Lage nicht wirklich besser.

»Ich hoffe, du brauchst für deinen Kuchen kein Mehl mehr«, raunt Nathan so dicht an meinem Ohr, dass mir mit einem Schlag das Lachen vergeht. Atemlos drehe ich den Kopf und sehe ihn an, und sein Gesicht ist meinem so nah, dass ich einen Moment lang nicht mehr weiß, was ich sagen oder tun soll. An seinen dichten Wimpern hängt Mehl, und auch seine Lippen sind weiß bestäubt, wie mir auffällt, als ich auf seinen Mund starre. Dieser Mund verzieht sich nun zu einem kleinen Lächeln, während ich wie hypnotisiert dastehe und zu keiner Reaktion fähig bin.

»Mamaaa? Jetzt kann man in der Küche Slittschuh laufen, schau mal!«, holt mich Claras Stimme zurück ins Hier und Jetzt. Hastig löse ich mich von Nathan, wische mir Mehl aus den Augenwinkeln und sehe meine Töchter an, die dabei sind, auf dem rutschigen Mehl über die Küchenfliesen zu schlittern.

»Nein, macht das lieber nicht!«, sage ich hastig. »Bitte, ihr tut euch bloß weh. Kommt mit, ich spüle euch schnell in der Gartendusche ab, und dann ... dann mache ich hier sauber.«

Nathan, der sich gerade Mehl von seinem T-Shirt schüttelt, erwidert meinen Blick, während es um seine Mundwinkel zuckt. Dort hängt noch Mehl, in den feinen Lachfältchen um seinen Mund.

Am Mittag des nächsten Tages sitze ich am Küchentisch und forme aus weißem Fondant Seepferdchen und Korallenstücke, um damit die dreistöckige Torte in Tiffanyblau zu dekorieren, die stolz auf der Anrichte thront. Seit dem frühen Morgen bin ich am Werk, habe jeden der drei gestern gebackenen Kuchen waagerecht durchgeschnitten und mit der samtigen Swiss Meringue-Buttercreme gefüllt, bevor die wieder zusammengesetzten Kuchen jeweils einen dünnen Überzug aus Buttercreme bekommen haben und kurz in den Kühlschrank mussten. Erst danach konnte ich mit meiner neuen Palette eine dickere Schicht Buttercreme auftragen und sorgfältig glatt streichen, bevor jeder Kuchen schließlich eine Decke aus Fondant in Tiffanyblau bekommen hat. Den Fondant habe ich noch gestern Abend nach meinem Lieblingsrezept selbst hergestellt, mit Hilfe einer simplen Zutat, die ich sogar in der Pantry bekommen habe: Marshmallows. Ganz einfach und um Klassen besser als jeder Fondant, den man fertig kaufen kann. Schließlich habe ich die drei türkisblauen Kuchen aufeinandergesetzt und die dünnen Holzstangen aus dem Baumarkt von oben senkrecht durch den ganzen Turm gesteckt, damit die dreistöckige Torte genug Halt bekommt. Zum Glück wirkt mein Kunstwerk dadurch wirklich stabil, und das muss es auch sein, denn es wird per Wassertaxi nach Fire Island Pines gebracht, schließlich kann man hier auf der Insel nur auf dem Wasserweg von Ortschaft zu Ortschaft gelangen. Ich mag mir gar nicht ausmalen, was passiert, wenn der Seegang zu heftig sein sollte. Als ich einen prüfenden Blick auf meinen Tortenturm werfe, bin ich erneut überrascht und stolz, wie gut mir das Ganze gelungen ist, auch ohne meine komplette Profiausrüstung, die ich in Hamburg habe. Leider habe ich im Einkaufszentrum keine Fondantformen für Meeresdekoration gefunden, sodass ich die Kinder und Nathan heute Morgen an den Strand geschickt habe, mit dem Auftrag, weiße Muschelschalen zu suchen. Die Schalen habe ich gründlich in Seifenlauge gereinigt, sie liegen nun zum Trocknen auf Küchenpapier aus. Später werde ich die Unterseiten der schönsten Exemplare in flüssiges Wachs tunken, das, wenn es trocken ist, verhindert, dass die Torte direkt mit den Schalen in Berührung kommt. Die weißen Muscheln werden sich hübsch auf dem türkisblauen Fondant machen. Die Seepferdchen ohne Formen herzustellen hat mich vor eine größere Herausforderung gestellt, aber nach ein paar Fehlversuchen habe ich zum Glück einen Weg gefunden, die putzigen Meerestiere frei Hand aus Fondant zu formen. Mit jedem kleinen Fondantkunstwerk, das ich liebevoll zwischen meinen Fingern forme, wächst das Glücksgefühl in meinem Bauch, das sich dort eingenistet hat, seit ich diesen Tortenauftrag erhalten habe. Mir wird klar, wie sehr ich es vermisst habe, solche Tortenträume zu schaffen. Da können Bananenbrot und Muffins für die Kinder einfach nicht mithalten. Ja, wird mir klar, während ich einem Seepferdchen mit Hilfe von Beatrice Goodmans kleinstem Küchenmesser sorgfältig feine Rillen verpasse: Meine Arbeit als Konditorin fehlt mir weitaus mehr, als mir klar war.

Als plötzlich das Skype-Klingelzeichen ertönt, sehe ich mich unwillig nach meinem Tablet um. Der Anblick von Thomas' Profilfoto versetzt mir wie immer einen Stich. Mit einem tiefen Seufzen beantworte ich das Gespräch.»Hallo, Thomas«, sage ich, würdige meinen Noch-Ehemann nur eines flüchtigen Blickes und wende mich wieder dem Seepferdchen zu.

»Hi«, sagt Thomas, und ich merke, dass er versucht, betont positiv zu klingen.»Wie geht es euch?«

»Hervorragend«, gebe ich zurück, ohne den Blick von meinem Fondanttier abzuwenden.

»Störe ich?«

»Ja. Bin dabei, die Dekoration für eine Verlobungstorte herzustellen.«

»Oh. Ein Auftrag?«

»Ja. Ich werde mich wohl kaum selbst verlobt haben.« Bitter lache ich auf und werfe Thomas einen vernichtenden Blick zu.

»Tja, also ... kann ich mit den Kindern sprechen?«

»Nein«, erwidere ich knapp.»Sie sind nicht hier.«

»Wie, nicht hier?« In Thomas' Stimme schwingt so viel Entsetzen mit, dass ich kurz auflachen muss.

»Keine Sorge, Thomas, ich habe unsere Kinder weder verloren

noch verkauft, auch wenn sie hin und wieder stark darauf hinarbeiten. Scherz.«

»Und wo sind sie dann?«, fragt Thomas und klingt nun ziemlich ungeduldig.

»Sie sind mit Nathan zum Einkaufen gegangen.«

»Mit Nathan? Maggies Bruder?«

»Ja«, antworte ich gereizt. »Den du neulich gesehen hast.«

»Ja, ich erinnere mich. Er saß halb nackt hinter dir.«

»Mhhm«, murmele ich und kann mir ein Schmunzeln nicht verkneifen, weil ich mich wirklich darüber freue, dass Thomas ernsthaft irritiert zu sein scheint.

»Du schläfst doch nicht etwa mit dem Typen, oder, Ella?«

Ich sehe Thomas an und muss grinsen. »Komisch, du bist schon der Zweite, der mich das fragt. Maggie wollte das neulich auch wissen. Aber, nein, wir schlafen nicht miteinander. Apropos, wie geht es deiner Affäre?«

Thomas holt tief Luft, antwortet mit gepresster Stimme: »Jasmin ist nicht bloß eine Affäre, sie ist ...«

»Ach, ist ja auch völlig egal, was sie ist!«, unterbreche ich ihn und pfeffere das Küchenmesser wütend auf die Tischplatte. »Weißt du was, ich habe zu tun und keine Zeit für ein Pläuschchen. Und im Übrigen auch keine Lust. Ich melde mich, wenn die Kinder wieder hier sind.«

»Ella, ich finde es nicht gut, dass du die Mädchen mit diesem ... diesem Nathan allein zum Einkaufen gehen lässt!«

Aufgebracht sehe ich Thomas an. »Ach ja? Weißt du, was ich nicht gut finde? Dass du mich mit unserer Nachbarin betrogen hast, du blöder Vollidiot!«

»Hey, rutsch jetzt bitte nicht wieder auf dieses Niveau ab, okay?« Thomas klingt mühsam beherrscht. Ich koche.

»Ach, dass ich nicht lache. Auf welches Niveau bist du denn abgerutscht, als du in der Nachbarwohnung gevögelt hast?«

»Ella …«

»Nein, spar dir dein Gesülze, Thomas! Und deine Besorgtheit kannst du dir auch sonst wohin schieben! Als ob es dich in den letzten Jahren je interessiert hätte, wer sich mit unseren Kindern beschäftigt! Und im Gegensatz zu dir, mein Lieber, verbringt Nathan tatsächlich gern Zeit mit den Mädchen. Ja, unglaublich, oder? Er lädt sie nicht ständig nur vorm Fernseher oder Tablet ab, sondern denkt sich mit ihnen Spiele aus, er liest ihnen vor, baut mit ihnen am Strand Sandburgen, lässt sich als Kristoff den Arm verbinden … und er hat gestern Abend mit ihnen gekocht! Und zwar Lachsfilet, das sie zusammen gebraten haben, und dann haben die Mädchen es hinterher sogar gegessen, jawohl, richtigen Fisch! Unsere Kinder!«

Ein paar Sekunden lang sagt Thomas nichts, sondern starrt mich nur finster an. Dann stößt er hörbar wütend hervor: »Ganz toll. Verleih diesem Nathan doch gleich eine Medaille. Oder verlob dich doch tatsächlich mit ihm. Er scheint ja genau der Richtige für dich zu sein. Und ich war das ja nie, Ella.«

»Bitte, was?« Schockiert starre ich Thomas an. »Du warst nie der Richtige für MICH? Wer hat denn hier wen verlassen?«

»Ella, zu einer Trennung gehören immer zwei«, erwidert Thomas ruhig.

»Ja, oder drei«, kontere ich wütend.

»Ella«, seufzt Thomas. »Ganz ehrlich: Du hast mich doch schon lange nicht mehr so geliebt wie zu Beginn unserer Beziehung. Und das hast du mich deutlich spüren lassen.«

Ich bin so überrascht, dass ich nichts erwidern kann. Sprachlos sehe ich meinen Mann an, der meinen Blick ernst erwidert. Und traurig. Ja, plötzlich sieht er ziemlich traurig aus. »Ich konnte dir doch nie etwas recht machen, vor allem, wenn es um die Kinder ging. Nichts war richtig, alles habe ich verkehrt gemacht, bin von dir immer nur kritisiert worden. Wenn ich sie gewickelt habe, saßen die Windeln deiner Meinung nach entweder zu fest oder zu locker, auf dem Spielplatz habe ich sie zu hoch schaukeln lassen …«

»Mein Gott, Thomas, mach dich nicht lächerlich«, unterbreche ich mit einem spöttischen Lachen, aber er fährt stur fort:» … und wenn die Kinder geweint haben, hast immer du sie sofort auf den Arm genommen, sodass sie irgendwann gar nicht mehr zu mir wollten!«

»Na, weil du ja nie da warst!«, schreie ich aufgebracht.

»Nein, das stimmt so nicht«, erwidert Thomas heftig. »Ich war da, oft sogar, gerade in den ersten Monaten. Aber du hast mir immer das Gefühl gegeben zu stören, dass du immer alles selbst machen wolltest, Ella! Irgendwann habe ich aufgegeben, habe mir gedacht, dass du das brauchst, dieses Gefühl, für die Kinder die wichtigste Bezugsperson zu sein. Vielleicht war das so, weil du so lange darauf gewartet hast, schwanger zu werden. Oder vielleicht auch, weil du mir die Schuld dafür gegeben hast, dass es so lange gedauert hat.«

»Das ist doch Schwachsinn!«, rufe ich wütend. »Ich habe dir nie die Schuld dafür gegeben!«

»Doch«, sagt Thomas vorwurfsvoll. »Das hast du. Vielleicht ohne es zu merken. Jedem noch so entfernten Bekannten hast du mit leidendem Blick von der In-vitro-Behandlung erzählt, und immer kam der Satz ›Es liegt leider an Thomas' Spermien‹. Was meinst du eigentlich, wie ich mich dabei gefühlt habe? Wie beschissen das für mich war? Dich so leiden zu sehen, mit dem ganzen Hormonscheiß, und zu wissen, dass es an mir lag?«

Zu meinem Entsetzen merke ich, dass Thomas' Augen sich mit Tränen füllen. Zum letzten Mal habe ich ihn weinen sehen, als … ja, genau. Als er die neugeborenen Mädchen in den Armen gehalten hat. Auch meine Kehle droht sich zuzuschnüren. Ich weiß wirklich nicht, was ich sagen soll, so erschüttert bin ich.

Beinahe verärgert wischt sich Thomas mit dem Handrücken über die Augen, sieht kurz zur Seite, blinzelt ein paar Mal und räuspert sich, bevor er heiser fortfährt: »Als die Kinder dann endlich da waren – da wollte ich nicht so kleinlich sein, ich wollte dir dieses Glück gönnen. Aber ich fand es schon befremdlich, dass ich ihnen nicht einmal das Fläschchen geben durfte.«

»Aber doch nur, weil ich nicht lange stillen konnte!«, wehre ich mich entrüstet. »Ich wollte diese Nähe zu den Kindern erleben, die man sonst beim Stillen hat, weil ich das Gefühl hatte, etwas zu verpassen!«

»Aber dürfen Väter keine Nähe haben?«, brüllt Thomas, und ich zucke zurück. »Verdammt noch mal, Ella, hast du gar nicht gemerkt, dass ihr drei zu einem kleinen Exklusivklub geworden seid, zu dem ich immer schwieriger Zutritt bekam? Deshalb habe ich irgendwann wieder angefangen, länger zu arbeiten, weil ich mich zu Hause einfach so … so überflüssig gefühlt habe!«

»So ein Quatsch!«, widerspreche ich und fühle mich mit einem Mal sehr erschöpft. Ich reibe mir mit beiden Händen über die Augen. »Die Kinder vergöttern dich, Thomas. Hast du nie mitbekommen, wie ihre Augen aufgeleuchtet haben, wenn du nach Hause kamst?«

Thomas starrt mich schweigend an, rauft sich mit einer Hand geistesabwesend das Haar, seufzt auf. »Ja, mag sein. Sicher. Aber du, Ella … deine Augen haben schon lange nicht mehr geleuchtet, wenn ich nach Hause kam. Streng genommen schon während der In-vitro-Phase nicht mehr.«

Stumm erwidere ich seinen Blick, lasse seine Worte sacken. Ich muss wieder an die Spritzen denken, an die Nebenwirkungen, den geblähten Bauch, die Blicke der Kollegen, die mich mehr als einmal aufgeregt gefragt haben, ob es »endlich geklappt hat«, lange, bevor mir zwei Streifen auf dem Schwangerschaftstest entgegengeleuchtet haben. Vielleicht hat Thomas recht, schwirrt es mir flüchtig durch den Kopf. Vielleicht habe ich ihm die Schuld gegeben, war unterbewusst wütend, weil er mir das »angetan hat«. Trotzdem: So leicht kommt er nicht davon, so leicht mache ich es ihm nicht, seine Affäre zu rechtfertigen!

»Das alles sind aber keine Gründe, einfach etwas mit unserer Nachbarin anzufangen!«, sage ich daher kühl. »Hör auf, dir das alles schönzureden und dich in Selbstmitleid zu suhlen!«

»Das tue ich gar nicht«, erwidert Thomas leise. »Dass ich mich in Jasmin verliebt habe … das wäre womöglich trotzdem passiert, auch, wenn du dich anders verhalten hättest.« Er zögert kurz, fügt noch leiser »vielleicht« hinzu.

Wütend schnaube ich auf. »Toll, dass du jetzt mir die Schuld für alles in die Schuhe schiebst! Das ist ja so einfach, oder?«

»Nein«, widerspricht Thomas und wirkt ehrlich gequält. »Nein, das alles ist überhaupt nicht einfach. Und ich vermisse euch. Die Kinder. Und dich auch, Ella.«

Überrascht halte ich inne, starre ihn an. Er vermisst mich? Ist das sein Ernst? Ruhig erwidert Thomas meinen Blick, fügt dann heiser hinzu: »Ich vermisse unser altes Leben. Unseren früheren Alltag. Unsere … unsere Anfangsphase. Vor der In-vitro-Sache. Als wir noch einfach so Sex hatten, ohne uns um deinen Eisprung zu kümmern.«

Verletzt schlucke ich, kämpfe gegen Tränen an. »Tja«, stoße ich bitter hervor. »Tut mir leid, dass die Zeiten lange vorbei sind. Erst kam der Eisprungsex, dann während der In-vitro-Zeit fast gar kein Sex, und dann war ich erst ein schwangeres Walross und nach der Geburt ständig müde, weil ich nachts Fläschchen geben und Windeln wechseln musste. Sorry, Thomas. Du armer Kerl.«

»Ich hätte auch mal Fläschchen gegeben und Windeln gewechselt, aber du hast dir ja so gut in deiner Märtyrerrolle als aufopfernde Supermutter gefallen!«, schreit Thomas, auf einmal wieder rasend vor Wut.

»Ich habe nie eine Märtyrerin gespielt, du Vollidiot! Und jetzt sei bloß ruhig, denn du hast ja schließlich jemanden gefunden, mit dem du Sex haben kannst, ohne an Eisprung zu denken!«, schreie ich wütend zurück, und dann beende ich mit einem heftigen Klick auf das Display unser Gespräch.

Kapitel 29

Eine ganze Weile lang sitze ich wie erstarrt am Küchentisch und höre der Musik aus meinem I-Pod zu, ohne wirklich mitzubekommen, was für Lieder mich da berieseln. Aber irgendwann fangen »The Shirelles« an, »Will you still love me tomorrow?« zu singen, und mir kommen die Tränen.

Ich sehe wieder Thomas und mich, an jenem verregneten Sommerabend vor knapp acht Jahren, auf unserem Hamburger Sofa sitzend, und im Radio läuft dieses Lied. Ich höre Thomas' zärtliche Stimme, als er meine Hände in seine nimmt und sagt: »Ella, ich werde dich auf jeden Fall morgen noch lieben. Und übermorgen. Und für den Rest unseres Lebens. Willst du mich heiraten?«

Das war wohl der am wenigsten geplante Heiratsantrag aller Zeiten, wir saßen in unerotischen Jogginghosen nebeneinander, ich hatte noch Chipskrümel am Mund, aber nachdem ich »Ja, na klar!« gerufen hatte, störte das beim Küssen nicht weiter. Wir hatten herrlich spontanen Sex auf dem Sofa, denn, ja, das waren die Zeiten, als ich noch keinen Gedanken an meinen Zyklus verschwendete. Hinterher schauten wir gemeinsam unsere damalige Lieblingsserie »Mad Men« und gingen am nächsten Tag los, um einen Verlobungsring für mich auszusuchen.

Und jetzt sieh sich einer an, was aus dem »Und für den Rest unseres Lebens« geworden ist.

»Hey, wir sind zurück!«, höre ich Nathans Stimme im Flur

und zucke erschrocken zusammen. Noch bevor ich meine Tränen auch nur ansatzweise trocknen kann, kommt er mit langen Schritten in die Küche, in jeder Hand einen Wasserkanister. Er ist mit den Kindern zur Pantry spaziert, um die Dinge zu besorgen, die man im Haus haben sollte, wenn ein Sturm aufzieht: Reichlich Trinkwasser, Batterien für Taschenlampen und Radio, Lebensmittel, die sich ohne den Kühlschrank halten. »Bei Stürmen fällt der Strom oft stunden- und manchmal sogar tagelang aus«, meinte Nathan in seiner unaufgeregten Art, bevor er mit den Kindern und dem Bollerwagen losgezogen ist.

Jetzt bleibt er mitten in der Küche stehen, sieht mich an und stellt die Kanister auf den Boden. Dann dreht er sich ohne einen weiteren Kommentar um, geht zurück ins Wohnzimmer und ruft den Mädchen zu: »*Okay, girls, time for Mickey Mouse!* Kommt her, zum Sofa!«

Ich höre, wie die Kinder in Jubel ausbrechen, was mich noch heftiger heulen lässt, hin- und hergerissen zwischen Erleichterung und schlechtem Gewissen, weil ich mich nicht in der Lage sehe, mich jetzt um die beiden zu kümmern. Kurz darauf nähern sich Nathans Schritte erneut, er schließt die Tür hinter sich.

»Was ist los?«, fragt er, und seine besorgte Stimme macht alles noch schlimmer. Ich bin ein aufgelöstes Häuflein Elend.

»Tho-ho-mas hat angerufen«, stoße ich mühsam hervor.

»Aha«, murmelt Nathan, und als ich nichts weiter sagen kann, zieht er sich einen Stuhl dicht neben meinen und legt einen Arm um meine Schultern. Schweigend hält er mich fest, lässt mich heulen.

»Ist ja kein Wunder, dass du weinst«, murmelt er schließlich dicht an meinem Ohr. »Bei der sentimentalen Musik. Das wäre bei Rap nicht passiert.«

Trotz meiner Tränen muss ich lachen. »Doch, da hätte ich dann erst recht geheult«, gebe ich zurück, greife nach einem

Stück Küchenpapier, das neben dem halb fertigen Fondantsee-pferdchen liegt und tupfe mein Gesicht trocken.

»Immer das letzte Wort«, bemerkt Nathan, und ich höre das Lächeln in seiner Stimme.

»Ja.« Ich atme tief durch. »Offensichtlich bin ich eine sehr dominante Person. So ungefähr hat Thomas das gerade gesagt.« Nathan rückt ein wenig von mir ab und sieht mich mit hoch-gezogenen Augenbrauen fragend an, wartet ab. Ich lache voll Bitterkeit auf, knülle das Tuch in einer Hand zusammen. »Ja, er meinte, dass die Trennung nicht nur seine Schuld sei, sondern auch meine. Dass ich ihn seit der Geburt der Kinder immer aus-gegrenzt hätte, dass ich die Kinder nur für mich haben wollte, dass er sich überflüssig vorkam. Dabei ist das Bullshit, ich wäre froh gewesen, wenn er sich mehr eingebracht und mich stärker entlastet hätte! Und jetzt besitzt er die Frechheit, sich als armes Opfer dazustellen, weil ich den Mädchen während der ersten Monate allein die Fläschchen geben wollte!«

Als Nathan mich nur schweigend mustert, füge ich erklärend hinzu: »Ich … ich brauchte das damals. Das Fläschchen geben. Weil ich nicht genug Milch für beide Kinder hatte und sie nur ganz kurz stillen konnte. Ich … ich hatte das Gefühl, etwas Wich-tiges zu verpassen und habe das Fläschchengeben tatsächlich für mich allein beansprucht. Aber Thomas hat mir nie gesagt, dass ihn das gewurmt hat!«

Nachdenklich sieht mich Nathan an, sagt schließlich trocken: »Ich hätte nie gedacht, mich jemals mit dir übers Stillen zu unter-halten.«

Als ich merke, dass sein Blick flüchtig zu meiner Brust wan-dert, bevor er mir wieder in die Augen sieht, muss ich trotz der ganzen Situation lachen.

»Sorry«, kichere ich. Es tut gut zu lachen.

»Hey, kein Problem. Ich bin zwar kein Experte in Sachen Babynahrung, aber mit Brüsten kenne ich mich aus.« Nathan grinst mich an, und ich ramme ihm einen Ellbogen in die Seite. Meine Tränen habe ich vergessen, das muss ich ihm lassen.

»Nein, im Ernst«, sagt Nathan und reibt sich mit leicht schmerzverzerrter Miene die Seite. »Wenn Thomas das damals nicht klar gesagt hat, kann er dir doch jetzt, drei Jahre später, keinen Vorwurf daraus machen.«

»Eben«, murmele ich und nicke. »Außerdem ging es mir nur ums Fläschchengeben. Ich wäre echt dankbar gewesen, wenn er nachts mal aufgestanden und eine Windel gewechselt hätte. Aber da kam es ihm vermutlich ganz gelegen, dass ich mich so viel allein gekümmert habe.« Gedankenverloren starre ich auf die Torte in Tiffanyblau. »Aber ... in gewisser Weise hat er wohl recht. Ich weiß, dass ich auch Fehler gemacht habe.«

Ich denke an seinen Vorwurf, ihm die Schuld für die In-vitro-Behandlung gegeben zu haben. Wenn ich ehrlich zu mir selbst bin, war das tatsächlich so. Ich habe ihm das nie gesagt, aber wenn ich mit den Nebenwirkungen der Hormontherapie zu kämpfen hatte, wenn mir unter Narkose Eizellen entnommen wurden, wenn ich trotz allem wieder meine Regel bekam und heulend auf der Toilette saß, dann machte es mich auf irrationale Weise wütend, dass er, an dessen Spermien es lag, nicht körperlich leiden musste.

Aber seelisch hat Thomas anscheinend sehr wohl gelitten. Mehr, als ich wahrgenommen habe, wird mir jetzt klar, und diese Erkenntnis treibt mir erneut heiße Tränen in die Augen.

»Hey«, murmelt Nathan, der sofort merkt, dass meine Unterlippe wieder zittert, und zieht mich so fest in seine Arme, dass ich für eine Sekunde meinen Kummer vergesse und einfach von seiner Nähe überwältigt bin. Dann aber höre ich erneut Thomas' vorwurfsvolle Worte, sehe seine Augen feucht schimmern und schluchze heftig auf.

»Es war so eine beschissen schwere Zeit damals, weißt du? Wir haben so lange auf die Ki-hinder gewartet. Und … und … irgendwie ist wegen dieses ganzen Babydramas unsere Be-he-zie-hung auf der Stre-he-cke geblieben.« Nathans Hand zieht beruhigende Kreise über meinen Rücken. Eine Weile lässt er mich weinen, dann sagt er in mein Haar hin-ein: »Maggie hat mir erzählt, dass ihr die Kinder durch künstliche Befruchtung bekommen habt. So etwas ist natürlich belastend.«

»Aber ich hätte mich oft anders verhalten sollen«, stoße ich heiser hervor. »Mir war nicht klar … Ich wusste nicht, dass Thomas … Dass ihn das alles so mitgenommen hat.«

»Hey. Du hast dich damals vermutlich mit ziemlich vielen Hormonen vollballern müssen, oder?« Nathans Stimme ist tief und ruhig und vibriert in meinem Körper. Ich kann nur nicken. »Und für dich war das Ganze ja wohl mindestens genauso belastend wie für ihn. Außerdem – du meine Güte, Ella. Ja, auch du bist nicht unfehlbar. Auch du verhältst dich mal falsch, wie so ziemlich jeder Mensch auf diesem Planeten. Außer Maggie – zumindest glaubt sie das gern.«

Obwohl ich noch dabei bin, mir Tränen von den Wangen zu wischen, muss ich so heftig losprusten, dass ich mich anhöre wie ein grunzendes Ferkel. Ich sehe Nathan an, und um seine Lippen zuckt ein Schmunzeln, aber sein Blick hängt nach wie vor sehr ernst an mir.

»Sei nicht so hart zu dir selbst, Ella. Immerhin hattest du keinen Sex mit eurer Nachbarin.« Er hält kurz inne, und in seinen Augen blitzt es neckend auf, als er nachhakt: »Oder?«

Mit einem Augenrollen schüttele ich den Kopf. »Deine dreckigen Fantasien kannst du für dich behalten, Nathan. Und, bevor du fragst: Nein, ich habe auch mit keinem Nachbarn geschlafen. Vielleicht hätte ich das tun sollen, aber es gab leider niemanden, mit dem ich mir das hätte vorstellen können.«

»Dann musst du dich jetzt wohl doch an die Rettungsschwimmer halten.«

Ich sehe Nathan an, und als ich das anzügliche Lächeln um seine Lippen zucken sehe, wird mir sehr warm.

»Mhhm«, murmele ich und versuche, nicht länger über das Thema Sex nachzudenken, während ich so dicht neben ihm sitze. Das kann nicht gut gehen.

»Mensch, schon ein Uhr vorbei«, murmele ich beim Blick auf die Wanduhr und stöhne leise auf. »Sammy und Todd kommen um fünf mit dem Wassertaxi von Fire Island Pines rüber, um die Torte abzuholen. Und ich habe gerade mal zwei Seepferdchen fertig. Außerdem muss ich Dutzende weiße Fondantkügelchen rollen.«

»Ich helfe dir«, sagt Nathan spontan. »Zwar bin ich kein Fondantexperte, aber Kügelchen kann ich.«

Ich muss lachen. »Danke«, sage ich gerührt, während er schon aufsteht und zur Spüle geht, um sich die Hände zu waschen. Er wirft mir einen kurzen Blick über die Schulter zu, und bei der Art, wie er »Kein Problem, Ella«, sagt, wird mir noch wärmer, als mir ohnehin schon ist.

Wenig später sind Nathan und ich unter Hochdruck dabei, die Verlobungstorte für Sammy und Todd fertigzustellen. Während ich in stressigen Situationen leider immer hektisch werde, merke ich, dass Nathan anscheinend gerade dann konzentriert und präzise arbeiten kann. Darum ist er ja auch Chefkoch und ich bin Konditorin. Er muss Tag für Tag unter Hochdruck funktionieren, aber ich stehe bei der Fertigstellung einer Torte normalerweise nicht so wahnsinnig unter Zeitdruck. Von normal sind wir gerade allerdings weit entfernt.

Da ich mit den Seepferdchen hinterherhinke, sage ich nicht Nein, als sich Nathan nach Fertigstellung der Fondantkügelchen auch an den Tieren versuchen will. Anfangs verzweifelt er ein wenig, aber irgendwann liegen ein paar beeindruckende Exemplare auf der Schicht Backpapier, die ich auf dem Tisch ausgebreitet habe.

»Schau mal einer an, aus dir wird doch noch ein Tortenprofi!«, sage ich ehrlich beeindruckt und beginne mich ein wenig zu entspannen. Dank seiner Hilfe werden wir es schaffen. Erleichtert atme ich auf.

»Nee, auf keinen Fall. Nicht, wenn man dazu solche Musik hören muss«, brummt er, aber um seine Mundwinkel zuckt ein Schmunzeln. Ich muss lachen. Mein I-Pod spielt seit Beginn unseres gemeinsamen Dekomarathons die Playliste »Hochzeitstorte« ab, die ich extra für solche Anlässe zusammengestellt habe.

»Es tut mir leid, aber ich brauche romantische Musik, um Torten für verliebte Paare herstellen zu können«, habe ich Nathan ernst erklärt, bevor wir die Verzierung in Angriff genommen haben. Als »Unchained Melody« lief, hat Nathan mit den Augen gerollt, bei »Can't help falling in love« leise leidend vor sich hin gestöhnt und bei »Love me like you do« von Ellie Goulding ist sein Kopf zwischenzeitlich mit einem gequälten Seufzer auf die Tischplatte gesackt. »Ernsthaft?«, hat er gefragt und mich kopfschüttelnd gemustert. »Du hörst dir beim Verzieren von Verlobungstorten den Titelsong von diesem Sado-Maso-Film an?«

»Halt die Klappe, Nathan.«

»Hast du etwa deine gesamte Kuschelrocksammlung auf diesen armen, wehrlosen I-Pod überspielt?«

Überrascht hielt ich inne und sah ihn an. Er konnte sich an meine Kuschelrocksammlung erinnern?

»Die CDs hat sich Maggie doch damals immer von dir ausgeliehen«, beantwortete Nathan mit einem gequälten Lächeln meine unausgesprochene Frage. »Und hat sie dann so laut in ihrem Zimmer gehört, dass ich alles mitbekommen habe. Ich leide noch heute unter dem Trauma.«

Trotz unseres unterschiedlichen Musikgeschmacks und Nathans gelegentlichen Frotzeleien verläuft unsere Zusammenarbeit erstaunlich harmonisch. Irgendwie erinnert mich diese Situation an die Zeit, als Nathan in der Küche meiner Eltern heimlich gekocht hat – nur, dass ich ihm diesmal nicht lediglich zusehe, sondern sogar die Anweisungen gebe. Als Team funktionieren wir hervorragend, stelle ich mit einer gewissen Zufriedenheit fest. Über längere Zeiträume hinweg arbeiten wir konzentriert und schweigend, aber hin und wieder unterhalten wir uns wirklich gut. Wir stellen fest, dass wir beide nicht viel für Sushi übrighaben, dafür umso mehr für Krabbenbrötchen, nach denen Nathan in Hamburg verrückt gewesen ist. Wir würden beide eher hungern, als bei McDonald's zu essen. Keiner von uns hat jemals eine Folge »Game of Thrones« gesehen, weshalb wir von unserem sozialen Umfeld für merkwürdig gehalten werden. Dafür lieben wir »Homeland«, was Nathan erstaunt, da er mich in die Kategorie »Gilmore Girls« eingeordnet hat (womit er auch richtig liegt, aber ich mag durchaus unterschiedliche Genres). Außerdem erzählt er mir, dass er gern Politthriller liest, was mich wirklich überrascht, weil ich ihn hier im Urlaub nie mit einem Buch gesehen habe.

»Ich lese gerade den neuesten Grisham, aber als E-Book, auf meinem Tablet«, erklärt Nathan, und mir fällt ein, wie oft ich ihn mit dem Tablet in der Hängematte oder auf dem Sofa gesehen habe. Ich dachte immer, er würde im Internet surfen, dabei hat er Grisham gelesen.

Unsere Essens-, Bücher- und Fernsehvorlieben sind allerdings die einzigen Punkte aus unserem »normalen Leben«, über die wir uns austauschen. Auch wenn es mich nach wie vor brennend interessiert, was Nathan dazu gebracht hat, Manhattan zu verlassen, vermeide ich es sorgfältig, ihn auf sein Restaurant anzusprechen. Von sich aus erwähnt er nichts aus seinem Alltag, ich erfahre weder, ob er eine Freundin hat, noch, wo in Manhattan er wohnt oder was er außer Lesen und Fernsehen in seiner Freizeit macht, sollte er überhaupt mal Freizeit haben. Aber eigentlich ist es mir sogar ganz recht, dass wir uns momentan in diesem Inselkokon befinden. Er und ich und die Mädchen, wir leben hier in einer Art Blase, abgeschirmt vom Rest der Welt, nur hin und wieder gestört von Thomas' Anrufen, die mich auf unangenehme Art und Weise daran erinnern, dass unsere Auszeit auf Fire Island nicht ewig andauern wird.

Je länger wir gemeinsam an der Torte arbeiten, desto weniger beschwert sich Nathan über die Musik – ich vermute, dass er innerlich auf Durchzug geschaltet hat, aus einer Art Selbstschutz heraus. Einmal jedoch, als gerade eines meiner Lieblings-Schmacht-Stücke läuft, nämlich »She« – die Version von Elvis Costello –, da sieht er mich ein wenig merkwürdig über den Küchentisch hinweg an. Ich versuche noch, seinen Blick einzuordnen (Ist er endgültig entsetzt von meinem Musikgeschmack? Oder zunehmend genervt? Wünscht er sich mit seinem eigenen I-Pod nach draußen in den Garten, weit fort von dieser Dauer-Kitsch-Berieselung und den Fondantseepferdchen für eine Schwulen-Verlobungstorte?), als die Kinder hereinstürmen und verkünden, dass sie Hunger haben.

Nachdem ich die Mädchen mit einem Apfel-Käsewürfel-Kräcker-Teller versorgt habe, setzen wir zum Endspurt an. Nathan hat gerade alle Fondantkügelchen um die unterste Tortenschicht in Tiffanyblau gelegt, und ich habe die letzte Muschelschale zwischen ihren zahlreichen Artgenossinnen oben auf der Torte positioniert, als Sammy und Todd atemlos ankommen. Der Himmel über Fire Island hat sich bereits zugezogen, Windböen lassen das Schilf vor den Küchenfenstern heftig rascheln, und es ist so dunkel, als ob jeden Moment erste Tropfen auf die Insel herabprasseln könnten. Wir haben vorhin im Internet gelesen, dass

»Abigail« in den Carolinas für Verwüstung gesorgt, sich dabei aber zum Glück auch stark abgeschwächt hat. Die Ausläufer werden allerdings trotzdem noch ausreichen, um uns auf Fire Island durchzurütteln.

»Nein, dieses Wetter, ich dachte schon, wir schaffen es gar nicht mehr her«, jammert Sammy, als er das Haus betritt. Dann entdeckt er die Mädchen, die gerade zum zweiten Mal innerhalb weniger Tage Arielle gucken – mein schlechtes Gewissen nagt an mir, weil sie nach zu vielen Mickey Maus-Folgen auch noch den Film sehen dürfen, aber heute ging es einfach nicht anders, sonst wäre die Torte längst noch nicht fertig.

»Nein, was für entzückende Töchter du hast!«, juchzt Sammy und schlägt die Hände vor den Mund. »Unfassbar!« In diesem Moment betritt Nathan das Wohnzimmer, ein Geschirrtuch über der Schulter, und Sammys Augen weiten sich. »Na ja«, haucht er atemlos. »Bei dem Vater ...«

»Ähm«, sage ich und muss lachen. »Nein, Nathan ist nicht der Vater meiner Kinder.«

»Ohh?«, macht Sammy und sieht mich mit hochgezogenen Augenbrauen fragend an.

»Es ist kompliziert«, wiegele ich ab. »Aber Nathan ist auf jeden Fall nur ein Freund.«

Fast glaube ich, in Nathans Blick etwas aufflackern zu sehen, aber sicher täusche ich mich. »Hi«, sagt er und streckt Sammy seine Hand entgegen. »Ich bin Nathan.«

»Und ich bin entzückt«, säuselt Sammy, was Todd zu einem leicht irritierten Räuspern veranlasst, bevor er Nathan ebenfalls die Hand schüttelt.

»Nathan hat mir übrigens geholfen, die Torte fertigzubekommen«, beeile ich mich, hinzuzufügen. »Ohne ihn hätte ich es zeitlich nicht geschafft. So, ihr zwei, dann kommt doch mal mit, das gute Stück steht in der Küche!«

Während Sammy und Todd mir folgen, werfe ich Nathan einen amüsierten Blick zu. Nathan jedoch mustert mich nur ernst, ohne das sonst übliche spöttische Schmunzeln, bevor er sich der Terrassentür zuwendet und sagt: »Ich gehe dann mal raus und sichere ein paar Dinge vor dem Sturm.«

Kapitel 30

Um sicherzugehen, dass auf den letzten Metern auch wirklich alles glatt läuft, bringe ich Sammy, Todd und die Torte zum Wassertaxi. Gemeinsam mit den beiden Verlobten habe ich das Kunstwerk in Tiffanyblau zuvor in der Küche vorsichtig in einen Karton gehoben, den Nathan für diesen Zweck bei der Pantry aufgetrieben hatte. Über die Öffnung des Kartons haben wir mehrere Bahnen Klarsichtfolie straff gespannt, damit die Torte möglichst geschützt nach Fire Island Pines reisen kann. Die Jungs haben einen Bollerwagen mitgebracht und ziehen den Karton jetzt vorsichtig wie zwei Dutzend rohe Eier die Wege entlang bis zum Fähranleger. Bei jeder kleinen Unebenheit, die den Wagen holpern lässt, schnappt Sammy theatralisch nach Luft, aber keine Muschel stürzt ab, kein Seepferdchen verliert den Halt, und vor allem bleibt der Turm gerade, was am Wichtigsten ist. Kurz vor dem Pier fallen die ersten dicken Tropfen, und wir beeilen uns, die mitgebrachten Schirme aufzuspannen – nicht, um uns selbst zu schützen, sondern natürlich die Torte. Als Todd samt Bollerwagen und Karton heil an Bord des Wassertaxis und unter einem schützenden Dachvorsprung ist, atme ich erleichtert auf. In Fire Island Pines sollen sie von Freunden abgeholt werden, die alle gemeinsam mein Backkunstwerk in Tiffanyblau vor Sturm und Regen schützen werden, wie Sammy mir erklärt, bevor er mich fest umarmt und mir erneut erklärt, die Torte sei tausendmal schöner geworden, als er erwartet habe.

»Und lass dir dieses Prachtstück von einem Kerl bloß nicht entgehen, meine Tortenkönigin«, flüstert er mir noch verschwörerisch zu. »Mein Gott, diese Augen, diese Lippen, diese Hände! Wirklich, wenn ich mich nicht gerade mit Todd verlobt hätte ...«

»... und wenn Nathan nicht ziemlich hetero wäre ...«, spinne ich den Gedanken lachend fort und versuche, mir meine Verlegenheit nicht anmerken zu lassen.

»Genau. Sowas von hetero. Also, sieh zu, meine Liebe.« Er wirft einen Blick zum Himmel hinauf, an dem unheilvolle schwarze Wolken hängen. »Sex in Sturmnächten ist besonders gut!«, raunt er mir mit einem wissenden Zwinkern zu. »Und der Strom wird sowieso ausfallen!«

»Apropos Sturm«, erinnere ich ihn lachend, »sieh zu, dass du auf das Boot kommst, und pass auf die Torte auf. Viel Spaß bei eurer Feier, und schick bitte Fotos!«

Als ich nach Hause laufe, kann ich den Gedanken an Sex in Sturmnächten nicht abschütteln und bin fast dankbar, als der Regen endlich losprasselt und über meine heißen Wangen rinnt. Drückende Schwüle hängt unheilvoll über der Insel, der Wind wird heftiger und zerrt an meinen Haarsträhnen. Klitschnass erreiche ich schließlich das Goodman-Haus, wo ich aus dem Garten Gepolter höre. Eilig umrunde ich das Haus und sehe Nathan, der sich auf der Veranda mit dem Sonnenschirm abmüht.

»Warte, ich helfe dir!«, rufe ich und eile auf ihn zu. Gemeinsam schaffen wir es, den Schirm in den Schuppen zu wuchten, wo Nathan schon den Grill, sämtliche Gartenlaternen, zwei Blumenkübel und die Sonnenliegen verstaut hat. Eine Sturmbö lässt die Schuppentür mit einem Knall zuschlagen, und ich gebe vor Schreck einen kleinen Schrei von mir.

»War nur die Tür«, höre ich Nathans Stimme irgendwo dicht neben mir. Sehr dicht neben mir. Der Regen prasselt jetzt ohrenbetäubend auf das Dach des Schuppens, es riecht muffig hier drinnen, und durch die schmalen Ritzen zwischen den gezimmerten Wänden fällt nur notdürftiges Licht herein. Bevor sich meine Augen wirklich an das Halbdunkel gewöhnen können, kollidiere ich in der Enge des Schuppens frontal mit Nathan. Ich spüre seine Hände, die nach meinen Armen greifen und mich festhalten, sein Kinn streift meine Stirn, ich merke wie sich sein Brustkorb hebt und senkt, halte den Atem an und wünsche mir einen irrationalen Augenblick lang, dass wir nicht mehr aus diesem Schuppen herauskommen. Dass Nathan und ich in dieser engen Dunkelheit gefangen sind, eine ganze Sturmnacht lang und …

Moment, mal. Und die Kinder?

»Nathan, wir müssen … Die Kinder sind allein im Haus!«, höre ich mich nervös brabbeln, und in dem Moment lässt er mich auch schon los, schiebt sich an mir vorbei und öffnet die Tür. Ohne mich anzusehen verlässt Nathan den Schuppen, und ich folge ihm schnell nach draußen. Inzwischen gießt es in Strömen. Kreischend renne ich los, während Nathan noch die Schuppentür verriegelt und mir dann fluchend folgt. Klatschnass betreten wir das Wohnzimmer, wo gerade der Abspann von »Arielle« läuft. Die Kinder sehen uns verdutzt an.

»Mama, Mama, es regnet!«, »Mama, ihr seid ja nass!«, rufen sie aufgeregt durcheinander und springen auf, um sich diesen außergewöhnlichen Zustand näher anzusehen.

»Was ihr nicht sagt«, lache ich und sehe Nathan an, dem eine tropfende Haarsträhne an der Stirn klebt. Er erwidert meinen Blick, und ein Lächeln zuckt um seine Lippen.

Ich muss an Sammys Worte denken. »Diese Augen, diese Lippen, diese Hände …«

»Mama, man sieht deinen Busen!«, reißt mich Paula aus meinen Gedanken. Erschrocken sehe ich an mir herab, merke, dass ich ein dünnes weißes T-Shirt trage und darunter meinen weißen

Baumwoll-BH. Keine günstige Kombination, wenn man so nass ist, als käme man aus der Dusche.

»Busen, Bu-hu-husen!«, kräht Clara entzückt und tanzt lachend und klatschend im Kreis um mich herum.

»Oh«, mache ich und verschränke hastig die Arme vor meiner Brust. »Ähm – ich ziehe mich dann mal um.« Nathan sagt nichts, sondern sieht mich nur an. Das Lächeln ist verschwunden, und in seinem Blick liegt ein Ausdruck, über den ich gerade nicht weiter nachdenken will.

Kaum habe ich die Kinder um kurz nach acht ins Bett gebracht, als das Licht im ganzen Haus ausgeht. Obwohl mir klar war, dass es so kommen würde, bleibe ich erschrocken in der halb geöffneten Schlafzimmertür stehen und starre mit hämmerndem Herzen an die Zimmerdecke, wo eben noch Sterne gekreist sind. Ein paar Sekunden lang warte ich ab, lausche dem Heulen des Sturms, dem entfernten Grollen des Atlantiks und dem beruhigend gleichmäßigen Atmen meiner Kinder. Zum Glück wachen die beiden trotz des tobenden Unwetters nicht wieder auf – es hat lange genug gedauert, bis sie endlich eingeschlummert sind, so aufgeregt waren sie wegen des Sturms. Bisher hatten wir auf Fire Island nur Sonnentage, weshalb Clara und Paula schon das laute Prasseln der Regentropfen auf dem Dach und an den Fenstern sehr spannend fanden. Vorsichtig lehne ich nun die Zimmertür an, in einer Hand fest das Babyfon, wie immer. Langsam taste ich mich im dunklen Flur voran. Wo fängt die Treppe an? Ich darf auf keinen Fall die Stufen hinabstürzen! Oder soll ich lieber gleich hier oben bleiben? Mich einfach zu den Kindern ins Bett legen? Aber im Erdgeschoss wartet noch ein Glas Weißwein auf mich, das Nathan mir eingegossen hat, als ich mit den Mädchen zum Zähneputzen gegangen bin. Und Nathan. Er wartet auch.

Vielleicht wäre es wirklich besser, wenn ich mich einfach zwischen meine Töchter ins sichere Bett legen und den Abend für beendet erklären würde.

Feigling, hämmert es in meinem Kopf.

Und überhaupt: Nathan will sowieso nichts von mir. Nie im Leben.

Als ich plötzlich seine Stimme am Fuß der Treppe höre, erschrecke ich so sehr, dass ich fast die erste Stufe hinabfalle. »Ella? Pass auf. Warte.« Der Lichtkegel einer Taschenlampe erscheint, kommt ein Stück die Treppe hinauf.

»Ach, zum Glück hast du die Taschenlampe gefunden«, sage ich erleichtert.

»Klar, ich hatte sie schon im Flur bereitgelegt. Ist nicht mein erster Sturm.« Nathan bleibt ein paar Stufen unter mir stehen und leuchtet mir den Weg, sodass ich unfallfrei ins Erdgeschoss finde. Kaum stehe ich am Fuß der Treppe, als er nach meiner Hand greift, genau wie am 4. Juli, als wir diese Treppe nach oben gegangen sind, um uns das Feuerwerk anzusehen. Jetzt leitet mich seine Hand den dunklen Flur entlang, immer dem Lichtkegel der Taschenlampe folgend, bis ins Wohnzimmer, wo ich überrascht stehen bleibe und seine Finger sich von meinen lösen. Hier ist es nicht dunkel, denn Nathan hat Kerzen im ganzen Raum verteilt, und im Kamin lodert ein kleines Feuer.

»Wow!«, sage ich erstaunt und versuche, das aufkeimende Gefühl der Romantik in seine Bahnen zu weisen. Wir haben Stromausfall. Deshalb die Kerzen. Und nur deshalb. »Du kannst Feuer machen!«

»Yep. Ich habe so viele Talente«, gibt Nathan zurück. Er wendet mir gerade den Rücken zu, aber ich höre das Lächeln in seiner Stimme. »Ich dachte, zumindest ein kleines Feuer schadet nicht, damit es nicht zu dunkel ist. Sag Bescheid, falls es dir zu warm wird. Aber bald dürfte es draußen eh abkühlen, jetzt, wo der Regen da ist. Vorsichtig, stoß dein Weinglas nicht um, das steht hier.«

»Danke«, murmele ich und stelle fest, dass neben dem Weinglas auch noch ein Teller mit Datteln im Speckmantel steht. Deshalb der köstliche Duft nach Speck hier im Erdgeschoss.

»Wann hast du die denn noch gezaubert?«, frage ich erstaunt, lasse mich auf das Sofa sinken und greife begeistert nach einer Dattel.

»Tja, es hat ja lange genug gedauert, bis die Kinder schliefen. Sie waren noch ziemlich aufgedreht, hmm?«

Ich nicke. »Ja«, murmele ich und schiebe mir genüsslich die Dattel in den Mund. »Hmmm, die sind mal wieder köstlich!«, grunze ich und kaue hingebungsvoll. Nathan hat sich auf den Teppich gesetzt, den Rücken gegen das Sofa gelehnt, auf dem ich sitze, die Beine lang ausgestreckt, den Blick aufs flackernde Kaminfeuer gerichtet.

»Freut mich«, sagt er leise, ohne mich anzusehen.

Eine Weile lauschen wir dem Sturm und dem Regen, trinken Wein beziehungsweise Wasser (ich bewundere Nathan für seine Konsequenz), essen Datteln und beobachten das prasselnde Kaminfeuer. Der warme Lichtschein lässt Nathans Gesicht golden leuchten, und ich muss mich sehr zusammenreißen, um ihn nicht unverhohlen anzustarren.

»Willst du wissen, warum ich aus Manhattan geflüchtet bin?«, fragt er mit einem Mal unvermittelt, ohne mich anzusehen, und vor Überraschung fällt mir die Dattel aus der Hand, nach der ich gerade gegriffen habe.

»Ähm – klar«, stoße ich rasch hervor, bevor er es sich anders überlegt. Nathan sieht mich nicht an, sondern starrt ernst in die Flammen, die den Fußboden und die Wände in flackerndes Licht tauchen. Verstohlen angele ich die Dattel vom Boden und schiebe sie mir in den Mund, warte atemlos ab.

Mit rauer Stimme beginnt Nathan: »Es ist eigentlich nichts Dramatisches passiert. Ich konnte einfach nicht mehr. Das ist alles.« Er holt tief Luft, und ich starre ihn still an, wage es nicht, irgendein Geräusch zu machen. Ich bin so unendlich froh darüber, dass er mir endlich erzählt, was bei ihm los ist, und ich möchte nur, dass er weitererzählt. Und das tut er zum Glück.

»Du hast es ja neulich selbst gesagt: Die Arbeit in einer Restaurantküche ist unfassbar anstrengend. Aber am Anfang hat mir das nichts ausgemacht. Als ich mit dem Kochen begonnen habe, fand ich es einfach spannend, ich habe es geliebt, habe für den Job gebrannt. Jeden Morgen bin ich in die Küche gekommen und wollte besser sein als am Tag zuvor. Wollte mich selbst übertreffen, und die Konkurrenten natürlich erst recht.« Gedankenverloren reibt sich Nathan das Kinn, seufzt leise. »Das Problem ist nur: Man kann nicht ständig immer besser werden, und man kann auch nicht jeden Tag perfekt sein. Aber wenn man es erst einmal geschafft hat, einen Michelin-Stern zu bekommen und alle darauf warten, dass man auch noch einen zweiten bekommt, dann muss man IMMER perfekt sein. Verstehst du das, Ella? Immer. Denn jeden Tag könnten die Tester vom Michelin-Guide unbemerkt im Restaurant sitzen. Zwei- bis dreimal im Jahr kommen sie vorbei, unangekündigt, unbemerkt. Jeden einzelnen verdammten Tag könnte es darauf ankommen. Um die 500 Gerichte verlassen meine Küche Tag für Tag, und für jedes dieser Gerichte trage ich allein die Verantwortung. Und wenn 499 perfekt waren und eines nicht, und dieses eine landet beim Michelin-Typen auf dem Tisch – oder bei einem Scheißkritiker der New York Times – dann war es das. Dann bekommt man entweder keinen zweiten Stern, oder man bekommt sogar den ersten Stern wieder aberkannt, oder man steht zumindest mit einer miesen Kritik in der New York Times.«

Er atmet tief durch. Dann flackert sein Blick flüchtig zu mir, und ich erkenne die Wut, die Verzweiflung und Müdigkeit, alles auf einmal.

»Nathan«, murmele ich und rücke näher zu ihm, lege eine Hand auf seine Schulter. »Das tut mir leid. Ich habe zwar damals in der Hotelküche schnell das Handtuch geschmissen, aber ich weiß noch, wie sehr mich die stressige Atmosphäre dort belastet hat. Und als ich gehört habe, dass du deine Ausbildung beim Culinary Institute of America gemacht hast und professioneller Koch werden wolltest, da habe ich dich wirklich bewundert. Denn das ist ein Knochenjob, Nathan. Aber du warst … nein, du bist, einfach gut. So unfassbar gut. Meinst du nicht, das wird wieder?«

Ein paar Herzschläge lang sagt Nathan nichts. Stumm starrt er in die Flammen, und ich mustere betroffen sein Gesicht, das kantige Profil, die weichen Lippen.

Oh Gott, nicht an diese Lippen denken.

»Keine Ahnung.« Nathans Stimme ist fast ein Flüstern. Ich räuspere mich.

»Dieser New York Times-Artikel, von dem du gerade gesprochen hast – er ist erst vor Kurzem erschienen, richtig?«

Nathan nickt. »Hat Maggie das erzählt?«

»Nein«, sage ich hastig. »Ich glaube gar nicht, dass Maggie den Artikel kennt. Will hat es erzählt.«

Der Name rutscht mir raus, bevor ich es verhindern kann. Nathan sieht mich an und schnaubt leise auf. »Ach so. Wall Street-Will. Logisch, der muss es ja wissen. Typen wie er sind ständig bei uns. Beschweren sich über alles Mögliche, aber geben der hübschen Kellnerin dann das dickste Trinkgeld und ihre Handynummer. Die kotzen mich so an. Glauben, dass sie mit ihrer Kohle alles bekommen.«

»Hmm, na ja. Ich weiß nicht, ob Will wirklich so …«

»Vergiss es, okay? Ich habe echt keine Lust, jetzt über diesen Typen zu reden.« Gereizt steht Nathan auf, geht zum Kamin und schiebt mit dem Schürhaken ein Scheit zurück in die Flammen, das zur Seite gerutscht war. Stumm beobachte ich ihn. Als er sich endlich wieder setzt, verschränkt er die Arme vor der Brust und fährt heiser fort, ohne mich anzusehen: »Auf jeden Fall konnte ich nach dem Times-Artikel nicht mehr. Ich habe morgens in der Küche des Cuisine gesessen und den Scheiß gelesen, den dieser ignorante Journalist geschrieben hatte und … Keine Ahnung, irgendwie ging plötzlich nichts mehr. Ich hatte Schweißausbrüche, habe angefangen zu zittern, konnte mich nicht dazu aufraffen, das Tagesmenü mit meiner Sousköchin durchzugehen, habe mich in der Kühlkammer eingeschlossen und dagesessen, bis mich unser Saucier gefunden und Bill, den Restaurantmanager, geholt hat. Bill hat mir befohlen, nach Hause zu gehen. Mich auszuschlafen. Er hat allen erzählt, dass ich mich krank fühle, ein Virus.« Nathan lacht voll Bitterkeit auf. »Krank. Ich war nie krank, habe jeden Tag in der Küche gestanden. Aber ich bin tatsächlich nach Hause gefahren – was anderes wäre auch gar nicht möglich gewesen, ich hätte kein einziges Gericht hinbekommen, stand völlig neben mir. Tja, und zu Hause habe ich mich volllaufen lassen. Um die Panik zu betäuben. Die ganze Nacht und den ganzen nächsten Tag habe ich getrunken und geschlafen, getrunken und geschlafen. Solange ich einen Rausch hatte oder im Tiefschlaf war, musste ich nicht nachdenken. Verstehst du?«

Ich nicke langsam und frage mich besorgt, wo der Rest des Weißweins steht.

»Am zweiten Tag stand Bill frühmorgens vor der Tür und hat Sturm geklingelt, weil ich mein Telefon ausgestellt hatte. Aber ich habe ihm nicht aufgemacht, sondern gewartet, bis er weg war. Und dann bin ich mit dem Taxi nach Bay Shore gefahren und habe die Fähre nach FI genommen.«

»Also weiß niemand im Restaurant, dass du hier bist?«, hake ich leise nach. Nathan schüttelt den Kopf, ohne mich anzusehen. »Nein. Inzwischen haben die sicher schon den nächsten Chefkoch. Wobei das durchaus hart für das Cuisine sein dürfte, denn mit dem Küchenchef geht auch automatisch der Michelin-Stern. Aber, selbst wenn ich geblieben wäre, hätten wir den ja wohl bald wieder abgeben müssen.«Er lacht kurz und voller Bitterkeit auf, fährt dann ernst fort:»Es wird sich schon der nächste ehrgeizige Kerl finden, der sich um einen Stern fürs Cuisine bemüht. Der noch den Elan hat, jeden Tag von morgens bis Mitternacht in der Küche zu sein, mit drei Stunden Mittagspause zwischendurch. Der dem ewigen Druck standhalten kann, bloß keinen Fehler zu machen. Immer besser zu sein als die Konkurrenz. Ich ... ich schaffe das einfach nicht mehr. Und ich kann mir nicht mehr ständig irgendwelche einzigartigen, kreativen neuen Gerichte ausdenken. Irgendwelchen Haute Cuisine Scheiß. Darauf habe ich echt keinen Bock mehr! Was ist verkehrt an einem Teller *Spaghetti all'aglio e olio*, nach dem Rezept meiner Urgroßmutter, ganz traditionell und unaufgeregt, aber trotzdem so *fucking* köstlich? Aber nein, um Gottes Willen, es muss Sellerieschaum mit Goldstaub und karamellisierten Granatapfelkernen sein! Es muss etwas sein, das die New Yorker Society noch nicht kennt – denn wenn man ihnen etwas serviert, was sie schon kennen, dann gehen sie eben ins nächste Edelrestaurant und lassen sich dort ÜBERRASCHEN, denn es muss immer eine *fucking* ÜBERRA-SCHUNG sein, bloß nicht zweimal dasselbe, bloß nicht gewöhn-lich! Herrgott noch mal, wie ich dieses Leben am Schluss gehasst habe! Diese ewige Erwartungshaltung! Verdammt noch mal, das ging einfach nicht mehr. Ich wollte das so nicht mehr. Aber der Restaurantbesitzer hat das nicht eingesehen, er wollte so weiter-machen wie bisher. Und er hat mir gesagt:›Wag es nicht, den Stern zu verlieren, Nathan! Reiß dich zusammen!‹«

Nathan legt den Kopf in den Nacken und lacht höhnisch auf. »Er klang wie mein Vater.›Reiß dich zusammen, Nathan.‹ Das war Dads Standardspruch, wenn ich nicht so funktioniert habe, wie er das wollte.«

Betroffen schweige ich. Meine Gedanken wandern zurück zu der Zeit, als die Goodmans in Hamburg wohnten und Nathan ein rebellischer Teenager war, der fast permanent Streit mit seinen Eltern hatte. Auch wegen seiner Kochleidenschaft.

»Wenn es nach mir ginge, würde ich dem Michelin-Guide sagen ›Go *fuck yourselves!*‹ Die machen einen kaputt. Echt. Gerade hat sich zum ersten Mal ein französischer Koch aus dem Guide streichen lassen. Ein Drei-Sterne-Koch, der wollte nicht mehr aufgeführt werden. Der Druck war zu groß. Er wollte wieder Spaß haben am Kochen.« Nathan lacht auf. »Spaß! Ich bin mir nicht sicher, wann ich in der Küche des Cuisine zum letzten Mal Spaß hatte! Wann ich nicht unter Dauerstrom stand, nicht meine Mitarbeiter angebrüllt habe, bis sie sich weinend vor mir versteckt haben. Eine Jungköchin hatte wegen mir einen Burn-out.«

Ich lasse seine wütend hervorgestoßenen Worte kurz sacken, bevor ich vorsichtig bemerke: »Ganz ehrlich, Nathan – es klingt so, als hättest du ebenfalls einen Burn-out.«

Flüchtig sieht er mich an, bevor er wieder ins Feuer starrt und mit den Schultern zuckt. »Kann sein. Keine Ahnung.«

»Vielleicht – vielleicht solltest du dir Hilfe suchen? Psychologische, meine ich?«

»Klar«, murmelt Nathan und rauft sich mit beiden Händen die Haare. »Was meinst du, was meine Eltern dann sagen?«

Erstaunt hake ich nach: »Wieso deine Eltern? Ich bin mir sicher, die sind froh, wenn du Hilfe in Anspruch nimmst. Wenn du aus diesem seelischen Tief herauskommst.«

»Seelisches Tief«, lacht Nathan bitter auf. »Nein, meine Eltern wären nicht froh. Sie wären einfach nur enttäuscht. Wie immer. Denn ich erfülle schon wieder nicht ihre Erwartungen. Das habe ich nie, und das werde ich nie.«

»Nathan … das stimmt doch nicht.«

»Doch, Ella!«, brüllt Nathan mich an und dreht sich so abrupt zu mir um, dass ich erschrocken zurückzucke. Ihm scheint bewusst zu werden, wie einschüchternd er wirkt, und er rückt ein wenig von mir ab und reibt sich mit einer Hand über das Gesicht, holt tief Luft. Ich muss an seine Mitarbeiter denken, die sich weinend vor ihm versteckt haben. Ja, ich kann mir den Nathan, der in der Küche wütet und tobt, lebhaft vorstellen. Aber ich weiß auch, wie anders er sein kann.

»Doch. Das stimmt,« sagt Nathan, leiser, und seine Stimme klingt plötzlich rau und – nein, das kann eigentlich nicht sein – beinahe tränenerstickt.

Kapitel 31

E r wendet sich wieder dem Kamin zu, redet langsam weiter,
klingt erschöpft, als er sagt: »Meine Eltern – vor allem Dad –
waren doch nie zufrieden mit dem, was ich gemacht habe. Und
weil ich das Gefühl hatte, dass meine Eltern so wenig von mir
hielten – vor allem als Teenager, in Hamburg – habe ich absichtlich immer mehr auf stur geschaltet, mir wenig Mühe in der
Schule gegeben, habe zu laut Rapmusik gehört und alle damit
genervt, habe Scheiße gebaut.«

Mir fällt wieder ein, wie Nathan beim Rauchen eines Joints
erwischt wurde. Wie Harry Goodman seinen Sohn betrunken
auf dem Polizeirevier abholen musste, weil er in eine Prügelei verwickelt gewesen war. Wie er unerlaubt in der Restaurantküche
seines Bekannten gearbeitet hat. Bei den Erinnerungen an den
jungen, wütenden Nathan muss ich schlucken.

»Ich war doch immer der Außenseiter in meiner Familie«,
fährt Nathan heiser fort, ohne mich anzusehen. »In dieser gebil-
deten, belesenen, akademischen Familie bin ich schon immer aus
dem Rahmen gefallen – nicht erst, als ich nicht zur Uni gegangen
bin, sondern auf eine Kochschule.« Er sagt das letzte Wort, als
wäre es etwas völlig Verwerfliches, als handelte es sich bei dem
Culinary Institute of America nicht um eine der besten Koch-
schulen weltweit.

»Ich, der sowieso nie so clever war wie Maggie, besaß auch
noch die Frechheit, einfach nur Koch zu werden, während meine

perfekte Schwester natürlich zur Columbia ging, wie Dad, und nach dem Studium und ihrem PhD auch noch Assistant Professor dort wurde. Aber nein, ich, das schwarze Schaf der Familie, ich wurde nur Koch. Ich, der nach Nathaniel Hawthorne benannt wurde, aber nie etwas von dem Typen gelesen hat – nicht einmal ›Der scharlachrote Buchstabe‹.« Nathan lacht auf. »Dafür hat Maggie natürlich nicht nur alles von Margaret Fuller und Margaret Atwood gelesen, sondern auch noch gleich alles von Nathaniel Hawthorne. Einer von uns musste das ja tun.«

»Aber, Nathan – ich kann mich genau daran erinnern, wie stolz deine Eltern waren, als du den Abschluss am Culinary Institute of America gemacht hast«, werfe ich ein. Die Art, wie Nathan sich selbst schlechtmacht, bricht mir das Herz.

»Ja, klar«, schnaubt Nathan. »Sie haben gehofft, dass, wenn schon Koch, dann wenigstens einer mit der bestmöglichen Ausbildung und dann bitte auch nur in Spitzenrestaurants. Meine erste feste Stelle in Manhattan habe ich durch Dads Kontakte bekommen. Gleich ein Job in einem Sternerestaurant, ganz zu Beginn meiner Karriere. Weniger ging nicht. Mehr auch nicht. Ich musste vom ersten Tag an beweisen, dass ich zu den Besten gehören wollte. Und so habe ich mich ins Zeug gelegt, um Dad zu zeigen, dass ich auch was kann. Nicht nur Maggie, sein Goldkind.« Nathan holt zitternd Luft, rauft sich erneut die Locken, die ihm inzwischen wirr vom Kopf abstehen. Ich habe das starke Bedürfnis, die Hand auszustrecken und die Locken zu glätten, aber ich tue es nicht.

»Dann mein erstes eigenes Restaurant, für das mir meine Eltern Geld geliehen haben. Das ich schließlich abgefackelt habe.« Nathan schnaubt leise. »Obwohl ich inzwischen alles zurückgezahlt habe, darf ich mir das immer noch anhören. Aber dann kam die zweite Chance, im Cuisine. Als ich den Michelin-Stern bekommen habe, da waren meine Eltern wirklich stolz«, murmelt Nathan, und ich muss ein wenig näher rücken, um ihn über den draußen heftig heulenden Wind hinweg zu verstehen. »Eine Zeit lang hat mich das echt glücklich gemacht, hat mir Bestätigung gegeben. Aber dann ging alles abwärts. Der ewige Druck, dass die Qualität nicht nachlassen darf. Als ich zum ersten Mal gehört habe, dass es Gerüchte gab, ich könnte den Stern wieder verlieren, da war mein erster Gedanke: Was wird Dad sagen?«

Er lächelt mich an, gequält und beinahe beschämt. Dann fügt er leise hinzu: »Meine Eltern sind nicht wie deine, Ella. Du hast wirklich tolle Eltern, die dich immer so geliebt haben, wie du bist, die nicht ständig an dir herumkritisiert haben.«

Seine Worte rühren mich, vor allem, weil ich weiß, dass meine Eltern Nathan auch immer mochten, trotz seiner rebellischen Art. Irgendwie schienen sie immer seinen guten Kern sehen zu können, was mich damals in meinen Gefühlen für ihn noch mehr bestärkt hat.

»Du hast auch tolle Eltern«, murmele ich, und nun tue ich es doch: Spontan strecke ich meine Hand aus und fahre ihm sacht durch die Locken. Nathan sieht mich an, hält meinen Blick fest. Dann greift er nach meiner Hand, zieht mich näher an sich heran, klopft neben sich auf den Teppich. Wortlos rutsche ich vom Sofa und setze mich neben ihn. So dicht, dass seine behaarten Waden meine glatt rasierten Beine berühren. Seine Hand hält meine nach wie vor fest umschlossen, und ich wage es, meinen Kopf vorsichtig gegen seine Schulter sinken zu lassen.

»Weißt du, was ich am liebsten machen würde?«, fragt Nathan leise. Ohne meine Antwort abzuwarten, fährt er fort: »Ich würde am liebsten alles in New York hinschmeißen und irgendwo anders ein eigenes Restaurant aufmachen, etwas Kleines, Einfaches, ganz ohne Tamtam und überkandidelte Gerichte.«

Überrascht hebe ich meinen Kopf, sehe ihn an. Er erwidert

meinen Blick, und wir sitzen so dicht nebeneinander, dass ich jede Einzelne seiner schwarzen Wimpern erkennen kann. »Echt?«, frage ich atemlos. »Würdest du denn wirklich woanders als in Manhattan leben wollen?«

»Klar«, murmelt er und betrachtet mich nachdenklich, bevor er seinen Blick abwendet und ins Kaminfeuer schaut. Schließlich schiebt er leise hinterher: »In Hamburg, zum Beispiel.«

»In Hamburg?«, hake ich verblüfft nach.

»Ja.« Ein fast verträumter Ausdruck gleitet über seine Züge, sie werden weicher, sein Mund entspannt sich, lächelt sogar ganz leicht. Ich muss aufhören, auf seine Lippen zu starren.

»Ich denke immer noch gern an Hamburg. Trotz der ganzen Schwierigkeiten zu Hause war ich nämlich echt gern dort. Ich habe die Stadt geliebt und wollte immer mal wieder Urlaub da machen, aber ...« Er seufzt auf, und die Sorgenfalten graben sich erneut in seine Stirn. »Als Küchenchef eines Sternerestaurants macht man keinen Urlaub.«

Nachdenklich starrt er auf unsere Hände, die sich immer noch umschlungen halten, und sein Daumen beginnt, über meinen Handrücken zu streicheln, was eine heftige Welle von Gefühlen in mir auslöst. »Ein kleines, schlichtes Restaurant in Altona, das wäre es«, wispert er, und ich starre ihn an, zu gleichen Teilen gerührt von dieser Offenbarung und erregt von seinem Streicheln. »Mit Holztischen ohne Tischdecken und nur einer Tageskarte. Jeden Tag drei, vier Gerichte zur Auswahl, mehr nicht. Und nichts mit Goldstaub.« Er grinst mich schief an.

»Hört sich gut an«, sage ich und klinge ziemlich heiser. Ich räuspere mich und füge lauter hinzu: »Wieso machst du das nicht?«

Ein paar Herzschläge lang sieht mich Nathan nachdenklich an, bevor er mit einem Kopfschütteln an die dunkle Zimmerdecke starrt und sagt: »So einfach ist das nicht. Ein eigenes Restaurant bedeutet ziemlich viel Arbeit und Verantwortung. Und ich habe das Ganze ja schon einmal gründlich verbockt, weil ich betrunken in der Küche stand, alles abgefackelt habe.« Er macht eine kurze Pause, fährt dann zögernd fort: »In unserer Branche wird viel zu viel gesoffen, Ella. Das ist leider ein offenes Geheimnis. Ich kenne kaum einen Spitzenkoch ohne Alkohol- oder Drogenprobleme. Oder beidem. Zum Glück war das mit den Drogen nur eine kurze Phase bei mir.«

Erschrocken reiße ich die Augen auf. »Du hast Drogen genommen?«

Ernst nickt Nathan, ohne mich anzusehen. »Eine Zeit lang, ja. Nach dem Brand. Damals war ich ganz unten, habe nächtelang in irgendwelchen Klubs gefeiert, um zu vergessen. Aber ... das Zeug, das ich eingeschmissen habe, hat mich immer weiter runtergezogen. Meine damalige Freundin hat mich zum Glück irgendwann zu einer Therapie geschleppt, und so habe ich schließlich die Kurve gekriegt. Du siehst also, ich war schon beim Psychologen. Meine Familie hat das damals gar nicht mitbekommen, wir hatten eine Weile keinen Kontakt, nach dem Brand.« Er lächelt mich traurig an. »Na ja, zum Glück ging es dann wieder aufwärts, ich habe dank meiner Kontakte bald die Stelle im Cuisine bekommen, und als es den Michelin-Stern gab, dachte ich, wow, ich habe es tatsächlich geschafft, von hier aus geht es immer weiter, irgendwann habe ich drei Sterne! Aber leider schafft man das Arbeitspensum nicht einfach so mit links, man hält den Druck nicht ohne Weiteres aus, fast keiner tut das. Darum wird getrunken. Mit einem Glas Wein geht alles leichter. Wenn der letzte Gast gegangen ist, trinkt man noch etwas mit dem Restaurantmanager, mit den anderen Köchen, mit den Kellnern. Oft bin ich danach mit Kumpels ausgegangen, habe weitergefeiert, war auf einem Dauerhoch und bin erst gegen vier nach Hause gekommen, obwohl ich schon um sechs wieder rausmusste. So was kann auf Dauer nicht gut gehen.«

»Nein«, murmele ich und drücke mitfühlend seine Hand. »Das kann es nicht.«

Eine Weile starren wir stumm in die flackernden Flammen des Kamins. Nathans Daumen hat aufgehört, mich zu streicheln, aber seine Finger umfassen meine immer noch warm und fest. Meine Gedanken schwirren ruhelos umher, versuchen, all das einzufangen, was Nathan mir gerade offenbart hat. Ich stelle mir seinen Arbeitsalltag in der Küche vor und kann ein Erschaudern nicht unterdrücken. Fragend sieht mich Nathan von der Seite an.

»Ist dir etwa kalt? Soll ich doch ein Scheit nachlegen?«

»Nein. Ich musste gerade an mein Küchenpraktikum denken. Weißt du, was sie mir gesagt haben, als ich mich einmal mit kochendem Wasser verbrüht habe? ›Das ist gar nichts, Herzchen! Kochendes Öl, das tut weh. Aber doch nicht Wasser!‹«

Nathan lacht heiser auf. »Ja, das glaube ich dir sofort. Ich fürchte, so was habe ich auch schon zum ein oder anderen Jungkoch gesagt. Mann, ich war ganz schön oft ein Arschloch, fürchte ich.«

»Einsicht ist der erste Schritt zur Besserung«, gebe ich altklug von mir und grinse ihn neckend an.

Nathan grinst zurück und nickt, bevor er wieder ernst wird und mich lange ansieht. Schließlich meint er leise: »Arschloch sein kann ich gut. Konnte ich immer schon. Auch damals, vor zwanzig Jahren, hier, auf der Insel. An dem Augustabend am Strand.«

Atemlos starre ich ihn an. Der Augustabend am Strand, als ich sechzehn war. Wir waren gemeinsam mit Maggie und ein paar der Jugendlichen aus der Nachbarschaft in der Abenddämmerung schwimmen gewesen. Ich war als Erste aus dem Wasser gekommen, hatte mich auf unsere Strandmatten gesetzt und den anderen zugesehen. Irgendwann war auch Nathan gekommen, hatte sich neben mich gesetzt. Gemeinsam haben wir die anderen beobachtet, die noch im Wasser planschten. Ich war damals so schwer in Nathan verliebt, dass mir in seiner Gegenwart grundsätzlich nichts Intelligentes einfiel, was ich sagen konnte. Aber mir war klar, dass das meine letzte Chance war. Wir hatten nur noch wenige Tage auf der Insel, und danach würden die Goodmans ihr altes Leben in Manhattan wiederaufnehmen, und ich würde allein nach Hamburg zurückkehren. Ohne meine beste Freundin. Und ohne den Jungen, in den ich seit Jahren heimlich verknallt war. Also nahm ich an diesem Augustabend all meinen sechzehnjährigen Mut zusammen, beugte mich vor und küsste Nathan. Gott, ich werde nie vergessen, wie salzig seine Lippen schmeckten, nach Meer und Sommer. Nathan schien so überrascht zu sein, dass er ein paar Sekunden lang stillhielt und mich machen ließ. Dann aber griff er nach meinen Armen und schob mich entschlossen von sich weg. »Bitte lass das, Ella«, waren seine Worte. Kurz schien es so, als wollte er noch mehr sagen. Er starrte mich ernst an, ich starrte fassungslos zurück. Dann stand Nathan auf und ging. Einfach so. Und ließ mich zurück, beschämt und mit gebrochenem Herzen. Die letzten Tage auf der Insel waren die Hölle. Ich ging Nathan aus dem Weg, so gut ich konnte, und als wir uns schließlich in Manhattan verabschiedeten, konnte ich ihm nicht in die Augen sehen. Gesprochen haben wir nie über diesen Abend am Strand. Bis heute.

»Also ...«, beginne ich verlegen und zupfe an meinem Rocksaum herum. »Ich denke, Achtzehnjährige haben generell einen Hang zum Arschloch sein.«

Nathan mustert mich stumm, sagt schließlich leise: »Das ist keine Entschuldigung. Es tut mir leid, wie ich mich am Strand verhalten habe.« Ich will lachend abwinken, wie immer gute Laune vorspielen und darüber hinwegtäuschen, wie sehr mich das damals tatsächlich mitgenommen hat, aber Nathan kommt mir zuvor und sagt ruhig, aber mit Nachdruck: »Ich wusste, dass du in mich verliebt warst und … ich hätte mich anders verhalten sollen.«

Ich weiß nicht, was ich daraufhin erwidern soll. Als ich seinem Blick nicht mehr standhalten kann, betrachte ich wieder unsere Hände und sage heiser: »Na ja, du warst nun einmal nicht in mich verliebt. Das war nicht deine Schuld.«

»Da wäre ich mir gar nicht so sicher«, gibt Nathan leise zurück, und überrascht sehe ich ihn wieder an. »Ich fand dich ziemlich süß, auch wenn ich das vielleicht nicht gezeigt habe.« Nathan lächelt mich leicht an, und ich schmelze innerlich zu einem kleinen Häufchen Sehnsucht zusammen. »An dem Abend, am Strand … Wenn die anderen nicht in unserer Nähe gewesen wären und ich nicht befürchtet hätte, dass sie jeden Moment aus dem Wasser kämen … dann hätte ich mich vielleicht anders verhalten. Ich fand das total mutig von dir, dass du mich geküsst hast. Und … es war ein toller Kuss. Das hätte ich dir schon damals sagen sollen.«

Ich starre ihn an wie eine Kuh im Gewitter und weiß partout nicht, was ich erwidern soll. Als sein Blick kurz zu meinem Mund wandert, werde ich fast ohnmächtig vor Aufregung. Dann aber sieht Nathan mir erneut in die Augen und fügt leise hinzu: »Aber du warst nun einmal die beste Freundin meiner kleinen Schwester. Maggie hat dich vergöttert, meine Eltern haben dich geliebt, du warst ja quasi ein drittes Kind für sie. Und ich, ich war das schwarze Schaf der Familie.« Er lacht heiser auf. »Was meinst du, was hier im Ferienhaus losgewesen wäre, wenn jemand mitbekommen hätte, dass ich die brave, unschuldige Ella geküsst hätte? Oder sogar … mehr mit ihr gemacht hätte?«

Die brave, unschuldige Ella. Obwohl in mir gerade ein Gefühlssturm tobt, der den Hurrikanausläufer da draußen wie eine sanfte Brise erscheinen lässt, muss ich dennoch auflachen. Nathan mustert mich erstaunt.

»Was ist denn daran jetzt so komisch?«

»Ach, weißt du«, sage ich und schüttele mit einem Grinsen den Kopf. »So unschuldig, wie deine Eltern und du vielleicht dachten, war ich in dem Sommer längst nicht mehr.« Nathans Augenbrauen schnellen in die Höhe. »Ist nicht dein Ernst. Du ... Hattest du in Deutschland etwa einen Freund?«

Ich nicke. »Ja, den hatte ich, und ich weiß wirklich nicht, warum du so überrascht klingst! Sebastian Fink aus meiner Stufe. Hielt nicht lange, aber lang genug, um meine Unschuld zu verlieren. Das war im Frühjahr vor dem Urlaub auf Fire Island. Als du ... als du mit dieser Nina zusammen warst.«

Ratlos mustert mich Nathan. »Nina? Ach, ja. Stimmt. Das war aber auch nur kurz.« Er reibt sich das Kinn und starrt in Gedanken versunken auf unsere Hände.

»Mag sein, aber Nina war der Grund, warum du plötzlich nicht mehr zum heimlichen Kochen in die Wohnung meiner Eltern gekommen bist«, bemerke ich und versuche, bei dieser Erinnerung nicht bitter zu klingen. Nathan wirft mir einen langen Blick zu, und als er nichts sagt, hake ich mit einem Lachen, das nur halbwegs unbeschwert herauskommt, nach: »Du weißt doch noch, dass du eine Zeit lang verbotenerweise bei uns gekocht hast, oder?«

»Natürlich weiß ich das noch«, murmelt Nathan, und die Art, wie er das sagt, lässt mein Herz noch schneller schlagen. »Wie könnte ich vergessen, wie du immer am Küchentisch gesessen und so getan hast, als würdest du Hausaufgaben machen?«

»Hey, ich HABE Hausaufgaben gemacht!«, gebe ich mich empört und schlage nach Nathans Arm, als er heiser auflacht.

»Klar«, bemerkt er trocken und hält kurz inne, bevor er mit einem Kopfschütteln meint: »Und ich dachte wirklich, das Kochen wäre damals das Einzige gewesen, was du mit einem Jungen verbotenerweise allein in eurer Wohnung gemacht hast.«

»Streng genommen hast du da auch recht, denn mit Sebastian habe ich mich nie in unserer Wohnung getroffen, sondern eher … ähm … in der Gartenlaube seiner Eltern.«

Nathans Augenbrauen schnellen erneut in die Höhe, und ich muss kichern. Er bleibt allerdings ernst, was auch mir das Lachen wieder vergehen lässt. »Verdammt«, flüstert er. »Wenn ich an dem Abend am Strand gewusst hätte, dass du damals … dass du schon einen Freund hattest …«

Ein Schauer läuft mir den Rücken hinab. Betont locker hake ich nach: »Was wäre dann gewesen? Wenn du gewusst hättest, dass ich keine Jungfrau mehr war, hättest du nicht solche Hemmungen gehabt?«

Nathan scheint überrascht über meine offene Art zu sein, und ich selbst bin es auch. Wir sehen uns an und sagen ein paar Herzschläge lang nichts. Schließlich nickt Nathan langsam, und um seine Lippen zuckt ein leichtes Lächeln. »So ungefähr«, murmelt er dann, und sein Blick wandert erneut zu meinem Mund. Augenblicklich muss ich wieder daran denken, wie er damals geschmeckt hat. Nach Meer. Nach Sommer. Nach Sehnsucht.

Ein ohrenbetäubendes Krachen lässt uns aufschrecken. Oh nein, jetzt kommt zu Sturm und Regen auch noch ein Gewitter hinzu.

»Mamaaa!«, ertönt prompt eine panische Kinderstimme aus dem knackenden Babyfonlautsprecher.

Mit einem tiefen Seufzen sehe ich Nathan an, er erwidert meinen Blick stumm. Seine Hand drückt meine ein letztes Mal, dann lässt er mich los.

»Bei Gewitter hatte ich als Kind auch immer Angst«, bemerkt er leise. Ich nicke. »Ich auch«, flüstere ich. Eigentlich müsste ich schnell nach oben rennen, aber der Blick aus seinen verdammt dunklen Augen hält mich fest.

»Mamaaa!«, kreischt es erneut, als ein weiterer Donnerschlag unser Haus erzittern lässt. »Ich komme!«, rufe ich laut und springe auf.

»Nimm die Taschenlampe mit. Ich habe die Kerzen«, sagt Nathan.

Ich nicke, sehe ihn ein letztes Mal an. »Gute Nacht«, erwidere ich leise. »Und danke, dass du mir so viel erzählt hast.«

»Danke fürs Zuhören«, murmelt Nathan, und sein Blick lässt mich nicht los. Ich schlucke und muss mich dazu zwingen, mich abzuwenden.

Völlig aufgewühlt laufe ich nach oben, wo meine Kinder weinend im Ehebett sitzen und verstört zum Fenster hinübersehen. Ein Blitz zuckt über den Nachthimmel, erhellt das Zimmer, trotz der Vorhänge. Die Mädchen halten sich die Ohren zu, schreien auf, als der nächste Donnerschlag die Insel erschüttert.

»Ganz ruhig, Mama ist da«, sage ich und schlüpfe eilig zwischen sie unter die Decke. Die Kinder schmiegen sich weinend und verängstigt an mich, und eine Zeit lang bin ich ganz und gar damit beschäftigt, zu halten, zu trösten, zu beruhigen und abzulenken. Irgendwann zieht das Gewitter weiter, und erneut sind nur der heulende Sturm und der prasselnde Regen zu hören. Das Haus scheint unter den Böen zu ächzen und zu knarren, die Brandung schlägt in der Ferne donnernd an den Strand. Die Atemzüge meiner Kinder werden gleichmäßiger, ihre warmen Körper entspannen sich endlich, sie schlafen wieder. Ich höre das Knarzen der Treppenstufen und der Dielenbretter im Flur. Kurz scheinen Nathans Schritte vor meiner Zimmertür zu verweilen, und ich halte den Atem an. Mein Herz schlägt laut in meinen Ohren, aber dann entfernen sich seine Schritte, seine Zimmertür schließt sich.

Ich liege lange wach in dieser Sturmnacht, denke über all das nach, was Nathan mir eben offenbart hat. Über seine Arbeit, die ihn fertigmacht. Über das Gefühl, von seiner Familie nicht akzeptiert zu werden, in ihren Augen ein Versager zu sein. Und ich denke wieder und wieder darüber nach, dass er mich damals, als ich sechzehn war, auch süß fand. Dass er nicht als der böse Junge dastehen wollte, der die brave Ella verführte. Gott, wie gern ich mich hätte verführen lassen! Ich muss an Sebastian Fink denken. Daran, dass ich mich unbedingt über Nathan hinwegtrösten wollte, den ich mit seiner neuen Flamme Nina knutschend an einer Bushaltestelle gesehen hatte. Sebastian mit dem blonden wuscheligen Haarschopf und der schlacksigen Figur musste als Lückenbüßer herhalten. Ganz schön grausam von mir, denn ich glaube, er war wirklich in mich verliebt. Aber ich hatte nur Augen für Nathan. Ich dachte sogar an Nathan, als ich mit Sebastian ziemlich unspektakulären ersten Sex in der Gartenlaube seiner Eltern hatte. Bei der Erinnerung schüttele ich mich. Wie konnte ich nur?

Und dann erfahre ich Jahrzehnte später, dass Nathan mich auch mochte. Wäre damals mehr aus uns geworden, wenn er nicht das schwarze Schaf der Familie gewesen wäre? Wenn sein Verhältnis zu Maggie entspannter gewesen wäre? Maggie wusste damals, dass ich in Nathan verliebt war. Oder, vielmehr ahnte sie es, denn offen zugegeben habe ich meine Gefühle ihr gegenüber nie. Weil mir klar war, was Maggie davon halten würde. Ihr Bruder und sie hatten von klein auf ein schwieriges Verhältnis gehabt, hatten sich ständig gestritten, erst um Spielsachen, später wegen ihrer unterschiedlichen Interessen: Maggie, die sich für Effie Briest und Bach begeistern konnte, war permanent von Nathan aufgezogen worden, der sich nur zu gern über seine jüngere Schwester lustig machte. Seit unserem heutigen Gespräch verstehe ich, dass er sich vermutlich unbewusst dafür an Maggie rächen wollte, dass sie all das war, was er nie sein konnte und wollte: Das Vorzeigekind der Eltern, der Spross, der den Interessen von Harry und Beatrice stark ähnelte.

Es wäre also mehr als merkwürdig geworden, wenn ich Maggie damals erzählt hätte, dass ich nachts von ihrem Bruder träumte. Ich hing sehr an ihr und wollte auf keinen Fall unsere Freundschaft aufs Spiel setzen. Also hielt ich meine Klappe. Ich habe ihr nie erzählt, dass Nathan eine Zeit lang heimlich bei uns gekocht hat – und erst recht nicht von dem missglückten Kuss am Strand. Wobei – so missglückt fand Nathan ihn ja anscheinend gar nicht. Ein toller Kuss, das hat er gesagt. Ich starre an die dunkle Zimmerdecke und versuche, ruhig zu atmen, was mir nicht gelingt. Wie oft ich noch an diesen Kuss gedacht und mich bei der quälenden Erinnerung in Grund und Boden geschämt habe. Wenn ich geahnt hätte, was Nathan wirklich empfunden hat …

Ich muss wieder an die Art denken, wie er mich eben angesehen hat. Wie sein Blick zu meinem Mund gewandert ist. Wenn die Kinder nicht aufgewacht wären … hätte er mich dann geküsst? Oder hätte ich ihn geküsst? Hätte ich ein zweites Mal den Mut gefunden – oder wäre er mir diesmal zuvorgekommen?

Ganz allmählich wird der Sturm schwächer, während ich wach liege und meinen wirren Gedanken nachhänge. Eine Sache beschäftigt mich besonders: In drei Tagen wird Maggie auf der Insel ankommen, und alles wird anders werden.

Kapitel 32

Am nächsten Morgen wache ich schon vor meinen Kindern auf. Draußen ist es still geworden, es regnet nicht mehr, und auch das Haus ächzt nicht länger unter den Sturmböen. Verstohlen teste ich den Schalter der Nachttischlampe. Nein, der Strom ist noch nicht wieder da. Leise schäle ich mich aus der Decke und trete ans Fenster, spähe hinaus. Noch ist es fast dunkel, anthrazitfarbene Wolken hängen düster am Himmel, und die Sonne hat es noch nicht geschafft, sich bemerkbar zu machen, obwohl sie vor Kurzem aufgegangen sein müsste. Zwei Schilfrohre scheinen umgeknickt zu sein, sie hängen in traurigen Winkeln auf die Veranda herab, aber ansonsten kann ich keine Schäden entdecken. Ein paar Minuten lang bleibe ich in der Stille des Zimmers stehen, starre nach draußen, lasse die Ereignisse des gestrigen Tages Revue passieren. Mein Gespräch mit Thomas, die Tränen, Nathans Trösten, unser gemeinsames Tortenverzieren – und der Abend vorm Kamin. All die Offenbarungen. Unfassbar.

Langsam löse ich mich vom Fenster, tapse barfuß durch das Zimmer, öffne leise die Tür. Während ich zum Bad schleiche, spähe ich nervös in die Richtung von Nathans Schlafzimmer, aber bei ihm ist noch alles still. Am Waschbecken begrüßt mich eine Zweiliterflasche mit Trinkwasser, denn Leitungswasser gibt es ja ohne Strom und somit ohne funktionierende Pumpe derzeit nicht. Ich will nach meiner Zahnbürste greifen, halte jedoch inne und betrachte mich nachdenklich im Spiegel. Ich studiere mich schonungslos, was um diese morgendliche Uhrzeit besonders hart ist, selbst bei schwachem Licht. Aber es muss sein. Kritisch betrachte ich die Fältchen, die meine Augen und Lippen einrahmen und von vielen schönen und traurigen Momenten meines Lebens erzählen, von Lachkrämpfen und Heulanfällen. Meine Hände fahren durch mein blondes Haar, streichen es glatt. Noch halten sich meine grauen Strähnen in Grenzen, aber es werden langsam mehr, das ist nicht zu leugnen. Erstaunt merke ich, wie lang mein Haar geworden ist – ich hätte eigentlich vor zwei Wochen einen Friseurtermin gehabt, aber da war ich schon hier, auf der Insel. Nachdenklich zupfe ich an einer Strähne herum und stelle fest, dass es mir gefällt, wenn mein Haar wieder etwas länger ist – ich habe keine Lust mehr auf meinen praktischen Mami-Bob. So lang wie früher soll mein Haar zwar nicht mehr werden, aber schulterlang, das wäre doch was. Ich beschließe, auch meinen nächsten Friseurtermin sausen zu lassen. Dann wandert mein Blick weiter nach unten, streift flüchtig mein Kinn, das leider seit ein paar Jahren die Tendenz zu einem leichten Doppelkinn zeigt, wie es meine Mutter hat. Kurz zögere ich, dann streife ich mir kurz entschlossen mein Bigshirt über den Kopf, trete einen Schritt zurück, mustere mich eingehend. Ich gehöre zu den Blondinen, die schnell braun werden, was mehr als deutlich wird, als ich die weißen Stellen betrachte, wo mein Tankini saß. Widerwillig mustere ich meine Brüste, denke flüchtig an die qualvollen Wochen, als ich zunehmend verzweifelt versucht habe, die Zwillinge mit meiner Muttermilch zu ernähren, was nicht geklappt hat. Ich hatte nicht genügend Milch, musste mit Fläschchennahrung unterstützen, was dann zur »Stillverwirrung« führte, wie meine Hebamme es nannte. Sprich: Die Kinder wollten plötzlich nicht mehr an meine Brust, sondern lieber ans Fläschchen, was für sie weniger Arbeit bedeutete. Bei der Erinnerung wird mir schwer ums Herz. Weil es eine harte Zeit war, körperlich schmerzhaft, seelisch belastend. Und weil mir Thomas gestern klargemacht hat, dass er sich ausgeschlossen gefühlt hat.

Beklommen lasse ich meine Hände über meine Brüste fahren, dann weiter nach unten, über meinen Bauch, der einfach nicht mehr straff werden will, obwohl ich hin und wieder sogar ein paar Sit-ups mache. Meine Dehnungsstreifen ziehen sich silbrig über meine Körpermitte, erinnern an die gewaltige Babykugel, die ich mal hatte.

Und sie erinnern mich auch schonungslos daran, dass ich nicht mehr die Sechzehnjährige bin, die Nathan damals am abendlichen Strand geküsst hat. Ich bin nicht mehr die Ella, die er in Erinnerung hat, von der er sich rückblickend vielleicht wünscht, anders gehandelt zu haben. Ja, damals, da hatte ich noch das Selbstbewusstsein und den knackigen Körper, um es mit Nathan Goodman aufzunehmen. Aber jetzt? Nein. Ich muss wieder an die hübsche Blondine denken, mit der Nathan damals bei Maggies Hochzeit war. Sie trug ein knallrotes, hautenges Kleid, das wenig Raum für Fantasie ließ, und sah einfach umwerfend aus. So sehr ich mich auch bemühte, es nicht mitzubekommen, so entging mir dennoch kaum einer der sicherlich tausend Küsse, die im Laufe dieses Hochzeitstages zwischen Nathan und der Blondine ausgetauscht wurden. Ich war heilfroh, dass ich mit Thomas gekommen war. So hatte auch ich jemanden zum Küssen, und ich war damals ja wirklich in Thomas verliebt. Trotzdem konnte ich meinen Blick nicht von Nathan lassen.

Ich denke an die perfekte Figur der Blondine von der Hochzeit und an die grazile Nina, mit der Nathan damals in Hamburg zusammen war, und mit einem Mal bin ich heilfroh, dass die Kinder mich letzte Nacht davon abgehalten haben, noch einmal denselben Fehler zu begehen und Nathan zu küssen. Oder mich von ihm küssen zu lassen und womöglich mit ihm im Bett zu landen, wo es für ihn nur enttäuschend hätte enden können. Und für mich sehr peinlich, das ist so sicher wie das Amen in der Kirche. Nein, denke ich bei einem letzten widerwilligen Blick in den Spiegel, bevor ich mir hastig wieder mein Bigshirt überstreife. Nathan wird mich auf keinen Fall nackt zu Gesicht bekommen. Jetzt nicht mehr. Der Zug ist abgefahren.

Während ich wieder im Schlafzimmer bin und noch eine Runde mit den Kindern im Bett kuschele und herumalbere, höre ich, wie Nathan sein Zimmer verlässt und erst ins Bad und dann ins Erdgeschoss hinuntergeht. Als ich endlich den Mut aufbringe, nach unserem seltsam intimen gestrigen Abend ebenfalls mit den Kindern nach unten zu gehen, empfängt uns kein Frühstücksduft. Mist, stimmt ja, ohne Strom gibt es kein warmes Frühstück. Oder doch? Eigentlich haben wir ja einen Gasherd. Der müsste doch funktionieren. Enttäuscht bleibe ich in der leeren Küche stehen. Den morgendlichen Anblick von Nathan am Herd habe ich wirklich lieb gewonnen.

Und ihn auch.

Herrgott noch einmal, Ella, es war doch geklärt, dass auf keinen Fall mehr zwischen ihm und dir passieren darf, oder?

Paulas aufgeregte Stimme dringt aus dem Wohnzimmer: »Nathan ist im Garten!«

Ich folge meinen Kindern nach draußen, bleibe auf der Veranda stehen. Nathan hatte recht, es hat merklich abgekühlt, die schwüle Hitze der vergangenen Tage ist einer frischen Brise gewichen, die mich erschaudern lässt. Mit einem leichten Zittern schlinge ich meine nackten Arme um meinen Oberkörper und mustere Nathan, der gerade dabei ist, ein paar Äste zusammenzuklauben, die der Sturm auf die Veranda gefegt hat. Als die Mädchen kreischend und lachend auf ihn zu stürmen und »*Good morning, good morning!*«, singen, macht mein Herz einen extra Schlag.

Erst recht, als mich Nathan über die Veranda hinweg ansieht. Er trägt das übliche Kopftuch im Bandana-Stil, seinem verwaschenen blauen T-Shirt sieht man an, dass er darin geschlafen hat und … mein Gott, ich würde ihn jetzt gern küssen.

»Guten Morgen!«, rufe ich betont fröhlich und gehe ein paar Schritte auf ihn zu. »Oh je, ganz schön viele Äste, was?«

»Guten Morgen«, sagt Nathan mit dieser kratzigen Stimme, die meine Knie in Pudding verwandelt. »Ja, ganz schön viele Äste. Die lassen wir trocknen, als Feuerholz für den Kamin.«

Der Kamin. Ich muss daran denken, wie die Flammen gestern Abend ihr flackerndes goldenes Licht auf Nathans Gesicht geworfen haben. Wie gut sich sein Körper so dicht neben meinem angefühlt hat, als wir Seite an Seite auf dem Teppich gesessen haben. Wie sein Daumen über meinen Handrücken gestreichelt hat.

Verdammt noch mal. Jetzt wird mir doch wieder warm, kühle Brise hin oder her. Ich muss Nathans Blick ausweichen, denn der ist momentan einfach zu viel für mich.

»Zum Glück gab es keine Schäden am Haus«, höre ich ihn sagen. »Zumindest kann ich keine erkennen. Ich wollte nur schnell hier draußen nach dem Rechten sehen, bevor ich Frühstück mache.«

»Können wir denn Frühstück machen?«

»Ich weiß nicht.« Nathan kommt auf mich zu und lächelt mich mit schief gelegtem Kopf an. »Ich kann. Und du?«

Verlegen lache ich auf und drehe mich so, dass ich meine erhitzten Wangen vor ihm verbergen kann. »Ich meinte: Haben wir Gas?«, konkretisiere ich meine Frage. Nathan ist neben mir stehen geblieben.

»Ja, haben wir«, erwidert er ruhig. »Komm, lass uns Frühstück machen.«

Die Kinder wollen noch ein wenig im Garten spielen, also sind

Nathan und ich allein in der Küche, was eigentlich keine so gute Idee ist. Geschäftig will ich mich der Kaffeemaschine zuwenden, als mir klar wird, dass die ohne Strom natürlich nicht funktioniert. »Oh nein!«, ächze ich und sinke auf einen Küchenstuhl. »Kein Kaffee? Nach der Nacht?«

»Nicht gut geschlafen?«, erkundigt sich Nathan, während er die große Bratpfanne auf den Herd stellt.

»Nein«, will ich sagen, »weil ich ständig darüber nachdenken musste, was auf dem Teppich vor dem Kamin passiert wäre, wenn die Kinder nicht aufgewacht wären.« Stattdessen räuspere ich mich und antworte: »Ähm … nein, nicht so gut. Es hat ja noch eine ganze Weile gestürmt.«

»Mhmm«, murmelt Nathan und reicht mir eine Thermoskanne. »Hier«, sagt er ruhig. »Kaffee.«

Erstaunt reiße ich meine Augen weit auf. »Wie hast du den denn gezaubert?«

»Indem ich vorhin auf dem Herd Wasser gekocht und es durch einen Filter mit Kaffeepulver in die Kanne habe laufen lassen«, gibt Nathan ungerührt zurück. »Ganz simpel.«

»Ach, tausend Dank, du bist der Beste«, seufze ich auf und greife nach einer Tasse, schenke mir lebensrettenden Kaffee ein.

»Ich weiß«, grinst Nathan.

Um nicht weiter über dieses sexy Grinsen nachzudenken, eile ich zum Kühlschrank, der die Kälte zum Glück noch einigermaßen zu halten scheint, und hole Milch, Butter, Eier und Marmelade heraus. Während ich Milch und Zucker in meinen Kaffee rühre, schlägt Nathan Eier in eine Schüssel und verquirlt sie, vermutlich, um mal wieder sein köstliches Rührei mit Speck zu zaubern. Danach bin ich in den letzten Tagen noch süchtiger geworden als nach Pfannkuchen und French Toast. Da ich die Stille in der Küche schwer ertrage, greife ich nach meinem I-Pod, der seit unserem gestrigen Tortenmarathon auf der Arbeitsplatte liegt.

»Oh nein, tu mir das am frühen Morgen noch nicht an«, stöhnt Nathan gequält auf, aber um seine Augen bilden sich Lachfältchen, die meine Innereien durcheinanderpurzeln lassen.

»Hey, ich habe nicht nur Schnulzen hier drauf«, gebe ich zurück und wähle die Playliste »Gute Laune« aus.

»Was du nicht sagst«, murmelt Nathan, während er einige Speckscheiben in die Bratpfanne legt. Als Olly Murs »Dance with me tonight« zu singen beginnt, wirft er mir einen vernichtenden Blick zu, muss dann aber lachen, weil ich fröhlich anfange, durch die Küche zu tänzeln und die Hüften zu schwingen.

»Gib es zu, mein Lieber, das macht tausendmal bessere Stimmung als dein düsterer Rap, bei dem jedes zweite Wort mit F anfängt.«

»Ich weiß überhaupt nicht, wovon du sprichst«, schmunzelt Nathan, aber ich merke genau, dass er immer wieder zu mir herübersieht, als ich zwischen Tisch und Schränken hin- und her wirbele und alles fürs Frühstück decke. Nathan hat gerade die verquirlten Eier in eine zweite Bratpfanne gegossen, als ich aus einem Oberschrank den Honig heraushole. Es ist eine dieser Plastikflaschen, die auf dem Kopf stehen – aber leider machen meine Kinder den Deckel selten fest zu, sodass ich in eine klebrige Honigschicht hineinfasse.

»Ach, immer dieser Honig«, schimpfe ich vor mich hin, gehe zur Spüle und will mir die Hände waschen.

»Stopp!«, sagt Nathan. Fragend sehe ich ihn an. »Kein Strom, kein fließendes Wasser«, erinnert er mich ruhig und tritt neben mich an die Spüle. Ich schlage mir die nicht klebrige Hand vor die Stirn.

»Stimmt ja«, stöhne ich auf und sehe mich suchend nach einer der Wasserflaschen um. »Wo ist denn …?«

»Warte, ich mache das«, höre ich da Nathans leise Stimme. Ehe ich verstehe, was er meint, greift er nach meinem Handgelenk. Er sieht mir in die Augen, und in seinem Blick flackert es herausfordernd auf. Noch immer kapiere ich nicht, worauf er hinauswill – bis mein Zeigefinger plötzlich zwischen seinen Lippen ist. Bevor ich es verhindern kann, stöhne ich leise auf. Nathans Mund umschließt meinen Finger fest und heiß, seine Zunge streift meine klebrige Haut, ich spüre sacht seine Zähne, seine Augen lassen mich nicht los und ich ... ich ...

»Störe ich?«, hören wir eine irritierte Stimme über die Musik hinweg, aus Richtung Küchentür. Vor Schreck zucke ich heftig zusammen und entreiße Nathan förmlich meinen Finger. Wir fahren beide herum – und finden uns Maggie gegenüber.

Kapitel 33

S ie hat die Arme verschränkt und steht in der Küchentür, sieht ernst von mir zu Nathan und wieder zu mir zurück. »Da brennt irgendetwas in der Pfanne an«, bemerkt sie kühl.

»Scheiße«, murmelt Nathan, dreht sich zum Herd um und reißt die Pfanne mit den Speckscheiben von der Gasflamme.

»Hey, Maggie!«, rufe ich und wische mit einem verlegenen Lachen meinen feuchten Finger an meinem Rock ab. »Ihr seid aber früh dran! Ähm ... wolltet ihr ... nicht erst übermorgen kommen?«

Natürlich wollten sie das, das weiß ich hundertprozentig. Sie sollten gestern Morgen in New York landen, dann in Ruhe auspacken, Wäsche waschen und ein paar Dinge in Manhattan erledigen, um übermorgen die erste Fähre nach Fire Island zu nehmen. So war der Plan.

»Ja. Wollten wir eigentlich. Aber nachdem ich erfahren habe, dass mein Bruder hier ist und ich so ein ungutes Gefühl deswegen hatte, sind die Kinder und ich früher hergekommen. Eigentlich wollte ich schon gestern Nachmittag die Fähre nehmen, aber wegen des Sturms ging das nicht.«

»Hallo erst einmal«, sage ich und gehe auf Maggie zu, breite meine Arme aus, denn trotz der mehr als peinlichen Situation bin ich wirklich froh, meine beste Freundin wiederzusehen. Was man von Nathan wohl nicht behaupten kann, denn während Maggie und ich uns fest umarmen, rumort er grummelnd am Herd vor sich hin, ohne seine Schwester zu beachten.

»Hey«, sagt Maggie und betrachtet mich eingehend aus der Nähe, nachdem wir uns losgelassen haben. Sie sieht aus wie eh und je: Wilde schwarze Locken, die ihr herzförmiges Gesicht einrahmen, farbenfrohe lange Holzohrringe, die ihr eher das Aussehen einer Studentin geben als das einer Professorin, ihre dunklen Augen ungeschminkt und trotzdem so ausdruckstark mit den dichten Wimpern, genau wie bei Nathan.

»Hey«, wispere ich und fühle plötzlich ein paar Tränen in mir aufsteigen. Verdammt, ich habe sie vermisst. Und dennoch kann ich nicht leugnen, was mir plötzlich klar wird: Dass die Blase, in der Nathan, die Kinder und ich in den letzten vierzehn Tagen gelebt haben – nur wir vier, fernab von der Realität – gerade zerplatzt ist.

Was ja eigentlich nicht weiter schlimm ist, versuche ich mir energisch einzureden. Ist mir nicht erst eben, beim Blick in den Spiegel, klar geworden, dass das mit Nathan und mir niemals etwas werden könnte? Mal ganz abgesehen davon, dass er nie im Leben ernsthaftes Interesse an mir hat. Klar, er flirtet mit mir. Aber vermutlich tut er das reflexartig mit den meisten Frauen. Wer weiß, wie vielen er in der Küche schon etwas vom Finger geleckt hat, einfach so, aus Spaß.

Flüchtig starre ich meinen Zeigefinger an, bevor mein Blick wieder zu Maggies Gesicht schnellt und ich betont enthusiastisch sage: »Es ist so schön, dich zu sehen!«

Aber natürlich entgeht Maggie mein aufgewühlter Zustand nicht. Dafür ist sie zu clever. Und sie kennt mich zu lang und zu gut.

»Mhhm«, macht sie nur und mustert mich prüfend. Dann dreht sie sich zu ihrem Bruder um, verschränkt die Arme vor ihrer Brust und sagt mit deutlichem Missfallen in der Stimme: »Hallo, Nathan«.

»Hi«, brummt Nathan, ohne sie anzusehen.

»Eine wirklich nette Begrüßung, Bruderherz.«

Nathan lässt den Pfannenwender sinken und wendet sich seiner Schwester zu, atmet genervt ein und aus, bevor er grollend fragt: »Erwartest du ernsthaft einen Freudenausbruch von mir, wenn du so hier reinschneist, mit den Worten, dass du ein ›ungutes Gefühl‹ hattest, weil ich hier bin?«

»Na ja«, sagt Maggie gedehnt, sieht wieder mich an, dann erneut ihren Bruder und bemerkt: »Mein Gefühl scheint ja richtig gewesen zu sein.«

»Ich weiß nicht, wovon du sprichst«, beeile ich mich zu sagen, während Nathan erst seine Schwester schweigend anstarrt, dann mich. Ich aber weiche seinem Blick aus, denn ich glaube immer noch, seine Zunge an meinem Finger zu spüren.

Maggie lacht spöttisch auf. »Ach kommt, veräppeln könnt ihr jemand anderen, aber bestimmt nicht mich. Als ich in diese Küche kam, hast du den Finger meiner Freundin abgelutscht, Nathan.«

Die Art, wie sie ihm das entrüstet an den Kopf schleudert, würde mich kichern lassen, wenn ich nicht so damit beschäftigt wäre, mich in Grund und Boden zu schämen.

»Aber nur, weil es kein fließendes Wasser gibt, der Strom ist noch nicht zurückgekommen«, werfe ich schnell ein. Sowohl Nathan als auch Maggie sehen mich an, als wäre ich der letzte Vollidiot. Und, ja, ganz genau so fühle ich mich gerade.

»Ich glaube kaum, dass ich mich DIR gegenüber rechtfertigen muss, wem ich den Finger ablutsche«, höre ich Nathan zu seiner Schwester sagen, während ich mich abwende und überlege, ob ich mich irgendwo verstecken kann. Unsichtbar werden wäre gerade nicht schlecht.

»Du bist so was von kindisch!«, faucht Maggie. Ich fühle mich wie in einer Zeitmaschine. Es ist, als befänden wir uns plötzlich wieder im Jahr 1998 und wären Teenager.

»Aber du nicht, oder was? Glaubst du wirklich, ich würde deiner geliebten Busenfreundin an die Wäsche gehen, während im Garten ihre Kinder herumtoben?«

Nathan wirft den Pfannenwender in die Spüle und stellt die Gasflamme aus. Mein ganzer Körper brennt vor Verlegenheit.

»Und warum bist du überhaupt immer noch hier?«, fragt Maggie und stemmt anklagend ihre Hände in die Hüften. »Seit über zwei Wochen? Wieso bist du nicht im Restaurant?«

»Wieso kümmerst du dich nicht um deinen eigenen Kram?«, fragt Nathan betont ruhig, aber seine Stimme vibriert bedrohlich. Plötzlich geht über uns die Deckenlampe an, und der Kühlschrank meldet sich mit einem leisen Brummen zu Wort. Aha, der Strom ist wieder da. Aber weder Maggie noch Nathan scheinen das zu merken.

»Bist du gefeuert worden?«, fragt Maggie herausfordernd. Dabei merke ich mal wieder, dass es ihr regelrecht Spaß zu machen scheint, einen Streit mit ihrem Bruder vom Zaun zu brechen. Ich habe nie verstanden, warum sie das macht. Aber vielleicht kann ich das als Einzelkind auch nicht verstehen. »Hast du wieder was abgefackelt? Und stimmt es eigentlich, was man sagt? Dass du deinen Stern verlieren wirst?«

Wütend pfeffert Nathan das Geschirrtuch, nach dem er gerade gegriffen hatte, auf den Boden und macht einen großen Schritt auf seine Schwester zu. Ich halte die Luft an.

»Verfluchte Scheiße, dass du dich in deiner überheblichen Art immer überall einmischen musst, das kotzt mich so an!«, zischt er Maggie zu, die keinen Zentimeter zurückweicht, ganz im Gegensatz zu mir. Kurz glaube ich, dass er noch etwas hinzufügen wird, dass er womöglich erklären wird, warum er hier ist … aber das tut er nicht. Nein, er stürmt ohne ein weiteres Wort wutschnaubend aus der Küche. Mich würdigt er dabei keines Blickes. Die Küchentür knallt hinter Nathan zu, und ich zucke schreckhaft zusammen. Ja, wir sind eindeutig wieder im Jahr 1998 gelandet. Nur, dass Nathan mir damals nicht den Finger abgelutscht hat.

Da das Frühstück zu Hause wegen der schlechten Stimmung und angebrannter Speckscheiben nun ausfällt, schlägt Maggie vor, mit den Kindern in die Sea Whisper Bakery zu gehen. Froh darüber, das Haus und somit Nathan eine Weile hinter mir lassen zu können, stimme ich zu. Als ich mein Schlafzimmer verlasse, um nach unten zu eilen, wo schon alle auf mich warten, passt mich Nathan im Flur ab. Er greift nach meinem Oberarm, und bei seiner Berührung bekomme ich sofort eine Gänsehaut. Fragend sehe ich ihn an, und er erwidert ernst meinen Blick, bevor er meinen Arm loslässt und leise sagt: »Bitte ... erzähl Maggie nichts von dem, worüber wir gestern Abend gesprochen haben. Okay?«

Zögernd nicke ich. »Aber ... du erzählst es ihr schon? Irgendwann?«

Nathans Kiefermuskulatur arbeitet, seine Lippen bilden eine schmale Linie. Schließlich schüttelt er den Kopf und sagt mit rauer Stimme: »Nein. Das würde nichts bringen. Sie würde es nicht verstehen.«

»Natürlich würde sie das!«, wispere ich und will noch mehr sagen, aber Nathan legt mit einem Kopfschütteln seinen Zeigefinger auf meine Lippen. Ich erstarre. Weil ich überrascht bin – und weil mir diese Berührung bis in die Zehenspitzen schießt.

»Lass es gut sein«, bittet Nathan leise. »Du erzählst nichts. Ich erzähle nichts. Okay?«

»Hmm«, murmele ich nur, weil sein Finger noch immer auf meinem Mund ruht. Als er ihn langsam sinken lässt, hole ich tief Luft und sehe ihn unsicher an. Ich hoffe auf ein Lächeln, aber Nathan bleibt ernst, als er sagt: »Viel Spaß beim Frühstück.«

»Dein Rührei wäre mir tausend Mal lieber«, flüstere ich.

Nun zuckt es doch ganz leicht um seine Mundwinkel, und mein Herz macht einen aufgeregten Hüpfer.

»Ein anderes Mal«, murmelt er. Sein Blick bleibt flüchtig an meinem Mund hängen, und ich halte den Atem an.

»Ella? Kommst du?«, ertönt Maggies Stimme von unten.

Nathan seufzt leise, während ich mich von ihm abwende und mich darüber ärgere, dass ich mich so ertappt fühle. »Ja!«, rufe ich und werfe Nathan einen letzten Blick zu, aber er hat sich schon abgewandt und verschwindet ohne ein weiteres Wort in seinem Zimmer.

»Hast du mit Nathan geschlafen?«

Maggies Frage lässt mich vor Schreck beinahe von meinem Stuhl auf der Veranda der Sea Whisper Bakery fallen. Besorgt sehe ich mich nach den Zwillingen um, stelle fest, dass sie nach wie vor mit Josh und Zack auf den Stufen der Veranda sitzen und kichernd mit den Plastikdinosauriern spielen, die die Jungs mitgebracht haben. Ich beuge mich vor, senke meine Stimme und antworte mit Nachdruck: »Nein! Natürlich nicht. Maggie, ganz ehrlich, du kennst mich. Warum sollte ich …? Und warum sollte Nathan …?«

»Weil er ein Kerl ist«, bemerkt Maggie mit einem Schnauben und nimmt einen großen Schluck Milchkaffee. »Und weil du attraktiv bist, Ella.«

»Ha!«, pruste ich. »Gerade heute Morgen habe ich vor dem Spiegel gestanden und meinen Schwabbelbauch betrachtet, und mir ist klar geworden, dass …« Ich breche ab und nehme meinerseits einen Schluck von meinem Cappuccino. Die Worte »dass ich nicht mit Nathan schlafen kann« brennen auf meiner Zunge, aber aussprechen kann ich sie nicht. Verlegen weiche ich Maggies forschendem Blick aus.

»Dass was?«, fragt sie.

Ich atme tief durch. »Dass ich mir nicht vorstellen kann, jemals wieder ... du weißt schon. Mit einem Mann zum ersten Mal ins Bett zu gehen. Nach all diesen Jahren mit Thomas. Nach der Schwangerschaft.«

»Und dabei hast du nicht zufällig konkret an meinen Bruder gedacht?«

Gequält seufze ich auf, schiebe mir das restliche Croissant in den Mund, schüttele energisch den Kopf und bitte meine Freundin im Stillen um Verzeihung, weil ich sie belüge.

»Tja«, murmelt Maggie und klingt überhaupt nicht überzeugt. »Wie auch immer – Nathan war mit Sicherheit nicht abgeneigt, mit dir ins Bett zu gehen, angeblicher Schwabbelbauch hin oder her. Ich bin nicht blind, Ella. Und ich habe nicht nur deinen Finger in seinem Mund gesehen, als ich heute in die Küche kam, sondern auch diesen Ausdruck auf seinem Gesicht. Und auf deinem.«

Ich versuche, erstaunt auszusehen, und unschuldig, und gelassen, und sehr wahrscheinlich scheitere ich dreifach, denn ich weiß ganz genau, welchen Ausdruck sie meint. Ich habe ihn auch auf Nathans Gesicht gesehen.

»Quatsch«, sage ich trotzdem und lache mit einer wegwerfenden Handbewegung auf. »Das mit dem Finger, das war wirklich nur Herumblödelei, mehr nicht. Komm schon, für Nathan war ich nie mehr als die Freundin seiner kleinen Schwester. Das war damals in Hamburg so, und das ist auch jetzt noch so. Gerade jetzt, mit ersten grauen Haaren und Dellen in den Oberschenkeln. Und ...« Demonstrativ deute ich auf einen Aufkleber von Olaf, dem Schneemann, der auf meinem T-Shirt klebt. »Und mit Frozen-Stickern! Himmel, die Kinder ›verschönern‹ mich ständig. Neulich klebte ein Elsa-Aufkleber hinten an meinem Slip. Ehrlich, welcher Mann interessiert sich schon für eine Frau mit Frozen-Stickern auf der Unterwäsche?«

»Hi, Ella«, höre ich da eine vertraute Stimme und fahre herum. Will Anderson steht mit einer vollen Brötchentüte und einem Lächeln auf den Lippen neben unserem Tisch. Was für ein Glück, dass Maggie und ich Deutsch gesprochen haben! Trotzdem kriecht Hitze in meine Wangen, während ich möglichst unbefangen sage: »Hi! Will! Schön, dich zu sehen! Das hier ist meine Freundin Maggie Jackson-Goodman, die Schwester von ... ähm, Nathan. Maggie, das hier ist Will Anderson vom Surf View Walk.«

»Hi, Will«, sagt Maggie und schüttelt ihm die Hand. »Und ihr kennt euch woher?«

»Wir haben uns am Strand kennengelernt«, antworte ich.

»Genau. Als Ella heimlich gepicknickt hat«, grinst Will.

»Nein! Bist du von den Rettungsschwimmern verhaftet worden?«, fragt Maggie, und ihre Augen weiten sich vor Begeisterung. Assistant Professor hin oder her, sie kann immer noch so albern sein wie als Teenager.

»Rettungsschwimmer verhaften niemanden«, brumme ich und schmunzele in meine Cappuccinotasse hinein.

»Habt ihr den Sturm gut überstanden?«, erkundigt sich Will.

»Ja«, erwidere ich, »nur ein paar umgeknickte Schilfrohre und herumliegende Äste.«

Will nickt. »Bei mir auch. Und ein paar lose Dachschindeln, die muss ich reparieren lassen. Fire Island hat wirklich verdammtes Glück gehabt, ›Abigail‹ scheint kaum ernsthafte Schäden angerichtet zu haben.« Er wendet sich an Maggie und fragt: »Und, wie lange bleibst du auf der Insel?«

»Oh, vermutlich bis Mitte August«, erwidert Maggie gut gelaunt. »Mein Mann ist noch in Manhattan, er wird am Wochenende kommen.«

»Ich muss übermorgen auch mal wieder rüber in die Stadt.«

»Will bringt an der Wall Street Leute um ihr Geld«, erkläre ich trocken.

Maggie sieht Will mit hochgezogenen Augenbrauen an. »Pfui«, sagt sie. Will lacht. »Ganz so einfach lässt sich das nicht zusammenfassen«, meint er. »Apropos: Ich wollte Ella längst in Ruhe erklären, wie mein Job wirklich aussieht und dass ich nicht so schlimm bin, wie sie glaubt. Daher würde ich gern mit ihr essen gehen. Jetzt, da du hier bist, Maggie, könnte Ella die Kinder sicherlich abends bei dir lassen, oder?«

Überrascht schnappe ich nach Luft, will irritiert einwerfen, dass ich die Kinder bisher noch nie abends bei jemand anderem gelassen habe, aber da antwortet Maggie bereits für mich: »Na klar kann sie das! Wie wäre es gleich heute Abend?«

»Maggie!« Empört sehe ich meine Freundin an. Ich lasse mich doch nicht einfach so über meinen Kopf hinweg verabreden! Aber Maggie grinst nur frech, und Will lächelt mich entwaffnend an.

»Heute Abend würde mir hervorragend passen. Was meinst du, Ella?«

Eigentlich habe ich keine Lust. Nicht nur, weil ich die Kinder nicht gern allein lasse, sondern auch, weil ich ständig an Nathan denken muss. Aber zum einen will ich meine Freundin ja davon überzeugen, dass ich kein Interesse an ihrem Bruder habe … und zum anderen wirkt Will so ehrlich bemüht, dass ich nachgebe.

»Also gut. Heute Abend.«

»Sehr gut. Sagen wir 19 Uhr? Ich hole dich ab.«

»Ähm … lass uns lieber im Restaurant treffen, ja? Du weißt schon, wegen der Kinder.« Schließlich wird es heute Abend das erste Mal sein, dass ihre Mama ausgeht, seit sie auf der Welt sind – und dann auch noch mit einem Mann, der nicht ihr Vater ist. Ich werfe einen nervösen Blick auf die Mädchen, die sich gerade um einen T-Rex streiten. Zumindest geht es ausnahmsweise nicht um Frozen.

»Okay, wie du meinst«, erwidert Will ruhig. »Kennst du Matthew's Seafood House, da vorn, am Bayview Walk? Dort bekommt man meiner Meinung nach die besten Meeresfrüchte hier auf FI. Super Hummer.«

»Hmm«, mache ich und muss daran denken, dass Nathan eigentlich mal Hummer für mich machen wollte. »Hört sich gut an. Ich werde um 19 Uhr da sein.«

»Schön.« Will nickt Maggie zu, dann lächelt er mich an und sagt: »Okay, also, bis später. Und danke, Maggie, fürs Babysitten.«

»Keine Ursache«, grinst Maggie. Als Will an unseren Kindern vorbei die Verandatreppe hinabgegangen ist, trete ich Maggie unterm Tisch vors Schienbein.

»Geht es noch? Du hast mich einfach so verabredet!«

Maggie lacht laut auf. »Ella, das ist doch ein wirklich toller Typ! Der sieht aus wie George Clooney! Ganz ehrlich, wäre ich nicht verheiratet, würde ich selbst mit ihm ausgehen!«

»Also verheiratet bin ich auch noch«, brumme ich. Betroffen greift Maggie nach meiner Hand.

»Sorry. Du weißt, wie ich das meine. Ist es … ist es zu früh für dich, mit einem Mann auszugehen?«

Zögernd schüttele ich den Kopf. »Nein, es ist okay. Ich weiß nur nicht … ich bin mir nicht sicher, ob ich Will SO mag. Du weißt schon. Ob ich … mehr von ihm will.«

»Also, er will, glaube ich, schon mehr von dir. Trotz der Frozen-Sticker.« Maggie grinst.

»Ja«, seufze ich. »Das ist ja das Problem.«

»Hey, lass es langsam angehen. Freu dich doch einfach, dass ein gut aussehender Wall Street-Banker dich zum Essen einlädt. Trink zu deinem Hummer den teuersten Weißwein auf der Karte, denn den wird er sich leisten können.«

»Du bist unmöglich.«

»Nein. Du hast das verdient. Lass dich verwöhnen, Ella.«

»Aber … was, wenn er mehr will? Ich meine, ganz konkret, heute Abend? Was, wenn er mich küssen will?«

Gelassen zuckt Maggie mit den Schultern. »Dann gibt es zwei Möglichkeiten: Entweder du gibst ihm zu verstehen, dass er seine Energie verschwendet. Oder du lässt dich küssen und schaust, ob es dir gefällt.«

Wenn Maggie das sagt, klingt alles so einfach. Aber bei der Vorstellung, mit Will auszugehen und ihn womöglich zu küssen, wird mir ein bisschen schlecht vor Nervosität.

Kapitel 34

Am späten Abend dieses aufwühlenden Tages küsst mich Will Anderson vor dem Gartentor des Goodman-Hauses. Ich muss sagen, dass mir das alles heute zu viel Aufregung ist. Den ganzen Tag über war ich schrecklich nervös, und das nicht nur wegen meines bevorstehenden Dates. Nein, ich habe auch ständig befürchtet, dass Nathan und Maggie erneut aneinandergeraten könnten, aber zum Glück ist Nathan in seinem Zimmer geblieben, hat schreckliche Musik gehört und uns alle ignoriert. Zu meinem Erstaunen habe ich festgestellt, dass ich ihn wirklich vermisst habe. Immer wieder bin ich verstohlen vor seiner Zimmertür stehen geblieben und habe mit dem Gedanken gespielt anzuklopfen. Aber ich wusste nicht, was ich hätte sagen sollen, also ließ ich es bleiben. Meine Mädchen waren zum Glück so begeistert davon, in Zack und Josh zwei neue Spielkameraden gefunden zu haben, dass ich wenigstens an der Kinderfront wenig Stress hatte und mich so ausgiebig auf mein Date vorbereiten konnte.

Als ich in meinem mintgrünen Törtchenkleid, mit Mascara, Lippenstift und tatsächlich ohne irgendwelche Kindersticker auf meiner Kleidung aus dem Badezimmer kam, stand plötzlich Nathan vor mir. Überrascht wanderte sein Blick über mein Outfit und dann flüchtig zu seiner Armbanduhr. Es war Viertel vor sieben. Höchste Zeit für mich zu gehen.

»Was hast du denn vor?« Seine Frage klang nicht unbedingt freundlich. »Gehst du mit Maggie aus?«

»Nein ... Ich ... ähm ... ich gehe mit Will essen«, stammelte ich. Nathans Augenbrauen zogen sich zusammen.

»Aha«, machte er. Dann deutete er auf die halb geöffnete Badezimmertür und fragte barsch: »Kann ich da jetzt endlich rein? Du hast ja eine Ewigkeit gebraucht.« Und ohne meine Reaktion abzuwarten, verschwand er im Badezimmer. Zwei Sekunden lang verharrte ich noch im halbdunklen Flur und starrte auf die geschlossene Tür. Dann machte ich mich mit flauem Magen auf den Weg zum Restaurant.

Während des Abendessens mit Hummer und teurem Weißwein erfuhr ich endlich, was genau Will an der Wall Street macht, und das ist bei Weitem nicht so harmlos, wie er immer behauptet hat, finde ich: Will hat kurz nach der Finanzkrise von 2008 seinen eigenen Hedgefonds gegründet, der inzwischen so erfolgreich ist, dass er eigentlich gar nicht mehr arbeiten müsste. So hat er mir das zwar nicht direkt gesagt, aber als Will während des Essens kurz wegen eines wichtigen Telefonats nach draußen verschwinden musste, googelte ich ihn rasch und von da an war mir klar, dass ich mit einem millionenschweren Mann am Tisch saß. Ungläubig überflog ich ein Interview im Wall Street Journal, in dem Will unter anderem gefragt wurde, was er von der umstrittenen Praxis der Leerverkäufe halte, die unter anderem den Aktienkurs der Investmentbank Lehman Brothers im Jahr 2008 auf Talfahrt geschickt und mit der Pleite des Bankhauses den großen Börsencrash ausgelöst haben soll. »Ich verstehe die ganze Aufregung um Leerverkäufe nicht«, war Wills lapidare Antwort. »Wieso sollte man beim Börsenhandel nur auf steigende Aktienkurse spekulieren dürfen, nicht aber auf fallende? Mein neuer Porsche hat ja auch eine Bremse und nicht nur ein Gaspedal! Außerdem dreht sich beim Investmentbanking nun einmal alles um Risiken, auch wenn das viele Leute schönzureden versuchen. Wer keine Risiken mag, muss sein Geld weiterhin auf dem Sparkonto parken und über die mickrigen Zinsen jammern.«

Dieses Interview verfolgte mich für den Rest des Abendessens, und Wills George Clooney-Lächeln wirkte längst nicht mehr so charmant auf mich wie noch frühmorgens am Strand, wenn er in Joggingmontur unterwegs war. Nun, mit seinem teuer aussehenden Sakko und, wie ich erst jetzt erkannte, einer Rolex am Arm, wirkte er plötzlich tatsächlich wie ein aalglatter Banker – und das gefiel mir nicht.

Und es gefällt mir immer noch nicht, als wir nun am Gartentor des Goodman-Hauses stehen und Will mich küsst. Ohne Vorwarnung, sodass ich keine Chance hatte, mich diplomatisch abzuwenden, ihm die Wange hinzuhalten oder sonst etwas. Nein, seine Lippen sind auf meinen, bevor ich weiß, was er tut. Und während er mich küsst, irren schon wieder dieselben penetranten Gedanken durch meinen Kopf wie während unseres gesamten Abendessens: Ich muss an die Kinder denken, frage mich zum x-ten Mal, ob sie gut ins Bett gegangen und schnell eingeschlafen sind. Und ich denke an Nathan.

Das ist kein gutes Zeichen, dass ich an Nathan denke, während mich Will küsst. Und eigentlich will ich ihn auch gar nicht küssen, wird mir endlich klar. Der Weißwein hat meine Sinne vernebelt, sonst hätte ich schneller gemerkt, dass sich seine Lippen auf meinen so falsch anfühlen.

Entschlossen drücke ich Will von mir fort. Überrascht sieht er mich an, sieht auf meinen Mund, wieder in mein Gesicht. Er will etwas sagen, legt eine Hand auf meine Wange, während ich immer noch meine Hände gegen seine Brust stemme, den Kopf mit Nachdruck schüttele, weil mir gerade die Worte fehlen.

»Lass sie sofort los!«

Erschrocken fahre ich herum. Nathan steht auf der anderen Seite des Gartentors, und ich habe wirklich keine Ahnung, wie er so plötzlich da aufgetaucht ist. Oder stand er schon die ganze Zeit im Garten? Hat er … hat er etwa darauf gewartet, dass ich zurückkomme? Ich starre Nathan an, aber er fixiert Will mit wütendem Blick.

»Lass Ella in Ruhe«, sagt er, nein, knurrt er vielmehr.

»Was …« Will räuspert sich, sieht mich an. Er wirkt, als wüsste er nicht, wie ihm geschieht, was so wenig typisch für den stets so souveränen Will ist. »Ella …«

»Los, verschwinde! Sie will nicht von dir geküsst werden, das hast du doch gemerkt, oder?«

»Ich glaube nicht, dass dich das etwas angeht«, erwidert Will mit plötzlich kalter Stimme und noch viel kälterem Blick. Ich bekomme eine Gänsehaut, trotz der nach wie vor warmen Abendluft.

»Und ob mich das etwas angeht«, erwidert Nathan langsam, und seine Stimme nimmt einen bedrohlichen Klang an. Er öffnet das Gartentor und kommt einen Schritt auf uns zu. Will weicht zurück.

»Hey, ich will keinen Ärger.« Er schüttelt den Kopf, sieht mich an. »Keine Ahnung, warum der sich hier so aufspielt, aber ich gehe dann lieber. Du scheinst ja eh nicht viel zu sagen zu haben, Ella.«

Und mit einem letzten gekränkten Blick dreht sich Will um und verschwindet mit langen, wütenden Schritten. Ich starre ihm hinterher, unfähig zu begreifen, was da gerade geschehen ist. Ging es bei diesem Streit wirklich um MICH?

Fassungslos sehe ich Nathan an, der meinen Blick finster erwidert, bevor er sich umdreht und wortlos ins Haus marschiert. Da finde ich endlich aus meiner Schockstarre. Ich folge ihm den Gartenweg entlang und ins Haus, schließe die Eingangstür, lausche kurz in die Stille hinein. Im Erdgeschoss ist es dunkel, nur im Wohnzimmer wirft eine Leselampe ihren warmen Schein auf den

Ohrensessel, in dem Nathans Tablet liegt. Hat er etwa wirklich hier gesessen und darauf gewartet, dass ich zurückkomme?

»Nathan, was sollte das gerade?«, fauche ich und greife nach seinem Arm, als er vor mir her ins Wohnzimmer gehen will. Er bleibt stehen und sieht mich an. Im halbdunklen Flur glänzen seine Augen fast schwarz und beinahe bedrohlich. Hastig lasse ich seinen Arm los. »Hast du getrunken?«

»Nein«, knurrt Nathan leise. »Aber du hattest anscheinend ein Glas Wein zu viel, oder? Wie kannst du dich bloß mit so einem Kerl einlassen? Mit so einem Wall Street-Geldsack?«

»Du kennst ihn doch gar nicht!«

»Und ob, Typen wie ihn kenne ich sehr wohl. Ich hatte schon reichlich von der Sorte als Gäste im Restaurant, glaub mir. Und ich mochte keinen von ihnen.«

»Aber du kannst sie nicht alle über einen Kamm scheren.«

»Doch. Doch, das kann ich. Und du solltest mit so einem Kerl nicht ausgehen. Und ihn schon gar nicht küssen.«

»Nathan«, sage ich, und meine Stimme zittert leicht. »Ich möchte jetzt nicht wie Will klingen, aber: Es geht dich wirklich nichts an, mit wem ich ausgehe und wen ich küsse.«

»Doch, verdammt«, grollt Nathan heiser. »Das geht mich etwas an.«

Ich starre ihn an, er starrt zurück. Schließlich wispere ich nervös: »Weil … weil ich wie eine Schwester für dich bin und …«

»Verdammt, Ella. Nein.« Ich zucke leicht zurück, weil Nathan diese Worte so heftig hervorstößt und dabei einen Schritt auf mich zukommt. »Du bist nicht wie eine Schwester für mich. Kein bisschen.«

Und bevor ich das richtig verarbeiten kann, schiebt mich Nathan rückwärts gegen die Flurwand und küsst mich.

Es ist nicht zu fassen, dass mich zwei Männer innerhalb von zehn Minuten küssen. Und es ist noch viel weniger zu fassen, wie anders es ist, von Nathan geküsst zu werden. Bei Will konnte ich denken, während seine Lippen auf meinen waren. Bei Nathan … bei Nathan habe ich das Gefühl, dass mein Körper ganz allein das Kommando übernimmt, dass sich mein Verstand augenblicklich ausschaltet. Ich denke nicht, ich frage mich nicht, ob das richtig ist, was wir da tun. Das muss ich auch nicht, denn es fühlt sich gut an, so unfassbar gut.

Meine Lippen bewegen sich hungrig gegen Nathans, meine Zunge findet seine, meine Hände krallen sich in sein T-Shirt, während mich Nathan mit einer Leidenschaft küsst, die mir den Boden unter den Füßen wegziehen würde – wenn, ja wenn ich nicht sowieso schon meine Beine um seine Hüften geschlungen hätte, mit dem Rücken fest gegen die Flurwand gepresst würde, Nathans Hände an meinen Oberschenkeln, seine Finger in meine nackte Haut gegraben. Wir küssen uns, bis mit einem Mal Schritte auf der Treppe zu hören sind. Ehe ich mich versehe, stehe ich wieder auf meinen Füßen … wobei, nein, meine Knie sind Pudding, und ich knicke leicht ein, finde aber Halt an der Flurkommode. Ich ringe noch nach Luft und streiche mein Kleid glatt, als Maggie die letzten Treppenstufen nimmt, ihren Blick von ihrem Smartphone hebt und mich erblickt.

»Hi!«, sagt sie. »Du bist zurück!«

»Ähm, ja«, erwidere ich atemlos und sehe mich verstohlen um. Nathan ist mit wenigen großen Schritten lautlos im Wohnzimmer verschwunden, stelle ich zu meinem Erstaunen fest. Er steht neben dem Sessel, das Tablet in der Hand und tut so, als würde er konzentriert lesen. Ganz so, als hätte er mich nicht vor zehn Sekunden um meinen Verstand geküsst. Verdammt, meine Lippen fühlen sich so geschwollen an … das muss Maggie doch sehen! Wobei es hier im Flur zum Glück nicht hell ist, wir haben die Deckenlampe nicht eingeschaltet.

»Alles okay?« Meine Freundin ist neben mir stehen geblieben und mustert mich besorgt. »Bist du gerannt?«

»Was? Ach so, nein«, lache ich und bemühe mich um eine gleichmäßige Atmung. »Alles okay. Es war ein wirklich netter Abend. Ich hatte nur ein Glas Wein zu viel, glaube ich.« Ich kichere albern. Da mich Maggie immer noch prüfend mustert, fühle ich mich gezwungen, weiterzuplappern. »Wir haben Hummer gegessen, und ich habe mich blamiert, weil ich das Tier nicht geknackt bekommen habe, aber Will hat mir geholfen und ... Ähm ... Wie geht es den Kindern? Sind sie gut ins Bett gegangen?«

»Klar, ohne Probleme. Sie sind völlig erschöpft um kurz vor halb acht eingeschlafen. Meine Jungs haben sie ganz schön ausgepowert.« Maggie grinst mich an. »Ich habe gerade mit Dan telefoniert, er lässt dich grüßen.«

»Danke dir.« Ich gähne demonstrativ, werfe einen flüchtigen Blick ins Wohnzimmer, aber Nathan sieht weder seine Schwester an noch mich. Er hat sich in den Sessel gesetzt und scrollt über den Tabletbildschirm. Wie kann er bloß so gelassen sein? Nach diesem Welt-aus-den-Angeln-hebenden Kuss?

»Ich bin müde, ich werde schlafen gehen«, sage ich, lauter als nötig, und sehe Maggie an. »Sorry, dass ich ausgerechnet an deinem ersten Abend auf der Insel unterwegs war.«

»Hey, kein Thema. Ich habe dir das Date ja quasi aufgezwungen. Also, gute Nacht, Süße. Wir quatschen morgen früh, ja?«

»Auf jeden Fall.« Ich drücke Maggie kurz an mich und gehe dann auf nach wie vor butterweichen Knien die Treppe hinauf. Während ich mir die Zähne putze und mich abschminke, höre ich, wie Maggie in ihr Schlafzimmer verschwindet und die Tür schließt. Ich lasse mir Zeit, warte noch eine Weile. Auf wen ist glasklar. Aber Nathan kommt nicht in den ersten Stock hinauf. Irgendwann gehe ich leise in mein Schlafzimmer, setze mich auf die Bettkante, lausche den gleichmäßigen Atemzügen meiner Töchter. Nach einer halben Ewigkeit höre ich endlich Nathans

Schritte auf den knarzenden Treppenstufen. Sie verschwinden im Bad. Mit wild hämmerndem Herzen schlüpfe ich aus meinem Zimmer, schleiche durch den Flur, bleibe vor der Badezimmertür stehen, die nur angelehnt ist. Ich höre den Wasserhahn laufen, schiebe vorsichtig die Tür einen Zentimeter weiter auf. Nathan steht am Waschbecken, mir den Rücken zugewandt, und putzt sich die Zähne. Unsere Blicke treffen sich im Spiegel über dem Waschtisch. Er hält in seiner Bewegung inne, sieht mich stumm an. Ich erwidere seinen Blick ebenso schweigend, während ich ins Bad schlüpfe, unschlüssig zwei Schritte hinter ihm stehen bleibe. Nathan lässt seine Zahnbürste sinken, spuckt die Zahnpasta ins Waschbecken, dreht sich zu mir um.

»Es tut mir leid«, sagt er mit rauer Stimme, und ein kleiner Stich durchzuckt mich. Bereut er den Kuss etwa?

»Was genau?«, frage ich nervös.

»Dass … dass ich dir dein Date versaut habe. Das Ende zumindest. Ich hätte nicht wie ein Verrückter rausstürmen sollen. Ich hätte … ich hätte dich gerade nicht mit diesem Kuss überfallen sollen. Sorry, Ella.«

Fassungslos starre ich ihn an. Ich will fragen: »Spinnst du? Hast du nicht gemerkt, dass ich mich verdammt gern von dir habe küssen lassen?« Aber ich kann keine Worte bilden, weil mein Blick an Nathans Mund hängen geblieben ist, wo noch etwas Zahnpasta klebt. Ich frage mich, wie seine Zahnpasta schmeckt, und ich muss das herausfinden, jetzt, sofort.

Nathan gibt einen überraschten Laut von sich, als nun ich ihn rückwärts schiebe, gegen den Waschtisch. Entschlossen greife ich in seine Locken, ziehe seinen Kopf zu mir herunter und küsse ihn.

Pfefferminz. Seine Zahnpasta schmeckt nach Pfefferminz.

»Verdammt, Ella«, murmelt Nathan gegen meine Lippen, bevor sein Mund hungrig tiefer wandert, über meinen Hals, und überall Gänsehaut verursacht. Mit einem nur halbwegs unterdrückten Stöhnen lege ich meinen Kopf in den Nacken, fahre mit meinen Händen unter Nathans T-Shirt, spüre seinen muskulösen Rücken unter meinen Fingern, glaube zu sterben vor Lust. Ich weiß nicht mehr, wann ich das letzte Mal so verrückt nach jemandem war.

»Du machst mich wahnsinnig«, flüstert Nathan in diesem Moment, als ginge es ihm tatsächlich wie mir, was mich so sehr überrascht, dass ich ihn nur stumm anstarren kann. Er erwidert meinen Blick schwer atmend, bevor er meine Lippen ansieht, die sich erneut geschwollen und empfindlich anfühlen. Wieder beugt er sich zu mir herunter und beißt mich sacht in meine Unterlippe, was mich einmal mehr aufstöhnen lässt, lauter diesmal.

»Komm mit«, murmelt Nathan und greift nach meiner Hand, zieht mich hinter sich her, aus dem Badezimmer, an meiner Zimmertür vorbei, zu seinem Schlafzimmer gegenüber.

»Die Kinder …«, wispere ich nervös, als er mich entschlossen in sein Zimmer bugsiert.

»Die Kinder schlafen«, sagt Nathan leise und schließt die Tür hinter sich.

»Ich habe das Babyfon nicht dabei.«

»Du wirst sie schon hören, wenn sie aufwachen. Sie sind doch nur ein paar Meter weit weg.« Nathan nimmt mein Gesicht zwischen seine Hände, sieht mich an. Ich schlucke, erwidere seinen Blick. Hier, in der Intimität seines Schlafzimmers, fühle ich mich plötzlich befangen. Woher habe ich bloß eben den Mut genommen, einfach zu ihm ins Bad zu gehen und ihn zu küssen? Den Mut hätte ich jetzt auch gern wieder, aber ich bin mit einem Mal wie paralysiert. Nathan küsst mich erneut, zunächst noch sanft und vorsichtig, als merke er genau, wie unsicher ich plötzlich bin. Aber sein Kuss wird schnell fordernder, seine Lippen bewegen sich drängend gegen meine, eine Hand gleitet unter mein Kleid, zu meinen Pobacken, während die andere beginnt, an den Knöpfen in Törtchenform herumzunesteln, die sich vorn über meine Brust nach unten ziehen.

Plötzlich sehe ich Thomas vor mir. Und obwohl wir ewig keinen Sex mehr hatten und obwohl ich ihn in den letzten Tagen gar nicht mehr vermisst habe und obwohl mir klar ist, dass Thomas vielleicht in diesem Moment mit Jasmin Bayer im Bett ist, sträubt sich plötzlich alles in mir. Nein, ich kann das nicht. Das geht mir zu schnell. Ich bin mir doch nicht mehr sicher, ob das richtig ist. Und ich habe Angst. Ja, ganz eindeutig.

Eilig löse ich meine Lippen von Nathans Mund, weiche zurück. Sein Blick flackert erstaunt zu meinen Augen, fragend sieht er mich an, während er seine Hände sinken lässt.

»Nathan«, keuche ich leise, nach Atem ringend und starre verlegen auf meine nackten Füße. Mein Gott, er muss mich für völlig verrückt halten. Für verklemmt. Für was auch immer – aber egal. »Ich … ich kann das nicht. Tut mir leid.«

Und ehe Nathan etwas erwidern kann, drehe ich mich um und fliehe aus seinem Zimmer, zurück in die sichere Dunkelheit meines eigenen.

Kapitel 35

Am nächsten Tag kann ich Nathan nicht in die Augen sehen. Er macht wieder Frühstück, was mich so sehr rührt und aufwühlt, dass ich kaum einen Bissen der mal wieder köstlichen Pfannkuchen herunterbekomme.

»Geht es dir nicht gut?«, fragt Maggie besorgt, während ich gequält an meinem Kaffee nippe.

»Kopfschmerzen«, lüge ich.

»Hmm. Der Weißwein.« Maggie grinst mich wissend an. »Ich hole dir ein Aspirin.«

»Nein, lass mal«, wehre ich ab, denn mir ist völlig klar, dass mich kein Aspirin retten kann. Ich spüre Nathans Blick auf mich gerichtet und glaube, erneut seine Lippen auf meinen zu fühlen. Hitzewellen fluten meinen Körper, und ich stelle meine Tasse etwas zu heftig ab, sodass Kaffee auf den Tisch schwappt.

»Das wird gleich schon besser«, murmele ich und stehe auf, um ein Stück Küchenpapier zu holen und die Kaffeepfütze wegzuwischen. Aber Nathan war schneller, er stand schon. Jetzt hat er die Küchenpapierrolle in der Hand, kommt auf mich zu, sieht mich ernst an, während er ein Stück abreißt und es mir in die Hand drückt. Unsere Finger berühren sich leicht, ich halte die Luft an und weiche seinem Blick hartnäckig aus.

»Wollen wir an den Strand gehen?«, frage ich Maggie, während ich die Pfütze aufwische. »Die frische Luft wird mir guttun.«

»Gern«, meint Maggie. Zögernd sieht sie ihren Bruder an. »Willst du mitkommen?«

Kurz bin ich erstaunt über dieses offensichtliche Friedensangebot. Dann erfasst mich leichte Panik, dass Nathan einwilligen könnte. Ich kann ihm jetzt nicht im Tankini unter die Augen treten. Nein, ich kann nicht mit ihm im Meer herumalbern, wie wir es während der letzten zwei Wochen so oft getan haben. Wenn ich an seinen Mund denke, an seine Zunge, an seine Finger, die mein Kleid öffnen …

»Nein, ich denke nicht«, brummt Nathan, seinen Blick nach wie vor auf mir, das spüre ich genau, ohne ihn ansehen zu müssen. »Ich … ich fahre rüber aufs Festland. Muss ein paar Sachen im Einkaufszentrum erledigen. Braucht ihr etwas?«

Überrascht sehe ich Nathan nun doch an. Sein Blick ist ernst. Ich schlucke, dann schüttele ich den Kopf. »Nein … ich brauche nichts. Danke.«

Bitte, komm wieder, füge ich stumm hinzu, denn plötzlich habe ich Panik, dass er genau das nicht tun wird.

Zum Glück lenkt mich Maggie am Strand ab, sodass meine Gedanken nicht ununterbrochen um Nathan kreisen. Während die Kinder im matschigen Sand entlang der Wasserlinie mit dem Bau einer weiteren »Sandbuag« beschäftigt sind, sitzen wir im Schatten der Strandmuschel, und Maggie löchert mich zunächst zu meinem gestrigen Date. Als sie merkt, dass ich nicht wirklich enthusiastisch bin, was Will betrifft, lässt sie das Thema zum Glück endlich fallen und fragt nach ein paar Sekunden nachdenklichen Schweigens schließlich: »Möchtest du über Thomas reden?«

Und, ja, das möchte ich zu meinem eigenen Erstaunen. Ich erzähle Maggie ausführlich von unseren bisherigen Skype-Gesprächen, und besonders bei meiner Erinnerung an unser erstes Gespräch, als ich Thomas »unter der Dusche« erwischt habe, wird Maggie wirklich wütend. Dann jedoch komme ich zu unserem letzten Gespräch, und als ich meiner Freundin wiedergebe, was Thomas an Vorwürfen losgelassen hat, wird sie plötzlich still und starrt eine Weile nachdenklich aufs Meer hinaus.

»Findest du, dass er recht hat?«, hake ich irgendwann nach, als ich ihr Schweigen nicht länger ertrage.

Maggie sieht mich mit ihren dunklen, klugen Augen ernst an und fragt: »Findest DU, dass er recht hat?«

Verdammt, ich hasse es, wenn sie mit ihren neunmalklugen Gegenfragen kommt, die mich immer wieder aus dem Konzept bringen. Eine Spur ungeduldig antworte ich: »Keine Ahnung.« Dann starre auch ich schweigend auf den Atlantik hinaus, und da Maggie nichts weiter sagt, seufze ich schließlich und gebe zögernd zu: »Ein bisschen recht, ja. Vielleicht habe ich mich nicht immer richtig verhalten. Aber ich habe das nicht bewusst gemacht! Ich wollte nie, dass er sich ausgegrenzt fühlt. Ich …«

Und dann weine ich, und Maggie zieht mich in ihre Arme und streicht mir sacht über das Haar. »Niemand verhält sich immer richtig, Süße«, murmelt sie sanft. »Und dass nicht nur einer allein am Scheitern einer Ehe schuld ist, ist auch normal.«

»Meinst du denn, dass unsere Ehe wirklich … gescheitert ist?« Aus tränenblinden Augen sehe ich sie an, weil mir bei der Endgültigkeit dieses Ausdrucks erneut das Herz bricht. Maggie erwidert meinen Blick stumm und fragt dann: »Glaubst DU, dass sie gescheitert ist?«

»Himmel, Maggie«, stöhne ich auf. »Immer diese Gegenfragen!« Mit einem Schniefen putze ich mir die Nase und betrachte schweigend meine Füße, die ich halb im Sand vergraben habe.

»Würdest du ihn zurückhaben wollen, wenn er morgen anriefe und sagte, dass mit Jasmin Schluss ist?«

Ich sehe meine Freundin an. Dann schüttele ich langsam den

Kopf. »Nein«, wispere ich, denn in diesem Moment wird mir klar, dass ich Thomas nicht wieder in mein Leben und mein Herz lassen würde. Der Zug ist abgefahren, merke ich. Endgültig.

»Da hast du deine Antwort«, sagt Maggie ruhig, und mein Gesicht verzieht sich erneut, als mehr Tränen kommen.

»Ich wo-hollte nie eine gescheiterte Ehe ha-haben! Ich wollte nie eine alleinerziehende Mu-hutter werden! Ich wollte nicht, dass meine Ki-hinder in einer kaputten Familie aufwachsen!«

»Nein, Süße«, murmelt Maggie in mein Haar und streichelt meinen Rücken. »Glaubst du, es gibt irgendjemanden auf dieser Welt, der das will? Trotzdem passiert es laufend, dass Ehen und Beziehungen zerbrechen, dass aus Eltern alleinerziehende Elternteile werden. Natürlich ist das sehr traurig, aber deine Kinder müssen trotzdem nicht in einer kaputten Familie aufwachsen. Wenn Thomas und du euch zusammenreißt, kann aus euch eine funktionierende Patchworkfamilie werden. Ihr könnt versuchen, das Beste aus dem Ganzen zu machen. Keine Szenen vor den Zwillingen. Kein abfälliges Reden über den oder die Ex. So in der Art.«

Schweigend starre ich aufs Meer hinaus und frage mich mit einem trockenen Schluchzer, ob ich es den Kindern zuliebe schaffen werde, nicht schlecht über Thomas zu reden. Und über Jasmin.

»Das heißt nicht, dass ich der Meinung bin, man sollte sofort aufgeben, anstatt um seine Ehe zu kämpfen. Aber ...« Maggie stockt und sieht mich ernst an.

»Was?«, frage ich erstaunt.

»Na ja, ich habe schon bei unserem letzten Besuch in Hamburg den Eindruck gehabt, dass es zwischen Thomas und dir ... wie soll ich sagen ... nicht mehr rundlief. Das war nur so ein vages Gefühl. Wenn ich euch beobachtet habe, wie ihr miteinander umgegangen seid, dann ... na ja. Dann habt ihr nicht mehr glücklich miteinander gewirkt. Ich meine, versteh mich nicht falsch, es gibt Tage, da rede ich kaum ein Wort mit Dan. Aber es gibt auch sehr viele andere Tage. Gute Tage, an denen ich Dan nicht missen möchte, und an denen mir klar wird, warum ich diesen Mann geheiratet habe. Als wir bei euch waren, da hatte ich das Gefühl, dass eure guten Tage eher ... selten geworden waren.« Sie sieht mich beinahe schuldbewusst an und fügt schnell hinzu: »Aber vielleicht liege ich komplett falsch.«

Erstaunt starre ich sie an. Das letzte Mal, als Maggie, Dan und die Kinder uns in Hamburg besucht haben, war vor über einem Jahr. Damals war noch nichts zwischen Thomas und Jasmin. Damals war doch eigentlich noch alles in Ordnung.

Oder auch nicht. Denn mir wird mit einem Mal klar, was Maggie meint.

»Vielleicht hast du recht«, murmele ich und starre mit gefurchter Stirn hinaus auf den Atlantik. »Vielleicht war unsere Ehe schon am Ende, bevor Jasmin Bayer überhaupt ins Spiel kam. Meine Gefühle für Thomas ... ich glaube, dass sie seit der Geburt der Mädchen immer weniger geworden sind. Als hätte ich all die Liebe in mir nur noch für meine Kinder reserviert. Ich ... ich habe ihn tatsächlich mehr und mehr ausgeschlossen, Maggie.«

Maggie greift nach meiner Hand und drückt sie fest. »Aber ganz unschuldig ist Thomas sicher auch nicht, denn dass du dich so verhalten hast, dass deine Gefühle für ihn immer weniger geworden sind, das hat bestimmt genauso einen Grund gehabt. Wie gesagt, es ist selten nur einer Schuld am Scheitern einer Beziehung.«

»Ja«, murmele ich nachdenklich.

»Und, Ella, so nobel es auch ist, zu versuchen, den Kindern zuliebe seine Ehe zu retten – meiner Meinung nach funktioniert das nicht. Zumindest nicht dann, wenn die Kinder die einzige verbliebene Gemeinsamkeit sind. Wenn die Gefühle für den Partner nicht mehr ausreichen. Glaub mir, die Kinder würden das irgendwann merken. Manchmal ist ein Ende mit Schrecken halt doch besser als ein Schrecken ohne Ende. Und manchmal ist ein Neuanfang eine echte Chance.«

»Du solltest einen dieser Kalender mit schlauen Sprüchen für jeden Tag verfassen«, brumme ich und putze mir erneut die Nase. »Ich weiß«, erwidert Maggie trocken. »Wäre das mit der Columbia nichts geworden, hätte ich das gemacht.«

Und auf einmal müssen wir beide so sehr lachen, dass ich einen Schluckauf bekomme, und Maggie ebenfalls Tränen über das Gesicht rinnen.

Als wir am späten Nachmittag mit sonnenwarmer Haut, salzwasserverklebtem Haar und wohlig erschöpft ins Goodman-Haus zurückkehren, erblicke ich Nathan schon, als ich meine Kinder unter die Außendusche scheuche. Er steht in der Küche am Herd, unsere Blicke treffen sich, als ich auf der Veranda am Fenster vorbeigehe. Mein Herz macht einen Hüpfer, sobald ich ihn sehe, so froh bin ich, dass er wirklich auf die Insel zurückgekehrt ist. Er nickt mir zu, ich nicke zurück und lächele leicht, bevor ich mich mit roten Wangen meinen sandigen Kindern widme.

Nathan hat erneut einen großen Topf seines köstlichen Seafood Chowder gezaubert und dazu hausgemachtes Knoblauchbrot. Wir sitzen alle gemeinsam um den Esstisch auf der Veranda, wobei es bei so vielen etwas enger ist als sonst. Links und rechts von mir sitzen meine Kinder auf der Bank und schnattern fröhlich durcheinander, während sie wie selbstverständlich Suppe löffeln und Kabeljaustückchen verspeisen, als gäbe es nichts, was sie lieber essen als Fischsuppe. Nur die Muscheln landen auf meinem Teller, wofür ich sehr dankbar bin, denn ich bin wirklich süchtig danach. Maggie und ich trinken Weißwein, Nathan Sodawasser, genau wie die Kinder. Er sitzt mir gegenüber, und da seine Beine so lang sind, berühren seine Knie hin und wieder meine, was mich jedes Mal leicht zusammenzucken lässt. Seinem Blick weiche ich hartnäckig aus. Ich weiß, ich bin feige, aber ich habe Angst, dass Maggie mit ihrem Adlerblick mich und mein heftig schlagendes Hasenherz sofort durchschauen würde.

Unsere Unterhaltung plätschert dahin, die Kinder erzählen Nathan aufgeregt von ihrem Tag am Strand, und ich stelle fest, dass seine Neffen große Fans von ihm sind. Und umgekehrt scheint das auch so zu sein, zumindest hört Nathan den Jungs aufmerksam und geduldig zu, stellt interessiert Fragen zur Art der Türme ihrer Sandburg und zur Farbe des Krebses, den sie in ihrem Eimer gefangen und später wieder freigelassen haben. Verstohlen beobachte ich, wie er Josh und Zack anlächelt und ihnen beiläufig die dichten dunklen Locken verwuschelt, die seinen und denen seiner Schwester so ähneln. Verdammt, dieser Mann ist mir ans Herz gewachsen. Das kann ich nicht länger leugnen.

Paula und Clara sind mal wieder so erschöpft von dem langen Tag am Strand, dass ihre Augen noch während des Abendessens immer schwerer werden. Also bringe ich meine Mädchen sofort nach dem Essen in den ersten Stock hinauf, natürlich nicht ohne Protest, weil Maggies Jungs noch etwas länger aufbleiben dürfen. Der Protest verebbt allerding rasch, als wir uns zu dritt ins Ehebett kuscheln, die Sterne an der dunklen Zimmerdecke im Kreis schweben und die Mädchen ein letztes Mal von ihren neuen besten Freunden Josh und Zack schwärmen, bevor ihnen in Rekordgeschwindigkeit die Augen zufallen.

Als ich ins Erdgeschoss zurückkehre, sitzen Maggies Söhne im Wohnzimmer und bauen einen Turm aus Legosteinen. Ich zwinkere den Jungs im Vorbeigehen zu, fluche unterdrückt, als ich barfuß auf einen Legostein trete und folge dann dem Geräusch von klapperndem Geschirr in die Küche.

»Ich habe vor dem Essen mit Mom und Dad telefoniert«, höre

ich schon im Flur Maggies Stimme. Meine Freundin klingt vorwurfsvoll. Oh, oh. Langsam betrete ich die Küche, sehe Nathan an der Spüle stehen, seiner Schwester den Rücken zugewandt. Maggie leert gerade ihr Weinglas, wirft mir einen flüchtigen Blick zu.

»Mhhm«, murmelt Nathan, ohne sich umzudrehen.

»Sie machen sich Sorgen um dich.«

Nathan seufzt ungeduldig. »Das ist ja was ganz Neues.«

»Im Ernst, Nathan. Sie haben gerade erfahren, dass das Cuisine einen neuen Küchenchef einstellen musste, weil du einfach verschwunden bist und dich nicht gemeldet hast. Stimmt das?«

Schweigend bearbeitet Nathan einen Topf mit dem Spülschwamm. Heftiger als nötig, so viel steht fest.

»Verflixt und zugenäht, Nathan! Rede mit mir.«

Mit einem genervten Seufzer wirft Nathan den Schwamm in den Topf und dreht sich zu seiner Schwester um. Sein Blick flackert flüchtig zu mir, dann zurück zu Maggie. Er stemmt die tropfnassen Hände in seine Hüften und sagt: »Ja, mag sein. Ich habe keine Ahnung, weil ich mein Telefon seit fast drei Wochen nicht mehr eingeschaltet und auf meinem Tablet alle Apps gelöscht habe, auf denen mich jemand hätte erreichen können. Weil ich nicht erreicht werden wollte. Kann sein, dass sie einen neuen Küchenchef haben. Und weißt du was: Es ist mir egal.«

»Aber warum?« Maggie ringt die Hände und sieht für einen Moment wie eine waschechte Italienerin aus. »Warum, Nathan? Du hattest diese 1-a-Stelle, du hättest einen weiteren Stern holen können – warum schmeißt du das alles hin?«

»Vielleicht wollte ich aber keinen weiteren Stern holen!«, fährt Nathan seine Schwester wütend an. »Scheiß auf diese beschissenen Michelin-Sterne!«

»Onkel Nathan, das kostet einen Dollar!« Zack ist in der Küche aufgetaucht und sieht seinen Onkel mit einer Mischung aus Ehrfurcht und Begeisterung an.

»Was?«, fragt Nathan ratlos, und ich merke, wie seine Wut vorübergehend verpufft, als er seinen Neffen sieht.

»Hier!«, verkündet Josh, der hinter seinem Bruder die Küche betreten hat. Er hält Nathan ein Einmachglas hin, auf dessen Deckel ein Etikett mit der Aufschrift »Swear Jar« klebt. Ein Fluch-Glas. So, so. Trotz der angespannten Situation muss ich grinsen. In dem Glas klimpern einige Münzen zwischen wenigen Eindollarscheinen herum.

»Für jedes S-Wort muss man einen Dollar zahlen, für jedes F-Wort zwei Dollar!« Josh strahlt.

»Eigentlich muss Onkel Nathan sogar zwei Dollar zahlen«, sagt Maggie genüsslich und sieht ihren Bruder mit hochgezogenen Augenbrauen herausfordernd an. »Denn ›beschissen‹ kostet auch.«

Nathans Augen verengen sich, als er seine Schwester ansieht.

»Ihr habt sie nicht mehr alle«, sagt er mit einem Kopfschütteln, während ich nicht weiß, ob ich kichern soll oder nicht.

»Aber du hast sie noch alle, ja?« Maggie verschränkt die Arme vor der Brust. »Du schmeißt deinen Job einfach so hin? Und pfeifst auf den Michelin-Stern? Du warst einer der besten Köche New Yorks, Nathan! Du hättest der Beste werden können!«

»Aber vielleicht will ich gar nicht immer der Beste sein, Maggie! Vielleicht bin ich nicht wie du, die sich und anderen ständig beweisen muss, wie toll und clever und erfolgreich sie ist! Vielleicht will ich mein Leben einfach mal genießen und nicht ständig dem nächsten *fucking* Erfolg hinterherhecheln!«

»Er hat das F-Wort gesagt!«, schreit Josh glücklich. »Also zwei Dollar von eben und dann zwei Dollar für das F-Wort, das sind zusammen …«

»Drei Dollar!«, verkündet Zack triumphierend.

»Falsch, vier Dollar«, knurrt Nathan, zieht sein Portemonnaie aus der Gesäßtasche seiner Shorts und reißt zwei Zwanzigdollarscheine heraus. »Hier«, sagt er und drückt sie Josh in die Hände, der seinen Onkel mit großen Augen ansieht. »Als Anzahlung, denn da wird noch mehr dazukommen.«

Josh betrachtet die Geldscheine beinahe ehrfürchtig, während der Blick meiner Freundin Gift sprüht. Dann lacht sie spöttisch auf. »So, du willst also dein Leben genießen, ja? Indem du dich hier im Ferienhaus verkriechst und dich vor der Welt versteckst? Wach auf, Nathan. Werde erwachsen. Manchmal muss man sich und anderen nun einmal etwas beweisen. Man kann nicht bei jeder kleinen Schwierigkeit alles hinschmeißen, weil es einem plötzlich zu anstrengend ist. Hast du gar keinen Kampfgeist? Was für ein Vorbild bist du denn für deine Neffen?«

Die Jungs sehen mit großen Augen zwischen ihrer Mutter und ihrem Onkel hin und her.

»Maggie ...«, beginne ich, doch Nathan unterbricht mich barsch: »Lass die Jungs da raus.« Seine Stimme bebt gefährlich.

»Warum? Ist es dir peinlich, wenn sie wissen, dass ihr Onkel mal wieder aufgegeben hat?«

»Mal wieder? Was soll das heißen?«

»Ist ja nicht das erste Mal, dass du vor dem beruflichen Nichts stehst, oder?«

Nathan atmet tief ein und aus. Ich lege einen Arm um die schmalen Schultern von Josh und sage zu Zack und ihm: »Wie wäre es, wenn ihr ins Wohnzimmer geht und das Geld im Swear Jar durchzählt?«

Unschlüssig sehen die Jungs mich an. »Na los, eure Mom kommt gleich und bringt euch ins Bett, okay?«

Während die Brüder langsam die Küche verlassen, fragt Nathan seine Schwester mit vor Wut bebender Stimme: »Falls du mit dem beruflichen Nichts mein abgebranntes Restaurant meinst – das war damals ein Unfall. Ich habe es schließlich nicht absichtlich abgefackelt.«

Maggie lacht spöttisch auf. »Klar, ein Unfall. Weil du sturzbesoffen warst. Weil du keine Selbstbeherrschung hattest. Hast.«

»Maggie!« Aufgeregt schmeiße ich das Geschirrtuch auf den Tisch, das ich schon in der Hand hatte, um irgendeine Beschäftigung zu finden. »Hör auf, das ...«

»Du hast doch keine Ahnung von meinem Leben und meiner Selbstbeherrschung«, grollt Nathan und macht einen Schritt auf seine Schwester zu, und einen Augenblick lang befürchte ich, sie könnten sich gegenseitig an den Haaren ziehen wie früher. Aber aus dem Alter scheinen die beiden dann doch heraus zu sein, denn sie bleiben nur dicht voreinander stehen, jeder die Hände zu Fäusten geballt, funkelnde Wut in den Augen.

»Nein, habe ich nicht? Ich denke schon, Bruderherz. Ich sehe ja, wie du dich schon wieder ins Aus manövrierst. Wegen ein bisschen zu viel Stress, vermute ich.«

»Ein bisschen zu viel Stress«, lacht Nathan wütend auf. »Du hast keinen blassen Schimmer davon, wie mein Beruf aussieht, Maggie. Du glaubst, er könne nicht anspruchsvoll sein, weil ich nicht zu einer Eliteuni gegangen bin, wie du. Ich arbeite ja bloß mit meinen Händen, richtig? Wie fordernd kann das schon sein? Komm von deinem *fucking* hohen Ross runter, Maggie! Hör auf, dich immer überall einzumischen, allen deine Meinung aufzuzwingen!«

»Du bist unmöglich«, zischt Maggie. »Ich soll von meinem hohen Ross herunterkommen? Wie wäre es, wenn du das machen würdest? Wenn du mal wirklich mit mir reden würdest? Nicht aus dir und deinem Leben immer so ein riesiges Geheimnis machen würdest?«

»Aber vielleicht will ich gar nicht mit dir reden, weil klar ist, dass du mich schon vorher verurteilst! Weil du immer alles besser weißt!«

»Tja, leider hast du schon zu oft unsere schlimmsten Befürchtungen bestätigt, Nathan! Wieder und wieder!«

»Tut mir leid, dass ich so eine Enttäuschung für euch bin! Aber zum Glück haben Mom und Dad ja dich, ihr kluges Goldkind, das immer alles richtig macht!«

»Was bist du nur für ein Scheißkerl.«

»Das macht einen Dollar.« Nathan sieht seine Schwester mit hochgezogenen Augenbrauen an, und ich wünsche mir von ganzem Herzen, dass sie lacht. Aber das tut Maggie nicht, denn dazu ist sie viel zu stolz und starrsinnig, und ihr Bruder war leider schon ihr ganzes Leben lang ein rotes Tuch für sie. Stattdessen faucht sie nur: »Dann ruiniere dein Leben halt, Nathan. Dann sei ein Versager. Kann mir ja auch egal sein.«

»Maggie!« Es reicht mir. Ich mache einen Schritt auf sie zu und fahre sie wütend an: »Jetzt mach mal halblang! Nathan ist kein Versager, dafür bist du wirklich ganz schön arrogant, weißt du das? Du kennst keine Details, du weißt nicht, was wirklich passiert ist, also spar dir doch mal die Vorwürfe und …«

»Aber du kennst die Details?« Maggies Augen werden schmal, als sie mich ansieht. »Du weißt Bescheid, ja?« Sie sieht zwischen Nathan und mir hin und her. »Ihr wart doch zusammen im Bett, oder?«

Ich atme tief durch und schüttele heftig den Kopf, während Nathan neben mir genervt die Augen gen Zimmerdecke rollt.

»Nein, Maggie, waren wir nicht«, sage ich mit bebender Stimme. »Wobei ich wirklich nicht weiß, was das jetzt zur Sache tut.«

Maggie schnaubt und sieht mich geradezu verächtlich an, was mir durch und durch geht. Ich will keinen Streit mit meiner besten Freundin haben, den kann ich jetzt wirklich nicht gebrauchen!

»Ich fasse es einfach nicht, dass du nach all diesen Jahren immer noch in meinen Bruder verknallt bist, Ella.« Maggies Worte treffen mich wie ein Faustschlag in den Magen. Ich schnappe nach Luft, spüre Nathans Blick auf mir, kann ihn nicht ansehen. Das Blut schießt mir in den Kopf, ich balle meine Hände zu Fäusten.

»Ich weiß echt nicht, was das jetzt soll, Maggie«, sage ich so ruhig wie möglich, aber meine Stimme zittert hörbar. »Nathan hat recht: Du bist diejenige, die sich hier kindisch aufführt.« Kurz entschlossen wende ich mich ab, stürme zur Küchentür. »Ich brauche frische Luft – ich gehe an den Strand. Bitte ruft mich an, falls die Mädchen aufwachen.«

Und schon bin ich im Wohnzimmer, wo Josh und Zack zwischen Münzen und Geldscheinen sitzen und ins Zählen vertieft sind. Ich stürme zur Haustür hinaus, merke zu spät, dass ich keine Schuhe anhabe, was allerdings auch egal ist. Schließlich bin ich auf Fire Island. Also laufe ich barfuß los, bis zum Strand.

Kapitel 36

Es ist kurz nach halb neun, und die Abendstimmung taucht Himmel und Meer in sanfte Rosa- und Rottöne. Ich wandere an der Wasserlinie entlang, grüße den ein oder anderen Spaziergänger, denn inzwischen kenne ich einige Insulaner vom Sehen. Die Tagestouristen sind um diese Uhrzeit schon weg, nun gehört der Strand denjenigen, die das Glück haben, sich länger auf der Insel aufzuhalten. In den Häusern hinter den Dünen brennt hier und da Licht in den Fenstern, ich sehe Leute auf ihren Veranden sitzen und bei einem Drink auf den Atlantik hinaussehen. Gelächter wird mit der leichten Brise zu mir herübergetragen, mischt sich mit dem Krächzen einer Möwe, die über mich hinwegfliegt. Als ich das Dach von Wills Haus in der Dämmerung ausmache, frage ich mich ein wenig beklommen, wie es ihm wohl geht, nachdem unser Date gestern Abend so stürmisch beendet wurde. Bei der Erinnerung wird mir abwechselnd heiß und kalt. Einerseits tut es mir leid für Will, aber andererseits … andererseits fand ich Nathan selten so sexy wie in dem Moment, als er bedrohlich aus dem Garten kam und Will zu verstehen gab, dass er das Weite suchen sollte. Langsam lasse ich mich in den weichen Sand sinken, der sich noch warm anfühlt von der Hitze des Sommertages. Mit einem leisen Seufzen vergrabe ich meine Hände im Sand, lasse die feinen Körner durch meine Finger rieseln. Die Wellen rollen gleichmäßig an den Strand, das monotone Geräusch beruhigt meine flatternden Nerven ein wenig. Aber nur ein wenig, denn im nächsten Augenblick glaube ich, erneut Nathans Lippen auf meinen zu spüren, ich sehe uns im Flur, im Badezimmer und schließlich in seinem Zimmer, ich fühle seine Hände auf meiner Haut, und ich höre mich sagen, dass ich das nicht kann.

Und dann sehe ich wieder das verächtliche Glitzern in Maggies Augen und höre ihre schneidenden Worte: »Ich fasse es einfach nicht, dass du nach all diesen Jahren immer noch in meinen Bruder verknallt bist, Ella.«

Hat sie recht? Bin ich in Nathan verliebt? Ratlos starre ich aufs Meer hinaus, sehe einer Möwe hinterher, die mit gleichmäßigem Flügelschlag Richtung Horizont fliegt.

»Hey«, lässt mich Nathans Stimme herumfahren. Erschrocken starre ich zu ihm hoch. Er steht einen Schritt hinter mir, die Hände in den Taschen seiner Shorts vergraben, und mustert mich nachdenklich.

»Hey«, stoße ich heiser hervor.

»Darf ich mich setzen?«

»Klar.«

Er sinkt neben mich in den Sand und sieht ebenfalls ein paar Sekunden lang schweigend auf den Atlantik hinaus, bevor er leise bemerkt: »Maggie sagt manchmal ziemlich blöde Sachen, wenn sie wütend ist.«

Ja, denke ich. Nur dass sie recht hatte. Mein Herz hat zum Galopp angesetzt, seit Nathan neben mir sitzt. Ich kann wohl nicht länger leugnen, dass ich mich schon wieder hoffnungslos in ihn verknallt habe, genau wie damals.

»Mhhm«, murmele ich nur, ohne Nathan anzusehen. Ich warte darauf, dass er eine weitere abfällige Bemerkung über seine Schwester macht, sich darüber aufregt, wie sie ihn eben schlechtgemacht hat, denn dazu hätte er jedes Recht, wie ich finde. Maggie ist wirklich mal wieder übers Ziel hinausgeschossen. Doch er sagt nichts weiter, also bin ich es, die schließlich leise anmerkt: »Sie hatte kein Recht, so auf dir herumzuhacken.«

»Nein«, murmelt Nathan. »Aber das hat sie schon immer getan. Und sie hat sich schon immer überlegen gefühlt. Immer in der Position, über mich urteilen zu dürfen. Schließlich hat sie ihr Leben fest im Griff, und ich meines offensichtlich nicht. Außerdem hat sie nie kapiert, warum ich, der dieselben Eltern hat wie sie, nicht zur Uni gegangen bin.«

»Aber ich bin das auch nicht«, murmele ich. »Trotzdem hat sie mich nie spüren lassen, dass sie mich irgendwie als – minderwertig ansieht.«

»Nein.« Nathan schüttelt mit Nachdruck den Kopf. »Das würde sie auch nicht, und sie sieht dich auch nicht als minderwertig an. Sie hat dich schon immer bewundert, Ella. Du bist die beste Freundin, die sie je hatte, und an dich auf deinem Sockel kommt niemand heran.«

Ich lache auf. »Ich auf meinem Sockel?«

Nathan nickt und sieht mich von der Seite an. »Absolut. Keine ihrer ach so intellektuellen Uni-Freundinnen hat sie je so verstanden wie du. Du bringst Maggie zum Lachen, du hörst ihr wirklich zu, wenn sie etwas auf dem Herzen hat, du … na ja, sie mag dich einfach genauso wie du bist.« Er sieht mich immer noch an, ernst und intensiv, und einen atemlosen Moment lang habe ich das Gefühl, dass er auch von sich selbst spricht und nicht nur von Maggie. Und ich glaube kurz, dass er etwas sagen wird wie »Und ich tue das auch« oder dass er mich wieder küssen wird. Aber, obwohl sein Blick flüchtig an meinem Mund hängen bleibt, tut er keines von beidem. Stattdessen sieht er wieder hinaus aufs Meer. Eine Weile schweigen wir gemeinsam, betrachten stumm den Horizont. Irgendwann halte ich es nicht mehr aus. Ich schlucke die Befangenheit in meinem Hals herunter und sage: »Nathan – das mit gestern Abend, das tut mir leid.«

Ich merke, dass er mich von der Seite ansieht, aber ich kann seinem Blick jetzt nicht begegnen, weshalb ich weiterhin den Atlantik fixiere. »Also, ich ... Du ... Das gestern ...« Überfordert breche ich ab.

»Dir muss überhaupt nichts leidtun, Ella«, sagt Nathan leise, aber mit Nachdruck.

»Doch«, widerspreche ich heiser. »Es ... es ist nämlich nicht so, dass ... dass ich nicht mit dir ... ähm, du weißt schon.«

Himmel, Ella, was ist denn bloß los mit dir? Wo ist dein freches Mundwerk hin? Ich habe das Gefühl, dass ich es zu Hause vergessen habe, zusammen mit meinen Sandalen. Neben mir spüre ich förmlich Nathans Schmunzeln. Und ich weiß, dass ich recht habe, als ich es auch in seiner Stimme mitschwingen höre. »Lass mich raten. Du möchtest mit mir ... eine ›Sandbuag‹ bauen? Wieder eine Mehlschlacht veranstalten? Noch eine Verlobungstorte dekorieren?«

Ich stoße ihm den Ellbogen in die Seite, doch Nathan greift nach meinem Arm und hält ihn fest. Atemlos erwidere ich: »Sehr witzig.«

»Ich würde all das sehr gern wieder mit dir machen«, sagt Nathan, plötzlich ernst, und ich sehe ihn überrascht an. Er erwidert meinen Blick und fügt leise hinzu: »Und noch viel mehr.«

Mein Herz hämmert heftig gegen meinen Brustkorb, und einen Moment lang bin ich versucht, mich einfach gegen Nathan sinken zu lassen, mein Gesicht zu ihm hochzudrehen, mich küssen zu lassen. Aber dann fallen mir wieder die Gründe ein, die dagegen sprechen.

»Hör zu«, wispere ich, und Nathan muss sich näher zu mir beugen, um mich über Wind und Wellen hinweg zu verstehen. »Ich ... ich wäre gestern Abend gern ... länger bei dir geblieben. Aber ich habe eine Zwillingsschwangerschaft hinter mir, und das sieht man meinem Körper an. Ich sehe bestimmt nicht so aus wie die Frauen, mit denen du sonst schläfst, Nathan.«

So, jetzt habe ich es laut ausgesprochen. Stur sehe ich nach vorn, folge den Gischtkronen der Wellen mit meinem Blick.

»Ella.« Nathans Stimme klingt kratzig, und Hitze durchflutet mich. Ich starre weiter geradeaus, bis seine Hand nach meinen Fingern greift, sie fest und warm umschließt. »Ella, schau mich bitte an.«

Zögernd drehe ich den Kopf und begegne seinem Blick. Mein Mund zittert leicht, kann sich nicht entscheiden, ob er verlegen grinsen soll oder nicht. Nathan streckt seine freie Hand aus und streicht mit seinem Daumen leicht über meinen Mundwinkel. »Hältst du mich wirklich für so oberflächlich?«

Ein paar Herzschläge lang sehen wir uns schweigend an, dann zucke ich mit den Schultern und murmele: »Nicht oberflächlich, aber ... Ich habe Angst davor, dass du mich mit den Frauen vergleichst, mit denen du sonst zusammen bist.«

Nathan atmet hörbar ein und aus, sieht mich kopfschüttelnd an. »Und warum sollte ich das nicht? Glaubst du etwa, du würdest dabei schlechter abschneiden? Hast du schon mal in den Spiegel geschaut, Ella?«

Ich muss auflachen. »Ja. Habe ich. Das ist ja das Problem.«

»Du spinnst«, flüstert Nathan, und auf einmal ist mir sein Gesicht so nah, dass sich sein Atem wie eine warme Liebkosung auf meine Lippen legt. »Ella, du bist unfassbar hübsch.« Sein Zeigefinger fährt über meinen Wangenknochen und gleitet seitlich an meinem Hals herab. Ich erschaudere. »Und unfassbar sexy.«

Jetzt muss ich schon wieder lachen. Nathans Augenbrauen wandern fragend in die Höhe, während er mich amüsiert mustert. »Was ist denn daran komisch?«

»Na ja ... ich habe schon lange nicht mehr das Gefühl gehabt, sexy zu sein.«

Nathan beugt sich noch dichter zu mir und wispert: »Dann wird es höchste Zeit, dass dir mal wieder jemand klarmacht, WIE sexy du bist.«

»Und … würdest du dich zufällig bereit erklären, dieser jemand zu sein?«, hake ich nach und kann mir ein schiefes Grinsen nicht verkneifen.

Nathan nickt und zieht mich fest an sich. »Und ob«, murmelt er gegen meine Lippen, und dann küsst er mich, erst sanft, schließlich stürmisch – und ehe ich weiß, was ich da tue, sitze ich rittlings auf Nathans Schoß, meine Hände unter seinem T-Shirt, meine Füße im warmen Sand vergraben und küsse ihn, als hinge mein Leben davon ab. Auch seine Hände gleiten unter mein Oberteil, liebkosen meine erhitzte Haut, fahren die Spitze meines BHs entlang (zum Glück trage ich heute den neuen BH aus der »Ooh la la« Boutique, Halleluja!), als uns plötzlich ein paar Stimmen innehalten lassen: »*Get a room!*«, hören wir einen Mann in unserer Nähe rufen, und ein paar andere Leute lachen. Ich drehe meinen Kopf, um zu erkennen, wer das gerufen hat – und erstarre. Die kleine Gruppe aus drei Männern und zwei Frauen spaziert gerade über den Sand auf den Zugang zum Surf View Walk zu – und einer der Männer ist niemand anderes als Will. In diesem Moment erkennt auch er, wer da knutschend im Sand sitzt, und verlangsamt. Zwei Sekunden lang sieht er mich regungslos an, dann dreht er sich um und geht mit seinen Freunden weiter, zurück zu seinem Haus, vermute ich.

»Alles okay?«, murmelt Nathan, der Will natürlich auch gesehen hat. Ich nicke. Fast bin ich erleichtert, dass Will nun verstanden haben dürfte, dass ich kein Interesse an ihm habe. Ich feige Nuss.

»Ja, alles okay«, flüstere ich und sehe ihn an. »Aber ich glaube, die hatten recht. Wir sollten wirklich woanders hingehen, bevor wir Ärger wegen unzüchtigen Verhaltens am Strand bekommen.«

»Das sehe ich auch so«, grinst Nathan. »Komm mit, ich kenne da ein Zimmer, in das wir gehen können.«

Kurz darauf stehen wir also wieder in Nathans Schlafzimmer, und diesmal habe ich sogar das Babyfon dabei. Trotzdem bin ich schrecklich nervös. Mein Blick fällt auf das Bett aus verschnörkeltem Metall. Oh mein Gott, das Ding wird furchtbar quietschen. »Hey, komm her«, murmelt Nathan und zieht mich dicht an sich heran. Er macht Anstalten, mich zu küssen, hält dann aber inne und mustert mich ernst. Ich scheine ihm nichts vormachen zu können. »Ella, wir müssen das hier nicht tun«, sagt er leise. »Ich will nicht, dass du dich zu irgendetwas gedrängt fühlst.«

Mit einem Seufzen lasse ich meinen Kopf gegen seine Brust sinken. Himmel, er riecht so gut.

»Ist es ... wegen Thomas?«, fragt Nathan, während seine Hand in Kreisen über meinen Rücken streichelt. Ich schüttele den Kopf und murmele in sein T-Shirt hinein: »Nein. Aber ... es ist schon lange her, seit ich ... seit ich mit einem anderen Mann als mit ihm geschlafen habe. Ich bin etwas aus der Übung.«

»Das ist nicht schlimm«, flüstert Nathan. »Die Übung kommt zurück, du wirst sehen. Ich helfe dir gern.«

Ich muss gegen seine Brust lachen. »Mhhm. Aber ... uns werden alle hören.«

Er schiebt mich ein Stück von sich weg und fragt mich mit leicht hochgezogenen Augenbrauen: »Hast du vor, so laut zu werden?«

Verlegen knuffe ich ihn gegen seinen Oberkörper. »Sehr witzig. Im Ernst: Maggie ist direkt hinter dieser Wand. Bestimmt liest sie noch. Irgendeine Fachzeitschrift oder einen anspruchsvollen Roman.«

Stumm sieht er mich an, fährt mit seinem Zeigefinger über meine Unterlippe. »Wie wäre es, wenn ich Musik anmache?«

»Um Gottes Willen«, murmele ich und verdrehe die Augen. »Wenn du glaubst, dass ich bei deiner Rapmusik …«

»Ich höre nicht nur Rap, Ella«, sagt Nathan mit Nachdruck und wendet sich dann ab, sucht seinen I-Pod heraus. Ein paar Sekunden später erfüllt »Purple Rain« von Prince das Zimmer. Langsam lasse ich mich auf die Bettkante sinken, sehe Nathan entgegen, der auf mich zukommt, sich neben mich setzt.

»Ich liebe den Song«, wispere ich.

»Ich auch«, murmelt Nathan. Er zieht mich an sich und küsst mich, bis wir schwer atmend der Länge nach auf sein Bett sinken. Mit einer schnellen Bewegung zieht er sich sein T-Shirt über den Kopf und beugt sich über mich, stützt sich links und rechts von meinem Oberkörper ab, sieht mich an. Mein Brustkorb hebt und senkt sich, als wäre ich gerade gerannt. Ich glaube, vor lauter Sehnsucht wie ein Stückchen Butter in der Sonne zu zerfließen.

»Hey, Ella«, murmelt Nathan und sieht mich mit diesem langsamen Lächeln an, das so sexy ist, dass ich seinen Kopf zu mir herabziehe und ihn erneut küsse. Als er sich von mir löst, schieben seine Hände ungeduldig mein T-Shirt nach oben, zerren es über meinen Kopf und meine Arme. Automatisch verkrampfe ich mich, ziehe angestrengt meinen Bauch ein, wobei ich merke, dass Nathan vorerst nur Augen für meine Brüste hat.

»Schöner BH«, murmelt er mit einem Schmunzeln. »Kommt mir irgendwie bekannt vor.«

Ich muss heiser auflachen. »Dabei stehst du doch bestimmt nicht auf Rosa, oder?«

Er sieht mich ernst an und schüttelt leicht den Kopf, bevor er sagt: »Ich stehe auf dich, Ella. Hast du das immer noch nicht kapiert?«

Ehe ich antworten kann, küsst er mich erneut, und ich dränge mich erregt gegen ihn. Als er allerdings Anstalten macht, seine Hand unter meinen Rücken zu schieben, zum BH-Verschluss, erstarre ich. Bitte nicht. Nathan hält inne, sieht fragend auf mich herab.

»Ähm ... Können wir das Licht ausmachen?«, wispere ich. Ich weiß, wie blöd das klingt und laufe rot an vor Verlegenheit, aber die Vorstellung, dass Nathan mich ganz nackt sieht ... Nein, das geht gar nicht. Nathan starrt mich so ungläubig an, dass ich wohl lachen müsste, wenn ich mich nicht gerade ziemlich schämen würde.

»Ist das dein Ernst?«

Verlegen nicke ich. Oh Gott, wie peinlich. Vielleicht sollte ich doch lieber rüber zu den Kindern gehen. Allerdings finde ich die Vorstellung, mich jetzt von Nathan zu verabschieden, geradezu unmöglich. Nein, aufhören kann ich jetzt nicht. Aber weitermachen fällt mir auch schwer.

»Ella«, raunt Nathan leise. »Falls du es immer noch nicht gemerkt haben solltest: Du bist wunderschön. Und du machst mich ... völlig wahnsinnig.« Er macht eine Handbewegung in die Richtung seines Schritts, und als ich dorthin sehe, erkenne ich deutlich die Beule in seinen Shorts. Mein Gesicht beginnt zu glühen, und ich weiß nicht, was ich sagen soll. Nathan sieht mich ernst an, bevor er leise hinzufügt: »Glaub ja nicht, dass mich irgendetwas an deinem Körper abturnen könnte. Du musst dich für keinen Quadratzentimeter schämen.« Er macht eine kurze Pause, und ich starre fassungslos zu ihm hoch, weil ich immer noch nicht glauben kann, dass dieser Mann wirklich MICH will. »Aber«, murmelt er und streckt seine Hand nach irgendetwas hinter meinem Kopf aus, während seine Lippen leicht über meinen Hals streifen. »Die Hauptsache ist, dass du dich entspannen kannst.«

Und er knipst die Nachttischlampe aus.

Dank des Halbmondes, der sein milchiges Licht durch das Fenster wirft, ist es zum Glück nicht ganz stockdunkel im Zimmer, sodass ich mich zwar einerseits weniger unsicher fühle, aber Nathan andererseits noch die Kondome in der Nachttischschublade findet. Und auch sonst findet er alles, was dazu führt, dass er mir schließlich den Mund zuhalten muss, als mein ganzer Körper vor Lust explodiert. So viel zum Thema »Hast du vor, so laut zu werden?«

Als ich schwer atmend in Nathans Armen liege, murmele ich gegen seine Brust: »Du hast also hier im Ferienhaus Kondome deponiert? Hattest du vor, eine der Tagestouristinnen zu verführen?«

»Nein«, erwidert Nathan mit einem leisen Lachen. »Ich hatte vor, dich zu verführen. Seit du in deinem kaputten Badeanzug vor mir im Meer gestanden hast, konnte ich eigentlich an kaum etwas anderes mehr denken.«

»Wie bitte? Aber, du hattest doch gesagt, du würdest nicht gucken!«, bemerke ich entrüstet und hebe meinen Kopf, um ihn anzusehen. Nathan erwidert meinen Blick mit einem langsamen Grinsen.

»Und das hast du geglaubt? Wenn du halbnackt vor mir stehst?«

»Hey, das war nicht fair!«, gebe ich mich empört und schlage ihn gegen die Brust, woraufhin er mich mit einem heiseren Lachen zu sich herabzieht und mich küsst.

»Fair war vor allem nicht, wie verrückt du mich die ganze Zeit gemacht hast«, murmelt er gegen meine Lippen. »Mit dem Badeanzug, der Unterwäsche in der Boutique, deinem nassen T-Shirt im Regen – und dein ständiges Stöhnen beim Essen und als ich dir am Strand den Rücken eingecremt habe ...«

»Was kann ich dafür, wenn du so köstlich kochst und meine Schultern verspannt waren?«, verteidige ich mich halbherzig und muss gegen seinen Mund grinsen. Er wirft mir einen amüsierten Blick zu.

»Ja, klar. Ich sage dir, wären die Kinder nicht jedes Mal dabei gewesen, hätte ich mich in keiner dieser Situationen beherrschen können.«

Als sein Mund erneut zu meinen Brüsten wandert, stöhne ich einmal mehr leise auf. »Das fasse ich einfach nicht«, stoße ich hervor. »Dass du … mich …« Ich beginne, den Faden zu verlieren.

»Dass ich dich ins Bett kriegen wollte?«, murmelt Nathan gegen meine Brustwarze, und ich kralle meine Hände in das zerwühlte Bettlaken. »Absolut. Und jetzt, wo ich dich hier habe, werde ich dich nicht mehr so schnell gehen lassen.«

Diesmal bemühe ich mich wirklich darum, nicht schon wieder so laut zu werden, aber obwohl Aerosmith versuchen, mit »Crazy« gegen mich anzusingen, muss mir Nathan erneut den Mund zu halten. Sonst hätte man mich vermutlich noch in Bay Shore hören können.

Das erste Licht des frühen Morgens weckt mich, und als ich mich langsam auf den Rücken rolle, merke ich, dass Nathan neben mir schon wach ist. Er liegt auf einen Arm gestützt auf seiner Seite und betrachtet mich. Als ich ihn ansehe, zuckt ein leichtes Lächeln um seinen Mund.

»Guten Morgen«, murmelt er mit kratziger Stimme. Himmel, diese Stimme macht Dinge mit mir, die wirklich nicht jugendfrei sind.

»Guten Morgen«, wispere ich und spüre, wie meine Wangen heiß werden, als die Erinnerung an die letzte Nacht zurückkommt. Es war eine Sache, all das in der Dunkelheit zu tun. Aber jetzt, als das Licht des jungen Morgens zu uns hereinfällt …

Nathan beugt sich über mich und küsst mich. Mit einem Seufzen schlinge ich meine Arme um seinen Hals und dränge mich gegen ihn, während seine Hände über meinen nackten Rücken wandern, hinab zu meinem Po. »Wie spät ist es denn?«, stoße ich zwischen zwei Küssen hervor, bevor sich mein logisches Denken ganz verabschieden kann.

»Kurz vor halb sechs«, murmelt Nathan.

»Die Kinder werden bald wach sein.«

»Wir brauchen nicht lang.«

Ich muss lachen, bis sich Nathan zu meinen Brüsten herabbeugt. Als mir klar wird, dass er mich und alles, was zu mir gehört jetzt im Detail sehen kann, versteife ich mich. Nathan hebt seinen Blick, sieht mich ernst an. Dann sagt er ruhig: »Verflucht noch mal, Ella. *You are fucking beautiful.*«

Ich halte den Atem an, lasse ihn hörbar entweichen. Dann bemerke ich trocken: »Das kostet dich zwei Dollar, Nathan Goodman.«

Wir prusten beide los, müssen so sehr lachen, dass wir unsere Gesichter in Nathans Matratze pressen, um nicht das ganze Haus zu wecken. Und dann küssen wir uns wieder, und schließlich rollt Nathan auf den Rücken und zieht mich über sich, und ich höre auf, ständig meinen Bauch einzuziehen.

Er hat recht, wir brauchen nicht lange.

Kapitel 37

Die Atmosphäre am Frühstückstisch als angespannt zu bezeichnen wäre untertrieben. Maggie mustert Nathan und mich eindringlich – und da mir klar ist, dass mein Gesicht, genau wie der Rest meines Körpers, auch nach einer sehr ausgiebigen kalten Dusche immer noch glüht, weiß ich, dass ich ihr nichts vormachen kann. Und bestimmt hat sie uns sowieso gehört. Vor allem mich. Außerdem dürfte sie eins und eins zusammengezählt haben, als plötzlich keine Rapmusik, sondern die Stimme von Prince aus dem Zimmer ihres Bruders drang.

Aber Nathan und ich sind schließlich sechsunddreißig beziehungsweise achtunddreißig Jahre alt und müssen Maggie nicht um Erlaubnis bitten, die Nacht zusammen verbringen zu dürfen. Ich weiß das, und trotzdem kann ich meiner Freundin kaum in die Augen sehen und fühle mich furchtbar. Und wenn ich Nathan ansehe, fühle ich mich euphorisch, verlegen, erregt, alles durcheinander, und das macht mich wahnsinnig. Fast bin ich froh, dass Paula ihren Kakao umwirft und ich mich der Überschwemmung mit einem Lappen widmen kann. Noch bevor sie mit ihrer letzten French Toast-Scheibe fertig sind, fangen meine Zwillinge dann mal wieder einen Streit an – worum es genau geht, bekomme ich in meinem vernebelten Zustand nicht wirklich mit. Auf jeden Fall ziehen sie sich plötzlich gegenseitig an den Haaren, kreischen wie die Irren und fallen schließlich gemeinsam von der Bank auf die Verandabretter.

»Was ist denn bloß los mit euch?«, schimpfe ich aufgebracht, helfe den beiden in die Höhe, wische Tränen ab, versuche zu schlichten. Vergeblich, denn meine Mädchen fangen gerade erst an, sich in ihren Zickenkrieg hineinzusteigern. Da kommen mir zum Glück Josh und Zack zur Hilfe, indem sie vorschlagen, einen neuen Legoturm zu bauen. Und schon sind alle vier im Haus verschwunden. Ich sehe ihnen mit einem Kopfschütteln hinterher, lasse mich dann erschöpft auf die Bank fallen, greife nach meiner Kaffeetasse.

»Deine Töchter sind ganz schön anstrengend geworden«, bemerkt Maggie in einem kritischen Tonfall, der mich in meiner Bewegung erstarren lässt. Fassungslos sehe ich sie über den Tisch hinweg an, während ich meine Tasse wieder abstelle, ohne einen Schluck getrunken zu haben. Solche Worte bin ich von meiner Freundin, die sonst immer Verständnis hat, wirklich nicht gewohnt.

»Die beiden vermissen ihren Vater, Maggie«, kommt mir da Nathan zur Hilfe. »Sie sind hier in einer fremden Umgebung, sie können nur am Computer mit Thomas reden, und sie bekommen ganz sicher immer wieder mit, was ihre Mutter seelisch durchmacht. Vielleicht wären sogar deine Jungs in so einer Situation manchmal ›anstrengend‹.« Er malt mit den Zeigefingern Anführungsstriche in die warme Morgenluft und wirft seiner Schwester dabei einen harten Blick zu.

»Wird das jetzt eure neue Gewohnheit, ja? Dass ihr euch ständig gegenseitig verteidigt?« Abrupt steht Maggie auf und sieht erst ihren Bruder, dann mich wütend an, bevor sie sich umdreht und davonstürmt, durch den Garten, vermutlich zum Strand, wie ich gestern Abend. Nathan und ich bleiben schweigend am Tisch sitzen und sehen ihr hinterher.

»Danke«, murmele ich.

»Keine Ursache. Ist doch die Wahrheit. Und Maggie soll endlich aufhören, sich wie ein eifersüchtiger Teenager aufzuführen.«

Nathan lächelt mich verschmitzt an, und da muss auch ich

schmuzeln, obwohl mir gerade noch nach Heulen zumute war. Verstohlen sehe ich mich nach den Kindern um, aber die sind im hinteren Teil des Wohnzimmers mit Lego beschäftigt, weit weg von der Terrassentür. Noch während ich mich vergewissere, dass uns niemand beobachtet, greift Nathan nach meiner Hand. »Ahornsirup«, bemerkt er, während er meinen Zeigefinger eingehend betrachtet und ihn dann zwischen seine Lippen schiebt.

»Du bist unmöglich«, stoße ich kichernd hervor, bevor ich schon wieder kurzatmig werde, weil die Nervenzellen in meinem Finger ganz eindeutig mit anderen Stellen meines Körpers verbunden sind, die sich noch sehr genau an Nathans Zunge erinnern. »Nathan«, stöhne ich unterdrückt, als er sich zu mir beugt und mich küsst. Wie lange wir verstohlen am Frühstückstisch herumknutschen, kann ich beim besten Willen nicht sagen, aber irgendwann werden die Stimmen der Kinder im Wohnzimmer lauter, und wir fahren gerade rechtzeitig auseinander, als Paula auf die Veranda gestürmt kommt und verkündet: »Mama, wir haben eine Buag aus Lego gebaut! Komm gucken!«

Zum Glück bekomme ich bald nach dem Frühstück einen Anruf von Ruth Spielmann, der mich von dem Gefühlssturm ablenkt, der in mir tobt.

»Ella!«, ruft Ruth so laut ins Telefon, dass ich dieses weiter von meinem Ohr weghalten muss, um keinen Tinnitus zu bekommen. »Die Torte war fantastisch! Unfassbar lecker, unfassbar schön! Sammy hat geweint vor Glück, als er sie probiert hat! Wie hast du das hinbekommen, in einer einfachen Ferienhausküche, ohne deine übliche Backausrüstung?«

»Vielen Dank, Ruth«, sage ich geschmeichelt, während mir Nathan von der Spüle aus einen amüsierten Blick zuwirft. Ich lege das Geschirrtuch zur Seite und setze mich auf einen Küchenstuhl. »Es ist erstaunlich, wie gut man manchmal improvisieren und trotzdem tolle Torten zaubern kann«, füge ich hinzu. »Es freut mich riesig, dass es euch geschmeckt hat.«

»Oh ja, so gut geschmeckt, dass alle wissen wollten, wer die Tortenkönigin von Fire Island ist.«

Leise kichere ich. »Die Tortenkönigin von Fire Island«, wiederhole ich andächtig. »Das gefällt mir. Das lasse ich mir auf ein T-Shirt drucken.«

»Mach das, Schätzchen! Übrigens habe ich einen weiteren Auftrag für dich, solltest du Interesse haben?«

»Oh? Tatsächlich? Wieder eine Verlobungstorte?«

»Nein, nein«, lacht Ruth, »diesmal ist es etwas Einfacheres und zwar ein Kuchen für die kleine Cassidy, die Enkelin meiner Nachbarin. Cassy wird in drei Tagen ein Jahr alt. Eigentlich wollte ihre Mutter, Alison, wegen des Kuchens die Sea Whisper Bakery beauftragen, aber dann hat sie deine Torte gesehen und sich unsterblich verliebt. Kannst du Marienkäfer aus diesem Zeug formen, das du für die Seepferdchen genutzt hast?«

»Du meinst Fondant?«, frage ich und muss lachen. »Aber klar kann ich Marienkäfer formen. Soll ich Cassys Mutter mal anrufen?«

»Ach, das wäre fantastisch, mein Kind!« Ich höre Ruth am anderen Ende rumoren, dann liest sie mir eine Nummer vor, die ich mir hastig notiere.

»Ich rufe Alison gleich an«, verspreche ich der alten Dame, und Ruth wünscht mir einen wunderschönen Tag, bevor sie sich verabschiedet.

»So, so«, meint Nathan und dreht sich mit einem langsamen Grinsen zu mir um. »Ich habe also mit der Tortenkönigin von Fire Island geschlafen?«

»Mhhm«, lache ich und beginne hastig, Alisons Nummer zu wählen, bevor mir beim Anblick von Nathan mit schaumbedeckten Spülhänden und sexy Lächeln schon wieder unzüchtige Gedanken kommen.

Maggie kommt nach Hause, als ich gerade zum Einkaufen aufbrechen will. Im Vorbeigehen erkläre ich ihr so neutral wie möglich, dass ich einen weiteren Kuchenauftrag bekommen habe und schnell die nötigen Backzutaten in der Pantry besorge, während sich Nathan um die Kinder kümmert. Maggie nickt und murmelt »Okay, bis später«, und ich düse mit dem Fahrrad los, darum bemüht, mir jetzt nicht zu viele Gedanken um unsere blöden Reibereien zu machen. Vorerst will ich mich auf diesen neuen Auftrag konzentrieren, über den ich mich wirklich freue.

Auch Alison Briggs aus der Evergreen Avenue hat am Telefon von meiner Verlobungstorte geschwärmt und dann mit mir besprochen, wie der Kuchen für Cassidy aussehen soll. Nachdem ich mir ihre Wünsche angehört habe, habe ich einen Vanillekuchen mit rosa Erdbeer-Ganache-Füllung vorgeschlagen, dazu einen rosa Fondantüberzug und als Dekoration eine »1«, den Namenszug »Cassidy« und viele kleine Marienkäfer (Cassys Lieblingstiere). Zum Glück habe ich bei meinem Einkaufstrip in die Mall von Bay Shore nicht nur die blaue Lebensmittelfarbe für Sammys und Todds Verlobungstorte gekauft, sondern gleich eine ganze Farbpalette, sodass Deko in Rosa und Rot kein Problem ist.

In der Pantry suche ich fröhlich pfeifend die Backzutaten zusammen, biege um eine Regalecke – und laufe in Will hinein.

»Oh!«, mache ich erschrocken und sehe ihn peinlich berührt an. Sofort wird mir klar, in welcher Situation wir uns das letzte Mal gesehen haben – ich rittlings auf Nathans Schoß, wild knutschend wie zwei Teenager. Dann muss ich an mein Date mit Will denken, unseren unschönen Abschied vorm Gartentor, Nathans wütende Worte. Mein Gesicht wird heiß, verlegen trete ich von einem Fuß auf den anderen, während Will mich ernst mustert.

»Wir scheinen uns immer wieder beim Einkaufen zu begegnen«, bemerkt er schließlich in ruhigem Tonfall, aber ohne das sonst übliche charmante Lächeln. Ich schlucke.

»Ähm, ja«, erwidere ich und hole tief Luft. »Hör mal, Will, es tut mir wirklich von Herzen leid, dass ...« Will hebt eine Hand und unterbricht mich höflich, aber bestimmt. »Ella, dir muss nichts leidtun. Ich habe verstanden. Wenn du diesen Koch willst, dann ist das eben so.«

Diesen Koch. Wie er das sagt, klingt es eine Spur abfällig, aber auch nur eine Spur, und nun lächelt er doch. Zwar nur leicht, aber immerhin. »Es war trotzdem ein schöner Abend mit dir. Ich hätte mich nur am Gartentor schneller verabschieden sollen.« Er zuckt mit den Schultern, und ich bewundere ihn für seine nonchalante Art. Erleichtert darüber, dass er nicht wütend davonmarschiert oder mir Vorwürfe über mein Verhalten macht, nicke ich.

»Es war wirklich ein schöner Abend. Ich danke dir, Will. Für alles. Ach ... und die Kleider, die werde ich dir noch vorbeibringen. Ich habe sie den Kindern bisher nicht gegeben. Vielleicht kennst du andere kleine Mädchen, die sich darüber freuen würden?«

Mit Nachdruck schüttelt Will den Kopf. »Nein, Ella. Die Kleider sind für deine Töchter. Gib sie ihnen später einmal. Feiert ihr in Deutschland nicht auch Halloween?«

»Oh«, mache ich, und das schlechte Gewissen schnürt mir die Kehle zu. »Hmm, vielleicht passen die Sachen im Frühjahr noch, an Karneval. Das wäre der Hit für die Mädchen.«

»Siehst du.« Er zwinkert mir kurz zu und wendet sich dann ab. »Mach es gut, Ella. Ich wünsche euch noch einen schönen Urlaub. Und dir alles Gute für die Zukunft.«

Bevor ich etwas erwidern kann, geht er mit langen Schritten zum Ausgang. Seinen leeren Korb stellt er im Vorbeigehen an der Kasse ab. Den Einkauf scheint er auf später verschoben zu haben.

Als ich wieder im Sommerhaus bin und in der Küche meine Einkäufe auspacke, steht auf einmal Maggie neben mir.

»Hi«, sagt sie.

»Hi«, erwidere ich. Dann schweigen wir beide, mustern uns ernst. Schließlich holt Maggie tief Luft und sagt: »Sorry, Ella. Ich ... diese ganze Situation überfordert mich ganz ehrlich.«

Mit einem leisen Seufzen nicke ich. »Ja. Mich auch.«

»Können wir uns in Ruhe unterhalten?«

»Du meinst, du willst mit mir zum Mond fliegen, wo unsere Kinder uns nicht finden?«, frage ich trocken, denn gerade ertönt aus dem Garten Claras gefürchteter Ruf: »Mamaaaa! Pipiiii!«

»Och nö, nicht schon wieder«, murmele ich. »Ich muss dringend die Waschmaschine anmachen, wir haben kaum noch Unterhosen.«

Maggie grinst. »Ja, an die Zeit kann ich mich noch gut erinnern. Ich würde gern sagen, dass es leichter wird mit den Kindern, aber momentan habe ich eher den Eindruck, es wird schwieriger, je älter sie werden.« Sie macht eine kurze Pause, dann fügt sie hinzu: »Ella, das war natürlich Blödsinn, was ich vorhin gesagt habe. Deine Töchter sind nicht übermäßig anstrengend. Du hast ganz normale Kinder. Laut, lebhaft, manchmal frech, so, wie sie sein sollten. Genauso wie auch meine sind. Obwohl, nein, meine sind schlimmer, immerhin sind es Jungs.« Sie grinst mit einem Augenrollen, und ich erwidere ihr Lächeln erleichtert.

»Schon okay«, nicke ich, und im nächsten Moment kommt Maggie auf mich zu und umarmt mich so fest, dass mir kurz die Luft wegbleibt. »Komm, lass uns an den Strand gehen, die Jungs scheuchen deine Mädchen durch die Gegend, wir schmuggeln uns Kaffee in die Strandmuschel und reden.«

»Kaffee am Strand?« Ich sehe Maggie mit hochgezogenen Augenbrauen an. »Willst du Ärger mit den Rettungsschwimmern bekommen?«

»Aber klar. Du nicht?«

Ich muss lachen. »Doch, schon. Aber … ich muss heute noch einen Kuchen backen und Fondant färben. Ein rosa Geburtstagskuchen für eine bald Einjährige. Allerdings …« Zögernd sehe ich auf meine Armbanduhr. »Ach was. Ich kann mit dem Backen immer noch später beginnen. Na gut, gehen wir an den Strand!«

Kapitel 38

Eine Dreiviertelstunde später sitzen Maggie und ich tatsächlich in der Strandmuschel, unsere Oberkörper im Schatten, die Beine lang ausgestreckt auf dem sonnenwarmen Sand. Die Kinder toben kreischend und lachend durch das seichte Wasser in unserer Nähe, während Maggie und ich verstohlen an unserem Kaffee nippen, den wir in Thermosbecher gefüllt haben.

»Ich muss dir etwas gestehen«, murmele ich schließlich und scharre nervös mit meinem Fuß im Sand. »Nathan und ich … wir … wir hatten letzte Nacht Sex.«

Maggie lacht trocken auf und wirft mir einen bedeutungsschweren Blick zu. »Was du nicht sagst. Nächste Nacht gehe ich mit Ohrstöpseln ins Bett, so viel steht fest. Nur gut, dass die Jungs nicht einmal von einem tieffliegenden Jumbojet geweckt werden könnten.«

Bei der Vorstellung, dass Maggie uns gehört hat, schlage ich mir die Hände vors Gesicht und stöhne auf.

»Ja, genau. So ungefähr klang das.«

»Maggie!« Ich lasse die Hände sinken und sehe sie strafend an, während sie meinen Blick unschuldig erwidert.

»Hey, immerhin sage ICH die Wahrheit.« Der Vorwurf in ihrer Stimme ist nicht zu überhören.

»Ich habe auch die Wahrheit gesagt«, verteidige ich mich. »Als ich dir vorgestern gesagt habe, dass wir nicht miteinander geschlafen haben, war das nicht gelogen. Letzte Nacht, das war das erste Mal.« Und das zweite Mal. Und heute Morgen das dritte. Und ich kann das vierte überhaupt nicht erwarten, aber ich werde den Teufel tun und das gestehen.

Maggie mustert mich eingehend. »Echt? Das erste Mal?«

»Ja. Ehrenwort.«

Ihr prüfender Blick macht mich wahnsinnig, und so nippe ich an meinem Kaffee, um irgendetwas tun zu können. Verlegen grinse ich sie an, aber sie bleibt ernst.

»Ich ...« Maggie bricht ab, fährt sich mit einer Hand durch die Locken und atmet tief durch. Dann bemerkt sie trocken: »Normalerweise würde ich dich jetzt löchern, wie es war. Aber ich bin mir nicht sicher, ob ich solche Details im Zusammenhang mit meinem Bruder wissen möchte.« Sie schüttelt sich leicht und nippt ebenfalls an ihrem Kaffee. Ich muss lachen.

»Dann erspare ich sie dir.«

»Danke.«

»Nur so viel: Während meiner Zeit mit Thomas fand ich Backen immer noch großartiger als Sex. Der Meinung bin ich jetzt nicht mehr.«

Maggie sieht mich mit einem Prusten an. »Ernsthaft? Du fandst Backen besser als Sex?«

Als ich nicke, seufzt sie: »Heiliges Kanonenrohr, dann wurde es wohl höchste Zeit, dass du dich neu orientierst. Nur ...« Sie zögert und mustert mich erneut so prüfend, dass ich ein paar Millimeter tiefer in den Sand sinke. »Ganz ehrlich: So lange es nur Sex ist und Nathan dich im Bett glücklich macht, dann bin ich die Letzte, die was sagt. Auch wenn ich mich bei dem Gedanken grusele.« Sie schüttelt sich erneut. »Aber egal. Was ich sagen will: So lange du nicht dein Herz verlierst, ist alles okay, Ella. Sei vorsichtig. Nathan mag ein toller Liebhaber sein – oh mein Gott, ich kann nicht glauben, dass ich diese Unterhaltung führe ...« Sie bricht kurz ab und rauft sich die Locken, was mich lachen lässt, trotz der Alarmglocke, die bei ihren Worten in meinem Kopf zu bimmeln beginnt. »Aber … Nathan ist ganz sicher kein guter Partner. Und noch viel weniger ein Familienmensch. Das weißt du hoffentlich, oder?«

Zwei Sekunden lang starre ich Maggie stumm an, blinzele, versuche, Worte zu finden. Mir ist klar, was sie meint, und ich selbst war ja bis vor Kurzem derselben Meinung. Aber inzwischen bin ich mir nicht mehr so sicher, ob Nathan wirklich kein Familienmensch ist. Und dass ich sehr wohl Gefühle für ihn entwickelt habe, liegt auf der Hand. Trotzdem setze ich ein tapferes Lächeln auf und versichere: »Ja, ich weiß.«

Maggie nickt, wirkt aber nur halbwegs beruhigt. Mit gerunzelter Stirn fragt sie schließlich: »War da eigentlich früher schon was zwischen Nathan und dir? Ich meine, dass du damals in ihn verknallt warst, war ja offensichtlich.«

Ganz toll. Bei der Erkenntnis, dass allen klar gewesen sein muss, was ich als Teenager für Nathan empfunden habe, unterdrücke ich ein weiteres Stöhnen. »Ähm«, mache ich und beschließe, die Heimlichtuerei endgültig zu beenden. »Ja, da war was. Aber wenig. Ich … ich habe Nathan damals geküsst. Hier, am Strand. Kurz vor unserer Abreise von der Insel.«

Maggie hat ihre Augen weit aufgerissen und starrt mich überrascht an. »Echt? Du hast ihn geküsst? Und … wie hat er reagiert?«

Leise lache ich auf. »Nicht so, wie ich gehofft hatte. Darum ist ja auch nie mehr daraus geworden.«

»Idiot«, murmelt Maggie mit einem Kopfschütteln.

»Es war wegen dir«, platzt es da aus mir heraus. »Er hat mir neulich gestanden, dass er mich durchaus süß fand, aber Sorge hatte, dass er von allen Ärger bekommen würde – besonders von dir – wenn er, ich zitiere, die ›unschuldige Ella‹ verführt hätte.«

Maggie starrt mich an. »Die unschuldige Ella? Hat der eine Ahnung.«

Ich muss lachen. »Sehr witzig«, sage ich.

»Hey.« Maggie streckt ihre Hand aus und berührt mich sanft am Arm. »Tut mir leid, dass ich ... dass ich indirekt schuld daran bin, dass damals nicht mehr aus Nathan und dir geworden ist.«

»Ach was«, antworte ich mit einem trockenen Lachen. »Glaub mir, das wäre es bestimmt ohnehin nicht. Wie auch? Ich in Hamburg und er in New York? Als Teenager? Ich bitte dich. Das hätte zwei Wochen gehalten, nicht länger.«

»Hmm«, brummt Maggie. »Oder doch, und Nathan hätte sich – und seiner Familie – viele dieser doofen Tussen erspart, mit denen er im Laufe der Zeit zusammen war.« Sie seufzt, sieht mich ernst an. »Wie auch immer – sei vorsichtig. Bitte lass dir von meinem Bruder nicht das Herz brechen. Er ist schwierig, Ella. Wirklich schwierig. Das hast du nicht verdient.«

»Ich passe auf mich auf«, verspreche ich Maggie, aber das Organ, um das es gerade geht, schlägt sehr heftig bei dem Gedanken an Nathan. Doch zum Glück taucht in diesem Moment Ablenkung auf. In Gestalt eines großen, gut gebauten Rettungsschwimmers mit salzwasserverklebtem blondem Haar.

»Hey, Ladys«, sagt er und bleibt vor unserer Strandmuschel stehen, die Hände in die Seiten gestemmt. Maggie und ich starren gebannt zu ihm hoch, denn der Anblick des braun gebrannten, durchtrainierten Oberkörpers über nassen roten Schwimmshorts ist nicht ohne.

»Hey«, flötet Maggie.

»Hey«, wiederhole ich matt.

»Ihr wisst schon, dass hier am Strand nur Wasserflaschen erlaubt sind?« Er zeigt auf unsere Thermosbecher, das Gesicht stoisch, die Augen hinter den schwarzen Sonnenbrillengläsern nicht erkennbar.

»Ups!«, ruft Maggie und lacht auf. »Das hatte ich ganz vergessen!«

»Mhhm«, macht der Rettungsschwimmer, und ich könnte schwören, dass er ein Grinsen unterdrücken muss. »Bitte haltet euch an die Regeln, ja?«

»Aber klar!«, erwidert Maggie mit einem koketten Augenaufschlag, der mich kichern lässt.

»Natürlich«, sage auch ich, und dann starren wir dem blonden Hünen hinterher, als er über den Strand davonschlendert.

»Toller Hintern«, seufzt Maggie.

»Nicht so toll wie Nathans«, gebe ich zurück.

»Ach, du bist widerlich. Echt. Ich gehe jetzt schwimmen.« Und schon springt Maggie auf und rennt Richtung Wasser, dicht gefolgt von mir. Wir stürzen uns zur Begeisterung unserer Kinder lachend in die Wellen, tauchen uns prustend gegenseitig unter Wasser und führen uns auf wie die Mädchen, die wir mal waren.

Während Maggie und die Kinder noch am Strand bleiben, kehre ich am frühen Nachmittag ins Ferienhaus zurück, um zu backen.

Maggie sieht mich prüfend an und fragt: »Meinst du wirklich ›backen‹? Oder vielmehr das, was du neuerdings noch lieber machst?«

Mit einem Augenrollen antworte ich entrüstet: »Natürlich meine ich ›backen‹, ich muss eine Torte für die kleine Cassidy zaubern! Kommst du eine Weile allein mit den vier Wildfängen klar?«

»Und ob«, antwortet Maggie energisch.

Aber natürlich muss meine Freundin beim Thema »backen oder nicht backen« mal wieder recht behalten, denn während ich dabei bin, zu Michael Bublés Version von »Save the last dance for me« vor der Arbeitsfläche hin und her zu wippen und die Zutaten für Cassidys Kuchen in die Rührschüssel zu geben, betritt Nathan die Küche. Bei meiner Rückkehr ins Ferienhaus war er in seinem Zimmer gewesen, und da mir klar war, dass ich nicht mehr zum Backen kommen würde, sollte ich zuerst bei ihm vorbeischauen, habe ich der Versuchung widerstanden und mit Hilfe all meiner Selbstbeherrschung die Küche angesteuert. Nathan allerdings scheint nicht im Geringsten an Selbstbeherrschung zu denken, als er dicht hinter mich tritt und seine Arme um meine Taille schlingt.

»Hi«, sage ich und grinse ihn flüchtig über meine Schulter hinweg an, bevor ich das Handrührgerät einschalte, um den Teig zu vermengen.

»Hi«, höre ich Nathan dicht an meinem Ohr. »Sind die Kinder und Maggie noch am Strand?«

»Ja«, bestätige ich und versuche, mich weiterhin auf den Teig zu konzentrieren, was schwieriger wird, als Nathan anfängt, meinen Hals zu küssen.

»Nathan, ich muss diesen Kuchen fertigbekommen«, erkläre ich streng, während mir fast das Handrührgerät entgleitet.

»Mhhm«, murmelt Nathan gegen meine Haut und lässt mich erschaudern. »Dann tänzel nicht so verführerisch hier in der Küche herum.«

Ich muss lachen, obwohl mir eher nach Stöhnen zumute ist. »Jetzt darf ich nicht mehr tänzeln?«

»Doch.« Seine Stimme klingt dunkel und rau und bringt mich mal wieder um meinen Verstand. »Aber du musst mit den Konsequenzen klarkommen.« Eine seiner Hände gleitet unter mein T-Shirt, während er immer noch meinen Hals küsst. »Hmmm, du schmeckst nach Salzwasser. Und Sonnenöl.«

»Ja, das ... das ist gut möglich«, antworte ich kurzatmig, schalte das Handrührgerät aus und lege es zur Seite, bevor es zu einem Unfall kommt. »Maggie und die Kinder könnten jeden Moment zurück sein.«

»Die hören wir rechtzeitig«, gibt Nathan ungerührt zurück und schiebt seine zweite Hand unter meinen Rock, lässt seine

Finger an der Innenseite meines Oberschenkels hinaufwandern, wo noch Sand an meiner Haut klebt. Ich halte mich an der Kante der Arbeitsfläche fest, um nicht in die Knie zu gehen.

»Sie … sie werden uns durchs Fenster sehen, wenn sie zur Gartendusche gehen«, stoße ich hervor, bevor ich aufstöhne, als Nathans Hand in meine Tankinihose findet.

»Dann lass uns hochgehen. Schnell«, sagt Nathan heiser, greift nach meiner Hand und zieht mich mit sich, in den ersten Stock.

Als ich ein sehr erfreuliches halbes Schäferstündchen später wieder ins Erdgeschoss eile, höre ich schon die Kinder, die im Garten toben. Voll des schlechten Gewissens stürme ich in die Küche, wo Maggie auf einem Stuhl sitzt und mir mit süffisant hochgezogenen Augenbrauen entgegensieht.

»Hmmm, das riecht hier so toll nach frischgebackenem Kuchen!«, spottet sie.

»Sei bloß ruhig«, schnaufe ich und wende mich mit hochroten Wangen der verwaisten Rührschüssel zu. »Wie war es noch am Strand? Alles okay mit den Kindern?«

»Aber ja, alles bestens. Wie war es beim ›Backen‹?« Ihre Finger malen Anführungszeichen in die Luft. Ich werfe ihr einen strengen Blick zu, muss dann aber lachen. »Denk dir einfach deinen Teil«, murmele ich und schalte den Backofen ein.

»Und ob, meine Liebe. Und ob.« Dann springt sie mit einem Quietschen auf und läuft zum Lautsprecher neben dem Kühlschrank. Alarmiert sehe ich sie an.

»Alles okay?«

»Dieses Lied!«, juchzt sie und dreht die Lautstärke hoch. Die Stimmen der Münchener Freiheit erfüllen die Küche. Aha, inzwischen spielt mein I-Pod die Schlagerliste ab.

»Ohne dich schlaf ich heut' Nacht nicht ein, ohne dich geh' ich heut' Nacht nicht heim …«

»Weißt du noch?«, fragt Maggie und sieht mich mit leuchtenden Augen an. »Du und ich damals auf dieser Schlagerparty?«

Mit einem Grinsen nicke ich. »Und ob ich das noch weiß. Du warst in diesen blonden Handballspieler aus der 13. Stufe verknallt und hast ihn den ganzen Abend über angeschmachtet.«

»Ja! Florian hieß er!«

»Quatsch, Fabian!«

»Ach, egal, auf jeden Fall war er echt süß!«, gackert Maggie, schnappt sich meine Hand und zieht mich in die Mitte der Küche, wo wir beginnen, ausgelassen zu tanzen und aus vollem Hals den Refrain mit zu grölen. »Das was ich will bist duuuu!«

Als Nathan im Türrahmen auftaucht, mustert er uns mit verschränkten Armen und einem amüsierten Kopfschütteln. Ich grinse ihn an, während ich Maggie eine Drehung machen lasse, die leicht verunglückt, sodass meine Freundin in einen Küchenstuhl hineinrauscht. »Aua!«, quietscht sie und beugt sich nach vorn, weil sie vor lauter Lachen keine Luft mehr bekommt. Mir laufen Lachtränen über die Wangen, und ich halte mir die Seite, ringe nach Atem.

»Okay, ich bin dann mal im Garten«, hören wir Nathan sagen, und ich sehe das Schmunzeln auf seinen Lippen, als er sich umdreht und nach draußen verschwindet.

Kapitel 39

Den Rest des Nachmittags verbringe ich damit, Fondant rot, pink und rosa einzufärben. Diesmal ist es Maggie, die mir Gesellschaft leistet und sogar damit beginnt, winzige schwarze Fondantkügelchen für die Punkte auf den Marienkäfern zu rollen. Ich vermisse Nathans und meine Zusammenarbeit, aber natürlich freue ich mich trotzdem sehr darüber, Zeit mit meiner Freundin zu verbringen. Während wir uns über die verschiedensten Sorgen aus unserem Mütteralltag austauschen (Zack wird in der Vorschule häufig aggressiv, Josh nässt nachts hin und wieder ein, Clara nässt ständig ein, Paula bekommt neuerdings heftige Tobsuchtsanfälle), albert Nathan draußen mit den Kindern herum. Als ich mir zwischendurch die Hände an der Spüle wasche, sehe ich, dass die fünf sich aus den Verandastühlen und ein paar alten Decken eine Art Höhle gebaut haben, in der sie nun sitzen, Limonadengläser in den Händen und sich irgendetwas Lustiges erzählen, zumindest lachen alle. Als Nathan zum Fenster sieht und sich unsere Blicke treffen, schaut er mich drei Sekunden lang an und zwinkert mir dann zu. Die Tatsache, dass meine Knie augenblicklich butterweich werden, meine Handflächen feucht, meine Wangen heiß und mein Herz beginnt, Samba zu tanzen, wirft mich ein wenig aus der Bahn. Ein harmloses Zwinkern, und ich mutiere zur schmachtenden Hormonschleuder.

Später am Nachmittag ruft Thomas auf Skype an, und ich kann ihm kaum in die Augen sehen, ohne feuerrot anzulaufen.

Mein Gott, wie hat er das bloß vier Monate lang geschafft, nebenan bei Jasmin Bayer zu sein und dann seelenruhig nach Hause zu kommen und so zu tun, als wäre nichts passiert? Dass ich das niemals könnte, liegt auf der Hand. Und obwohl ich gar keinen Grund habe, mich Thomas gegenüber für die letzte Nacht (und streng genommen den heutigen Tag) rechtfertigen zu müssen oder mich dafür zu schämen, will ich trotzdem vermeiden, dass er davon Wind bekommt. Also rufe ich schnell die Kinder und überlasse ihnen das Tablet.

Eines muss ich Thomas lassen: Er hat sich bisher tatsächlich so gut wie jeden Tag bei uns gemeldet, um mit den Zwillingen zu sprechen. Das hätte ich, ehrlich gesagt, nicht erwartet.

Als schließlich der abgekühlte Vanilla Sponge Cake und mehrere große Kugeln Fondant in Pink, Rosa und Rot in Klarsichtfolie verpackt auf der Arbeitsfläche stehen, ist es bereits halb sechs. Nathan liegt inzwischen sichtlich erschöpft auf dem Sofa und versucht, auf seinem Tablet zu lesen, während Josh Paula mit einem Kissen durch die Gegend jagt und sich Zack und Clara mit Legosteinen bewerfen.

»Lebst du noch?«, frage ich ihn und setze mich auf die Kante des Sofas, neben seine nackten Füße. Nathan lässt das Tablet sinken und sieht mich an, schüttelt dann mit einem gequälten Lächeln den Kopf.

»Nein. Ich bin schon vor einer Stunde an Erschöpfung gestorben. Nett, dass du das nicht mitbekommen hast.«

Grinsend gebe ich ihm einen Knuff gegen die Wade und meine: »Du hast dich echt wacker geschlagen, mein Lieber. Hut ab.«

»Ganz ehrlich, Ella, ich habe keine Ahnung, wie du das jeden Tag allein schaffst. Ich fühle mich gerade, als hätte mich ein Güterzug überfahren.«

»Na ja, VIER Kinder habe ich ja nicht«, lache ich auf, als Maggie den Raum betritt. Ihr Blick flackert zwischen Nathan und mir hin und her, bevor sie sich das Kissen schnappt, das Josh gerade erneut nach Paula werfen wollte.

»Wie wäre es, wenn wir die Kinder noch eine halbe Stunde fernsehen lassen?«, fragt sie, und meine Antwort geht in vierstimmigem Jubelgeschrei unter.

Sobald der Fernseher eingeschaltet ist und vier Paar Augen wie gebannt einer Folge »PJ Masks« folgen, fragt mich Maggie: »Ella, ist es okay, wenn ich am Strand joggen gehe? Die Kinder sind ja erst einmal beschäftigt, und ich bin rechtzeitig vor dem Abendessen zurück.«

»Aber natürlich«, sage ich schnell. Dann kommt mir ein Gedanke, und ich rüttele an Nathans Fuß. Er hat sich erneut hinter seinem Tablet verschanzt, als seine Schwester das Zimmer betreten hat, doch nun lässt er es wieder sinken und sieht mich fragend an. »Du warst auch länger nicht mehr joggen«, erkläre ich unschuldig. »Geh ruhig mit. Ich halte hier die Stellung und kümmere mich ums Abendessen.«

Nathan sieht mich regungslos an, und ich bin mir nicht sicher, ob er meinen Vorschlag in Erwägung zieht oder mich gerade im Stillen verwünscht. »Eigentlich bin ich echt k.o.«, murmelt er ausweichend, ohne Maggie anzusehen. Sie hat ihre Arme verschränkt und meint in süffisantem Tonfall: »Ja, natürlich. Du warst heute ja auch schon körperlich aktiv.«

Ich werfe ihr einen scharfen Blick zu und sage hastig: »Ja, er hat sich ziemlich lange um die Kinder gekümmert. Das schlaucht.«

»Mhhm, um die Kinder gekümmert«, murmelt Maggie. »Und nicht nur um die.«

Entnervt seufze ich auf und erhebe mich vom Sofa. »Wie auch immer, ihr müsst selbst wissen, was ihr tut.«

Gerade will ich das Wohnzimmer verlassen, als sich Nathan zu meiner Überraschung vom Sofa schwingt und zu Maggie sagt: »Warte kurz, ich ziehe mir nur schnell was anderes an.«

Er klingt mürrisch, aber immerhin, er geht tatsächlich mit seiner Schwester joggen! Zufrieden eile ich die Treppe in den ersten Stock hinauf, um auf die Toilette zu gehen. Als ich aus dem Badezimmer komme, ist Nathan gerade dabei, im Flur seine Laufschuhe zuzubinden. Er richtet sich auf und kommt auf mich zu, zieht mich an sich und küsst mich, kurz, aber heftig. Dann wirft er mir noch einen bedeutungsschweren letzten Blick zu, bevor er sich umdreht und die Treppe hinabläuft, an deren Fuß Maggie schon steht und ungeduldig wartet.

Als die beiden vom Laufen zurückkommen und Nathan nach oben unter die Dusche verschwindet, frage ich Maggie neugierig: »Und? Alles okay? Oder habt ihr euch wieder gestritten?«

»Nö«, meint Maggie und tritt an die Spüle, um sich ein Glas Wasser einzuschenken. Dann lässt sie sich auf einen Küchenstuhl sinken. »Wir haben uns sogar ein wenig unterhalten.«

»Beim Joggen? Wahnsinn! Ich wäre ja schon froh, nicht nach ein paar Metern zu kollabieren. Wenn ich beim Laufen auch noch reden müsste, würde ich sterben.«

Maggie grinst mich an. »Du solltest mal mitkommen. Ich bin mir sicher, es würde dir Spaß machen.«

Ich lache trocken auf. »Also ich bin mir sicher, es würde mir keinen Spaß machen. Aber egal. Worüber habt ihr denn geredet?«

Maggie zuckt mit den Schultern und leert das Glas Wasser in wenigen Zügen. »Also VIEL haben wir nicht geredet. Er hat mir immer noch nicht genau verraten, was in Manhattan los ist. Aber immerhin habe ich ihn so weit bekommen, dass er sein Smartphone mal wieder einschaltet und ein Lebenszeichen ans Restaurant sendet. Es ist vermutlich eh zu spät, weil sie einen neuen Küchenchef haben, aber das ist wohl das Mindeste, was er tun sollte.«

Nachdenklich nicke ich. Maggie mustert mich prüfend. »Du weißt bestimmt mehr darüber, warum er hier ist, oder?«

Leise seufze ich. »Ja. Aber ich habe hoch und heilig versprochen, nichts zu erzählen.«

Stumm mustert sie mich, bevor sie resigniert nickt. »Ja. Klar. Ach so, dann habe ich ihm noch zu verstehen gegeben, dass ich ihn, sollte er es wagen, dir in irgendeiner Weise wehzutun, höchstpersönlich kastrieren werde.«

Schockiert reiße ich meine Augen weit auf, während Maggie diabolisch grinst. In dem Moment stürmen die Kinder herein, zunächst Josh und Zack, dicht gefolgt von meinen Mädchen.

»Hunger! Wann gibt es Essen?« Zack sieht seine Mutter vorwurfsvoll an.

»Ich bin heute nicht zuständig«, gibt Maggie ungerührt zurück. »Frag Tante Ella.«

»Das Essen ist so gut wie fertig«, erwidere ich und werfe einen schnellen Blick in den Topf mit Spaghetti. Dazu habe ich Tomatensoße mit Basilikum zubereitet – kein Essen zum Niederknien wie das von Nathan, aber ich hoffe, dass es trotzdem allen schmeckt. »Los, Maggie, geh duschen, bevor die Pasta kalt wird. Wer hilft mir beim Tisch decken?«

Zwei Stunden später, als nicht nur meine Töchter, sondern auch Maggies Söhne im Bett sind, sitzen sie und ich bei einem Glas Rotwein auf der Veranda und lauschen dem fernen Rauschen der Brandung. Nathan liegt in der Hängematte und starrt auf das Display seines Smartphones. Kaum zu glauben, dass er Maggies Drängen tatsächlich nachgegeben und sein Telefon eingeschaltet hat. Verstohlen beobachte ich ihn, während er über seinen Bildschirm scrollt und dabei die Stirn in düstere Falten legt. Dann werfe ich Maggie einen Blick zu, die mich schief anlächelt, bevor sie beginnt, mich mit ein paar unterhaltsamen Anekdoten über die Helikoptereltern an Joshs und Zacks Schule abzulenken. Wir reden lange, und als es dunkel wird, zünden wir die Kerzen in den Windlichtern an, die überall verteilt stehen. Nathan liegt noch immer mit seinem Telefon in der Hängematte. Zwischendurch lässt er es sinken, starrt schweigend in den schwarzen Nachthimmel hinauf, wo Millionen von Sternen auf uns herabfunkeln. Ich frage mich, was er gerade liest. WhatsApp-Nachrichten, E-Mails, SMS?

Irgendwann beginnen meine Augen, schwer zu werden, woran nicht nur der aufregende Tag, sondern auch die zwei Gläser Rotwein schuld sind. Maggie gähnt ebenfalls und meint: »Ich gehe schlafen. Kommst du mit hoch, Ella? Oder …« Sie wirft einen prüfenden Blick auf ihren Bruder, der keine Notiz von uns nimmt. »Oder bleibst du noch?«

Kurz zögere ich. Ich würde so gerne bleiben, würde Nathan gern fragen, wie es ihm geht, was es Neues gibt. Würde nichts lieber machen, als mich zu ihm in die Hängematte zu kuscheln, sollte die Hängematte uns beide aushalten. Aber da Nathan überhaupt nicht zu uns herübersieht und so ernst und abwesend wirkt, wage ich es nicht, ihn jetzt zu stören.

»Nein, ich bin auch ziemlich müde«, sage ich daher laut und deutlich, bevor ich aufstehe und nach meinem leeren Glas greife. Und nach der Rotweinflasche. Es ist noch ein Rest darin, und ich frage mich, ob ich die Flasche mit in mein Zimmer hochnehmen soll. Sicher ist sicher. Andererseits würde das Maggie verraten, wie es am Anfang hier auf der Insel um Nathan bestellt war. Also beschließe ich, die Flasche einfach in einen der Küchenschränke zu räumen und auf das Beste zu hoffen.

»Gute Nacht, Bruderherz!«, ruft Maggie Richtung Hängematte. Nathan dreht langsam den Kopf, sieht uns an. Sein Blick trifft meinen flüchtig, bevor er zu Maggie wandert.

»Gute Nacht«, antwortet er und starrt dann erneut sein Telefon an. Mein Herz wird schwer, und ich versuche, die Enttäuschung in Schach zu halten, als ich ebenfalls »Gute Nacht« murmele und Maggie ins Haus folge. Das hat rein gar nichts zu bedeuten, bete ich mir im Stillen vor, während ich die Treppe in den ersten Stock hochgehe. Er wird sich in Ruhe seine zahlreichen ungelesenen Nachrichten durchsehen und vermutlich viel nachdenken und vielleicht ... ja, vielleicht kann ich später trotzdem noch in sein Schlafzimmer schleichen. Denn bei der Vorstellung, die Nacht ohne Nathan verbringen zu müssen, bäumt sich wieder die bittere Enttäuschung in mir auf. Dicht gefolgt von nagender Sehnsucht.

Bin ich eigentlich noch zu retten? Eine Nacht, und schon ist es restlos um mich geschehen und ich kann an nichts und niemanden sonst mehr denken?

Ich bemühe mich um einen lockeren Plauderton, als Maggie und ich gemeinsam im Bad stehen, unsere Zähne putzen und unsere Anti-Falten-Nachtcremes vergleichen. Als ich ihr schließlich einen Kuss auf die Wange drücke und mich mit einem »Bis morgen!«, verabschiede, sieht sie mich prüfend an.

»Alles okay?«, fragt sie leise. Tapfer nicke ich und versuche mich an einem unbekümmerten Lächeln.

»Alles okay.«

»Na dann. Süße Träume, Ella.«

Aber von süßen Träumen bin ich weit entfernt, als ich eine halbe Stunde später immer noch wach zwischen meinen Kindern liege, an die dunkle Zimmerdecke starre und hoffnungsvoll auf Nathans Schritte im Flur lausche. Verstohlen schlüpfe ich schließlich aus dem Bett und trete ans Fenster, sehe in den dunklen Garten hinab. Nathan liegt nach wie vor in der Hängematte und starrt in den Sternenhimmel hinauf. Ich wünsche mir von ganzem Herzen, dass er zu mir hochsieht, mich am Fenster entdeckt, ins Haus kommt und mich bittet, bei ihm zu schlafen. Aber er bemerkt mich nicht. Und mir wird klar, dass ich diese

Nacht allein verbringen werde. Okay, so allein, wie man mit zwei Dreijährigen im selben Bett eben sein kann.

Am nächsten Morgen lässt sich Nathan nicht im Erdgeschoss blicken, weshalb es weder Pfannkuchen noch French Toast oder sonst etwas Köstliches aus seinem Frühstücksrepertoire gibt. Maggie und ich tischen unseren enttäuschten Kindern Cornflakes auf und dürfen uns das ganze Frühstück über ihre Beschwerden anhören. Auch ich bin schlecht drauf, versuche aber, das nicht zu zeigen. Zum Glück kann ich mich gleich nach dem Frühstück dem Marienkäferkuchen widmen, sodass ich abgelenkt werde. Ich schneide den Vanilla Sponge Cake waagerecht in drei Böden und mache mich daran, die Ganachefüllung aus weißer Schokolade, Sahne und einem Püree aus frischen Erdbeeren herzustellen. Gerade bin ich dabei, die rosa Schokoladenfüllung auf dem zweiten Tortenboden zu verteilen, als ich im Wohnzimmer aufgeregte Stimmen höre. Da ich die Creme zunächst zu Ende verstreichen und dann zügig die oberste Kuchenschicht darauflegen muss, lausche ich angestrengt und versuche zu verstehen, worum es geht. Ich höre Maggie, ich höre Zack und Josh, aber Nathans Stimme ist eindeutig nicht dabei, die würde ich sofort erkennen. Noch während ich mich frage, wer die anderen beiden Personen sind, die im Wohnzimmer reden, kommen plötzlich Schritte den Flur Richtung Küche entlang, und im nächsten Augenblick steht Beatrice Goodman in der Küche.

»Ella!«, ruft sie und kommt mit weit ausgebreiteten Armen auf mich zu. »Wie schön, dich zu sehen, meine Süße!«

Verdutzt habe ich die Palette sinken lassen, die noch über und über mit rosa Ganache beklebt ist. »Beatrice?«, frage ich überrascht, lege mein Werkzeug zur Seite und lasse mich umarmen. »Was machst du denn hier?«

»Ach, Harry und ich sind gestern zurück nach Manhattan gekommen, du weißt schon, diese Lesereise, die kein Ende nehmen wollte … und uns war irgendwie nach ein wenig frischer Meeresluft zumute.« Sie zögert, sieht mich ernst an, dann fügt sie hinzu:»Aber, um ehrlich zu sein, wollen wir mit Nathan sprechen. Als Maggie am Telefon erzählt hat, dass er hier ist … Ich mache mir Sorgen um ihn und möchte hören, was da los ist. Warum der Junge schon wieder alles hingeschmissen hat.«

Der Junge, denke ich, hat nicht hingeschmissen. Er hatte einen Burn-out. Aber das behalte ich wohlweislich für mich und mustere stattdessen Beatrice, die kein bisschen nach 65 sondern eher nach 56 aussieht: Zwar sind ihre Locken inzwischen silbergrau und nicht mehr schwarz, wie früher, aber durch ihre schicke Hochsteckfrisur wird ihr beneidenswert schlanker Hals betont, der ebenso wie ihr Gesicht erstaunlich straff für eine Frau ihres Alters wirkt. Dabei würde Beatrice niemals zu einem Schönheitschirurgen gehen, das weiß ich genau. Ihre dunklen Augen muss sie ebenso wenig mit Schminke betonen wie Maggie, aber dafür trägt sie leuchtend roten Lippenstift, passend zu ihren roten Fingernägeln und dem rot-weiß gemusterten Wickelkleid. Beatrice ist eine beeindruckende Erscheinung, und wie immer schüchtert sie mich ein winziges bisschen ein, so lieb ich sie auch habe. Außerdem merke ich, dass es mir schwerfällt, ihr in die Augen zu sehen, ohne rot zu werden. Immerhin habe ich in der Zwischenzeit mit ihrem Sohn geschlafen, und selbst wenn sie das nicht weiß, so fürchte ich fast, dass diese kluge Frau vor mir in mein Innerstes schauen kann.

Beatrice hat ihre Hände auf meine Schultern gelegt und mustert mich prüfend.»Wie geht es dir, süße Ella?« Ihre Stimme klingt warm und mitfühlend, und obwohl ich weiß, dass sie natürlich auf die Trennung von Thomas anspielt, muss ich sofort daran denken, dass mich Nathan seit gestern Abend ignoriert und bemühe mich standhaft, keine Tränen in mir hochsteigen zu lassen.

»Ähm … den Umständen entsprechend gut«, erwidere ich hastig und grinse schief.

»Du tapfere Ella«, seufzt Beatrice und schnalzt mit der Zunge, während sie mich loslässt. »Dieser Thomas hat dich nicht verdient, das ist sicher. Wirklich, wer dich sitzen lässt, kann nur ein absoluter Dummkopf sein!«

»Wer ist ein Dummkopf?«, höre ich da Harry Goodmans sonore Stimme, und im nächsten Augenblick betritt auch er die Küche, so groß und schlank wie eh und je, das graue Haar allerdings merklich schütterer als beim letzten Mal, als ich ihn gesehen habe.

»Na Thomas, wer sonst?«, erwidert Beatrice trocken und öffnet den Kühlschrank, um eine Flasche Sodawasser herauszuholen.

»Ella!«, ruft Harry lachend, und ich muss ebenfalls breit grinsen, als er auf mich zukommt. Er wirft eine Tageszeitung auf einen Küchenstuhl, dann zieht er mich in seine Arme und drückt mich so fest, dass mir fast die Luft wegbleibt. Schließlich schiebt er mich ein Stückchen von sich fort und mustert mich aufmerksam. »Du hast wie immer recht, Bea«, sagt er schließlich mit einem langsamen Nicken. »Thomas ist ein riesengroßer Trottel. Wie sonst kann man sich erklären, dass er diese bezaubernde Frau verlässt?«

Obwohl ich mich so sehr bemühe, nicht zu weinen, quellen meine Augen nun doch über.

»Nicht doch, Kindchen, alles ist gut«, sagt Harry rasch und zieht mich erneut an sich, tätschelt mir ein wenig unbeholfen den Rücken.

»Na toll. Ihr seid keine zwei Minuten hier, und schon heult jemand.« Ich zucke zusammen, als ich Nathans Stimme von der Küchentür höre.

Kapitel 40

H astig löse ich mich aus dem Hemd seines Vaters und wische mir mit dem Handrücken über das Gesicht.

»Nathan«, sagt Beatrice und stellt die Sodaflasche auf die Arbeitsfläche.

»Hey, Mom. Was macht ihr denn hier?« Nathan lehnt sich mit verschränkten Armen gegen den Türrahmen. Er sieht schlecht aus. Unter seinen Augen sind dunkle Schatten, seine Kiefermuskulatur ist angespannt, die Stirn in Falten gelegt. Seine Locken sind zerzaust, als sei er gerade erst aus dem Bett gerollt. Wenn ich nicht vorhin gesehen hätte, dass die Rotweinflasche unangerührt im Küchenschrank stand, würde ich befürchten, dass er wieder getrunken hat. Nathan starrt seine Mutter an, dann seinen Vater, nickt ihm zu. Mich sieht er nicht an. Ich könnte schon wieder losheulen.

»Was wir hier machen?«, fragt Harry, der ebenfalls die Arme vorm Oberkörper verschränkt hat. »Maggie hat uns gebeten, mit dir zu reden. Sie macht sich Sorgen um dich.«

Nathan schnaubt, während Beatrice auf ihn zugeht, seinen Kopf ein Stück zu sich herunterzieht und ihm einen Kuss auf die unrasierte Wange gibt. Ungeduldig sagt Nathan: »So, Maggie macht sich Sorgen, und ihr kommt sofort angerannt, ja? Falls ihr es noch nicht gemerkt haben solltet: Ich bin keine achtzehn mehr.«

»Nein, das ist uns klar«, bemerkt Harry trocken. »Umso

erschreckender, dass ein Achtunddreißigjähriger immer noch so viel Blödsinn verzapft.«

In der Küche wird es ganz still, nur die Wanduhr tickt, und von draußen hört man Maggie, die mit Josh schimpft.

»Ihr habt doch keine Ahnung«, sagt Nathan schließlich, offenbar mühsam beherrscht. Seine Stimme bebt bedrohlich. »Aber natürlich geht ihr sofort davon aus, dass ich Blödsinn verzapft habe, klar.«

»Wie würdest du das denn sonst nennen, wenn ein gefeierter Küchenchef einfach über Nacht abhaut und sich so lange nicht meldet, bis er seinen Job verliert?« Ich zucke zusammen, als Harry bei diesen Worten losschreit.

Nathan sieht seinen Vater regungslos an, während Beatrice auf ihren Mann zugeht und beschwichtigend sagt: »Harry, nicht so laut werden, denk an die Kinder.«

»Na, dann habt ihr euer Urteil ja eh schon gefällt«, sagt Nathan kühl. »Wozu seid ihr überhaupt noch hier?«

»Um dich zur Vernunft zu bringen, du sturer Kerl!« Nun ist es Beatrice, die sich mit wutblitzenden Augen an ihren Sohn wendet, allerdings leiser als ihr Mann, dafür mit umso leidenschaftlicherem Tonfall. »Du rennst ja schon wieder sehenden Auges ins Verderben!«

Nathan legt den Kopf in den Nacken und lacht laut auf. Die Bitterkeit in diesem Lachen bricht mir das Herz. Unbehaglich trete ich von einem Fuß auf den anderen. Eigentlich möchte ich schnell aus der Küche verschwinden, aber Nathan blockiert die Küchentür, und ich scheue davor zurück, mich an ihm vorbeizuschieben.

»Wie schön, dass ihr zwei so genau wisst, wie mein Verderben aussieht«, erwidert Nathan in spöttischem Tonfall. »Eigentlich erstaunlich, schließlich kümmert ihr euch sonst kaum darum, wie es mir geht und was in meinem Leben passiert. Ihr mischt euch nur dann ein, wenn eurer Meinung nach etwas schiefläuft!«

»Das ist nicht fair, Nathaniel!« Beatrice baut sich vor ihrem Sohn auf, was beinahe rührend wirken könnte, schließlich ist ihr Kopf gerade mal auf der Höhe seiner Brust. Aber ihre zarte Statur kann Beatrice allemal mit dem gefährlichen Blitzen ihrer Augen wettmachen, das habe ich mehr als einmal erlebt – zum Glück war allerdings nie ich das Ziel ihrer Wut. Manchmal war es Maggie, oft ihr Mann, meistens jedoch Nathan, so wie jetzt.

»Und es stimmt nicht! Wir wären gern ein Teil deines Lebens, aber du schließt uns aus! Immer wieder rufen wir dich an, aber sprechen nur mit deiner Mailbox! Nie rufst du zurück, ganz selten antwortest du auf meine WhatsApp-Nachrichten! Und immer lautet die Entschuldigung, du hättest keine Zeit, wärst im Stress. Aber für die Familie muss man sich Zeit nehmen, Nathaniel!«

»Wieso sollte ich?«, herrscht Nathan sie wütend an. »Wieso, Mom? Ihr überschüttet mich doch nur mit Vorwürfen! Nie mache ich etwas richtig, nie bin ich gut genug! Ich habe einfach keinen Bock mehr, mir ständig eure Kritik anzutun!«

»Ja, das war klar. Mit Kritik konntest du noch nie umgehen«, bemerkt Harry. »Darum hat es dich offensichtlich auch so umgehauen, als der negative Bericht in der New York Times erschienen ist. Darum setzt es dir so zu, dass du den Stern wieder verlieren könntest. Hab ich recht?«

Nathan sieht seinen Vater an, und in seinem Blick liegt ein Ausdruck, den man beinahe als Hass bezeichnen könnte. Mir tut dieser Blick so weh, dass ich wegsehen muss und auf die rosa Schokoladencreme starre.

»Vergiss es, Dad«, presst Nathan hervor und wendet sich ab. »Ich habe dir nichts mehr zu sagen.«

»Und jetzt läuft er wieder weg!«, ruft Harry und schmeißt die Arme in die Luft. »Das scheint seine neue Spezialität zu sein!«

»Harry!«, sagt Beatrice in scharfem Tonfall und sieht ihn

streng an, bevor sie sich abwendet und hinter ihrem Sohn die Küche verlässt. Ich höre ihre Stimme im Wohnzimmer und dann auf der Treppe, und ich höre Nathan, der mehrfach wütend sagt: »Lass! Mich! In! Ruhe!«

Harry wirft mir einen bekümmerten Blick zu, bevor er seine lange Gestalt auf einen Küchenstuhl faltet, kopfschüttelnd nach der Tageszeitung greift und mit gefurchter Stirn beginnt, darin zu blättern. Ich wage es nicht, ihn zu stören, sondern mache mich schweigend daran, einen ersten Klumpen des rosafarbenen Fondants mit einem Nudelholz auszurollen, bis irgendwann Beatrice wieder hereinkommt und genervt verkündet: »Er hat sich in seinem Zimmer eingeschlossen und hört schon wieder diese furchtbare Musik, die er immer anmacht, wenn er schlecht drauf ist. Ehrlich, manchmal glaube ich, immer noch einen Teenager als Sohn zu haben!«

Sie tritt neben mich und tätschelt meine Wange. »Tut mir leid, Ella, dass du das alles mitbekommen musstest. Und dass du hier im Haus nicht deine Ruhe hattest. Harry und ich hatten keine Ahnung, dass Nathan hier sein würde, sonst hätten wir dich vorgewarnt. Ich hoffe, ihr seid einigermaßen miteinander ausgekommen?«

»Ähm, ja, klar«, sage ich hastig und muss mich abwenden, um mein brennendes Gesicht vor Beatrice und Harry zu verbergen. Geschäftig krame ich in einer der Schubladen herum, ohne zu wissen, was ich eigentlich suche.

»Also ich werde jetzt an den Strand gehen und eine Runde schwimmen. Ich brauche dringend Abkühlung. Harry, kommst du mit?«

Es ist offensichtlich, dass das nur eine rhetorische Frage ist, und Harry steht gutmütig auf und kratzt sich mit einem Seufzen am Kinn, bevor er seiner Frau aus der Küche folgt. Ich atme tief durch und lehne mich an die Arbeitsplatte, um meine Gedanken sammeln zu können, als Maggie den Raum betritt.

»Hey«, sagt sie und kommt langsam auf mich zu.

»Hey.« Ich mustere sie eingehend und frage: »Du wusstest, dass sie kommen?«

Maggie schüttelt den Kopf. »Nein, nicht genau. Ich hatte ihnen zwar gesagt, dass ich es sinnvoll fände, wenn sie kämen und mit ihm reden, aber dass sie schon heute hier auftauchen würden, das wusste ich nicht.«

»Wie lange wollen sie denn bleiben? Die Kinder und ich können auch ausziehen.«

Maggie lacht herzhaft auf. »Jetzt hast du wirklich den Verstand verloren, oder? Ihr geht nirgendwo hin. Meine Eltern ziehen in Nathans Zimmer, sie wollen eh nur eine Nacht bleiben, allerhöchstens bis übermorgen.«

»Ähm ... und wo schläft Nathan?« Ich verwünsche meine Wangen dafür, dass sie schon wieder heiß werden. Maggie legt den Kopf schief und mustert mich amüsiert.

»Na, bei dir wohl kaum, immerhin sind die Kinder auch noch da«, bemerkt sie trocken, was ich mit einem Augenrollen kommentiere. »Er kann im Stockbett schlafen, die Jungs kommen zu mir ins Bett, das ist breit genug. Und Dan kommt ja erst übermorgen. So ist es am einfachsten.«

Ich denke kurz nach, nicke dann. Dass mich die Vorstellung, noch mindestens eine Nacht ohne Nathan verbringen zu müssen, fast umbringt, erwähne ich natürlich nicht. Aber ich bin mir sicher, dass Maggie sich das denken kann, denn sie mustert mich beinahe mitleidig, bevor sie sagt: »Meine Eltern wollen an den Strand. Ist es okay, wenn ich die Mädchen einpacke und wir alle gehen? Ich meine, natürlich alle außer Nathan – und außer dir, nehme ich an, oder wie weit bist du mit dem Kuchen?«

»Ich brauche noch mindestens zwei Stunden«, antworte ich rasch, denn die Option, eine Weile allein mit Nathan im Haus zu sein, hebt meine Stimmung augenblicklich. »Klar, nimm die Kinder gern mit. Danke. Ich versuche dann nachzukommen.«

»Mach das.« Maggie zwinkert mir zu und verlässt die Küche, während ich mich wieder dem Fondant widme.

Als alle fort sind und das Haus plötzlich ganz still ist, arbeite ich noch eine Weile schweigend und so konzentriert wie möglich, bis ich es nicht mehr aushalte. Schon auf der Treppe in den ersten Stock hinauf höre ich die Rapmusik. Zaghaft klopfe ich an Nathans Tür, doch er antwortet nicht. Ich klopfe lauter, schließlich übertönt die Musik fast alles, und rufe schließlich: »Nathan? Ich bin es.«

Schweigen ist die Antwort. Ich versuche, den Türknauf zu drehen, doch er ist blockiert, die Tür also verriegelt.

»Nathan?«

»Ella, ich möchte allein sein«, höre ich plötzlich seine Stimme und merke, dass er dicht hinter der Tür stehen muss. Automatisch lege ich beide Hände flach gegen das Holz, als könnte er das spüren. Meine Stimme zittert leicht, als ich sage: »Du ... du fehlst mir.«

Erneut ist Schweigen die Antwort, dann sagt er schließlich: »Lass mir etwas Zeit, okay?«

Ich nicke und blinzele konzentriert ein paar Tränen fort. »Okay.«

Wie betäubt gehe ich zurück ins Erdgeschoss, versuche, mich mit der Dekoration der Torte abzulenken, aber immer wieder fallen Tränen auf die Fondantelemente. Als das gute Stück schließlich fertig ist, mache ich ein Foto davon und sende es an Alison Briggs, die mir sofort eine freudige Antwort, begleitet von einem halben Dutzend Smileys schickt. Wir vereinbaren, dass sie die Torte morgen früh abholen wird, und ich laufe in den ersten Stock, um meine Schwimmsachen zu packen. Ohne noch einmal vor Nathans Tür Halt zu machen, eile ich nach unten und an den Strand.

Es ist schon nach siebzehn Uhr, als wir zurück ins Goodman-Haus kommen. Zu meiner Überraschung stelle ich fest, dass Nathan sein Zimmer verlassen hat, in der Hängematte liegt und mit geschlossenen Augen Musik hört. Als die Kinder lärmend in den Garten gestürmt kommen und beginnen, sich gegenseitig unter der Außendusche nass zu spritzen, öffnet er die Augen und beobachtet sie, ohne seine Kopfhörer aus den Ohren zu nehmen. Während ich versuche, meine Mädchen unter der Dusche vom Sand zu befreien, sehe ich aus den Augenwinkeln, wie Maggie zu Nathan hinübergeht. Sie hockt sich neben die Hängematte und redet mit ihm, und als die Kinder endlich sauber sind und in Handtücher gehüllt ins Haus stürmen, kann ich akustisch verstehen, worum es geht.

»Ich habe nein gesagt, Maggie. Ich habe echt keine Lust, mir den ganzen Abend über ihre Vorwürfe anzuhören, okay?«

Aha, Maggie hat ihren Bruder anscheinend gefragt, ob er mit zum Abendessen ins »Island Mermaid« Restaurant kommt, wohin uns Harry Goodman alle einladen möchte.

Maggie seufzt entnervt und richtet sich auf. »Mann, Nathan. Schluck einfach mal deinen Stolz runter, und geh einen Schritt auf Mom und Dad zu. Kannst du nicht verstehen, dass sie sich Sorgen um dich machen?«

»Kannst du nicht verstehen, dass ich genug habe von ihrer ständigen Kritik? Von ihrem ständigen Einmischen in mein Leben? Es ist MEIN Leben, verdammt!«

»Onkel Nathan!«, ertönt da Zacks Stimme, und Maggies jüngerer Sohn kommt aus dem Haus gestürmt. »Bauen wir wieder Papierflieger? Bitte, bitte, bitte?«

Ich merke, wie Nathan kurz die Augen schließt und sich vermutlich auf eine Insel ohne Mitbewohner wünscht, aber dann schwingt er mit einem ergebenen Seufzen die Beine aus der Hängematte und sagt: »Klar, Kurzer, komm her.«

»Was heißt das?«, fragt Zack und starrt auf das T-Shirt seines Onkels. Auf Nathans Brust ist in schwarzen Lettern »WTF?« zu lesen. Ich merke, wie Nathan seine Schwester flüchtig ansieht, bevor er todernst antwortet: »Das heißt ›Where's the food?‹ Schließlich bin ich Koch. Ich denke immer ans Essen.« Als sich Zack mit dieser Antwort zufriedengibt, wendet sich Nathan wieder an Maggie. »Geht ihr essen, genießt den Abend. Ich bin eh keine unterhaltsame Gesellschaft, nicht, nachdem ich auf dich gehört und dieses *fu*… bescheidene Telefon eingeschaltet habe.«

Maggie schnaubt ungehalten. »Ob du unterhaltsam bist oder nicht ist völlig egal. Mom and Dad wollen auch mal Zeit mit ihrem Sohn verbringen.«

»Nein, Maggie, sie wollen hauptsächlich Zeit mit dir verbringen, mit ihrem Goldkind«, erwidert Nathan und beginnt, das Blatt Papier zu falten, das Zack mitgebracht hat. »Wie auch immer – wenn ihr einen ruhigen Abend haben wollt, lasst die Kinder einfach hier bei mir. Ich mache ihnen was zu essen.«

»Du, allein mit allen vier Kindern?« Maggie sieht ihren Bruder kritisch an. »Ich glaube nicht, dass das so eine gute Idee ist.«

»Hey, kannst du mir vielleicht zur Abwechslung mal was zutrauen, Schwesterherz?« Nathans Stimme klingt scharf.

»Ja, bitte, Mom, lass uns hier bei Onkel Nathan bleiben!«, ruft Zack, und seine Augen glänzen. »Onkel Nathan, machst du uns Maccaroni und Cheese? Biiiitte!«

Nathan sieht seine Schwester abwartend an.

»Er kann das, Maggie«, mische ich mich ein. Überrascht schaut Nathan auf, als habe er gar nicht mitbekommen, dass ich immer noch in der Nähe der Dusche herumstehe, ein Handtuch um mich gewickelt. Ich scheine für ihn unsichtbar geworden zu sein. Diese Erkenntnis tut mir so weh, dass ich nur ein schiefes Grinsen zustande bekomme. Meine Stimme klingt belegt, als ich hinzufüge: »Er … er hat schon einige Male allein auf die Zwillinge aufgepasst, wenn ich einkaufen war. Ich sehe da kein Problem.«

In Nathans Blick flackert kurz etwas auf, als er mich schweigend mustert. Dann wendet er sich wieder dem Papierflieger zu.

Maggie seufzt ergeben. »Na gut. Von mir aus. Es ist ja nicht so, dass ich nicht froh wäre, mal einen Abend in Ruhe essen und reden zu können.« Sie grinst mich an. »Na los, Ella. Mach dich fertig. Wir haben kinderfrei!«

Sie kommt auf mich zu, hakt sich bei mir unter und zieht mich mit sich ins Haus.

Das ganze Abendessen über bemühe ich mich nach Leibeskräften, Fröhlichkeit vorzutäuschen, aber ich merke an Maggies nachdenklichen Blicken, dass mir das nicht wirklich gelingt. Dabei ist das Essen köstlich – zwar nicht so gut wie Nathans, aber trotz allem schmecken die Miesmuscheln in Knoblauch-Weißweinsoße mit frischem Baguette wirklich gut. Maggie und ich trinken Margaritas, während sich Harry und Beatrice einen halben Liter Weißwein teilen. Der Nachmittag am Strand hat den beiden sichtlich gutgetan, und obwohl sie verärgert darüber sind, dass Nathan sich geweigert hat mitzukommen, bemühen sie sich um gute Stimmung und unterhalten sich angeregt mit Maggie und mir. Sie wollen wissen, wie es meinen Eltern geht, und ich erzähle von der Kreuzfahrt und von den traumhaften Fotos von einigen norwegischen Fjorden, die mir Papa vor ein paar Tagen per E-Mail geschickt hat. Natürlich haben meine Eltern, wie befürchtet, den Braten gerochen und mich per E-Mail gelöchert, warum ich plötzlich allein mit den Kindern verreist und ob bei Thomas und mir alles in Ordnung sei, aber ich habe sie mit Halbwahrheiten vertröstet und hoffe, dass sie ihren Urlaub dennoch genießen können. Wenn sie zurück in Hamburg sind, werde ich in Ruhe mit ihnen telefonieren und ihnen alles erklären.

Als sich Beatrice erkundigt, ob ich vorhabe, bald wieder zu arbeiten, muss ich zunächst schlucken, weil mir klar wird, dass nichts mehr so sein wird wie zuvor, wenn ich nach Hamburg zurückkehre. Dann aber wandern meine Gedanken zu der rosaroten Marienkäfertorte, die darauf wartet, ein kleines Mädchen an seinem ersten Geburtstag glücklich zu machen, und mir wird klar, dass ich wirklich gern wieder in einer Konditorei arbeiten würde.

»Ich denke, ich werde mich nach einer Teilzeitstelle umsehen, wenn wir zurück in Hamburg sind«, antworte ich daher, und zum ersten Mal an diesem Abend gelingt mir ein echtes Lächeln. Während sich Harry, Beatrice und Maggie in ein Gespräch über den neuesten Roman von Salman Rushdie verlieren, stelle ich mir vor, wie es wäre, wieder täglich Torten zu backen, wunderschöne Kreationen zu schaffen, Kundenaugen strahlen zu sehen. Als sich sofort die Frage in meine Gedanken stiehlt, ob ich Nathan wiedersehen werde, wenn ich erst einmal zurück in meinem Hamburger Alltag bin, schiebe ich diese Überlegung rasch beiseite. Nein, ich kann jetzt nicht an Nathan denken. Und nach Hamburg müssen wir ja zum Glück noch nicht zurück. Wir sind inzwischen zwar seit fast drei Wochen auf Fire Island, aber das bedeutet erst Halbzeit. Weitere drei Wochen liegen vor uns, gemeinsam mit Maggie und ihren Söhnen. Der Gedanke lässt mich lächeln und versonnen an meinem Margarita nippen.

Im nächsten Moment fällt mir beinahe das Glas aus der Hand, als eine Sirene losplärrt. Was ist denn das?

Erschrocken starre ich Maggie und ihre Eltern an, die ebenso überrascht aussehen – und dann besorgt, als ihnen, mir und den anderen Restaurantgästen klar wird, was für eine Sirene das ist: Die Sirene auf dem Dach der Feuerwache von Ocean Beach. Noch ehe ich diesen Gedanken verdaut habe, ertönt auch schon das Aufheulen einer weiteren Sirene, diesmal erkenne ich sofort das Signal der amerikanischen Feuerwehrautos.

»Scheiße, wo brennt es denn?«, höre ich Maggie aufgeregt rufen, während Harry schon aufsteht und mit langen Schritten zum Ausgang geht, wie viele andere Gäste ebenfalls. Auch ich springe auf, folge auf weichen Knien Maggie und Beatrice nach draußen. Auf einmal habe ich ein ungutes Gefühl in der Magengegend, ein unbestimmtes Alarmsignal regt sich in meinem Inneren. Wir bleiben vor dem Restaurant stehen, starren besorgt zum rosaroten Abendhimmel hinauf, bis einer der jungen Kellner ruft: »Da hinten, da steigt Qualm auf!«

Er zeigt geradeaus, den Ocean Breeze Walk hinab, in die Richtung, wo das Goodman-Haus liegt. In diesem Moment sehen wir in der Ferne, wie der rote Feuerwehrtruck des Ocean Beach Fire Department, den ich erst vor wenigen Tagen beim Kuchenverkaufen aus der Nähe bewundern durfte, mit heulender Sirene und dröhnender Hupe in den Ocean Breeze Walk einbiegt und Richtung Strand fährt.

Richtung Goodman-Haus.

Kapitel 41

Mein Herz setzt einen Schlag aus. Ehe ich weiß, was ich tue, renne ich los. Ich merke erst, dass Maggie dicht hinter mir läuft, als wir uns schon dem Midway Walk nähern, der den langen Ocean Breeze Walk kreuzt und uns der beißende Geruch nach Feuer entgegenschlägt wie eine furchtbare Ankündigung. Eigentlich bin ich ja kein bisschen sportlich, aber die Panik lässt mich so schnell sprinten wie Maggie – und das will was heißen. Und dann sehen wir, wo der Feuerwehrtruck hält: Vor dem Haus der Goodmans.

»Maggie!«, schreie ich panisch und renne noch schneller, kämpfe mich durch Menschen, die überall stehen, sich aufgeregt unterhalten. Flüchtig glaube ich, Will Anderson zu sehen, und auch Ruth Spielmann steht mit besorgtem Blick neben einigen Leuten, die ich nicht kenne. Die halbe Insel scheint gerade im Ocean Breeze Walk zusammenzukommen. Der beißende Geruch nach Feuer wird stärker, und dann sehe ich die Flammen. Sie schlagen aus dem Erdgeschoss des Goodman-Hauses, züngeln bereits hungrig und gierig in den oberen Stock hinauf, und der Anblick lässt mir fast das Herz stehen bleiben.

»Nathan!«, höre ich Maggie schreien, als sie mich mit langen Schritten überholt. Nathan steht in der Nähe des Gartentors, neben Matthew O'Neill, der mit bleichem Gesicht beobachtet, wie die Feuerwehrleute aus dem Truck springen und eilig beginnen, Schläuche auszurollen und Leute aus dem Weg zu scheuchen. Auch Nathan wirkt völlig aufgelöst, merke ich, als Maggie auf ihn zustürmt und ihren Bruder am Arm packt.

»Wo sind die Kinder?«

Nathan deutet hinter sich, und ich folge seiner ausgestreckten Hand mit meinem Blick. Als ich das zusammengekauerte Grüppchen auf dem Grasstreifen vor dem Nachbargrundstück erkenne, zieht sich mir das Herz schmerzvoll zusammen. Aber sie sind gesund. Dem Himmel sei Dank, meine Kinder sind gesund! Eine Nachbarin scheint sich gerade um sie zu kümmern, zumindest sehe ich eine blonde Frau, die neben ihnen hockt und mit ihnen spricht.

»Was ist denn passiert?«, höre ich jetzt Maggie aufgeregt ihren Bruder anherrschen. »Was um alles in der Welt ist passiert, Nathan?«

Aber Nathan kommt nicht dazu, etwas zu erwidern, denn in dem Augenblick tauchen Harry und Beatrice atemlos neben uns auf und brechen bei dem entsetzlichen Anblick, der sich ihnen bietet, in Tränen aus. Ich renne zu den Kindern und reiße sie in meine Arme, presse ihre zitternden Körper gegen mich, auch die von Josh und Zack, denn Maggie steht bei ihren Eltern und versucht ihren Vater zu beruhigen. Harry Goodman ist völlig außer sich. Während Beatrice haltlos weint, höre ich, wie er Nathan anschreit: »Das warst wieder du, Nathan! Du hast wieder den Herd vergessen, oder? Du hast wieder getrunken! Du hast unser Haus abgefackelt, Nathan. UNSER SOMMERHAUS!«

Und Nathan schreit nun auch, er klingt ehrlich verzweifelt, als er immer wieder beteuert: »Nein, so war es nicht, das musst du mir glauben! Der Herd war aus, und ich habe nicht getrunken!«

»Aber wie ist das Feuer denn ausgebrochen?«, fragt Maggie, und Nathan hebt hilflos die Arme und lässt den Kopf hängen. Ich kann seine Antwort nicht verstehen, aber dann wiederholt Maggie laut: »Wie, du weißt es nicht? Aber du warst doch da! Oder?«

»Verdammt, Maggie, ich war kurz im Garten, okay?«, schreit Nathan.

»Und die Kinder?«

»Waren im Haus. Aber die Verandatür war offen!«

»Und du hast nicht gekocht?«

»Doch, verdammt, aber ich habe den Herd ausgemacht, bevor ich rausgegangen bin!«

»Das glaubt dir doch keiner!«, mischt sich Harry wieder ein, das Gesicht weiß vor Wut und Schock. »Das glaubt dir keiner, Nathaniel!«

»Nein, warum solltet ihr mir auch was glauben?« Nathan sieht seinen Vater so hasserfüllt an, dass mir schlecht wird.

Da geht die blonde Frau, die eben noch neben unseren Kindern hockte und sie getröstet hat, auf die sich streitende Gruppe zu. Erstaunt beobachte ich, wie sie neben Nathan tritt, höre, wie sie ruhig etwas zu Harry, Beatrice und Maggie sagt. Und dann sehe ich es. Dann sehe ich, wie sie nach Nathans Hand greift und sie festhält. Mit einem Schlag wird mir klar, wer diese schlanke blonde Frau mit dem kurzen Sommerkleid und den hochhackigen Sandalen ist.

Irgendwann sitze ich mit den Kindern auf der Verandatreppe einer freundlichen Nachbarin, die ich bisher nicht kannte. Ich bin wie betäubt. Weder kann ich genau sagen, wie wir hier in diesen fremden Garten gekommen sind, noch zu welchem der Nachbarhäuser er gehört. Alles, was ich noch weiß, ist, wie ich Nathan vor dem Grundstück der Goodmans angestarrt habe, durch tränenblinde Augen, ob nun wegen des beißenden Rauchs oder wegen des Gefühls meines zerreißenden Herzens, kann ich nicht sagen. Aber Nathan hat mich nicht angesehen. Eine Weile hat er sich noch mit seinem Vater gestritten, hat immer wieder wütend beteuert, dass er nicht den Herd angelassen habe, dass er sich nicht erklären könne, wie das Ganze passiert sei. Aber Harry war außer sich vor Wut und Schmerz und nicht bereit, seinem Sohn wirklich Gehör zu schenken. Bis Nathan ging, und zwar zusammen mit dieser fremden Blondine. Der Anblick versetzte mir den Rest. Wie konnte Nathan einfach so davongehen, durch das Durcheinander aus Feuerwehrleuten und aufgescheuchten Insulanern? Wie konnte er ohne Weiteres verschwinden? Und nicht einmal einen Blick in meine Richtung werfen? Existierte ich für ihn plötzlich überhaupt nicht mehr?

»Hey, Ella«, höre ich Maggies Stimme neben mir. Sie ist kratzig und rau, vom Rauch, vom Schreien und Weinen. Ich sehe meine Freundin an, die eine Verandastufe weiter oben Platz nimmt, eine Hand auf meine Schulter legt. Ihre Augen sind rot verquollen. Ich weiß nicht, wann ich Maggie das letzte Mal habe weinen sehen.

»Sie haben das Feuer gelöscht. Aber ... das Haus ist nicht mehr bewohnbar. Es ... es droht einzustürzen. Wenn Holzhäuser brennen, hat man kaum eine Chance, meinte einer der Feuerwehrleute. Wir hatten Glück, dass das Feuer nicht auf die Nachbargrundstücke übergegangen ist.«

»Ja ... aber ... es ist trotzdem alles so furchtbar«, murmele ich betroffen.

»Mama ist außer sich«, flüstert Maggie. »Sie hat so an diesem Haus gehangen.« Ihre Stimme wird hart, als sie leise hinzufügt: »Wenn die Feuerwehr feststellen sollte ... wenn sie feststellen, dass Nathan doch den Herd angelassen hat, dann ... dann ...« Sie ballt ihre Hände zu Fäusten, und ich kann mir den Rest denken. Meine Augen füllen sich mit neuen Tränen. Ich würde Nathan so gern verteidigen, ihn in Schutz nehmen. Aber ich kann nicht. Weil ich nicht weiß, was passiert ist. Und weil er einfach gegangen ist.

»Die Mädchen haben erzählt, sie wären im Wohnzimmer gewesen, und Nathan war draußen auf der Veranda, mit dieser ... Frau«, sage ich tonlos.

»Ja. Sie haben sich angeschrien, hat Zack erzählt.« Maggies Stimme klingt tonlos.

»Sie muss plötzlich aufgetaucht sein, als wir schon im Restaurant waren.« Gedankenverloren streiche ich durch Claras zerzauste Locken und merke plötzlich, dass sie eingeschlafen ist, mit ihrem Kopf auf meinem Schoß. Paula sitzt auf meiner anderen Seite, ihren Kopf gegen meinen Oberkörper gelehnt, und auch ihr Atem geht verdächtig gleichmäßig.

»Das Feuer fing in der Küche an, hat Zack erzählt«, meint Maggie bitter. »Und die Nachbarn haben das auch bestätigt: Die Flammen kamen zuerst aus der Küche.«

Ich starre sie an. »Wirklich?«

»Ja, wirklich. Dieses Arschloch von einem Bruder. Dieser Vollidiot! Er hat bestimmt wegen dieser Tussi vergessen, den Herd auszumachen!«

Betroffen schweige ich eine Weile, bevor ich Maggie leise frage: »Wie geht es Josh? Er sieht schrecklich bleich aus.«

Während sich Zack dicht neben seine Mutter gesetzt hat, kauert Josh am Rande der Veranda, das Gesicht fahl, die Arme um seine angezogenen schlaksigen Beine geschlungen.

»Hey, Josh, komm doch zu uns«, sagt Maggie und winkt ihn her. »Na komm, mein Schatz. Wir kuscheln ein wenig, ja?«

Aber Josh sieht uns nur an und schüttelt den Kopf. In seinen Augen glänzen Tränen. Oh je. Die Jungs haben das Haus so geliebt, sie waren jeden Sommer hier. Der Schock muss deshalb besonders tief sitzen.

»Mom«, sagt Josh, und seine Stimme klingt ganz dünn. »Ihr dürft nicht Onkel Nathan die Schuld geben! Er hat nichts gemacht!«

Ich höre, wie Maggie tief ein und ausatmet. »Schatz, lass das mal die Sorge der Großen sein, hörst du? Du musst dich nicht um Onkel Nathan kümmern, er kommt gut allein zurecht. Und er …«

»Mom, es ist meine Schuld!« Tränen rinnen über Joshs asch-fahle Wangen.

Maggie runzelt die Stirn, steht auf, geht ein paar Schritte auf ihn zu. »Wie meinst du das?«

»Ich … als Onkel Nathan mit dieser Frau nach draußen gegan-gen ist … da …« Josh bricht ab und wischt sich mit dem nackten Unterarm über die Augen. »Die anderen waren im Wohnzimmer, aber ich bin in die Küche gegangen. Ich wollte eine Kerze anzün-den. Weil … weil Onkel Nathan davon erzählt hat, wie es neulich war, bei Stromausfall, nur mit Kerzen. Ich wollte das auch aus-probieren. Darum habe ich die Streichhölzer aus der Schublade neben dem Herd geholt.«

Maggie ist nun genauso bleich wie ihr Sohn. Sie hockt vor ihm und sieht ihn aus weit aufgerissenen Augen an.

»Du hast allein versucht, eine Kerze anzuzünden?«, fragt sie mit zittriger Stimme. »Und … dadurch hat das Feuer begonnen?«

Josh schluchzt auf und vergräbt sein Gesicht in Maggies T-Shirt. »Ich habe mich am Finger verbrannt und … das Streich-holz fallen lassen«, wimmert er, und da fängt auch sein kleiner Bruder aus Solidarität wieder an zu weinen. »Es ist auf den Küchenstuhl gefallen … und da lag eine Zeitung. Die hat sofort angefangen zu brennen.«

Die Zeitung, die Harry Goodman heute in der Küche gelesen hat, denke ich gequält. »Ich … ich bin rausgerannt, um Onkel Nathan zu holen, aber … aber als wir wieder in die Küche kamen, da brannten schon die Vorhänge. Nathan hat uns raus-gescheucht, er hat die Feuerwehr gerufen … und … er hat ver-sucht, mit dem Feuerlöscher … aber es war schon zu spät …« Josh bricht ab und schluchzt verzweifelt. »Es tut mir so leid! Es tut mir leid, Mom, ich wollte das nicht! Und Granny ist so trau-rig, und Grandpa auch, und … und ihr hasst alle Onkel Nathan, aber er war es nicht!«

»Ist gut, ist ja gut«, murmelt Maggie in das Haar ihres Sohnes, und ich sehe, dass auch ihr wieder Tränen über die Wangen laufen. Ich schluchze ebenfalls heiser auf und bin froh, dass meine Mädchen schon schlafen und dieses Drama nicht mitbekommen. »Hey, ihr Süßen«, hören wir Harrys Stimme. Er klingt um Jahre älter als noch vor zwei Stunden, als wir im Restaurant saßen und über Maggies Anekdoten aus ihrem Alltag als Assistant Professor gelacht haben. Ist das wirklich erst zwei Stunden her? Unglaublich, wie schnell sich alles ändern kann. Wie schnell alles zerbrechen kann.

»Dad ...«, sagt Maggie heiser, und dann erzählt sie, was ihr Josh gerade offenbart hat. Beatrice kommt ebenfalls hinzu, und während Josh immer wieder anfängt, bitterlich zu weinen, hören sie mit versteinerten Gesichtern zu. Schließlich ziehen sie ihren Enkel an sich und trösten ihn, sagen ihm, dass es ein Unfall war, dass er nichts Böses wollte.

Und ich, ich kann nur an Nathan denken. Daran, wie verzweifelt er aussah, als er das brennende Haus anstarrte, an seine Wut, als er versucht hat, seinem Vater klarzumachen, dass er diesmal nicht den Herd angelassen hatte, nicht getrunken hatte, nicht der Schuldige war.

»Nathan hätte euch nicht allein lassen dürfen«, höre ich Harrys Stimme, die so bitter klingt, dass es mir wehtut. »Er sollte auf euch aufpassen.«

»Ich habe gleich meine Zweifel gehabt«, sagt Maggie mit kratziger Stimme. »Wir hätten die Kinder nicht bei ihm lassen dürfen.« Eine eiskalte Faust legt sich um mein Herz. Ich war diejenige, die Maggie überredet hat, ihrem Bruder dies zuzutrauen. Ich war es.

»Wäre diese Frau nicht gekommen, wäre das vielleicht nicht passiert«, meldet sich Beatrice mit zittriger Stimme zu Wort.

»Wer war das eigentlich?«, höre ich jemanden fragen und

merke, dass ich das bin. Ich erkenne meine eigene Stimme kaum wieder, so seltsam leer klingt sie.

»Das war Jenna. Nathans Freundin«, kommt die Antwort von Maggie, die ich nicht hören wollte. Fassungslos starre ich sie an, sie erwidert meinen Blick ausdruckslos und fügt mit einem erschöpften Kopfschütteln hinzu: »Nicht, dass ich sie gekannt oder jemals von ihr gehört hätte, aber sie hat sich mir vorhin so vorgestellt.« Maggie lacht bitter auf. »Bei ihr hat sich Nathan auch die ganze Zeit nicht gemeldet. Erst, als er gestern endlich sein verdammtes Telefon angemacht hat, hat er ihr mitgeteilt, wo er steckt. Daraufhin hat sie sich heute ins Auto gesetzt und ist zur Fähre gefahren.«

Oh Gott, denke ich.

»Ich kann es nicht fassen, dass das alles passiert ist«, sagt Beatrice mit brüchiger Stimme. »Warum musste das passieren?«

»Weil unser Sohn einen Hang dazu hat, alle mit sich ins Verderben zu ziehen«, erwidert Harry und klingt so kalt und nüchtern, als spräche er über einen Wildfremden.

Da reicht es mir. Ich atme tief durch und sage laut und fest: »Hört endlich auf damit.«

Überrascht sehen mich die drei Erwachsenen und zwei Kinder an. »Womit, Ella?« Maggies Augenbrauen verengen sich leicht, als sie mich fragend mustert.

»Damit, auf Nathan herumzuhacken. Das könnt ihr alle nämlich hervorragend. Ihr macht ihn kaputt, habt ihr das noch gar nicht gemerkt?«

»WIR machen ihn kaputt?«, fragt Harry und stemmt anklagend seine Hände in die Hüften. »Wie bitte?«

Zitternd atme ich tief durch und versuche, mich nicht von meinem Vorhaben, reinen Tisch zu machen, abbringen zu lassen. Ich weiß, Nathan wollte nicht, dass ich weitererzähle, was er mir anvertraut hat. Aber ich habe das Gefühl, dass das Kind längst in den Brunnen gefallen ist. Jetzt kommt es nicht mehr darauf an, ob ich mein Versprechen halte oder nicht. Erfahren wird er es womöglich gar nicht, zumindest kann ich mir nicht vorstellen, dass er so bald wieder mit seiner Familie Kontakt haben wird. Und mit mir erst recht nicht. Also erzähle ich den erschütterten Goodmans, dass sich Nathan in seiner Familie schon immer als Außenseiter gefühlt hat, als das schwarze Schaf, das anders tickt als der Rest. Und, da ich schon einmal dabei bin, erzähle ich auch gleich von seinem Dauerstress in der Küche des Cuisine, von dem immensen Druck, den der Michelin-Stern mit sich gebracht hat, von seinem Bedürfnis, aller Welt – und vor allem seiner Familie – zu beweisen, dass er es dennoch schafft. Ich lasse nicht einmal die Tatsache aus, dass die meisten Köche irgendwann zu Alkohol oder Drogen greifen.

»Klar«, sagt Harry mit einem verächtlichen Schnauben. »Was für eine bequeme Erklärung. Ein bisschen Stress, und schon wird man zum Alkoholiker und fackelt das Restaurant ab, in das sein Vater Geld investiert hat!«

»Nathan ist kein Alkoholiker. Und wir reden hier nicht nur von ›ein bisschen Stress‹«, gebe ich so ruhig wie möglich zurück.

»Ja, aber wieso denn diese ganze extreme Belastung, sowohl körperlich, als auch seelisch? Wegen eines *fucking* Michelin-Sterns?« Beatrice schreit diese Worte beinahe verzweifelt, und wir alle zucken zusammen. Zack murmelt »Zwei Dollar, Granny«, aber keiner beachtet ihn weiter.

»Ja«, erwidere ich heiser und stehe auf, vorsichtig darum bemüht, meine Kinder nicht zu wecken. »Nathan hatte Angst davor, den Stern zu verlieren, weil er in euren Augen nicht schon wieder als Versager dastehen wollte. Er glaubt nämlich, dass er das für euch ohnehin schon ist, weil er nicht studiert hat, sondern ›nur‹ Koch geworden ist.«

»Aber ich habe ihm nie, wirklich nie gesagt, dass er ›nur‹ Koch ist! Ich habe seinen Beruf nie als minderwertig betrachtet!«, wirft

Beatrice erschüttert ein, und ich merke anhand ihrer zitternden Lippen, dass sie erneut gegen Tränen ankämpft.

»Ich auch nicht«, pflichtet ihr Harry bei, und für einen Moment klingt er kein bisschen wütend mehr, sondern einfach nur unglücklich. Er fährt sich mit einem Kopfschütteln über das Gesicht und sagt heiser: »Und gedacht habe ich es auch nie, weil Nathan nämlich so verdammt gut in seinem Job ist!«

»Ja, das ist er wirklich. Und ich dachte immer, seine Arbeit würde ihm noch dazu Spaß machen«, murmelt Beatrice. »Wenn ich früher gewusst hätte, wie sehr ihm das alles zusetzt ...«

Plötzlich wird mir klar, dass sich Nathan und seine Familie seit sehr vielen Jahren immer wieder missverstanden haben. Tiefe Traurigkeit erfüllt mich, als ich nacheinander die bleichen Gesichter von Maggie und ihren Eltern mustere. »Vielleicht habt ihr nie wirklich gesagt oder gedacht, dass er ›nur‹ Koch geworden ist, aber ... es kam wohl so rüber. Genau ...« Ich zögere, fahre dann leise fort: »Genau wie bei mir.«

»Wie bitte? Bei dir?« Beatrice sieht mich überrascht an. »Was meinst du damit?«

»Na ja«, erwidere ich und seufze tief, bevor ich mich überwinde und erkläre: »Als ich damals in Hamburg unbedingt Köchin werden wollte, und später dann Konditorin, da ... also, von euch kamen da auch so Bemerkungen wie ›Aber du machst doch Abi! Willst du denn nicht studieren?‹«

»Na und?«, fragt Harry mit einem Kopfschütteln. »Darf man das nicht fragen? Wir haben doch nie gesagt, dass es schlecht ist, Köchin oder Konditorin zu werden!«

»Nein«, murmele ich und begegne Maggies Blick, der mir sagt, dass meine Freundin versteht, was ich meine. Sie selbst hat ja anfangs auch gefragt, warum ich nicht studieren wollte. Aber dann hat sie meine Entscheidung schnell akzeptiert und nie wieder daran gezweifelt.

»Ich glaube, Ella hat recht«, sagt Maggie nun zögerlich. »Solche Bemerkungen habt ihr – und habe auch ich – durchaus gemacht. Bei Ella, und genauso bei Nathan. Weil es für uns einfach unbegreiflich schien, dass sie nicht zur Uni gehen wollten. Das war allerdings überhaupt nicht böse gemeint, Ella. Das weißt du hoffentlich, oder?«

Langsam nicke ich. »Ja, absolut. Aber – ich glaube, dass Nathan das nicht weiß. Er denkt nach wie vor, dass ihr euch wünscht, er hätte einen anderen Lebensweg eingeschlagen.« Ich zögere kurz und fahre dann in der erschütterten Stille fort: »Nach dem, was Nathan mir geschildert hat, hatte er vor seiner Flucht aus Manhattan einen Burn-out.«

»Ach, diese Modeerscheinung«, brummt Harry, nun doch wieder von Zorn erfüllt, dreht sich um und will anscheinend davonstürmen, aber auf einmal hören wir Nathans Stimme. Vor Schreck falle ich beinahe von der unterstehen Verandastufe, auf der ich stehe.

Kapitel 42

D as war so klar, dass du das sagst, Dad«, sagt Nathan, und seine Stimme zittert leicht. Er steht direkt hinter dem Gartentor dieses fremden Hauses, kommt jetzt ein paar Schritte auf die Veranda zu, wo wir uns alle versammelt haben. Sein Blick schießt flüchtig zu mir, dann zurück zu seinem Vater, der ihn fassungslos anstarrt.

»Dass du dich herwagst«, grollt er leise.

»Ich wollte euch sagen, dass es mir leidtut«, erklärt Nathan. Er sieht seine Mutter und Schwester an, geht dann einen Schritt auf Josh zu und streicht ihm über den Kopf. Sein Neffe schlingt seine Arme um Nathans Hüften und fängt erneut an zu weinen.

»Es war meine Schuld, Onkel Nathan!«, wimmert er in das T-Shirt mit dem »WTF?«-Aufdruck hinein, während Nathan ihm beruhigend den Rücken streichelt. »Ich habe …«

»Ich weiß«, unterbricht ihn Nathan ruhig. »Ich habe schon eine Weile auf der anderen Seite vom Gartentor gestanden und zugehört.«

Aufgewühlt starre ich ihn an. Das bedeutet, dass er alles gehört hat, was ich gesagt habe.

»Es war nicht deine Schuld, Josh. Es war meine eigene Schuld, weil ich mit Jenna rausgegangen bin, um in Ruhe reden zu können. Ich hätte euch nicht allein im Haus lassen dürfen. Ihr seid Kinder.« Er holt tief Luft und sieht seine Eltern und Maggie der Reihe nach an. Mich sieht er nicht an.

»Es ist meine Schuld, und ich werde mich um den Wiederaufbau des Hauses kümmern. Keine Sorge, es wird wieder alles werden wie vorher.«

»Ach, wird es das?«, schreit Harry. »Und woher willst du all die Erinnerungsstücke nehmen, die im Haus waren? Das war nicht nur ein Gebäude, Nathan! Das war eine Ansammlung von persönlichen Dingen, von Erinnerungen, die für immer weg sind!« Bei seinen letzten Worten bricht seine Stimme, und mir schießen Tränen in die Augen. Bisher habe ich gar nicht genau darüber nachdenken können, was gemeinsam mit dem Haus verloren gegangen ist. Auch unsere Sachen, unsere Klamotten. Lulu, die Stoffente und Hasi, der Hase. Das Sternennachtlicht. Mein I-Pod. Nathans I-Pod. Und – oh Gott. Unsere Reisepässe! Mit einem leisen Stöhnen schließe ich die Augen. Dann fällt mir Cassidys Geburtstagskuchen ein, und aus irgendeinem irrationalen Grund tut mir der Verlust des rosa Kuchens besonders weh.

Nathans Stimme reißt mich aus meinen Gedanken. »Jenna und ich nehmen gleich ein Wassertaxi rüber ans Festland, aber ich habe der Feuerwehr meine Daten gegeben, sie melden sich bei mir, wenn es weitere Fragen gibt. Ich wollte euch das nicht antun, und ich verspreche, dass ich es wiedergutmache. Und ich werde einen anderen Job finden, keine Sorge. So, das wäre es. Bye.«

Abrupt dreht er sich um und geht mit langen Schritten davon. Ehe ich weiß, was ich tue, renne ich hinter ihm her. »Nathan! Warte!«

Am Gartentor dieses fremden Hauses, dessen Bewohner sich verstohlen im Inneren herumdrücken, um uns Zeit zu lassen, alles zu verarbeiten, bleibt Nathan stehen und dreht sich um. Unwillig sieht er mich an.

»Was gibt es noch?«

Was gibt es noch? Schweigend starre ich ihn an, mein Herz droht meinen Brustkorb zu sprengen. »Ich … was …?« Hilflos breche ich ab, versuche, meine Tränen in Schach zu halten. Dann sehe ich sie. Jenna. Sie steht draußen auf dem Weg, eine schicke Reisetasche in der Hand, und mustert mich ausdruckslos, während hinter ihr einige Feuerwehrleute Schläuche einrollen. Plötzlich erkenne ich einen der Feuerwehrmänner, den großen, kräftigen. Quinn, der am Kuchenbuffet nicht genug von Ruth Spielmanns Coconut Creme Pie bekommen konnte. Als ob das gerade wichtig wäre.

»Danke, dass du es allen erzählt hast«, sagt Nathan, und die Kälte in seiner Stimme macht mir klar, dass er das ironisch meint. »Gut zu wissen, dass Geheimnisse bei dir bestens aufgehoben sind.«

»Nathan, ich dachte … Ich wollte erklären, warum …«

»Das war nicht deine Angelegenheit«, zischt Nathan wütend. »Du hattest kein verfluchtes Recht, dich da einzumischen, Ella!« Er macht rückwärts einen Schritt fort von mir, als könne er es gar nicht erwarten, so schnell wie möglich Abstand zwischen uns zu bringen. »Leb wohl«, sagt er und klingt dabei so emotionslos, dass mir endgültig die Tränen kommen. Ich presse eine Hand auf meinen Mund, während sich Nathan abwendet und mit langen Schritten davonmarschiert, aus dem Garten, an Jenna vorbei. Sie folgt ihm, holt auf, greift nach seiner Hand. Gequält wende ich mich ab.

Ein paar Schritte hinter mir steht Maggie und starrt mich stumm an. Heiser lache ich auf, während ich mir Tränen fortwische.

»Das habe ich alles toll hinbekommen, oder?«

»Du hast gar nichts hinbekommen«, erwidert Maggie leise und kommt auf mich zu. »Mensch, Ella. Das mit Nathan … und mit seiner Freundin, das tut mir so leid. Ich wusste nicht, dass er in Manhattan eine Beziehung hatte. Hat. Es sieht ihm so ähnlich, dass er sogar seine Freundin ausgeblendet hat, während er hier war. Arme Jenna.« Ihr scheint klar zu werden, was sie da gerade gesagt hat, denn sie sieht mich ernst an und schiebt hinterher: »Ich meine, keine Frau sollte so behandelt werden. Aber du … du natürlich erst recht nicht. Du hast das am allerwenigsten verdient, Ella.« Sie seufzt tief auf, und ich merke, wie ihr Blick gequält über meine Schulter huscht, sicher an der rauchenden Ruine des Sommerhauses an der anderen Straßenseite hängen bleibt. Dann sieht sie wieder mich an, atmet tief durch und sagt: »Jetzt muss ich ihn doch kastrieren.«

Trotz der überhaupt nicht lustigen Gesamtsituation muss ich kurz schnaubend auflachen. Dann wispere ich: »Ist schon okay. Du hast mich doch gewarnt, dass ich mich nicht verlieben soll.«

»Scheiße, Ella«, erwidert Maggie heftig. »Aber wir wissen doch beide, dass das nicht geklappt hat.«

»Das kostet dich einen Dollar«, erwidere ich mit einem schiefen Lächeln, bevor ich erneut in Tränen ausbreche.

Wir schlafen kaum in dieser Nacht. Die hilfsbereiten Nachbarn haben uns aufgeteilt, damit alle ein Bett haben. Harry und Beatrice übernachten im blauen Haus bei Matthew O'Neill. Maggie, die Kinder und ich können glücklicherweise gemeinsam beim netten Ehepaar Miller bleiben, auf dessen Veranda es vorhin zur großen Aussprache gekommen ist. Die Millers haben drei Schlafzimmer, von denen wir zwei belegen. Während die Kinder in den beiden Zimmern in den Ehebetten schlafen, sitzen Maggie und ich noch lange im Wohnzimmer und unterhalten uns leise. Maggie ist völlig außer sich, kann so viele Dinge nicht fassen – unter anderem, dass sich ihr Bruder jahrelang als Außenseiter gefühlt hat, offensichtlich an Minderwertigkeitskomplexen gegenüber seinen Eltern und der brillanten Schwester litt. Oder vielmehr leidet.

»Er hat nie etwas gesagt«, murmelt Maggie und nippt mit einem Kopfschütteln an der Bierdose, die sie sich aus dem Kühlschrank der Millers nehmen durfte. Karen Miller hat ein paar Mal betont, dass wir uns wie zu Hause fühlen und uns in der Küche an allem bedienen sollen. Die Großherzigkeit und der Zusammenhalt der Insulaner rühren mich zutiefst. Noch bevor der Feuerwehrtruck den Ocean Breeze Walk verlassen hatte, waren eine Platte mit belegten Sandwiches und ein Apple Pie von besorgten Nachbarn bei den Millers abgeliefert worden.

»Du kennst ihn ja«, murmelt Maggie nun nachdenklich. »Nathan wirkt immer so cool, als könne ihn nichts erschüttern. Woher sollten wir denn ahnen, dass er sich nicht von uns verstanden und akzeptiert fühlte?«

Kenne ich Nathan wirklich, frage ich mich ratlos, während Maggie weiterredet, laut darüber nachdenkt, wie das alles nur so schiefgehen konnte. Nein, komme ich im Stillen zum Schluss. Ich kenne ihn nicht. Im Grunde genommen weiß ich fast nichts über ihn. Weder habe ich eine Ahnung, wo in Manhattan er wohnt, noch was für Freunde er hat, und bis vor ein paar Stunden wusste ich nicht einmal, dass der Mann, mit dem ich viermal geschlafen habe, eine Freundin hat.

»Es tut mir so leid«, murmelt Maggie neben mir und stellt ihre Bierdose auf den Couchtisch. »Dass er sich so … ausgegrenzt gefühlt haben muss. Das wollte ich nicht.«

»Tja, er hätte ja auch mal etwas sagen können, oder? Immer nur zu schweigen hilft niemandem etwas. Darum habe ich mein Versprechen gebrochen und euch von seinem Zusammenbruch erzählt. Er wollte das nicht.«

»Du hast das Richtige getan, Ella«, sagt Maggie mit Nachdruck. »Denn du hast völlig recht: Man muss über seine Probleme reden.«

Ja, denke ich. Ich wünschte nur, Nathan hätte das aus freien

Stücken selbst getan und ich wäre nun nicht der Buhmann, weil ich alles erzählt habe. Schließlich wollte ich ihm nur helfen.

Am nächsten Tag nehmen Maggie, die Kinder und ich die Fähre zurück zum Festland. Harry und Beatrice wollen noch mindestens eine Nacht im Haus von Matthew O'Neill verbringen, um vor Ort zu sein, sollte es noch Formalitäten mit der Feuerwehr und der Versicherung zu klären geben. Außerdem hoffen sie darauf, dass die Feuerwehrleute in den Trümmern des Hauses den ein oder anderen Gegenstand finden werden, der noch brauchbar ist. Aber Maggie möchte so schnell wie möglich fort von der Insel, und ich möchte das jetzt auch. Zwar bricht es mir das Herz, dass unser gemeinsamer Sommerurlaub ein so abruptes Ende gefunden hat, aber es hilft ja nichts, unter diesen schrecklichen Umständen auf Fire Island, im Haus der hilfsbereiten Millers, zu bleiben. Unser Inselsommer ist vorbei, und ob es für die Goodmans jemals wieder unbeschwerte Sommer auf Fire Island geben wird, steht in den Sternen.

Als ich auf dem Deck der Fähre stehe und mein Gesicht der warmen Morgensonne zuwende, habe ich Tränen in den Augen. Der Fahrtwind lässt meine Haarsträhnen tanzen, die Luft riecht nach Salzwasser und Schiffsdiesel. Ich muss daran denken, wie die Kinder und ich vor fast drei Wochen auf dieser Fähre standen, wie Paula sich übergeben musste. Wie wir im Haus ankamen, Nathan zum ersten Mal begegnet sind. Die Erinnerung tut so weh, dass ich die Augen kurz schließen muss. Wie konnte alles nur so gründlich schiefgehen?

In Bay Shore wartet Dan auf uns. Eigentlich wollte er morgen auf die Insel kommen, um das Wochenende mit seiner Familie zu verbringen. Nun holt er uns lediglich ab. Nachdem er Maggie und die Jungs lange im Arm gehalten hat, wendet er sich mir zu und lächelt mich schief an. Dan ist ein Computermensch wie aus dem Bilderbuch, mit Hornbrille, verwuscheltem braunem Haar und leicht ungelenken Bewegungen. Und er ist einer der liebsten Kerle, die mir jemals begegnet sind. Er nimmt auch mich fest in den Arm, streichelt mir über den Rücken und sagt heiser: »Es ist schön, dich zu sehen, Ella. Auch wenn die Umstände echt bescheiden sind.«

Da Maggie und Dan einen dieser Familienvans haben, bei denen im Kofferraum eine dritte Sitzbank ausgeklappt werden kann, fahren wir alle gemeinsam zurück nach Manhattan. Die Mädchen sind inzwischen wieder recht fröhlich und heitern mit ihrer quirligen Art alle auf. Als wir an der Columbus Avenue an der Upper West Side aus dem Wagen steigen, empfängt uns die Sommerhitze Manhattans mit ihrer drückenden Schwüle und dem Geruch nach heißem Asphalt. Ich lege den Kopf in den Nacken und sehe an dem Hochhaus empor, in dem meine Freundin mit ihrer Familie wohnt. Wir haben uns darauf geeinigt, dass die Kinder und ich lediglich ein paar Tage im Gästezimmer dort oben im 35. Stock verbringen werden, bevor wir den Rückflug nach Deutschland antreten. Zwar haben Maggie und Dan eine tolle Wohnung mit einmaligem Blick über den Central Park, aber für drei Erwachsene und vier Kinder dürfte es auf Dauer doch etwas eng werden. Am Montag muss ich als Erstes zum deutschen Generalkonsulat gehen und Reiseersatzpapiere für unsere Rückreise besorgen, dann werde ich im Internet nach früheren Rückflügen schauen.

Jawohl, ich werde sie selbst umbuchen, unsere Flüge, und das nicht mehr Maggie überlassen, denn die alte Ella, die ständig die anderen hat machen lassen, die gibt es nicht mehr. Und es wird Zeit, dass die neue Ella nach Hamburg zurückkehrt, sich ihren Problemen stellt, mit Thomas über die Trennung spricht und darüber, wie es weitergehen soll. Nach einer Wohnung und einem Job muss ich schleunigst suchen, überlege ich, während ich ernst die gläserne Hochhausfassade mustere. In wenigen Tagen werden außerdem meine Eltern von ihrer Kreuzfahrt zurück sein und wissen wollen, was los ist.

Ein gut gelaunter Mann in blauer Uniform kommt aus der Lobby des Hochhauses und schiebt einen goldfarbenen Gepäck-Trolley, ganz wie in einem edlen Hotel. »Hey, ihr seid schon wieder zurück von der Insel?«, ruft er Maggie und den Jungs jovial zu, bevor er beim Blick in den leeren Kofferraum stutzt. »Nanu, und ohne Gepäck?« »Ja, Rick, leider. Ist eine lange Geschichte«, seufzt Maggie und hakt sich bei mir unter. »Komm, Ella, ab in unsere kühle Wohnung. Oh Mann, ich habe einen Bärenhunger. Lass uns was bestellen, ja? Wie wäre Sushi?«

»Hmm«, murmele ich und versuche, enthusiastisch zu klingen, während ich erneut an Nathan denken muss. Daran, wie er von den Hamburger Krabbenbrötchen geschwärmt hat, als wir die Verlobungstorte verziert haben. Kaum zu glauben, dass das erst ein paar Tage her ist. Dass die Küche, in der wir die Torte verziert, eine Mehlschlacht veranstaltet, uns leidenschaftlich gestritten und noch leidenschaftlicher geküsst haben, nicht mehr existiert.

»Wo wohnt Nathan eigentlich?« Die Frage rutscht mir heraus, bevor ich sie zurückhalten kann. Maggie sieht mich ein wenig besorgt an, und ich schiebe rasch hinterher: »Keine Sorge, ich werde ihn nicht besuchen. Ich … es interessiert mich einfach.«

»Einige Blocks weiter südlich von hier«, antwortet Maggie mit einem kleinen Seufzer. »In Hell's Kitchen. Passt, oder? So, und jetzt komm mit, Süße.«

Sie hakt sich bei mir unter, und gemeinsam gehen wir in die kühle Lobby ihres Hochhauses hinein.

Kapitel 43

Acht Monate später

»Ella?«

»Hmm?« Sorgfältig vergewissere ich mich, dass der Astronaut in seinem weißen Weltraumanzug fest auf dem tiefblauen Fondant klebt, bevor ich den Blick hebe und Antje ansehe, die in der Backstube aufgetaucht ist.

»Wie findest du meine Weltraumtorte?«, frage ich und trete einen Schritt zurück, um mein Werk stolz zu begutachten, das mich ziemlich ins Schwitzen gebracht hat. Immerhin bin ich Mutter zweier vierjähriger Mädchen, bei denen sich alles um Prinzessin Lillifee oder – ja, immer noch – um Frozen dreht. Dieser Geburtstagskuchen für einen bald fünfjährigen Jungen namens Jonas war Neuland für mich – er wünschte sich sehnlichst einen Weltraumkuchen mit Raumschiff, Astronaut, grünem Männchen und den acht Planeten unseres Sonnensystems. Prüfend lasse ich meinen Blick über Merkur, Venus, Erde, Mars, Jupiter, Saturn, Uranus und Neptun gleiten, die mit Hilfe von Schaschlikspießen einen Halbkreis um das Raumschiff aus weißem Fondant bilden, das die Aufschrift »Jonas 5« trägt. Der Astronaut steht neben dem »H« von »Herzlichen Glückwunsch«, das grüne Männchen sitzt neben dem »G« von »zum Geburtstag«. Zufrieden lächele ich und wische mir Fondantreste von den Fingern.

»Der ist toll geworden, Kompliment! Dieser Jonas wird begeistert sein.« Antje tritt neben mich und begutachtet die Torte von allen Seiten, bevor sie mich ansieht und sagt:»Ella, draußen ist jemand, der dich sprechen möchte.«

»Wer denn?« Während ich beginne, Fondantreste von der Arbeitsoberfläche zu kratzen, bin ich in Gedanken schon bei meinem nächsten Auftrag – einer Hochzeitstorte mit Dschungelthema, weil das Brautpaar in die Flitterwochen in den Amazonas fliegt – als meine Chefin leise sagt:»Nathan.«

Ich erstarre in meiner Bewegung, richte mich langsam auf, sehe Antje fragend an.»Was?«, flüstere ich.

Als sie nickt und leise bestätigt:»Ja, DER Nathan. Nathan Goodman. Er steht vorn und wartet auf dich«, sinke ich auf den nächsten Stuhl und starre ins Leere.

»Wieso … Was macht er hier?«, murmele ich, mehr zu mir selbst als zu meiner Chefin, die vor mir in die Hocke geht und mir ihre Hände auf die Knie legt. Fassungslos sehe ich Antje an. Ihr sonst so fröhliches Gesicht wirkt ernst, ihre grünen Augen mustern mich eingehend, bevor sie ruhig, aber bestimmt sagt:»Ich weiß nicht, was er hier macht, Ella. Aber eines ist klar: Du gehst jetzt da raus und redest mit ihm.«

Vehement schüttele ich den Kopf.»Nein, das kann ich nicht.«

»Und ob du das kannst.« Antjes resolute Seite kommt zum Vorschein, als sie sich aufrichtet, nach meinen Händen greift und mich in die Höhe zieht.»Ella, dieser Mann da draußen sieht so verdammt gut aus, und er steht da und wartet auf DICH. Ich schwöre dir, wenn du nicht rausgehst und mit ihm redest, tue ich es. Und ich werde ihm alles von dir erzählen. ALLES.«

»Antje, du bist gemein!«

»Nein, Herzchen, ich bin eine hoffnungslose Romantikerin. Und wenn so ein Mann hier in meinem Café auftaucht – ein gefeierter Koch aus New York, der aussieht wie eine Mischung aus italienischem Model und Pirat, Himmel noch mal! – dann werde ich nicht einfach tatenlos zusehen. Vor allem nicht, nachdem du mir damals vorgeheult hast, wie sehr du ihn vermisst.«

Na wunderbar. Ich wusste, dass unser Abend mit zu viel Rotwein und viel zu vielen intimen Geständnissen ein Fehler war. Aber damals, kurz, nachdem ich meine Teilzeitstelle hier im »Café Zuckerguss« begonnen hatte, war ich einfach nur froh darüber, mit jemandem reden zu können. Nicht nur mit Maggie per Skype, sondern mit einer Person aus Fleisch und Blut. Antje und ich hatten uns auf einer Geburtstagsparty einer gemeinsamen Bekannten kennengelernt und auf Anhieb hervorragend verstanden. Sie suchte eine Konditorin auf Teilzeitbasis, ich suchte einen Job – und bekam nicht nur den, sondern in Gestalt meiner Chefin gleich noch eine neue gute Freundin dazu. Antje hatte immer ein offenes Ohr, wenn ich mich in den anstrengenden ersten Monaten nach meiner Rückkehr von Fire Island in meinem neuen Alltag als alleinerziehende berufstätige Mutter zurechtfinden musste. Und sie hatte auch ein offenes Ohr, was meinen Liebeskummer betraf, den ich aus unserem Inselurlaub mitgebracht hatte. Tja, und das habe ich nun davon.

»Aber unsere Zeit auf Fire Island ist acht Monate her!«, zische ich aufgebracht. »Ich bin längst über Nathan hinweg!«

»Mhhm«, murmelt Antje und grinst, sodass ihre mädchenhaften Grübchen zum Vorschein kommen und die energische Frau vor mir um ein Jahrzehnt jünger als ihre fünfundvierzig Jahre aussehen lassen. »Darum bist du auch gerade rot wie ein gekochter Hummer und hast mit Sicherheit den Bauch voller Schmetterlinge, habe ich recht?«

Natürlich hat sie recht, aber ich werde den Teufel tun und das zugeben. Allerdings fürchte ich, dass es ganz egal ist, was ich sage – Antje scheint wild entschlossen, mich um jeden Preis dazu zu bringen, nach vorn ins Café zu gehen. Seit sie nach ihrer Scheidung vor fünf Jahren erst kürzlich ihr ganz großes Glück in Gestalt eines attraktiven und ebenfalls geschiedenen Lehrers gefunden hat, ist Antje davon überzeugt, dass auch ich in Sachen Liebe noch einmal einen Volltreffer landen werde. Aber ich glaube das nicht. Und ich kann da nicht rausgehen. Auf keinen Fall. Allein die Vorstellung, Nathan nach all dieser Zeit wiederzusehen, verwandelt meine Knie in Wackelpudding.

»Antje, ich glaube, ich muss nach Hause, mir geht es nicht so gut«, murmele ich gequält und will mich wieder auf den Stuhl sinken lassen, doch meine Chefin tritt energisch hinter mich und schiebt mich erbarmungslos durch die Backstube, auf den Vorhang zu, hinter dem sich der schmale Durchgang zum Café verbirgt.

»Lass das!«, zische ich aufgebracht und stemme meine Füße in den Boden, aber Antje schiebt nur stärker – mit dem Erfolg, dass ich durch den Vorhang hindurchstolpere und ihn dabei fast herabreiße, als ich mich reflexartig an dem schweren dunkelroten Samt festkralle.

Und da sehe ich ihn. Nathan steht vor der Vitrine, in der unsere Kuchen und Teilchen ausgestellt sind und mustert ernst den Rest meines Apfelkuchens, von dem seit gestern Mittag zehn Stück verkauft wurden. Ich muss dringend einen neuen backen, fährt mir der vorerst wohl letzte rationale Gedanke durch den Kopf, denn Nathan hat natürlich gemerkt, dass jemand durch den roten Vorhang geschossen gekommen ist, und sieht mich an. Wie erstarrt bleibe ich stehen, wo ich bin, ohne in der Lage zu sein, einen weiteren Schritt ins Café hinein zu machen. Verdammt, was sieht der Kerl gut aus. Antje hatte recht – wie eine Mischung aus italienischem Model und Pirat. Nathan trägt jetzt einen Dreitagebart, der ihm extrem gut steht, vor allem in Kombination mit der abgewetzten schwarzen Lederjacke, den verwaschenen Jeans und den Bikerboots. Ich bekomme Atemnot.

»Huch«, macht Antje hinter mir betont erstaunt, als sie durch den Vorhang kommt und in mich hineinläuft. »Liebes, du versperrst den Durchgang!«

Ich würde ihr gern einen vernichtenden Blick zuwerfen, komme aber nicht mehr dazu, denn sie schiebt mich schon wieder vor sich her, bis ich auf Höhe der Theke stehe, hinter die sie nun geschäftig tritt und zu Nathan sagt: »So, ein Espresso, richtig? Kommt sofort!«

Mit einem fröhlichen Summen macht sie sich am Kaffeevollautomaten zu schaffen, während ich neben der Theke stehe, eine Hand um die Kante aus weiß getünchtem Holz gekrallt und nicht weiß, wohin mit mir und meinem wie verrückt hämmernden Herzen.

»Hi, Ella«, höre ich Nathans dunkle Stimme, die genau die Wirkung auf mich hat wie eh und je, was sich nicht unbedingt hilfreich auf meinen Allgemeinzustand auswirkt.

Mein gekrächztes »Hi, Nathan« geht im Krach des Kaffeevollautomaten unter, der fauchend und zischend den Espresso zubereitet. Als ich merke, dass Nathan langsam auf mich zukommt, starre ich konzentriert auf die Backwaren in der Vitrine. Himmel, es sind fast keine Nussecken mehr da. Höchste Zeit, neue zu machen.

»Es ist schön, dich zu sehen.« Überrascht hebe ich den Blick, sehe Nathan in die Augen. Er steht jetzt nur zwei Schritte von mir entfernt und mustert mich ernst.

»Tatsächlich?«, presse ich konzentriert hervor und verschränke die Arme vor der Brust. Mit einem Mal sind sie wieder da, die negativen Erinnerungen an das Ende unseres Sommers auf Fire Island. Seine kalte Stimme, die Vorwürfe, die Art, wie er einfach gegangen ist, ohne ein nettes Wort, ohne eine Erklärung. Dafür mit seiner Freundin. Jenna.

Nathan lächelt zaghaft. »Ja«, sagt er leise. »Tatsächlich.«

»Ich finde es nicht so schön«, schnaube ich, und seine Augenbrauen zucken überrascht in die Höhe.

»So, hier ist der Espresso!«, ertönt Antjes Stimme. Über die Theke hinweg strahlt sie uns an. »Ich bringe ihn zum Tisch am Fenster, ja? Ella, du solltest dringend eine Pause machen. Oder ...« Sie wirft einen raschen Blick auf die Wanduhr, »ach, mach doch gleich Schluss, heute ist es ja ruhig.«

Womit sie natürlich recht hat, denn an diesem regnerischen Mittwochvormittag Ende März sind längst nicht so viele Mütter mit ihren Kinderwagen zum Kaffeeklatsch gekommen wie sonst. Nur zwei junge Frauen sitzen auf der Bank am Ende des Cafés und unterhalten sich bei Tee und meinem Apfelkuchen, während ihre Babys glucksend durch die Spielecke krabbeln.

»Ich muss anfangen, Fondant in zehn Grünschattierungen für die Hochzeitstorte zu färben«, erinnere ich Antje in drohendem Tonfall, der ihr klarmachen soll, dass sie sich auf dünnem Eis bewegt.

»Ach, die Dschungeltorte, die muss doch erst Samstag fertig sein!«, erwidert Antje mit einer wegwerfenden Handbewegung. »Ehrlich, Ella, mach ruhig früher Schluss!«

Sie strahlt erst mich an, dann Nathan, und ich könnte sie erwürgen. Wirklich. Nathan greift nach der Espressotasse und sagt mit seinem charmanten amerikanischen Akzent zu meiner Chefin: »Vielen Dank, ich bringe die selbst zum Tisch. *And ...* ähm ... ein Stück Apfelkuchen, bitte.« Er sieht mich an und vergewissert sich: »Das ist doch DEIN Apfelkuchen, oder?«

Seufzend nicke ich, während Antje mit einem geträllerten: »Aber klar, Apfelkuchen kommt sofort!« in die Vitrine greift und die Kuchenplatte herausfischt. Nathan lächelt mich an, wendet sich dann mit seiner Espressotasse ab und geht zu besagtem Tisch am Fenster. Antje wirft mir über die Theke hinweg einen »Oh-mein-Gott-der-Mann-ist-doch-der-absolute-Wahnsinn!«-Blick zu, und ich antworte stumm mit einem »Noch-eine-Einmischung-und-ich-kündige«-Blick, bevor ich mich umdrehe und

Nathan widerwillig folge. Er hat seine Lederjacke ausgezogen, und das schlichte weiße Hemd, das darunter zum Vorschein gekommen ist, lässt ihn ungewohnt seriös erscheinen. Wobei die Tattoos auf seinen Armen, die sich unter dem Stoff abzeichnen, verhindern, dass er wie ein Banker aussieht. Während er an seinem Espresso nippt und mich ernst mustert, lasse ich mich auf den Stuhl ihm gegenüber sinken und streiche mir nervös eine Haarsträhne hinter das Ohr.

»Du siehst toll aus«, sagt Nathan, und dieses Kompliment lässt mich fast vom Stuhl fallen.

»Danke«, murmele ich und starre auf den Zuckerspender, der zwischen uns steht. »Seit ich wieder arbeite und zwischen Job und Kindergarten hin- und herflitze habe ich zwei Kilo verloren.«

Wieso erzähle ich ihm das? Innerlich schlage ich mir eine flache Hand vor die Stirn und presse meine Lippen fest aufeinander, um nicht noch mehr Blödsinn von mir zu geben. Ich merke, dass Nathan den Kopf schüttelt und sehe ihn an. »Das meinte ich nicht«, sagt er mit Nachdruck. »Die zwei Kilo standen dir super. Glaub mir.«

Diese letzten zwei Worte lassen mich erschaudern, weil mir bewusst wird, dass dieser Mann tatsächlich beurteilen kann, wie ich figurtechnisch unter meinen Klamotten aussehe beziehungsweise aussah. Peinlich berührt nestele ich erneut an meinem Haar herum, und Nathan folgt meiner Hand mit seinem Blick. »Ich mag deine Haare, wenn sie länger sind, wie jetzt.«

Es stimmt, mein Haar ist länger geworden, ich trage es nicht mehr als praktischen Mama-Bob, sondern fast schulterlang, heute zum kurzen Pferdeschwanz gebunden. Nur die seitlichen Strähnen fallen wie immer heraus und umrahmen so locker mein Gesicht. Nathan mustert jetzt eben diese Strähnen und lächelt mich warm an. Ich kann nicht zurücklächeln, sondern erwidere seinen Blick nur stumm, wie erstarrt.

»Ella«, beginnt Nathan leise und atmet tief durch. In diesem Moment erfüllt Musik das kleine Café, und ich zucke entgeistert zusammen. Bisher lief im Hintergrund in unaufdringlicher Lautstärke wie immer das Vormittagsprogramm des NDR2. Aber jetzt ist es die Stimme von Prince, die ohne Vorwarnung »Purple Rain« zum Besten gibt, und zwar unüberhörbar. Ich werfe Antje einen Blick zu, der töten könnte, aber sie werkelt mit Unschuldsmiene hinter der Theke herum und ignoriert mich. Eine Sekunde lang schließe ich die Augen und verfluche mich im Stillen dafür, mit meiner Chefin so viel Rotwein getrunken und ihr so viele Details zu meiner kurzen Sommerromanze mit Nathan erzählt zu haben.

»Du verstehst dich anscheinend sehr gut mit deiner Chefin?«, höre ich Nathan fragen und zwinge mich dazu, ihn anzusehen. Er erwidert meinen Blick ernst, mit leicht schief gelegtem Kopf, und im ersten Moment fürchte ich, dass er tatsächlich irritiert ist, weil Antje von diesem Lied weiß. Dann jedoch sehe ich das Schmunzeln um seine Mundwinkel zucken und atme verstohlen auf.

»Ich habe mich bisher sehr gut mit ihr verstanden, ja. Das hat sich allerdings gerade geändert.« Ich bedenke Antje mit einem weiteren vernichtenden Blick, den sie ebenfalls ungerührt ignoriert. Nathan lacht heiser auf, und der Klang seines Lachens, in Kombination mit diesem Lied, lässt die Erinnerungen an unsere gemeinsame Nacht auf Fire Island erbarmungslos auf mich einprasseln. Als ich es wage, ihn wieder anzusehen, erkenne ich an dem Funkeln in seinen dunklen Augen, dass er gerade an dasselbe denkt wie ich. Mein Gott, ist mir warm.

»Woher weißt du überhaupt, dass ich hier arbeite?«, frage ich streng, darum bemüht, Prince und seine Beteuerungen, nicht nur der *weekend lover* sein zu wollen, auszublenden.

»Von Maggie«, kommt die Antwort, die ich mir hätte denken können. Natürlich. Schließlich weiß auch ich so einiges über Nathans Leben in den letzten Monaten, weil Maggie bei unseren Skype-Unterhaltungen und bei ihrem Besuch im Januar immer wieder ihren Bruder erwähnt hat. Fast, als wollte sie, dass ich ihn nicht vergesse, dass ich nicht endlich über ihn hinwegkäme. Warum sich meine beste Freundin, die zu Beginn so vehement gegen unser Techtelmechtel war, plötzlich so verhielt, war mir ein Rätsel. Sie selbst tat unschuldig, als ich sie darauf angesprochen habe.

»Sorry, ich hatte keine Ahnung, dass ich Nathan jetzt gar nicht mehr erwähnen darf«, waren ihre Worte, bevor sie das Thema gewechselt hat.

Dank Maggies gelegentlicher Berichterstattung weiß ich also, dass Nathan wenige Wochen nach dem Feuer eine neue Stelle als Küchenchef in einem weiteren Nobelrestaurant in Manhattan gefunden und sich erneut abgemüht hat, um sich und aller Welt (und vor allem seiner Familie) zu beweisen, dass er kein Versager ist. So zumindest hat mir Maggie seinen Antriebsgrund beschrieben, was mir das Herz noch ein wenig mehr gebrochen hat, denn, so sauer ich auch auf Nathan war, ich wollte dennoch nicht, dass er sich weiter quälte. Maggie wusste, warum er sich das Ganze antat, und auch, wie schlecht es ihm dabei erneut ging, weil sie ihn nach unserem Inselurlaub regelmäßig anrief, um zu hören, wie es um ihren Bruder stand. Überhaupt nicht gut, so viel war klar, und Maggie versuchte mehrmals, Nathan zur Vernunft zu bringen, ihn dazu zu bewegen, sein Leben zu ändern, beruflich einen neuen Weg einzuschlagen, einen Weg, der ihn nicht so kaputtmachen würde. Aber Nathan konnte mindestens so stur sein wie seine Schwester und machte einfach weiter, bis Maggie ihn Anfang Oktober überraschend im Restaurant besuchte und nach eigenen Angaben zu Tode erschrak, weil er so fertig aussah. Nathan gab widerwillig zu, dass er unter Schlafstörungen litt, und außerdem wegen ständiger Magenschmerzen nur noch wenig aß, weshalb er alarmierend abgenommen hatte. Trotzdem versuchte er stur, irgendwie weiterzumachen. Ich heulte einen ganzen Abend lang, als Maggie mir das per WhatsApp mitteilte. Als nur zwei Wochen später allerdings auch noch ein Hörsturz hinzukam, zog Maggie für ihren Bruder die Notbremse. Zunächst schleppte sie ihn zu einem HNO-Arzt, denn Nathan selbst wäre gar nicht dorthin gegangen, trotz des watteartigen Gefühls im rechten Ohr und trotz der heftigen Schwindelanfälle. Die Diagnose war eindeutig, und der Arzt riet ihm dringend zu Ruhe, wenn er vermeiden wollte, auf einem Ohr dauerhaft schwerhörig zu werden. Vermutlich hätte aber nicht einmal diese Aussicht allein Nathan zur Vernunft gebracht, denn zunächst weigerte er sich, die Therapie zu beginnen, die Maggie für ihn organisiert hatte: Dank ihrer engen Kontakte zu einer Medizinprofessorin hatte sie einen Platz in einer renommierten Klinik in Vermont ergattert, die sich auf die Behandlung von Burn-out-Patienten spezialisierte. Nathan jedoch sträubte sich anfangs vehement – bis auch seine Eltern bei ihm auftauchten. Maggie hatte ihnen unmissverständlich klargemacht, wie ernst es um ihren Sohn stand, und dass es an der Zeit sei, dass seine Familie wirklich für ihn da sei. Beatrice hatte den zweiten Teil ihrer Buchtour sofort abgebrochen und gemeinsam mit Harry den nächsten Flieger von Las Vegas heim nach New York genommen. Und, obwohl Nathan nach der Feuerkatastrophe mal wieder auf stur geschaltet und die gelegentlichen Anrufe und WhatsApp-Nachrichten seiner Mutter größtenteils ignoriert hatte, ließ er es endlich zu, dass seine Eltern sich um ihn kümmerten. Gemeinsam überzeugten Harry, Beatrice und Maggie ihn davon, auf seinen Körper zu hören und sich eine Pause in den Bergen von Vermont zu gönnen. Vor allem die Tatsache, dass sich Harry bei seinem Sohn für seine unfaire Reaktion in der Feuernacht entschuldigte, schien für Nathan sehr wichtig und der entscheidende Anstoß in die richtige Richtung zu sein.

Maggie hat mir in der Zeit, als Nathan in der Klinik in Vermont war, mehrfach über Skype gesagt, wie dankbar sie mir sei, weil ich ihr und ihren Eltern die Augen geöffnet und ihnen klargemacht hätte, wie sehr sich Nathan gequält hatte und dass er Hilfe brauchte.

Ein weiteres Ereignis in Nathans Leben musste ich dann gar nicht von Maggie erfahren, sondern bekam es selbst mit, als ich Mitte Januar morgens die Zeitung aufschlug: Auf der Seite »Aus aller Welt« lächelte mir Nathan Goodman in seiner schwarzen Kochuniform entgegen und ließ mich vor Schreck meinen Kaffee verschütten. »Ehemaliger Sternekoch packt aus« lautete die Schlagzeile. Atemlos verschlang ich den Artikel, in dem über die US-Talkshow berichtet wurde, in der Nathan nach seiner Therapie zu Gast gewesen war und wo er offen und schonungslos von seinen Problemen und dem Stress erzählt hatte, den das Streben nach einem Michelin-Stern mit sich bringt. Natürlich sah ich mir besagte Talkshow im Internet an, hing quasi an Nathans Lippen, genau wie die Moderatorin, die ganz offensichtlich ziemlich angetan von ihm war – ebenso wie der Rest Amerikas. Über Nacht wurde Nathan zum gefeierten Aussteiger aus dem elitären Zirkel der Spitzenköche. Nach ihm meldeten sich Dutzende Küchenchefs zu Wort, die bestätigten, dass die Michelin-Sterne ihr Leben ruiniert hätten, dass sie mit Alkohol- und Drogenproblemen kämpften, viele von ihnen sogar mit Selbstmordgedanken. Die Welle der Chefköche, die sich kritisch gegenüber dem Michelin-Guide äußerten, schwappte bis nach Deutschland über, sodass erst vor wenigen Wochen ein mit zwei Sternen ausgezeichneter Münchner Küchenchef öffentlich den Michelin-Guide um Streichung aus ihrem Restaurantführer gebeten hat.

Einerseits war ich ungeheuer stolz auf Nathan, als ich all das mitbekam. Andererseits tat es mir verdammt weh, sein Gesicht zu sehen, seine Stimme zu hören. Das Buch, das er in Zusammenarbeit mit einer bekannten amerikanischen Autorin über seine Erfahrungen in der New Yorker Spitzengastronomie schreiben wird, werde ich auf jeden Fall nicht lesen, so viel ist klar. Das würde ich nicht ertragen. Und auch das Kochbuch mit dem Titel »Essen wie bei Mamma Lucia«, das laut Maggie in Planung sein soll, werde ich wohl meiden, denn es wird ganz sicher viele Fotos von Lucias Urenkel enthalten – und das wäre einfach zu viel für mich.

»Maggie hat mir erzählt, dass du im letzten Herbst die Besitzerin dieses Cafés kennengelernt hast ...« Nathan wirft einen schnellen Blick Richtung Theke, wo Antje gut gelaunt »Purple Rain, Purple Rain!«, vor sich hinträllert. Wieder zuckt ein Schmunzeln um seine Lippen und, mein Gott, ich wünschte, ich könnte aufhören, immer wieder auf diese Lippen zu starren.

»Ja«, antworte ich, und meine Stimme klingt heiser. »Genau. Seitdem arbeite ich hier.«

»Und beglückst Ottensen mit deinem Apfelkuchen«, bemerkt Nathan leise und lächelt mich wieder an, mit schief gelegtem Kopf diesmal, was meinen Magen dazu veranlasst, einen Purzelbaum zu schlagen. In diesem Moment taucht Antje mit einem besonders großen Stück von eben diesem Apfelkuchen auf, stellt den blau geblümten Porzellanteller schwungvoll vor Nathan ab und verkündet: »So, bitte schön, einmal Ellas fantastischer Apfelkuchen! Der geht natürlich aufs Haus, genau wie der Espresso.«

»Nein, kommt gar nicht infrage ...«, versucht Nathan zu widersprechen und will sein Portemonnaie zücken, aber Antje lässt ihn gar nicht ausreden, sondern beharrt gut gelaunt: »Nein, nein, wirklich, von Ihnen nehme ich kein Geld an, Nathan. Sie können Ihre Schulden anderweitig begleichen.« Sie zwinkert ihm zu, und ich wünschte, der knarrende Dielenboden würde sich auftun und mich verschlingen, oder besser Antje, oder uns beide. Da Nathan sie ein wenig ratlos mustert, fügt Antje eilig hinzu: »Ich meine natürlich nicht bei mir, sondern bei Ella. Sie hat ja den Kuchen gebacken.« Sie grinst ihn breit an, weicht stur meinem wütenden Blick aus und verschwindet erneut hinter der Theke.

Nathans Mundwinkel zucken amüsiert, während er nach der Kuchengabel greift und mir einen prüfenden Blick zuwirft.

»Sie scheint eine sehr nette Chefin zu sein«, bemerkt er und zieht eine Augenbraue in die Höhe. Ich gebe ein unterdrücktes Schnauben von mir und versuche nicht auf Nathans Mund zu starren, während er meinen Kuchen probiert. Als er kurz die Augen schließt und genüsslich aufseufzt, rutsche ich unbehaglich auf meinem Stuhl hin und her. Wirklich, wenn mein Herz weiter so rast, werde ich gleich tot umkippen.

»Nathan, was willst du hier?«

Kapitel 44

So, jetzt ist die Frage raus. Nathan hat sich gerade eine weitere Gabel voll Kuchen in den Mund geschoben, hält kurz inne, mustert mich ernst. Dann kaut er langsam, den Blick unaufhörlich auf mich geheftet, was mich so nervös macht, dass ich beginne, die Süßstofftütchen in der Porzellanschale zurechtzuzupfen.

»Ich bin in Hamburg, weil ich hier ein Restaurant eröffnen werde.« Mein Kopf schnellt in die Höhe, und ich starre Nathan perplex an. Um seine Augen bilden sich die vertrauten feinen Lachfältchen.

»Hier in Hamburg?«, hake ich ungläubig nach und vergesse einen Augenblick lang, wie wütend ich eigentlich auf diesen Mann bin.

Nathan nickt und legt seine Kuchengabel zur Seite. »Ja. Das war ja schon lange mein Traum. Vor einigen Wochen habe ich in New York einen alten Schulfreund aus Hamburg getroffen. Er hatte in der Zeitung über mich gelesen, wegen meines Auftritts in dieser TV-Show.«

Ich nicke, und Nathan fährt fort: »Ich war damals gut mit Oliver befreundet, aber mit den Jahren haben wir den Kontakt verloren. Nachdem er über mich gelesen hatte, hat er mich über LinkedIn kontaktiert, und während er geschäftlich in Manhattan war, haben wir uns getroffen. Wir haben uns auf Anhieb wieder sehr gut verstanden, und als ich erwähnt habe, dass mein Traum ein kleines eigenes Lokal in Hamburg sei, war er Feuer und Flamme und meinte, er würde liebend gern in mein Restaurant investieren, als stiller Teilhaber mit einsteigen. Er ist übrigens Banker und kennt sich dementsprechend mit Finanzierungen bestens aus.«

Ich muss spöttisch auflachen. »So, so, du bist mit einem Banker befreundet?«

Nathans Grinsen sagt mir, dass er genau weiß, worauf ich anspiele. Oder besser: auf wen. Er nickt und bestätigt beinahe kleinlaut: »Allerdings. Ich habe eingesehen, dass es durchaus nette Banker gibt. Wie auch immer, nachdem Oliver wieder hier in Hamburg war, hat er begonnen, sich nach geeigneten Immobilien umzusehen und mir Bilder der Objekte zu schicken, die infrage kamen. Ein Lokal gefiel uns auf Anhieb besonders gut, darum bin ich gestern hergeflogen und habe mir eben mit Oliver die Räumlichkeiten angesehen. Das Lokal ist perfekt. Wenn der Vermieter mitmacht, haben wir einen Standort für mein Restaurant gefunden.«

»Und ... wo in Hamburg?«, frage ich verdattert.

»Hier in Ottensen«, antwortet Nathan, und ich bekomme Schnappatmung. »Nicht weit von hier, an der Ottenser Hauptstraße. In dem Ladenlokal, wo bisher diese Tapasbar war. ›La Chica‹.«

Verdammt. Das ist ja quasi um die Ecke! Nathan lächelt mich an und erklärt seelenruhig: »Die Gegend gefällt mir ziemlich gut, und Oliver hat darauf bestanden, dass wir hier eröffnen. Er meinte, dass meine Küche in die hiesige Restaurantszene passt wie die Faust aufs Auge.«

Da hat dieser Oliver allerdings recht. Ich kann mir Nathan in seiner schwarzen Kochuniform und mit seinen Tattoos sofort in einem der hippen Szenelokale hier im Viertel vorstellen.

»Ähm ...«, krächze ich und räuspere mich. »Und ... wann eröffnet ihr?«

»Im Sommer. Hoffentlich schon im Juli, wenn alles klappt.«

»Was für eine Richtung soll es denn werden?«

»Der Schwerpunkt soll auf italienischem Essen liegen, nach den Rezepten meiner Urgroßmutter. Bodenständige Küche, nichts Abgehobenes. Weder irgendein Gemüseschaum noch Goldstaub. Und ich habe mir geschworen, nie wieder Kräuter mit der Pinzette auf Tellern anzurichten.« Nathan grinst mich entwaffnend an, und ich kann es nicht verhindern, zurückzugrinsen. »Nur acht bis zehn Tische, rustikale Holzmöbel, keine Tischdecken, gemütliche und lockere Atmosphäre.« Nathan stützt die Ellbogen auf den Tisch und beugt sich ein wenig näher zu mir, fügt ernst hinzu: »Und wenn jemals ein Tester des Michelin-Guides einen Fuß über die Schwelle meines Restaurants setzt, werde ich ihn eigenhändig zum Teufel jagen.«

Mein Groll auf diesen Mann ist peu à peu weniger geworden, und bei seinen letzten Worten muss ich herzhaft auflachen. Natürlich merkt Antje von ihrem Spähposten hinter der Theke aus sofort, dass ich aufgehört habe, mich wie die Eiskönigin aufzuführen und ruft mir zu: »Ella, war das eigentlich diese Woche, dass die Mädchen bei Thomas sind?«

Ich schenke ihr ein Augenrollen und hole tief Luft, bevor ich zurückrufe: »Ja, Antje, diese Woche sind die Kinder bei Thomas. Schön, dass du mich daran erinnerst, ich hätte das glatt vergessen und wäre gleich zum Kindergarten gefahren.«

»Gern geschehen, Liebes. Ist ja nett, dass du abends mal kinderfrei hast, oder? So zum Essen gehen oder sonst was machen …«

Peinlich berührt räuspere ich mich und weiche Nathans Blick aus, aber ich merke, dass er Mühe hat, nicht loszulachen. »Apropos: Wie geht es Paula und Clara?«, fragt er dann und wird wieder ernst.

»Gut«, murmele ich und ziehe mein Smartphone aus der

Tasche meiner Schürze, rufe ein aktuelles Foto der beiden auf, halte es Nathan hin.

»Sie werden immer hübscher«, murmelt er und betrachtet das Bild eingehend, bevor er den Blick hebt und hinzufügt: »Wie ihre Mama.«

Puh, hier drinnen ist es heute wirklich warm. Verlegen stecke ich das Telefon wieder weg und wedele mir verstohlen mit einer Hand Luft zu. Schweißperlen rinnen meinen Rücken hinab.

»Sie sind also an manchen Tagen bei Thomas?«, hakt Nathan nach, bevor er sich über den Rest meines Kuchens hermacht.

»Ja. Wir haben uns geeinigt, dass die Mädchen eine Woche pro Monat bei Thomas wohnen. Er wollte absolut nicht nur jedes zweite Wochenende, sondern auch den Kindergartenalltag mit ihnen erleben.«

Als Nathan mich überrascht mustert, wird mir wieder bewusst, wie wenig ähnlich diese Einigung dem Thomas sieht, mit dem ich verheiratet war. Nein, verheiratet bin, denn noch sind wir nicht geschieden – aber die Scheidung läuft.

Thomas hat seit dem letzten Sommer in seiner Vaterrolle tatsächlich eine Wandlung durchgemacht und engagiert sich seit unserer Trennung wesentlich stärker als früher. Er geht jetzt auch zu Veranstaltungen im Kindergarten, bei denen ich früher immer allein war, er bringt die Mädchen zum Arzt, wenn ich in der Konditorei einen wichtigen Auftrag fertigbekommen muss, und in der einen Woche pro Monat, in der die Zwillinge bei ihm sind, arbeitet er ab Mittag mit dem Laptop von zu Hause aus. Allerdings habe ich ausgehandelt, dass in der Woche, in der die Kinder bei ihm sind, ich die Zwillinge dienstags und donnerstags selbst vom Kindergarten abhole und für sie zu Hause Mittagessen koche, bevor ich sie zu Thomas bringe. Sonst würde ich diese Trennung nie und nimmer durchhalten. Dafür hat Thomas darauf bestanden, dass während der drei Wochen, in denen die

Mädchen bei mir sind, der Dienstagnachmittag und Samstagvormittag ihm gehören. Dienstags holt Thomas die Kinder also mittags vom Kindergarten ab und bringt sie nach dem Abendbrot zurück zu mir, wobei er erst dann geht, wenn er ihnen eine Gute-Nacht-Geschichte vorgelesen hat. Und samstagvormittags kann ich in Ruhe meine Einkäufe erledigen und die Wohnung putzen, während Thomas – und oft auch Jasmin – mit den Mädchen in den Tierpark oder auf den Spielplatz gehen.

Als ich Thomas ein paar Wochen nach Fire Island darauf angesprochen habe, dass es mich wunderte, ihn plötzlich so engagiert zu sehen, meinte er beinahe verlegen, dass ihn die Zeit, als ich mit den Kindern auf der Insel war, beinahe umgebracht hätte. Ihm sei klar geworden, wie sehr die Mädchen ihm fehlten. Außerdem war er der Meinung, dass sie nach nur drei Wochen in den USA schon völlig verändert gewesen seien und dass er wichtige Entwicklungen verpasst hätte, weshalb er sich geschworen hätte, nicht mehr so viel kostbare Zeit mit seinen Kindern zu versäumen. Zunächst hatte mich diese Erkenntnis zutiefst gekränkt, denn es war klar, dass er nun zwar seine früheren Fehler auszubügeln versuchte, aber dass diese Wandlung für unsere Ehe zu spät kam. Den neuen Thomas, der nicht mehr nur an die Arbeit dachte, den durfte jetzt Jasmin Bayer für sich beanspruchen. Eine ganze Zeit lang habe ich mich Thomas – und natürlich vor allem Jasmin – gegenüber ziemlich zickig aufgeführt. Aber in den letzten Monaten habe ich auch viel nachgedacht und sowohl mit meinen Eltern, als auch per Skype mit Maggie und bei dem ein oder anderen Gläschen Rotwein mit Antje meine Ehe diskutieren können. Mir ist peu à peu immer klarer geworden, dass Thomas und ich jahrelang unsere Probleme mit uns herumgetragen haben, ohne wirklich darüber zu reden. Dieses Schweigen, vor allem in Bezug auf die schwere Zeit unseres unerfüllten Kinderwunsches, hat unsere Ehe langsam von innen zerfressen. Mir ist klar, dass sich Thomas oft falsch verhalten hat – aber ich habe das auch getan. Und daher habe ich mich schließlich dazu durchgerungen, mich auf das von Thomas vorgeschlagene Arrangement, wann die Kinder wo sind, einzulassen. Das schwierige Verhältnis von Nathan und seinen Eltern – besonders das zu seinem Vater – hat mir die Augen geöffnet, hat mir verdeutlicht, dass auch Eltern-Kind-Beziehungen gefördert und gepflegt werden müssen. Ich will mir später nicht vorwerfen müssen, dass ich meine Mädchen von ihrem Vater ferngehalten habe.

Trotz all meiner guten Vorsätze nehme ich es mir dennoch nach wie vor heraus, Jasmin weitestgehend zu ignorieren, wenn sie mir beim Abliefern oder Abholen der Zwillinge die Tür öffnet. »Das ist nicht zickig, das ist normal«, meinte Antje mit Nachdruck, als ich ihr gegenüber mein Verhalten mal erwähnt und sie gefragt habe, ob ich ihrer Meinung nach eine Zicke sei. Und als Thomas neulich hier in der Konditorei aufgetaucht ist, mit der verlegenen Erklärung, er vermisse meinen Kuchen und wolle sich außerdem mal wieder in Ruhe mit mir unterhalten, nicht immer nur zwischen Tür und Angel, mit den Kindern und Jasmin um uns herum, da habe ich ihn unter dem Vorwand, eine Torte fertigbekommen zu müssen, abblitzen lassen. Und Antje hat den Teufel getan und mich aus der Backstube zu ihm nach vorn geschoben. Keine Ahnung, warum Thomas plötzlich meine Gesellschaft und meinen Kuchen vermisste, aber Clara meinte neulich, Thomas und Jasmin hätten sich gestritten, weil er abends nie koche. So zumindest hat sie das verstanden, was bei einer Vierjährigen natürlich nicht viel heißen muss. Trotzdem habe ich leise gekichert, denn Kochen gehörte nun wirklich noch nie zu Thomas' Stärken. Ich glaube schon, dass er nach wie vor in Jasmin verliebt ist, aber das rosarote Glück scheint erste Alltagsgrauschleier zu bekommen. Die gönne ich den beiden von Herzen.

»Ja, es hat mich auch ziemlich überrascht, dass sich Thomas

plötzlich so sehr als Vater engagiert«, sage ich jetzt und räuspere mich. »Wir haben eine Weile gebraucht, bis wir uns einigen konnten, wo die Kinder wann sind, aber inzwischen bin ich froh, dass wir diese Regelung gefunden haben, und Thomas macht das Ganze wirklich gut. In der einen Woche, in der die beiden die meiste Zeit bei ihm sind, vermisse ich die Kinder zwar wie wahnsinnig, aber dafür arbeite ich dann mehr Stunden hier im Café. Und ich habe auch mal Zeit für mich.«

»Mhhm«, macht Nathan leise, und ich merke, dass sein Blick flüchtig zu meinem Mund gewandert ist, bevor er mir hastig wieder in die Augen sieht. »Das heißt ... hättest du heute Abend Zeit, mit mir etwas essen zu gehen?«

Mein Herz hämmert heftig gegen meinen Brustkorb, während mein Mund trocken wird. Ich wünschte wirklich, ich hätte ein Glas Wasser. »Ähm ... heute Abend? Warte, lass mich nachdenken ...«

»Du hast Zeit!«, ruft Antje hinter der Theke hervor. Mit einem unterdrückten Stöhnen sehe ich sie gequält an. Wie kann sie uns überhaupt so gut verstehen, bei der lauten Musik? »Außerdem liegt dein letztes Date Monate zurück, Ella. Los, gib dir einen Ruck.«

»Ich glaube, ich muss hier kündigen«, murre ich mit einem resignierten Kopfschütteln, während ich Nathans heiseres Lachen höre.

»Also?«, hakt er geduldig nach, und als ich ihn ansehe, trifft mich das neckende Aufblitzen in seinen Augen unvorbereitet. »Nachdem du die Erlaubnis deiner Chefin hast ... sagst du ja?« Er macht eine Pause, und als ich nicht gleich antworte, fügt er leise hinzu, sodass wirklich nur ich ihn verstehen kann: »Es ... es gibt nämlich einen zweiten Grund, warum ich nach Hamburg gekommen bin. Einen noch viel wichtigeren Grund als die Suche nach der richtigen Restaurant-Location.«

Ungläubig starre ich ihn an, und obwohl er nicht ausspricht, was das für ein zweiter Grund ist, wird dies mehr als deutlich, als der Blick aus seinen dunklen Augen plötzlich sehr ernst wird und mich geradezu festzuhalten scheint. Fassungslos sehe ich ihn an und bin drauf und dran, zu nicken. Dann allerdings wird mir wieder klar, warum ich am Ende unseres Inselsommers so verletzt war, und ich hole tief Luft. »Nathan, warum hast du mir damals nichts von Jenna erzählt?«

Natürlich habe ich in der Zwischenzeit längst von Maggie erfahren, dass sich Nathan sofort nach seiner Abreise von Fire Island von dieser Jenna getrennt hat. Aber Details kannte sie nicht, weil Nathan mal wieder nicht darüber reden wollte, und ich wollte eigentlich auch gar nichts Näheres dazu wissen. Zu tief saß die Enttäuschung wegen Nathan, zu ernüchtert und gekränkt war ich und ging fest davon aus, dass er mich nur für eine kurze Sommeraffäre missbraucht hatte, dass es ihm nie ernst mit mir gewesen war. Maggie hatte mich ja gewarnt, dass ihr Bruder quasi beziehungsunfähig war, nur hatte ich das nicht wirklich wahrhaben wollen. Eigentlich war es also egal, was mit dieser anderen Frau war. Aber jetzt, als Nathan vor mir sitzt und mich zaghafte Zweifel beschleichen, ob ich wirklich nur eine Sommeraffäre für ihn war, da brennt mir diese Frage wieder unter den Nägeln.

Nathan seufzt leise auf und fährt sich mit beiden Händen durch die Locken, bevor er sagt: »Ella, ich habe mich damals absolut unmöglich verhalten, und das tut mir unendlich leid. Wirklich. Ich hätte dich nach dem Brand nicht einfach so stehen lassen sollen. Vor allem hätte ich dir keine Vorwürfe machen sollen, weil du meiner Familie die Wahrheit gesagt hast. Denn du hast das einzig Richtige getan, das weiß ich inzwischen.« Ernst sieht er mich an. »Ich habe viel Mist gebaut, und ich hätte dir nie so wehtun dürfen. Glaub mir, ich habe während der letzten

Monate schon reichlich zu dem Thema von Maggie zu hören bekommen.«

»Sei froh, dass sie dich nicht kastriert hat«, murmele ich und muss lachen, als nun Nathan seine Augen weit aufreißt und mich in gespieltem Entsetzen anstarrt. »Du hast noch nichts zu Jenna gesagt«, erinnere ich ihn.

»Ja.« Er seufzt erneut. »Jenna. Das war ... ein schwieriges Thema, glaub mir. Sie und ich waren ein Paar, allerdings war es eine dieser On-Off-Beziehungen, mit ständigen Höhen und Tiefen. Mal waren wir ein paar Wochen lang zusammen, dann nach einem riesigen Streit eine Zeit lang getrennt, dann wieder zusammen und so weiter. Es war schrecklich. Damals hatte ich diesen Megastress im Restaurant und eigentlich eh keine Zeit für ein Privatleben, aber Jenna verstand das nicht und machte mir laufend Vorwürfe. Wie auch immer ... kurz bevor ich ...« Er zögert, fährt dann mit fester Stimme fort: »Kurz bevor ich wegen der negativen New York Times-Kritik meinen Zusammenbruch hatte und nach Fire Island abgehauen bin, hatten wir einen besonders heftigen Streit, und ich habe ihr gesagt, dass endgültig Schluss sei, dass ich das nicht mehr wollte. Ich war überzeugt, ich hätte ihr das klargemacht. Aber Jenna dachte offenbar, das sei nur eine unserer vielen ›Trennungen‹ ohne wirkliche Folgen und hat in der Zeit, als ich auf der Insel war, ständig versucht, mich zu erreichen. Als ich mein Telefon an dem Abend vor dem Brand dann zum ersten Mal wieder eingeschaltet habe, hatte ich über einhundert Nachrichten von ihr, auf WhatsApp, als Voicemail, E-Mail und so weiter. Sie bombardierte mich mit Vorwürfen, weinte, schrie, das volle Programm. Also habe ich ihr an dem Abend eine Nachricht geschickt und erklärt, wo ich bin. Und am nächsten Abend, als ihr gerade zum Restaurant gegangen wart, stand sie plötzlich vor dem Ferienhaus und fing wieder mit den ganzen Vorwürfen an. Ich wollte nicht, dass die Kinder unseren

Streit mitbekamen und bin mit ihr auf die Veranda rausgegangen.« Er seufzt gequält auf. »Na ja, den Rest kennst du.«

»Aber ihr … ihr seid Hand in Hand weggegangen«, werfe ich ein und verfluche mich dafür, dass meine Stimme leicht zittert. Nathan beugt sich noch weiter vor und greift ohne Vorwarnung nach meiner Hand, die neben dem Zuckerspender auf der Tischplatte ruht. Als seine warmen Finger meine umschließen, schmelze ich innerlich zu einem kleinen Häufchen Lust zusammen.

»Ja. Weil Jenna meine Hand genommen hat, und weil ich in dem Moment so betäubt war, dass ich das erst gar nicht registriert habe«, sagt Nathan mit rauer Stimme. »Jenna wollte partout mit unserer Beziehung weitermachen. Ich nicht, und das habe ich ihr im Wassertaxi, auf dem Weg nach Bay Shore noch einmal verklickert. In Manhattan ist dann jeder von uns in seine Wohnung gegangen. Ich habe sie seit dem Abend nur noch einmal gesehen, als ich ein paar Sachen bei ihr abgeholt habe.«

»Aha«, murmele ich unkonzentriert, denn Nathans Daumen hat angefangen, über meinen Handrücken zu streicheln, und ich kann keinen klaren Gedanken mehr fassen.

»Also«, sagt er leise. »Gehen wir heute Abend essen?«

Ich kann nur nicken, sprechen geht nicht. Nathan grinst mich breit an, bevor er sagt: »Cool. Maggie hat mir schon deine Adresse gegeben. Ich hole dich um halb sieben ab, okay?«

»Diese Verräterin«, murmele ich. Meine Wangen fühlen sich an, als hätte ich 40 Grad Fieber. »Okay, dann sehe ich dich um halb sieben.«

»Halleluja!«, ruft Antje laut und erntet überraschte Blicke von den zwei jungen Müttern sowie ein Augenrollen von mir.

Kapitel 45

Um Punkt halb sieben holt mich Nathan ab. Es ist mir wirklich peinlich, wie viel Zeit ich an diesem Nachmittag damit verbracht habe, ein Outfit zu finden, das schick ist, aber dennoch nicht verrät, dass ich mir deswegen stundenlang Gedanken gemacht habe. Als ich nun die zwei Stockwerke durchs Treppenhaus hinunterlaufe und mein Herz vor Aufregung Samba tanzt, trage ich meine Lieblingsjeans (die einen so schön knackigen Hintern zaubern) und unter meinem Trenchcoat eine hellblaue Wickelbluse mit einem aufgestickten Blütenmuster in Pink und Weiß. Da mir klar ist, dass das Hellblau meine Augen zum Leuchten bringt, habe ich meine Bedenken, dass man bei hellblauen Blusen Schweißflecken an den Achseln besonders deutlich sieht, über Bord geworfen. Ich hoffe einfach, dass ich nicht schwitzen werde.

»Hi«, sage ich atemlos und trete aus der Haustür auf den Bürgersteig hinaus. Nathan steht vor mir, die Hände in den Taschen seiner Jeans vergraben, nach wie vor in schwarzer Lederjacke, ein Lächeln auf den Lippen, das warm ist und … liebevoll … und gleichzeitig so sexy. Verdammt, jetzt schwitze ich doch. War ja klar.

»Hi«, sagt er, und dann macht er einen Schritt auf mich zu und gibt mir einen Kuss auf die Wange. Es kostet mich einiges an Selbstbeherrschung, mich ihm nicht sofort an den Hals zu werfen und ihn ebenfalls zu küssen, allerdings auf den Mund. Um mich davon abzuhalten, frage ich schnell: »Wohin wollen wir?«

»Oliver hat mir diesen Italiener um die Ecke empfohlen. ›Il Bolognese‹. Wäre dir das recht?«

»Aha, du willst also die Konkurrenz testen, ja?«

Nathan lächelt unschuldig, und ich muss lachen. »Damit eines klar ist: Il Bolognese wird tatsächlich eine ernsthafte Konkurrenz für dich, mein Lieber. Das Essen dort ist köstlich.«

»Sehr gut, ich habe nämlich einen Tisch für uns reserviert.« Als wäre es das Selbstverständlichste der Welt greift Nathan nach meiner Hand, und wir schlendern los. Da es sich so ungeheuer gut anfühlt, wie seine Finger meine fest umschließen, bin ich fast enttäuscht, dass wir nur bis zum Bolognese spazieren, denn das liegt wirklich wortwörtlich um die Ecke.

»Wo bist du eigentlich untergekommen?«, frage ich, als wir das Restaurant erreichen und Nathan mir galant die Tür aufhält. »In einem Hotel?«

»Nein, in einer kleinen Airbnb-Wohnung, die fast gegenüber von dem Haus liegt, wo ich hoffentlich bald mein Lokal haben werde«, erwidert Nathan mit einem zufriedenen Lächeln auf den Lippen, das deutlich zeigt, wie glücklich er darüber ist, hier in Hamburg zu sein und Pläne für sein Restaurant zu schmieden. Und mich zu sehen. Ja, ich bekomme tatsächlich das Gefühl, dass er sich über unser Wiedersehen freut. Sehr sogar.

Der Abend vergeht wie im Fluge, während wir uns als Antipasti *Bruschette* und eine *Insalata Caprese* teilen, dann mit Spinat und Ricotta gefüllte Ravioli, eine Portion *Penne alla Carbonara* und zu guter Letzt auch noch einen Teller *Spaghetti aglio e olio*.

»Mein Gott, die sind so köstlich«, stöhne ich auf, als ich die letzte Nudel verputzt habe. »Aber verdammt viel Knoblauch. Nur gut, dass du auch …«

Ich unterbreche mich und lasse vor Schreck beinahe meine Gabel fallen. Was ist denn jetzt in mich gefahren? Verlegen greife ich nach meinem Rotweinglas und sehe Nathan vorsichtig an. Er erwidert meinen Blick. Ein amüsiertes Lächeln umspielt seine Lippen, bevor er nach seinem eigenen Weinglas greift. Ich muss ihn ein wenig besorgt angesehen haben, als er für uns beide vorhin eine Flasche Rotwein bestellt hat, denn Nathan hat mir ernst versichert: »Ella, ich trinke hin und wieder ein Glas Wein zum Essen. Und mehr nicht. Ich bin kein Alkoholiker. Kein Quartalssäufer. Kein Was-weiß-ich-was. Ich habe das im Griff. Bitte glaub mir das.«

Und das tue ich.

»Nachtisch?«, fragt Nathan jetzt. »Ich habe gehört, dass die hier sündhaft gutes Tiramisu machen.«

»Ja, das ist wahr«, murmele ich und streiche nervös durch mein Haar, das ich heute Abend offen trage und umständlich versucht habe, besonders schön in Form zu föhnen. Seit ich die Bemerkung wegen des Knoblauchs gemacht habe, kann ich nicht mehr aufhören, darüber nachzudenken, wie dringend ich Nathan küssen möchte.

Wir haben uns während der letzten anderthalb Stunden wirklich gut unterhalten:

Da Nathan so viel nach den Zwillingen gefragt hatte, habe ich ausführlich und ehrlich aus unserem Alltag zwischen Kindergarten, Konditorei und chaotischen Wochenenden erzählt. Ich habe ihn mit meinen Anekdoten von Elternabenden und Playdates zum Lachen gebracht, aber er wurde auch sehr ernst und nachdenklich, als ich von den Reibereien erzählt habe, die es nach wie vor immer wieder mit Thomas und Jasmin gibt. Im Gegenzug hat mir Nathan offen und schonungslos vom Ende seiner Karriere in der New Yorker Gastronomieelite berichtet, hat ein wenig von seiner Therapie in Vermont und viel vom Verhältnis zu seiner Familie erzählt, das noch nie so gut war wie jetzt. Vor allem mit Maggie versteht er sich plötzlich besser als je zuvor – sie hält sich ihm gegenüber anscheinend sehr mit Kritik zurück, ist verständnisvoller und weniger vorwurfsvoll. Im Gegenzug versucht Nathan, sich seiner Schwester gegenüber mehr zu öffnen, sie an seinem Leben teilhaben zu lassen, aber auch mehr Interesse an ihrem Leben zu zeigen. Als Josh vor Kurzem in der Schule in eine Schlägerei verwickelt war und die aufgewühlte Maggie weder Dan, der beruflich im Silicon Valley war, noch mich, weil ich mit den Kindern im Kino war, erreichen konnte, rief sie nicht etwa ihre Mom an, sondern Nathan. Dass er sich noch heute über dieses ihm entgegengebrachte Vertrauen freut, wurde offensichtlich, als er eben davon erzählt hat. Er hat außerdem das Sommerhaus auf Fire Island erwähnt, das seit Anfang des Jahres wieder aufgebaut wird. Von Maggie wusste ich bereits, dass ihre Familie immenses Glück hatte, weil die Feuerversicherung fast alles abgedeckt hat, obwohl Josh den Brand ausgelöst hatte – aber auf einigen Kosten blieben die Goodmans dennoch sitzen. Einen Großteil der Ausgaben, die nicht von der Versicherung gedeckt wurden, hat Nathan übernommen, wie Maggie mal erwähnt hat. Aber nicht nur das: Sobald der Rohbau steht, will Nathan selbst Hand anlegen und versuchen, regelmäßig auf die Insel zu fahren und am Haus zu arbeiten. Und sein Vater hat bereits angekündigt, ihm helfen zu wollen, was mich sehr glücklich macht. Ein wenig Vater-Sohn-Zeit wird den beiden so guttun, da bin ich mir ganz sicher.

Als der Kellner uns eine gigantische Portion Tiramisu mit zwei Löffeln bringt, schlagen wir beide begeistert zu, als hätten wir uns nicht gerade durch die halbe Speisekarte gegessen.

»Köstlich!«, seufze ich und lecke einen Rest Mascarpone von meinem Löffel.

»Mhhm«, macht Nathan, und ich merke, dass sein Blick an meinem Mund hängt. Gleichzeitig bewegt er unter dem Tisch seine Beine, und unsere Waden berühren sich. Versehentlich.

Glaube ich. Mein Puls geht schneller, und ich lege den Löffel zur Seite.

»Espresso?«, fragt Nathan und klingt mit einem Mal etwas heiser.

»Ähm … ich … ich habe zu Hause eine echte *Machinetta* aus Italien. Du weißt schon, so eine Metallkanne für den Herd. Und sehr gutes Espressopulver. Du wolltest doch bestimmt sowieso meine Wohnung sehen, oder?«

Nathan mustert mich stumm, bevor sich seine Lippen zu einem langsamen Schmunzeln verziehen. »Die Rechnung, bitte!«

Meine Hand zittert leicht vor Aufregung, als ich die schwere Eingangstür aufschließe. Es ist elf Jahre her, seit ich das letzte Mal einen Mann zum ersten Mal in meine Wohnung mitgenommen habe. Das war Thomas. Das Date, das Antje vorhin im Café erwähnt hat, war mein einziges seit Fire Island – und an dem Abend bin ich allein heimgekehrt. Ich bin überhaupt nur deshalb mit Carsten Lohmeyer ausgegangen, weil er ein Cousin zweiten Grades von Antje ist und sie der Meinung war, das mit uns beiden könnte etwas werden. Nach dem Date habe ich einen halben Tag lang nicht mit meiner Chefin gesprochen, die immer wieder beteuert hat, sie habe nicht gewusst, dass Carsten so ein großer »Game of Thrones«-Fan ist und quasi von nichts anderem reden kann und will.

»So, hier wären wir. Die Wohnung ist nicht groß, aber gemütlich«, erkläre ich nervös, als wir den schmalen Flur meiner Altbauwohnung betreten. Obwohl Thomas mir angeboten hat, dass ich in unserer Wohnung hätte bleiben können, kam das für mich nicht infrage. Zwar hatte sich mein Noch-Ehemann sogar reumütig bereit erklärt, dass Jasmin und er aus dem Haus ausziehen würden, weil ihm während des Sommers bewusst geworden war, dass es vielleicht doch nicht so angenehm für alle Beteiligten war, wenn Ex-Frau und neue Freundin Wand an Wand wohnten. Aber ich wollte generell einen Neuanfang, wollte mich nicht jedes Mal an die Affäre meines Mannes erinnern müssen, wenn mein Blick beim Aufschließen der Wohnungstür auf das Nachbarapartment fiel. Also habe ich eine nette kleine Wohnung für die Mädchen und mich angemietet, nur einen Steinwurf von unserer alten Adresse entfernt. Thomas und Jasmin sind gemeinsam in unsere ehemalige Wohnung gezogen, sodass die Kinder nach wie vor in ihrer vertrauten Umgebung sind, wenn sie Zeit bei ihrem Papa verbringen.

»Schön hier«, bemerkt Nathan anerkennend, als er sich im Flur umsieht, dessen Wände ich sonnengelb gestrichen habe. Aufmerksam lässt er seinen Blick über die vielen gerahmten Fotos von Paula und Clara wandern, die in einer langen Reihe hängen. »Ich vermisse die beiden«, sagt er nachdenklich, als er vor einem Foto stehen bleibt, das die Mädchen im letzten Sommer auf Fire Island zeigt, am Strand, mit ihren pinkfarbenen UV-Schutzanzügen. Mein Herz zieht sich vor Rührung zusammen. So viel also zu dem Thema, dass Nathan kein Familienmensch sei.

»Ja, schade, dass sie diese Woche bei Thomas sind. Aber ... du wirst ja bald wieder hier sein, wegen des Restaurants, oder?«

»Und ob«, erwidert Nathan und wirft mir einen vielsagenden Blick zu, bevor er sich dem nächsten Foto zuwendet.

»Ich mache dann mal den Espresso«, verkünde ich und eile in meine Küche, froh darüber, etwas zu tun zu haben. »Sieh dich ruhig um!«, rufe ich Nathan zu, während ich die *Macchinetta* aus dem Küchenoberschrank hole und die Dose mit dem Espressopulver öffne. Lange wird er für einen Rundgang sicherlich nicht brauchen. Schließlich gibt es nur das Wohnzimmer, ein etwas größeres Zimmer, das sich die Mädchen teilen, und mein winziges Schlafzimmer, das viel zu vollgestopft ist. Die Mieten in Ottensen sind horrend, und mehr Quadratmeter waren nicht drin. Trotzdem fühlen wir uns hier sehr wohl, und wir haben sogar einen kleinen Balkon. Da passen zwar nur drei Stühle drauf, aber immerhin.

»Wirklich schöne Wohnung«, sagt Nathan, als er wenige Minuten später in der Küche auftaucht. »Und tolle Küche.«

»Ja«, erwidere ich mit einem stolzen Grinsen. »Ich weiß. Die Küche war der Grund, warum ich unbedingt diese Wohnung haben wollte. Bei allen anderen Wohnungen waren die Küchen winzige Löcher. Aber ich brauche Platz, um zu backen und zu kochen. Außerdem wollte ich mit den Kindern am Küchentisch essen können. Ich liebe es, in der Küche zu essen.«

»Ich auch«, bestätigt Nathan und lässt seine Hand über die hölzerne Oberfläche meines rustikalen Küchentisches wandern.

»Voilà, Ihr Espresso, Mr. Goodman«, sage ich und reiche ihm eine Espressotasse. »Du trinkst ihn ohne Zucker, richtig?«

»Ja. Vielen Dank.« Nathan nimmt mir die Tasse ab, und unsere Finger berühren sich, was mir einen so heftigen Schauer durch den Körper jagt, dass ich meine eigene Tasse auf der Arbeitsfläche abstellen muss.

»Ella«, sagt Nathan und stellt seine Tasse ebenfalls zur Seite. Ich merke, dass sein Blick an dem Messerblock hängen geblieben ist, der neben meiner Kaffeemaschine steht – ganz tief in der Ecke der Arbeitsfläche, damit die Kinder nicht darankommen. Überrascht sehe ich ihn an.

»Möchtest du meine Messer sehen? Ich weiß, ihr Köche habt eine Schwäche für Messer.« Mein Blick huscht flüchtig zu dem tätowierten Messer auf seinem Unterarm, das sich unter dem weißen Stoff seines Hemdes erahnen lässt. Nathan grinst leicht und schüttelt den Kopf.

»Nein. Ich möchte viel von dir sehen, aber nicht unbedingt deine Messer. Zumindest nicht jetzt.«

Mir wird warm, als er einen Schritt auf mich zukommt. Ich

stütze mich rücklings am Küchentisch ab und sehe ihn kurzatmig an.

»Ich muss dir noch etwas erzählen.« Mit einem Mal klingt er sehr ernst, das Schmunzeln ist von seinen Lippen verschwunden. Er macht noch einen Schritt auf mich zu, steht jetzt so dicht vor mir, dass sich unsere Schuhspitzen berühren.

»Weißt du noch, als wir zusammen die Verlobungstorte verziert und dazu deine Schnulzliste auf dem I-Pod gehört haben?«

»Du meinst meine Hochzeitstortenplaylist«, erwidere ich streng und bin froh, aus meiner nervösen Erstarrung zu finden, zumindest kurz.

Nathan schmunzelt flüchtig und nickt. »Genau die. Da lief unter anderem ›She‹ von Elvis Costello. Weißt du, welches Lied ich meine?«

»Na klar, das aus ›Notting Hill‹, einem meiner absoluten Lieblingsfilme«, gebe ich zurück und frage mich ratlos, worauf Nathan hinauswill. »Bist du neuerdings Fan von Schnulzen und Liebeskomödien?«

»Nicht unbedingt«, murmelt er mit einem Kopfschütteln, ohne den Blick von mir abzuwenden. »Aber von diesem Lied. Weil … es ist … der Text, er hat mich an dich erinnert.«

»An mich?«, frage ich verdutzt und gehe in Gedanken das Lied durch, kann mich leider nicht an alle Textpassagen erinnern.

»Ja.« Nathans Stimme klingt heiser. »Und zwar nicht nur der Teil, wo es heißt, dass ›she‹ wunderschön ist, egal ob sie lacht oder weint, und dass sie dem Leben des Sängers Sinn gegeben hat.« Er macht eine kurze Pause und holt tief Luft, während ich meinen Ohren nicht traue und mich frage, ob ich mich in einem romantischen Traum befinde. Sicher wache ich gleich wieder allein in meinem Bett auf und Clara ruft nach mir, weil sie Pipi in ihren Schlafsack gemacht hat. Aber Nathans Daumen fühlt sich sehr real an, als er sacht über meinen Mundwinkel streichelt.

Mit rauer Stimme fährt er fort: »Ich meine ganz speziell eine Stelle am Schluss des Liedes. Da heißt es, dass ›she‹ der Grund sein könnte, warum der Sänger überlebt hat. *She may be the reason I survived.*«

Ratlos sehe ich ihn an. Ich weiß nicht genau, was ich dazu sagen soll. Da nimmt Nathan meine Hände fest in seine und fragt mit belegter Stimme: »Kannst du dich noch an den Tag erinnern, als ihr auf Fire Island angekommen seid?«

»Und ob«, lache ich auf, unsicher, weil mich Nathans ernste Miene irritiert.

Nathan nickt, und mit einem Mal glaube ich, dass seine Augen feucht schimmern, aber er blinzelt rasch und schaut nach unten, auf unsere Füße. Ohne mich anzusehen, fährt er fort: »Ich war so wütend darüber, dass ihr plötzlich aufgetaucht seid, weil ihr mich unterbrochen habt, Ella. Ich saß in der Küche und wollte mir mit einem von Moms Küchenmessern die Pulsadern aufschneiden.«

Fassungslos starre ich ihn an, bevor ich heiser hervorstoße: »Was? Das ist nicht dein Ernst!«

Nun sieht mir Nathan in die Augen, und ich erkenne sofort, dass es sehr wohl sein Ernst ist. »Doch. Und ich bin mir sicher, dass ich es getan hätte, denn ich war am Boden eines ganz tiefen Lochs angekommen. Zwar habe ich nicht geplant, mich umzubringen, habe keinen Abschiedsbrief geschrieben oder so … Aber an dem Abend, als ich allein in unserem Haus auf der Insel saß und mich volllaufen ließ, da fiel mein Blick auf Moms Messer, und ich habe plötzlich geglaubt, dass das der einzige Ausweg sei.«

»Nathan«, flüstere ich betroffen und lege meine Hand sacht auf seine Wange, spüre seine Bartstoppeln unter meiner Haut. Mir fällt wieder ein, wie ich ihn das erste Mal gesehen habe, als wir auf Fire Island ankamen. Er hielt ein langes Küchenmesser in der Hand, als er das Wohnzimmer betrat. Und ich dachte, er hätte es sich gegriffen, weil er mit Einbrechern rechnete. Bei dem Gedanken daran, was geschehen wäre, wenn wir ein wenig später eingetroffen wären – womöglich zu spät – wird mir mit einem Schlag übel vor Entsetzen, und ich hole tief Luft. Nicht auszudenken, wenn Nathan das wirklich getan hätte! Wenn er einfach so aus dieser Welt verschwunden wäre! Eine Welt ohne Nathan. Heiße Tränen schießen in meine Augen.

»Hey«, murmelt Nathan betroffen und wischt mit dem Zeigefinger eine Träne aus meinem Augenwinkel. »Bitte, nicht weinen.« Er lächelt mich schief an. »Ich habe es ja nicht getan, denn dann kamt ihr ins Ferienhaus geplatzt und habt mein Leben auf den Kopf gestellt. Und mir ganz konkret mein Vorhaben vergeigt. Ich war zwar ganz unten, aber mir einfach in einem Haus, wo Kinder herumliefen, die Pulsadern aufzuschneiden, das habe ich dann doch nicht fertiggebracht.« Er holt tief Luft. »Ich bin dir so verdammt dankbar dafür, Ella, dass du so ein Sturkopf sein kannst und nicht einfach klein beigegeben hast, als ich versucht habe, euch aus dem Haus zu werfen. Tja, und dann ... dann haben wir mehr und mehr Zeit zusammen verbracht. Ihr habt mich abgelenkt mit all dem Lärm und Chaos, mit dem Gelächter und Geheule der Kinder und ... vor allem du hast mich abgelenkt. Mit deinem zerrissenen Badeanzug und deinen nervtötend romantischen Liedern auf dem I-Pod und mit deinem köstlichen Kuchen. Zum ersten Mal seit Monaten ... ach was, seit Jahren ... habe ich wieder gern gekocht. Für euch. Ich habe gemerkt, dass das Leben noch anderes bereithält als nur den Leistungsdruck in irgendeiner blöden Küche eines Edelrestaurants. Mehr, als Kritiken in der New York Times und *fucking* Michelin-Sterne. Als du mich in der Sturmnacht gefragt hast, Ella, warum ich meinen Traum von einem eigenen kleinen Restaurant in Hamburg nicht in die Tat umsetze, da habe ich zum ersten Mal seit langer Zeit wieder ernsthaft darüber nachgedacht und mich auch gefragt: Ja, warum eigentlich nicht?« Er sieht mich ernst an, bevor er mein Gesicht mit beiden Händen umfasst. »Und dann«, flüstert er. »Dann habe ich mich in dich verliebt. Und auf einmal erschien mir das Leben wieder richtig lebenswert.« Aus weit aufgerissenen Augen starre ich ihn an. Was hat er da gerade gesagt?

»Guck mich nicht so schockiert an«, lacht Nathan leise, und ich versuche mich an einem Lächeln, doch da gleichzeitig immer noch Tränen aus meinen Augen quellen, funktioniert das nicht richtig. »Es war schließlich nicht das erste Mal«, murmelt Nathan, und sein Daumen streicht erneut über meinen Mund, schickt einen Schauer bis in meine Zehenspitzen. Ratlos erwidere ich seinen Blick.

»Nicht das erste Mal?«, krächze ich fragend.

»Nicht das erste Mal, dass ich mich in dich verliebt habe«, erklärt Nathan leise. »Denn ich war schon damals hier in Hamburg heimlich in dich verliebt, als du ständig bei Maggie warst und ihr deine Kuschelrock-CDs rauf und runtergehört habt und du von Alfred Biolek geschwärmt hast. Dank deiner geliebten Kochshows habe ich zum ersten Mal Profiköche bei der Arbeit gesehen und bin überhaupt erst auf die Idee gekommen, meine Großmutter um die alten Familienrezepte von Uroma Lucia zu bitten. Nur wegen deiner Liebe zu dieser Sendung habe ich damals angefangen, in Mamas Küche herumzuexperimentieren und sie damit in den Wahnsinn zu treiben. Wegen dir bin ich Koch geworden, Ella.«

Ich bin zu keiner Reaktion fähig, weil mich das, was Nathan mir da erzählt, wirklich umhaut. Ungläubig starre ich ihn an, als er mit einem Schmunzeln hinterherschiebt: »Und wegen Alfred Biolek.«

Trotz meiner Fassungslosigkeit muss ich auflachen, und Nathan beugt sich zu mir herunter, gibt mir einen zärtlichen

Kuss auf die Stirn. Beinahe benommen blinzele ich und murmele mit einem Kopfschütteln:»Die Wochen, in denen du damals in Hamburg immer wieder heimlich bei uns warst, um in unserer Küche zu kochen, die zählen zu den besten Erinnerungen meiner Teenagerzeit. Bis du mit Nina zusammengekommen bist und bei ihr weitergekocht hast.«

Nathan schüttelt den Kopf und seufzt leise.»Ich war so ein Idiot. Auch damals, am Strand, als du mich geküsst hast und ich dich abgewiesen habe«, wispert er gegen meine Haut und lässt mich erschaudern.»Aber, mal ganz abgesehen von meiner Sorge, wie Maggie und meine Eltern reagieren würden, dachte ich, dass unsere Beziehung sowieso keine Chance gehabt hätte, du in Hamburg, ich in New York. Und dann habe ich dich das nächste Mal erst auf Maggies Hochzeit wiedergesehen ... und, mein Gott, Ella. Ich weiß absolut nicht mehr, wie die Frau aussah, die ich damals als Date dabei hatte. Aber ich kann mich noch genau daran erinnern, wie das blaue Brautjungfernkleid deine Augen hat leuchten lassen. Genau wie deine Bluse heute Abend.« Seine Finger spielen mit dem Kragen meiner Bluse, als er heiser fortfährt:»Damals war dein Haar noch so lang, dass du es hochgesteckt getragen hast, und im Laufe des Abends hat dir Thomas eine Rose, die er von der Tischdeko geklaut hat, ins Haar gesteckt.«

Stumm starre ich Nathan an, unfähig, etwas zu erwidern.»Ich war so eifersüchtig auf Thomas«, murmelt Nathan und beugt sich dichter zu mir herab, seinen Blick auf meine Lippen geheftet.»Weil er an dem Abend ständig mit dir geknutscht hat.«

Ich sehe wieder Thomas und mich auf Maggies Hochzeit vor mir, noch relativ frisch verliebt. Und ich sehe Nathan und diese Blondine, an die er sich nicht einmal erinnern kann, ich aber sehr wohl. Wenn ich damals geahnt hätte, dass er mich heimlich beobachtet hat, wenn ich geahnt hätte, dass er noch Jahre später genau wissen würde, wie ich aussah ...

»Und dann erzählte Maggie eines Tages, dass du diesen Thomas heiratest. Da habe ich mir dich endgültig aus dem Kopf geschlagen. Bis … ja, bis du letzten Sommer plötzlich auf Fire Island aufgetaucht bist und mir das Leben gerettet hast.«

»Ich kann das alles nicht glauben«, flüstere ich. »Vor allem, dass du wirklich nicht mehr leben wolltest.«

Nathan nickt ernst, sagt dann leise: »Aber keine Sorge. Die dunkle Zeit ist vorbei. Die Therapie hat schon einiges gebracht, und ich werde mir auch hier in Hamburg einen Psychotherapeuten suchen, um sicherzugehen, dass so etwas nicht noch einmal passiert. Du brauchst nicht deine Messer vor mir zu verstecken, falls du das befürchtest.«

»Dann ist ja gut«, flüstere ich. »Dich zu verlieren ist nämlich keine Option, Nathan Goodman.« Mit ernstem Blick füge ich hinzu: »Ich habe übrigens für vieles Verständnis … aber warum du acht Monate gebraucht hast, um mir all dies zu erklären, dafür nicht.«

Schlagartig muss ich daran denken, wie oft ich seit unserem Inselsommer gegen die Tränen angekämpft habe: Als morgens auf dem Weg zum Kindergarten »Purple Rain« im Autoradio lief oder beim Anblick einer Arielle-Puppe im Kaufhaus die Krabbe Sebastian in meinem Kopf »Kiss the girl« zu singen begann. Als die Mädchen und ich im Tropen-Aquarium des Tierpark Hagenbeck die Seepferdchen beobachtet haben, oder als mich beim zu heftigen Öffnen einer Mehltüte eine weiße Wolke einhüllte und ich wieder deutlich Nathans bepuderte Lippen vor mir sah. Und ich muss an all die Tränen denken, die ich dann doch vergossen habe, nachts, in der Stille meines Schlafzimmers, wenn die Sehnsucht nach Nathan zu übermächtig wurde.

Er nickt und mustert mich betroffen, bevor er zögernd erwidert: »Als ich damals nach Manhattan zurückgekommen bin, war ich erst einmal voll und ganz damit beschäftigt, mich um einen neuen Job zu kümmern, irgendwie weiterzumachen. Und ...« Er reibt sich mit einer Hand über das Gesicht und sieht mich ernst an, bevor er leise fortfährt:»Um ehrlich zu sein, habe ich in den ersten Monaten in Manhattan versucht, dich auszublenden, Ella. Ich ... ich dachte zum einen, dass du gar nichts mehr mit mir zu tun haben wolltest, nach all dem Drama und Chaos. Und zum anderen war das einfach zu viel für mich, ich konnte mich emotional nicht auch noch der Frage stellen, warum ich das mit uns hatte gegen die Wand fahren lassen. Auf der Insel, als es nur dich und mich und die Zwillinge gab, da ... da wollte ich unbedingt, dass aus uns mehr wird. Aber sobald der ganze Alltagsstress wieder losging, sobald diese ganzen Leute wieder da waren, die erwarteten, dass ich Großes leistete, da ... da konnte ich nicht mehr. Erst, als ich in der Therapie war, habe ich mit einem Psychologen darüber gesprochen. Über ... über dich. Uns.« Ich reiße überrascht meine Augen auf, ohne es zu wagen, ihn zu unterbrechen.»Ja«, meint Nathan, offensichtlich verlegen, und räuspert sich.»Wir haben sogar mehr als einen Tag lang über dich geredet, glaub mir.« Er grinst mich schief an.»Allerdings habe ICH nichts von Purple Rain erzählt.«

»Da bin ich aber froh«, murmele ich.

»Nein, im Ernst: Wir haben aufgearbeitet, warum ich mir diese Gefühle für dich so lange nicht richtig eingestehen konnte. Weil ich mich nämlich, wegen dieses Minderwertigkeitskomplexes meiner Familie gegenüber, auch für dich nie als gut genug empfunden habe. Ich hatte dir ja schon auf Fire Island erzählt, dass das mit achtzehn meine größte Sorge war: Was denken Maggie und meine Eltern, wenn ich etwas mit Ella anfange? Ich war überzeugt davon, dass sie dir schnell klargemacht hätten, dass ich der absolut Falsche für dich bin. Und das hätten sie vielleicht wirklich getan – zumindest meine liebe Schwester – aber das hätte mir egal sein sollen. Das weiß ich jetzt. Ich hätte dir und den anderen zeigen müssen, dass ich eben doch der Richtige war. Bin.«

Er sieht mich ernst an, und ich schlucke und murmele erstickt: »Nathan ...«

»Es tut mir leid, dass ich so lange gebraucht habe, um all das zu begreifen«, murmelt Nathan heiser. »Und wer weiß, vielleicht hätte ich trotz der Therapie noch viel länger gebraucht, um auf dich zuzukommen ... aber natürlich hat sich dann meine nervige kleine Schwester eingemischt.«

Überrascht sehe ich Nathan an. Er grinst schief und erklärt: »Maggie hat die Therapie abgewartet, aber danach, als ich aus dem Gröbsten raus war, hat sie dafür gesorgt, dass ich dich auf keinen Fall vergessen konnte. Nicht, dass ich dich jemals vergessen hätte, aber sie hat fleißig Öl ins Feuer gegossen. Immer, wenn ich sie gesehen habe, hat sie mir beiläufig erzählt, was es bei dir im Leben Neues gab.«

»Ja, das hat sie bei mir auch gemacht!«, erwidere ich und lache auf.

»Vor einigen Wochen, als Oliver und ich gerade angefangen hatten, über die Idee nachzudenken, hier in Hamburg ein Restaurant zu eröffnen, hat Maggie mich zu sich nach Hause zum Essen eingeladen ... und als die Jungs im Bett waren, hat sie mir gehörig die Meinung gegeigt. Sie hat mir gesagt, dass sie selbst ein Volltrottel gewesen sei, weil sie jahrelang nicht sehen wollte, dass du und ich ...« Er zögert kurz, sagt dann: »Dass du und ich wie gemacht füreinander seien ...« Bei seinen beziehungsweise Maggies Worten wird mir heiß, aber ich zwinge mich dazu, weiter konzentriert zuzuhören. »Und sie hat mir außerdem in ihrer unvergleichlich diplomatischen Art zu verstehen gegeben, dass ich ein noch viel größerer Volltrottel bin, wenn ich nicht kapiere, was du für mich empfindest, mir nicht eingestehe, was ich für dich empfinde und wenn ich nichts unternehme, um das mit dir wieder ins Lot zu bringen.«

Margaret Jackson-Goodman, du hinterlistige, heiß geliebte Besserwisserin.

»So«, wispere ich heiser. »Hat sie das?«

»Mhhm.« Nathan schmunzelt leicht. »Du kennst ja meine Schwester. Sie weiß alles. Und meistens hat sie sogar recht.«

»Stimmt«, hauche ich. Eigentlich will ich noch mehr sagen, aber da wandert Nathans Blick erneut zu meinem Mund, und seine Arme schlingen sich um meine Taille, ziehen mich eng an sich heran, bevor er mich endlich küsst. Meine Hände krallen sich in sein Hemd, beginnen, den Stoff ungeduldig aus dem Bund seiner Jeans zu zerren – doch ehe ihnen das gelingt, hebt mich Nathan auf den Küchentisch und dann … Ja, dann tun wir Dinge auf diesem Küchentisch, die ein Koch eigentlich nicht in einer Küche tun sollte. Aber ich bin sehr glücklich darüber, dass auch Nathan hin und wieder gegen die Regeln verstößt.

Epilog

Gut anderthalb Jahre später

»Ella, die Torte ist perfekt. Wirklich. Und jetzt komm, sonst verpasst du deine eigene Hochzeit!«

»Meinst du, Nathan heiratet einfach eine andere Frau, wenn ich nicht auftauche?«, frage ich und sehe Maggie verschmitzt an.

»Nie im Leben«, grinst Maggie mit einem Kopfschütteln. »Mein Bruder ist dir schließlich verfallen.«

»Das will ich auch hoffen«, murmele ich und betrachte ein letztes Mal aufmerksam die Torte – ein weißer Fondanttraum, dreistöckig, jede Etage eine andere Geschmacksrichtung: Die größte Tortenschicht ganz unten besteht aus Schokoladenteig mit Himbeer-Buttercremefüllung und ist die Lieblingssorte von Paula und Clara. Die mittlere Schicht ist Nathans Favorit, ein saftiger Mandelkuchen mit Marzipanfüllung. Und die oberste Etage ist mein Liebling: *Vanilla Sponge Cake* mit Pistazien-Buttercreme. Passend zu unserer Hochzeit habe ich die Torte in einen Miniaturstrand verwandelt: Der weiße Fondant wird von einem Meer aus Muschelschalen bedeckt, die ich mit Hilfe meiner Profiformen aus Fondant in verschiedenen zarten Pastelltönen gezaubert habe. Zwischen den Muscheln bilden fein zerbröselte Butterkekse einen schönen – und leckeren – Sandeffekt, der von ein paar echten Dünengrashalmen ergänzt wird, die aus dem Fondant zu wachsen scheinen. Und oben auf der Torte stecken zwei Seepferdchen in einem zarten Graublau, die sich ansehen. Nathan und ich haben sie erneut frei Hand aus Fondant geformt, genau wie damals für Sammys und Todds Verlobungstorte.

Als ich hinter Maggie die Küche verlasse, werfe ich im Flur einen letzten prüfenden Blick in den Spiegel. Nervös zupfe ich an einer Haarsträhne herum, die sich aus meiner Hochsteckfrisur gelöst hat. Es ist dieselbe Frisur, die ich vor vielen Jahren bei Maggies Hochzeit getragen habe. Und genau wie damals habe ich eine Blume in mein Haar gesteckt, weil sich Nathan so gut an dieses Detail erinnern konnte. Allerdings ist es diesmal keine Rose, sondern eine Hortensienblüte, passend zum Brautstrauß, dessen blau blühende üppige Blüten Beatrice von ihren Büschen im Garten abgeschnitten hat. Im Gegensatz zu meiner ersten Hochzeit, als ich in einem bauschigen Hochzeitskleid im Prinzessinnenstil geheiratet habe, ist mein heutiges Kleid eher unspektakulär, aber dennoch um ein Vielfaches schöner, wie ich finde: Es ist ein knielanges Sommerkleid aus durchbrochener weißer Baumwollspitze, mit einem Satinband in der Taille, dessen hellblauer Farbton zu den Hortensien passt. Zufrieden zupfe ich den Ausschnitt meines Kleides zurecht und muss bei meinem Anblick lächeln. Perfekt für eine Strandhochzeit.

»Mamaaaa! Gehen wir endlich los?«

»Mamaaaa, mir ist warm! Darf ich ein Eis haben?«

»Ja, wir gehen jetzt, Clara, und, nein, Eis gibt es hinterher, Paula.«

»Hinter was?« Paula schiebt ihre Unterlippe vor und sieht mich empört an.

»Nach der Trauung«, erklärt Maggie geduldig und zupft Paulas Kragen gerade. Die Zwillinge sehen entzückend aus in ihren hellblauen Kleidern, mit dem Muster aus kleinen weißen Möwen darauf. Eigentlich wollten sie gern ihre »Frozen«-Kleider anziehen, aber zum Glück passen sie inzwischen wirklich nicht mehr in die Kostüme hinein, die Will Anderson damals für sie gekauft hat. Es ist unglaublich, wie schnell die Mädchen wachsen, wie rasch sie sich entwickeln. Inzwischen sind sie fünf Jahre alt und wirken manchmal wie kleine Erwachsene. Und in anderen Momenten wie Babys. Es ist immerzu ein Auf und Ab, aber Nathan und ich versuchen, jeden Moment mit ihnen zu genießen. Die Kinder lieben Nathan heiß und innig, und ich bewundere ihn dafür, wie hervorragend er seine Stiefvaterrolle ausfüllt. Neulich kam ich dazu, als er Paula ruhig erklärte, warum sie ihn nicht ›Papa‹ nennen soll.

»Ihr habt einen Papa, und der heißt Thomas«, sagte er ruhig, während die Mädchen und er einen Pizzaboden mit Feigenstücken und zerkrümeltem Ziegenkäse belegten – der neue Abendessenfavorit der Mädels. »Und der hat euch von ganzem Herzen lieb. Und ich habe euch auch lieb und bin froh, dass ich eine wichtige Rolle in eurem Leben spielen darf. Aber nennt mich doch einfach weiterhin Nathan. Das ändert doch nichts daran, dass wir uns sehr mögen, oder?«

Bei der Erinnerung steigen mir schon wieder Tränen in die Augen.

»Nicht jetzt schon weinen!«, ruft Maggie alarmiert und mustert mich prüfend. »Denk an dein Make-up!«

»Ich habe extra wasserfeste Wimperntusche«, erwidere ich mit einem heiseren Lachen. »Mir war völlig klar, dass es heute nicht ohne gehen würde. Ups, fast hätte ich meine Ohrringe vergessen!«

In Gedanken bin ich nach wie vor bei unserem Patchworkfamilienleben in Hamburg, während ich mir die kleinen Silberstecker in Seepferdchenform, die ich neulich in der »Ooh la la«-Boutique entdeckt habe, in meine Ohrlöcher schiebe.

Als Nathan im Frühsommer des vergangenen Jahres nach Ottensen gekommen ist, um sein Restaurant zu renovieren, einzurichten und schließlich zu eröffnen, ist er zunächst in eine winzige möblierte Wohnung um die Ecke von seiner neuen Wirkungsstätte gezogen. Aber als er mehr und mehr Nächte – und manchmal auch Tage – in unserer Altbauwohnung verbrachte, beschlossen wir irgendwann, dass er sich die Miete sparen und gleich bei den Mädchen und mir einziehen sollte. Eine Weile wohnten wir zu viert in unserer kleinen Bude, bis wir Ende letzten Jahres eine größere Wohnung in Ottensen fanden, die uns gefiel – und die wiederum eine tolle Küche hat, in der man wunderbar backen, kochen, essen und andere Sachen machen kann. Thomas hat ganz schön geschluckt, als ich ihm eröffnete, dass Nathan und ich zusammenziehen würden, aber da er ja längst mit Jasmin in unserer alten Wohnung lebte, konnte er sich schlecht beschweren. Besonders zu Beginn war es trotzdem oft merkwürdig, wenn Thomas die Kinder bei uns abholte und Nathan ihm die Tür öffnete. Natürlich gab es oft Reibereien und Eifersüchteleien – vor allem, weil in der Phase, als Nathan wieder in mein Leben trat, bei Thomas und Jasmin der Haussegen schiefhing: Jasmin wollte eigene Kinder haben, wie mir Thomas resigniert erklärte, als er mich an einem Juninachmittag im letzten Jahr zu einem Kaffee in der Konditorei überredet hatte. Ich saß ihm gegenüber an demselben Fenstertisch, wo ich mich einige Wochen zuvor mit Nathan nach all der Zeit zum ersten Mal wieder unterhalten hatte, und hörte mir an, wie mein Noch-Ehemann verzweifelt von seiner Sorge erzählte, schon wieder eine In-vitro-Behandlung mitmachen zu müssen. Mir lag die zynische Bemerkung auf der Zunge, dass er selbst ja körperlich nicht so viel würde durchmachen müssen, doch ich schluckte die Worte hinunter – vor allem, weil Thomas in dem Moment begann, darüber zu jammern, dass er einen Kredit würde aufnehmen müssen, um eine weitere In-vitro-Behandlung finanzieren zu können. Dass Jasmin eigene Kinder haben wollte, konnte ich einerseits sehr gut nachvollziehen. Andererseits sah ich Halbgeschwistern für die Mädchen mit mehr als gemischten Gefühlen entgegen. Aber bevor wir uns weiter über Thomas' Kinderwunschdilemma unterhalten konnten, kam ausgerechnet Nathan in die Konditorei, begleitet von Clara und Paula, mit denen er auf dem Spielplatz gewesen war. Nie werde ich den Ausdruck in Thomas' Augen vergessen, als er Nathan erblickte, der Clara auf den Schultern sitzen hatte, während Paula um ihn herumtänzelte und entzückt auf ihn einredete. Thomas sah mich an, und mir war klar, dass meine Augen angefangen hatten zu leuchten, wie immer, wenn ich Nathan erblickte – Antje hatte mich erst an dem Morgen mit diesem Leuchten aufgezogen. Dann wandte sich Thomas ab und begrüßte seine Kinder. Das war das erste und letzte Mal, dass wir über seine Beziehungssorgen gesprochen haben. Die anfänglichen Spannungen zwischen Nathan und Thomas haben sich zum Glück immer mehr gelegt – vor allem, weil Nathan wieder und wieder klargemacht hat, dass er Thomas nicht seine Vaterrolle streitig machen will. Genau, wie Jasmin das mir gegenüber mit der Mutterrolle klarstellt, denn, ja, auch mich überkommt natürlich immer wieder irrationale Wut, wenn ich Fotos von gemeinsamen Wochenendausflügen mit ihr, Thomas und den Zwillingen sehe. Aber so lernen wir alle peu à peu, mit unserer Eifersucht umzugehen und versuchen, den Kindern zuliebe eine entspannte Patchworkfamilie zu sein. Und, auch wenn die In-vitro-Behandlung bei Jasmin meines Wissens bisher nicht erfolgreich war, so wird unsere Patchworkfamilie eventuell in der Zukunft noch durch Halbgeschwister für die Zwillinge erweitert werden. Aber auch die Situation werden wir meistern.

Dass Nathan sich doch zu einem so ausgewachsenen Familienmenschen entwickelt hat, der am Ruhetag des Restaurants die Kinder in den Kindergarten bringt (sehr zum Entzücken der Erzieherinnen), sie wieder abholt, mit ihnen Fahrrad fahren übt und ihnen die Knie mit Jod einreibt, wenn es ohne Stützräder noch nicht unfallfrei geklappt hat, das rührt mich immer wieder aufs Neue. Dass er die Zwillinge über alles liebt, wird immer wieder deutlich, manchmal nur anhand von Kleinigkeiten: Als Clara das erste Mal hohes Fieber hatte, nachdem er zu uns gezogen war, bestand Nathan besorgt darauf, mit ihr ins Krankenhaus zu fahren, wovon ich ihn nur mit Mühe abbringen konnte, weil ich wusste, dass sie kein Fall für die Notaufnahme war. Oder neulich, als Paula verkündete, ihren Freund Ben aus dem Kindergarten heiraten zu wollen, fragte mich Nathan später, unter vier Augen entgeistert: »Es dauert aber hoffentlich schon noch eine ganze Weile, bis sie ernsthaft einen ersten Freund hat, oder?« Ich zog ihn damit auf, dass er sicher noch einige Jahre – mindestens zehn! – Zeit haben würde, um sich auf das erste Date der Zwillinge vorzubereiten. »Zwanzig«, erwiderte Nathan todernst und schüttelte sich bei dem Gedanken. »Vorher setzt mir hier kein Typ den Fuß über die Schwelle. Die beiden sind doch viel zu gut für die Hamburger Jungs!«

Es hatte schon seinen Grund, warum ich mich bereits vor so vielen Jahren in diesen Mann verliebt habe.

»Wie sieht es aus? Seid ihr so weit?« Mein Vater steht in der geöffneten Eingangstür, schick in seinem hellen Leinenanzug, und sieht mich erwartungsvoll an. Dann beginnen seine Mundwinkel leicht zu zucken, und er nestelt umständlich eines seiner karierten Stofftaschentücher aus seiner Hosentasche. »Du bist wunderschön, Ella!«, murmelt er, während er verlegen seine Augenwinkel trocken tupft.

Meine Eltern haben sich so gefreut, als sie – nach dem Schock, den meine kaputte Ehe ihnen bereitet hatte – erfahren haben, dass Nathan und ich uns ineinander verliebt hatten. Wobei meine Eltern natürlich bestätigt haben, dass ihnen schon von Anfang an klar gewesen sei, dass ich mehr für Nathan empfand als nur Freundschaft. Logisch, Eltern wissen so etwas, und meinen konnte ich sowieso noch nie etwas verheimlichen. Wie sich herausstellte, haben sie sogar gewusst, dass es Nathan war, der in Hamburg eine Zeit lang heimlich in unserer Küche kochte, und nicht ich. Aber Mama und Papa haben absichtlich nicht so genau hingesehen. Dass sie Nathan anscheinend so sehr mochten und ihm vertrauten, ihm quasi blind ihre Küche überließen – und noch dazu akzeptierten, dass er und ich allein in unserer Wohnung waren – das rührt mich rückblickend wirklich.

»Nathan war ein guter Junge, das war mir immer klar«, meinte meine Mutter nachdenklich, als wir uns kurz nach Nathans Umzug nach Hamburg im letzten Frühsommer darüber unterhalten haben. »Ja, er hatte seine Launen, und er rebellierte gern gegen seine intellektuelle Familie, aber das machte ihn eigentlich zu einem recht normalen Teenager. Aber vor allem ist mir nicht entgangen, wie er dich angesehen hat, Ella, und da war mir klar, dass er dir nie wehtun und uns keinen Kummer bereiten würde. Dass er versehentlich unsere Küche abfackeln könnte, der Gedanke kam mir hin und wieder, aber ich habe an den Tagen, an denen ich vermutete, dass er bei dir sein könnte, einfach regelmäßig den Kopf aus der Praxis ins Treppenhaus gestreckt und geschnuppert. Es roch immer köstlich, aber nie nach Feuer.«
Meine Mutter zwinkerte mir zu, und ich schnappte verblüfft nach Luft. »Schau mich nicht so schockiert an. Ja, natürlich haben Papa und ich geahnt, was da vor sich ging. Es war doch offensichtlich, dass der Junge kochen musste. Wie hätte man ihn davon abhalten können? Dann hätte man ihm auch das Atmen verbieten können. Wirklich, ich habe Beatrice und Harry immer sehr gern gehabt, aber in der Beziehung habe ich sie nicht verstanden. Nur gut, dass die beiden aus ihren Fehlern gelernt haben.«

»Aber … wart ihr gar nicht sauer, weil ich euch vorgegaukelt habe, dass ich selbst gekocht hätte?«, fragte ich Mama verdattert. Sie schenkte mir ihr gutmütiges Mütterlächeln und meinte: »Ach, mein Schatz, es war so offensichtlich, wie verknallt du in Nathan warst, da wollten wir dieses kleine Geheimnis zwischen euch nicht zerstören. Also, Papa war zunächst schon der Meinung, dass wir hätten einschreiten sollen, aber ich habe ihn davon überzeugt, dass er Nathan und dir vertrauen kann. Das war vermutlich die hoffnungslose Romantikerin in mir, die insgeheim ein wenig gehofft hat, dass tatsächlich mehr aus euch beiden werden würde. Aber ihr wart ja noch so jung, und vermutlich brauchtet ihr einfach Zeit und musstet jeder für sich eure Erfahrungen und Fehler im Leben machen. Und jetzt habt ihr die Chance, eure Liebe wirklich zuzulassen. Ist das nicht wunderschön?«

»Mama, wirklich, von wem ich den Hang zum Kitsch habe, ist völlig klar«, erwiderte ich mit einem Grinsen.

Ja, meine Eltern sind, wie gesagt, sehr glücklich darüber, Nathan als Schwiegersohn zu bekommen.

Gerührt gehe ich nun auf Papa zu und ziehe ihn fest in meine Arme.

»Danke dir, Paps. Na, wie sieht es aus? Wollen wir zum Strand gehen, Mädels?«

»Jaaaa!«, jubelt Clara und Paula murrt: »Aber dürfen wir auch schwimmen?«

Ich muss lachen, als ich vorsichtig den Strauß Hortensien aus der Vase fische, die auf einer Kommode im Eingangsbereich steht. »Nein, mein Schatz, heute nicht. Ihr wollt doch eure schönen Kleider nicht so bald wieder ausziehen, oder?«

»Nein!«, bestätigt Clara und macht eine übermütige Drehung, sodass der Rock ihres Kleides elegant schwingt.

»Na gut«, seufzt Paula ergeben. Sie hat es neuerdings nicht mehr so mit Kleidern, ganz im Gegensatz zu ihrer Schwester, die immer verrückter nach Tüll, Glitzer und Pink zu werden scheint.

»Wo sind denn eure Eimer?«, fragt Maggie und vergewissert

sich, dass meine Töchter all die Muschelschalen in ihre rosa Plastikeimer gefüllt haben, die sie gestern gemeinsam mit Josh und Zack am Strand gesammelt haben. Sie sind heute keine Blumenmädchen, sondern »Muschelmädchen«.

»Seid ihr so weit? Am Strand warten alle! Oh, *mamma mia*, Ella, du siehst fantastisch aus!«, höre ich Beatrices Stimme, und meine Schwiegermutter in spe kommt den Gartenweg entlanggeeilt. Zu ihrem dunkelblauen Sommerkleid mit weißem Pünktchenmuster trägt sie einen breitkrempigen Strohhut und wirkt wie eine waschechte Italienerin. Vor allem, als sie jetzt vor mir stehen bleibt und mit feuchten Augen und bebender Stimme sagt: »Ich kann nicht glauben, dass du im Begriff bist, meine Tochter zu werden!«

»Und ich kann nicht glauben, dass sie im Begriff ist, den größten Fehler ihres Lebens zu begehen«, ätzt Maggie und grinst mich frech an.

»Wirklich, Margaret, du und dein vorlautes Mundwerk!« Beatrice sieht ihre Tochter kopfschüttelnd an. »Kein Wort mehr! Ich hätte nie geglaubt, überhaupt jemals eine Schwiegertochter zu bekommen. Und jetzt ist es sogar Ella, die immer schon wie ein drittes Kind für mich war!« Sie beugt sich vor und drückt mir einen dicken Kuss auf die Wange, bevor sie sich eilig daranmacht, mit einem Taschentuch über meine Haut zu rubbeln, wo vermutlich roter Lippenstift zu sehen ist.

»Sollten wir nicht los?«, fragt mein Vater besorgt und tupft sich mit seinem Taschentuch Schweißperlen von der Stirn. Es ist wirklich heiß heute. Hoffentlich weht am Strand eine erfrischende Brise.

»Ja, kommt, Nathan ist bestimmt schon halb tot vor Sorge, dass Ella einen Rückzieher machen könnte«, grinst Maggie. »Und weiß Gott, ich habe nun wirklich versucht, sie dazu zu bringen.«

Was überhaupt nicht stimmt, und ihr liebevolles Zwinkern sagt mir, dass sich meine Freundin in Wahrheit freut wie eine Schnee-königin, weil ich heute ihren Bruder heirate. Ich hake mich bei meinem Vater unter, und wir gehen gemeinsam den Gartenweg entlang, auf das weiße Holztor zu. Dieses Tor ist noch dasselbe wie seit jeher, aber das Haus, das wir gerade verlassen haben, ist nagelneu.

Als wir auf den Ocean Breeze Walk hinaustreten, werfe ich einen Blick zurück, betrachte nachdenklich das neue Sommer-haus der Goodmans. Es ist genauso groß wie das alte, und die weißen Sprossenfenster erinnern an die abgebrannten Vorgän-ger, allerdings sind die Holzschindeln beim neuen Haus noch hellbraun. Nathan hat mir erklärt, dass diese Zedernholzschin-deln erst mit der Zeit, durch Wind und Wetter, den hellgrauen Farbton annehmen, den ich beim alten Haus so geliebt habe. Die Raumaufteilung ist gleich geblieben, mit Küche, Abstellkammer und einem großen Wohnzimmer im Erdgeschoss – und mit dem-selben gemauerten Kamin, den es immer schon gab, denn der hat das Feuer unbeschadet überstanden. Im ersten Stock sieht auch alles ähnlich aus wie früher, aber Beatrice hat die Gelegenheit beim Schopfe gepackt und das Bad in ihrem Schlafzimmer durch eine Dusche ergänzt, sodass es nun zwei volle Bäder gibt, was von Vorteil ist, wenn im Ferienhaus alle Betten belegt sind.

Und das sind sie momentan durch unsere Hochzeit natürlich. Während der letzten Tage herrschte ein heilloses Durcheinan-der: Nathan und ich haben uns ein Zimmer mit den Mädchen geteilt, die auf Luftmatratzen neben unserem Bett schliefen; genauso haben es Maggie und Dan mit den Jungs im Nachb-arzimmer gehandhabt. Harry und Beatrice hatten sich freiwillig bereit erklärt, im Stockbett im Kinderzimmer zu schlafen und somit meinen Eltern ihr Schlafzimmer mit Blick aufs Meer zu überlassen. Es war nicht immer einfach, oft stressig, aber meis-tens ziemlich lustig und schön, alle zusammenzuhaben. Abends saßen wir an einem langen Tisch auf der neuen Veranda und unterhielten uns über Gott und die Welt. Ich werde diese gemeinsamen Abende unter dem Sternenhimmel vermissen, fährt es mir durch den Kopf, als ich an Papas Seite auf die Treppe zum Strand zugehe, die Mädchen, Beatrice und Maggie dicht hinter uns. Andererseits freue ich mich wirklich auf ein wenig Zweisamkeit mit Nathan, die in den letzten Tagen eindeutig zu kurz gekommen ist. Daher geht es für uns heute Abend mit einem Wassertaxi rüber aufs Festland, weil die letzte Fähre schon weg sein dürfte, bis wir vorhaben, unsere kleine, intime Hochzeitsfeier im Goodman-Garten zu verlassen. Mit einem Ohr habe ich gestern mitbekommen, wie Maggie mit dem Wassertaxibetreiber telefoniert und etwas von Herz-Luftballons und einem »Just Married«-Banner geredet hat. Offiziell weiß ich natürlich von nichts. In Bay Shore soll Eli, der nette Fahrer, der die Mädels und mich im Sommer vor zwei Jahren vom Flughafen abgeholt hat, auf uns warten. Er wird uns mit seiner Limousine nach Manhattan fahren, wo Nathan und ich unsere Hochzeitsnacht in einem schicken Hotel verbringen werden. Morgen früh wollen wir uns einen Mietwagen nehmen und, mit einem Zwischenstopp in Boston, bis nach Maine hinauffahren, wo wir in einer kleinen Pension in einem malerischen Küstenort für einige Tage ein Zimmer gebucht haben. Wir haben vor, ganz viel Hummer, Muscheln und Fisch zu essen, lange Strandspaziergänge zu machen und, wie Nathan gern anmerkt, ansonsten das Bett selten zu verlassen. Nach unserer Hochzeitsreise werden wir meine Eltern, Paula und Clara am Flughafen in New York treffen, denn die vier dürfen noch ein paar Sommertage mit den Goodmans auf Fire Island genießen. Dann geht es zurück nach Hamburg, wo Antje auf mich und das »Goodman's« auf seinen Chef wartet.

Unwillkürlich muss ich lächeln, als ich an Nathans Restaurant denke. Seit es vor einem Jahr eröffnet hat, sind die zehn rustikalen

Holztische mittags und abends immer alle belegt. Es gibt keine Karte, sondern lediglich drei Tagesgerichte – Fleisch, Fisch und vegetarisch –, die an eine Schiefertafel geschrieben werden. Und es gibt jeden Tag zwei verschiedene Kuchen als Nachtisch, die ich backe. Es ist wirklich schön, Nathan so glücklich zu sehen. Vorbei sind die Zeiten des gestressten Sternekochs. Zusammen mit seinem Souschef steht er nun meist gut gelaunt in der offenen Küche und plaudert mit seinen Gästen, die den beiden beim Kochen zusehen können. Natürlich wird es auch mal stressig, und natürlich wird auch mal geflucht. Aber weder der Souschef noch die zwei Küchenhilfen müssen sich jemals vor ihrem tobenden Boss in der Kühlkammer verstecken.

Als wir vor den Dünen angekommen sind, bleiben Papa und ich stehen und lassen Beatrice vorbeigehen. Sie eilt die Stufen empor und den Holzweg entlang, der sie durch das wogende Dünengras führt, zum Strand, wo die kleine Hochzeitsgesellschaft auf uns wartet. Als sie fast außer Sichtweite ist, dreht sie sich zu uns um und winkt. Aha, es ist so weit, wir können losgehen. Maggie bugsiert die Zwillinge liebevoll vor sich her und haucht mir im Vorbeigehen einen Kuss auf die Wange, bevor die drei die Stufen hinaufgehen. Der Sand knirscht unter meinen bloßen Füßen, als ich ihnen an Papas Arm folge. Ja, natürlich heirate ich barfuß, wir sind immerhin auf Fire Island! Mein Herz hämmert nervös gegen meinen Brustkorb – vor allem, als melodische Geigentöne über die Dünen zu uns herübergetragen werden: Eine von Maggies Studentinnen ist eine begabte Musikerin, aber was genau sie spielen würde, hat Nathan ausgesucht und ein großes Geheimnis daraus gemacht. Als ich jetzt die zarten Töne von »She« erkenne, füllen sich meine Augen mit Tränen. Entschlossen blinzele ich und versuche, nicht schon in Rührung zu zerfließen, bevor ich Nathan überhaupt gesehen habe. Langsam setze ich einen Fuß vor den anderen, spüre das sonnenwarme, verwitterte

Holz unter meinen Sohlen, atme tief die salzige Meeresluft ein. Und dann vergesse ich vor Überraschung meine Rührung, denn als wir über die Kuppe der Dünen hinweg auf den Strand sehen können, traue ich meinen Augen kaum: An den Treppenstufen, die in den Sand hinabführen, stehen sechs Rettungsschwimmer Spalier. Sie tragen ihre vertrauten roten Schwimmshorts und sind obenherum ausnahmsweise nicht nackt, sondern haben orange-farbene T-Shirts mit dem Aufdruck »Fire Island Lifeguard« über-gezogen. Alle halten ihre knallroten Rettungsbojen wie Gewehre im Arm und lächeln Papa und mich an. Maggie dreht sich auf der untersten Treppenstufe um und grinst frech zu mir hoch. War ja klar, dass das ihre Idee war!

»*Congratulations!*«, wird mir von den Männern im Vorbei-gehen zugeraunt. Verlegen grinse ich sie an und überlege, ob es einer von ihnen war, der Maggie und mich vor zwei Jahren beim heimlichen Kaffeetrinken in der Strandmuschel ertappt hat. Dann gleitet mein Blick über die Badegäste, die sich in einigem Abstand zur Treppe versammelt haben, entzückt die muschel-streuenden Mädchen und mein Braut-Outfit mustern, aufgeregt tuscheln und ein paar Handyfotos knipsen. Und dann entde-cke ich ihn, ein Stück von den anderen Schaulustigen entfernt, nahe der Wasserlinie stehend: Will Anderson nickt mir freund-lich zu. Ich muss daran denken, wie ich vor ein paar Tagen in der Pantry in ihn hineingelaufen bin, zum ersten Mal nach all der Zeit. Zu meiner Erleichterung hegte er keinerlei Groll gegen mich und hatte in der Zwischenzeit ebenfalls jemanden kennen-gelernt. Neugierig betrachte ich jetzt eben diese Frau, die dicht neben ihm steht und mich ebenso neugierig mustert. Vivien heißt sie, ist eine Schmuckdesignerin aus Brooklyn und, wie ich nun sehe, eine sehr hübsche, leicht rundliche Blondine mit Grüb-chenlächeln. Ich nicke Will und ihr freundlich zu, bevor mein Blick auf unsere kleine Hochzeitsgesellschaft fällt: Maggie und meine Muschel-Mädchen sind schon fast bei den zwei schlichten Reihen aus weißen Klappstühlen angekommen, die vor dem Hochzeitsbogen aufgebaut worden sind. Diesen Hochzeitsbogen haben Nathan, sein und mein Vater gestern aus Bambusstangen gezimmert, sodass ein rechteckiger Rahmen entstanden ist, um den Mama, Maggie und Beatrice bauschige weiße Tüllbahnen gewickelt haben, während ich mit unserer Torte beschäftigt war. Dieser Tüll wird nun vom Wind, der zum Glück für ein wenig Abkühlung sorgt, sanft hin und her bewegt, während ich an Papas Arm über den sonnenwarmen Sand auf die Hochzeitsgesellschaft zulaufe. Dan, Josh, Zack, meine Mutter, Beatrice und Harry Goodman sowie Matthew O'Neill, Ruth Spielmann, Sammy und Todd sehen uns erwartungsvoll entgegen.

Sammy und Todd haben mich auf die Idee mit der Strandhochzeit gebracht: Die beiden haben letztes Jahr ebenfalls mit Sand zwischen den Zehen geheiratet, drüben, in Fire Island Pines, zwischen Regenbogenflaggen – aber leider ohne eine meiner Torten, denn im letzten Sommer waren wir nicht auf Fire Island, schließlich war Nathan mit seinem neuen Restaurant eingespannt. »Wirklich, Ella, nie wieder werde ich bei jemand anderem als bei dir eine Hochzeitstorte bestellen!«, meinte Sammy, als wir uns vor ein paar Tagen zum ersten Mal wiedergesehen haben.

»Du wirst auch hoffentlich keine weitere mehr brauchen«, bemerkte Todd trocken. Aber da muss sich der Gute wohl keine Sorgen machen, denn die beiden scheinen wirklich glücklich miteinander, selbst wenn Sammy hin und wieder verstohlen Nathan anschmachtet, was ich nur zu gut verstehen kann. Ich merke genau, wie sich Sammy nun mit einem Taschentuch die Augenwinkel tupft und muss breit lächeln. Auch Mama, in einem hübschen geblümten Sommerkleid, wischt sich mit einer Hand Tränen von den Wangen, filmt aber gleichzeitig tapfer mit ihrer

Videokamera, weshalb zu befürchten ist, dass die Aufnahmen leicht verwackelt sein werden. Selbst Harry wirkt sehr gerührt, als er am Objektiv seiner Spiegelreflexkamera herumnestelt, während Dan versucht, Josh und Zack zur Ordnung zu rufen, die sich immer wieder mit Sand bewerfen. Ich habe gerade noch mitbekommen, wie Beatrice vor dem Hochzeitsbogen ihren Sohn auf die Wange geküsst, eine rote Lippenstiftspur weggewischt und dann liebevoll seinen Hemdkragen zurechtgezupft hat, bevor sie nun auf ihren Klappstuhl zueilt und mir dabei einen gerührten Blick zuwirft. Maggies Studentin steht mit ihrer Geige ein paar Schritte neben dem Pastor, der uns geduldig entgegensieht, ein Lächeln auf dem Gesicht. Neben dem Pastor haben sich Nathan und sein Trauzeuge aufgestellt – Oliver ist extra aus Hamburg angereist. Wir haben ihn in einem Hotel in Ocean Beach einquartiert und vorgestern einen schönen gemeinsamen Strandtag verbracht. Auch in Hamburg unternehmen wir viel zusammen – Oliver ist nicht nur Nathans Geschäftspartner, sondern mittlerweile wieder ein wirklich enger Freund, wie bereits vor vielen Jahren, als sie noch Schüler waren.

Und nun fällt mein Blick auf Nathan, und ich schlucke. Verdammt, er sieht so gut aus, dass meine Knie auch zwei Jahre nach unserem stürmischen Inselsommer wieder mal weich werden. Zu einer dunkelblauen Anzugshose und ebenfalls nackten Füßen trägt er ein weißes Hemd, dessen Ärmel bis zu den Ellbogen aufgekrempelt sind. Keine Anzugsjacke, denn genau so mag ich ihn am liebsten. Oliver grinst mir entgegen und flüstert Nathan etwas zu, der breit lächelt und nickt, ohne aufzuhören, mich anzusehen. Sein Blick hält meinen fest, bis Papa und ich bei ihm angekommen sind und sich mein Vater nach einer liebevollen Umarmung von mir abwendet. Jetzt greift Nathan nach meiner Hand, drückt sie fest.

»Du bist wunderschön, Ella«, murmelt er, und ich merke, dass er ein paar Tränen wegblinzeln muss. Rasch beugt er sich vor, gibt mir einen langen Kuss auf die Stirn.

»So, jetzt verheirate ich Sie erst einmal, dann dürfen Sie die Braut richtig küssen«, bemerkt der Pastor gutmütig und erntet ein ausgelassenes Kichern von Maggie, die neben uns getreten ist, denn sie ist selbstverständlich meine Trauzeugin.

»Klingt gut«, schmunzelt Nathan und zwinkert mir zu.

Ja, denke ich. Das klingt sogar ganz hervorragend.

ENDE

Nathans sündhaft gute Datteln im Speckmantel

Man nehme:
Beliebig viele getrocknete Datteln (ohne Kerne) und ebenso viele Scheiben Frühstücksspeck (Bacon)

Jede Dattel wird mit einer Scheibe Speck umwickelt, das Päckchen bei Bedarf mit einem Zahnstocher fixiert. Die Speckdatteln werden auf einem Blech in den auf 200 Grad vorgeheizten Ofen (mittlere Schiene) geschoben und 15 bis 20 Minuten gebacken. Am besten warm servieren!

Ellas zum Niederknien guter Apfelkuchen

Man rühre **50 g weiche Butter oder Margarine** schaumig, bevor nacheinander **150 g Zucker, 2 Eier, 250 g gemahlene Mandeln oder Haselnüsse, 250 g Apfelmus,** etwas geriebene **Zitronenschale, 100 g Mehl** und **2 gestrichene Teelöffel Backpulver** untergerührt werden. Den Teig in eine gefettete Springform füllen. Nun **3–4 Äpfel** schälen, vierteln und in Scheiben schneiden; diese Scheiben kreisförmig auf dem Teig verteilen. Den Kuchen im vorgeheizten Ofen bei 180 Grad Celsius 60 Minuten lang backen. Nach dem Backen **einen Esslöffel Zucker** über die Äpfel verteilen und den Kuchen anschließend mit etwas **Aprikosenkonfitüre** bestreichen.

Guten Appetit!

Danke

Auch bei der Entstehung dieses Romans habe ich Unterstützung von lieben Menschen bekommen, denen ich von ganzem Herzen danken möchte: Carolin Inkmann, die für »Caros Tortenmanufaktur« die wunderbarsten Tortenkreationen zaubert, hat mir geduldig erklärt, wie Ella eine mehrstöckige Hochzeitstorte backen kann und welche Utensilien sie in der Küche eines Ferienhauses unbedingt dafür braucht. Vielen lieben Dank, Carolin – und wenn ich das mit Fondant & Co. dennoch falsch erklärt habe, liegt das ganz sicher nicht an dir! Hoffentlich kann ich bald eine deiner fantastischen Torten probieren …

Bei der Frage, wie Harry Goodman als Uniprofessor glaubhaft für vier Jahre in Deutschland sein konnte, hat mir Julia Perrin, PhD, geholfen, die mir außerdem erklärt hat, was für eine Position Maggie in ihrem Alter an der Columbia Universität haben könnte – nämlich die eines »Assistant Professor«. Als ehemalige Columbiastudentin muss Julia es wissen – ganz lieben Dank nach New York für die Unterstützung!

Wie schon bei meinem letzten Roman möchte ich erneut meiner lieben Agentin Conny Heindl von der Agentur Gerald Drews dafür danken, dass sie weiterhin an mich und meine Romanideen glaubt – und ebenso meiner wunderbaren Lektorin Michelle Stöger und ihrem Team beim Heyne Verlag, die auch dieses Projekt wieder so fantastisch betreut haben. Ein spezieller Dank geht auch diesmal an Dr. Diana Mantel, die es erneut geschafft hat, als Redakteurin mit scharfem Blick und ehrlicher Begeisterung dieser Geschichte den nötigen Schliff zu verpassen. Liebe Diana, unsere Zusammenarbeit macht mir wirklich große Freude!

Natürlich gilt ein besonders großer Dank meinen Leserinnen und Lesern, die sich für »Sommer in Atlantikblau« begeistern konnten und nun hoffentlich auch diesen Roman in ihr Herz schließen werden – ohne euch ginge gar nichts, darum habt vielen Dank für eure Unterstützung, für euer begeistertes Feedback und auch für die ehrliche Kritik.

An dieser Stelle möchte ich mich außerdem bei ein paar lieben Freundinnen bedanken, die sich von ganzem Herzen mit mir gefreut haben, als »Sommer in Atlantikblau« erschienen ist und die sich auch bei diesem Roman hoffentlich mit mir freuen werden: Barbara, Kathrin und Chrissi, eure Begeisterung tat so gut! Sabrina, dass du meinen Roman in deinem ganzen Freundeskreis verschenkt hast, hat mich super glücklich gemacht. Und Conny und Sabine, euer selbst gebackener Lemon Meringue Pie nach Hazels Rezept war eine super Überraschung (und eine leckere noch dazu!). Ich freue mich schon auf Ellas Apfelkuchen ☺.

Ich möchte hier auch einen Gruß an einen besonderen Menschen festhalten, nämlich an den echten Eli, einen New Yorker Limousinenfahrer, den mein Mann Marco und ich vor vielen Jahren kennenlernen durften. Eli, du bist viel zu früh von uns gegangen, aber wir werden dich und deinen großartigen Humor immer in unserem Herzen behalten.

Wie immer geht außerdem ein riesengroßes Dankeschön an meine Eltern, die nie aufhören, an mich zu glauben und mich zu unterstützen, und an meine Töchter Emilia und Matilda, die lernen, damit zu leben, dass ihre Mama hin und wieder geistig abwesend ist, wenn ihr gerade ein Dialog durch den Kopf geistert. Und, *last but not least*: Danke, Marco, dass ich mit dir an meiner Seite unser turbulentes Familienleben meistern darf, dass du meine Launen erträgst, wenn die Kapitel nicht so fließen, wie ich es mir vorstelle – und danke dafür, dass du mich vor vielen Jahren zum ersten Mal nach Fire Island gebracht hast.

Debbie Johnson

**Kommen Sie ins Comfort Food Café
auf ein freundliches Lächeln,
ein fabelhaftes Stück Zitronenkuchen –
und vielleicht die große Liebe.**

978-3-453-42198-1

978-3-453-42320-6

Jana Lukas

Es liegt Liebe in der Luft!

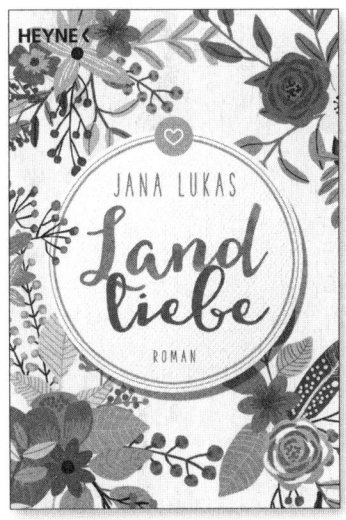

978-3-453-42195-0

978-3-453-42230-8